Histoire
de la Méditerranée

sous la direction de
Jean Carpentier
et François Lebrun

Histoire de
la Méditerranée

Éditions du Seuil

COLLECTION « POINTS HISTOIRE »
FONDÉE PAR MICHEL WINOCK

Jean Carpentier Inspecteur général honoraire de l'Éducation nationale.

François Lebrun Professeur émérite d'histoire moderne à l'université de Haute-Bretagne Rennes-II.

Bartolomé Bennassar Professeur émérite d'histoire moderne à l'université de Toulouse-Le Mirail.

Dominique Borne Inspecteur général de l'Éducation nationale

Élisabeth Carpentier Professeur émérite d'histoire du Moyen Age à l'université de Poitiers.

Claude Liauzu Professeur d'histoire contemporaine à l'université Denis-Diderot Paris-VII.

Alain Tranoy Professeur d'histoire ancienne. Ancien président de l'université de Poitiers.

Jean Carpentier a rédigé l'introduction, *Alain Tranoy* les chapitres 1 à 5, *Élisabeth Carpentier* les chapitres 6 à 9, *Bartolomé Bennassar* les chapitres 10 à 13, *Dominique Borne* les chapitres 14 à 17 et *Claude Liauzu* les chapitres 18 à 23.

Les cartes et plans ont été réalisés à Poitiers à l'Institut atlantique d'aménagement du territoire (BP 130, 86960 Futuroscope - Cedex).

La présente édition a été revue et augmentée, en particulier dans sa bibliographie et sa chronologie.

ISBN : 978-2-02-051913-7

(ISBN : 2-02-03062-0, 1re publication)

© Éditions du Seuil, octobre 1998,
novembre 2001

Avant-propos

Après l'*Histoire de France* (1987), après l'*Histoire de l'Europe* (1990), il nous a semblé intéressant de tenter une *Histoire de la Méditerranée*, selon les principes qui avaient présidé à l'élaboration des deux premiers titres : une petite équipe d'auteurs – ici cinq –, chacun spécialiste de la période qu'il traite ; un nombre de pages raisonnable, de l'ordre de 500 à 600 ; une structure en une trentaine de chapitres regroupés en cinq grandes parties allant des derniers temps de la préhistoire à notre fin de 20ᵉ siècle ; de copieuses annexes fournissant des cartes, une chronologie, des tableaux statistiques, un glossaire, une bibliographie, des index. Bref, un travail qui voudrait conjuguer un haut niveau scientifique grâce à la qualité des auteurs et une approche aussi facile que possible pour le lecteur. Telle a été du moins notre ambition initiale.

Ce livre voudrait être l'histoire, sans *a priori*, de la « mer Intérieure » et des peuples qui habitent sur ses bords depuis les lointaines origines jusqu'à nos jours. Cela signifie que, si la mer elle-même en est le sujet, les limites géographiques de celui-ci ne peuvent être que mouvantes en fonction des diverses périodes étudiées. Au 1ᵉʳ siècle de notre ère, au moment de la naissance du christianisme et de sa conquête pacifique des rivages méditerranéens, l'histoire du *mare nostrum* se confond largement avec celle de l'Empire romain. Aux 7ᵉ et 8ᵉ siècles, l'expansion de l'islam se fait en grande partie autour de la Méditerranée, et, après cette date, l'affrontement plus ou moins violent des grands monothéismes constitue un chapitre essentiel de cette histoire. Poser la question des limites ne fait que souligner l'une des difficultés d'un tel sujet. Une autre réside dans le fait que les auteurs ont voulu écrire, en peu de pages, une histoire aussi « totale » que possible. Tous les problèmes qu'implique cette tentative de résurrection du passé – de la démographie aux comportements collectifs – sont abordés, éventuellement sous forme de questions provisoirement sans réponse. Une dernière difficulté est inhérente à toute entreprise collective. Au-delà d'une conception d'ensemble partagée, au-delà d'un certain nombre de règles communes acceptées par les cinq coauteurs, ceux-ci ont conservé leur pleine autonomie d'écriture. Cela entraîne une certaine diversité de ton et d'analyse, tel mettant l'accent sur le déroulement chronologique à l'intérieur de la période étudiée, tel autre privilégiant une approche plus thématique. Nous espérons que cette diversité ne sera pas ressentie comme dissonance, mais comme richesse.

Dans la préface de son grand livre *La Méditerranée et le Monde méditerranéen à l'époque de Philippe II* (1949), Fernand Braudel écrivait : « Une étude historique centrée sur un espace liquide a tous les charmes, elle a plus sûrement encore tous les dangers d'une nouveauté. » Le livre même de Braudel nous interdit de parler de nouveauté. Quant aux dangers, nous espérons qu'ils auront été surmontés et que le lecteur saura apprécier les charmes qui émanent d'un tel sujet.

Jean CARPENTIER
François LEBRUN

Introduction

Méditerranées, Méditerranée

Regards multiples...

> Que cette carte [...] permette de passer en revue les exploits de nos
> valeureux princes, en [...] faisant voir [...] les fleuves jumeaux de
> la Perse, les champs de Libye dévorés par la soif, la courbe des bras
> du Rhin, les bouches multiples du Nil [...]
> Car, maintenant, nous avons plaisir à contempler la carte du
> monde...

Ainsi, en 298 ap. J.-C. à Autun, le recteur Eumène décrivait-
il, au cours d'une cérémonie célébrant le pouvoir impérial
romain, le monde de son temps : au loin la Perse et la Libye, le
Rhin et le Nil, et au centre la Méditerranée, mer au milieu des
terres et centre du monde.

Nul doute que, trois siècles plus tôt, Agrippa, gendre d'Auguste, eût adhéré à ces propos, lui qui avait conçu l'exposition
publique à Rome d'une carte du monde établie à partir de
savantes opérations de mesure. Et Strabon, son contemporain,
l'eût sans doute aisément suivi, puisque à ses yeux il convenait
de dire « la grande supériorité » de cette mer – notre mer – cer-
née par le grand Océan qui ceint la terre et séparée seulement de
lui par les vastes terres à peu près inconnues de l'Est et par les
étroites bandes de terre du Nord et du Sud.

Un tel « méditerranéocentrisme » aurait pourtant étonné à
d'autres époques. Plus tôt, il aurait étonné Cyrus et Darius qui,
aux 6e et 5e siècles av. J.-C., gouvernaient de Pasargades, au-
delà du golfe Persique, et ne nous paraissent avoir attaché une
certaine importance à la lointaine Méditerranée qu'à cause
d'une conjoncture accidentelle : la spécificité de notre docu-

mentation, grecque avec Xénophon et Diodore de Sicile, juive avec les livres de la Bible.

Il aurait étonné plus tard aussi. Lorsque, au 10ᵉ siècle de notre ère, Ibn Hawqal écrit sa *Configuration de la terre*, c'est sans hésitation qu'il dit dans son introduction avoir commencé par le territoire des Arabes « parce qu'il contient la Ka'ba et La Mecque, mère des cités » et que c'est à ses yeux « le centre de tout l'ensemble ». Même Ibn Khaldûn, ce Méditerranéen né à Tunis et mort au Caire en 1406, ne situe la Méditerranée qu'au sein d'une liste des « mers et grands fleuves du monde » et se représente celui-ci comme un ensemble centré sur l'Arabie et l'Irak et frangé de mers simplement bordières, l'océan Indien et la Bahr ar-Rûm, mer des Byzantins.

Circulons dans d'autres temps et les regards changent encore : la Méditerranée alors se morcelle. Est-ce en effet la même mer que le navigateur de la Grèce antique rencontre, quand, après avoir circulé entre les îles de la mer Égée, il affronte les espaces vides de la mer Ionienne ? ou bien la mer Noire, ce « Pont-Euxin » (« favorable aux étrangers ») qu'on ne nomme ainsi que par une crainte superstitieuse ? Est-ce la même mer qu'Ulysse sillonne de part et d'autre du détroit de Messine, alors que, résignée, la magicienne Circé lui conseille, pour le franchir, de préférer le tourbillon de Charybde au rocher de Scylla, parce qu'« il vaut mieux encore pleurer six compagnons et sauver le navire que périr tous ensemble » ? Et, bien plus récemment, n'est-ce pas d'une Méditerranée à eux que les Français du début de ce siècle ont rêvé, une Méditerranée reliant leur France et « leur » Afrique du Nord et séparée d'une partie orientale dont on se désintéressait ?

Enfin, on fait aussi de la Méditerranée un nom commun, nom commun de la géographie désignant un climat, un genre de vie ou une construction géopolitique. Que l'on considère les spécificités du climat, et l'on trouve ailleurs qu'en Europe des méditerranées au climat comparable, en Californie, au Chili central, dans la province du Cap ou en Australie, à Perth et Adélaïde… Que l'on s'intéresse aux genres de vie, et des cellules méditerranéennes apparaissent dans des quartiers entiers des plus grandes villes du monde et en particulier aux États-Unis. Que l'on s'intéresse enfin à la géopolitique, et se dessine alors un modèle méditerranéen : devient méditerranée tout espace marin dit « de deuxième grandeur » (3 000 à 4 000 kilomètres de longueur), quasi fermé, borné de territoires peuplés et actifs, soumis chacun à la double attraction de forces opposées, celles de leurs liaisons internes et celles qu'exercent des centres de décision extérieurs (ainsi pourra-t-on dire que la France, l'Algérie et la Croatie sont méditerranéennes parce qu'elles ont la Méditerranée en commun, mais en même temps que la première est attirée par l'Union européenne, la deuxième par le monde arabe et musulman et la troisième par l'Europe centrale postcommuniste…). Alors, vus sous cet angle, peuvent apparaître d'autres ensembles. À côté de l'européenne, une méditerranée américaine de la zone caraïbe, plus fermée qu'on ne le croit (le détroit de Floride fut en effet longtemps l'unique passage franchissable, car le puissant courant du golfe pouvait seul triompher là de la force contraire des vents alizés), peuplée de plus de 200 millions d'habitants et lieu d'échanges croissants entre ses riverains depuis le début du siècle. Ou bien une méditerranée asiatique, cette mer de Chine méridionale fermée par Taïwan, la Chine, la péninsule indochinoise, l'Indonésie et les Philippines, peuplée de 400 millions d'habitants… très actifs !… relativement plus ouverte sans doute que les autres, mais recentrée par la croissance récente des échanges internes et le flux constant vers le Japon des pétroles du Moyen-Orient. Avec cette définition, les méditerranées entrent alors dans le jeu mondial : Rome n'est plus dans Rome mais à Washington, Londres, Moscou ou Riyad…

Il convient de garder à l'esprit ces différentes perceptions, car elles orientent les décisions et les actions. Mais, qu'on la considère comme centre du monde ou bien périphérie d'autres lieux centraux, qu'on la voie morcelée en mers distinctes ou comme un pion sur un échiquier mondial, la Méditerranée n'en est pas moins là, dans sa réalité, telle que nous la voyons dans l'immédiat et telle qu'elle s'installe aussi dans les mouvements lents de la terre, des hommes et des paysages.

... sur un espace en mouvement

Regardons d'abord la Méditerranée comme elle est. Avec sa position : refermée à l'ouest de l'énorme bloc euro-afro-asiatique, peu ou pas reliée aux deux grands océans proches, l'Atlantique et l'Indien, et située au contact des zones tropicales et tempérées. Avec ses dimensions : en incluant la mer Noire, quelque 3 millions de kilomètres carrés – et donc six fois la France – qui s'étendent sur près de 4 000 kilomètres d'est en ouest. Avec son cadre montagneux qui morcelle les paysages et isole les microrégions, sauf autour de la massive Meseta ibérique et là où les reliefs sont moins marqués – entre Nil et Tunisie. Avec la diversité de ses profondeurs : sous une mer tiède (19° en moyenne), plus salée que les autres eaux océaniques, les profondeurs se limitent à quelque 200 mètres entre Sicile, Malte et Tunisie, mais vont à 3 000, 4 000 et même 5 000 mètres de part et d'autre de ce seuil, dans les deux bassins de l'Ouest, l'algéro-provençal et le tyrrhénien, et les deux de l'Est, l'ionien et le levantin. Avec surtout son climat, que spécifie avant tout la sécheresse permanente des mois d'été – juillet et août –, phénomène dont on oublie souvent de dire la profonde originalité, puisque, sur le globe, les climats breton et méditerranéen sont les seuls à ne pas avoir le bénéfice du maximum des pluies pendant les mois d'été.

Mais cette réalité n'est qu'un instantané et il faut la resituer dans ces temps très longs qui souvent font irruption dans l'histoire... Il y a 200 millions d'années, les continents se sont regroupés en un vaste ensemble unique, la Pangée, et ce continent avait déjà une méditerranée, la Paléothétys ; mais celle-ci, certes déjà placée entre les blocs eurasiatique et africain, s'ouvrait en un vaste entonnoir sur la façade est du continent. Et il faudra près de 150 millions d'années pour que, dislocation du continent unique et construction de l'Atlantique aidant, cette Thétis glisse vers l'ouest et se fixe là où elle est, et comme elle est maintenant. Maintenant... mais pour le moment seulement... car les mouvements continuent et les plaques constitutives de l'écorce terrestre se déplacent toujours. La plaque africaine plus lourde remonte vers le nord et se glisse sous l'européenne plus légère. Elle provoque heurts et soulèvements : édifications montagneuses (Alpes et Apennins), morcellements (un coin de la plaque africaine, les Pouilles, s'est déjà fiché dans l'ensemble européen), effondrements (les grandes fosses péloponnésiennes et tyrrhéniennes)... Et demain – tout au moins à la mesure des millions d'années –, c'est la fermeture du détroit de Gibraltar qu'il faut prévoir, l'isolement des différents bassins méditerranéens et, de Séville à l'Arabie, une chaîne atteignant 7 000 mètres et séparant, au sud, les collines boisées et les fleuves du Sahara et, au nord, du Portugal à Constantinople, les hauts plateaux de 4 000 mètres descendant doucement vers les plaines d'Europe du Nord. L'avenir sans doute n'est pas assuré – bien qu'il soit probable, à moins de grandes catastrophes –, mais cette immense instabilité doit, pour le moment, nous retenir car elle a pesé sur les cadres de vie, les mentalités et les comportements. C'est tous les dix ans en moyenne que les tremblements de terre, expression de cette instabilité, frappent les Balkans au cours des 14e et 15e siècles ; c'est l'un d'eux qui ruinera les défenses de Gallipoli en 1354 et permettra aux Ottomans de prendre pied en Europe ; c'est eux enfin qui alimentent les manifestations de piété ou les interrogations métaphysiques et font qu'à Byzance l'Église orthodoxe met dans sa liturgie les prières pour éloigner les séismes de saint Joseph l'Hymnographe, datant du 9e siècle, ou qu'à Lisbonne, au lendemain du séisme de 1755, on se demande si le drame est « totalement naturel » ou bien « visite et vengeance de Dieu ».

Sur un plus court laps de temps, c'est dans le processus de l'hominisation que s'intègre l'histoire de la Méditerranée. En Europe, en Afrique, les hominidés paraissent il y a quelque 10 millions d'années ; les australopithèques paraissent en Afrique il y a 4 millions d'années et de ceux-ci sortent l'*Homo habilis*, présent en Afrique, et l'*Homo erectus*. Ce dernier vit vers – 700 000 sur les côtes françaises ; il taille les galets, grave des os, et ses descendants, 3 à 400 000 ans plus tard, maîtriseront le feu. Puis, vers – 100 000, s'installe l'*Homo sapiens* néandertalien qui, peu à peu, en vient à cohabiter avec le *sapiens sapiens*, cet homme de

Cro-Magnon capable d'organiser un habitat spécialisé et d'élaborer un bel art pariétal. Jusque-là, on peut supposer que cette humanité vit sur la nature mais qu'elle ne l'aménage quasiment pas.

Or, tout change lorsqu'en quelques millénaires, du IXe au Ve approximativement, commence le processus de néolithisation, celui qui a permis de passer de la chasse et de la cueillette à l'élevage, à la culture, au cabotage et au travail du métal. Ainsi, aux VIIIe et VIIe millénaires, on fait peut-être déjà pousser des pois et des vesces en Argolide, mais on n'en fait pas moins coexister l'antique chasse au bouquetin et au mouflon avec le moderne élevage des moutons et des chèvres. Tandis que vers – 4 000, au contraire, le pas est bien franchi, et c'est tout le monde méditerranéen qui, maintenant, est ouvert aux travaux agricoles, aux courtes liaisons maritimes, à la production des céramistes et des métallurgistes. Nous sommes arrivés au seuil de l'histoire et, à ce moment, l'homme aménage la nature et marque le paysage de sa présence.

Produit du travail des hommes autant que de la nature, le paysage méditerranéen s'est en effet mis à la mesure de ces évolutions. Au départ, sur des surfaces qui très souvent s'émiettent en petites plaines encadrées de montagnes, c'est la forêt qui prédomine, forêt spécifique à base de ces chênes-verts dont les racines nombreuses et profondes peuvent aller chercher loin dans le sol une eau souvent rare. Mais la dureté des étés secs liée aux autres brutalités et irrégularités du climat a rendu difficiles la reconstitution de cette forêt et sa résistance aux agressions du travail humain. Incapable de se reconstituer assez vite, elle s'est réduite et a laissé place au maquis et à la garrigue. Et c'est sur ces terrains que, pendant des siècles, se sont construits les savants équilibres de l'*ager*, du *saltus* et de la *silva* : équilibres fragiles et divers selon les époques, ceux de la triade blé-olivier-vigne, de la subtile *coltura promiscua* – qui fait pousser le blé à l'abri de vignes elles-mêmes attachées au mûrier ou à l'ormeau – ou des massives plantations nord-africaines de vigne ou d'agrumes, ceux aussi des savants aménagements hydrauliques et de la vaste transhumance des troupeaux. Équilibres fragiles, divers, mais novateurs aussi, puisque Homère et Hésiode étaient loin d'imaginer ces paysages que nous connaissons aujourd'hui et où se mêlent aux anciennes plantes les agrumes venus d'Orient, la tomate centraméricaine et l'eucalyptus australien. L'homme de la néolithisation a donc apprivoisé les ressources naturelles ; il a créé des environnements nouveaux ; mais ceux-ci évoluent peu, avec une lenteur suffisante en tout cas pour ne pas entraîner de trop profondes ruptures d'équilibre.

Or, tout va changer une nouvelle fois avec le 20ᵉ siècle qui apporte deux avalanches, celle de l'industrialisation et celle du tourisme. Prenons l'exemple espagnol ; voyons à Tarragone, au sud de Barcelone, comment l'ancien *oppidum* romain, couronné par sa cathédrale gothique, s'est noyé au milieu des réalisations industrielles : port artificiel, manufacture de tabac, usines de pneus, entrepôts d'hydrocarbures et centre pétrochimique. Voyons à Benidorm, entre Valence et Alicante, comment le « mur de béton » depuis les années 1950 a étouffé avec ses tours de vingt-cinq ou trente étages en bord de mer un paisible port de pêche. Ici comme ailleurs en bien d'autres points du littoral méditerranéen – à l'autre extrémité, et de façon plus tragique, le Liban fournirait aisément d'autres exemples tout aussi frappants –, ces bouleversements produisent des effets dont on ignore en fait les conséquences mais qui à l'évidence sont irréversibles. Or, et il faut le redire, ils s'effectuent dans un milieu fragile, fragile de façon permanente par les caractères généraux du climat, la raideur des pentes, la minceur des sols, mais fragile aussi par les à-coups de ce climat et les fléaux brutaux (invasions d'insectes, crues, séismes…).

Et au milieu, il y a la mer, espace immense et multiple aux yeux des Anciens, simple élément de la circulation transocéanique aux yeux des Modernes. Par l'usage qu'en font les hommes, elle aussi est changement. Hésiode savait qu'il devait se soumettre à elle et connaissait bien la contrainte des vents étésiens. Saint Paul, prisonnier, savait pourquoi lui et ses geôliers allaient devoir rester trois mois à Malte : « le Jeûne [proche de l'équinoxe d'automne] étant déjà passé », la navigation allait être périlleuse… Mais aujourd'hui, c'est l'homme qui met la mer en péril. Les hydrocarbures répandus sur l'eau freinent le passage dans les nuages des éléments minéraux déclencheurs de la pluie et les détergents qu'on déverse détruisent autant la vie marine que les hydrocarbures. L'afflux des eaux usées issues des zones urbaines, touristiques et industrielles, crée des pollutions ; on les constate et on les mesure (est dite « très polluée » une eau contenant 20 000 colibacilles par litre ; or, il y a vingt ans, l'eau de Beyrouth en avait 30 000 et celle de Naples 35 000...). Mais quelle est l'ampleur exacte du péril ? Il est difficile de le dire, car, paradoxalement, on connaît mal cette mer. On ne connaît pas la capacité d'absorption de ses grands fonds ; on connaît mal les mouvements horizontaux et verticaux de ses masses d'eau ; on ignore la raison de la prolifération brutale de certaines espèces marines. Une fois de plus, et dangereusement, l'homme s'installe dans l'espace incertain qui sépare l'apprenti-sorcier du démiurge...

Mais, quoi qu'il en soit, ces représentations sont là, ces réalités mouvantes sont là, et c'est dans leur cadre que se déroule cette histoire, celle des hommes de la Méditerranée et du monde qui l'entoure.

PREMIÈRE PARTIE

*La Méditerranée antique
ou la quête de l'unité*

L'histoire de la Méditerranée plonge ses racines les plus profondes dans les différentes civilisations qui se sont formées sur ses rivages. Mêlant les anciens peuples méditerranéens aux éléments nouveaux venus d'Afrique, d'Orient ou d'Europe, ces premiers États, royaumes ou cités, ont d'abord appréhendé la Méditerranée comme une limite à leur expansion. Si la mer peut être nourricière, elle est aussi un obstacle, un milieu hostile. Certes, les dauphins peuvent transporter Apollon de l'île de Délos à Delphes, et l'écume des vagues peut donner naissance à Aphrodite, déesse de l'amour. Mais la mer est aussi le royaume de Poséidon et de ses redoutables colères ; elle protège les *Sirènes dont les chants détournent les marins vers les rochers ; elle abrite Charybde et Scylla, ennemis des navigateurs qui s'aventurent entre l'Italie et la Sicile. Aussi fallut-il un long temps pour que l'homme se lance à sa découverte, d'abord soucieux de pouvoir assurer son retour, comme Ulysse qui ne cherche qu'à rejoindre Ithaque. Mais l'esprit d'aventure, les contraintes économiques, l'espoir des richesses nouvelles incitent les marins à aller de plus en plus loin, dans des voyages de plus en plus longs qui aboutissent à de nouvelles installations de peuplement. Ces marins découvrent ainsi de nouvelles terres, mais surtout prennent conscience que cet espace maritime méditerranéen est un monde clos qu'ils peuvent délimiter : les *Colonnes d'Hercule dans le détroit de Gibraltar symbolisent dans l'imaginaire méditerranéen cette réalité géographique qui sépare deux mondes, une « mer

* Les mots précédés d'un astérisque figurent au glossaire, p. 569 à 582.

Intérieure » que l'on peut maîtriser et une « mer Extérieure » que l'on redoute et qui fait peur. La Méditerranée devient alors rassurante et fait partie du cadre de vie des peuples qui la parcourent. L'histoire méditerranéenne passe du temps de la découverte à celui de l'appropriation. Les États riverains veulent s'assurer le contrôle des côtes, des zones de passage, des routes maritimes. Les Phéniciens acquièrent le quasi-monopole des rivages méridionaux et verrouillent le détroit de Gibraltar, tandis que les Grecs et les Étrusques se partagent les îles et les côtes des bassins central et occidental de la Méditerranée. Cet espace fermé se transforme en champ clos des rivalités maritimes. À l'idée d'un partage se substitue la volonté d'une appropriation unique, d'un véritable empire de la mer. Faire l'histoire de la Méditerranée antique, c'est essayer de comprendre les mécanismes qui conduisent d'une mer divisée à une mer possédée, d'étudier le passage des Méditerranées multiples à la Méditerranée unique, celle du *mare nostrum* des Romains.

1. Le temps des découvertes

L'entrée dans l'histoire

La Méditerranée, une mer au milieu des terres : c'est effectivement la première image qui vient à l'esprit lorsque l'on regarde une carte des pays méditerranéens. À la rencontre de trois continents, l'Europe, l'Asie et l'Afrique, cet espace maritime est d'abord un espace composite avec des secteurs plus individualisés, bien identifiés par les Anciens : mer Égée entre la Grèce et l'Asie Mineure, mer Adriatique entre l'Italie et la Grèce, mer Tyrrhénienne à l'ouest de l'Italie, mer Ionienne entre le sud de l'Italie et la Grèce, ou encore Pont-Euxin pour désigner la mer Noire, prolongement oriental de la Méditerranée. Dans ce contexte, certains lieux jouent un rôle essentiel, en particulier les îles qui constituent des relais, la Crète, Chypre, les multiples îles de la mer Égée, la Sardaigne, la Corse, les îles Baléares ou encore la Sicile, qui marque le partage entre les deux grands bassins occidental et oriental de la Méditerranée. De même, les zones de passage, détroits et isthmes, constituent autant d'enjeux dans l'histoire méditerranéenne antique : détroit de Messine, ensemble formé par l'Hellespont (Dardanelles), la Propontide (mer de Marmara) et le Bosphore qui permettent l'accès à la mer Noire, isthme de Corinthe entre l'Attique et le Péloponnèse… Les côtes méditerranéennes présentent aussi une grande diversité. Elles peuvent être montagneuses et découpées, offrant de multiples criques et des abris propices à la navigation et à l'installation de ports sans être un obstacle aux communications vers l'intérieur : le bassin égéen correspond à ce type de côtes, mais aussi la côte dalmate. Elles peuvent au contraire être montagneuses et presque rectilignes, constituant une barrière difficilement franchissable : côte méridionale de l'Anatolie ou côte d'Afrique du Nord, le long de la chaîne de Kabylie. Enfin, la côte peut être plate et sablonneuse, avec des lagunes et des cordons littoraux : Gaule du Sud (Languedoc), sud de l'Espagne (région de Huelva), côte des Syrtes, secteur côtier d'Égypte et de Palestine méridionale et enfin une grande partie de la côte italienne de l'Adriatique.

C'est aussi un espace qui apparaît comme un monde clos, avec une seule ouverture à l'ouest vers l'Atlantique, une véritable « porte fortifiée », pour reprendre le terme qui servit à désigner le site phénicien de Gadir (Cadix), un lieu hautement chargé de symboles, ouvrant sur un monde inconnu et périlleux, passage encadré de hautes montagnes qui servirent de cadre pour définir les Colonnes dressées par Héraclès.

Émergeant de la préhistoire à des rythmes différents, les régions méditerranéennes connurent de profonds bouleversements avec l'usage du métal (cuivre, bronze et fer) qui remplace progressivement l'outillage de pierre. C'est tout d'abord, en Méditerranée orientale, la formation progressive d'États où la place de la cité s'affirme en relation avec le développement de pouvoirs politiques dans les régions en arrière-plan des côtes orientales de la Méditerranée au cours des IIIe et IIe millénaires : la Mésopotamie avec les villes sumériennes et le royaume de Babylone, la Syrie avec Ebla, la côte du Liban avec Byblos, le développement de la civilisation égyptienne dans la vallée du Nil. Paradoxalement, ces grands États ne mettent pas en place de véritables politiques méditerranéennes, même si des affrontements révèlent l'importance du contrôle des régions du Proche-Orient qui ont une façade maritime convoitée : c'est dans ce contexte qu'eut lieu la célèbre bataille de Qadesh sur l'Oronte dans l'arrière-pays de Byblos, entre Ramsès II et les Hittites des régions anatoliennes.

De son côté, la Méditerranée occidentale s'affirme comme le carrefour de l'Occident et de l'Orient. Le IIe millénaire est marqué par les nombreux contacts avec le monde égéen et oriental. Dans ces échanges, l'île de Malte occupe une position centrale ; s'y développent les habitats fortifiés de Borg in Nadur et de

Nuffara qui exportent leur production de céramique vers la Sicile. En Sicile, la première moitié du IIe millénaire est caractérisée par la culture de Castellucio dans le sud de l'île, avec quelques villages fortifiés qui exploitent la lave et des mines de silex et font l'élevage du mouton ; la céramique peinte atteste des échanges avec l'Égée. Ce processus s'accentue au cours du millénaire : culture de Thapsos, au nord de Syracuse, avec des constructions de maisons et de riches sépultures taillées dans le roc qui montrent des parallèles avec le bassin oriental ; cette culture a influencé les îles Éoliennes, en particulier Lipari. La Sardaigne connaît l'essor des constructions cyclopéennes, les *nuraghi*, à la fois tours défensives et sanctuaires. De même, on édifie des tours fortifiées en Corse, les *torri*, qui accompagnent les statues-menhirs de Filitosa aux épées proches de celles utilisées en Méditerranée orientale ; dans les Baléares s'édifient d'autres tours, les *talayots*, et sont aménagés des sites funéraires originaux, les *navetas* en forme de bateau renversé. La richesse en gisements de cuivre, d'étain et d'argent explique l'importance de la péninsule ibérique. Au début du IIe millénaire, la civilisation d'El-Argar se développe en Andalousie, avec des influences orientales dans les coutumes funéraires (inhumation dans des jarres) et un brillant artisanat de bronze ou d'argent. Au cours du IIe millénaire, le littoral espagnol, du Levant à la Catalogne, témoigne d'ambiances culturelles proches de celles du Languedoc, ouvertes sur la Méditerranée et en relation avec les bronziers des régions atlantiques. À la veille du Ier millénaire, des cultures ibériques originales apparaissent dans le centre et dans le sud de la péninsule : c'est dans ce contexte que s'épanouit le royaume de Tartessos (Huelva ?), relais entre la Méditerranée et l'Océan sur la route de l'étain. Le littoral provençal reste influencé par les cultures italiques (Polada, Apennin, Terramare). En Italie du Nord, les villages sur pilotis de la plaine du Pô, les terramares, montrent un artisanat développé du bronze, tandis qu'au début du Ier millénaire commence à se répandre l'usage du fer dans la civilisation de Villanova qui préfigure la culture étrusque. L'évolution de l'Afrique du Nord est plus difficile à saisir. Composés d'un fond ethnique de population descendant des groupes « mechtaouis » et « capsiens » de la préhistoire, les Libyens eurent des contacts avec le monde méditerranéen, comme en témoignent les obsidiennes provenant de Pantelleria et des îles Lipari trouvées en Afrique du Nord, de même que certains mégalithes proches de l'architecture des autres régions méditerranéennes. Des relations existaient aussi avec l'Égypte et les pharaons enrôlaient des Libyens dans leur armée. Mais ce sont les Phéniciens qui établirent les premiers contacts méditerranéens réguliers.

Dans la même période, l'autre fait marquant est l'arrivée de nouvelles populations qui vont profondément renouveler le peuplement de ces régions selon des processus variés : infiltrations progressives ou invasions plus massives, mais qui, dans les deux cas, provoquent un brassage continuel. Ainsi, les premiers groupes *indo-européens font leur apparition à la fin du IIIe millénaire et au cours du IIe millénaire : arrivée des Hittites en Anatolie, des premiers Hellènes en Grèce, suivis en Occident des Latins et des Celtes dans le contexte du Ier millénaire. En même temps, les régions du Proche-Orient sont touchées par l'installation de populations *sémitiques : les Amorites à la fin du IIIe millénaire et les Araméens à la fin du IIe millénaire ; c'est à l'un de ces groupes de migration qu'il faut probablement rattacher le départ d'Abraham et des Hébreux de la Mésopotamie vers les terres du Levant, habitées par les Cananéens. Tous ces mouvements de populations apportent des perturbations dans les systèmes politiques en place : c'est ainsi que l'Égypte, vers – 1700, est confrontée à l'arrivée des Hyksos qui contrôlent le pays jusqu'à la réunification de l'Égypte vers – 1560 et le commencement du Nouvel Empire marqué par le règne de Ramsès II (– 1290 à – 1224), qui verra l'exode des Hébreux gagnant vers – 1250 la Palestine sous la conduite de Moïse.

Ce sont encore des sources égyptiennes que nous viennent les informations sur le profond bouleversement du monde méditerranéen apporté par ceux que les Égyptiens désignent sous le nom de « Peuples de la Mer ». Ce terme englobe un ensemble de peuples très divers touchés par les migrations dans le bassin oriental méditerranéen, dont les déplacements ruinent l'Empire hittite et compromettent les équilibres dans cette région. Parmi ces peuples, apparaissent les noms des *Shardana*, peut-être les

Sardes de Sardaigne, des *Shekeles*, anciens Sicules de Sicile, ou encore des *Tursha*, qui pourraient être les ancêtres des *Tusci*, les Étrusques d'Italie. En font aussi partie les *Peleset*, qui doivent être les Philistins : ils donnent leur nom à la région qu'ils occupent, la Palestine, au détriment des anciennes populations des Cananéens. Ces mouvements s'accompagnent d'une véritable révolution technique avec l'introduction progressive du fer qui vient supplanter l'usage du bronze. Dans cette évolution, trois aires culturelles jouent un rôle déterminant, les Minoens de la Crète, les Mycéniens de la Grèce et les Phéniciens du Levant.

De la civilisation cycladique à la Crète minoenne

Très tôt, le bassin oriental méditerranéen donne lieu à des échanges entre les populations réparties sur le Continent et dans les îles avec la diffusion de l'obsidienne de Mélos, de lames de silex, d'outils et d'objets en métal.

Les îles cycladiques. Ces îles participent à cette évolution et, sur un fond de population néolithique, connaissent un développement particulier au IIe millénaire, à l'époque du Bronze ancien. Organisées en villages faits de cabanes de terre, puis de pierre, elles sont surtout connues pour la production de statues de marbre de forme originale dite « en violon » ou de forme géométrique (idoles d'Amorgos, Grotta, Pélos, Kéros ou Phylakoi). Leur activité repose sur l'agriculture, mais aussi sur une vie maritime importante, illustrée par des représentations de bateaux sans voile et à proue relevée, sur des terres cuites (Syros) ou sous la forme de figurines de plomb à Naxos.

Chypre. Au sud-est de la mer Égée, la grande île de Chypre (9 251 kilomètres carrés) joue un rôle fondamental dans les relations maritimes. Elle possède en effet deux atouts majeurs ; elle est d'abord très bien située à la confluence des routes maritimes vers l'Égypte ou vers le Proche-Orient ; elle dispose surtout de riches gisements de cuivre dont l'île tire son nom et dont l'exploitation est facilitée par la présence d'immigrants des plateaux anatoliens. La diffusion en est essentielle dans ce IIe millénaire, apogée de l'âge du bronze dans ces régions. Aussi se développe sur l'île de Chypre une civilisation originale, caractérisée par une riche production de céramique où sont évoquées des scènes de la vie religieuse ou de la vie rurale (céramique de Vounous). Les scribes de l'île disposent en outre d'un système d'écriture, apparenté au *linéaire A de la Crète. C'est dans ce contexte que se multiplient les échanges avec les pays voisins, Égypte, Hittites, côte syrienne où le terme d'*Alasia* sert à désigner cette île, présente dans les sources hittites ou cananéennes comme à Ugarit en Syrie. La richesse de l'île y permet l'éclosion de centres urbains importants comme Enkomi ou Kition. Mais, à partir du 12e siècle av. J.-C., l'île connaît les ravages des Peuples de la Mer et est occupée par les Philistins.

La Crète. La seconde grande île (8 259 kilomètres carrés) où se développe un foyer culturel original au IIe millénaire est la Crète, au sud de la mer Égée. Le nom de civilisation minoenne, attribué à la Crète, vient de la mythologie grecque qui y rattache la légende du roi Minos, dont la femme, Pasiphaé, éprise d'un taureau, donne naissance au monstre Minotaure enfermé dans un labyrinthe par l'architecte Dédale. Ce monstre se nourrit de jeunes Athéniens et Athéniennes, et c'est pour arrêter ces massacres que Thésée, le héros athénien, avec l'aide d'Ariane, fille de Minos, vient tuer le Minotaure. Ce récit met au premier plan le rôle du taureau dans les rituels crétois, où sont représentées des scènes de jeux tauromachiques avec sauts acrobatiques sur des taureaux ou encore des sacrifices de taureaux (sarcophage d'Haghia Triada). Dès cette époque s'affirme donc la place qu'occupe le taureau dans les cultures méditerranéennes, depuis la Crète antique jusqu'à la tauromachie de la péninsule ibérique en passant par le sacrifice du taureau dans le culte oriental de *Mithra sous l'Empire romain. Mais la civilisation minoenne est surtout connue pour la présence de vastes structures palatiales (Cnossos, Phaistos, Mallia, Zakros), comprenant une grande cour centrale où devaient se dérouler les jeux de taureaux et autour de laquelle se répartissent les bâtiments publics et privés, ainsi que les ateliers et les entrepôts où sont stockées les productions agricoles dans des jarres, les *pithoi*. Ces palais présentent une architecture monumentale avec de grandes entrées, d'importants escaliers, de vastes salles à colonnades et des décors peints sur les murs, comme l'attestent les pièces du palais de Cnossos. Des quartiers urbains peuvent se développer près du palais, comme le quartier artisanal « Mu » sur le site de Mallia. C'est en effet le système palatial qui est au cœur de l'organisation socio-économique de la Crète. Y sont centralisées toutes les activités agricoles et artisanales de l'île dont la richesse se répartit entre la production d'huile, de vin, de laine ou encore la fabrication d'une belle céramique peinte et d'objets métalliques. Les scribes tiennent les comptes du palais sur des tablettes d'argile en écriture hiéroglyphique, puis en utilisant une écriture syllabique encore inconnue, le linéaire A ; à la fin de la période, ces scribes adoptent le *linéaire B, transcrit du grec sous l'influence de Mycènes et qui a pu être déchiffré.

La vie économique de la Crète dépendait largement des échanges extérieurs, ne serait-ce que pour les métaux ou pour l'ivoire. Aussi les Minoens ont-ils développé des relations maritimes avec de nombreuses régions de la Méditerranée orientale : le sud du Péloponnèse, l'île de Cythère, les Cyclades, l'île de Chypre, la Syrie, l'Égypte. Sans aller jusqu'à parler d'une thalassocratie crétoise comme l'évoquent les historiens grecs Hérodote et Thucydide, il est certain que la civilisation minoenne s'est largement répandue sur de multiples sites de la Méditerranée. Les fresques de l'île de Théra (actuelle Santorin), où est représentée une importante flottille, sont une illustration des activités maritimes de toute cette région sous l'influence des navigateurs crétois, qui peuvent être aussi bien des marchands que des pirates, cet aspect tenant une place importante dans la vie quotidienne de la Crète jusqu'à l'époque romaine. Cette brillante civilisation connaît un profond bouleversement vers − 1450, où la majorité des palais crétois sont détruits sans que l'on puisse déterminer avec certitude les causes de cette catastrophe. Le seul fait assuré est la présence de nouvelles populations venant de la Grèce, les Mycéniens.

Nouveaux horizons méditerranéens : Mycéniens et Phéniciens

Du 16e au 11e siècle av. J.-C., une nouvelle civilisation se développe à partir de la Grèce continentale.

Les Mycéniens. Le nom de Mycénien (peut-être les *Ahhiyawa*, « pays des Achéens », des sources hittites) vient de l'un des sites les plus importants de cette période, fouillé par H. Schliemann à la fin du 19e siècle, l'acropole de Mycènes en Argolide ; mais ce nom recouvre de nombreux autres sites, ne serait-ce que Pylos, Tirynthe et Athènes. C'est au pied de l'acropole de Mycènes que furent découverts les cercles de tombes avec un abondant et riche matériel archéologique comprenant des masques d'or, dont l'un fut arbitrairement attribué au roi Agamemnon, héros des poèmes homériques. Relayées par les grandes tombes à tholos, vastes chambres recouvertes d'une fausse coupole et précédées d'un couloir *(dromos)* à l'image de la « tombe d'Atrée » de Mycènes, largement répandues dans le Péloponnèse, en Grèce centrale, en Attique mais aussi dans les îles, ces nécropoles révèlent une société guerrière et aristocratique. Une grande partie de notre information sur cette société vient de tablettes d'argile trouvées d'abord en Crète, puis en Grèce, sur les sites mycéniens de Pylos en Messénie, de Mycènes, de Tirynthe, de Thèbes, d'Éleusis ou d'Orchomène. Déchiffrés en 1952 par J. Chadwick et M. Vendries, ces textes en écriture syllabique dite « linéaire B » représentent une partie des archives comptables des palais mycéniens. Une autre catégorie de sources a été pendant un temps prise comme base d'études pour cette période : les poèmes homériques liés à la prise de Troie, traditionnellement datée de la fin du 12e siècle av. J.-C. Les fouilles menées par H. Schliemann sur le site de Troie à la fin du 19e siècle voulaient accorder l'archéologie et la tradition poétique. En réalité, le niveau de la ville de Troie correspondant à cette épopée (Troie VII a) n'offre que l'aspect d'une modeste bourgade, qui fut peut-être un lieu de refuge pour des Mycéniens chassés des Balkans dans les périodes troublées du 12e siècle av. J.-C. Le contexte homérique se rapporte plus aux périodes postérieures.

L'un des faits majeurs de la civilisation mycénienne est son organisation en vastes zones fortifiées, entourées d'enceintes composées de grands blocs de pierre (murs dits « cyclopéens ») qui délimitent des ensembles de près de quatre hectares à Mycènes ou de deux hectares à Tirynthe. Au centre de ces structures, est aménagé un palais organisé autour d'une grande pièce rectangulaire à colonnes, foyer central du palais, le *mégaron*. Selon le même principe que le palais crétois, le palais mycénien est à la fois le centre du pouvoir politique, le cœur de l'administration et un centre de production. Les tablettes nous donnent une idée de l'organisation politique. À la tête du palais, se trouve le roi ou *wa-na-ka*, dont les fonctions semblent avoir un caractère religieux marqué ; le roi dispose d'un domaine foncier particulier, le *téménos*, terme qui, par la suite, désigne l'espace sacré attaché à une divinité et à son temple. De grands dignitaires entourent le roi, comme le *ra-wa-ke-ta* qui devait avoir aussi une fonction sacerdotale et disposait d'un *téménos* de dimension plus restreinte. D'autres responsables sont cités dans les tablettes : le *ko-re-te* ou le *qa-si-re-u*, ancêtre du **basileus*, terme qui désigne le roi dans la Grèce classique ; ces personnes devaient avoir des pouvoirs régionaux sans que l'on soit certain du contenu exact de ces pouvoirs. On connaît enfin l'existence de groupements indépendants, à côté des palais, désignés sous le terme de *da-mo*, qui préfigure le *dèmos*, le peuple à l'époque classique. Nous sommes bien là aux origines de la Grèce, d'autant que la religion mycénienne honore les grandes divinités grecques, Zeus, Poséidon, Athéna, Dionysos ; cependant, la documentation trop incomplète ne permet pas de reconstituer les pratiques religieuses des Mycéniens.

Mais le monde mycénien est aussi caractérisé par son ouverture sur la Méditerranée. En effet, le développement des activités économiques implique la recherche de débouchés pour la riche production mycénienne : laine, huiles parfumées, céramique, objets métalliques et surtout artisanat de luxe (coupes en or, bijoux, sceaux de pierres précieuses, objets en ivoire…). En même temps, les Mycéniens devaient se procurer les minerais indispensables à leur artisanat. Cette situation amène les Mycéniens à multiplier les échanges en Méditerranée et à être au cœur des relations entre les deux bassins méditerranéens. Les découvertes archéologiques mettent en évidence la diffusion en Méditerranée d'une production mycénienne dont on ne connaît pas toujours la provenance exacte – Grèce continentale, Crète ou Chypre par exemple –, mais qui nous révèle un important mouvement d'expansion. Les Mycéniens dominent nettement le monde égéen, avec une implantation de type palatial en Crète dans la dernière période (15e-13e siècle av. J.-C.) à Cnossos ou à La Canée, ainsi que dans les Cyclades à Phylacopi de Mélos (13e siècle av. J.-C.). Ailleurs, il semble que les marins mycéniens aient surtout établi des comptoirs commerciaux. Les vases mycéniens sont bien attestés à Rhodes (Iadysos, Trianda), dans l'île de Kos, sur les côtes de l'Anatolie (Troie, Milet, Tarse) et aussi sur celles de la Syrie du Nord. C'est d'ailleurs sur la côte sud de l'Anatolie qu'une épave (vers – 1300) a été retrouvée avec un chargement de cuivre, d'étain, d'ivoire, de vases chypriotes et mycéniens ; ce navire devait venir de Syrie ou de Chypre. En effet, la richesse en minerai de cuivre et la situation de carrefour maritime de Chypre ne pouvaient qu'attirer dans cette île les Mycéniens. Ils purent s'y installer (présence mycénienne à Kition, par exemple), mais aussi l'utiliser comme base de relation vers les côtes syriennes ou vers l'Égypte. L'île de Chypre constitue donc une sorte d'avancée du monde égéen. De la céramique mycénienne a ainsi été trouvée dans la capitale du pharaon Akhenaton, à Tell el-Amarna au 14e siècle av. J.-C. Mais les traces archéologiques sont aussi attestées en Méditerranée occidentale. Du matériel mycénien a été mis au jour à Ischia et à Vivara dans le golfe de Naples, en Étrurie, dans les îles Éoliennes, en Sardaigne où les Mycéniens purent être attirés par la richesse en minerai de cuivre ; l'influence mycénienne a pu alors jouer sur les *nuraghi* qui adoptèrent le système de la *tholos* ; de la céramique mycénienne est connue aussi en Sicile et dans le golfe de Tarente.

Les Mycéniens ouvrent ainsi la voie aux voyages lointains et amorcent une véritable communauté d'influence gréco-orientale qui touche presque toute la Méditerranée. Mais, à partir du 13e siècle av. J.-C., les sites mycéniens subissent une série de destructions qui amènent un effondrement progressif du système palatial et la disparition de cette civilisation : luttes intestines, arrivée de nouvelles populations (Peuples de la Mer,

Doriens), catastrophes naturelles, autant de causes invoquées sans que l'on puisse déterminer les raisons profondes de cet effacement qui couvre tout le 12e siècle av. J.-C. Cette période marque pour le monde égéen la disparition de l'écriture et le début de ce que des historiens ont appelé les « siècles obscurs ».

Le royaume d'Israël. Entre les 12e et 8e siècles av. J.-C., les côtes du Levant prennent le relais des relations méditerranéennes. Une double évolution caractérise les régions du Proche-Orient. C'est d'abord l'organisation du territoire des Hébreux et la formation du royaume d'Israël dans le secteur méridional en même temps que s'installent les Philistins. Arrivés en Palestine après leur exode depuis l'Égypte, les Hébreux restent dans un premier temps très liés à une organisation en douze tribus dont le trait fondamental est l'affirmation de la croyance en un seul Dieu, Yahweh, avec lequel ce peuple a conclu une alliance au mont Sinaï. Ce culte monothéiste constitue à la fois l'originalité et le lien entre les tribus occasionnellement réunies sous le gouvernement des Juges comme les prophètes Élie ou Samuel. Pour mieux résister à la pression de leurs voisins les Philistins, les Hébreux se constituent en royaume. Saül (– 1030 à – 1010) est le premier roi d'Israël, suivi de David (– 1010 à – 970) et de Salomon (– 970 à – 931). C'est sous le règne de Salomon que s'affirme le pouvoir religieux d'Israël avec la construction du Temple ; c'est aussi l'époque où se multiplient les relations extérieures, avec la seconde puissance importante de cette région, les villes phéniciennes, en particulier Tyr. La Bible nous apprend que Salomon fit construire une flotte équipée par le roi Hiram de Tyr ; cette flotte navigua vers le pays d'*Ophir* (Inde, Arabie, Yémen ou Éthiopie ?), puis vers *Tarshish*, qui pourrait être le site hispanique de *Tartessos* : ce serait alors le premier témoignage écrit de l'expansion phénicienne en Méditerranée occidentale.

L'expansion phénicienne. La fin du IIe millénaire s'ouvre sur une nouvelle phase des échanges en Méditerranée avec le développement de la navigation maritime phénicienne depuis les côtes du Levant jusqu'aux portes de l'Atlantique. Héritière du pays des Cananéens dont la partie méridionale a été occupée par

les Philistins en Palestine et les Hébreux, la Phénicie correspond
à la bande côtière comprise entre l'Oronte au nord et la ville
d'Haïfa au pied du mont Carmel au sud. Ce pays est dominé par
de hautes montagnes (monts du Liban et de l'Anti-Liban) séparées par une plaine intérieure, la Bekaa. Le terme utilisé pour
désigner cette région est d'origine grecque, *Phoinikè*, tiré du mot
phoinix, « rouge pourpre », qui fait référence soit à la couleur
basanée des Phéniciens, soit plutôt à l'utilisation de la teinture
pourpre tirée d'un coquillage, le murex, ce qui met directement
ce peuple, dans son nom même, en relation avec la mer. Trois
villes dominent cette région. Deux sont situées sur un promon-
toire, Byblos au nord et Sidon au sud de la ville de Beyrouth ;
Sidon fut la plus importante ville phénicienne au IIe millénaire,
avec sa satellite, Sarepta, berceau de la déesse Tanit. La troisième
ville est Tyr, à 70 kilomètres au sud de Beyrouth sur un îlot,
centre du culte de Melquart, d'Astarté et de Ba'al, mais aussi au
cœur de la production de la pourpre. Tyr a pris le relais de Sidon
et contrôle les activités phéniciennes à l'aube du Ier millénaire.
Toutes ces cités sont dirigées par des rois, mais entourées d'une
aristocratie marchande toute-puissante. En effet, les villes phéniciennes entretiennent d'importantes relations économiques avec
les pays voisins. Ainsi, un papyrus égyptien du 11e siècle av. J.-C.
évoque la mission d'Ounamon qui vient à Byblos pour acheter
du bois de cèdre. L'île de Chypre tient une place importante dans
les échanges entre le Levant et la Méditerranée, surtout à partir
du 9e siècle av. J.-C. où la pression des Assyriens incite les Phéniciens à intensifier leurs relations avec cette île : présence phénicienne à Kition, Lapéthos, Paphos. Les contacts sont nombreux
aussi en Anatolie, dans la mer Égée, en particulier sur le site de
Lefkandi dans l'île d'Eubée ou en Crète. D'autre part, la côte
phénicienne est un point d'aboutissement des trafics caravaniers
qui viennent de l'Orient et qui font de cette région un carrefour
de première importance. L'élément déterminant de l'expansion
phénicienne fut le renforcement des expéditions maritimes vers
le bassin occidental de la Méditerranée.

   Aidés par une bonne expérience de la mer et une bonne
connaissance des courants marins, les Phéniciens disposent de
bateaux à haute proue et à poupe recourbée, équipés d'une ou

deux voiles complétées par de longues rames et un gouvernail sous forme d'une rame supplémentaire. Avec ces navires, ils se lancent sur les routes maritimes de l'Occident en pratiquant à la fois le cabotage et la navigation en haute mer. Ils purent ainsi utiliser différents circuits pour gagner le bassin occidental, par Chypre, les côtes africaines, la Sicile, le Maroc et le sud de l'Espagne. La partie méridionale de la Méditerranée devient une « mer phénicienne » (Michel Gras). La concurrence des Grecs de Théra qui s'installent en Libye, à Cyrène, au 7e siècle av. J.-C. dut les amener à reprendre les voies du nord par la Crète et les Cyclades.

Quoi qu'il en soit, ces expéditions aboutissent à la fondation de comptoirs, dont les plus anciens, selon la tradition, remontent au 11e siècle av. J.-C. avec Utique en Afrique du Nord et Gadès (Cadix) dans le sud de la péninsule ibérique. Une donnée constante caractérise les installations phéniciennes, une situation « entre terre et mer » : des petits îlots côtiers comme Motyé en Sicile, des criques dans une grande île comme Sulcis en Sardaigne, des péninsules comme Tharros et Nora en Sardaigne, l'embouchure d'un fleuve à Toscanos en Espagne, le fond d'un golfe à Utique et à Carthage en Tunisie ou à Ibiza dans les Baléares. Tous ces sites possèdent des sanctuaires, organisés autour d'un lieu de sacrifice, le *tophet*. Les sites phéniciens sont essentiellement des relais commerciaux par où transitent les produits orientaux, bois, huile, articles de luxe, objets égyptiens *(aegyptiaca)*, et les métaux comme le cuivre, l'argent ou l'étain provenant des régions atlantiques désignées sous le nom générique d'*îles Cassitérides, que ce soit le sud de l'Angleterre, la Bretagne ou encore la Galice espagnole. La fondation par Tyr, en – 814, de la ville de Carthage en Tunisie, à partir de l'expédition mythique de la reine Élissa accompagnée de quatre-vingts vierges prises à Chypre, marque une étape essentielle dans cette occupation de l'espace méditerranéen par les Phéniciens. La croissance de cette ville et sa volonté d'affirmer sa place dans le bassin occidental au moment où se multiplient les fondations grecques et où se développent les cités étrusques en Italie ouvrent une nouvelle ère pour l'histoire de la Méditerranée.

Cette période voit progressivement s'établir des courants

réguliers d'échanges en Méditerranée. Mais le premier signe d'unité est l'adoption de plus en plus généralisée d'un nouveau système d'écriture qui apparaît en Phénicie avec un alphabet simplifié de vingt-deux lettres, dont le premier témoignage est le texte gravé sur le sarcophage d'Ahiram à Byblos vers – 1100. Cette écriture se répand très vite, est adoptée au Proche-Orient et surtout par les Grecs, puis les Étrusques et les Latins : c'est le signe concret d'un lien culturel fort dans le monde méditerranéen que l'évolution historique renforce à partir du 8ᵉ siècle av. J.-C.

DOCUMENT 1

Le commerce phénicien : l'exemple de Tyr

Le prophète Ézéchiel a vécu l'une des époques les plus dramatiques de l'histoire antique d'Israël : la chute de Jérusalem en – 587. Une partie du Livre d'Ézéchiel dans la Bible est consacrée aux oracles contre les nations voisines d'Israël. C'est dans ce contexte qu'il décrit les activités commerciales des Phéniciens et de la ville de Tyr.

« La parole de Yahvé m'advint en ces termes :
Et toi, fils d'homme, profère sur Tyr un chant funèbre.
Tu diras à Tyr, qui est assise au bord des entrées de la mer,
qui trafique avec les peuples vers de nombreuses îles :
Ainsi parle le Seigneur Yahvé :
Tyr, tu étais un navire parfait en beauté !
Au cœur des mers était ton territoire.
Tes constructeurs t'avaient rendue parfaite en beauté :
en cyprès de Senir ils avaient construit
tous tes bordages ;
ils avaient pris un cèdre du Liban pour te faire un mât ;
avec des chênes de Bachân ils avaient fait tes rames ;
ils t'avaient fait un pont d'ivoire
incrusté dans du cyprès des îles de Kittim ;
du lin fin diapré d'Égypte était ta voilure
pour te servir de pavillon ;

la pourpre violette et la pourpre rouge des îles d'Élicha
formaient ta cabine.
Les habitants de Sidon et d'Arwad te servaient de rameurs ;
les meilleurs artisans de Chèmer étaient chez toi,
ils étaient, eux, tes matelots,
les anciens de Guebal et ses meilleurs artisans
étaient chez toi tes radoubeurs.
Tous les vaisseaux de la mer et leurs marins étaient chez toi
pour échanger tes denrées.

Ceux de Perse et de Loud et de Pout étaient dans ton armée, comme tes hommes de guerre. Ils suspendaient chez toi le bouclier et le casque ; ils te donnaient ta splendeur. Les fils d'Arwad et de Helek étaient sur tes remparts tout autour, les Gammadiens étaient sur tes tours. Ils suspendaient leurs boucliers sur tes remparts tout autour ; ils te rendaient parfaite en beauté.

Tarsis commerçait avec toi à cause de l'abondance de tous tes biens ; elle te livrait de l'argent, du fer, de l'étain et du plomb, contre tes marchandises. Yawân, Toubal et Mèchek trafiquaient avec toi ; ils te livraient des esclaves et des objets de bronze, contre tes denrées. Ceux de Bet-Togarma te livraient des chevaux, des coursiers et des mulets, contre tes marchandises. Les fils de Rodân trafiquaient avec toi ; des îles nombreuses participaient à ton commerce, elles te remettaient des défenses d'ivoire et de l'ébène en paiement. Édom commerçait avec toi à cause de l'abondance de tes produits ; il te livrait des escarboucles, de la pourpre rouge, des tissus diaprés, du byssus, du corail et du rubis, contre tes marchandises. Juda et le pays d'Israël trafiquaient avec toi ; ils te livraient du blé de Minnit, de la cire, du miel, de l'huile et du baume, contre tes denrées. Damas commerçait avec toi à cause de l'abondance de tes produits, à cause de l'abondance de tous tes biens ; [elle te fournissait] du vin de Helbôn et de la laine de Sahar. Wedân et Yawân, depuis Ouzal, te livraient, contre tes marchandises, du fer forgé, de la casse et de la cannelle ; c'était contre tes denrées. Dedân faisait avec toi trafic de housses pour monter à cheval. L'Arabie et tous les princes de Qedar eux-mêmes participaient à ton commerce ; ils faisaient avec toi commerce d'agneaux, de béliers et de boucs. Les trafiquants de Cheba et de Raama trafiquaient avec toi ; ils te livraient tous les meilleurs baumes, toutes les pierres précieuses et de l'or, contre tes marchandises. Harân, Kanné, Éden trafiquaient avec toi ; Assour, Kilmad trafiquaient avec toi ; ils faisaient avec toi trafic de vêtements splendides, de manteaux de pourpre violette et de tissus diaprés, de tapis bariolés, de cordes solidement tressées, dont [ils pourvoyaient] tes marchés. Les vaisseaux de Tarsis étaient les caravanes de tes denrées.

Tu étais donc remplie, lourdement chargée,
au cœur des mers.
Sur les grandes eaux
tes rameurs t'ont conduite.
Le vent d'est t'a brisée

au cœur des mers.
Tes biens et tes marchandises, tes denrées,
tes marins et tes matelots,
tes radoubeurs et tes courtiers,
tous tes hommes de guerre qui étaient chez toi
et toute la foule qui était au milieu de toi
sombreront au cœur des mers
au jour de ta chute.
En entendant le cri de tes matelots
les plages trembleront !
Alors descendront de leurs vaisseaux
tous ceux qui manient la rame ;
les marins, tous les matelots de la mer
se tiendront à terre.
Ils feront entendre leur voix à ton sujet,
ils pousseront des cris amers ;
ils jetteront de la poussière sur leur tête,
ils se rouleront dans la cendre ;
ils se tondront le crâne à cause de toi
et revêtiront le sac.
Ils pleureront sur toi, l'amertume dans l'âme,
en une amère lamentation ;
ils proféreront sur toi un chant funèbre,
ils chanteront sur toi :
Qui était semblable à Tyr
au milieu de la mer ?
Quand débarquaient des mers tes marchandises,
tu rassasiais de nombreux peuples ;
par l'abondance de tes biens et de tes denrées
tu enrichissais les rois de la terre.
Maintenant te voilà brisée sur les mers
dans les profondeurs des eaux ;
tes denrées et toute ta foule
au milieu de toi ont sombré.
Tous les habitants des îles
sont stupéfaits à cause de toi ;
leurs rois sont secoués de frissons,
leurs visages sont abattus ;
les commerçants des peuples
sifflent sur toi ;
tu es devenue un objet d'épouvante
et tu ne seras jamais plus ! »

Livre d'Ézéchiel, chapitre 27,
trad. Émile Osty et Joseph Trinquet,
Paris, Éd. du Seuil, 1973.

DOCUMENT 2

Bateaux phéniciens

Un relief assyrien découvert à Ninive nous donne la représentation de deux types de bateaux phéniciens des 8ᵉ-7ᵉ siècles av. J.-C. Le navire marchand est trapu avec sa proue et sa poupe relevées, tandis que le navire de guerre comporte un éperon.

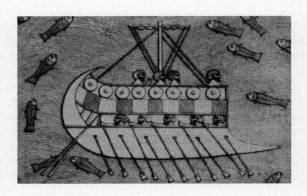

Dessins d'après le relief de Ninive. (D'après Paul Adam, « La guerre navale en Méditerranée », *Les Dossiers d'archéologie*, n° 29, juillet-août 1978.)

2. Un espace à coloniser

(8e-5e siècle av. J.-C.)

« Au 8e siècle, on s'élance à travers les mers pour fonder, pour vendre et acheter. Au 7e siècle, on s'installe sur tous les rivages dans les colonies grecques ou des villes phéniciennes. Au 6e siècle, on se heurte, on s'affronte sur mer… » (M. Gras, *La Méditerranée archaïque*, p. 29). On ne peut mieux définir les faits dominants de cette période.

Les mutations dans le bassin oriental à l'aube du Ier millénaire

Le 12e siècle av. J.-C. fut une époque troublée pour le bassin méditerranéen, avec les répercussions provoquées à la fois par les Peuples de la Mer et par des courants de migration. Les relations maritimes se ralentissent et même s'interrompent, mais une reprise d'activité s'amorce dès la fin du 11e siècle, attestée aussi bien sur les côtes du Levant que dans les Balkans et dans les îles de l'Égée. L'usage du fer se répand dans la plupart des régions : ainsi l'Argolide, l'Attique (mine de Thorikos) et l'île d'Eubée deviennent des zones d'extraction de minerai. La découverte d'une grande tombe à Lefkandi en Eubée, où le mort était enterré avec ses armes, dont une épée en fer, et quatre chevaux, est l'indice d'une société de type aristocratique dominée par des chefs guerriers qui font penser aux héros d'Homère. C'est aussi la période où des communautés grecques d'Attique et d'Eubée, les Ioniens, quittent les Balkans pour s'installer dans les îles de l'Égée et sur les côtes d'Asie Mineure, qui constituent désormais l'Ionie : les deux rives de l'Égée appartiennent alors au monde grec.

La reprise s'affirme plus nettement à partir du 9e siècle av. J.-C. L'archéologie met en évidence un essor démographique et un renouveau d'activités agricoles : à Athènes, des modèles réduits de grenier en terre cuite font partie du matériel des tombes. Des agglomérations urbaines s'organisent avec des quartiers d'habitation à Zagora dans l'île d'Andros et avec une enceinte à Smyrne au 9e siècle. En même temps, aux 9e et 8e siècles se développent les premières implantations de sanctuaires à Athènes, Delphes, Éleusis, Olympie, Délos ou encore Samos, où vers – 800 est édifié un temple d'Héra, *Hèraion*, de forme rectangulaire avec des colonnades en bois, un des plus anciens témoignages de temple grec. Les grands dieux du panthéon grec s'imposent sur ces sites : Zeus, Héra, Athéna, Apollon, Déméter, etc. Succédant à la céramique dite « protogéométrique » du siècle précédent, un décor nouveau, « géométrique », apparaît aux 9e-8e siècles av. J.-C., avec des scènes funéraires encadrées de motifs géométriques peints sur de grands vases ou loutotrophes, caractéristiques de la nécropole du Dipylon à Athènes. Dès – 800, les relations maritimes marquent un net regain d'activité et ce sont sans doute les Grecs de l'île d'Eubée qui fréquentent alors le site d'Al-Mina, à l'embouchure de l'Oronte, carrefour essentiel des routes maritimes et terrestres entre l'Égée, l'Anatolie et les côtes du Levant.

Plongeant leurs racines dans le monde mycénien mais largement inspirés par les époques suivantes, les récits homériques, écrits au 8e siècle av. J.-C., sont une évocation poétique, à travers la prise de Troie dans l'*Iliade* et le retour d'Ulysse dans l'*Odyssée*, de cette société aristocratique organisée autour d'un *basileus*, roi et chef guerrier comme Agamemnon, mais qui est aussi le propriétaire d'un domaine agricole, un *oikos*. C'est pour retrouver cet *oikos* qu'Ulysse affronte les dangers de la mer. Le récit de son retour reflète l'importance des thèmes marins à cette époque ; il fait écho à la navigation de ces Grecs qui, comme les Eubéens, se lancent à l'aventure sur les traces de leurs prédécesseurs, les marins mycéniens : en cela, Ulysse est le premier héros littéraire de la Méditerranée.

Cependant, les régions du Proche-Orient subissent dans cette période la pression de plus en plus forte des grands empires orientaux. À plusieurs reprises, les rois assyriens lancent des offensives vers le pays d'Israël, divisé en deux royaumes après le règne de Salomon : le royaume de Juda autour de Jérusalem et le royaume d'Israël avec la ville de Samarie. La prise de cette ville en – 721 par Sargon II met un terme à ce royaume. Quelques décennies après, c'est le tour des villes phéniciennes ; Sidon est détruite en – 677 et Tyr assiégée en – 671. L'Égypte n'échappe pas aux menaces assyriennes, en particulier sous le règne d'Assurbanipal, qui s'empare de Thèbes en – 663 et installe au pouvoir un pharaon de Saïs, ville du delta, Psammétique Ier. Pour assurer son indépendance, ce souverain bénéficie de l'effacement progressif de l'Assyrie, confrontée à la montée en puissance de Babylone. La politique égyptienne s'ouvre alors de plus en plus vers la Méditerranée sous l'influence croissante des Grecs, présents à Naucratis. À la fin du 7e siècle av. J.-C., l'Empire babylonien prend la place des Assyriens avec la même volonté de contrôler les côtes du Proche-Orient. L'un des événements majeurs est la destruction de Jérusalem par Nabuchodonosor en – 587, et l'exil du peuple juif jusqu'en – 537. À la même époque, en – 524, la ville de Tyr est prise par les Babyloniens. Mais les premiers siècles de ce millénaire sont surtout caractérisés par l'extension progressive des cités sur les rivages de la Méditerranée.

Cités et colonies (8e-6e siècle av. J.-C.)

La période archaïque est par excellence l'époque où se met en place un véritable urbanisme méditerranéen, lié à un double phénomène : la naissance des cités dans le monde gréco-italien et le vaste mouvement de fondations coloniales qui gagne toutes les côtes méditerranéennes.

La naissance des cités. La cité en Grèce résulte d'un lent processus de réorganisation des territoires avec la constitution de petits États, communautés politiques autonomes installées sur un espace, *chôra*, délimité par des frontières. La ville forme le cœur de cet espace, avec des lieux publics qui se définissent progressivement comme l'*agora*, la place publique, dont le premier exemple est celle de Dréros en Crète orientale. Cette cité peut naître de la réunion de plusieurs communautés ou « synœcisme », comme ce fut le cas pour Sparte qui s'organisa à partir de quatre villages. À Athènes, la tradition attribue à Thésée, le héros fondateur, la réunion de plusieurs communautés éparses en une seule cité, dont le centre est l'Acropole. Ce phénomène s'accompagne de mutations politiques où le pouvoir royal s'efface au bénéfice d'un pouvoir partagé par un petit nombre de propriétaires fonciers ; la monarchie laisse place à l'oligarchie. Les premières structures politiques comprennent un conseil, *boulè*, et des magistrats comme les éphores à Sparte. Ainsi la Grèce et les îles de l'Égée se couvrent de nouvelles communautés politiques dont les relations sont souvent conflictuelles. Dans ce contexte, la guerre prend alors une forme nouvelle où s'exprime là aussi une volonté collective avec la création de la phalange hoplitique. Dans cette stratégie de combat, la cohésion est assurée par un dispositif en lignes où le bouclier, *hoplon*, d'un soldat protège aussi en partie le corps de son voisin ; cette évolution est importante dans la prise de conscience politique des citoyens-soldats.

À la même période, l'Italie centrale connaît un processus identique avec l'apparition des cités étrusques. Prenant la suite de la culture villanovienne, les Étrusques bénéficient de cette culture, mais aussi de l'apport des peuples d'Europe du Nord qui pratiquent l'incinération dans des urnes et des mouvements de populations liés aux « Peuples de la Mer » dont faisaient partie les *Tursha*, qui seraient en fait les *Tusci*, les Étrusques. Ce peuple utilise un alphabet apparenté au grec, qui ne pose donc pas de problème de lecture ; en revanche, la langue étrusque est encore difficilement déchiffrable en dehors des inscriptions funéraires sommaires. Un texte plus long comme l'ensemble des bandelettes de lin qui protégeaient une momie égyptienne conservée à Zagreb, le « Livre de Zagreb », reste énigmatique. L'étrusque correspond à un groupe linguistique disparu qui pourrait se rattacher au fond méditerranéen pré-indo-européen et que l'on retrouve dans les Alpes avec le rhétique des Rhètes ou dans les îles de la mer Égée sur la stèle de Lemnos. Centré sur l'actuelle Toscane, le pays étrusque est structuré en cités qui se partagent le territoire. La fondation de ces cités se fait selon un rite précis où l'espace urbain est délimité par un sillon et est réparti selon des grands axes que reprendront les Romains : le *cardo*, nord-sud, et le *decumanus*, est-ouest. Selon la légende, c'est ce principe de fondation qu'adopte Romulus pour la ville de Rome. Ces villes utilisent de préférence des sites escarpés à l'intérieur des terres ; une seule ville s'installe près de la mer, Populonia, pour exploiter le fer de l'île d'Elbe. Elles peuvent disposer d'avant-ports comme Pyrgi pour Caere ou Gravisca pour Tarquinia. Ces cités peuvent se regrouper en fédérations comme celle des douze cités avec Véies, Caere, Tarquinia, Vulci, Volsinies, Chiusi, Vetulonia, Volterra, Pérouse, Cortone, Arezzo et Fiesole. Elles sont dirigées par des rois, puis par des magistrats ou *zilath*. Les insignes du pouvoir, faisceaux de *lic-teur, sièges *curules, manteau rouge du chef, ainsi que la céré-monie du *triomphe font partie du cadre de la vie politique étrusque dont Rome hérita. De même, la religion étrusque est à la base de domaines importants de la religion romaine, en parti-culier pour tout ce qui a trait à l'observation et à l'interprétation des signes, foudre, examen du foie (haruspicine), etc. Le temple étrusque eut aussi une grande influence sur l'architecture reli-gieuse romaine.

Les Étrusques étendent leur domaine au-delà de la Toscane vers l'est de l'Apennin et la plaine du Pô : Felsina (Bologne), Marzabotto, Spina, Adria. Mais surtout, ils occupent progressi-vement au sud Capoue et la Campanie. C'est dans ce contexte qu'il faut situer la fondation de Rome, fixée par la tradition en 753 av. J.-C. En réalité, si l'archéologie indique, par les traces de cabanes sur le Palatin, l'existence d'une communauté vivant de l'élevage, rien n'atteste la présence d'une ville au 8ᵉ siècle av. J.-C. Les récits légendaires d'Énée ou de Romulus et Remus n'ont été conçus qu'à des époques postérieures, mais ils confirment ces premières formes d'organisation en village entouré d'une enceinte. L'urbanisation du site ne se réalise qu'à partir du 6e siècle av. J.-C. quand les Étrusques décident de s'y installer. D'après les sources, ce serait le descendant de familles grecques émigrées en Étrurie, Tarquin l'Ancien, fils du corinthien Démarate, qui aurait été le premier roi étrusque de Rome. D'importants travaux sont alors réalisés : drainage de la vallée où s'installe le forum avec un grand égout, la *Cloaca Maxima*, construction d'une enceinte en pierre, premiers temples... En même temps, se dessine l'organisation sociale et politique de Rome avec les familles *(gentes)*, les tribus entre lesquelles se répartit le peuple, les diverses assemblées ou *comitia*. La réforme attribuée à Servius Tullius intègre dans la même armée les descendants des anciennes familles qui forment le patriciat et le reste de la population libre, la plèbe. Une nouvelle division en tribus géographiques, liées à la résidence comme à Athènes, renforce cette évolution.

L'expansion grecque. Parallèlement à cette naissance des cités dans différents secteurs géographiques de la Méditerranée, se produit un phénomène d'une ampleur considérable et qui gagne tout le bassin méditerranéen : l'expansion grecque. À partir des cités de la Grèce continentale, des îles de la mer Égée ou des cités d'Asie Mineure, des groupes de Grecs quittent leur patrie d'origine sous la conduite d'un chef d'expédition, l'« oikiste », le fondateur. Ils partent pour fonder sur des territoires étrangers occupés par des indigènes, des « Barbares » qui ne parlent pas le grec, des établissements permanents, des cités nouvelles, ou *apoikia*, terme qui marque bien la rupture avec l'habitat d'origine, l'*oikos*, pour aller vivre à distance, *apoikein*. Ce que l'on désigne sous l'expression de colonisation est donc plus une série d'émigrations. Les causes de ces départs sont multiples et variables selon les cités et selon les époques. L'une des raisons principales évoquées par les sources antiques serait la disette liée au manque de terres agricoles, la *sténochôria* : ainsi s'expliquerait la fondation de Rhégion en Italie du Sud par Chalcis d'Érétrie. Mais il faut aussi y ajouter les rivalités politiques ou les conflits internes : Archias, membre de la grande famille de

Corinthe, les Bacchiades, est chassé pour meurtre et part fonder Corcyre (Corfou) et Syracuse. Enfin, les arguments commerciaux ne furent pas absents dans les motivations des fondations : route des métaux, nouveaux marchés. Cet aspect s'exprime dans la notion d'*emporion* qui désigne des sites plus spécifiquement liés aux activités commerciales comme Emporion (Ampurias) en Catalogne, fondé par les Phocéens, ou encore Naucratis en Égypte, lieu privilégié d'échanges entre le blé égyptien, le papyrus ou les objets en ivoire et les produits grecs (huile, vin, céramique). Ce courant migratoire se fit selon deux phases chronologiques. La première, de – 750 à – 650, concerne essentiellement des échanges entre les Balkans, l'Italie du Sud et la Sicile, tandis que la seconde est plus étendue vers la mer Noire, les côtes de l'Afrique et l'Extrême-Occident. Mais toutes les régions méditerranéennes furent touchées par ces fondations dont on peut esquisser la répartition géographique.

Le nord de l'Égée et la péninsule de la Chalcidique de Thrace sont parmi les premières régions atteintes par la navigation eubéenne (Toroné, Mendé, Skioné, Méthoné) ; Corinthe, de son côté, y fonde Potidée ; les habitants de Paros occupent l'île de Thasos et Samos fonde Samothrace. Pour les Grecs, la route maritime de la mer Noire, le Pont-Euxin ou la « mer hospitalière » des Anciens, est vitale pour le commerce du blé. Mégare et Milet se partagent les créations de cités dans ces régions. C'est ainsi que Mégare est à l'origine de Byzance, Chalcédoine et Héraclée du Pont, tandis que Milet fonde Cyzique au sud de la mer de Marmara, la Propontide grecque. Mais surtout Milet a un rôle primordial pour l'installation des Grecs sur les rives de la mer Noire, véritable « lac milésien ». Parmi les nombreuses villes, on peut mentionner, sur la côte sud, Sinope, Trapézonte ; à l'est, en Géorgie, Dioscouria, Phasis et Gynéos ; au nord, dans la péninsule de Crimée, Panticapée, Chersonèse et, au fond de la mer d'Azov, le lac Maéotis des Grecs, la cité de Tanaïs à l'embouchure du Don ; c'est aussi aux embouchures du Dniepr, le Borysthène grec, et du Bug, l'Hypanis, que se développe le site d'Olbia ; sur la côte ouest, Tyras et Nikonion près du Dniestr, le Tyras antique, Istros près du Danube, qui porte le même nom, et enfin, plus au sud, Odessa, Mésembria et Apollonia. Dans le bassin oriental, les Grecs, en particulier les Eubéens, fréquentent de plus en plus l'*emporion* d'Al-Mina sur la côte de Syrie, mais surtout ils s'installent dans le delta du Nil : à la fin du 7e siècle av. J.-C., les Grecs fondent Naucratis, près de la capitale de Psammétique Ier, Saïs. Cette création est un véritable *emporion* où sont présentes plusieurs cités grecques, Milet, Samos, Égine, Rhodes, etc., qui y construisent leurs sanctuaires. En revanche, la fondation de Cyrène, sur les côtes de l'actuelle Libye, est l'œuvre de colons originaires de l'île de Théra (Santorin) avec l'appui de la Crète, intermédiaire naturel entre les îles de l'Égée et les côtes africaines.

Cependant, c'est en Occident que fut fondé le plus ancien établissement grec, sur l'île d'Ischia, Pythécusses. Les Eubéens s'y installent dès − 770 et y côtoient d'autres marchands et artisans d'origine orientale ; Pythécusses, comme Naucratis, est un *emporion*. Dans la même période, Cumes est créée sur le continent et cette ville constitue le point avancé du monde grec en Italie. Au début du 7e siècle av. J.-C., Cumes fonde à son tour Parthénopé, la future Naples. Mais l'essentiel des établissements grecs se retrouve sur les côtes italiennes et siciliennes : au sud de l'Italie qui prend le nom de Grande-Grèce, sur les rivages de la mer Ionienne, ce sont les grandes colonies de Tarente, unique fondation spartiate, de Siris, de Sybaris détruite en − 510 par la cité voisine de Crotone, de Locres. Dans leur prolongement, sur les côtes siciliennes, se sont développées, à l'est, les villes de Naxos, Catane, Mégara Hyblaea fondée par Mégare, et Syracuse fondée par les Corinthiens ; au sud, ce sont les cités de Géla, Agrigente, Sélinonte, la partie occidentale de l'île étant occupée par des sites phéniciens. Le détroit de Messine entre la Sicile orientale et la pointe de la botte italienne avait été un des premiers objectifs des colons de Chalcis d'Eubée : ils y établirent les cités de Zancle (Messine) en Sicile et de Rhégion en Italie, contrôlant ainsi le passage du détroit tant redouté à cause du tourbillon de Charybde et du rocher de Scylla ! Entre la zone du détroit et la baie de Naples, en mer Tyrrhénienne, les colonies grecques se font rares et sont tardives : Poseidonia, fondée par Sybaris, et Élée (Véleia), ultime fondation phocéenne vers − 540.

Ce sont en effet les Phocéens d'Asie Mineure qui forment les dernières vagues de migration vers l'Extrême-Occident. Dans le sillage des Phéniciens, ils nouent des relations avec le sud de la péninsule ibérique, en particulier avec le roi de Tartessos, Arganthonios. Les fondations de Marseille, vers − 600, puis d'Emporion (Ampurias) ont pu se concevoir comme des escales sur cette grande route maritime du détroit de Gibraltar. D'autres relais sont établis sur cette route : en Espagne, Mainaké, Hémé-roscopéion (Denia ?), Akra Leuké (Alicante) et Alonis (Santa Pola, Alicante) ; en Gaule, Agathé (Agde), Théliné (Arles), Antipolis (Antibes). Enfin, les Phocéens, vers − 565, créent un relais en Corse à Alalia (Aléria).

Plus de deux siècles de navigation et de création de sites grecs n'ont pas été sans profondes répercussions sur les populations des rivages méditerranéens. Dans son principe même, c'est d'abord le cadre de la cité qui s'étend à tous les peuples rive-rains. Les colons grecs apportent avec eux un mode d'organisa-tion politique et mettent en place sur ces nouveaux territoires un urbanisme adapté. Dans le rituel de fondation, l'« oikiste » fon-dateur invoque les dieux et procède à la délimitation de l'espace urbain et rural. Ainsi, à Mégara Hyblaea en Sicile, l'espace public est bien marqué et l'urbanisation se fait selon un parcel-laire précis que l'on retrouve de façon encore plus systématique à Sélinonte ; le plan de cette colonie se définit selon deux quar-tiers, le premier nord-ouest/sud-est, le second, qui correspond à l'acropole, nord-sud, et l'*agora* se situe au contact des deux quar-tiers, avec une zone réservée aux temples. L'archéologie a mis en évidence une organisation du même type pour les terroirs agri-coles avec des cadastres à Géla (Sicile), Métaponte (Italie), Agde (France), Ampurias (Espagne), ou encore Olbia en mer Noire. Toutes ces opérations d'arpentage sont bien la marque d'une prise de possession de l'espace méditerranéen. En même temps, les cités sont autant de points de contact avec le monde indigène et constituent des lieux propices à tous les processus d'accultu-ration entre Grecs et « Barbares » ; chacun peut tirer profit des échanges aussi bien dans le domaine culturel (langue, écriture, art) et religieux que dans les modes de vie courante. Pour ne prendre que quelques exemples, c'est sous l'influence des connaissances des Grecs que se développent les cultures de l'olivier et de la vigne en Gaule du Sud ; des objets grecs et des œuvres d'art reflétant les échanges de culture abondent dans les kourganes, ces grandes tombes scythes qui parsèment l'Ukraine méridionale ; les peintures des tombes étrusques reprennent le thème du banquet lié à la culture grecque.

Mais il est bien évident que l'une des conséquences majeures a été l'intensification des courants commerciaux, où se retrouvent, dans une situation de plus en plus concurrentielle, les Grecs, les Phéniciens et les Étrusques. La navigation maritime est bien sûr au cœur de ces relations. Dès l'origine, elle se fait en fonction de deux grandes saisons ; la première, que les Grecs nomment le *cheimôn*, est la mauvaise époque qui va de novembre à mars, et la seconde, le *théros*, la belle saison qui couvre les mois de mars à novembre. Pour affronter la mer, les marins disposent à l'origine de bateaux « cousus » où les planches du *bordé sont attachées par des ligatures végétales, comme en témoigne l'épave de Bon-Porté (Saint-Tropez) ; mais assez vite est adopté l'assemblage plus classique par tenons et mortaises : les épaves découvertes à Marseille en 1993 donnent une idée de ces deux techniques. Deux types de forme caractérisent ces bateaux : une forme allongée où la proue est complétée par un éperon, plus adapté à la guerre et à la piraterie, et un navire rond, le *gaulos des Phéniciens, pour le commerce. En réalité, les deux types peuvent servir à un usage commercial. L'évolution la plus importante concerne les navires longs, mus à la rame, dont les plus grands furent les *pentécontères à 50 rameurs construits par les Phocéens pour leurs expéditions vers l'Extrême-Occident. Mais leur longueur les rendait fragiles. Aussi, progressivement, fut adopté un autre principe, celui de la superposition des rameurs qui aboutit à Corinthe à la première construction de la *trière à trois rangs de rameurs, d'une longueur moyenne de 36 mètres sur 5 mètres de largeur. Ce bateau de 170 rameurs allait être à la base de la marine grecque classique.

Ces navires transportent une grande variété de produits. Deux catégories occupent une place importante : les céréales et les métaux. L'approvisionnement en céréales est une préoccupation constante pour le monde grec, ce qui explique son intérêt pour les régions de la mer Noire, pour l'Égypte, l'Italie du Sud et la Sicile. Les métaux sont aussi, depuis l'époque mycénienne, à la base des expéditions maritimes ; l'Anatolie, le Pont-Euxin et l'île d'Elbe peuvent fournir du fer ; l'or et l'argent proviennent de diverses régions d'Asie Mineure, de Thrace, d'Espagne et à partir du 6ᵉ siècle av. J.-C. Athènes commence à exploiter les mines attiques du Laurion. Mais l'étain, indispensable pour la fabrication du bronze, fait défaut. Les principaux gisements stannifères se situent dans les régions atlantiques dont l'accès est strictement surveillé par les Phéniciens installés dans le détroit de Gibraltar. Cette situation donne toute son importance pour les Grecs aux cités de Marseille ou d'Agde qui sont au débouché des routes terrestres de l'étain par la vallée de la Garonne ou la vallée du Rhône. La découverte en Côte-d'Or d'une tombe d'une princesse celtique contenant un vase corinthien exceptionnel, en bronze, le cratère de Vix, est une illustration du rôle de cet axe de passage. Ces mêmes routes sont aussi utilisées pour le commerce de l'ambre de la Baltique. Dans les échanges, une part importante revient aussi au vin et à l'huile, nécessaires à la vie quotidienne des colons grecs, mais qui sont aussi des produits convoités par les populations indigènes comme les Celtes qui occupent progressivement les territoires de la Gaule et de l'Italie du Nord. La commercialisation de ces deux liquides se fait au moyen d'amphores qui servent d'emballage. Leurs formes varient selon les utilisateurs, depuis l'amphore phénicienne à base arrondie et à panse sans col jusqu'à l'amphore corinthienne à fond étroit et à panse terminée par un col avec des anses ; elles peuvent porter des marques comme les amphores attiques qui ont la mention SOS. Enfin, la vaisselle constitue une partie des cargaisons des navires avec la céramique corinthienne et attique à figures noires ou la céramique de couleur noire, *bucchero nero*, des Étrusques largement répandue sur le territoire gaulois avant d'être éclipsée par les produits grecs.

Pour tous ses aspects, cette période de trois siècles est déterminante dans l'histoire de la Méditerranée. Elle s'inscrit dans les mémoires des populations à travers des mythes qui ont

comme cadre le bassin méditerranéen : le cycle d'Héraclès qui
amène le héros grec à parcourir les rives de la Méditerranée
depuis les *Colonnes d'Hercule jusqu'à la Grèce en passant par
la péninsule ibérique, le sud de la Gaule et l'Italie, ou encore le
récit du voyage de Jason, de son navire l'*Argo* et des Argonautes vers la mer Noire et de leur retour avec un parcours occidental. Elle donne aussi les premières formes à une culture panhellénique qui est sensible dans le rôle de grands sanctuaires
comme Delphes où l'oracle est régulièrement consulté avant les
grands départs, ou comme Olympie dont les premiers jeux destinés au monde hellénique, les Panégyries, commencent en
– 776. Il suffit de penser au destin de villes comme Syracuse,
Marseille ou Naples dans l'histoire méditerranéenne pour mesurer l'importance de l'émigration grecque archaïque.

Vers une Méditerranée grecque ?

L'évolution interne des cités. L'évolution des cités et le déroulement des conflits maritimes dans cette période renforcent le
poids du monde grec dans le bassin méditerranéen : Socrate
déclare d'ailleurs dans *Phédon* que les Grecs sont « comme
autant de fourmis et de grenouilles autour d'un marécage » !
Chaque cité tient à affirmer sa spécificité. L'invention de la
monnaie, apparue d'abord en Lydie au 7e siècle av. J.-C., contribue à cette volonté d'indépendance exprimée par les symboles
monétaires, dieux et figures, qui distinguent chaque cité : la
chouette pour Athènes, la tortue à Égine, le taureau à Sybaris,
l'épi d'orge à Métaponte ou encore le coq et le crabe à Himère.
Cependant, l'essor des cités a des répercussions sur leur organisation. Dans un premier temps, il apparaît nécessaire de codifier
les rapports sociaux avec des lois. La tradition attribue l'origine
des codes législatifs à la Grande-Grèce et à la Sicile avec Zaleu-
cos, législateur de Locres, et à Charondas pour les colonies
chalcidiennes de la Sicile. En réalité, les plus anciennes lois
datent des années – 650 et viennent de Dréros en Crète. D'autres
cités font référence à des législateurs mal connus ou mythiques,
comme Lycurgue qui établit la *Rhètra* à Sparte, ou Dracon à

Athènes. Dans cette évolution, Sparte se distingue par son organisation particulière fondée sur un régime aristocratique, présidé par deux rois qui font partie d'un conseil des Anciens, la *gérousia* (trente membres) ; les citoyens, les *homoioi*, les Égaux, possèdent chacun un lot de terres ou *klèros* et se regroupent dans une assemblée, l'*apella*, qui s'exprime par acclamations ; ils partagent des banquets communs, les « syssities ». Les enfants reçoivent une éducation particulière, l'*agôgè*, qui les prépare à leur futur métier de citoyen. Le partage des terres à Sparte met en lumière l'un des problèmes majeurs de la Grèce, le manque de terre, évoqué dans l'œuvre d'Hésiode, *Les Travaux et les Jours*. C'est aussi cette question qui est à la base des réformes de Solon à Athènes au 6e siècle av. J.-C., avec la suppression de l'esclavage pour dettes pour les petits paysans ; le reste de la réforme, le partage de la société en nouvelles classes sociales selon la fortune, est plus douteux. De toute façon, les législateurs n'ont pas réussi à résoudre la crise sociale des cités. L'autre solution est le recours à un pouvoir autoritaire, fondé sur la force avec l'appui du peuple, mais au profit d'un seul : la tyrannie. Ce système politique s'impose dans de nombreuses cités dès le 7e siècle avec des points communs : une politique anti-aristocratique, la tentative de partage des terres, une politique de prestige et de grands travaux. À Corinthe, les Cypsalides prennent le pouvoir et favorisent le développement commercial de la cité. À Athènes, les Pisistratides commencent les travaux sur l'Acropole. Des tyrans sont aussi à la tête des villes grecques d'Occident : Phalaris à Agrigente qui bloque les offensives carthaginoises dans l'ouest de la Sicile ou, au 5e siècle av. J.-C., Gélon de Syracuse. Se rattache à ce même courant le roi étrusque Tarquin le Superbe qui commence à Rome la construction du Capitole.

La chute de la tyrannie amène des changements importants dans les cités. À Athènes, Clisthène crée un nouvel espace politique fondé sur les dèmes, villages ou quartiers urbains ; ces dèmes sont répartis dans dix tribus qui doivent comprendre chacune une partie du territoire urbain, des régions côtières et des régions intérieures. Tirés au sort, cinquante citoyens par tribu forment le conseil de cinq cents membres, la *boulè*. La permanence de ce conseil, appelée une « prytanie », est assurée à tour de rôle par une tribu, l'année politique étant divisée en dix prytanies. Ce conseil propose des lois qui sont votées par l'assemblée du peuple, l'*ecclèsia*. Liées à un ensemble de mesures comme l'*ostracisme, exil de dix ans pour un citoyen, ces réformes mettent en place la démocratie athénienne. Dans la même période, de nombreuses cités italiennes en Étrurie ou dans le Latium abandonnent la royauté et se donnent des magistrats : à Rome, la tradition fixe à – 509 les premiers consuls et la naissance de la République.

Les premiers grands affrontements méditerranéens. L'importance des enjeux et la multiplication des cités sont autant de sources de rivalités qui aboutissent aux premiers grands affrontements méditerranéens. Le réseau des cités créées par les Phocéens est en concurrence avec la volonté d'expansion maritime des Étrusques et surtout des Carthaginois. Ces derniers ont repris à partir du 7ᵉ siècle av. J.-C. l'héritage des Phéniciens et renforcent leur présence à Ibiza, en Sicile occidentale et en Sardaigne. Ils sont en relation étroite avec les Étrusques comme peuvent l'attester les inscriptions bilingues, étrusques et phéniciennes, des lamelles d'or de Pyrgi, le port de la ville étrusque de Caere. La fondation par les Phocéens de la colonie d'Alalia en Corse vers – 565 et son renforcement par l'arrivée de nouveaux colons en – 545, fuyant la pression perse en Asie Mineure, provoquent la réaction conjuguée des Carthaginois et des Étrusques. La bataille d'Alalia en – 540 est la première grande bataille méditerranéenne ; l'issue en est incertaine : les Phocéens, vainqueurs mais avec une flotte ravagée, doivent quitter Alalia pour s'installer à Élée, près de Poseidonia. Le rapprochement entre Étrusques et Carthaginois explique le traité de – 509 passé entre Carthage et la ville encore étrusque de Rome.

À l'occasion de cette bataille a été évoqué le nom des Perses. Originaires des plateaux iraniens, les Mèdes et les Perses, peuples *indo-européens, s'imposent en Orient à partir du 6ᵉ siècle av. J.-C. Sous la conduite de Cyrus le Grand (– 559 à – 530), ils s'emparent de l'Asie Mineure où les villes grecques de l'Ionie tombent sous leur contrôle. En – 539, Babylone est prise et les

Juifs peuvent revenir d'exil à Jérusalem en − 537. L'Égypte passe sous la domination perse. Le roi Darius (− 522 à − 486) s'intéresse aussi à la mer Égée et à la mer Noire et souhaite contenir les Scythes d'Europe et d'Asie ; pour cette raison, il installe un gouverneur en Thrace et impose sa tutelle sur les cités grecques du Détroit comme Byzance. Cet ensemble de circonstances provoque la révolte des cités grecques de l'Ionie en − 498 et le début des « guerres médiques ». Les premières décennies du 5e siècle av. J.-C. sont marquées par une série de batailles navales : en − 494, la flotte ionienne est battue par les Perses à Ladé et la cité de Milet est prise. Les Perses s'emparent ensuite des Cyclades et débarquent dans la baie de Marathon en − 490 : les Grecs y remportent une victoire qui devient le symbole du triomphe du Grec sur le Barbare, même si, pour les Perses, ce n'est qu'un événement marginal. Le fils de Darius, Xerxès, relance l'offensive et réussit à franchir les Thermopyles en − 480. La flotte grecque ne peut, dans un premier temps, contenir les Perses au cap de l'Artémision, mais, sous la conduite de l'Athénien Thémistocle en − 480, les Grecs anéantissent la flotte perse à Salamine, victoire suivie en − 479 d'un autre succès naval au cap Mycale près de Milet. Battus aussi sur terre à Platées, les Perses évacuent la Grèce. Or, les mêmes années, les Carthaginois sont battus en − 480 à Himère en Sicile par les Grecs et Hiéron de Syracuse détruit la flotte étrusque à Cumes en − 474.

L'aube du 5e siècle av. J.-C. semble bien consacrer la montée en puissance des Grecs dans le bassin méditerranéen. Mais, en même temps, la progression de Rome en Italie et le développement de l'Empire carthaginois allaient remettre en question cette situation.

DOCUMENT 1

La trière grecque

Les premières trières, navires à trois rangs de rameurs, seraient appa-
rues à Corinthe vers – 704. Puis ce furent les Samiens qui développèrent
ce type de bateau. Rapide et maniable, la trière, d'environ 36 mètres de
long sur 5 mètres de large, devait avoir une hauteur sur l'eau de 2,10 à
2,15 mètres et le tirant d'eau ne dépassait pas 1 mètre. La trière n'avait
pas de quille, mais un fond large, relevé à la poupe, permettant le halage
sur terre ferme, la proue restant dirigée vers le large. Les 170 rameurs
étaient répartis sur trois niveaux : supérieur avec les 62 thranites, médian
avec les 54 zeugites et inférieur avec les 54 thalamites.

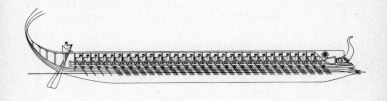

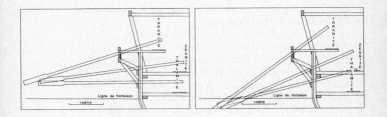

Trière grecque et système de nages. (D'après P. Ducrey, *Guerres et Guerriers*
dans la Grèce antique, Fribourg, OLF, 1985.)

DOCUMENT 2

La bataille de Salamine

La bataille de Salamine est la plus grande bataille navale de l'histoire grecque. La flotte grecque, composée de 367 bateaux, était concentrée dans le détroit qui sépare du continent l'île de Salamine. La flotte perse, forte de plus de mille vaisseaux, était à l'abri à l'est de la presqu'île du Pirée ; le roi Xerxès avait placé son trône au-dessus de la baie de Salamine pour assister à la déroute des Grecs. Le chef grec Thémistocle aurait fait croire au roi que la flotte grecque cherchait à s'enfuir. Les Perses décidèrent alors d'attaquer et s'engagèrent dans l'étroit chenal. Ils ne purent s'y déployer et la flotte perse fut anéantie par les Grecs.

Le poète Eschyle (– 525 ? à – 456 ?), dans sa tragédie Les Perses, *présente un récit de la bataille de Salamine vue du côté des Perses.*

« Quand l'aurore aux blanches cavales
Répand sa clarté sur la terre,
De chez les Grecs, sonore, une clameur s'élève,
Comme un hymne, bien modulé !
Et les rochers de l'île en retournent l'écho.
La terreur était là du côté des Barbares
Trompés dans leur attente :
Ce n'est pas en fuyant qu'ils chantent le péan
Ces Grecs ! À ce moment, au combat ils s'avancent,
Pleins de valeureuse assurance.
Le son de la trompette embrasait tout le front !
Aussitôt le fracas de la rame bruyante
Frappe d'un même ensemble en cadence le flot.
Tous bientôt furent là, distincts, en pleine vue.
L'aile droite, alignée, a pris la tête en ordre ;
Toute la flotte suit, se dégage et s'avance
Tout ensemble, on entend l'innombrable clameur :
"Allez, enfants des Grecs, délivrez la patrie !
"Délivrez vos enfants et toutes vos compagnes,
"Et les temples des dieux, les tombeaux des aïeux !
"C'est la lutte suprême !" Et voici qu'en écho
Retentit, de chez nous, le bruit des ordres perses :

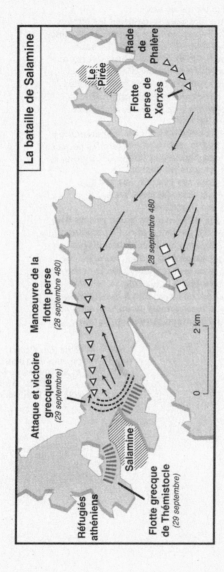

La bataille de Salamine

Le Pirée

Rade de Phalère

Flotte perse de Xerxès

Manœuvre de la flotte perse
(28 septembre 480)

28 septembre 480

Attaque et victoire grecques
(29 septembre)

Réfugiés athéniens

Salamine

Flotte grecque de Thémistocle
(29 septembre)

0   2 km

(D'après Paul Adam, « La guerre navale en Méditerranée », *Les Dossiers d'archéologie*, n° 29, juillet-août 1978.)

Ce n'est plus le temps de tarder :
Vaisseau contre vaisseau, se heurtent les étraves
De bronze. Un bateau grec a commencé l'assaut,
Il tranche tout l'avant d'un vaisseau levantin !
Les autres font le choix chacun d'un adversaire.
La flotte perse afflue et résiste d'abord,
Mais sa masse s'entasse en cette passe étroite !
Et le secours entre eux devenait impossible :
Le choc des éperons aux grimaces de bronze
Brise toutes les rames.
Les navires des Grecs savent bien la manœuvre :
En cercle, ils font le tour et renversent les coques.
La mer ne se voit plus sous l'afflux des victimes,
Sous les morts et sous les épaves,
Les cadavres épars aux écueils, aux rivages.
Une fuite éperdue emporte alors les nefs,
Toute la flotte des Barbares.
Comme pour des poissons, des thons pris au filet,
Les Grecs frappant partout, partout ils massacraient,
À coups de bouts de rame et de débris d'épaves !
Les plaintes, les sanglots couvrent toute la mer
Tant que la sombre nuit n'a pas caché la scène.
La somme de nos maux, je ne saurais la dire,
Quand même j'userais dix jours à ce décompte […]
Jamais, sache-le bien, jamais en un seul jour
On n'a vu tant d'humains périr de male mort. »

Eschyle, *Les Perses*, v. 386-432,
trad. P. Mazon, modifiée dans J. Bertrand
et M. Brunet, *Les Athéniens*,
Paris, Armand Colin,
coll. « U Civilisation », 1996.

3. Un espace à conquérir

(5e-1er siècle av. J.-C.)

L'occupation progressive des rivages méditerranéens par les cités phéniciennes, grecques et étrusques a créé une nouvelle répartition des courants d'échanges. Le monde gréco-oriental y a acquis une situation dominante, mais, en cinq siècles, cet équilibre se modifie au profit d'un pôle occidental, Rome.

L'hégémonie athénienne en mer Égée

La prépondérance d'Athènes. Le succès grec face à l'offensive perse bénéficie surtout à la cité d'Athènes, qui essaie au 5e siècle av. J.-C. d'imposer son hégémonie dans le bassin égéen. Cette prépondérance d'Athènes est d'abord fondée sur la nécessité d'organiser la résistance des Grecs face à un retour éventuel d'une offensive perse. Dans cet esprit, est mise sur pied une confédération, la Ligue de Délos, qui repose sur une alliance, une « symmachie », entre les cités grecques ; le centre en est l'île de Délos, sanctuaire d'Apollon où sont déposées les contributions financières de chaque cité, le *phoros*. La concrétisation de cette ligue est la victoire navale remportée sur la flotte perse, au sud de l'Anatolie, en – 469 (bataille de l'*Eurymédon*). Très vite, l'emprise d'Athènes sur cette ligue se renforce et, en – 454, le trésor fédéral des 275 cités participantes est transféré à Athènes même. Deux traités consacrent cette hégémonie :

en – 448, un Athénien, Callias, négocie la paix avec les Perses, et la mer Égée y est interdite à la flotte perse ; en – 446/– 445, une paix de trente ans est conclue avec Sparte où est reconnue la suprématie d'Athènes en mer Égée. Les conditions sont remplies pour que l'Égée devienne une « mer attique ».

En effet, bénéficiant de son prestige et de l'appui financier de la Ligue, la cité d'Athènes connaît un développement remarquable qui s'exprime dans sa parure monumentale. Le « siècle de Périclès », du nom de cet homme politique au cœur du rayonnement d'Athènes, est l'époque des grandes constructions sur l'Acropole, avec le Parthénon, décoré de la frise des *Panathénées qui exalte la force et la cohésion de la cité. Œuvres théâtrales avec les grands auteurs tragiques, Eschyle (– 525 ? à – 456), Sophocle (– 497 à – 405) et Euripide (– 484 à – 406), ou comiques avec Aristophane (– 445 ? à – 388), côtoient les grands noms de la médecine avec Hippocrate et de la philosophie avec Socrate, dont le procès et la mort en – 399 marquent symboliquement la fin de cette époque brillante. Ce n'est pas seulement Athènes qui connaît ce développement intellectuel. Depuis le 6e siècle av. J.-C., l'Ionie et les îles de la mer Égée sont des pôles scientifiques. Les savants comme Thalès, Anaximandre, cherchent à expliquer le monde en dehors de la mythologie. De son côté, Pythagore de Samos apparaît, avec ses recherches sur les nombres, comme le fondateur des mathématiques, « cet empire invisible et unique » (Michel Serres). Le commerce maritime est en plein essor et le port du Pirée, protégé par une enceinte reliée à Athènes par les Longs Murs, est au cœur des activités d'échanges. Y participe aussi la ville de Corinthe, qui possède le *diolkos*, voie pavée permettant aux navires de traverser l'isthme de Corinthe ; cette cité contrôle une grande partie du commerce maritime vers l'Occident et occupe une place essentielle dans la redistribution des produits en Méditerranée. Ce type de commerce fait aussi la richesse de l'île d'Égine, dont la monnaie est largement répandue en Méditerranée jusqu'à ce qu'Athènes, jalouse d'Égine, « taie sur l'œil du Pirée » selon Périclès, impose sa tutelle sur l'île et en expulse la population en – 431. D'ailleurs, pour mieux assurer la mainmise sur l'Égée, Athènes crée des clérouquies composées de citoyens athéniens, les *clérouques, qui s'installent dans les cités alliées. C'est dans un esprit voisin en rapport avec le développement impérialiste d'Athènes que Périclès fonde en – 443 la colonie panhellénique de Thourioi près de l'ancienne Sybaris en Italie du Sud ; le tracé en est confié à Hippodamos de Milet qui y applique un plan *orthonormé, en damier, dit « hippodamien », et, parmi les habitants, vient s'installer dans cette ville le « père de l'histoire », Hérodote. Au cours du 5e siècle av. J.-C., la puissance d'Athènes s'affirme et le port du Pirée, dont le plan orthogonal a été conçu par Hippodamos de Milet, devient le centre du commerce maritime égéen. Les produits concernés sont de même nature que pour les époques précédentes : céréales, huile, vin, métaux, bois, céramique, en particulier les vases attiques à figure rouge, surtout dans la première partie du siècle, avant l'intensification des conflits entre les cités.

Tensions et révoltes. En effet, une telle situation provoque des conflits qui conduisent à un affrontement majeur, la guerre du Péloponnèse, thème central de l'œuvre de l'historien grec Thucydide. De – 431 à – 404, conduite par Sparte, cette guerre aboutit à la défaite d'Athènes et à la destruction des fortifications du Pirée et des Longs Murs. Les conflits du bassin égéen ont aussi leur écho en Occident, où, en plus des menaces que font peser sur les Grecs les populations indigènes des Samnites et des Iapyges en Italie, ou des Sicules en Sicile, les cités s'épuisent en guerres incessantes. Rhégion s'empare de Zancle, y installe des Grecs venant de Messénie et, pour cette raison, lui donne un nouveau nom, Messine. En Sicile, les tensions entre les Grecs et les Carthaginois sont de plus en plus fortes. Depuis la victoire grecque d'Himère en – 480, Syracuse cherche à s'imposer aux autres cités grecques qui font appel à Athènes. Cet appel provoque l'expédition de Sicile en – 415/– 413, menée par Alcibiade ; la flotte athénienne y est détruite et près de 40 000 Athéniens y sont tués ou capturés : c'est la plus grande défaite de l'histoire athénienne. Cette victoire de Syracuse n'empêche pas la forte pression des Carthaginois, qui, à la fin du 5e siècle av. J.-C., détruisent Sélinonte, Himère et Agrigente.

L'épuisement des cités. La défaite d'Athènes en – 404 ne ramène pas la paix entre les cités grecques. Les prétentions hégémoniques sont reprises par Sparte, qui n'hésite pas à intervenir dans les affaires intérieures perses : en – 401, Sparte envoie une armée de mercenaires grecs pour soutenir un rival du roi perse ; leur retraite est le thème de l'**Anabase*, récit écrit par Xénophon qui y évoque le soulagement des Grecs saluant leur arrivée près de la côte par le cri de « *thalassa* », « la mer ». Dans les premières décennies du 4e siècle av. J.-C., avec la complicité des Perses qui cherchent à contrôler la situation (« paix du Roi » en – 386, réintégrant les cités d'Asie Mineure dans le domaine perse), les différentes tentatives hégémoniques de Sparte, puis d'Athènes, qui essaie de reconstituer une seconde confédération maritime, et enfin de Thèbes sont sans résultat si ce n'est l'épuisement des cités dans ces conflits. La guerre a des conséquences pour les populations ; de nombreuses villes sont ravagées. Le mercenariat devient une façon de répondre à la crise sociale et remplace progressivement la notion d'armée de citoyens. Malgré cette situation, la Grèce et plus particulièrement Athènes restent un centre de vie artistique et intellectuelle intense avec les grands orateurs comme Lysias, Isocrate qui défend le principe du panhellénisme et met Athènes au-dessus de tout, Démosthène qui résiste à l'influence du roi de Macédoine dans ses *Philippiques* ; c'est aussi le siècle des philosophes comme Platon, qui fonde l'**Académie* où vient se former Aristote, plus tard responsable de l'éducation du fils du roi de Macédoine, le jeune Alexandre. Prolongeant les recherches sur le cosmos, l'école d'Aristote mène aussi aux fondements des sciences du vivant avec l'*Histoire des animaux* vers – 330 et, écrite par son élève Théophraste vers – 290, l'*Histoire des plantes*. La vie religieuse est très active et les grands sanctuaires panhelléniques conservent leur rôle, particulièrement le centre apollinien de Delphes consulté par des délégations venant de toutes les régions de la Méditerranée. L'oracle d'Apollon devient même un enjeu de pouvoir, bien compris par le roi de Macédoine.

Les régions périphériques. En effet, les évolutions les plus importantes se passent à la périphérie du monde grec classique, soit dans les régions au nord de la Grèce avec les royaumes d'Épire ou de Macédoine, soit en Sicile. Dans cette grande île, le 4e siècle est par excellence celui de Syracuse, où domine la figure du tyran Denys (– 405 à – 367). Maître de la ville depuis – 405, Denys conforte son pouvoir dans l'île après trois guerres contre Carthage qui doit se contenter de la partie occidentale au-delà du fleuve Halycos (Platani). Mais surtout, il intervient en Italie du Sud et en Adriatique où il fait alliance avec le roi des Illyriens : il constitue ainsi un des États les plus puissants de la Méditerranée. À sa mort, des querelles internes amènent une dégradation rapide jusqu'à l'intervention de Corinthe qui y envoie Timoléon (– 344 à – 336) ; ce dernier restaure en partie la situation en repeuplant l'île avec 60 000 colons et en reconstruisant les villes détruites comme Agrigente, Géla, Ségeste ou Mégara Hyblaea.

Mais c'est du nord de la Grèce que proviennent les mutations les plus importantes qui sont à l'origine de l'éclosion de la Méditerranée hellénistique. Le royaume de Macédoine est une vaste région montagneuse qui s'ouvre sur le golfe Thermaïque par une plaine littorale dominée par le mont Olympe. D'abondants pâturages, des mines, des forêts qui alimentent les chantiers navals, une plaine riche permettent le développement de ce royaume qui bénéficie, à partir du règne de Philippe II et de l'annexion de la Thrace, des mines d'argent du mont Pangée. Composé d'ethnies diverses, le pays est dirigé par un roi issu de la famille grecque des Argéades ; ce roi est soutenu par une armée fidèle composée de cavaliers, ses compagnons, *hétairoi*, et d'une remarquable infanterie avec les *pézétairoi* qui constituent la phalange macédonienne. La capitale est à Pella. À partir de – 359, ce royaume est pris en main par Philippe II et, en quelques années, ce roi écarte les menaces des tribus illyriennes du Nord et renforce l'unité de son État ; il s'assure de l'alliance de son voisin, le royaume d'Épire ouvert sur l'Adriatique, et s'empare d'une grande partie de la Thrace. La Macédoine devient un danger permanent pour les Grecs, ce que dénonce l'orateur Démosthène. De fait, Philippe intervient de plus en plus dans les affaires grecques et devient le maître du pays après la victoire de Chéronée en – 338, remportée grâce à la cavalerie macédonienne commandée par le fils de Philippe II, Alexandre. L'hégémonie de la Grèce est désormais assurée par la monarchie macédonienne qui prend le commandement d'une nouvelle ligue, la Ligue de Corinthe constituée en – 337. Philippe meurt en – 336 et est enterré à Vergina où l'on a retrouvé son tombeau : c'est son fils Alexandre qui assure la succession et dirige l'offensive décidée contre la Perse.

La Méditerranée hellénistique

Alexandre. De – 336 à – 323, le monde égéen connaît une profonde mutation provoquée par l'expédition conduite par Alexandre, qui mène ses armées du détroit des Dardanelles aux rives de l'Indus. Ayant reçu des Grecs les pleins pouvoirs pour diriger l'offensive contre les Perses, Alexandre passe le Détroit en – 334 et, en deux ans, de la bataille du Granique à la victoire d'Issos sur Darius, il se rend maître de l'Asie Mineure, y « libère » les cités grecques et se dirige vers le sud. En – 332, il récupère les cités syro-phéniciennes, Sidon et Tyr, et contrôle ainsi les côtes du Levant et les voies d'accès des grandes routes caravanières qui convergent vers la Méditerranée : les Perses perdent ainsi les régions « au-delà du Fleuve » (l'Euphrate). La fin de l'année – 332 est consacrée à la conquête de l'Égypte ; il y fonde en janvier – 331 la ville d'Alexandrie « près de l'Égypte », appelée à être l'un des plus grands ports de la Méditerranée. En se faisant reconnaître « fils de Ré » par l'oracle de Zeus Amon à l'oasis de Siwah, il assume l'héritage des pharaons. Il entreprend ensuite la conquête des régions intérieures de l'Empire perse, s'empare des grandes capitales et amène ses troupes sur les bords de l'Indus. Sa mort en – 323 interrompt la réorganisation de l'Orient. Cette campagne est un événement majeur qui aurait pu déplacer le centre de gravité du monde grec et mettre la Méditerranée en situation marginale. Mais les points d'appui traditionnels restent très forts : Delphes, Délos, Corinthe, Athènes conservent leur rôle de capitales de l'hellénisme. En outre, les successeurs d'Alexandre ne réussissent pas à préserver l'héritage territorial qu'ils se disputent, au moment où apparaissent de nouvelles forces comme les Parthes, peuple d'Asie centrale qui s'installe en Iran, ou, à partir du 2ᵉ siècle av. J.-C., les Romains, qui s'intéressent à l'Orient. Au début du 3ᵉ siècle av. J.-C., les espaces se définissent entre trois grands royaumes, la dynastie lagide en Égypte, la dynastie séleucide en Syrie-Asie Mineure, la dynastie des Antigonides dans les Balkans. Un quatrième royaume se forme au milieu du 3ᵉ siècle, la dynastie des Attalides de Pergame en Asie Mineure : la Méditerranée orientale est au cœur de cette répartition des monarchies hellénistiques et en constitue le trait d'union. À la périphérie de ces royaumes, existent d'autres États plus ou moins structurés : le royaume d'Épire, à l'ouest de la Macédoine, menacée au nord par les tribus illyriennes qui occupent les côtes de l'Adriatique et se livrent à la piraterie, et, à l'est, le royaume des Thraces qui s'est reconstitué à la mort d'Alexandre. Tous ces peuples subissent la pression des invasions celtiques depuis l'Europe centrale avec des raids qui atteignent Delphes en – 279.

L'unité culturelle. À partir du 3ᵉ siècle av. J.-C., la Méditerranée orientale, malgré les conflits entre les royaumes, présente une unité culturelle, une *koinè*, à la fois par l'usage d'une langue officielle, le grec, et par un système politique que l'on retrouve dans tous les royaumes. Directement conçu à l'image de son modèle, Alexandre, le roi hellénistique détient un pouvoir avant tout personnel, fondé sur le mérite lié à la victoire. C'est le succès remporté sur les ennemis, exalté par la propagande officielle, qui confirme les qualités du **basileus*, du roi. Ces qualités s'expriment dans le vocabulaire utilisé pour désigner les vertus du roi : il est le *Sôter*, le Sauveur, et l'*Évergétès*, le Bienfaiteur, qui contribue aux constructions, aux distributions gratuites, au bien-être de son peuple ; l'**évergétisme* devient, d'une manière générale, une qualité essentielle d'honorabilité. La *philanthrôpia*, l'humanité, et l'*eunoia*, la bienveillance, font aussi partie des mérites royaux. Cette image forte du pouvoir royal est consolidée par le développement du culte royal. Amorcé pour Alexandre par les cités grecques d'Asie Mineure en – 324, il devient un pilier des royautés hellénistiques. Les Lagides et les Séleucides mettent en place un culte, d'abord pour leurs ancêtres, puis pour eux-mêmes ; en Égypte, la royauté hellénistique récupère l'héritage des cultes pharaoniques. En réalité, dans les pays conquis par Alexandre, le pouvoir hellénistique est un apport extérieur, de nature coloniale au sens moderne du terme, où une minorité grecque domine la population indigène, en reprenant les structures administratives préexistantes, ce qui est évident pour l'Égypte lagide avec le maintien des anciennes provinces, les nomes, ou pour les Séleucides qui ont conservé les satrapies perses.

Dans ce nouveau contexte, la cité reste la cellule essentielle, même si sa structure politique a évolué. Les anciennes cités ont perdu une grande partie de leur autonomie – Athènes, Corinthe, Chalcis d'Eubée et Démétrias de Thessalie ont des garnisons macédoniennes –, mais les institutions continuent de fonctionner. Le fait majeur est surtout l'important mouvement de fondation de cités, initié par Alexandre et suivi par ses héritiers avec des noms dynastiques : Alexandrie, Séleucie, Antioche, Laodicée… Cette forte urbanisation propose un modèle urbain et des modes de vie qui contribuent à propager la culture grecque autour du bassin oriental méditerranéen. Des ensembles monumentaux sont édifiés dans les centres urbains où l'on retrouve un peu partout les mêmes fonctions : le gymnase lié à l'éducation, à la *paidéia*, les théâtres comme ceux de Priène et de Pergame, les places publiques, *agoras*, entourées de portiques (Messène, Délos…), ou les grands sanctuaires comme l'Acropole de Pergame avec l'autel monumental de Zeus, le sanctuaire d'Athéna et le théâtre en terrasses qui inclut le temple de Dionysos. La ville d'Alexandrie est une des meilleures illustrations de cet urbanisme nouveau, avec un plan orthogonal conçu par l'architecte Dinocratès, de larges avenues comme la voie Canopienne, d'est en ouest, de grands édifices, le Palais, le Musée avec la Bibliothèque, le Sôma, monument funéraire d'Alexandre. Mais ce qui fait la réputation de la ville est le phare aménagé sur l'île de Pharos d'où il tire son nom, par Sostratos de Cnide dans les années – 280 : il est à l'image du rôle important que cette ville joue, désormais, dans les échanges maritimes de la

Méditerranée et, grâce à son port fluvial du lac Maréôtis, en communication par des canaux avec le Nil et la mer Rouge, dans les échanges entre le monde méditerranéen et les pays orientaux. Alexandrie et l'île de Rhodes, qui est devenue le carrefour du commerce dans le bassin oriental, se partagent l'essentiel des grands courants commerciaux.

Le développement des techniques. Toutes ces constructions et ces travaux révèlent aussi une intense activité dans le développement des techniques qui bénéficient de la rencontre entre les connaissances acquises par les Grecs et les progrès réalisés dans les États orientaux. Les travaux d'urbanisme permettent une amélioration des machines de levage et des engins de mesure comme la *dioptre*, mire à deux viseurs, ou le *chorobate*, avec un niveau à eau. Les machines peuvent utiliser des roues dentées et des engrenages ; on prête à Archimède au 3e siècle av. J.-C. l'invention, à Syracuse, de la vis, indispensable pour l'irrigation. Dans tous ces domaines, faisant pendant à Athènes qui reste la capitale intellectuelle avec les écoles philosophiques représentées par Carnéade pour l'Académie ou Zénon et Panétios de Rhodes pour les stoïciens, Alexandrie, avec le Musée et la Bibliothèque, devient le premier centre scientifique de la Méditerranée. Ainsi, on attribue à Ctésibios le mérite d'être le fondateur de l'école de mécanique d'Alexandrie vers – 270 ; il aurait, entre autres, été l'inventeur de l'horloge hydraulique. Mais Ératosthène (– 275 à – 193) est sans doute la meilleure illustration de ce milieu scientifique alexandrin ; son œuvre marque une étape fondamentale dans les connaissances géographiques et cartographiques : c'est à Syène en Égypte qu'il établit pour la première fois le calcul de la circonférence terrestre et c'est aussi à lui que l'on doit les premières grandes cartes du monde habité, l'œkoumène. Strabon, géographe grec du 1er siècle, nous en donne le contenu : entièrement entouré par l'espace maritime, le monde habité est axé sur un parallèle qui traverse toute la Méditerranée de Gadès et du détroit de Sicile à Rhodes et au Taurus pour se prolonger jusqu'à l'Inde. Dans cette conception, la Méditerranée, « mer Intérieure », occupe le cœur de la partie occidentale, l'Asie couvrant les parties orientales.

Deux secteurs tirent profit de tous ces progrès : l'art des sièges de ville, la poliorcétique, avec des machines de plus en plus complexes, et la marine, avec des bateaux de plus en plus grands. Archimède s'illustre dans ces deux domaines avec les miroirs ardents contre les navires qui assiègent Syracuse en – 212 et la construction du plus gros navire de commerce de l'Antiquité, la syracusaine, de près de 2 000 tonnes métriques. La même évolution se constate dans les vaisseaux de guerre, où le nombre des rameurs augmente considérablement : à côté des classiques *trières ou *trirèmes, apparaissent des *pentères ou *quinquérèmes (5), des héxères (6), des pentékaidékères (15) et même une tettarakontère (40) sous le souverain lagide Ptolémée IV ! Ces chiffres ne peuvent désigner des rangs de rameurs superposés, mais concernent plutôt le nombre des rameurs par aviron ; dans le cas de la tettarakontère, il est possible qu'il y ait eu deux bateaux reliés à la façon d'un catamaran.

La civilisation hellénistique gagne tout le bassin méditerranéen, mais reste politiquement centrée sur la partie orientale de la Méditerranée. Alexandre avait prévu d'intervenir en Occident, mais il n'en eut pas le temps. L'idée est reprise par le roi d'Épire, Pyrrhus, au début du 3e siècle av. J.-C., sous le prétexte d'aider Tarente ; cette expédition allait se heurter à Rome qui, entre-temps, a progressivement mis la main sur l'Italie centrale et méridionale.

Vers un nouveau rapport de forces

Rome, principale force de l'Italie. Les succès de Rome, depuis la naissance de la République en – 509, lui ont permis de devenir la principale force de l'Italie. En deux siècles, les institutions républicaines se mettent en place. La plèbe obtient, après plusieurs conflits, l'accès aux grandes magistratures qu'elle partage avec le patriciat : le consulat en – 367, l'édilité en – 364, la dictature en – 356, la censure en – 351 et la préture en – 336. Les fonctions religieuses sont aussi réparties entre patriciat et familles riches de la plèbe à partir de – 300. Cette fusion est à l'origine de la *nobilitas*, qui regroupe les familles patriciennes et plébéiennes dont un membre a obtenu le consulat.

Vers – 300, la structure politique de Rome est à peu près stabilisée et repose sur un équilibre entre le Sénat, les assemblées populaires et les magistrats. Les citoyens sont regroupés dans trois assemblées, mais surtout deux d'entre elles, les comices tributes et les comices centuriates, ont un réel pouvoir politique. Les *comitia curiata*, survivance de l'époque royale, confèrent le pouvoir, l'*imperium*, aux magistrats supérieurs (dictateur, consul, préteur). Les *comitia centuriata* sont formés de cinq classes divisées en centuries, au total 193 centuries où les citoyens sont enregistrés selon leur degré de fortune ; cette assemblée élit les magistrats supérieurs et joue le rôle de tribunal pour les procès à peines capitales. Les *comitia tributa* englobent les 35 tribus géographiques, 4 urbaines et 31 rurales, où sont répartis les Romains ; cette assemblée élit les magistrats inférieurs (édile curule, questeur), vote les lois et juge les affaires relevant de peines d'amendes ; de ces comices tributes est extrait le *concilium plebis* qui ne comprend que les plébéiens ; ce conseil élit les édiles et les tribuns de la plèbe et vote des plébiscites qui, depuis – 287, ont force de loi. Le Sénat est composé des anciens magistrats supérieurs. Il est le gardien de la tradition des ancêtres, le *mos maiorum*, mais il contrôle aussi les finances et la politique extérieure ; aussi, son rôle est essentiel dans cette période de conquête.

En effet, à l'extérieur, Rome a réussi à s'imposer à ses voisins les Latins et à prendre le contrôle du Latium en – 338 ; elle s'est aussi dégagée de la tutelle étrusque et a annexé des territoires de ce peuple après sa victoire sur Véies en – 396. Malgré l'intervention brutale des Gaulois à Rome vers – 386, la cité contient les invasions celtiques qui se cantonnent dans les régions padanes en Cisalpine. Surtout, l'extension territoriale romaine gagne les régions méridionales et permet à Rome de s'assurer la mainmise sur la Campanie. Le territoire sous la souveraineté de Rome passe ainsi de 6 400 kilomètres carrés vers – 330 à 27 000 kilomètres carrés en – 269, et la population double entre le 4e siècle et les années – 260 : environ 152 000 citoyens, soit près d'un million d'habitants. Ce territoire se complète par un réseau de colonies. Une première catégorie, les colonies romaines, est formée uniquement de citoyens romains avec un nombre maximal de 300 : en bordure de mer, Terracina, Antium, Ostia, Minturnae, Sinuessa sur la côte tyrrhénienne et Sena Gallica sur la côte adriatique. Le second groupe comprend des colonies latines de 2 à 6 000 colons qui ont un droit plus limité, dit latin ; la répartition de ces colonies reflète l'extension de Rome : Cales, Fregellae pour la Campanie et ses abords, Benevente au sud-est, Paestum (Poseidonia) au sud-ouest, Hadria, Ariminum et Firmum pour la côte adriatique. À la fin du 3e siècle, en – 218, sont fondées dans la plaine du Pô Placentia et Cremona. La plupart des autres cités sont considérées comme des alliées de Rome, des *socii*, qui, selon un traité, *fœdus*, doivent fournir des contingents pour l'armée romaine. Pour permettre de meilleures relations et une meilleure surveillance de ces territoires, des routes sont construites : *via Latina* et *via Appia* vers le sud ou *via Valeria* et *via Flaminia* vers l'est. Avec l'agrandissement de son territoire, l'*ager romanus*, Rome se trouve ainsi en contact direct avec les cités grecques d'Italie du Sud, mais aussi avec Carthage : les accords de – 509 avec cette cité sont renouvelés en – 348. Rome est amenée à intervenir de plus en plus dans les conflits internes des cités ; elle prend le parti de Thourioi contre Tarente qui fait alors appel au roi hellénistique d'Épire, Pyrrhus. Pour ce dernier, l'aide à Tarente est le prétexte pour tenter de réaliser en Occident le pendant de l'œuvre d'Alexandre en Orient. L'expédition se solda par un échec, mais, en quittant ces régions, Pyrrhus aurait déclaré qu'il y laissait un beau champ de bataille entre Rome et Carthage. En effet, dès son départ, en – 272, Rome s'empare de Tarente et soumet toute l'Italie du Sud : elle est désormais en confrontation directe avec Carthage.

La première grande guerre méditerranéenne. Partagées entre des États rivaux, les différentes parties du bassin méditerranéen rentrent dans une période d'affrontements généralisés qui tournent au profit d'une cité, Rome. La première étape est aussi la plus importante, puisqu'elle peut être considérée comme le premier grand conflit méditerranéen, mettant aux prises Rome et

Carthage, l'Europe et l'Afrique, mais avec une implication de la totalité du bassin méditerranéen.

Depuis sa fondation par les Phéniciens, Carthage s'est créée un véritable « empire de la mer ». Dominée par quelques grandes familles, les Magonides, les Hannonides et enfin au 3e siècle les Barcides avec Amilcar Barca, le père d'Hannibal, elle a développé un important domaine dans son arrière-pays et établi une série de relais sur les côtes d'Afrique : dans le golfe des Syrtes, Lepcis Magna, Sabratha, Œa ; le long des côtes tunisiennes, Acholla, Thapsus, Hadrumète (Sousse), Néapolis (Nabeul), Utique ; sur les côtes algériennes, Hippo (Bône), Rusicade, Icosium (Alger), Iol (Cherchell) ; sur la côte marocaine, Russadir (Melilla), Tingis. Ces sites sont des « échelles puniques » sur les routes commerciales vers l'Occident, où Carthage lance des expéditions comme le périple d'Hannon vers le golfe de Guinée au 4e siècle. Pour mieux assurer sa prééminence maritime, Carthage a un réseau de villes héritées en partie de la colonisation phénicienne sur les côtes méridionales de la péninsule ibérique, dans les Baléares, en Sardaigne et surtout dans la partie occidentale de la Sicile avec Motyé, Lilybée, Drépane, Panormos (Palerme) ou Solonte. La marine punique est un élément fondamental pour assurer la protection et la cohésion de cet empire. Les Carthaginois avaient une flotte importante de trirèmes et de quinquérèmes équipées d'éperons ; l'épave punique découverte au large de Marsala (Sicile) correspond à un navire de 35 mètres de long sur 4,8 mètres de large avec un éperon fait de pièces de bois, recouvertes de bronze.

Attiré par la perspective d'un riche butin, le peuple romain n'hésite pas à répondre à l'appel lancé par les habitants de Messine, menacés par une offensive carthaginoise en – 264 : cette date marque le début d'une série de trois grandes guerres qui mettent en jeu l'ensemble de la Méditerranée de – 264 à – 146. Sans entrer dans les détails complexes des opérations militaires, plusieurs faits majeurs se dégagent. La Première Guerre punique, de – 264 à – 241, est l'occasion de la naissance d'une marine romaine. Dès – 311, Rome avait créé deux magistrats pour la marine, les *duoviri navales*, mais les bateaux étaient fournis par les cités grecques alliées. La guerre contre Carthage

permet à Rome d'affirmer sa progression dans le secteur maritime avec la victoire de Myles (Milazzo) en – 260 : la notoriété
de cette bataille est due à l'utilisation par le consul Duilius du
corvus, « corbeau », sorte de passerelle d'assaut attachée à un
mât et balancée sur le bateau ennemi facilitant ainsi son abordage. L'historien grec Polybe rapporte que les Romains auraient
d'abord copié une quinquérème punique qu'ils avaient prise et
qu'en attendant les marins se seraient entraînés sur des bancs de
rameurs disposés au sol ! Quoi qu'il en soit, quelques années
plus tard, en – 256, à Ecnome, une nouvelle bataille démontre
la supériorité navale de Rome, confirmée de façon éclatante en
– 241 à la bataille des îles Égates où Rome engage 200 vaisseaux et Carthage en perd 120 ! C'est donc bien sur la mer
Méditerranée que s'est concrétisée aux yeux du monde antique
la nouvelle force de Rome. La victoire finale de Rome sur Carthage est à la fois la démonstration d'une marine qui se révèle
l'une des plus puissantes de son époque et le moment où Rome,
avec la création de la province de Sicile, fait sa première
conquête hors de l'Italie.

La période de vingt-trois ans qui sépare la Première et la
Deuxième Guerre punique voit le champ du conflit s'élargir. Du
côté de Carthage, après être venue à bout difficilement de la
révolte des mercenaires entre – 241 et – 237 (célèbre par le
roman *Salammbô* de Gustave Flaubert), la cité punique décide
de se tourner vers la péninsule ibérique. Les régions orientales
de ce pays sont occupées par les Ibères, divisés en plusieurs
peuples, les Turdétans au sud, les Bastetans dans l'Est andalou,
les Orétans dans la Sierra Morena, les Contestans d'Elche, les
Ilergètes de Lérida et enfin les Laiétans de la région de Barcelone. Ces peuples sont en contact avec les colonies phéniciennes
et grecques et ont développé une brillante civilisation, illustrée
par les statues de la « Dame d'Elche » et de la « Dame de Baza »
ou par la remarquable statuaire provenant de Porcuna (Jaén). La
partie centrale de la péninsule est le domaine des Celtes comme
les Vettons de la région de Salamanque ou les Carpétans de
Tolède, et des Celtibères comme les Arévaques de Numance.
Les régions atlantiques ont conservé un fond de population pré-
celtique mêlée à des influences celtes : Vascons, Cantabres et

Astures au nord, Galiciens et Lusitaniens à l'ouest. À partir de
– 237, les Puniques avec Amilcar Barca font la conquête des
régions orientales et fondent Carthagène. Un traité passé avec
Rome en – 226 fixe à l'Èbre les limites du domaine punique
hispanique. En – 221, à la mort d'Amilcar, son fils, Hannibal, le
« favori du (dieu) Ba'al », hérite de ses possessions et prépare
un conflit inévitable avec Rome dont la progression territoriale
s'est aussi confirmée dans la même période. Profitant de la crise
des mercenaires à Carthage, Rome s'est emparée de la Sardaigne et de la Corse et a fait de la mer Tyrrhénienne un « lac
romain ». En outre, repoussant les Celtes après la victoire au cap
Télamon en Italie, Rome renforce son influence au nord de l'Italie ; elle confirme ses liens avec Marseille dont l'activité commerciale est en plein essor à partir de ses comptoirs comme
Olbia ou Nice. Enfin, Rome intervient contre les pirates illyriens protégés par la reine Teuta et mène campagne en Adriatique. On comprend alors tout l'enjeu que pouvait représenter la
présence punique dans le bassin occidental. Un prétexte, le non-
respect du traité de – 226, suffit à ouvrir les hostilités.

C'est d'abord une guerre éclair que conduit Hannibal, par la
traversée des Alpes et une série de victoires, dans le sud de l'Italie où il écrase Rome lors de la bataille de Cannes le 2 août
– 216, grâce à une habile manœuvre d'encerclement, modèle de
stratégie pour les futures écoles de guerre ! Capoue, puis Tarente
tombent dans le camp punique. Mais la guerre est loin d'être
terminée et entre dans sa phase la plus longue, avec une extension du conflit. À l'ouest, la péninsule ibérique devient un
champ de bataille entre Romains et Puniques ; à l'est, le roi de
Macédoine, Philippe V, qui souhaite contrôler l'Adriatique,
passe un accord avec Hannibal tandis que le roi de Pergame,
Attale, soutient l'action romaine. À partir de – 209, Hannibal
trouve en face de lui un adversaire romain à sa taille, Scipion,
dit « l'Africain » après ses succès. Vainqueur en Hispanie où il
prend Carthagène, Scipion porte la guerre en Afrique où il peut
compter sur le soutien d'un chef indigène, le roi numide Massinissa. Hannibal est enfin vaincu en – 202 à Zama (Jâma, région
du Kef en Tunisie). La conclusion de la paix en – 201 voit la
fin de la marine punique réduite à dix vaisseaux ; Carthage doit

en outre payer de lourdes indemnités et dépend de Rome pour sa politique extérieure : paradoxalement, cette guerre qui s'est déroulée essentiellement sur terre consacre la supériorité navale de Rome sur tout le bassin occidental méditerranéen.

À partir de – 201, Carthage doit se contenter d'un territoire restreint, sous la menace permanente de son puissant voisin, le Numide Massinissa. Dans les années – 150, Rome envisage une nouvelle action contre Carthage, surtout depuis le voyage du sénateur Caton qui ne cesse de répéter qu'il faut détruire Carthage : *delenda (est) Carthago !* Le pas est franchi en – 149, où s'engage la Troisième Guerre punique voulue par Rome, qui aboutit à la « solution finale » (François Decret) : la prise et la destruction de Carthage en – 146. L'Afrique devient alors une province romaine. La même année – 146, Rome détruit Corinthe : la coïncidence de ces deux faits illustre la politique impérialiste menée par Rome.

La conquête du bassin méditerranéen. Cette conquête menée par Rome s'amorce dans les années qui suivent Zama. En Occident, Rome s'intéresse à la péninsule ibérique où sont créées en – 197 deux provinces, l'*Hispania Citerior* à l'est et l'*Hispania Ulterior* au sud ; mais la progression à l'intérieur du pays reste lente. Cette présence romaine en Hispanie renforce l'intérêt de la Gaule du Sud pour Rome. Profitant de ses bonnes relations avec Marseille, Rome intervient pour aider la cité grecque à repousser les attaques des indigènes celto-ligures. Ces actions se concluent par une présence permanente illustrée par la fondation d'*Aquae Sextiae*, Aix-en-Provence, en – 122, ainsi que par la mise en place d'une province de Gaule Transalpine dont la capitale est Narbonne, fondée en – 118.

Les intérêts de la classe politique et des milieux économiques convergent pour une implication de plus en plus forte de Rome dans le bassin oriental méditerranéen. La situation y est particulièrement complexe, depuis les conflits entre les ligues de cités dans les Balkans jusqu'aux prétentions hégémoniques sur l'Égée des divers royaumes hellénistiques ou des puissances commerciales comme l'île de Rhodes. Dans un premier temps, Rome apparaît comme une cité qui apporte sa contribution pour aider à la libération des Grecs. C'est ainsi qu'après un nouveau conflit avec la Macédoine, le consul romain Flamininus profite des jeux Isthmiques de Corinthe en − 196 pour proclamer la liberté des Grecs. En − 190, pour la première fois, l'armée romaine met le pied en Asie pour y battre le roi séleucide Antiochos III et lui imposer la paix d'Apamée en − 188 : Antiochos III y perd le contrôle de la mer Égée et doit livrer la majeure partie de sa flotte. Cette période est suivie d'une politique plus systématique de conquêtes qui aboutit à la défaite de la Macédoine à Pydna en − 168, suivie en − 148 de la réduction de cette région en province. Entre-temps, en − 167, Rome fait de l'île de Délos un port franc et le grand pôle économique de la mer Égée : c'est un coup fatal pour Rhodes et le commerce passe désormais par les négociants romains de Délos. En − 133, Rome hérite du royaume d'Attale de Pergame et en fait la riche province d'Asie. Désormais omniprésente en Égée, Rome réprime la révolte du roi du Pont, Mithridate, et livre une guerre sans merci aux pirates ciliciens et crétois. Responsable de la conduite de ces opérations, Pompée réorganise l'Orient où sont créées de nouvelles provinces : Cilicie, Bithynie, Syrie. Mais il faut attendre la fin des guerres civiles pour que l'Égypte rejoigne le domaine romain.

Ces deux siècles de conquête ont en effet profondément modifié les sociétés méditerranéennes et posent le problème délicat des modes de gestion et d'administration de ces territoires unis pour la première fois sous une même tutelle politique.

DOCUMENT 1

Alexandrie

La nouvelle ville, fondée par Alexandre le Grand en 332 av. J.-C., se développe sur une bande de terre qui sépare la mer du lac Maréotis. La rade d'Alexandrie est fermée par l'île de Pharos et le cap Lochias. Une digue allant de l'île de Pharos à la ville divise l'espace en deux ports. Un canal relie la ville au Nil, lui assurant ainsi l'eau potable. Le décor urbain est particulièrement soigné, comme le décrit le géographe grec Strabon, contemporain de l'empereur Auguste. Des fouilles récentes ont confirmé l'emplacement du phare dans l'île de Pharos qui donna son nom à ce type de monument, et mis en évidence le rôle des nécropoles. Alexandrie la « Grande » devient la métropole administrative, commerciale et culturelle de la Méditerranée orientale.

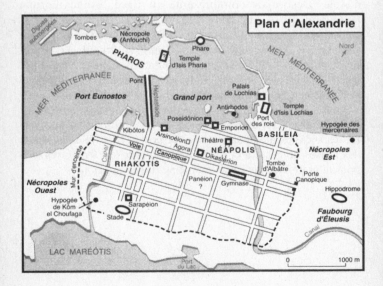

(D'après François de Polignac, « Une ville singulière », dans *Alexandrie au 3e siècle avant Jésus-Christ*, Paris, Autrement, coll. « Mémoires », 1992.)

« Les avantages du site de la ville sont variés. D'abord l'endroit est baigné par deux mers, au nord par la mer égyptienne, comme on la nomme, et au sud par le lac de Mareia, appelé aussi Maréôtis. Ce lac est alimenté, en amont et sur ses côtés, par de nombreux canaux dérivés du Nil, et les marchandises importées sont sur ces canaux beaucoup plus nombreuses que celles qui viennent par mer, de sorte que le port d'Alexandrie situé sur le lac est plus riche que le port maritime ; ce port maritime, lui-même, exporte davantage de marchandises qu'il n'en importe. Quiconque, s'il a été à Alexandrie et à Dicaearchée [1] et a vu les bateaux marchands, à leur arrivée et à leur départ, aura pu juger combien leur cargaison est plus lourde à l'aller et plus légère à leur retour vers Alexandrie.

« Outre la richesse provenant des biens débarqués de chaque côté, dans le port maritime et le port sur le lac, il convient de souligner la salubrité de l'air. Cela tient au fait que la terre est baignée d'eau des deux côtés et à ce que les crues du Nil se produisent à un moment opportun. L'air qu'on respire dans les autres villes situées au bord des lacs est lourd et étouffant au moment des chaleurs de l'été, car les bords des lacs deviennent marécageux, par suite de l'évaporation de l'eau que provoquent les ardeurs du soleil, et, quand tant de vapeurs humides se dégagent de la fange, l'air inhalé est vicié et à l'origine de maladies pestilentielles. À Alexandrie, au contraire, le Nil, qui grossit dès le début de l'été, comble le bassin du lac et ne laisse subsister aucun dépôt marécageux d'où s'élèveraient des vapeurs malsaines. À la même période, les vents étésiens [2] soufflent du nord et de la vaste mer, de sorte que les Alexandrins passent l'été de la façon la plus agréable.

« L'aire de la ville a la forme d'une chlamyde [3], les longs côtés de la chlamyde sont ceux que baignent les eaux de la mer et du lac, avec un diamètre d'environ trente stades [4], et les côtés courts sont formés par les deux isthmes, de sept à huit stades de largeur chacun, et enserrés d'un côté par la mer et de l'autre par le lac. La ville est partout sillonnée de rues que peuvent utiliser les cavaliers ou les conducteurs de char ; deux d'entre elles sont extrêmement larges, de plus d'un *plèthre* [5] de largeur, et s'entrecroisent à angle droit. La ville renferme des parcs splendides et les bâtiments royaux, qui occupent le quart, voire le tiers, de la superficie totale, car chacun des rois, jaloux d'embellir à son tour les édifices publics de quelque nouvel ornement, ne l'était pas moins d'ajouter à ses propres frais une résidence à celles déjà existantes, de sorte que maintenant on peut leur appliquer le mot du poète [6] :

« "Ils naissent les uns des autres."

« Tous ces édifices forment une construction continue, eux-mêmes et le port et même ceux qui s'étendent au-delà du port. Le Muséion [7] fait lui aussi partie des bâtiments royaux et comprend un *péripate* [8], un *exèdre* [9] avec des sièges, et un grand édifice, où se trouve la salle commune dans laquelle prennent leur repas les savants, membres du Muséion. Cette communauté d'érudits possède des biens en commun ; ils ont aussi un prêtre directeur du Muséion, autrefois désigné par les rois, maintenant par César.

« Le lieu appelé Sôma [10] fait également partie des bâtiments royaux. C'est une enceinte renfermant les sépultures des rois et celle d'Alexandre. Ptolémée, en effet, le fils de Lagos, devança Perdiccas en lui dérobant le corps d'Alexandre, alors que celui-ci le ramenait de Babylone [...]. Le corps d'Alexandre fut alors transporté par Ptolémée et enseveli à Alexandrie, où il repose encore maintenant, mais non plus dans le même sarcophage, car le sarcophage actuel est d'albâtre, tandis que celui où l'avait placé Ptolémée était d'or [...]

« En entrant dans le Grand Port, à main droite, on trouve l'île et la tour de Pharos ; à main gauche, les récifs et la pointe de Lochias, avec un bâtiment royal. Et pénétrant dans le port on arrive, sur la gauche, aux bâtiments royaux "du dedans", qui font suite à celui du Lochias et comprennent des bosquets et de nombreuses résidences aux constructions variées. Au-dessous de ces bâtiments s'étend le port artificiel et fermé, propriété privée des rois, comme l'est aussi Antirrhodos, île située en avant du port artificiel, possédant un palais royal et un petit port. Elle fut dénommée ainsi, comme si elle était la rivale de Rhodes.

« Au-dessus du port artificiel se trouvent le théâtre, puis le Poséidion, coude faisant saillie depuis ce qu'on nomme l'Emporion [11], et qui porte un temple de Poséidon. Antoine prolongea ce coude jusqu'au milieu du port par un môle et, à l'extrémité de ce môle, fit bâtir une résidence royale qu'il surnomma Timonion. Ce fut la dernière chose qu'il fit quand, abandonné par ses partisans, il partit pour Alexandrie après sa défaite à Actium, ayant décidé de passer le reste de ses jours comme un autre Timon, jours qu'il avait l'intention de vivre seul, loin de ses si nombreux amis. Viennent ensuite le Kaisarion, puis l'Emporion et les entrepôts, auxquels succèdent les arsenaux, s'étendant jusqu'à l'Heptastade [12]. Voilà ce qu'on trouve dans le Grand Port et autour.

« Immédiatement après l'Heptastade vient le port d'Eunostos, et, au-delà, le port artificiel, dit le Kibôtos, possédant lui aussi ses arsenaux. Plus loin, à l'intérieur de ce port, débouche un canal navigable allant jusqu'au lac Maréôtis. Au-delà de ce canal, il ne reste plus qu'une petite partie de la ville. Commence ensuite le faubourg de Nécropolis, où sont un grand nombre de jardins, de tombeaux et de lieux d'accueil propres à la momification des morts. Du côté – interne à la ville – du canal, on trouve le Sarapion [13] et d'autres enceintes sacrées fort anciennes, aujourd'hui presque abandonnées, en raison des nouvelles constructions réalisées à Nicopolis [14]. Nicopolis, en effet, possède un amphithéâtre et un stade, et on y célèbre les jeux quinquennaux ; les anciennes constructions, quant à elles, ont été laissées à l'abandon.

« En un mot, la ville est pleine d'édifices publics et sacrés, mais le plus beau est le Gymnase avec ses portiques longs de plus d'un stade ; au centre se trouvent le tribunal et les bosquets. Là aussi, s'élève le Panéion[15], une "éminence" artificielle, à forme de pomme de pin ; on dirait une colline rocailleuse. On y accède par un chemin en spirale. Du sommet on peut contempler la ville dans son intégralité, s'étendant à ses pieds dans toutes les directions. La grande rue, qui traverse Alexandrie dans le sens de la longueur, part de Nécropolis, puis, longeant le Gymnase, débouche sur la porte Canopique. Font suite l'Hippodrome, ainsi nommé, et les autres [constructions] qui s'étendent l'une après l'autre jusqu'au canal Canopique. »

Strabon, *Géographie*, XVII, 12, 7-10,
trad. Pascal Charvet, comm. J. Yoyotte et P. Charvet,
dans *Strabon, Le Voyage en Égypte. Un regard romain*,
Paris, Nil Éditions, 1997.

NOTES

1. Nom antique du port de Pouzzoles, près de Naples, qui reliait l'Italie à Alexandrie.
2. Vents qui soufflent régulièrement après le solstice d'été et qui amènent de fortes pluies.
3. Léger manteau court qui a la forme d'une cape.
4. Le stade équivaut à 600 pieds, soit environ 180 mètres.
5. Près de 30 mètres, ce qui est une largeur exceptionnelle pour une ville grecque.
6. Homère, dans l'*Odyssée*, XVII, 266.
7. Ce lieu comprend des amphithéâtres, des laboratoires, une salle commune pour les repas, un zoo et surtout la grande bibliothèque fondée par Ptolémée Ier Sôter.
8. Grand promenoir couvert.
9. Grande salle.
10. Le « Corps », terme qui peut faire référence à la momie d'Alexandre.
11. Ce terme désigne la place de commerce maritime, avec les entrepôts, le marché et les douanes.
12. Grande digue qui relie l'île de Pharos à la ville.
13. Temple le plus célèbre d'Alexandrie, consacré à Sérapis, dieu protecteur de Memphis, associant le taureau Apis et le dieu funéraire Osiris. Il fut choisi comme patron d'Alexandrie.
14. Ville faubourg d'Alexandrie, édifiée par Auguste.
15. Belvédère où s'élevait le temple du dieu Pan.

DOCUMENT 2

La bataille de Myles (260 av. J.-C.)

L'année – 260 commença mal pour la flotte romaine. Le consul Cneius Cornelius Scipio Asino est battu et capturé près des îles Lipari. Son collègue Duilius prend en main la flotte et équipe chaque navire d'un nouveau système d'abordage, le corbeau ou corvus *que l'historien grec Polybe décrit dans son* Histoire.

« À leur arrivée dans les eaux siciliennes, les Romains apprirent ce qui était arrivé à Cn. Scipio. Ils envoyèrent aussitôt un message à C. Duilius, qui commandait les forces de terre, et attendirent son arrivée. Comme on leur annonçait d'autre part que la flotte ennemie se trouvait dans les parages, ils firent leurs préparatifs en vue d'une bataille navale. Leurs vaisseaux étant mal construits et difficiles à faire manœuvrer, quelqu'un leur suggéra d'utiliser, pour combattre dans de meilleures conditions, un certain engin, qui devait par la suite être désigné sous le nom de "corbeau". Voici comment cet appareil était conçu : un poteau rond, dont la hauteur était de quatre orgyes [1] et le diamètre de trois palmes [2], était dressé à l'avant du navire. À son sommet se trouvait fixée une poulie et autour du mât lui-même il y avait une passerelle faite de planches clouées transversalement, large de quatre pieds et longue de six orgyes. Le trou par où passait le poteau était de forme ovale et situé à deux orgyes de l'extrémité inférieure de la passerelle, le long de laquelle couraient deux garde-fous s'élevant de part et d'autre à la hauteur du genou. À l'extrémité supérieure de la passerelle était fixée une masse de fer en forme de pilon, terminée en pointe et portant dans sa partie supérieure un anneau. L'ensemble présentait ainsi l'apparence d'une machine à broyer le blé. À l'anneau se trouvait attaché un câble qui, passant dans la poulie, permettait, quand il y avait abordage, de relever la passerelle le long du poteau pour la laisser ensuite retomber sur le pont du bâtiment adverse, soit en la dirigeant vers l'avant, de façon qu'elle dépassât la proue, soit en la faisant pivoter vers le côté, lorsque le heurt se produisait de flanc. Le corbeau une fois planté dans le pont du navire ennemi, les deux bateaux restaient attachés l'un à l'autre. Quand ils se trouvaient flanc contre flanc, les Romains s'élançaient à l'abordage sur toute la longueur du pont, ou bien, quand ils étaient proue contre proue, s'engageaient deux par deux sur la passerelle elle-même pour assaillir l'adversaire. Ceux qui s'avançaient les premiers se protégeaient de front en tendant devant eux leurs boucliers, tandis que les hommes qui venaient ensuite couvraient leurs flancs en appuyant le bord de leurs boucliers sur le garde-fou.

« Après avoir fait construire ces engins, les Romains attendirent une occasion pour livrer une bataille navale. C. Duilius, cependant, dès qu'il avait eu connaissance de ce qui était arrivé au commandant des forces de mer, avait confié ses légions aux tribuns militaires et s'était rendu auprès de la flotte. Ayant alors appris que l'ennemi saccageait le territoire de Myles, il avança sur lui avec tous les navires. Quand ils le virent approcher, les Carthaginois, ravis et débordant d'ardeur, prirent la mer avec cent trente vaisseaux. Ils n'avaient que mépris pour l'inexpérience des Romains. Ils se mirent à avancer tous ensemble droit sur l'ennemi, sans même se donner la peine de prendre la formation de combat, comme s'ils se jetaient sur une proie tout offerte. Hannibal, celui-là même qui avait réussi à évacuer Acragas de nuit avec ses troupes, commandait la flotte et se trouvait à bord d'une heptère [3] qui avait appartenu au roi Pyrrhus. En approchant, les Carthaginois aperçurent les "corbeaux" dressés vers le ciel sur les proues de chacun des navires ennemis et furent passablement déconcertés devant ces machines qui leur étaient inconnues. Pourtant, comme ils avaient décidé une fois pour toutes que leurs adversaires n'étaient pas à craindre, ils lancèrent hardiment contre eux leur avant-garde. Mais, à chaque abordage, les deux navires opposés restaient accrochés l'un à l'autre par ces engins et les Romains s'avançaient aussitôt sur la passerelle pour aller engager le corps-à-corps sur le pont du vaisseau assaillant. Ainsi les Carthaginois se faisaient tuer, ou bien, épouvantés par ce qui leur arrivait, se rendaient, car ils voyaient que finalement l'affaire prenait tout l'air d'un combat sur terre. C'est ainsi que les trente navires qui étaient passés à l'attaque les premiers, et parmi eux le vaisseau amiral, furent pris avec leurs équipages. Quant à Hannibal lui-même, il réussit par miracle à en réchapper grâce au canot de son heptère. Le reste de la flotte carthaginoise commençait à prendre de la vitesse pour se lancer à son tour à l'attaque, mais, lorsqu'elle fut assez près pour se rendre compte de ce qui était arrivé à l'avant-garde, elle vira de bord et se déroba aux coups des "corbeaux". Se fiant à la rapidité de leurs navires, les Carthaginois se mirent alors à envelopper la flotte ennemie, espérant ainsi pouvoir, sans prendre de risques, l'attaquer par-derrière et de flanc. Mais, voyant les "corbeaux" pivoter et s'abattre sur eux de toutes parts, si bien que tous les navires qui s'en approchaient se trouvaient inévitablement immobilisés, ils abandonnèrent finalement la partie et prirent la fuite, épouvantés par cette extraordinaire mésaventure, qui leur avait coûté une cinquantaine de leurs bâtiments. »

Polybe, *Histoire*, I, 22-23,
trad. Denis Roussel,
Paris, Gallimard, coll. « Bibliothèque de la Pléiade », 1970.

NOTES

1. Orgye : mesure de longueur (1,85 mètre).
2. Palme : mesure de longueur (0,077 mètre).
3. Heptère : navire de sept hommes par rame.

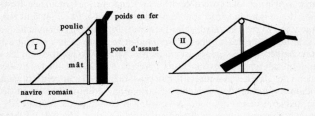

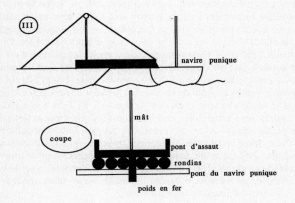

Le corbeau inventé par Duilius. (Reconstitution par Yann Le Bohec, *Histoire militaire des guerres puniques*, Paris, Éd. du Rocher, 1996, p. 79.)

4. À la recherche d'un équilibre
(3e siècle av. J.-C.-1er siècle ap. J.-C.)

Depuis le déclenchement des guerres puniques, la plupart des régions méditerranéennes ont été, d'une manière ou d'une autre, confrontées à des conflits armés. La présence régulière de troupes sur les territoires des cités n'a fait qu'accentuer les difficultés économiques et sociales, créant une situation de crise quasi permanente. L'évolution des régimes politiques est le reflet de ces tensions.

La Méditerranée en crise

La guerre. La guerre et les désastres qui l'accompagnent font partie du quotidien des populations méditerranéennes. Le soldat est omniprésent, mais sa situation diffère selon les époques et les États. Dans la tradition des cités grecques, suivie aussi à Rome, le soldat est avant tout un citoyen. Ce principe est nettement affirmé à Rome, où le lien entre le soldat et la cité est concrétisé par un serment solennel, le *sacramentum*. Selon la définition de l'historien Claude Nicolet, l'armée romaine est « nationale, censitaire et permanente ». La formation de l'armée repose sur la levée, le *dilectus*, qui touche tous les citoyens de dix-sept à soixante ans, choisis par tribus et répartis dans l'armée selon leur degré de fortune et selon les besoins en hommes des légions. Les alliés, *socii*, complètent les effectifs. Cette organisation permet de répondre à une guerre limitée à des opérations relativement peu éloignées de Rome. Les conditions nouvelles créées par la conquête obligent Rome à augmenter le nombre des légions qui peuvent passer de quatre, chiffre traditionnel, à treize en − 190, ce qui équivaut à une mobilisation de près de 70 000 citoyens et d'environ 100 000 alliés. L'allongement de la durée du service et l'éloignement des champs de bataille introduisent des modifications dans le recrutement. À l'occasion d'opérations en Afrique, le consul Marius décide en − 107 d'enrôler des volontaires : c'est le premier pas vers une armée de métier, fondement de l'armée romaine impériale. Cette notion d'armée de métier était déjà largement appliquée dans les armées hellénistiques. Le recrutement des mercenaires se développe un peu partout en Asie Mineure, en Thrace, en Crète. L'un des principaux centres d'approvisionnement se situe au cap Ténare dans le sud du Péloponnèse. Certains peuples se spécialisent, comme les archers crétois ou les frondeurs des îles Baléares. L'armée punique était elle aussi composée sur ce modèle et la révolte des mercenaires a montré les risques et les limites de ce type de recrutement.

Mais, quel que soit le modèle de l'armée, le butin constitue pour les soldats l'enjeu principal des combats. Le pillage fait partie des opérations militaires, surtout dans le cas d'une ville qui résiste comme Sagonte devant Hannibal. Le sort des populations est souvent réglé par la mise en esclavage des vaincus. On estime à 500 000 le nombre total des esclaves fournis à Rome entre − 200 et − 60. Certaines régions ont été ainsi complètement dépeuplées, comme l'Épire (actuelle Albanie) en − 167, où 150 000 Épirotes furent réduits en esclavage. Cette exploitation des conquêtes aboutit à de véritables transferts de richesses au profit de Rome qui peut soit récupérer les trésors des États conquis comme la Macédoine ou le royaume de Pergame, soit imposer de lourdes indemnités de guerre à Carthage, à la Macédoine ou encore au royaume séleucide. Une partie de cet argent est redistribuée aux soldats. Ces *donativa* contribuent à renforcer les liens personnels entre le soldat et son chef et aussi à favoriser les activités commerciales autour de l'armée et des camps. Pour mesurer l'importance de ce butin, il suffit d'évoquer la suppression de l'impôt personnel, le *tributum*, payé par les citoyens romains : il disparaît après l'annexion de la Macédoine. La conquête profite aussi aux gouverneurs et aux officiels romains qui abusent de leur pouvoir pour s'enrichir : Verrès, en – 80, légat du gouverneur de Cilicie, vole des statues à Délos, Ténédos, Chios, Samos où il pille le fameux sanctuaire d'Héra ; il prend aussi des statues en Ionie, en Carie, à Halicarnasse ; à Athènes, il s'empare de l'or conservé sur l'Acropole, etc. ; il pratique la même politique en Sicile ! Parfois, les bateaux qui ramènent le butin en Italie sont victimes d'un naufrage et les fonds méditerranéens deviennent les ultimes temples des divinités grecques !

La guerre entretient aussi un climat d'insécurité qui favorise le brigandage et la piraterie. Cette dernière devient endémique et certains peuples en font leur spécialité : les Ligures dans le golfe de Gênes, les Illyriens dans la mer Adriatique, les Étoliens dans la mer Ionienne et en Égée, les Crétois et les Ciliciens en mer Égée. Un temps contenue par les flottes hellénistiques, la piraterie connaît un essor particulier au 2ᵉ siècle av. J.-C. devant le déclin de ces flottes et l'intérêt grandissant de Rome pour se procurer des esclaves, sources du commerce des pirates. Cependant, l'accroissement de l'insécurité des mers qui paralyse le commerce amène Rome à réagir ; les campagnes de Pompée en – 68/– 67 nettoient la Méditerranée pour plusieurs siècles. Mais sur terre, le brigandage subsiste, surtout dans certaines régions comme la Syrie ou l'Anatolie.

Les répercussions de cette situation sur les cités sont importantes. La fréquence des guerres et, par conséquent, l'augmentation des risques de mortalité viennent aggraver la situation démographique des cités, cette baisse du corps civique qualifiée par les Grecs d'*oliganthrôpia*. Bien qu'elles renforcent leurs fortifications, de nombreuses villes sont ravagées, comme Syracuse en – 212, prise malgré les défenses mises au point par Archimède qui fut tué lors du saccage de la ville. Des villes sont entièrement détruites : Carthage et Corinthe en – 146. Jérusalem, prise par Pompée en – 63, voit ses remparts abattus et le Temple profané. Des sites indigènes sont anéantis, comme l'oppidum d'Entremont au pied duquel est construite la ville d'*Aquae Sextiae* (Aixen-Provence).

Les crises sociales. Aussi est-il normal que de nombreuses crises sociales éclatent dans les cités. Un peu partout, les revendications sont liées à la situation des paysans et à la nécessité de redistribuer les terres accaparées par les plus riches. Pour la Grèce, Sparte fournit un bon exemple de cette situation où, en − 250, 700 citoyens contrôlent les terres contre environ 10 000 avant − 432, et un certain nombre d'entre eux ont en plus de vastes domaines fonciers dans toute la Laconie. En Italie, les ravages provoqués par la guerre d'Hannibal ont profondément affecté les structures de l'agriculture italienne, surtout pour les petites et les moyennes propriétés. L'arrivée des blés provinciaux, le développement de nouvelles activités agricoles qui demandent des investissements, arboriculture ou élevage, et l'utilisation croissante d'une main-d'œuvre servile mettent en péril le monde rural traditionnel. D'autre part, la terre publique, *ager publicus*, fruit de la conquête, profite aux plus riches qui l'occupent moyennant une redevance, *vectigal* ; ils en deviennent ainsi les *possessores* à titre précaire, mais avec la tendance à transformer cette concession précaire en propriété définitive. Dépossédée de ses terres, une partie de la population rurale afflue vers les villes et surtout à Rome, renforçant ainsi les catégories les plus défavorisées de la plèbe urbaine.

Pour faire face à cette dégradation, plusieurs réponses sont possibles. La plus brutale est la révolution urbaine, la *stasis*, qui rythme la vie politique à Sparte au 3e siècle av. J.-C. : successivement, le roi Agis IV en − 243/− 242, Cléomène III de − 235 à − 229 et enfin Nabis en − 207/− 206 tentent des réformes fondées sur l'abolition des dettes et le partage des terres, mais ils se heurtent à l'opposition des possédants et sont éliminés. À Rome, les projets partent d'une famille noble, les *Sempronii*. Tiberius Sempronius Gracchus, influencé par le philosophe grec Blossius de Cumes, s'engage dans une politique de réformes. Élu en − 133 tribun de la plèbe, il propose de limiter le droit de *possessio* et de distribuer aux citoyens pauvres les surfaces récupérées ; une commission est mise en place pour appliquer cette décision. La forte opposition du Sénat et des conservateurs fait échouer cette réforme, qui coûta la vie à son auteur. Dix ans après, en − 123, son frère Caius reprend le projet, mais il subit le même échec et le même sort en − 121.

L'échec des Gracques met en lumière l'importance des questions agraires. Un autre aspect domine cette période, le problème des esclaves dont le nombre a atteint des proportions importantes, estimées entre 30 et 50 % de la population totale. La main-d'œuvre servile est surtout concentrée dans la Sicile et en Italie du Sud. C'est d'ailleurs dans ces régions qu'éclatent les troubles les plus graves. En Sicile, entre – 135 et – 132, une révolte se produit dans la région d'Henna et gagne Taormina, Catane et Messine. Rome doit faire intervenir un consul pour venir à bout des esclaves. De nouvelles émeutes ont lieu en Campanie et en Sicile en – 108. Mais le plus célèbre de ces soulèvements est, en – 73, la révolte de Spartacus, gladiateur de Capoue : il arrive à lever une véritable armée qui ravage toute l'Italie du Sud. Il fallut l'envoi de légions conduites par Crassus et Pompée pour vaincre Spartacus. 6 000 esclaves sont crucifiés sur la voie Appienne entre Capoue et Rome : il n'y aura plus de grandes révoltes dans le monde romain.

Ces crises à Rome avaient servi de révélateur à un autre problème : le mécontentement des Italiens qui n'ont pas accès à la citoyenneté romaine et à ses avantages. Cette nouvelle tension provoque la révolte des alliés, des *socii*, et le déclenchement de la « guerre sociale » en – 91. Après un dur conflit, Rome accorde, par la *lex Iulia* de – 90, la citoyenneté à tous les Italiens de statut libre, à l'exception des habitants de la Cisalpine qui ne reçoivent ce droit que lors de la dictature de César, en même temps qu'était uniformisée l'organisation municipale dans les villes italiennes sur le modèle de Rome ; ainsi se réalise au 1er siècle av. J.-C. l'unité juridique et culturelle de l'Italie.

Les mutations des sociétés méditerranéennes

La diffusion du modèle civique. Depuis la colonisation grecque, la cité est devenue le cadre normal de la vie politique, et les conquêtes favorisent la diffusion du modèle civique. L'extension rapide du cadre politique grec avec les conquêtes hellénistiques a facilité le développement des cités dans tout l'Orient méditerranéen et les fondations royales ont largement contribué à ce mouvement. La réorganisation des populations indigènes en cités est un signe de la pénétration de l'hellénisme dans ces régions ; la Bithynie en fournit des exemples, avec les progrès de la vie urbaine sur les sites de Nicomédie, Nicée, Prusias de Bithynie ; la même évolution se note en Cilicie, où des villes indigènes prennent le statut de cités grecques et s'hellénisent. L'influence du cadre monumental grec gagne la Judée, où un gymnase est édifié en − 175 à Jérusalem ; même les prêtres, dit-on, y viennent pour courir et s'entraîner !

Dans le bassin occidental, c'est la ville de Rome qui propage le modèle de la cité, avec le maintien au 4e et au 3e siècle av. J.-C. d'une politique de colonisation conçue comme un instrument du pouvoir romain. Mais au 2e siècle et jusqu'à l'époque de César, on assiste à un ralentissement des fondations. Certes, à la suite de campagnes en Afrique, Marius installe des vétérans dans la vallée de la Medjerda à Uchi Maius, Thuburnica et Thibaris, près de Dougga ; quelques créations sont aussi réalisées dans la péninsule ibérique : Corduba, Graccuris, Valentia et, dans les îles Baléares, Palma et Pollentia ; en Gaule, la seule colonie reste Narbonne, les autres étant des centres secondaires comme Tolosa ou Lugdunum Convenarum à Saint-Bertrand de Comminges, fondé par Pompée. Il faut attendre la fin du 1er siècle av. J.-C. pour voir une reprise des fondations coloniales avec César et Auguste pour caser les vétérans des guerres de conquêtes et des guerres civiles. Tout le bassin méditerranéen est concerné par ce mouvement. Vingt-huit colonies sont créées en Italie ; la colonisation est relancée en Afrique du Nord, où le territoire de Carthage est à nouveau occupé par 3 000 colons qui s'installent dans la *Colonia Concordia Iulia Karthago*. La péninsule ibérique reçoit aussi son lot de colonies à Hispalis (Séville), Barcino (Barcelone), Caesaraugusta (Saragosse), Emerita Augusta (Mérida), etc. Des vétérans sont dotés aussi en Gaule du Sud, à Béziers, Arles, Narbonne ; des villes indigènes comme Nîmes deviennent des colonies latines et surtout, en − 43, est fondée la colonie romaine de Lyon. Le processus colonial romain touche aussi le bassin oriental, mais avec une ampleur moindre ; la ville de Corinthe, comme Carthage, reçoit le statut de colonie en − 44.

L'une des caractéristiques du progrès des villes en Méditerranée est la transformation du cadre monumental, particulièrement dans la partie romaine. Les villes italiennes adoptent les grands monuments hellénistiques ; Pompéi se dote au 2e siècle av. J.-C. d'une basilique, de thermes, d'une palestre et d'un théâtre ; Preneste, Gabies, Tivoli associent temples et théâtres dans des complexes monumentaux originaux. Ce mouvement gagne la ville de Rome où la conquête et l'afflux des richesses ont des répercussions profondes sur l'urbanisme. Dès – 193, est aménagé un port près du Tibre avec des portiques, le *porticus Aemilia*, complétés par des greniers. Les premières basiliques entourent le forum, cœur de la ville : *basilica Porcia* en – 184, *basilica Aemilia* en – 179 et *basilica Sempronia* en – 170. Le forum devient un centre de la vie civique avec le Sénat, le *Comitium* où se tiennent les comices tributes et la tribune des Rostres ; les basiliques consacrent son rôle judiciaire tandis que les boutiques, les *tabernae*, en font un espace bancaire et économique. Les temples se multiplient, souvent en relation avec un général victorieux ou un homme influent, reprenant ainsi la tradition de l'*évergétisme hellénistique : temple de Janus sur le marché aux légumes ou *forum holitorium*, dédié en – 260 par Duilius, le vainqueur de Myles, ou temple d'Hercule sur le marché aux bestiaux ou *forum boarium*, offert par Marcus Octavius Herrenus, grand négociant en huile. L'architecture domestique est aussi touchée par ces transformations et la maison à vestibule *(atrium)* fait place à des maisons inspirées des modèles hellénistiques de l'île de Délos avec péristyle, jardin ou cour intérieure ; fresques, mobilier et statues complètent ce décor de goût « hellénique ». Les peintures qui ornent les maisons de Pompéi sont une bonne illustration de ces nouveaux cadres de vie.

Le développement de la vie économique. Malgré les menaces de la piraterie, le trafic maritime s'intensifie avec les conquêtes de Rome. Parallèlement, le réseau routier se complète ; ainsi, en Orient, la *via Egnatia* fait communiquer l'Adriatique et l'Égée et, en Occident, la *via Domitia* met en relation la péninsule ibérique et l'Italie par la Gaule du Sud. D'autre part, les Romains ont adopté au 3e siècle av. J.-C. le système monétaire. Dans un premier temps, ils avaient utilisé des lingots de bronze, as, sous différentes formes : *aes rude*, estampillés par la suite d'un signe, *aes signatum*, avec l'effigie d'un taureau, rappel des évaluations de la richesse en têtes de bétail, *pecus*, d'où vient le mot *pecunia*. En − 289, est fondé le collège des trois hommes chargés de la monnaie, *tres viri monetales*, en même temps qu'est frappée une nouvelle monnaie de bronze à l'effigie de Janus et de Mercure, l'*aes grave*. Mais les cités grecques d'Italie du Sud se servent surtout de monnaies d'argent. Rome commence par utiliser les ateliers monétaires des Grecs vers − 280 pour ses premières monnaies d'argent avec Mars et un buste de cheval. Enfin, vers − 214/− 213, est créée une monnaie d'argent romaine, le denier, qui se diffuse dans toute la Méditerranée.

Dans le secteur agricole, les transformations de l'agriculture italienne obligent Rome à importer de plus en plus de blé, de vin et d'huile. Ainsi, l'habitude croissante de consommer du vin fait de la culture de la vigne un aspect essentiel de l'économie italienne. Si les vins grecs de Chios, de Cos et de Rhodes continuent à fournir les amateurs de produits de luxe, on voit aussi se mettre en place les grands crus italiens comme le Falerne ou le Cécube. Désormais, le vin italien peut être exporté et fait la fortune de quelques grands négociants comme Publius Sestius, dont le nom apparaît sur des amphores vinaires trouvées en Gaule. Mais le développement de la viticulture gagne toutes les provinces et la Méditerranée entre dans un système concurrentiel entre les vins italiens, hispaniques et gaulois. D'autres produits comme l'huile de la Bétique en Espagne du Sud ou le *garum* des côtes hispaniques, condiment très apprécié fabriqué à partir du poisson, connaissent une évolution similaire. Ce commerce permet le développement des ateliers de fabrication des amphores dans de nombreuses régions de l'Italie ou des provinces. La Campanie devient aussi le centre de production d'une céramique de qualité à vernis noir qui accompagne souvent les cargaisons de vin sur les bateaux.

Les conquêtes ont eu une grande influence pour l'exploitation des mines. Les gisements italiens sont en majorité épuisés, à l'exception des mines de fer de l'île d'Elbe. Les annexions permirent de répondre à la pénurie italienne. En Méditerranée orientale, Rome profita peu des ressources minières existantes. Ainsi, les mines d'or et d'argent du mont Pangée en Thrace furent fermées après la défaite de Philippe V. Les gisements de plomb argentifère du Laurion en Attique sont abandonnés. C'est plutôt dans le domaine des carrières que l'Orient fut mis à contribution. En revanche, la péninsule ibérique se révèle un important secteur minier, déjà connu des Phéniciens et des Grecs. Rome développe l'exploitation des gisements de plomb argentifère de la région de Carthagène, les mines d'argent de Castulo et de la Sierra Morena, les mines de mercure d'Almaden, et récupère les exploitations aurifères des vallées du Guadiana et du Guadalquivir. Cette première période d'exploitation est confiée à des particuliers organisés en sociétés et exportant leurs produits sous forme de lingots estampillés.

Les nouveaux courants religieux. La multiplication des échanges a aussi des répercussions sur la religion. La diffusion de la cité grecque a ouvert un nouveau champ pour les divinités classiques et certaines connaissent un succès qui s'étend à tout le bassin méditerranéen, comme Asclépios-Esculape qui a un temple sur l'île tibérine à Rome dès − 292 ou encore Apollon à qui cette même ville consacre un collège de dix personnes chargées des affaires sacrées, les *decemviri sacris faciundis*, responsables aussi des Livres sibyllins. Parmi ces dieux grecs, Dionysos-Bacchus occupe une place particulière ; les associations dionysiaques sont de plus en plus nombreuses en Italie et les excès de ce culte provoquent le scandale des Bacchanales en − 186, qui marque un frein au développement de cette religion. D'autres dieux envahissent progressivement l'espace méditerranéen. Ainsi, le culte égyptien d'Isis et de Sérapis, très répandu en Orient, se diffuse largement en Occident, relayé par les milieux économiques de Délos et les ports italiens ou hispaniques. De même, le culte de la déesse anatolienne Cybèle, la « Grande Mère », accompagnée de son fils Attis, se répand dans toute l'Égée. En − 205, Rome, menacée par Hannibal, procède à l'interrogation des Livres sibyllins qui conseillent d'installer dans la ville la déesse Cybèle. L'oracle de Delphes est consulté et le Sénat décide de faire venir à Rome, depuis la ville de Pessinonte en Asie Mineure, la Pierre Noire, bétyle qui symbolise la déesse. C'est ainsi que ce premier grand culte oriental est introduit à Rome en − 204, et Cybèle a son sanctuaire sur le Palatin. Cette démarche, qui part d'Italie et transite par Delphes pour aller en Anatolie et revenir à Rome, est un bon exemple de l'extension méditerranéenne des cultes.

Il est enfin un dernier phénomène dont les conséquences à long terme sont importantes : la diaspora juive. Après l'exil de Babylone, le Temple avait été reconstruit. Mais la communauté juive subit des crises sociales et des Juifs préfèrent s'installer en dehors de la Judée, en Égypte à Alexandrie ou en Syrie à Antioche, par exemple. Le mouvement s'accélère avec les conflits du 2ᵉ siècle av. J.-C., où les Juifs s'opposent aux tentatives hégémoniques des rois séleucides. La révolte des Maccabées embrase la Palestine ; le Temple est profané : Antiochus IV y installe le culte de Zeus, « l'abomination de la désolation » (− 164), mais à partir de − 152 la Palestine forme un État indépendant. Cependant, de nombeux Juifs sont partis et cette diaspora pratique la langue grecque comme langue usuelle. C'est pour eux que la Bible est traduite en grec au 3ᵉ siècle av. J.-C. (la « Septante »), ce qui rend accessible à un large public la littérature juive.

Le déclenchement des guerres civiles. Tous ces bouleversements affectent en profondeur l'organisation sociale des cités, au point de provoquer une série de guerres civiles qui compromettent les équilibres internes. Les crises qui éclatent à l'occasion des distributions de terres ou du droit de cité reflètent les profondes divisions qui menacent la vie politique à Rome. Deux grandes tendances s'y manifestent, les *optimates*, partisans d'une autorité renforcée du Sénat et du maintien des privilèges, et les *populares*, qui sont les héritiers du programme des Gracques. En même temps, une réflexion politique sur les institutions de Rome s'engage dont on trouve l'écho dans l'œuvre de Cicéron, qui donne le modèle du *rector rei publicae*, le meilleur des citoyens, destiné à diriger l'État romain. Le poids croissant des généraux victorieux, les *imperatores*, soutenus par leurs soldats, favorise l'éclatement des crises. Appuyés sur leur clientèle militaire et renforcés par le soutien des factions développées parmi le peuple romain, quelques hommes tentent de régler à leur profit la situation conflictuelle dans laquelle est plongée la République. C'est d'abord le consul Sylla qui, le premier, entre avec ses troupes à Rome en − 88 pour s'imposer à son rival Marius. Une nouvelle fois en – 82, à son retour victorieux de la guerre en Orient contre Mithridate, Sylla installe dans la Ville un pouvoir fondé sur la dictature permanente et les proscriptions des opposants. Son abdication en – 79 laisse le champ libre à d'autres ambitions. Pompée, auréolé de ses victoires en Orient où il a triomphé de quatorze nations, veut s'assurer le contrôle de Rome ; il passe un accord secret avec Crassus et César et constitue le premier triumvirat en – 60. Profitant de l'absence de César parti faire la conquête des Gaules et de la mort de Crassus tué par les Parthes à Carrhai en Orient, Pompée prend le pouvoir. Dès le retour de César en – 49, éclate un nouvelle guerre civile qui met en jeu toute la Méditerranée ; c'est à l'occasion de cette guerre que César se rend en Égypte et y séjourne en compagnie de Cléopâtre. Une émeute locale provoque l'incendie et la destruction de la Bibliothèque d'Alexandrie. L'assassinat de César le 15 mars – 44 ouvre la dernière phase du conflit, où la Méditerranée occupe une place centrale.

Le triumvirat constitué en – 43 entre Octave, neveu adopté par César, Marc Antoine, fidèle lieutenant de César, et Lépide, maître de cavalerie du dictateur, est très fragile ; très vite, des conflits surgissent entre les trois hommes. De son côté, Sextus Pompée, le fils de Pompée, prend le commandement d'une partie de la flotte romaine et essaie de contrôler la Méditerranée centrale en mettant la main sur la Sicile et la Sardaigne, coupant ainsi les routes du ravitaillement de Rome. Octave doit négocier avec lui avant de confier à son lieutenant Agrippa le soin de préparer une flotte de gros navires, *quinquérèmes (5) et hexères (6), équipés de tours et de machines de guerre : à Nauloque, en – 36, il écrase la flotte de Sextus Pompée. Progressivement, la guerre se ramène à un affrontement entre l'Occident qui prête serment de fidélité à Octave, et l'Orient où Antoine, désormais installé avec Cléopâtre à Alexandrie, apparaît comme le maître, le « néo-Dionysos », du bassin oriental méditerranéen avec la prétention de devenir le maître de Rome. Une fois encore, la mer fournit le cadre de la bataille qui détermine le destin politique de la Méditerranée : le 2 septembre – 31, la flotte d'Octave, commandée par Agrippa, triomphe de la flotte d'Antoine et de Cléopâtre à Actium, à la sortie du golfe d'Ambracie. Octave, protégé par Apollon, devient le seul maître de la Méditerranée qui, pour la première fois de son histoire, est réunie sous un seul pouvoir politique. Le 16 janvier – 27, en accordant à Octave le surnom d'Auguste, le Sénat romain reconnaissait l'œuvre accomplie par l'héritier de César.

L'organisation impériale

Une nouvelle forme de pouvoir. Issu à la fois des institutions républicaines et des crises qui en ont montré les limites, un nouveau pouvoir se met en place avec l'empereur Auguste. Ce pouvoir se définit par la titulature de l'empereur et d'abord par le titre lui-même d'*imperator* faisant fonction de prénom. Il fait du titulaire le chef des armées, celui par qui les dieux donnent la victoire aux Romains ; mais l'empereur est aussi l'instance judiciaire suprême et le principal législateur pour tout l'Empire. Ce pouvoir est renforcé par la puissance tribunicienne, héritée des pouvoirs des anciens tribuns de la plèbe et par laquelle il devient le protecteur éminent du peuple avec l'initiative politique et législative. En outre, il a le titre de grand pontife *(pontifex maximus)*, ce qui en fait le maître de la religion romaine. Enfin, dans sa titulature, est affirmée sa filiation divine avec César divinisé, *divi filius*. Les autres empereurs évoquent leur filiation avec leurs prédécesseurs qui ont eu droit au titre de *divus* accordé par le Sénat après leur mort et leur apothéose : ainsi est établi l'un des fondements du culte impérial.

Ce culte se développe à plusieurs niveaux selon les régions. Octave avait déjà reçu le titre religieux d'*augustus* en Occident, repris en Orient par le terme de *sébastos*. Mais en Italie et à Rome, la tradition républicaine incitait à la prudence. Le culte y prit des formes indirectes en s'adressant au **genius* ou au **numen* de l'empereur, pouvant être associé à d'autres divinités comme les *Lares compitales* des carrefours qui deviennent les *Lares augusti*. Le culte se répand dans toutes les provinces méditerranéennes, favorisé en Orient par la longue tradition hellénistique du culte des souverains et en Occident par l'existence dans certaines tribus indigènes d'un culte du chef, comme la *devotio iberica* en Espagne. Le culte provincial regroupe officiellement toutes les communautés constitutives de la province dans une célébration commune de la divinité impériale. Il est organisé pour la première fois à la demande des notables grecs en Asie et en Bithynie en 29 av. J.-C. Dans les provinces de la Méditerranée occidentale, la première manifestation du culte impérial a lieu lors du séjour d'Auguste à Tarragone en 26-25 av. J.-C. La ville de Tarragone lui dédie un autel et le culte provincial est fondé à Tarragone et à Mérida sous Tibère. La démarche est plus lente dans les provinces qui relèvent directement du Sénat. En 11 ap. J.-C., la plèbe de Narbonne consacre un autel au *numen augusti*, mais il faut attendre les Flaviens pour voir se développer le culte provincial en Bétique, Narbonnaise et Afrique Proconsulaire. En Orient comme en Occident, la création d'un culte provincial aboutit à l'organisation d'une assemblée provinciale de notables, *koinon* en Orient, *concilium provinciae* en Occident, chargée d'élire le grand prêtre annuel et de débattre d'affaires communes. Ces assemblées sont à la fois des lieux de manifestation de loyalisme politique et d'expression de la liberté des provinciaux.

L'empereur est aussi amené à structurer l'administration centrale. Les cadres anciens ne sont pas supprimés, mais profondément remaniés. Si les assemblées populaires déclinent, le Sénat et l'ordre sénatorial gardent tout leur prestige, même si une grande partie des activités du Sénat (politique extérieure, finances, armée) est désormais aux mains de l'empereur. Les décisions du Sénat, sénatus-consultes, restent une source essentielle du droit. Surtout, les carrières sénatoriales sont maintenant partagées entre l'exercice des magistratures traditionnelles à Rome et les fonctions administratives obtenues selon une carrière définie, un *cursus* : curatèles, légations et gouvernements de province, commandements de légion, le sommet de la carrière étant la préfecture de la Ville de Rome. D'autre part, le recrutement du Sénat s'étend aux provinciaux. De même, les notables de province ont accès à l'ordre équestre qui est consacré au service de l'administration impériale et devient l'un des rouages essentiels du pouvoir central. Les grandes préfectures représentent le sommet de la carrière équestre. Le préfet du prétoire commande les neuf cohortes prétoriennes de Rome ; le préfet de l'*annone dirige le ravitaillement de Rome ; le préfet des vigiles assure la protection de la Ville contre les incendies. En plus de ces trois préfectures, il faut ajouter le préfet des flottes de Misène et de Ravenne et le préfet d'Égypte qui gouverne cette province à statut particulier.

Le poids de l'armée. En réalité, le pouvoir impérial repose fondamentalement sur l'armée, dont l'*imperator* est le général en chef. Dans le dispositif militaire romain, le bassin méditerranéen représente une zone protégée, à l'écart des affrontements avec le monde barbare qui menace les frontières, depuis la Bretagne jusqu'aux bouches du Danube, du Caucase à l'Euphrate. Plusieurs légions assurent la sécurité des provinces d'Afrique, d'Espagne, des Balkans et des secteurs orientaux. La marine a bénéficié d'un soin particulier de la part d'Auguste, attentif à son organisation. Les guerres civiles avaient mis en évidence la place de la mer dans les enjeux politiques. Aussi l'empereur décide-t-il de mettre en place une force maritime permanente et de redonner à l'Italie sa supériorité dans ce domaine. C'est dans cette perspective que sont créées les deux grandes bases navales italiennes de Misène dans le golfe de Naples et de Ravenne aux bouches du Pô. En plus de ces deux flottes principales existent une flotte à Alexandrie, une flotte sur les côtes de Syrie, la *classis syriaca*, basée à Séleucie de Piérie, une flotte dans la mer Noire à Trapézonte, la *classis pontica*. La majorité de la flotte est équipée de *trirèmes et de quinquérèmes ; un élément nouveau apparaît dans la marine romaine, la *liburne, qui tire son nom des bateaux des pirates illyriens ; il devait s'agir d'un navire à deux rangs de rames. Outre les rames, les navires comportent une mâture de deux types : un grand mât au centre avec une large voile rectangulaire et à l'avant un mât fortement incliné avec une voile rectangulaire plus petite. Cette flotte a un rôle primordial pour la sécurité en Méditerranée et comme support logistique des armées (vivres, transports, etc.).

L'armée romaine permet l'achèvement des conquêtes sous Auguste : nord de la péninsule ibérique, secteurs alpestres et danubiens, intégration des royaumes clients orientaux. Cette politique d'annexion se poursuit jusqu'à l'époque de Trajan. Sont ainsi soumis au pouvoir romain tous les pays entourant la Méditerranée, l'une des dernières régions annexées étant le royaume des Nabatéens de Pétra qui devient la province romaine d'Arabie en 106.

Le développement de l'administration. L'Empire romain s'étend désormais depuis les *Colonnes d'Hercule jusqu'aux côtes du Levant : c'est ce vaste espace méditerranéen dont Rome doit assurer l'administration. L'Italie reste à l'écart du système provincial et conserve son statut privilégié, exprimé par le *ius italicum*, le droit italique qui la dispense de l'impôt du *tributum*. Cependant, Auguste la divise en onze régions, plus pratiques pour le recensement. Au 2e siècle, sont créés quatre districts judiciaires. La gestion de la ville de Rome est partagée entre le préfet de la Ville, membre du Sénat, et les services impériaux avec les grandes préfectures.

L'organisation des provinces repose sur le partage du 13 janvier – 27 où le Sénat confie à l'empereur la gestion des provinces militaires et ne conserve que les provinces sans troupes légionnaires *(inermis)*, avec des exceptions comme l'Afrique. Les provinces sénatoriales sont administrées pour un an par un gouverneur portant le titre de *proconsul*, assisté d'un questeur chargé des finances ; cependant, les domaines impériaux et la perception de certains impôts indirects relèvent des procurateurs équestres qui dépendent directement de l'empereur. Dans les provinces impériales, le gouverneur, *legatus Augusti pro praetore*, est choisi, pour une période d'environ trois ans, parmi les anciens préteurs ou les anciens consuls selon que la province comporte une ou plusieurs légions. Les services financiers sont dirigés par des procurateurs équestres. Quelques rares provinces mineures sont confiées à des gouverneurs équestres portant le titre de procurateur.

Parmi les provinces sénatoriales, les deux plus importantes sont confiées à d'anciens consuls : l'Afrique et l'Asie. Les autres provinces sénatoriales sont administrées par d'anciens préteurs : Gaule Narbonnaise, Bétique et Sicile en Occident ; Macédoine, Achaïe, Crète-Cyrénaïque, Bithynie-Pont (jusqu'en 109, puis de 113 à 165), Chypre et, à partir de 178-180, Lycie-Pamphylie en Orient.

Les provinces impériales sont nettement plus nombreuses. Des légats de rang consulaire sont en charge des provinces d'Hispanie Citérieure, Dalmatie, Syrie, Cappadoce (à partir de 61), puis, plus tard, de Judée (vers 118-120) et de Pont-Bithynie (en 109-113, puis après 165). Les autres provinces sont confiées à un légat de rang prétorien : Lusitanie, Thrace (à partir de Trajan), Galatie, Lycie-Pamphylie jusqu'en 178, Cilicie, Judée (70-vers 118-120), Arabie, Numidie.

Le dernier groupe correspond aux provinces procuratoriennes : Alpes Maritimes et Alpes Cottiennes dans le secteur alpestre, Maurétanie Césarienne et Maurétanie Tingitane en Afrique du Nord, Sardaigne, Thrace jusqu'à Trajan, Cappadoce jusqu'en 61, Épire.

Ce système assure pendant trois siècles la paix et la stabilité en Méditerranée. Une partie de ce succès est due à la politique menée par Rome pour rallier les élites indigènes et former une civilisation commune à l'ensemble du bassin méditerranéen.

DOCUMENT 1

Les pirates en Méditerranée

La piraterie fait partie de la vie quotidienne des marins en Méditerranée. Depuis Homère, les notions de commerce et de piraterie sont étroitement liées dans les textes. Les Romains tolèrent la piraterie, car elle est le principal fournisseur des marchés d'esclaves. Mais la disparition des grandes flottes hellénistiques en Méditerranée orientale aggrave le phénomène et les pirates deviennent de plus en plus menaçants. Au 1er siècle av. J.-C., Pompée reçut mission de les soumettre. Ce texte du biographe grec Plutarque, qui vécut au 1er siècle ap. J.-C., décrit la situation avant l'expédition de Pompée en 68-67 av. J.-C.

« En effet, l'activité des pirates, partie d'abord de Cilicie, après des débuts dont la hardiesse passa inaperçue, avait pris une assurance et une audace nouvelles pendant la guerre de Mithridate, où elle s'était mise au service de ce roi. Puis, quand les Romains lors des guerres civiles en vinrent aux mains les uns contre les autres aux portes de Rome, la mer laissée sans surveillance les attira peu à peu de plus en plus loin et ils se mirent non seulement à attaquer les navigateurs, mais à ravager les îles et les villes côtières. Déjà, des hommes puissants par leur richesse, de naissance illustre et d'une intelligence estimée supérieure s'engageaient dans la piraterie et prenaient part à ce genre d'expéditions, comme si elles devaient leur apporter honneur et gloire. Il existait en beaucoup d'endroits des mouillages pour les bateaux des pirates et des postes fortifiés de signalisation ; ils ne disposaient pas seulement pour attaquer d'escadres qui, par l'importance des équipages, l'habileté des pilotes, la rapidité et la légèreté des embarcations, étaient bien adaptées à leur tâche : ce qu'il y avait là de redoutable était encore moins affligeant que l'appareil odieusement fastueux de ces mâts dorés, de ces tapis de pourpre, de ces rames plaquées d'argent, comme si les pirates s'enorgueillissaient et étaient fiers de leur malfaisance. Sur tous les rivages, ce n'étaient que musiques de flûtes ou d'instruments à cordes, scènes d'ivresse, enlèvements de grands personnages, prises de villes et rançons exigées d'elles, à la honte de la puissance romaine. Les navires des pirates dépassèrent le nombre de mille, et les cités dont ils s'emparèrent étaient plus de quatre cents. Parmi les sanctuaires, jusqu'alors sacrés et inviolables, ils attaquèrent et pillèrent ceux de Claros, de Didymes, de Samothrace, le temple de la Déesse chthonienne à Hermioné, ceux d'Asclépios à Épidaure, de Poseidon à l'Isthme, au Ténare et à Calaurie, d'Apollon à Actium et à Leucade, d'Héra à Samos, à Argos et au Lacinium. Ils célébraient eux-mêmes les sacrifices étrangers d'Olympos et pratiquaient des cultes à mystères, dont celui de Mithra, qu'ils ont les premiers fait connaître et qui subsiste aujourd'hui encore. Après tant d'outrages infligés aux Romains, ils allèrent jusqu'à pratiquer le brigandage sur les routes en s'éloignant de la mer et à dévaster les propriétés situées en bordure. Ils enlevèrent même un jour deux préteurs, Sextilius et Bellienus, vêtus de leur robe bordée de pourpre, et avec eux ils emmenèrent leurs serviteurs et leurs licteurs. Ils s'emparèrent aussi de la fille d'Antoine – un homme qui avait eu les honneurs du triomphe – alors qu'elle se rendait à la campagne, et ils ne la relâchèrent que contre une forte rançon. Mais voici quel fut le comble de leur insolence : quand un de leurs prisonniers s'écriait qu'il était romain et disait son nom, ils simulaient la stupeur et la crainte, ils se frappaient les cuisses et tombaient à ses pieds en implorant son pardon, et lui se fiait à leur posture humble et suppliante. Puis ils le chaussaient à la romaine et lui mettaient une toge, pour éviter, disaient-ils, qu'il ne fût pas reconnu une autre fois. Après s'être ainsi moqués de lui et l'avoir bafoué longtemps, finalement ils jetaient une échelle qui donnait sur la pleine mer et lui enjoignaient de descendre et de partir, accompagné de leurs bons vœux ; s'il refusait, ils le poussaient dans l'eau et le noyaient. »

Plutarque, *Vie de Pompée*, 24,
trad. Robert Flacelière,
Paris, Les Belles Lettres, « Collection des Universités
de France », 1973.

DOCUMENT 2

La bataille d'Actium

La bataille d'Actium marque l'unité du monde méditerranéen sous un seul pouvoir politique pour une période de plus de trois siècles. Le poète Virgile, dans l'Énéide, décrit le bouclier qu'Énée reçoit des dieux après avoir quitté Troie détruite par les Grecs. Il y fait figurer par anticipation la bataille d'Actium, signifiant bien, ainsi, qu'Octave rejoint dans l'histoire de Rome le premier héros mythique. La victoire remportée à Actium est une véritable refondation de Rome sous la direction d'Octave Auguste.

« Au centre, la mer se gonflait à perte de vue, sur fond d'or ; mais les vagues, d'un bleu sombre, dressaient leur crête blanchissante d'écume. De clairs dauphins d'argent, qui nageaient en rond, balayaient de leurs queues la surface des eaux et fendaient les remous. Au milieu, on pouvait voir les flottes d'airain, la bataille d'Actium, tout Leucate bouillonner sous ces armements de guerre, et les flots resplendir des reflets de l'or. D'un côté, César Auguste entraîne au combat l'Italie avec le Sénat et le peuple, les Pénates et les Grands Dieux. Il est debout sur une haute poupe ; ses tempes heureuses lancent une double flamme ; l'astre paternel se découvre sur sa tête. Non loin, Agrippa, que les vents et les dieux secondent, conduit de haut son armée ; il porte un superbe insigne de guerre, une couronne navale ornée de rostres d'or. De l'autre côté, avec ses forces barbares et sa confusion d'armes, Antoine, revenu vainqueur des peuples de l'Aurore et des rivages de la mer Rouge, traîne avec lui l'Égypte, les troupes de l'Orient, le fond de la Bactriane ; ô honte ! sa femme, l'Égyptienne, l'accompagne. Tous se ruent à la fois, et toute la mer déchirée écume sous l'effort des rames et sous les tridents des rostres. Ils gagnent le large ; on croirait que les Cyclades déracinées nagent sur les flots ou que des montagnes y heurtent de hautes montagnes, tant les poupes et leurs tours chargées d'hommes s'affrontent en lourdes masses. Les mains lancent l'étoupe enflammée ; les traits répandent le fer ailé ; les champs de Neptune rougissent sous ce nouveau carnage. La Reine, au milieu de sa flotte, appelle ses soldats aux sons du sistre égyptien et ne voit pas encore derrière elle les deux vipères. Les divinités monstrueuses du Nil et l'aboyeur Anubis combattent contre Neptune, Vénus, Minerve. La fureur de Mars au milieu de la mêlée est ciselée dans le fer, et les tristes Furies descendent du ciel. Joyeuse, la Discorde passe en robe déchirée, et Bellone la suit avec un fouet sanglant. D'en haut, Apollon d'Actium regarde et bande son arc. Saisis de terreur, tous, Égyptiens, Indiens, Arabes, Sabéens, tournaient le dos. On voyait la Reine elle-même invoquer les vents, déployer ses voiles, lâcher de plus en plus ses cordages. [...] César cependant, ramené dans les murs de Rome par un triple triomphe, consacrait aux dieux italiens, hommage immortel, trois cents grands temples dans toute la ville. Les rues bruissaient de joie, de jeux, d'applaudissements. Tous les sanctuaires ont un chœur de matrones ; tous, leurs autels ; et devant ces autels, les jeunes taureaux immolés jonchent la terre. Auguste, assis sur le seuil de neige éblouissant du temple d'Apollon, reconnaît les présents des peuples et les fait suspendre aux opulents portiques. Les nations vaincues s'avancent en longue file, aussi diverses par les vêtements et les armes que par le langage. Ici, Vulcain avait sculpté les tribus des Nomades et les Africains à la robe flottante ; là, les Lélèges, les Cariens et les Gélons porteurs de flèches ; l'Euphrate roulait des flots apaisés ; puis c'étaient les Morins de l'extrémité du monde, le Rhin aux deux cornes, les Scythes indomptés et l'Araxe que son pont indigne.

« Voilà ce que sur le bouclier de Vulcain, don de sa mère, Énée admire. Il ne connaît pas ces choses ; mais les images l'en réjouissent, et il charge sur ses épaules les destins et la gloire de sa postérité. »

Virgile, *Énéide*, VII, 670-730,
trad. André Bellessort,
Paris, Les Belles Lettres, « Collection des Universités
de France », 1920.

5. *Mare nostrum*

« Sous tous ces rapports, disais-je, notre mer possède une grande supériorité, et c'est par elle qu'il faut commencer notre tour du monde. » Ainsi s'exprime Strabon, le géographe grec du 1er siècle, dans sa description du monde. Il traduit bien dans cette phrase à la fois le sentiment de propriété, de supériorité, mais aussi l'idée d'unité que cet espace géographique inspire au monde romain à l'époque impériale. Il existe désormais une véritable communauté méditerranéenne appartenant à une civilisation unique, cadre de la vie économique, sociale et culturelle, sans que soient pour autant totalement gommées les spécificités régionales et indigènes. La base de ce système reste l'unité du pouvoir impérial, garant de cette cohésion du bassin méditerranéen : qu'elle soit remise en cause et les risques de division réapparaissent.

La Méditerranée, espace économique

Le développement de la navigation. L'organisation impériale crée les conditions favorables au développement de la navigation. Mais il est important de comprendre la perception qu'avaient les Anciens de cet espace maritime. Pour l'Empire romain, nous pouvons en avoir une idée à partir des ouvrages de Strabon, de Pline l'Ancien et de Ptolémée. En outre, une carte avait été établie par Agrippa et placée sur le Champ de Mars à Rome dans le *porticus Vipsana*. Dans tous ces travaux, la Méditerranée occupe une place centrale. Les *Colonnes d'Hercule déterminent les limites occidentales au-delà desquelles s'étend la mer Extérieure, l'Océan dont la maîtrise reste toujours un exploit et qui conserve un contenu mythique. Quelques erreurs de base faussent cette perception de la Méditerranée ; ainsi la chaîne des Pyrénées est orientée nord-sud, ce qui valorise le rôle de l'isthme gaulois entre le golfe du Lion et le golfe de Gascogne pour les relations avec les régions océaniques. Dans le même ordre d'idées, Strabon situe le mont Liban et l'Anti-Liban en position perpendiculaire à la Méditerranée alors qu'ils lui sont parallèles, ce qui change la vision que l'on peut avoir sur les communications avec l'intérieur.

La navigation continue à se faire selon les critères climatiques. Pour les Romains, la bonne saison, celle de la mer ouverte par contraste avec la période où la navigation est suspendue (*mare clausum*, mer fermée), commence au début du mois de mars avec la cérémonie religieuse du *navigium Isidis* où était lancé sur la mer un modèle réduit de navire avec une voile qui comportait des lettres d'or, « expression des vœux pour l'heureuse reprise de la navigation » selon le romancier Apulée. Cette « mer ouverte » va jusqu'au 11 novembre, mais en réalité la grande époque des traversées commerciales est plus courte, du 27 mai au 14 septembre. Les marins naviguent de jour comme de nuit, mais n'ont pas d'instrument précis pour faire le point. En revanche, ils disposent des *Périples*, recueils d'observations effectuées par des générations de navigateurs depuis l'époque archaïque et qui donnent une description des côtes de la Méditerranée et du Pont-Euxin : abris, accidents remarquables de terrain, repères visuels, écueils, bas-fonds, courants ou caps dangereux. Les ports italiens de Pouzzoles et d'Ostie sont des points de convergence des routes maritimes ; l'une des plus importantes est la route d'Alexandrie qui apporte le blé d'Égypte à Rome en quinze à vingt jours de traversée ; une autre route essentielle est celle qui va de Syrie en Italie. Dans le bassin occidental, les grands axes de navigation correspondent aux routes qui mettent en relation les ports importants avec Ostie : Carthage, Gadès, Carthagène, Tarragone, Narbonne, Arles et Marseille ; mais on peut aller de Narbonne à Alexandrie en vingt jours.

Les navires de commerce. Ce sont des navires ronds, assez hauts et à faible tirant d'eau ; ils sont équipés d'une voile carrée ou rectangulaire, le plus souvent fixée à un mât unique, avec parfois un petit mât incliné sur la proue. On voit apparaître à partir du 2ᵉ siècle des bateaux avec deux ou trois mâts. L'appareil de gouverne est formé de deux gouvernails latéraux, grandes rames ou pelles, protégées par une caisse à claire-voie et reliées à une barre actionnée par le timonier ; la direction du navire se fait par rotation de la pelle autour de son axe. La taille de ces navires atteint couramment 450 tonnes métriques, mais peut aller jusqu'à 1 200 tonnes.

Les bateaux disposent de nombreux ports sur l'ensemble des côtes méditerranéennes. Certains sont dissociés de la ville : le Pirée pour Athènes ou Ostie pour Rome. D'autres constituent la ville elle-même : Alexandrie, Marseille. Ils sont pourvus de plusieurs bassins : à Pouzzoles, Alexandrie, Ostie ou encore à Arles avec un port fluvial en amont et un port maritime en aval, situation que l'on retrouve aussi à Hispalis (Séville). Un phare signale souvent l'entrée du port : Alexandrie, mais aussi Ostie ou Laodicée de Syrie. Ostie tient une place de premier rang dans la liste des ports et la place des Corporations y est décorée de mosaïques qui mentionnent les pays et les villes en relation avec ce port. Sa création a été rendue nécessaire par le développement de Rome. C'est l'empereur Claude qui en décide la construction en 42 et il est achevé par Néron en 54 : de forme circulaire avec un diamètre d'environ 1 kilomètre, ce port est accessible par le nord-ouest entre deux môles. Sur un bateau coulé par Caligula et bourré de pierres, est édifié un phare de quatre étages en forme de pyramide à degrés avec un foyer au sommet. Devenu insuffisant, ce port est agrandi par Trajan qui ordonne la construction d'un second port plus en arrière avec un grand bassin hexagonal de 32 hectares. Tous ces ports sont en relation avec des routes terrestres. L'action de Rome en ce domaine a été considérable sur tout le pourtour du bassin méditerranéen. En Italie, toutes les principales villes sont reliées entre elles. Les provinces ont été équipées au fur et à mesure de leur annexion et possèdent d'importants réseaux routiers : les quatre grandes voies de la Gaule intérieure créées par Agrippa à partir de Lyon, la *via Augusta* de la péninsule ibérique de Séville à la côte catalane, le réseau africain depuis Carthage vers les régions occidentales de l'Afrique du Nord ou encore la *via Nova* de Bostra à la mer Rouge en Arabie.

Productions et échanges. La Méditerranée est donc un espace important de production et d'échange. Les conditions naturelles expliquent la relative uniformité des productions agricoles : céréales, oliviers, vignes et élevage forment la base de l'agriculture méditerranéenne. Cependant, ces produits sont inégalement répartis : le blé manque à Rome, à Athènes et dans la plupart des grandes cités. En outre, une clientèle aisée recherche des produits de qualité : ces deux raisons expliquent l'intensité des échanges. Les cités jouent le rôle de centres de redistribution et ont une activité de marché concrétisée par la construction d'espaces spécialisés, le *macellum* en Occident ou l'*agora* en Orient. Trajan fait construire près de son forum un grand marché, mais des villes comme Pouzzoles, Ostie en Italie ou Timgad et Djemila en Afrique du Nord ont un *macellum*. Cette mode gagne aussi l'Orient où des marchés fermés remplacent les *agoras* ouvertes comme à Éphèse.

Dans ce commerce, le blé occupe une place importante. Il est acheminé vers l'Italie à partir de l'Égypte, de l'Afrique du Nord, de la Sicile, de la Gaule du Sud et de la péninsule ibérique. L'Égypte fournit à elle seule près de 172 millions de litres. Ce commerce est un quasi-monopole exercé par les services de l'*annone au bénéfice de Rome pour éviter les situations de famine qu'avait connues la capitale à la fin de la République. Le commerce du vin est plus fluctuant. La progression de la viticulture italienne et la conquête romaine ont ouvert aux négociants italiens les marchés d'Hispanie et de Gaule, mais aussi ceux de la Méditerranée orientale. À la fin de la République, les courants d'échanges se modifient. Les exportations de vins italiens diminuent nettement et sont remplacées par des vins d'Hispanie et de Gaule. En réalité, ce phénomène commercial ne marque pas la fin de la grande production des vins italiens. Les grands crus sont toujours commercialisés et surtout le marché romain absorbe de plus en plus la production italienne, à laquelle s'ajoutent désormais les vins gaulois et hispaniques. D'autre part, les vins de la côte adriatique et de l'Italie du Nord bénéficient des débouchés fournis par les armées des provinces danubiennes et, par le port d'Aquilée, transitent vers le Norique, le Rhin et le Danube. Le commerce de l'huile d'olive est surtout le fait de la Bétique et des grands domaines de la vallée du Guadalquivir et du Genil. Ce commerce alimente en grande partie les services de l'annone à Rome : les débris d'amphores accumulés sur la colline artificielle du Monte Testaccio, sur près de 50 mètres de haut, en sont une illustration. Les négociants en huile, *olearii*, commercialisent ce produit vers le marché romain où il est stocké dans les entrepôts, *horrea*, avant d'être redistribué sous le contrôle des *diffusores* aux revendeurs romains. Ce commerce concerne aussi l'ensemble de l'Occident, la Gaule, le *limes* (frontière) germanique et la Bretagne. La vallée du Rhône et la ville de Lyon ont une place privilégiée dans ces circuits commerciaux. À partir du 2e siècle, l'extension des plantations d'oliviers en Afrique du Nord entraîne une augmentation de la production d'huile africaine qui, bien qu'elle soit moins réputée, est aussi exportée vers l'Italie et les marchés méditerranéens.

Les provinces assurent aussi la majeure partie de la production minière de l'Empire. Dans ce domaine, la péninsule ibérique a une place prépondérante avec les sites aurifères du Nord-Ouest (mines de Las Médulas près de Ponferrada ou de Três Minas dans le nord du Portugal), gisements argentifères et mines de cuivre de la Sierra Morena, de la Sierra de Carthagène ou mine d'Aljustrel au Portugal. La production de fer est une des richesses majeures de la Dalmatie. L'artisanat est une activité répandue dans toutes les régions ; les artisans peuvent se regrouper en collèges *(corpora, collegia)* dont la principale fonction est d'assurer des funérailles à leurs membres. Certains produits donnent lieu à un commerce, comme les produits de luxe : toiles de laine gauloises, étoffes de lin d'Asie Mineure et d'Égypte, soies de Beyrouth, de Sidon ou de Tyr, verrerie de Sidon, bronze de Corinthe, etc. Une place particulière doit être faite à la céramique sigillée, dont le succès s'explique parce qu'elle s'inspire des modèles d'argenterie, mais en moins coûteuse. À partir d'Auguste, le principal centre de production est la cité d'Arretium (Arezzo) en Toscane. Cette céramique se diffuse dans les provinces où se constituent de nouveaux centres de fabrication, en particulier en Gaule du Sud (Montans, La Graufesenque, Banassac). De même, la péninsule ibérique connaît à son tour un développement vers le milieu du 1er siècle (Andujar, près de Jaén, et Tricio, dans la province de Logroño). À leur tour, les provinces africaines se mettent à produire une céramique sigillée dite sigillée claire, en même temps que se développent les ateliers de lampes à huile. En Orient, les sigillées orientales se diffusent dans tout le bassin méditerranéen.

La Méditerranée entretient aussi des échanges avec des pays plus lointains. En Afrique, plusieurs expéditions sont conduites dans le Fezzan vers le pays des Garamantes qui assurent le transit entre l'Afrique centrale et l'Afrique du Nord ; de là proviennent l'ivoire, les pierres précieuses, les esclaves et surtout les animaux sauvages pour les jeux de l'amphithéâtre : entre 83 et 92, un négociant romain en ramène un rhinocéros à deux cornes ! La côte orientale de l'Afrique est aussi fréquentée par les marins romains jusqu'à la hauteur de l'île de Zanzibar : le *Périple de la mer Érythrée*, écrit sans doute vers le milieu du 1er siècle ap. J.-C., donne une description de ces régions où Rome se procure de l'ivoire, de l'or et des cornes de rhinocéros. Les Romains commercent aussi avec le sud-ouest de la péninsule arabique, le Yémen actuel, l'« Arabie Heureuse » antique. Cette région sert de relais pour les produits qui viennent de l'Inde et ce sont les Nabatéens qui assurent le commerce caravanier entre le Yémen et la Méditerranée : les bénéfices qu'ils tirent de ce commerce se retrouvent dans la splendeur des édifices de Pétra. Mais les habitants de Palmyre sont aussi très présents comme intermédiaires entre le golfe Persique et la Méditerranée ; ils contrôlent les routes entre les ports phéniciens et la basse Mésopotamie.

Ce commerce favorise les relations entre les différentes parties de la Méditerranée et contribue au développement d'une civilisation commune.

La Méditerranée, une civilisation commune

Les cités. L'un des fondements de la civilisation méditerranéenne est l'organisation en cités. Le mouvement de création se poursuit sans interruption durant le Haut-Empire avec quelques changements. Il n'est plus question de fonder une cité *ex nihilo*, à part des exceptions comme Thamugadi (Timgad) en Numidie, fondé par Trajan en 100. Désormais, fonder une cité consiste à accorder une promotion juridique à une communauté indigène dont les notables sont capables de faire fonctionner les institutions. Ainsi, en Anatolie, des villes indigènes deviennent des cités, souvent appelées Hiérapolis en souvenir de leur situation antérieure d'État sacerdotal : Hiérapolis de Phrygie ou Hiérapolis de Cilicie. En Syrie, la cité d'Héliopolis-Baalbek est transformée en colonie indépendante de Beyrouth. Les nouvelles provinces voient leurs cités indigènes recevoir le statut civique : après 106, Bostra et Pétra forment l'ossature civique de la province d'Arabie. Le mouvement est identique en Occident. Ainsi, la cité indigène de Baelo (Belo, Cadix) au sud de la Bétique et la ville de Volubilis au Maroc deviennent des municipes sous l'empereur Claude. Sous les Flaviens, la promotion municipale connaît un essor particulier dans la péninsule ibérique, comme l'attestent les lois municipales gravées sur des plaques de bronze, découvertes à Salpensa, Málaga et Irni. Ces promotions favorisent le développement des cités indigènes comme Conimbriga (Condeixa) en Lusitanie, Lluro (Mataro, Barcelone), ou encore Málaga, Munigua (La Mulva, Séville), etc. Aussi, la fondation de colonies se trouve ralentie. Les empereurs fondent encore quelques colonies nouvelles : Ptolémaïs de Phénicie, Apri et Deultum en Thrace, Sitifis (Sétif) ou Cuicul (Djemila) en Numidie. Mais, à partir du 2ᵉ siècle, la création de colonies n'implique plus l'envoi de colons romains ; on se contente d'accorder la citoyenneté romaine aux citoyens de la cité qui reçoit ce privilège : Avignon en Gaule et Italica en Bétique deviennent colonies sous Hadrien. Carthage, Utique et Lepcis Magna ont le *ius italicum*, c'est-à-dire la dispense d'impôt sur le sol, accordé par Septime Sévère.

L'organisation des cités en Occident se calque sur le modèle de Rome, avec des magistratures civiques, questeurs, édiles et *duumviri*. Ces notables composent le sénat de la cité ou curie et doivent justifier d'une fortune, critère essentiel concrétisé par le versement d'une somme d'argent, la *summa honoraria*, pour tous ceux qui accèdent aux honneurs. En Orient, l'évolution est similaire. Une minorité compose le conseil *(boulè, gérousia)* et le secrétaire du conseil est le magistrat le plus important. Il est aidé par des magistrats chargés de l'approvisionnement, des gymnases, des jeux : agoranomes, *sitônai*, gymnasiarques, agonothètes. Le fonctionnement financier des cités repose sur la pratique de l'*évergétisme des notables. Être évergète, c'est accepter volontairement de dépenser son bien pour la cité ou pour un groupe à l'intérieur de celle-ci ; le but n'est pas de faire œuvre sociale ou d'assistance, mais d'avoir la reconnaissance de ses mérites dans la mémoire collective de la cité, gravée dans une inscription qui évoque les bienfaits de l'évergète. L'évergète peut exercer son action dans quatre grands domaines : la promotion et la protection de la cité ; l'approvisionnement de la cité en blé, en huile, en bois, etc., ce qui peut aussi se manifester par l'organisation de banquets ; les manifestations envers les dieux, avec des fêtes, des jeux, des sacrifices, des processions ; l'embellissement du cadre civique par le financement de constructions, portiques, théâtres, gymnases, thermes, etc.

Un mode de vie. Ces investissements coûtent cher et sont la source d'un appauvrissement de certaines familles, mais ils permettent de développer un mode de vie qui se retrouve dans toutes les cités. La ville est le lieu où se manifestent les traits caractéristiques du mode de vie gréco-romain. La paix retrouvée rend les remparts moins utiles ; quand ils existent, ils ont plus un rôle honorifique, comme ceux de Nîmes. Les portes peuvent être des arcs monumentaux, grandioses introductions à la ville et exaltations du pouvoir impérial. Les centres monumentaux reflètent les évolutions politiques et économiques : Corinthe, devenue capitale provinciale, adapte son *agora* à ce rôle, avec basilique, temples et fontaines à la place des boutiques. Le forum devient le lieu privilégié des villes d'Occident avec les symboles du pouvoir : temples, basiliques, curie comme à Timgad en Numidie. Mais partout, le plus important se trouve constitué par des bâtiments à vocation culturelle (bibliothèques, théâtres et odéons) ou de loisirs (gymnases, thermes, amphithéâtres, cirques, stades, naumachies). On assiste à une relative uniformisation des types de construction autour de la Méditerranée : en Orient, on bâtit des édifices jusqu'alors inconnus, thermes, amphithéâtres, marchés fermés ou théâtre avec *orchestra* semi-circulaire fréquent dans les villes occidentales, rompant ainsi avec la tradition classique des *orchestrae* circulaires comme dans le théâtre d'Épidaure. Parmi ces monuments, les sanctuaires ont une place importante. Des capitoles sont construits à Sbeitla (Tunisie) ou à Djemila (Algérie). D'anciens sanctuaires plus anciens sont reconstruits et agrandis : Éleusis, Samothrace. Des sites indigènes subissent une profonde transformation, comme Baalbek-Héliopolis au Liban où les temples prennent une dimension grandiose. Le culte impérial est à l'origine de nombreuses constructions : *sébastéion* ou *kaisaréion* en Orient, comme à Aphrodisias ; réaménagement des centres urbains à Mérida, Tarragone ; conception d'espaces avec portiques et bassins, comme le Jardin des Fontaines à Nîmes, etc. Enfin, les temples dédiés aux cultes orientaux ont leur place dans le décor urbain : Cybèle, *Mithra ou Isis font partie de ces religions du salut de plus en plus en vogue dans les cités impériales.

À elle seule, la ville de Rome illustre ce développement de l'urbanisme sous l'Empire romain. Parmi les très nombreuses constructions qui modifient le paysage urbain de la Ville, l'aménagement successif des *fora* impériaux constitue un événement majeur. Commencées par César qui fait édifier un forum fermé dédié à Venus Genitrix à proximité du vieux forum, ces places nouvelles construites par Auguste (temple de Mars Ultor), Vespasien (forum de la Paix), Nerva (*forum transitorium* avec temple de Minerve) et Trajan (temple du divin Trajan) marquent le sol de Rome de l'empreinte dynastique impériale.

Les maisons privées suivent une évolution identique, avec de vastes demeures à péristyle comme les maisons du faubourg de Daphné à Antioche, ornées de riches mosaïques. La mode de ces maisons est largement répandue en Occident et des sites comme Pompéi et Herculanum en Italie ou Volubilis en Maurétanie Tingitane (Maroc) présentent des *domus* avec de belles pièces de réception disposées autour d'un péristyle et ornées de peintures ou de mosaïques.

Pour les propriétaires de ces demeures, l'idéal de vie est le loisir, l'*otium* qui permet de se consacrer aux activités dignes d'un citoyen : gérer la cité, honorer les dieux, cultiver la beauté par le sport ou l'étude. C'est en fonction de ces critères que l'on peut parler d'une réelle « civilisation du loisir ». Dans les cités, les fêtes religieuses sont l'occasion d'organiser des concours qui associent musique et poésie, éloquence et art dramatique. Les grands sanctuaires des dieux guérisseurs sont aussi des lieux de développement de la médecine, et les traités de Galien de Pergame sont la base de l'enseignement médical jusqu'à la Renaissance. Certaines villes ont des écoles réputées de rhéteurs et de sophistes et, sur ce point, Athènes conserve le premier rang. Mais les spectacles ont une place privilégiée dans le cadre de vie de ces cités méditerranéennes. La tradition des grands concours athlétiques s'est maintenue, mais, à côté, se sont développés les jeux de l'amphithéâtre avec des combats de gladiateurs, d'animaux, etc., répandus dans tout le bassin méditerranéen. Ces jeux attirent des foules considérables et nécessitent la construction de grands édifices pouvant contenir de 10 000 à 20 000 spectateurs : Arles, Nîmes en Gaule ; Milan, Capoue, le Colisée de Rome en Italie ; Italica, Mérida, Tarragone en Espagne ; Carthage, Thysdrus (El-Djem) en Tunisie ; etc. Les courses de chevaux sont aussi très appréciées. Des cirques sont édifiés sur le modèle du *Circus Maximus* de Rome dans tout l'Empire : Lepcis Magna, Carthage, Byzance, Antioche…

Les permanences indigènes. La formation d'une civilisation commune à la Méditerranée ne fait pas pour autant disparaître les aspects spécifiques régionaux et les permanences indigènes sont un autre trait de cette période. Le grec et le latin sont devenus les deux langues officielles du monde méditerranéen. Mais les langues locales n'ont pas disparu. En Asie Mineure, les dialectes locaux sont encore très vivants : pisidien, lycien, carien… En Syrie, l'araméen est la principale langue de communication et l'arabe se répand de plus en plus. En Égypte, la langue égyptienne continue à être parlée et on met au point une écriture dérivée de l'alphabet grec, plus simple que les hiéroglyphes : le copte. Le libyque et le punique subsistent en Afrique du Nord. Certains noyaux linguistiques indigènes se maintiennent en Hispanie dans les régions pyrénéennes et dans le Nord-Ouest. Ces exemples montrent bien la vitalité des milieux indigènes, attestée aussi dans l'onomastique des individus qui conservent leurs noms celtiques (Conigus, Albiorix, Cloutius) ou punico-libyques (Miggina, Barigbalius). Les permanences sont particulièrement sensibles dans le domaine religieux. Les dieux peuvent garder leur nom attaché à un culte : Men, dieu-lune anatolien, Atargatis, déesse syrienne, Nabia, déesse hispanique… Souvent, ces divinités sont associées à un dieu gréco-romain avec une épithète topique : Zeus Panamaros, Apollon Lairbenos, Mars Caturix, Genius Tongobrigensium. Enfin, on trouve souvent, derrière le terme gréco-romain, le dieu indigène assimilé, mais toujours honoré sous la façade classique : c'est ainsi que, sous le vocable Saturne - Caelestis d'Afrique du Nord, se cache le couple oriental Ba'al-Hammon - Tanit.

Cette situation met en évidence le maintien de structures sociales propres au milieu indigène dans plusieurs régions de l'Empire. Dans les campagnes de la Gaule du Sud, des communautés indigènes forment une circonscription territoriale, un *pagus* comme le *pagus Vordensis* de la cité d'Apt ; dans ces *pagi*, les habitants peuvent se regrouper en bourgades, les *vici*. Le *vicus* est connu aussi dans la péninsule ibérique. En Thrace, une partie de la population habite dans des villages de montagne d'accès difficile, et donc peu contrôlables pour le pouvoir romain. En Syrie, le Hauran a gardé une structure en villages qui s'administrent eux-mêmes, avec leurs magistrats, leur trésor et leurs trésoriers. En Afrique du Nord vivent des tribus nomades que Rome a de la peine à contrôler : Gétules et Musulames à l'est, Baquates, Macénites et *Zegrenses* à l'ouest. L'enrôlement dans l'armée et la concession de statut juridique sont des moyens d'intégration, mais qui sont loin de toucher toutes les populations indigènes dont le sentiment d'appartenance au monde méditerranéen gréco-romain peut varier selon les situations politiques. Cependant, l'extension de la citoyenneté romaine depuis le début de l'Empire est consacrée par l'édit de Caracalla en 212 qui reconnaît ce droit à tous les habitants libres du monde romain. Malgré cette décision, l'unité juridique de la Méditerranée ainsi réalisée n'efface pas les risques de division qu'une remise en question de la *pax romana* peut susciter.

La Méditerranée divisée

Oppositions et résistances. Dans plusieurs domaines, la politique d'annexion et d'unification menée par Rome suscite des oppositions et des résistances. L'Afrique du Nord offre un bon exemple de ces tensions entre le pouvoir central et des tribus indigènes. Dès le règne d'Auguste, des travaux routiers dans le sud de la province d'Afrique Proconsulaire risquent de perturber le réseau des pistes des tribus nomades des Musulames. Le mécontentement de ce peuple se traduit par une révolte conduite par Tacfarinas, Musulame qui a servi dans l'armée romaine comme auxiliaire. Le conflit dure de 17 à 24 et Rome finit par annexer le territoire des Musulames qu'elle considère comme un ramassis de « vagabonds et de brigands ». Cette remarque de l'historien Tacite est intéressante, car elle montre que, derrière la notion de brigand utilisée dans les sources antiques, se cache souvent l'idée de résistance des indigènes au pouvoir romain. Plus à l'ouest, ce sont les Maures qui créent des difficultés à Rome, surtout à partir du règne de l'empereur Hadrien en 118. Cette agitation des populations maures, Baquates et Macénites, amène la ville de Volubilis à se protéger d'un rempart et, à deux reprises, des Maures font même des incursions dans le sud de la péninsule ibérique. Rome a établi une série de forts et de routes pour assurer la protection des provinces africaines ; mais ce système défensif, *limes*, n'empêche pas les troubles et, au 3ᵉ siècle, de nouveaux conflits éclatent avec les Bavares dans les provinces de Numidie et de Maurétanie Césarienne. La crise de l'Empire à cette époque favorise les actions de résistance des nomades.

Les questions religieuses sont aussi une autre source d'opposition forte à la tutelle romaine. Après la conquête de Pompée en 63 av. J.-C., les Juifs avaient conservé un roi, client de Rome. Après la mort du roi Hérode en 4 av. J.-C., la Judée en 6 ap. J.-C., la Galilée et la Samarie après 44 sont annexées à la province de Syrie et placées sous l'autorité d'un préfet-procurateur. Mais l'administration romaine se heurte en permanence à des révoltes larvées, à des troupes de brigands selon l'expression de l'historien juif Flavius Josèphe. Ces mouvements sont le résultat d'une crise sociale grave, mais aussi d'une opposition religieuse entre les Juifs et les Romains, entre le polythéisme païen et le monothéisme juif. La résistance religieuse des Juifs est alimentée par un fort courant eschatologique annonçant la fin proche du monde, nourri par une littérature apocalyptique, et par un mouvement messianique, attendant la venue d'un messie, envoyé « oint » de Dieu qui préparera le rétablissement du royaume terrestre de Jérusalem. Les mécontentements se cristallisent dans la grande révolte qui éclate en 66. Elle déclenche une guerre très dure qui se termine avec la prise de Jérusalem par Titus en 70, la chute de la forteresse de Masada en 74 et la création de la province de Judée. L'une des conséquences majeures de cette révolte est l'incendie du Temple et sa disparition. Les rabbins prennent alors la direction spirituelle et religieuse du peuple et conseillent de se soumettre à l'occupant dans l'attente d'un jugement repoussé dans l'au-delà. Mais les oppositions restent latentes et, en 132, sous la direction de Simon Bar-Kokhba, éclate une nouvelle révolte contre la décision de l'empereur Hadrien de faire de Jérusalem une colonie dédiée à Jupiter Capitolin. La répression est terrible : les Juifs ne peuvent plus entrer à Jérusalem sauf un jour par an pour se lamenter sur les ruines du Temple, et l'ancienne province de Judée devient la province de Syrie-Palestine.

C'est à ce milieu juif de Palestine que se rattache la naissance du christianisme : parmi les prédicateurs juifs du 1er siècle, Jésus de Nazareth parcourt le pays, plus particulièrement la Galilée, en prêchant en compagnie de ses disciples. Arrêté et accusé de vouloir refaire un royaume juif indépendant, il est jugé par Ponce Pilate et crucifié à Jérusalem vers 30. Or, quelques jours après sa mort, ses disciples annoncent sa résurrection et diffusent cette « bonne nouvelle » (*eu-aggélion*, évangile) en Palestine. L'enseignement de Jésus-Christ, l'« oint » du Seigneur, considéré par ses adeptes comme le Fils de Dieu, venu sur terre, incarné dans l'homme pour le sauver, n'est connu que par des textes postérieurs à sa mort de plusieurs dizaines d'années, entre 70 et 100 pour les quatre Évangiles. Fondé sur un profond respect de l'homme, il promet la survie dans l'au-delà et la résurrection des morts à la fin des temps. Cette doctrine se répand d'abord dans les milieux juifs et judaïsants de Palestine et de Syrie. Mais, après sa conversion, Paul fait progresser la mission de ceux qui s'affirment les fidèles du Christ, les chrétiens, dans tout le bassin égéen entre 44 et 58 : des communautés chrétiennes existent à Corinthe, Éphèse, Chypre, Alexandrie, etc., et même à Rome, où des chrétiens sont signalés dès le règne de Claude qui fait expulser de Rome des Juifs agités « sous l'impulsion d'un certain Chrestos » (Suétone). C'est dans cette communauté chrétienne romaine que s'établissent Pierre et Paul. La première crise grave éclate sous Néron en 64, qui déclenche une persécution contre les chrétiens, rendus responsables de l'incendie de Rome. Pour l'historien Tacite, ils sont coupables d'attiser « la haine contre le genre humain ». Cette accusation révèle les difficultés de compréhension entre la tradition religieuse païenne et la doctrine chrétienne. Au fur et à mesure de l'extension de cette nouvelle religion à tout le bassin méditerranéen, et malgré la tolérance dont fait preuve Rome en matière religieuse, cette situation d'incompréhension aboutit à des mesures de rétorsion de la part du pouvoir romain, pouvant aller jusqu'à la mort dans les jeux de l'amphithéâtre comme les martyrs de Lyon en 177. La situation s'aggrave lorsque l'Empire connaît des difficultés croissantes et que les chrétiens semblent se désolidariser du reste de la société, en particulier pour le service armé. En 202, Septime Sévère interdit le prosélytisme juif et chrétien. En 250, sous l'empereur Dèce, la brusque augmentation des difficultés de l'Empire correspond aux premiers édits de persécution, obligeant tous les habitants de l'Empire à sacrifier aux dieux ancestraux : le refus des chrétiens entraîne la persécution, renouvelée sous Gallien en 253 et par Valérien en 257-258. Cette période de crise est suivie d'une phase plus calme qui permet un nouveau développement de l'Église chrétienne jusqu'aux grandes persécutions de Dioclétien.

Ainsi, derrière la cohésion officielle de l'Empire romain, subsistent des oppositions qui font obstacle à l'uniformisation culturelle et sociale du bassin méditerranéen.

Crises et mutations. À partir du 3ᵉ siècle, le bassin méditerranéen entre dans une époque de crises et de mutations. Depuis le début de l'Empire, venant des régions baltiques, les peuples germaniques font pression sur les frontières du Rhin et du Danube. Rome a renforcé les dispositifs militaires le long des grands fleuves, Rhin et Danube, pour contenir les invasions ; les efforts ainsi déployés ont permis de protéger l'espace méditerranéen, cœur de la civilisation gréco-romaine. Mais, depuis le 2ᵉ siècle, de nouveaux venus, les Goths, accentuent les pressions et perturbent la répartition des territoires entre les peuples germaniques déjà installés. Ils repoussent vers les frontières romaines les Marcomans, les Quades et les Vandales, ce qui explique les difficultés que connaissent les empereurs à partir du règne de Marc Aurèle. Or, en 238, la ville d'Olbia, sur les côtes de la mer Noire, est prise par les Goths qui menacent désormais tout le secteur du bas Danube. L'empereur Dèce tente de s'opposer à leur progression, mais il est battu et tué en 251. Les Goths ont alors le champ libre et peuvent commettre des ravages en mer Noire et en mer Égée où des villes sont pillées : Trapézonte, Nicomédie, Éphèse, Milet et même Athènes subissent les assauts des Barbares. Dans le secteur de la Mésopotamie, un changement important intervient à la même époque : la dynastie parthe est renversée et remplacée par la nouvelle dynastie perse des Sassanides. Fortement centralisé, l'État sassanide s'appuie sur une Église officielle fondée sur la religion mazdéenne, le zoroastrisme. À partir du règne de Shâhpur, les Sassanides lancent des offensives sur les frontières orientales de l'Empire romain et, en 260, l'empereur Valérien est battu et capturé par Shâhpur près d'Édesse. Dans cette région, c'est la cité de Palmyre qui prend le relais de Rome pour assurer la sécurité des routes caravanières, bases de la richesse de cette ville : ainsi se constitue le royaume de Palmyre, avec Odenath, puis la reine Zénobie.

Le pouvoir impérial est profondément touché par cette crise. Des usurpations ont lieu sur le Danube et en Gaule où se crée un empire gaulois. La crise affecte aussi l'économie et les finances avec une inflation monétaire considérable : la monnaie d'argent, l'*antoninianus*, passe, entre 210 et 260, d'un poids et d'un titre de 5,18 grammes et 450 pour 1 000 à 2,80 grammes et 50 pour 1 000. D'autre part, les échanges commerciaux sont ralentis et le marché romain n'est plus alimenté régulièrement par les arrivées d'huile hispanique. Les villes cherchent à se protéger et s'entourent d'enceintes sur le modèle des murs construits par l'empereur Aurélien à Rome dans les années 270. Cependant, l'action de plusieurs empereurs, comme Gallien, Claude II, Aurélien, permet un rétablissement de la situation. En 284, les soldats désignent comme empereur Dioclétien, qui, pour faire face aux nombreux problèmes de l'Empire, s'associe un autre empereur, Maximin, et deux Césars, Galère et Constance Chlore. Ce nouveau système ou « tétrarchie » est fondé sur une filiation divine avec Jupiter, associé lui-même à Hercule. L'action conjuguée de ces quatre hommes permet de ramener le calme sur les frontières, au moins pour quelque temps. Mais surtout, Dioclétien entreprend une réorganisation territoriale de l'Empire qui touche à toutes les provinces du bassin méditerranéen. Elles sont multipliées par deux, et surtout la distinction entre provinces sénatoriales et impériales disparaît, ainsi que la situation privilégiée de l'Italie. Chaque province est administrée par un gouverneur équestre, à l'exception de l'Asie et de l'Afrique qui conservent leur statut proconsulaire. Pour éviter un trop grand émiettement, les provinces sont regroupées dans des diocèses, dirigées par des vicaires : pour les côtes méditerranéennes, diocèses de Viennoise, d'Espagne, d'Afrique, d'Italie Suburbicaire, d'Italie Annonaire, de Pannonie, de Mésie partagé plus tard en diocèses de Dacie et de Macédoine, de Thrace, d'Asie, du Pont, d'Orient d'où fut détaché plus tard le diocèse d'Égypte. Leur protection est assurée par une réforme de l'armée, où les légions sont doublées et les défenses du *limes* renforcées. Sur le plan économique, Dioclétien s'efforce de fixer les prix dans un édit du Maximum en 301, premier exemple de ce type de mesure dans l'histoire. Enfin, il crée un nouvel impôt fondé sur un paiement par tête et par lot de terre, la *capitatio-jugatio*. La cohésion recherchée par Dioclétien est compromise par la Grande Persécution lancée contre les chré-

tiens avec les édits de 303-304 et par les guerres entre ses successeurs. Le système mis en place par Dioclétien s'effondre dans
les guerres civiles entre les prétendants à l'Empire. À la bataille
du pont Milvius, près de Rome, en 312, le fils de Constance
Chlore, Constantin, écrase son rival Maxence. Il se serait converti
au christianisme à l'occasion de cette bataille, où il aurait eu une
vision de sa victoire annoncée par le symbole du chrisme, qui
représente les deux premières lettres du nom du Christ.

Le règne de Constantin est fondamental pour l'évolution du
bassin méditerranéen. C'est tout d'abord le premier empereur
chrétien appelé à diriger l'Empire. S'appuyant sur la tradition du
pouvoir impérial et sur son interprétation de la théologie chrétienne, Constantin renforce le caractère sacré de l'empereur et se
présente comme l'« évêque du dehors ». Aussi intervient-il directement dans les affaires de l'Église. Lancé par un prêtre d'Alexandrie, Arius, un conflit dogmatique partage les évêques du début du
4e siècle. Arius a, en effet, remis en cause la relation entre Dieu le
Père et son fils, le Christ, affirmant que ce dernier était inférieur au
Père. Les querelles se multiplient, entraînant des désordres dans
l'Empire. Constantin décide d'intervenir et convoque à Nicée, en
Asie Mineure, le premier *concile œcuménique, en 325. Ce
concile révèle déjà une certaine coupure entre l'Orient, très représenté, et l'Occident qui n'envoie que quatre évêques. Le concile
condamne Arius et son hérésie et définit la nature du Christ,
consubstantielle au Père. La paix religieuse est loin d'être rétablie et les querelles se prolongent pendant tout le 4e siècle.

Mais surtout, l'adoption officielle du christianisme bouleverse
les sociétés méditerranéennes. À partir du 4e siècle, un nouveau
temps et un nouvel espace se définissent. Les fêtes païennes sont
progressivement remplacées par des fêtes chrétiennes : le *domi-
nus soli* devient le dimanche consacré à Dieu ; la grande fête
solaire du solstice d'hiver est convertie en célébration de la naissance de Jésus, le 25 décembre. En même temps s'ébauche
une morale chrétienne, déjà contenue dans le concile hispanique
d'Elvire, au début du 4e siècle. La législation constantinienne
reflète ces changements d'attitude : divorce difficile, concubi-
nage condamné, protection des esclaves, interdiction des combats de gladiateurs. L'espace urbain est remanié avec la construc-

tion des églises. À Rome, le palais de Latran devient la résidence de l'évêque, qui bénéficie en outre de l'édification d'une basilique. Le martyre de saint Pierre est commémoré par une grande église sur le Vatican et saint Paul est célébré dans la construction de la basilique de Saint-Paul-hors-les-Murs, sur la route d'Ostie. En Orient, Constantin fait bâtir l'église de Sainte-Irène et dédie une basilique aux apôtres, en se réservant un sarcophage pour lui, qui se considère l'égal des apôtres, l'*isapostolos*. De même, sa mère, l'impératrice Hélène, consacre son action à la construction de basiliques à Jérusalem et à Bethléem. Le phénomène est général dans tout l'Empire et une nouvelle répartition spatiale se met en place autour de l'église et de la résidence de l'évêque dont le pouvoir s'affirme de plus en plus, annonçant d'autres temps.

D'autre part, Constantin reprend l'œuvre commencée par Dioclétien pour l'administration de l'Empire ; les provinces et les diocèses sont groupés dans de grandes circonscriptions, les préfectures régionales. La Méditerranée est ainsi répartie selon trois grandes zones : la préfecture des Gaules qui comprend, entre autres, la Gaule et la péninsule ibérique ; la préfecture d'Italie-Illyrie avec l'Afrique ; enfin la préfecture d'Orient. La création d'une nouvelle capitale établie à Byzance et sa dédicace en 330 sous le nom de Constantinople consacrent ce glissement progressif de l'Empire vers l'Orient, avec le risque d'une coupure entre les deux parties de la Méditerranée.

La Méditerranée partagée. En effet, l'évolution des événements du 4e siècle mène vers un partage de la Méditerranée. Le milieu du 4e siècle est marqué par une forte reprise des invasions barbares, avec l'arrivée des Huns en Russie occidentale qui font pression sur les autres peuples. Constantin avait conclu un accord, un *fœdus*, avec les Goths en 332, leur reconnaissant le statut de fédérés dans l'Empire romain. En 364, ils rompent leur alliance, et les Wisigoths, fraction occidentale des Goths, déferlent sur les territoires impériaux, ravagent la Thrace et écrasent l'armée romaine de l'empereur Valens à Andrinople en 378. De leur côté, les Sassanides reprennent avec Shâhpur II leurs offensives contre Rome, mettant en péril les provinces méditerranéennes orientales. Une telle situation aurait nécessité un renforcement de la cohésion de l'Empire. Or, elle est la source d'usurpations qui affaiblissent les forces impériales, et les divisions sont accentuées par les conflits religieux. Les empereurs prennent parti, ce qui aggrave les tensions. Ainsi, l'évêque d'Alexandrie, Athanase, est exilé en Occident tandis que son collègue de Poitiers, Hilaire, est envoyé en Orient. Ces déplacements d'évêques favorisent le développement d'une forme de vie religieuse qui est apparue en Orient et plus particulièrement en Égypte, l'érémitisme. L'évêque de Verceil, Eusèbe, incite son clergé à suivre les préceptes monastiques après un séjour forcé en Orient. Les discussions et les conflits dogmatiques et disciplinaires sont aussi la source de nombreux écrits qui donnent naissance à une riche littérature chrétienne, œuvre des Pères de l'Église, Basile de Césarée, Grégoire de Nazianze, Grégoire de Nysse, Jean Chrysostome, Augustin d'Hippone, Jérôme ou encore Ambroise de Milan et Martin de Tours. Cet « âge d'or » des Pères de l'Église représente aussi un moment d'équilibre entre l'héritage de la pensée antique et l'inspiration chrétienne.

Le règne de Théodose est le dernier exemple d'un pouvoir unique sur la Méditerranée. Il correspond aussi à la fin officielle du paganisme. Après avoir renoncé au titre de grand pontife, Théodose interdit le culte païen en 391 ; cette décision entraîne la destruction de nombreux lieux et statues de culte et annonce des temps nouveaux. L'unité religieuse est confortée, mais dans un contexte chrétien où triomphe la doctrine de Nicée, réaffirmée par l'édit de Thessalonique en 380 et le second concile œcuménique de Constantinople en 381. À la mort de Théodose, ses deux fils se partagent son héritage : Arcadius prend l'Orient et Honorius l'Occident. Ce partage consacre l'évolution amorcée depuis plus d'un siècle, mais que les événements du 4e siècle ont accélérée.

En plus de deux millénaires, la Méditerranée a vu se former sur ses rives des civilisations qui constituèrent le fond culturel de son développement. La volonté consciente ou inconsciente d'établir un pouvoir unique sur l'ensemble du bassin méditerranéen a provoqué des conflits, mais aussi des échanges fructueux dont Rome bénéficia. Au contact du riche héritage laissé par les Grecs, Rome permit l'essor d'une culture gréco-romaine, base de toute réflexion historique sur le monde méditerranéen.

DOCUMENT 1

Notre mer

Dans sa Géographie, *Strabon, écrivain grec du début de l'Empire, décrit le monde connu, mais avec la volonté de mettre en évidence la primauté des pays méditerranéens et, plus particulièrement, le rôle essentiel de Rome. La notion de peuples civilisés est étroitement liée à leur proximité par rapport aux rivages méditerranéens, à cette mer que Strabon qualifie de « notre mer », expression aussi utilisée par les Latins sous la forme de* mare nostrum.

« Revenons à notre plan primitif. Nous disons donc que notre monde habité, entouré d'eau de tous côtés, accueille en son sein de nombreux golfes provenant de la mer Extérieure, sur tout le tour de l'océan ; les plus grands sont au nombre de quatre. L'un, au nord, s'appelle la mer Caspienne, ou la mer d'Hyrcanie selon certains. Deux autres, le golfe Persique et le golfe Arabique, remontent de la mer du Sud ; ils sont situés en gros l'un en face de la mer Caspienne, l'autre en face du Pont. Le quatrième, qui l'emporte de beaucoup sur les précédents par ses dimensions, est constitué par ce que nous appelons la mer Intérieure ou "notre" mer : elle débute à l'occident par le détroit des Colonnes d'Hercule, s'allonge jusqu'au bassin oriental avec des largeurs variables, puis, se déchirant, finit en deux golfes de pleine mer, l'un à gauche que nous appelons Pont-Euxin, l'autre formé par la réunion des mers d'Égypte, de Pamphylie et d'Issos. Tous les golfes ci-dessus, qui viennent de la mer Extérieure, sont accessibles par un goulet étroit, surtout le golfe Arabique et celui qui commence aux Colonnes, un peu moins les autres.

« La terre qui les enserre se divise en trois parties, comme il a été dit. C'est l'Europe qui, de toutes, a les formes les plus variées ; pour la Libye, c'est l'opposé ; l'Asie tient à peu près le juste milieu. En tout cas, c'est toujours le rivage intérieur qui vaut aux continents le qualificatif de varié ou d'uniforme ; le rivage extérieur, auxdits golfes près, est uni et se déploie en forme de chlamyde, comme je l'ai déjà dit. […] De ce point de vue aussi, le rivage intérieur offre plus de variété que le rivage extérieur. L'espace connu, tempéré, peuplé par des cités et des races bien gouvernées, est aussi beaucoup plus important de ce côté que de l'autre. Or nous désirons connaître les pays dans lesquels la tradition se révèle la plus riche en hauts faits, en régimes politiques, en connaissances techniques, bref en tout ce qui nous forme à la sagesse ; notre intérêt aussi nous pousse vers les régions avec qui relations et commerce sont à notre portée, c'est-à-dire vers tous les pays habités, ou plutôt vers les pays heureusement habités. Sous tous ces rapports, disais-je, notre mer possède une grande supériorité, et c'est donc par elle qu'il faut commencer notre tour du monde. »

Strabon, *Géographie*, II, 5, 18,
trad. F. Lasserre,
Paris, Les Belles Lettres, « Collection des Universités
de France », 1967.

DOCUMENT 2

Navires romains

La ville d'Ostie, grand port de Rome, possédait une place, la place des Corporations, entourée d'un portique sur lequel ouvraient 70 bureaux (stationes) des corporations dédiées aux activités commerciales. Ces activités étaient symbolisées par une mosaïque. Le document représenté correspond à la mosaïque des naviculaires de Syllectum, ville antique de Tunisie. On y voit deux navires de commerce à voiles carrées, l'un à trois mâts, l'autre à deux mâts avec une cabine centrale. À l'arrière-plan est figuré un phare sur le modèle de celui d'Ostie ou d'Alexandrie.

(D'après photo J. Rougé, « Le confort des passagers à bord des navires antiques », *Archeonautica*, 4, 1984, p. 238.)

DOCUMENT 3

La fondation de Constantinople

*Dans un ouvrage anonyme du 7e siècle, sont présentés les faits mar-
quants année par année. La création de Constantinople y est évoquée à
deux occasions, 328 et 330. La fin du texte situe bien l'importance de
l'événement par rapport à la première grande fondation, celle de Rome,
dont le relais est désormais assuré par Constantinople.*

1. Année 328.

« Sous le consulat de Januari[n]us et de Justus (328). – Constantin,
empereur digne de louanges, quittant Rome pour Nicomédie, capitale de
la Bithynie, fit un long séjour à Byzance. Il y rebâtit le mur primitif de la
cité, le dota de nombreuses adjonctions qu'il relia à l'ancienne enceinte,
et donna à la ville le nom de Constantinople. Il y édifia également un
hippodrome orné de remarquables ouvrages d'airain et contenant une
loge impériale *(cathisma)* exactement semblable à celle qui se trouve à
Rome. Puis il éleva un grand palais à proximité de l'hippodrome, avec un
passage direct du palais à la loge par le lieu dit "le Colimaçon"
(Cochlias). Il construisit aussi un forum vaste et d'une extrême somptuosité, au centre duquel il plaça une haute et admirable colonne en porphyre
rouge de Thèbes ; elle était surmontée d'une grande statue qui représentait le souverain en personne portant sur la tête des rayons solaires,
ouvrage d'airain qu'il avait rapporté de Phrygie. L'empereur Constantin
enleva subrepticement de Rome ce qu'on appelle le Palladium[1] pour le
placer sur le forum qu'il avait créé, sous sa statue de la colonne à ce que
disent certains Byzantins, pour l'avoir appris les uns des autres. Puis la
Fortune de la ville qu'il avait ainsi régénérée reçut de lui, au cours d'un
sacrifice non sanglant, le nom de Florissante *(Anthousa)*.

« L'empereur érigea en outre deux remarquables portiques joignant
l'entrée du palais au forum et ornés de statues et de marbres. Il appela
Règia l'emplacement de ces portiques. À proximité, il éleva aussi une
basilique dite Sénat, qui comportait une abside et présentait extérieure-
ment de hautes colonnes et des statues. Cet endroit fut nommé Augustéon
(Augusteum), parce qu'il y avait également placé, sur une colonne de porphyre, une statue honorant sa propre mère, l'impératrice Hélène Augusta.

« De même construisit-il le bain public appelé de Zeuxippe, qu'or-
naient des colonnes de marbres variés et des ouvrages d'airain. »

2. *Année 330.*

« Sous le consulat de Gallicanus et de Bassus (330). – L'an 301 après l'ascension du Seigneur et 25 du règne de l'empereur, le très pieux Constantin, père du jeune Constantin Auguste et des Césars Constance et Constant, après avoir bâti une ville très vaste, magnifique, opulente et dotée d'un Sénat, la nomma Constantinople, alors qu'elle s'appelait antérieurement Byzance, et proclama qu'elle prenait le titre de "seconde Rome"; cet événement eut lieu le 5 des ides de mai, le deuxième jour de la semaine, au cours de la troisième indiction[2]. il fut alors le premier à offrir des jeux équestres et le premier à porter un diadème de perles et d'autres pierres précieuses. Il donna, le 11 du mois d'Artémisios, une grande fête au cours de laquelle il fit à la fois célébrer le jour de naissance de sa ville par le moyen de son image divine et ouvrir le bain public de Zeuxippe situé à proximité de l'hippodrome. Il fit exécuter une autre statue le représentant, en bois doré, et élevant dans sa main droite la Fortune de cette ville, également dorée ; puis il ordonna qu'en ce même jour de naissance cette statue de bois fût présentée en public dans l'hippodrome, conduite par des soldats portant chlamyde et brodequins et tenant tous des cierges blancs. Le char ferait le tour de la borne supérieure *(kamptos)* avant de se placer vers la fosse *(stama)* en face de la loge impériale ; puis, au moment opportun, l'empereur se lèverait et se prosternerait devant la statue de l'empereur Constantin et de la Fortune de la ville.

« Le très divin empereur Constantin continua à régner à Constantinople, qu'il détacha de la province d'Europe, c'est-à-dire de sa métropole Héraclée. Il installa à Constantinople un préfet du prétoire, un préfet de la Ville et le reste des hauts fonctionnaires.

« Il y a 1 080 ans de la fondation de Rome à celle de Constantinople. »

Chronique pascale, années 328-330,
trad. A. Chastagnol, dans *Le Bas-Empire*,
Paris, Armand Colin, 1991.

NOTES

1. Ancienne statue de Pallas, considérée comme une relique de Troie et conservée dans le temple de Vesta, sur le forum, à Rome.
2. 11 mai 327.

DEUXIÈME PARTIE

De l'unité à la diversité : les grandes fractures

(5e-15e siècle)

Le partage de 395 offre à l'historien une date symbolique, celle de la rupture de l'unité politique du monde romain et de l'ouverture d'un long millénaire qui, loin de se réduire à des dates charnières, est celui des lentes dérives et des fractures durables. La principale dérive, longtemps masquée par la synthèse gréco-latine imposée par Rome et par la diffusion du christianisme dans l'ensemble du monde méditerranéen, est celle qui éloigne inexorablement l'Orient, restructuré dans le cadre de l'Empire byzantin, de l'Occident, où se sont formés des royaumes nouveaux. Cette dérive atteint les structures mêmes du monde chrétien, peu à peu divisé entre une chrétienté latine qui relève du pape de Rome et une chrétienté grecque orthodoxe groupée autour du patriarche de Constantinople. Mais une autre fracture, plus profonde encore, survient à partir du 7e siècle : celle qui, provoquée par la conquête arabo-musulmane, s'est creusée entre les peuples riverains du nord de la Méditerranée, restés chrétiens, et ceux des rivages méridionaux, brusquement passés au pouvoir des Arabes et progressivement islamisés. Au contact des trois grandes aires de civilisation de la chrétienté grecque, de la chrétienté latine et de l'islam, la mer Intérieure devient à la fois une frontière, un lieu d'affrontement et un espace privilégié d'échanges économiques et culturels ; un vaste transfert de techniques et de connaissances s'opère de l'est vers l'ouest, tandis que, succédant aux Byzantins et aux Arabes, les Occidentaux, et en premier lieu les Italiens, se rendent maîtres de la mer elle-même.

Ces lents processus s'accompagnent, de siècle en siècle, de l'apport de populations nouvelles, sans cesse attirées par la mer

Intérieure : invasions germaniques, conquête arabe, pénétration des Slaves, expansion berbère, double poussée des Turcs – sans oublier la descente des Russes vers la mer Noire et la mainmise des Mongols sur les rives de celle-ci – ont contribué à la diversification ethnique et culturelle du monde méditerranéen. Elles ont aussi contribué à son ouverture sur d'autres horizons, toujours plus vastes : tant et si bien que la Méditerranée risque de perdre son rôle de mer centrale et intérieure. Au milieu du 15e siècle, la prise de Constantinople par les Turcs et la disparition de l'Empire byzantin ouvrent la voie aux prétentions des Slaves du Nord et de Moscou à rassembler le monde orthodoxe. À la fin du siècle, la découverte de l'Amérique par Christophe Colomb, jointe à celle des côtes de l'Afrique et de l'Inde, détourne l'attention des Occidentaux vers les grands océans. Mais le rêve d'un empire méditerranéen reste vivant : après les empereurs païens de Rome et les empereurs chrétiens de Byzance, les *sultans musulmans d'Istanbul entreprennent sa conquête.

6. De la Méditerranée romaine à la Méditerranée byzantine

(5e-7e siècle)

Ainsi donc, fait unique dans son histoire, le monde méditerranéen s'est-il trouvé unifié pendant plusieurs siècles dans le cadre de l'Empire romain. L'Empire a diffusé d'un bord à l'autre du *mare nostrum* les institutions politiques et le modèle social de Rome, a orienté toute la production du bassin méditerranéen vers la satisfaction des besoins de Rome et de l'Italie et a permis l'épanouissement d'une culture gréco-latine à vocation universelle. Mais l'immensité même de l'Empire portait en elle des germes de dissolution, tandis que l'appât de ses richesses, conjugué au tropisme qui attire les peuples nordiques et orientaux vers la Méditerranée, excitait les convoitises de peuples étrangers au monde romano-méditerranéen : ceux que nous appelons les Barbares. Cette double évolution mène à l'émergence d'un nouvel empire. Centré sur la Méditerranée orientale, l'Empire byzantin, malgré la présence des Barbares, continue à affirmer ses prétentions à la domination de l'ensemble du monde méditerranéen.

Les Barbares en Méditerranée occidentale

Les peuples qui cherchent depuis des siècles à pénétrer dans l'Empire romain sont étrangers au monde méditerranéen par leurs origines, leur culture et leurs traditions. Mis à part les

Huns et les Avars qui ne se sont pas installés durablement, ce sont presque tous, dans un premier temps, des peuples germaniques issus de la Scandinavie et des grandes plaines du nord de l'Europe. Germains des steppes, Germains des forêts, Germains des mers nordiques s'unissent en confédérations plus ou moins lâches qui se font et se défont au rythme des grandes poussées venues d'Asie, de la forte ou faible résistance de la frontière du monde romain – le *limes* – et de l'évolution du rapport des forces internes. Les sociétés germaniques se distinguent fortement des sociétés méditerranéennes. Étrangères à la notion d'État et à celle de Cité, elles ne connaissent ni le genre de vie urbain ni les pratiques délicates de l'agriculture méditerranéenne ; et, à l'exception des Germains de la Baltique et de la mer du Nord, elles ne connaissent pas la mer… Quelles que soient les modalités de l'irruption des Barbares dans le monde romain, leur arrivée ne représente pas seulement une rupture politique, mais peut-être avant tout un choc culturel. Sidoine Apollinaire, qui vivait dans la Gaule du Sud au 5e siècle, note avec étonnement que les Germains ne connaissent ni les thermes ni les sports gymniques : ce n'est pas un détail, mais l'expression de ce choc culturel, même si certains Barbares sont déjà beaucoup plus romanisés que d'autres.

Les Wisigoths. Les Goths, qui séjournaient entre les Carpates, le Don, la Vistule et la mer d'Azov, atteignent au début du 3e siècle la mer Noire et franchissent le Danube. Refoulés au nord du fleuve, ils entretiennent dès lors avec l'Empire des contacts étroits, tantôt pacifiques, tantôt belliqueux. Ils fournissent des recrues aux armées romaines, perçoivent des tributs et obtiennent en 332 le statut de fédérés, tandis qu'ils se convertissent au christianisme sous la forme de l'*arianisme. Mais l'irruption des Huns, en 375, bouleverse tous les établissements des Goths. Une partie d'entre eux, les Wisigoths, demandent asile à l'Empire en 376 et s'établissent en Thrace ; un an après, ils se soulèvent, battent l'armée impériale et tuent l'empereur à Andrinople, puis assiègent Constantinople. Leur errance à travers les provinces romaines du nord de la Méditerranée les conduit d'abord dans la péninsule balkanique, puis de 401 à 411 dans la péninsule italienne. En 410, la prise et le sac de Rome par les Wisigoths d'Alaric ont un immense retentissement dans tout le monde romain. Alaric voulait passer en Afrique, mais il meurt en Calabre, au bord de la Méditerranée qu'il n'a pas pu traverser, faute de navires. Ses successeurs conduisent le peuple des Wisigoths en Aquitaine où ils fondent le royaume de Toulouse, pour se déplacer finalement vers la péninsule ibérique où leur royaume de Tolède se maintiendra jusqu'à la conquête arabe.

Les Vandales. Imprégnés par plusieurs siècles de contacts avec l'Empire, les Wisigoths étaient déjà partiellement romanisés. Ce n'est pas le cas des peuples qui franchissent le Rhin en 406 pour déferler sur la Gaule. Parmi eux, celui des Vandales gagne l'Espagne. Après quelques années de pillage et un début de piraterie en Méditerranée occidentale, leur chef, Genséric, les rassemble à Tarifa, en mai 429. Associés à d'autres Barbares et à des indigènes, ils franchissent le détroit, au nombre d'environ 80 000, sur des navires réquisitionnés aux Hispano-Romains, et débarquent près de Tanger. De là, ils se dirigent vers l'est jusqu'à Bône qu'ils prennent en 430. Ayant obtenu le statut de fédérés, ils n'en continuent pas moins leur progression vers l'est et s'emparent de Carthage, le grand port de l'*annone, avec toute sa flotte, en 439 : conquête décisive qui oriente le royaume vandale, finalement centré sur l'actuelle Tunisie, vers les entreprises maritimes. Qu'il s'agisse d'un empire du blé et de l'huile appuyé sur la possession des meilleures terres de production et de la flotte annonaire ou simplement d'un empire pirate, les faits sont là : maîtres de la partie orientale de l'Afrique du Nord et d'une grande partie de la Sicile, mais aussi de la Sardaigne, de la Corse et des Baléares, les Vandales ont pu mettre en coupe réglée une partie de la Méditerranée, piller Rome en 455 et lancer des raids sur les côtes espagnoles, italiennes et grecques. Ils ont menacé, voire coupé, les communications de l'empire d'Orient avec les provinces du bassin occidental de la Méditerranée, au moment même où celles-ci se séparaient les unes des autres, soit par la constitution de royaumes barbares comme le royaume wisigothique ou le royaume vandale, soit par le retour de forces éclipsées par la présence romaine comme les Berbères d'Afrique du Nord, soit par la rupture forcée de liens qui semblaient naturels comme ceux qui unissaient l'Italie aux grandes îles de la Méditerranée occidentale.

Les Ostrogoths. À cet éclatement, l'empire d'Occident ne survécut pas. Déjà sa capitale avait été transférée de Rome à Ravenne. Mais en 476, le jeune empereur Romulus Augustule est déposé par son maître de la milice, Odoacre. Contre ce dernier, Constantinople favorise l'entrée en Italie d'une autre branche du peuple des Goths, les Ostrogoths. Comme autrefois les Wisigoths, ceux-ci étaient depuis longtemps en contact avec l'Empire. Leur chef, Théodoric, avait été élevé comme otage à la cour de Constantinople. En 473, ils obtiennent le statut de fédérés en Macédoine, mais ils ne s'en contentent pas et menacent Constantinople. Pour se dégager, l'empereur Zénon les détourne vers l'ouest : de 486 à 493, avec son accord, ils s'emparent de l'Italie. Roi pour les Ostrogoths, représentant de l'empereur pour les Romains, Théodoric entreprend alors la construction originale d'un État dualiste reposant sur la séparation rigoureuse entre les Goths *ariens et les Romains et sur l'exaltation de la civilisation romaine. Il construit dans sa capitale, à Ravenne, des monuments splendides dans la tradition antique et s'entoure d'écrivains et de philosophes. Respectueux de Rome et du Sénat, il cherche à rétablir les sources d'approvisionnement de la Ville et se heurte aux Vandales pour la possession de la Sicile. Vers 500, le contrôle des royaumes riverains de la Méditerranée occidentale a échappé à l'État romain. Mais est-ce à dire que la Méditerranée elle-même soit aux mains des Barbares ?

Permanences

La fin de l'unité politique ? L'établissement des royaumes barbares en Occident n'est qu'un aspect de la rupture de l'unité politique du monde romain qui se préparait depuis longtemps. Déjà à la fin du 3ᵉ siècle, les nécessités de la défense de l'Empire avaient conduit l'empereur Dioclétien à instituer quatre grands commandements, dont les capitales – Trèves, Milan, Sirmium, Nicomédie –, proches du *limes* septentrional, risquaient de concurrencer Rome, cœur du système méditerranéen. Ce régime dit de la tétrarchie ne survécut pas à Dioclétien, mais l'inauguration de Constantinople comme deuxième capitale de l'Empire en 330 est une étape plus importante encore pour la rupture de l'unité méditerranéenne : parce qu'il s'agit d'une nouvelle capitale qui, siège du pouvoir impérial, va avoir tendance à supplanter l'ancienne, Rome ; parce que cette deuxième capitale est située dans une région de langue grecque et de culture gréco-orientale ; parce qu'elle est géographiquement décentrée dans l'ensemble de la Méditerranée, mais centrale dans le complexe maritime mer Noire-mer Égée et dans le complexe territorial Balkans-Asie Mineure dont la défense va devenir une priorité. D'où, à la fin du 4e siècle, la nécessité de dissocier l'empire d'Occident de l'empire d'Orient : en 395, l'empereur Théodose partage l'Empire entre ses deux fils. D'où aussi la politique systématique menée par les empereurs de Constantinople pour détourner vers l'ouest les peuples barbares et finalement l'acceptation de la disparition de l'empire d'Occident et la reconnaissance des pouvoirs barbares.

Mais cette disparition et cette reconnaissance sont elles-mêmes ambiguës. Elles ne signifient pas la fin de l'unité du bassin méditerranéen. Beaucoup d'éléments contribuent à son maintien. Tout d'abord, sur le plan politique, il faut bien voir qu'en laissant disparaître l'empereur d'Occident, l'empereur d'Orient, celui de Constantinople, devient *de facto* empereur de tout le monde romain : la plupart des rois barbares gouvernent, au moins théoriquement, en son nom et les populations romaines d'Occident continuent à se voir appliquer les lois et les institutions romaines dont l'empereur reste le garant.

Une communauté chrétienne. La conscience d'appartenir toujours à l'Empire romain est renforcée par celle d'appartenir à une même communauté religieuse. Après la reconnaissance officielle du christianisme, les 4e et 5e siècles représentent l'âge d'or des Pères de l'Église, qui tous, à l'exception d'Hilaire de

Poitiers, sont des Méditerranéens : d'Athanase d'Alexandrie à Augustin d'Hippone, de Jean Chrysostome, né à Antioche et patriarche de Constantinople, à Ambroise de Milan... sans oublier Jérôme qui, né en Dalmatie et élevé à Rome, s'installe finalement à Bethléem pour donner la traduction de la Bible en latin, la Vulgate. Les 4e et 5e siècles sont aussi l'âge d'or des *conciles œcuméniques, qui se tiennent à Constantinople ou à proximité – Nicée, Chalcédoine –, entre mer Noire et mer Égée, ou encore à Éphèse, sur la côte de l'Asie Mineure. C'est aussi l'époque de la fixation des grands patriarcats, dont les sièges s'établissent dans les quatre plus grandes villes du bassin méditerranéen – Rome, Constantinople, Antioche et Alexandrie – et à Jérusalem. On assiste, d'un bord à l'autre de la Méditerranée, à la fixation des institutions et des dogmes chrétiens, à la multiplication des contacts entre des églises sœurs et à la diffusion, à partir de l'Orient, d'une forme privilégiée de vie chrétienne, le monachisme. Un grand courant de pèlerinages, renforcé par l'exode des Occidentaux devant l'avance des Barbares, entraîne les chrétiens de tout le bassin méditerranéen, tel Jérôme, vers l'Orient, sur les lieux de la vie du Christ ou auprès de moines et d'ermites exemplaires. Les récits de ces pèlerinages et les descriptions de leurs itinéraires prouvent le maintien et même l'intensité des voyages méditerranéens : par exemple, après la prise de Rome par Alaric, la Romaine Mélanie la Jeune quitte l'Italie sur un navire qui, après une escale en Sicile et de nombreuses péripéties, la conduit en Afrique où elle reste pendant sept ans ; puis elle s'embarque à nouveau pour atteindre, après une escale à Alexandrie et un séjour en Égypte, la Palestine où s'était déjà rendue sa grand-mère, Mélanie l'Ancienne ; elle y passe le restant de sa vie, jusqu'en 440, non sans avoir accompli, en 436, un voyage à Constantinople... Quels que soient l'importance et le pouvoir des groupes de Barbares païens ou ariens établis sur le pourtour de la Méditerranée occidentale, ce sont des îlots étrangers face à la communauté romaine et chrétienne. Celle-ci est par ailleurs renforcée par la permanence de la culture antique et d'un genre de vie fondé sur la prédominance de la vie urbaine.

Permanence des échanges commerciaux. À cette permanence, les échanges commerciaux ont beaucoup contribué, tout en subissant des changements importants. Les plus visibles sont dus au développement de Constantinople. Par son existence même, la nouvelle capitale bouleverse les conditions du trafic en Méditerranée, en remettant à l'honneur l'antique voie nord-sud, celle qui prévalait aux époques grecque et hellénistique. Dès la fondation de Constantinople, Constantin détourne à son profit les convois de blé qui ravitaillaient Rome à partir d'Alexandrie. La Méditerranée orientale, au 5e siècle, apparaît comme un espace d'échanges complémentaires où circulent les produits alimentaires venus surtout du Sud, le bois et les produits miniers venus surtout du Nord et les produits manufacturés – avant tout les textiles – des grandes métropoles de l'Est méditerranéen ; à quoi s'ajoutent les produits extrême-orientaux – soie, épices… – dont les routes principales, à cette époque, en raison du barrage que constitue l'Empire perse, aboutissent au nord à Constantinople par la mer Noire et au sud à Alexandrie par la mer Rouge. À l'exception des convois réglementés entre l'Égypte et Constantinople, les échanges maritimes se développent alors en toute liberté, n'obéissant qu'à une coutume de mer qui semble s'être élaborée à cette époque et qui sera reprise plus tard sous le nom de « loi rhodienne » dans la législation byzantine. Ces échanges sont favorisés par l'existence d'une excellente monnaie d'or, le *nomisma* ; ils sont entre les mains d'une classe de marchands syriens, grecs, égyptiens et juifs qui étend ses activités à la Méditerranée occidentale. Là, à cause des troubles politiques et des désordres de toutes sortes, les échanges sont beaucoup plus faibles et beaucoup plus cloisonnés, ce qui laisse le champ libre à des colonies de Juifs et de marchands communément appelés « Syriens », qui maintiennent les liens économiques avec l'Orient. On les rencontre aussi bien en Gaule que dans l'Espagne wisigothique et en Italie, où la présence de la cour impériale puis de celle de Théodoric fait naître, autour de Ravenne et au débouché de la vallée du Pô, un nouveau pôle d'attraction, riche d'avenir, en haute Adriatique ; alors que les ports de la côte tyrrhénienne, à commencer par Ostie, sont en décadence.

Mais, si les navires de commerce – qu'il s'agisse des grands convois Alexandrie-Constantinople, contrôlés par l'État, des convois saisonniers est-ouest ou de la navigation locale – continuent à sillonner la Méditerranée, il n'en est pas de même pour les flottes de guerre. Depuis le 3e siècle, on assiste à l'amenuisement, puis à la disparition, des grandes flottes armées, composées de galères à rames et basées à Ravenne, Misène ou Alexandrie, qui assuraient précédemment la sécurité du *mare nostrum*. Cette disparition a eu de grandes conséquences. D'une part, les Romains n'ont pas pu s'opposer à la flotte vandale. D'autre part, l'absence de toute police des mers a favorisé la renaissance de la piraterie : celle des Vandales eux-mêmes, mais aussi celle des régions littorales les plus propices à cette activité, par exemple la Calabre, la Dalmatie, la Cilicie ou les rives de la mer Noire dont Constantinople doit à tout prix garder le contrôle. C'est à la fois pour reprendre l'avantage sur les royaumes vandale et ostrogothique et pour lutter contre le développement de la piraterie que les empereurs du début du 6e siècle entreprennent de reconstruire une flotte, instrument indispensable au maintien de l'unité du monde méditerranéen.

La Méditerranée byzantine

La période qui va de la mort de Théodose (395) à la mort de l'empereur Héraclius (641) est celle de la formation de l'Empire byzantin qui va jouer jusqu'au 15e siècle un rôle de premier plan en Méditerranée. Du 5e au 7e siècle, se sont dégagés les traits fondamentaux de cet Empire, identifié à un homme – l'empereur, plus tard appelé *basileus* – et à une capitale – Constantinople, l'ancienne Byzance. Le pouvoir de l'empereur repose à la fois sur une tradition étatique héritée de l'Empire romain et sur une conception théocratique héritée de l'Orient. Maître absolu de l'État dont il assure la cohérence, l'empereur se considère aussi comme le chef de l'Église dont il assure l'orthodoxie. Or cet État et cette Église ont une vocation universelle ; leur champ d'action est l'ensemble du monde connu et d'abord le monde méditerranéen. C'est dans cette logique que s'inscrit, au milieu du 6ᵉ siècle, la Reconquête de Justinien. Dirigée contre les royaumes germaniques et ariens d'Occident, elle aboutit à la restauration de l'unité politique du monde méditerranéen.

La reconquête de Justinien. Justinien est une des grandes figures de l'histoire de la Méditerranée. Neveu de l'empereur Justin (518-527), il est associé à son pouvoir et trouve avec lui, à son arrivée, les caisses impériales pleines et l'embryon d'une flotte. Devenu empereur (527-565), il entreprend la reprise en main des provinces occidentales perdues, en commençant par une grande expédition contre le royaume vandale confiée à un général formé dans les guerres contre la Perse, Bélisaire. Le récit de cette expédition a été fait par l'historien Procope de Césarée, un Palestinien qui était le propre neveu de Bélisaire. Justinien avait fait construire dans les chantiers navals d'Alexandrie, des ports de Syrie et du nord de la mer Égée, et surtout à Constantinople, une flotte qui quitte Constantinople en 533. Elle est constituée de 500 navires de charge, navires à voiles sur lesquels « prenaient place 30 000 marins, des Égyptiens et des Ioniens pour la plupart, mais aussi des Ciliciens », et de navires à rames légers et rapides : « des vaisseaux longs au nombre de 92, équipés pour la bataille navale ; nos contemporains appellent ces navires des *dromôns* car ils peuvent naviguer avec une extrême rapidité » (Procope). C'est la première grande flotte byzantine. Ayant attiré par une opération de diversion la marine vandale, estimée à 120 navires, en Sardaigne, les Byzantins débarquent sans coup férir sur les côtes de l'actuelle Tunisie. Ils prennent Carthage, s'emparent en deux batailles de la partie africaine du royaume vandale et détruisent finalement sa flotte. Maîtres de la mer, ils peuvent ensuite gagner la Sicile et les îles de la Méditerranée occidentale – Sardaigne, Corse, Baléares – et s'attaquer à leur objectif principal, la reconquête de l'Italie sur les Ostrogoths : une entreprise longue et difficile qui dure vingt ans et laisse l'Italie ruinée. Les provinces reconquises sont organisées en deux préfectures du prétoire, celle d'Afrique dont le siège est à Carthage et celle d'Italie dont le siège est à Ravenne ; leurs chefs, qu'on appellera par la suite exarques, cumuleront les fonctions civiles et militaires, une innovation pleine d'avenir pour l'Empire byzantin. Cette œuvre est complétée par la reconquête de la Dalmatie et par un débarquement de la flotte byzantine sur la côte de l'Espagne wisigothique, ce qui rend à Byzance l'Andalousie et une grande partie du rivage ibérique. Mis à part les rives septentrionales de l'Espagne et celles de la Gaule, Byzance contrôle l'ensemble des côtes : la Méditerranée est devenue un « lac byzantin ».

La thalassocratie byzantine. Ce lac byzantin, sur lequel Constantinople va régner sans partage jusqu'à la conquête arabe, est très différent du « lac romain » du Haut-Empire. Il n'est plus, pourrait-on dire, la conséquence de l'existence d'un grand empire terrestre, jalonné de cités, quadrillé de routes et protégé par les légions, qui l'enserrait de toutes parts. Mais il est la cause et l'instrument du contrôle d'une frange maritime à partir de laquelle s'exerce tant bien que mal l'influence de Byzance, au moins en Méditerranée occidentale. Bien plus que la Rome de Trajan, la Byzance de Justinien et de ses successeurs est une thalassocratie, c'est-à-dire, suivant la définition classique, « un État dont la puissance réside *principalement* dans la suprématie qu'il exerce sur la mer ». C'est la mer, et non plus les grandes voies romaines, qui assure l'essentiel des communications et de la défense des différentes parties de l'Empire. D'où la nécessité d'une flotte d'intervention, stationnée dans les principales bases navales de l'Empire, de Ceuta à Antioche, de Carthage et Alexandrie à Odessa et Trébizonde, avec peut-être la moitié des effectifs à Constantinople. D'où la nécessité de jalonner les côtes de points fortifiés qui peuvent servir d'appuis à la flotte et de bases de départ pour des expéditions terrestres. D'où aussi, grâce à la sécurité retrouvée, l'essor du commerce entre l'Orient et l'Occident. Un exemple, connu grâce à la documentation ecclésiastique : à la fin du 6e siècle, le patriarche d'Alexandrie Jean le Jeûneur possède une flottille de sept grands vaisseaux de commerce engagés dans le seul trafic avec l'Adriatique et il négocie avec le pape Grégoire le Grand l'achat de bois pour construire d'autres navires.

L'Empire byzantin. La puissance maritime n'est pas la seule base de l'Empire restauré par Justinien et ses successeurs. Son œuvre englobe tous les aspects du pouvoir. Nous en retiendrons seulement deux. D'une part, il a voulu donner à l'État une législation et un droit unifiés, en faisant composer des recueils des lois *(Code Justinien)* et de la jurisprudence *(Digeste)* romaines, de ses propres lois *(Novelles)*, ainsi qu'un manuel de droit civil *(Institutes)*. L'ensemble, divulgué dans tout le bassin méditerranéen, a été la base juridique de l'Empire byzantin ; il constituera plus tard, sous le nom de *Corpus Iuris civilis*, le socle du renouveau des études juridiques en Occident. D'autre part, Justinien fait de la défense du dogme orthodoxe la base religieuse de son pouvoir. Victorieux du paganisme et de l'*arianisme, l'Empire et l'Église, après la proclamation de l'identité des personnes divines dans la Trinité (à Nicée en 325), étaient déchirés par des querelles théologiques portant principalement sur la double nature, divine et humaine, de la personne du Christ. En faisant condamner et en poursuivant à la fois ceux qui niaient la nature divine du Christ (les nestoriens) et ceux qui proclamaient cette seule nature (les monophysites), Justinien s'affirme comme le champion de l'orthodoxie, tout en s'assurant un contrôle total sur l'Église par la Pragmatique Sanction de 554, malgré les réticences du pape de Rome. En témoignage de cette suprématie, il fait édifier à Constantinople la plus grande, la plus haute et la plus belle des églises de l'Empire, Sainte-Sophie, un monument majeur dans l'histoire du monde méditerranéen. Construite par des architectes grecs, elle marque, avec sa célèbre coupole, l'influence croissante de l'Orient dans l'Empire byzantin en formation.

Toute médaille a son revers. Dès l'époque de Justinien, est apparue une forte opposition à sa politique et aux dangers qu'elle impliquait, dangers qui grandissent dans le demi-siècle suivant et qu'ont souvent dénoncés les historiens. En plus des méfaits d'un absolutisme et d'une centralisation trop poussés, les risques pris par Justinien et ses successeurs ont été soulignés dans trois domaines surtout. Sur le plan religieux, d'abord, la primauté affichée de Constantinople a eu pour effet d'indisposer Rome et les provinces occidentales récemment reconquises, tandis que la stricte orthodoxie brutalement imposée aux monophysites indisposait les provinces orientales – Syrie, Égypte –, largement gagnées à ce courant religieux. Sur le plan fiscal, la politique très coûteuse de reconquête puis de maintien des provinces occidentales a conduit à alourdir démesurément une fiscalité qui reposait surtout sur les riches provinces orientales, à nouveau la Syrie et l'Égypte... Sur le plan militaire, enfin, la priorité accordée à la flotte et à la Méditerranée a conduit à négliger l'armée de terre et à affaiblir la défense de l'Empire sur ses frontières les plus menacées. Dès 568, la frontière septentrionale est franchie par les Lombards qui s'emparent d'une grande partie de la péninsule italienne : ruinée par les guerres de Justinien, puis déchirée par la lutte entre Lombards et Byzantins et par des querelles religieuses, l'Italie s'effondre au 6e siècle, ce qui la prive pour plusieurs siècles de son rôle naturel entre Méditerranée occidentale et Méditerranée orientale. La frontière septentrionale est aussi franchie par les Avars qui stationnent dans le bassin moyen du Danube vers 570 et par les Slaves qui commencent à la même époque à s'infiltrer dans la péninsule balkanique. Quant à la frontière orientale, les Perses l'enfoncent au début du 7e siècle pour ravager la Syrie, l'Égypte et l'Asie Mineure. En 626, un assaut conjugué des Perses et des Avars menace Constantinople et l'existence même de l'Empire. Mais Byzance restait maîtresse de la mer. C'est grâce à la flotte que le fils de l'exarque de Carthage, Héraclius, s'était emparé du trône impérial en 610 et avait commencé à réorganiser la défense de l'Empire. C'est grâce à la flotte qu'il dégage Constantinople en 626, suivant un scénario qui sera plusieurs fois répété dans les siècles à venir. Le succès devant Constantinople mène Héraclius à une victoire complète sur les Perses et sur les Avars. L'unité du monde romano-méditerranéen est intacte.

Cette unité sera bientôt définitivement rompue : Héraclius meurt l'année même où les Arabes s'emparent d'Alexandrie, en 641. Mais de l'œuvre de Justinien et d'Héraclius subsiste un projet politique qui a traversé les siècles et qui, par les entreprises qu'il a suscitées, est beaucoup plus qu'un rêve : l'ambition de conserver ou de réunir sous une même domination l'ensemble des peuples qui vivent autour de la Méditerranée.

**Les Barbares en Méditerranée :
l'afflux des Italiens en Orient
après la prise de Rome par Alaric (410)**

La prise de Rome par Alaric en 410 a eu un immense retentissement dans l'ensemble du monde méditerranéen. De nombreux habitants de Rome et de l'Italie s'embarquent pour l'Orient et se réfugient auprès des lieux saints. À Bethléem, ils sont accueillis par saint Jérôme (vers 347-419 ou 420), un des grands docteurs de l'Église latine, qui a traduit le texte hébreu de la Bible en latin (la Vulgate). *Il interrompt la rédaction de son commentaire de l'un des livres de l'Ancien Testament, le Livre d'Ézéchiel, pour accueillir les exilés. Comme autrefois Ézéchiel après la prise de Jérusalem par Nabuchodonosor, il a conscience d'assister à la fin d'un monde.*

« Qui eût pu croire que Rome, dont tant de victoires remportées sur tout l'univers constituent les assises, s'écroulerait ? [...] que toutes les côtes d'Orient, d'Égypte et d'Afrique seraient encombrées de quantité d'esclaves, hommes et femmes, appartenant à la ville qui était autrefois maîtresse du monde ? que Bethléem la sainte recevrait chaque jour, réduits à la mendicité, des hôtes des deux sexes, autrefois nobles et comblés de tous les biens ? Comme nous ne pouvons les secourir tous, nous gémissons avec eux, nous unissons nos larmes aux leurs ; accaparé par la charge de cette œuvre sainte (car je ne puis voir sans gémir ceux qui affluent), j'ai laissé de côté mon commentaire sur Ézéchiel et presque toute étude ; je désire mettre en actes les paroles des Écritures et agir saintement au lieu de dire des paroles saintes [...].

« Il n'est pas une heure, pas un instant où je n'aille accueillir des groupes immenses de frères. Le monastère désert se change en un hôtel comble. Aussi je gagne, ou plutôt je dérobe, des heures sur les nuits, qui, à l'approche de l'hiver, commencent à s'allonger ; je tâche, à la lueur d'une méchante lampe, de dicter ces explications, qui valent ce qu'elles valent, et de dissiper par l'exégèse la fatigue d'un esprit surmené. L'accueil fait aux frères n'est pas une vantardise, comme certains lecteurs le soupçonnent peut-être ; j'avoue simplement la cause réelle du retard. Car la fuite des Occidentaux et l'encombrement des lieux saints portent la marque de la rage des Barbares, tant les malheureux sont dans le dénuement et couverts de blessures. Je ne puis sans larmes et sans gémissements voir que cette puissance d'autrefois et cette sécurité dans la richesse ont abouti à une telle misère, qu'ils n'ont ni abri, ni nourriture, ni vêtements ; et pourtant, les âmes dures et cruelles de certains ne s'amollissent pas ; ils secouent les haillons et les besaces des réfugiés et cherchent de l'or au sein même de la captivité. »

Texte de saint Jérôme
cité par Pierre Courcelle,
Histoire littéraire des invasions germaniques,
Paris, Hachette, 1948.

DOCUMENT 2

**L'expédition navale de 533 contre les Vandales
racontée par Procope de Césarée**

Le récit de la grande expédition navale envoyée en 533 de Constantinople par l'empereur Justinien contre les Vandales d'Afrique sous la direction du général Bélisaire a été fait par le neveu de celui-ci, Procope de Césarée, qui participait à l'expédition. Après avoir franchi les Détroits, elle fait escale sur la côte d'Asie Mineure (cap Sigée, aujourd'hui Iénichéir, près de l'ancienne Troie) et franchit la mer Égée jusqu'à la pointe sud-orientale (cap Malée), puis sud-occidentale (Méthone ou Modon, aujourd'hui Mothoni) du Péloponnèse ; elle gagne ensuite l'île de Zacynthe (Zante) et franchit l'Adriatique en direction de la Sicile, d'où elle gagnera la côte tunisienne. Mais Procope décrit aussi les multiples dangers rencontrés par l'expédition : les vents trop calmes ou trop violents, la nourriture avariée, la soif, l'indiscipline et, par-dessus tout, la crainte de la mer et du combat naval.

« Au départ d'Abydos, la flotte rencontra des vents violents qui la conduisirent au Sigée. Puis les vents s'apaisèrent et elle mit plus de temps à gagner le Malée. Là, l'absence de vents constitua pour elle une véritable aubaine, car dans ces lieux étroits, compte tenu de la puissance de la flotte et de la taille extraordinaire des navires, ce ne fut partout, dès la tombée de la nuit, que désordre ; situation qui exposa l'expédition aux pires dangers. Mais, en la circonstance, les capitaines et, plus généralement, les marins firent la démonstration de leurs capacités : dans une atmosphère pleine de clameurs et de bruits, ils séparèrent, à l'aide des rames, les bateaux et les maintinrent habilement à distance les uns des autres, dans des conditions telles, il est vrai, que, si des vents, favorables ou contraires, se fussent levés, les marins eussent rencontré des difficultés, me semble-t-il, à sauver leurs personnes et leurs navires […].

« Puis elle quitta les lieux pour relâcher à Méthone, où elle trouva Valérianos, Martinos et leurs hommes, qui y étaient parvenus depuis peu. Et comme les vents ne soufflaient plus, Bélisaire y ancra ses vaisseaux, enjoignit à toute l'armée de débarquer, et, une fois qu'elle fut à terre, l'organisa, en fixant aux chefs leurs rôles et aux soldats leurs postes. Mais, tandis qu'il prenait ces dispositions, et alors que, par ailleurs, les vents ne se levaient toujours pas, il arriva qu'une foule de soldats moururent de maladie […].

« Après avoir quitté Méthone, l'expédition gagna le port de Zacynthe. Elle y fit de l'eau – elle en emmena la quantité nécessaire pour la traversée de la mer Adriatique – et y procéda à tous ses préparatifs, puis reprit la mer. Mais elle eut alors un vent modéré, voire carrément faible : aussi ne parvint-elle que quinze jours après en Sicile, dans un canton désert proche du lieu où se dresse l'Etna. Et comme elle avait perdu du temps, je l'ai dit, au cours de cette traversée, tout le monde en était venu à épuiser ses réserves d'eau […].

« Dès que Bélisaire eut débarqué sur l'île, il montra de l'irritation, car il était dans l'embarras. Ce qui le tourmentait, c'était d'ignorer le genre d'hommes que représentaient les Vandales contre qui il marchait, leurs capacités guerrières, la manière dont il devait les combattre et le lieu même d'où il lui fallait lancer ses attaques. Mais il était surtout troublé par l'attitude des soldats qui redoutaient profondément une bataille navale et l'avertissaient, sans en éprouver la moindre honte, qu'en cas de débarquement sur le territoire ennemi ils s'efforceraient de se comporter bravement au combat, mais qu'en cas d'attaque navale de la part de l'adversaire ils prendraient la fuite, car ils se disaient incapables de lutter tout à la fois contre l'ennemi et la mer. »

Procope de Césarée, *La Guerre
contre les Vandales*, trad. Denis Roques,
Paris, Les Belles Lettres, 1990.

7. Méditerranée byzantine ou Méditerranée arabe ?

(7e-10e siècle)

Le 7e siècle, avec l'arrivée de l'islam, marque une rupture dans l'histoire de la Méditerranée. En quelques années, les Arabes anéantissent l'ennemi héréditaire de Rome et de Byzance, l'Empire perse, et s'emparent des plus riches provinces de l'Empire byzantin, la Syrie et l'Égypte. Ils introduisent dans le monde gréco-romain christianisé la nouvelle religion de l'islam et le pouvoir des tribus nomades du désert arabique. Devenus puissance méditerranéenne, les Arabes cherchent en priorité à étendre de proche en proche leurs conquêtes terrestres sur les rivages méridionaux et occidentaux d'une mer qui leur est d'abord étrangère. Mais, en même temps, ils construisent une flotte et ils visent à frapper l'Empire byzantin au cœur, en s'attaquant à Constantinople. L'échec de ce projet au début du 8e siècle et l'organisation de la résistance byzantine créent en Méditerranée une situation nouvelle. Ni lac byzantin ni lac musulman, la mer Intérieure devient une frontière, à la fois lieu d'affrontements violents et d'enrichissement mutuel.

La conquête arabe

La conquête. La conquête arabe est d'abord une conquête terrestre dont le caractère fulgurant a stupéfié les contemporains et reste difficilement explicable pour les historiens. Deux éléments sont à considérer. L'un, apparu au 7e siècle en Arabie, est le zèle des adeptes de la nouvelle religion de l'islam, croyance en un Dieu unique et créateur, Allâh, dont la parole a été révélée au Prophète Mahomet et est exprimée dans le Coran ; pour les musulmans, l'effort – *jihâd* – pour étendre le règne d'Allâh peut aller jusqu'à la lutte armée. L'autre facteur, plus ancien, est la longue tradition de razzia des tribus bédouines du désert. À quoi s'ajoute un autre élément : les difficultés internes des deux empires voisins, byzantin et sassanide, dont les populations semblent avoir accueilli favorablement les nouveaux venus. Quand Mahomet meurt en 632, dix ans après son départ de La Mecque pour Médine qui marque le début de l'ère musulmane (*Hégire), le domaine de l'islam se limite à la partie occidentale de l'Arabie, autour des villes saintes de La Mecque et de Médine. Sous les quatre premiers successeurs du Prophète, les *califes de Médine (632-661), les musulmans se rendent d'abord maîtres de l'ensemble de l'Arabie ; de là, provoquant l'écroulement de l'Empire perse, ils s'emparent de l'Irak, de l'Iran et de la haute Mésopotamie. Mais ils s'étendent aussi aux dépens de Byzance, en conquérant la Syrie, la Palestine et l'Égypte. En 661, le califat passe à un membre du clan des Omeyyades, Muâwiya, au détriment d'Ali, cousin et gendre du Prophète. Installés à Damas, les Omeyyades (661-750) poursuivent l'expansion dans les mêmes directions que leurs prédécesseurs de Médine : vers l'est où ils prennent Boukhara, Samarkand et Kaboul et où ils atteignent la frontière de l'Indus ; vers le nord où ils atteignent la mer Caspienne et le Caucase et où la frontière avec l'Empire byzantin se stabilise sur la chaîne du Taurus ; vers l'ouest où la conquête s'étend au Maghreb à la fin du 7e siècle. En 711, les troupes en majorité berbères de Tarik ben Ziyad franchissent le détroit et débarquent sur la côte espagnole au Djebel Tarik, futur Gibraltar ; une seule victoire, à Guadalete, entraîne la chute du royaume wisigothique de Tolède et la soumission de la péninsule ibérique. L'expansion musulmane en Occident n'est arrêtée qu'à Poitiers en 732.

Les Arabes et la mer. C'est dans les années 635-645, avec la conquête de la Syrie-Palestine et de l'Égypte, que les musulmans découvrent la Méditerranée. Les Arabes, tout au moins ceux du Sud, comme les Yéménites, connaissaient bien la navigation dans l'océan Indien, mais ils ne connaissaient pas la Méditerranée, une mer étrangère, la mer des Rûms, entièrement contrôlée par les Byzantins qui pouvaient à tout moment ravager les côtes syriennes ou égyptiennes ; en 645, par exemple, ils reprennent provisoirement Alexandrie. Conscient du danger, Muâwiya, alors gouverneur de Syrie, malgré l'avis, dit-on, du calife de Médine, est le premier à avoir compris la nécessité de posséder une force navale en Méditerranée : non point une flotte défensive destinée à protéger les côtes, mais d'emblée – et ce sera un trait constant des flottes musulmanes – une flotte d'attaque, capable d'atteindre l'Empire byzantin dans ses forces vives, les îles, les côtes d'Asie Mineure et Constantinople. La première flotte musulmane est donc construite dans les ports syriens, principalement à Tripoli, par des artisans locaux. Ses équipages sont, eux aussi, très probablement composés, sous commandement arabe, de marins chrétiens : des Syriens, des Palestiniens, des *coptes. Elle commence par lancer des raids sur Chypre et sur Rhodes. Puis elle remporte sur la flotte byzantine rassemblée par l'empereur Constant II, en 655, la première victoire navale musulmane en Méditerranée : la bataille des Mâts, au large de Phœnix, sur la côte sud-ouest de l'Asie Mineure. Les musulmans avaient attaché leurs navires ensemble par des chaînes, formant un bloc impénétrable à partir duquel ils étaient partis couper les gréements des navires byzantins dont les mâts s'écroulèrent. La flotte byzantine fut anéantie et Constant II n'échappa qu'à grand-peine au massacre.

C'est le début d'une guerre navale sans merci qui va modifier profondément les conditions de la navigation, du commerce et de la vie quotidienne dans les îles et sur les côtes de la Méditerranée. Succès et revers alternent de part et d'autre. Ainsi, après une première tentative en 668-669, une grande flotte musulmane, composée de navires syriens et égyptiens, pénètre en 673 dans la Propontide (mer de Marmara), où, basée à Cyzique, elle va rester près de sept ans, cherchant en vain à s'emparer de Constantinople. Les Byzantins finissent par se dégager grâce à la première utilisation massive du *feu grégeois ; les navires musulmans qui ont échappé aux flammes sont ensuite décimés par des orages sur le chemin du retour : il ne reste rien de la grande flotte musulmane. De fait, malgré leur mainmise sur la totalité des rivages méridionaux de la Méditerranée, malgré la construction de flottes importantes dans les arsenaux de Syrie, d'Égypte et de Tunis, les musulmans ont échoué par trois fois, au cours de sièges restés fameux dans l'histoire (668-669, 673-678, 717-718), dans leur projet de s'emparer de Constantinople. Byzance reste maîtresse de la mer, bloque le commerce avec les Arabes et les réduit à une navigation côtière difficile le long des côtes africaines. L'islam n'a pas encore tiré, au milieu du 8e siècle, tous les avantages de sa présence sur les bords de la mer Intérieure. Mais il a commencé à modifier en profondeur les sociétés méditerranéennes.

Unification. L'unification de cet empire en expansion continue, englobant un nombre croissant de régions et de peuples disparates, n'a pas été le fait des premiers conquérants. Ceux-ci s'étaient établis à l'écart des populations indigènes, dans des camps – tels Fustât en Égypte, Basra et Kûfa en Irak… – où ils se répartissaient en tribus et en clans autour d'un lieu consacré à la prière commune ; ils y vivaient de soldes provenant du butin récolté grâce aux conquêtes et des impôts payés par les non-musulmans laissés libres de pratiquer leur religion, les *dhimmîs*. Minoritaires, ni intégrés aux populations locales ni enracinés dans les pays conquis par la propriété individuelle du sol, les membres de la Communauté des croyants *(Umma)* vivaient entre eux à la manière arabe, sans modifier les institutions en place. Dans les anciennes provinces byzantines de Syrie et d'Égypte, par exemple, jusqu'à la fin du 7e siècle, la langue officielle était le grec, le personnel administratif était syrien ou copte et la monnaie restait le *nomisma* byzantin, frappé à l'effigie du *basileus* et marqué de signes chrétiens. Cette situation évolue à partir de 680 en raison de l'échec de la deuxième expédition navale sur Constantinople en 678 et des succès de la résistance byzantine, qui risquent de trouver des échos parmi les populations chrétiennes soumises au pouvoir de l'islam ; en raison aussi de problèmes nouveaux posés par le statut des non-

Arabes convertis à l'islam (les *mawalis*) et par la sédentarisa-
tion progressive des Arabes, alors que de violentes luttes poli-
tico-religieuses agitent le monde musulman. En 680, à Kerbela
en Irak, le calife omeyyade écrase les partisans de la famille
d'Ali – les *chiites – regroupés autour de son deuxième fils,
Husayn, qui disparaît dans la bataille. Cette situation de crise a
amené les califes omeyyades à adopter une nouvelle politique.
Ses maîtres mots sont : arabisation, islamisation.

L'arabisation commence au temps du calife Abd al-Malik
(685-705). C'est lui qui fait de l'arabe la langue officielle de
l'Empire et de son administration. Il frappe des monnaies gravées d'inscriptions arabes : le dinâr d'or pour remplacer le
nomisma byzantin et le dirhem d'argent pour remplacer le direm
perse. Il augmente la présence des Arabes dans l'administration
et, pour favoriser leur enracinement, il leur distribue une partie
des domaines de l'État. L'arabisation est le corollaire de l'islamisation : l'arabe est la langue du Coran, dont le texte a été fixé
au temps des califes de Médine. Les Omeyyades encouragent la
création d'écoles pour l'enseignement du Coran et pour l'appro-
fondissement de la Tradition du Prophète, la *sunna*, à laquelle se
réfèrent les musulmans orthodoxes, les *sunnites, opposés aux
chiites. Les préceptes tirés du Coran et de la *sunna* règlent la vie
personnelle du musulman, à qui sont imposées cinq obligations
de base – la profession de foi, la prière, le jeûne, l'aumône et le
pèlerinage –, auxquelles s'ajoute le *jihâd* pour le règne de Dieu.
Mais ces préceptes doivent aussi régler l'ensemble des relations
à l'intérieur de la société musulmane. L'enseignement de la religion est inséparable du développement du droit musulman et de
l'exercice de la justice en fonction de ce droit. Un gros effort est
accompli par les califes de Damas pour la formation de juges
musulmans, les *cadis. Une société musulmane commence à se
constituer dans les pays méditerranéens, de la Syrie à l'Espagne.

Le blocus byzantin

Restructuration. Les épreuves endurées au cours des 7e et 8e siècles par les Byzantins ne se limitent pas à l'assaut arabo-musulman. Les attaques subies sur les rives européennes de la Méditerranée ne sont pas moins sévères : de la part des Slaves, massivement installés au cours du 7e siècle au cœur de la péninsule balkanique où sont établies des « sclavinies » qui échappent complètement à l'autorité byzantine et qui servent de bases à des raids sur les côtes grecques, sur les îles de l'archipel égéen et sur Thessalonique ; de la part des Bulgares, qui contrôlent la plaine du Danube et la Thrace d'où partent plusieurs expéditions – en 687, en 712 – contre Constantinople même ; de la part des Khazars, qui atteignent la mer Noire et la Crimée à la fin du 7e siècle ; ils sont suivis, au 9e siècle, par les Russes qui lancent, dès 860, à bord de bateaux monoxyles (creusés dans un seul tronc d'arbre) d'origine scandinave, un raid sur Constantinople. Contre ces multiples dangers, accompagnés d'une profonde crise démographique et économique, l'Empire byzantin s'est défendu en se ramassant sur lui-même et en opérant de lentes et profondes réformes de structure qui lui donnent un nouveau visage sous le signe de l'hellénisation, de la ruralisation et de la militarisation. L'hellénisation avait commencé dès l'époque de Justinien qui, à la fin de son règne, avait fait rédiger sa propre législation, les *Novelles*, en grec. Au 7e siècle, l'empereur Héraclius abandonne la titulature romaine pour prendre le titre grec de *basileus*. Le grec, qui était déjà la langue de l'Église, devient la seule langue officielle de l'Empire et de l'administration : une unification facilitée par la perte des provinces latines d'Afrique et d'Espagne, passées sous contrôle musulman, et par le relâchement des liens avec l'Italie.

La ruralisation des provinces restées byzantines, à commencer par l'Asie Mineure devenue le cœur de l'Empire, revêt un double aspect. On constate, d'une part, une baisse de l'importance des villes, due à la perte des grandes métropoles orientales, à la décadence du commerce et aux fragilités urbaines liées à la crise générale ; d'autre part, un intérêt croissant est porté aux campagnes : l'Empire, privé des greniers à blé d'Afrique et d'Égypte, doit réorganiser sa production, ce qui se traduit par une politique favorable aux petits propriétaires paysans et par la vitalité des communautés villageoises.

À la ruralisation est liée la militarisation. Abandonnant l'ancien principe romain de distinction entre les pouvoirs civil et militaire, Byzance a mis lentement en place, au cours du 7e siècle, le régime des « thèmes » : des circonscriptions nouvelles dont le chef, appelé stratège, cumule les fonctions civiles et militaires et commande à des troupes locales formées par des soldats-paysans, appelés *stratiôtes*. Un système analogue est appliqué à la marine, les îles et les côtes étant regroupées en « thèmes » maritimes dont les habitants servent dans la flotte : les principaux sont celui des Cibyrrhéotes pour la côte sud de l'Asie Mineure, celui de Samos pour la côte ouest et celui de la Mer pour les îles de la mer Égée. La défense des territoires et des côtes, confiée aux populations locales, est ainsi mieux assurée et Byzance économise la solde des mercenaires qui ruinait son trésor. Parallèlement, s'organisent, à Constantinople même, une armée et une flotte d'intervention sous le contrôle direct du *basileus*. L'élément de base de la flotte de guerre byzantine est alors le *dromôn*, apparu aux 5e-6e siècles. Dérivé de la *liburne romaine, c'est un bateau long et rapide d'environ 40 mètres de long et 7 mètres de large, avec deux files superposées de 25 rameurs chacune. Le *dromôn* embarque une cinquantaine de soldats équipés d'armes de jet et peut posséder à la proue une bouche qui envoie le feu grégeois, encore inconnu des Arabes. Ce sont cette armée et cette flotte rénovées qui, en 717-718, sous la conduite de Léon III l'Isaurien, sauvent Constantinople du troisième assaut arabe.

Repli. La restructuration s'accompagne d'un repli du monde byzantin sur lui-même, repli qui peut s'observer dans deux domaines très différents. L'un est le domaine économique. Face aux envahisseurs, tous attirés par ses richesses, l'Empire byzantin se ferme au commerce extérieur et limite les activités de ses propres marchands à la seule sphère d'influence byzantine, largement autosuffisante. Les échanges avec l'extérieur, laissés aux étrangers, se font à Constantinople même et en quelques points obligés où ils peuvent être facilement contrôlés : les ports de l'Italie byzantine pour les relations avec l'Occident chrétien, Thessalonique pour le commerce avec les Bulgares, Cherson et la Crimée pour les échanges avec les Khazars et enfin Trébizonde pour l'Empire arabe. Mais Byzance interdit de vendre aux musulmans les produits dits stratégiques, tels que les armes, le bois ou le fer. Cette politique de retrait a pesé très lourd, dans le long terme, sur l'économie byzantine.

L'autre repli est de l'ordre politico-religieux et a pris la forme de l'iconoclasme. La vénération des images saintes – icônes – du Christ, de la Vierge et des saints, encouragée par les moines, avait atteint dans certains milieux des proportions proches de l'idolâtrie et de la magie ; dans d'autres milieux, au contraire, en particulier parmi les populations d'Asie Mineure longtemps attirées par le monophysisme, on refusait de représenter la divinité ou même la figure humaine, rejoignant ainsi les interdits de l'ancienne religion juive et de la nouvelle religion musulmane. En déclarant la guerre aux images, Léon III (717-741) et ses successeurs de la dynastie isaurienne ont la volonté de purifier l'Église byzantine. Ils cherchent aussi, en la soustrayant à l'influence monastique, à rassembler toutes les énergies spirituelles de l'Empire sous leur seule autorité et celle du patriarche de Constantinople qu'ils contrôlent étroitement. La période iconoclaste de l'Empire byzantin, ou Querelle des images, ouverte en 726, dure plus d'un siècle, avec des alternances de persécutions et de retour au culte des images, jusqu'en 843, date du « rétablissement de l'Orthodoxie », c'est-à-dire du culte des images : un événement dont l'anniversaire est encore célébré chaque année, le 11 mars, par l'Église orthodoxe. Cette crise a beaucoup contribué à éloigner la chrétienté occidentale de la chrétienté orientale et à pousser la papauté, hostile à l'iconoclasme et menacée par l'expansion lombarde en Italie, à faire alliance avec les Francs – ce qui conduit, en 800, à la fondation par Charlemagne d'un nouvel empire romano-chrétien dans lequel Byzance ne peut voir qu'un usurpateur et un rival. Une fracture apparaît ainsi dans le monde chrétien entre l'est et l'ouest de la Méditerranée, au moment où celle-ci semble susceptible de passer entièrement sous domination musulmane.

La Méditerranée dans l'espace musulman

En 750, une révolution partie des provinces les plus orientales du monde musulman balaie, avec l'appui des chiites, le califat de Damas – tous les membres de la famille des Omeyyades sont massacrés, sauf un – et porte au pouvoir les descendants non pas d'Ali, mais de l'oncle de Mahomet, Abbâs. Les Abbassides s'installent en Irak où ils fondent Bagdad en 762 et plus tard Sâmarrâ. Ils vont conserver le califat jusqu'au 13e siècle et, décevant leurs alliés de la première heure, l'enraciner dans la tradition sunnite. Ce déplacement vers l'est du centre politique du monde arabo-musulman a eu des répercussions capitales dans le monde méditerranéen. D'une part, il s'est accompagné d'un transfert du grand courant d'arrivée des produits extrême-orientaux au profit de la voie golfe Persique-Mésopotamie-Arménie-mer Noire (Trébizonde) et au détriment des routes qui, par la mer Rouge, aboutissaient en Syrie et en Égypte. C'est-à-dire qu'à l'est du bassin méditerranéen, la Syrie et l'Égypte, qui se situaient au cœur du système omeyyade, perdent à la fois leur poids politique et leur prospérité économique. D'autre part, l'éloignement dans lequel se trouvent désormais les provinces de l'Extrême-Occident récemment acquises à l'islam provoque ou encourage des sécessions à caractère nationaliste ou religieux qui sont à l'origine de la deuxième poussée de l'islam en Méditerranée.

La deuxième poussée de l'islam. En 756, un prince omeyyade rescapé du massacre de 750, Abd ar-Rahmân, se proclame à Cordoue *émir de la partie musulmane de l'Espagne, Al-Andalus, qui échappe ainsi au pouvoir direct des Abbassides. La situation du Maghreb, après une conquête musulmane très difficile, est anarchique. Au centre, des Berbères, qui s'étaient convertis à l'islam sous une forme hérétique, le *kharidjisme, et n'avaient jamais reconnu l'autorité des califes, s'organisent en royaumes indépendants autour de Tahert et de Sijilmâsa : des fondations très importantes pour les futures relations entre l'Afrique du Nord et l'Afrique noire. À l'ouest, une dynastie d'origine arabe, les Idrissides, crée une principauté chiite à la fin du 8e siècle et fonde Fès. À l'est, le calife de Bagdad se voit contraint de concéder un émirat héréditaire à la famille sunnite des Aghlabides, installée à Kairouan d'où elle gouverne l'*Ifrî-qiya, l'actuelle Tunisie.

Ce sont surtout les Aghlabides de Kairouan et les Omeyyades de Cordoue qui sont à l'origine de la deuxième poussée de l'islam en Méditerranée, sous la forme de raids maritimes qui prennent le relais des razzias de la conquête terrestre. Les premiers ont hérité, avec l'arsenal de Tunis, de la principale flotte musulmane en Méditerranée occidentale ; ils ont jalonné les côtes tunisiennes de couvents fortifiés, les *ribâts*, où des volontaires, s'entraînant à des exercices à la fois militaires et religieux, se préparaient à rejoindre la flotte pour la défense de l'Ifrîqiya contre les Byzantins et pour l'attaque des rivages chrétiens de la Méditerranée. Les seconds, cantonnés au sud des Pyrénées par la résistance chrétienne, n'ont pas créé de marine d'État, mais ont encouragé l'action des pirates andalous. Ce sont des Andalous, aidés par d'autres pirates venus du Maghreb, qui mettent en coupe réglée les côtes du Languedoc, de la Provence et de l'Italie au temps des Carolingiens ; eux aussi qui font entrer les Baléares, la Corse et la Sardaigne sous influence islamique. Ce sont encore des Andalous, agissant pour leur propre compte, qui s'emparent par surprise de la Crète vers 824-827.

Vers une Méditerranée musulmane. Cette conquête marque un tournant dans l'histoire de l'islam en Méditerranée. La Crète, soutenue ensuite par l'Égypte, va devenir la base principale des opérations musulmanes, actions où se mêlent *jihâd* et piraterie, en mer Égée. Mais surtout, l'île commande les relations entre les deux bassins de la Méditerranée. Privée de cette escale majeure sur la route de l'Occident, Byzance maintient difficilement le contact avec l'Italie du Sud et la Sicile. Les conséquences ne se font pas attendre. Dès 827, les Aghlabides entreprennent la conquête de la Sicile, ce qui leur demandera des décennies. À la fin du 9e siècle, les musulmans sont maîtres d'un chapelet d'îles qui, depuis Chypre – contrôlée en condominium avec Byzance suivant une formule originale mise au point dès 688 – jusqu'aux Baléares, en passant par la Crète, Malte et la Sicile, assurent à l'islam la domination sur toutes les eaux et côtes méridionales de la Méditerranée et maintiennent les eaux et les côtes septentrionales sous la menace permanente de raids dévastateurs.

C'est la grande époque de la marine arabe, mais nos connaissances sur ses divers éléments sont malheureusement très vagues, en raison du foisonnement et de l'imprécision du vocabulaire nautique : *ustûl*, par exemple, désigne aussi bien la flotte de guerre en général qu'un certain type de grand navire de guerre ; de même, *markab* peut être employé pour tel très gros navire marchand ou pour n'importe quel bateau de commerce. La grande force de la marine arabe, ce sont alors de grands navires à deux mâts et à voiles triangulaires, utilisés pour la guerre comme pour le commerce ; ils sont escortés de bateaux plus petits, souvent à rames, tels que le *qâtai* pour la guerre ou le *qârib* pour le commerce... Arsenaux et bases navales s'échelonnent de Tarse en Cilicie à Tunis, en passant par la Syrie (Tripoli, Tyr, Acre), l'Égypte (Rosette, Damiette, Alexandrie, Fustât-Le Caire), la Cyrénaïque (Barqa) et enfin la Crète. C'est une période dramatique pour les îles byzantines de la mer Égée, cibles des Slaves au nord et des musulmans au sud ; les unes, telles Égine, Salamine ou Paros, sont complètement désertées ; d'autres subissent déportations et repeuplements forcés ; partout disparaissent les antiques cités paléochrétiennes dont l'archéologie révèle aujourd'hui l'importance, tandis que périclite la source même de la richesse de ces îles : le commerce de transit dans la Méditerranée byzantine. En 904, une flotte composée de bateaux crétois, égyptiens et syriens, et commandée par Léon de Tripoli, réussit à saccager Thessalonique, la deuxième ville de l'Empire byzantin, et emmène sa population en esclavage. Mais la mainmise sur les îles signifie aussi, avec la réouverture de la route de haute mer entre le Proche-Orient, la Sicile et l'Espagne et la reprise des convois saisonniers entre l'est et l'ouest de la Méditerranée, l'intégration de l'espace méditerranéen au monde de l'islam et son élargissement à des horizons encore plus vastes qu'au temps des dominations romaine ou byzantine.

L'Empire abbasside. Le 9ᵉ siècle, le siècle de Haroun al-Rachid (786-809) et de Mamûn (813-833), a connu l'extension maximale en même temps que l'apogée économique et culturel du grand empire arabo-musulman des Abbassides. Son espace s'étend de l'Indus à l'Atlantique et son cœur se situe en Mésopotamie. Trois éléments caractérisent alors cet espace. Le premier est une extraordinaire liberté de circulation des hommes, des marchandises et des idées sur les routes maritimes et sur les pistes qui jalonnent l'Empire, parcourues par les grandes caravanes de dromadaires issus des déserts arabique et saharien : en témoignent les descriptions des géographes arabes qui ont voyagé sur ces routes aux 9ᵉ et 10ᵉ siècles, tels Al-Yakûbî et Ibn Hawqal, et aussi les documents de la communauté juive du Caire qui montrent l'étendue des affaires conduites par ses membres jusqu'en Iran ou vers l'Espagne : c'est la grande époque des marchands. Mais sur ces routes se propagent aussi d'est en ouest vers le monde méditerranéen les méthodes de culture irriguée et de nouvelles plantes venues de l'Orient : la canne à sucre et le riz, le coton, l'abricotier, le citronnier et l'oranger... Car la deuxième caractéristique de l'espace musulman est son ouverture sur l'extérieur : sur les mondes indien et chinois dont les épices et les soieries arrivent aussi bien par les voies maritimes du golfe Persique et de la mer Rouge que par les caravanes d'Asie centrale ; sur le monde nordique dont les peaux, les fourrures, la cire et les esclaves parviennent en mer Caspienne par la Volga ; sur le monde noir dont l'or, dit or du Soudan, traverse le Sahara pour atteindre le Maghreb ; sur le monde chrétien aussi qui, par le commerce ou la piraterie en Méditerranée, fournit du bois, du fer, des armes et des esclaves.

La troisième caractéristique de cet espace arabo-musulman est l'importance de ses villes : « une frénésie de villes et de palais », suivant l'expression d'André Miquel. Bien que, dans les pays musulmans, comme partout ailleurs en ce temps, la richesse soit d'abord agricole, bien qu'au-delà des cultures de vastes étendues soient gagnées à la vie nomade, les villes sont la base du pouvoir musulman. Elles constituent un réseau qui est l'ossature du grand espace politique et économique créé par la conquête, réseau qui n'a pas alors d'équivalent dans le monde chrétien : autour de la Méditerranée, à part Constantinople, toutes les grandes villes sont alors des villes musulmanes où s'épanouit une architecture spécifique. Villes saintes (La Mecque, Médine, Jérusalem…), villes héritées et agrandies (Damas, Cordoue…), villes créées à partir de camps militaires (Basra, Kûfa, Fustât, Kairouan…) ou à partir d'une volonté politique (Bagdad, Sâmarrâ, Fès…), les grandes villes sont à la fois des centres politiques où résident les califes ou leurs représentants, des centres religieux et culturels et des centres de consommation, de production et d'échanges : des fonctions qui se retrouvent dans leurs palais, leurs citadelles, leurs mosquées et leurs souks. Le monument le plus caractéristique de la société musulmane est évidemment la mosquée. Chaque grande ville possède plusieurs mosquées de quartier et une mosquée principale ou grande mosquée (jâmi). Dérivé du plan de la maison du Prophète à Médine, le plan de l'édifice s'est fixé lors de la construction des grandes mosquées de Médine et de Damas au début du 8ᵉ siècle, pour s'étendre ensuite à l'ensemble du monde musulman, jusqu'à Kairouan et à Cordoue ; une cour ouverte permet d'accéder à un espace couvert dans lequel les croyants menés par le chef de prière, l'imâm, se tournent pour prier en direction de La Mecque ; le mur auquel ils font face, dit mur *qibla*, est marqué par une niche, le *mirhab*, et par la chaire, le *minbar*, d'où est prononcé le prêche du vendredi ; à l'extérieur, se dressent les minarets d'où est lancé l'appel à la prière. Progressivement, la mosquée devient le centre d'un complexe de bâtiments divers : maison du cadi, hôtels pour les voyageurs, hôpitaux, bibliothèques, écoles… Pour la décoration des mosquées et des palais, se développent des arts que nous considérons comme mineurs, mais qui vont devenir des arts majeurs dans l'ensemble du monde islamique, la mosaïque, la céramique et la calligraphie.

La pensée musulmane. C'est aussi dans les villes, et spécialement dans les villes d'Irak au temps des Abbassides, que s'élabore la pensée musulmane. Elle repose, dans le cadre du sunnisme, sur l'étude du Coran et de la *sunna* : on doit y trouver toutes les vérités de foi et toutes les règles du comportement individuel et collectif des musulmans. En conséquence, la pensée musulmane, exprimée en arabe, n'est pas seulement théologique, mais très juridique. L'interprétation du Coran et de la Tradition est confiée à un corps de docteurs, les *oulémas : ils déterminent la loi ou *charî'a* qui doit s'appliquer dans la société musulmane. Les écoles juridiques peuvent être différentes – on en compte quatre principales –, mais, pour l'essentiel, c'est cette loi qui définit la vie des musulmans et qui unifie leur comportement d'un bout à l'autre de l'Empire. Sa diffusion s'étend à la mesure des conversions à l'islam, qui s'accélèrent en pays méditerranéen au 10e siècle. Mais le poids de ce juridisme a conduit certains musulmans à chercher d'autres voies d'accès à la connaissance. L'une d'elles est le mysticisme d'ascètes qui cherchent une union directe avec Dieu, les *soufis ; ils sont, dans un premier temps, rejeté par l'islam officiel et leur plus illustre représentant, Al-Hallâj, est exécuté à Bagdad en 922. La voie opposée est celle des mutazilites, des théoriciens qui cherchent à raisonner sur les dogmes et à les appuyer par une démonstration.

La voie moyenne est celle de l'*adab* : un système de culture qui, tout en restant fidèle à l'islam, se tourne vers la raison et vers la science. Il s'est façonné dans les villes de l'Irak abbasside. L'élite urbaine, dans laquelle les *mawalis* sont de plus en plus nombreux, y est composée de marchands et d'une classe de fonctionnaires lettrés, les secrétaires. C'est pour cette élite et en son sein, sous le mécénat éclairé des califes et de leurs ministres, les vizirs, que s'élabore l'*adab*. Son instrument est la langue arabe qui atteint alors sa maturité, en poésie comme en prose. Mais son objet est la connaissance. Celle-ci s'appuie sur l'héritage de l'Antiquité, massivement traduit du grec en arabe entre le 8e et le 10e siècle, en grande partie à Bagdad avec l'encouragement des califes abbassides. Les Arabes s'approprient alors et développent la philosophie, la médecine et les sciences de l'Antiquité, en les enrichissant, spécialement dans les domaines mathématique et astronomique, d'éléments perses, indiens et chinois. Ils les mettent à la portée de l'homme cultivé – c'est le propre de l'*adab* – dans des œuvres à caractère à la fois littéraire et encyclopédique, qu'il s'agisse de connaissances générales ou de sciences particulières comme l'histoire et la géographie. Mais surtout ils ont l'ambition, dès l'époque du premier grand philosophe arabe, Al-Kindî (vers 801-866), de concilier le raisonnement philosophique et la foi musulmane. Soit un état d'esprit, des connaissances et un mode de raisonnement riches d'avenir qui, à partir du foyer irakien, vont se propager d'est en ouest, à travers le monde méditerranéen, jusqu'en Espagne et dans l'Occident chrétien.

Mais l'immensité de l'Empire abbasside portait en elle-même des germes de dissolution qui vont conduire, au 10e siècle, à un rééquilibrage des forces en Méditerranée.

Rééquilibrages

Tensions dans le monde musulman. Tandis que le monde byzantin se rétracte, mais s'unifie, le monde toujours plus vaste de l'islam est en proie à de vives tensions : tensions à caractère social nées de la situation inférieure faite aux non-musulmans (*dhimmîs*), du statut ambigu des non-Arabes convertis à l'islam (*mawalis*) et de la place grandissante prise dans l'armée et dans l'administration par des esclaves de toutes origines ; tensions à caractère national dirigées contre le pouvoir arabe, telles les grandes révoltes des coptes d'Égypte ou des Berbères du Maghreb ; et surtout tensions religieuses au sein même de l'islam, qui, apparues dès le 7e siècle, se cristallisent autour des problèmes liés à la nature et à la transmission du califat. Le calife, successeur de Mahomet, dirige à ce titre la Communauté des croyants. Pour les sunnites, c'est par le consensus de la Communauté et dans le respect de la Tradition du Prophète que le pouvoir est passé des premiers califes aux Omeyyades, puis aux Abbassides. Récusant ce processus, les chiites sont, nous l'avons vu, les partisans d'Ali, cousin de Mahomet et époux de sa fille Fatima, et de ses descendants. Tout en se divisant en plusieurs tendances, ils attendent secrètement ou ouvertement le retour des Alides, en résistant au sunnisme officiel. Plus radicaux encore, les *kharidjites, nombreux au Maghreb, estiment que le califat doit revenir au meilleur des musulmans, fût-ce un esclave noir...

La conjonction de ces divers éléments avait fait naître dès le 8e siècle, dans la partie méditerranéenne du monde musulman, des sécessions politiques en Espagne et au Maghreb, mais elles restaient dans le cadre général du califat de Bagdad. Au 9e siècle, c'est en Syrie et en Égypte qu'un officier du calife fonde la dynastie des Tûlûnides. Ces sécessions prennent une dimension nouvelle au 10e siècle, quand une dynastie arabe chiite, celle des Fatimides, considérés comme les descendants d'Ali et de Fatima, renverse, avec l'appui des tribus berbères, les Aghlabides d'Ifrîqiya. Son chef, Ubayd Allâh, le Mahdi, se proclame calife à Kairouan en 910 : une date qui marque, avec la fin du califat unique, la première grande fracture du monde musulman. Elle est suivie, en 929, par la proclamation d'un troisième califat, celui de l'Omeyyade Abd ar-Rahmân III à Cordoue : les musulmans sunnites d'Espagne ne veulent laisser aucune prééminence à leurs rivaux chiites du Maghreb. Face à ces prétentions, le califat sunnite des Abbassides de Bagdad, lui-même concurrencé en Iran et en Irak par une dynastie d'émirs chiites, les Bûyides, n'oppose aucune résistance. Ces fractures politiques contrastent avec la liberté que nous avons constatée dans le domaine économique. Elles sont aussi l'indice d'un rééquilibrage des forces. Après les siècles de la thalassocratie byzantine, le temps de la suprématie arabe – l'arabocratie, dit-on parfois – débouche, en effet, sur une redistribution des rôles en Méditerranée, autour de quatre grands pôles définis par la renaissance de l'Empire byzantin, la fondation de l'Égypte fatimide, l'apogée de l'Espagne musulmane et l'émergence de l'Italie médiévale.

Méditerranée orientale. Au nord-est, c'est sous la dynastie macédonienne (867-1056) que la politique de restructuration entamée par les Isauriens porte ses fruits. Après l'assimilation des Slaves des Balkans, progressivement christianisés au sein de l'Église orthodoxe, incorporés aux « thèmes » byzantins et hellénisés, Byzance se présente, au milieu du 10e siècle, comme un État missionnaire et conquérant. Missionnaire, il a pour vocation de faire de l'Église byzantine l'Église universelle et d'y faire entrer les peuples païens situés hors de ses frontières, tout en respectant leur langue, dans la tradition des saints Cyrille et

Méthode, apôtres des Slaves au 9e siècle : du baptême du Bulgare Boris en 864 à celui du Russe Vladimir en 989, l'influence byzantine ne cesse de grandir en pays slave. Une immense zone d'influence s'ouvre pour Byzance vers le nord hors du domaine méditerranéen, tandis que dans les Balkans elle se heurte à la concurrence de l'Église romaine ; on voit s'y établir une frontière durable qui débouche sur l'Adriatique près de Raguse : à l'ouest, Hongrois et Croates relèvent de l'Église romaine ; à l'est, Serbes et Bulgares appartiennent à l'Église orthodoxe. Conquérant, l'Empire byzantin reprend, au milieu du 10e siècle, l'initiative face à l'expansion islamique : sur terre, en repoussant la frontière jusqu'à l'Euphrate et jusqu'en Syrie du Nord, avec la prise d'Antioche en 969 ; sur mer, en reprenant la Crète en 961 et Chypre en 969. L'équilibre tend donc à se rétablir en Méditerranée orientale en faveur de Byzance, ce qui va lui permettre de se retourner contre ses ennemis du Nord : au début du 11e siècle, les Byzantins, en anéantissant l'Empire bulgare, retrouvent la frontière naturelle du Danube. Constantinople peut jouer pleinement son rôle entre mer Égée et mer Noire, Balkans et Asie Mineure, et l'Empire connaît une des périodes les plus glorieuses de son histoire.

Entre-temps est apparue au sud-est du bassin méditerranéen une nouvelle puissance musulmane. En 969, les Fatimides d'Ifrîqiya, soutenus par l'or du Soudan et par une intense propagande religieuse, s'emparent de l'Égypte. Ils créent, à côté de Fustât, la ville nouvelle du Caire où ils fondent en 970 la mosquée Al-Azhar et où ils transfèrent, depuis Kairouan, en 973, le siège du califat chiite. D'une rigueur religieuse extrême, ils persécutent aussi bien les sunnites que les minorités juives ou chrétiennes. Mais, en quelques années, ils s'assurent le contrôle de l'Arabie et de la Syrie. Face à l'Irak abbasside, ils vont redonner à l'ensemble égypto-syrien le poids politique qu'il avait perdu depuis la chute des Omeyyades. Ils vont lui rendre aussi son poids économique. Maîtres de La Mecque, de Médine, de Jérusalem et des grandes métropoles de Damas, Alexandrie et Fustât-Le Caire, ils privilégient les échanges avec l'océan Indien par la mer Rouge. Alexandrie retrouve alors son rôle de grand port méditerranéen.

Méditerranée occidentale. À l'ouest, le 10e siècle est en Espagne musulmane, au temps d'Abd ar-Rahmân III (913-929-961) et d'Al-Hakam II (961-976), le grand siècle du califat de Cordoue. Puissance indépendante située à l'extrémité du monde musulman, Al-Andalus semble en résumer toutes les richesses : une agriculture exemplaire avec le développement de jardins soigneusement irrigués, les *huertas* ; un artisanat de très haute qualité ; une position dominante dans les échanges méditerranéens, tant pour le commerce lointain avec le Proche-Orient que pour le commerce en Méditerranée occidentale, position renforcée par l'émission d'excellentes monnaies d'or. La société multiethnique (Hispano-Romains, Wisigoths, Juifs, Arabes, Berbères...) et plurireligieuse (musulmans, juifs, chrétiens mozarabes) d'Al-Andalus attire les voyageurs, les penseurs, les philosophes et les artistes de l'ensemble du monde arabo-musulman, et particulièrement ceux qui, depuis la Syrie jusqu'à l'Ifrîqiya, souffrent des persécutions des Fatimides. L'Espagne est le point d'aboutissement du grand courant qui porte d'est en ouest les influences orientales. Les villes d'Al-Andalus figurent parmi les plus brillantes du monde méditerranéen : Tolède, Séville et surtout Cordoue, une très grande ville dont la population atteint peut-être 300 000 habitants ; elle est célèbre par sa bibliothèque de 400 000 volumes et par des monuments tels que la grande mosquée, construite entre 785 et 988, et la résidence toute proche édifiée par les califes à Madinat ar-Zahrâ.

Mais la péninsule ibérique n'est pas seule à profiter du réveil de la Méditerranée occidentale. La Sicile musulmane, érigée en émirat indépendant dont le siège se fixe à Palerme et dont la prospérité est très semblable à celle d'Al-Andalus, et les ports byzantins d'Italie en profitent également. Ces derniers – Naples, Amalfi, Bari, Venise... –, seuls habilités à pratiquer le commerce autorisé par Byzance avec le monde chrétien occidental, utilisent les capitaux et les compétences ainsi acquis pour développer des échanges beaucoup moins licites avec leurs voisins musulmans de Sicile et du Maghreb, avec les ports d'Espagne et à l'est avec Alexandrie. Dans le même temps, Otton Ier, le fondateur saxon d'un nouvel empire chrétien d'Occident, qu'on appellera ensuite le Saint Empire romain germanique, vient chercher la couronne impériale auprès du pape à Rome, en 962, reconnaissant ainsi la place éminente de l'Italie dans toute construction politique de l'Occident chrétien.

La grande fracture qui s'est creusée à partir du 7e siècle entre un monde méditerranéen chrétien au nord et un monde musulman au sud est un phénomène durable, toujours présent actuellement. Cette opposition, qui fait de la mer Intérieure une frontière, est devenue une structure fondamentale de l'histoire de la Méditerranée. Sa mise en place s'est accompagnée, entre le 7e et le 10e siècle, d'un extraordinaire brassage humain. Il a conduit les peuples conquérants – Arabes, Berbères, mais aussi Lombards, Slaves, Francs... – et les populations déplacées de force – Perses installés par les Omeyyades en Syrie, Slaves déportés par les Byzantins en Asie Mineure, coptes transférés à Tunis pour la construction de l'arsenal, populations réduites en esclavage... – à se fondre dans le creuset méditerranéen. Car les antagonismes religieux et politiques n'empêchent pas la permanence d'échanges économiques et culturels fondés sur des traditions urbaines, commerciales et maritimes communes. De ces courants d'échanges, le plus important et le plus riche d'avenir est celui qui transfère d'est en ouest, de la Mésopotamie à l'Espagne, sur les routes maritimes et terrestres de l'Empire musulman, les connaissances, les savoir-faire et les modes de pensée accumulés en Orient. Dans ces affrontements et ces échanges s'est formé le monde complexe de la Méditerranée médiévale.

DOCUMENT 1

**La Méditerranée vue par le géographe arabe
Ibn Hawqal (10ᵉ siècle)**

*Ibn Hawqal est un voyageur qui, parti de Bagdad au milieu du
10ᵉ siècle, a visité l'ensemble des pays musulmans. À son retour, il
reprend ses notes de voyage pour décrire ce qu'il a vu. Ayant surtout
voyagé sur des pistes terrestres, il évalue toutes les distances en journées de marche. Il se représente les rivages méridionaux de la Méditerranée comme rectilignes de Tanger à la Syrie et souligne l'importance de
l'isthme de Suez : trois journées de marche seulement séparent la Méditerranée à Farama (l'antique Péluse, à l'est du bras oriental du Nil) de
la mer de Perse, c'est-à-dire l'océan Indien, à Qulzum, l'antique Klysma,
aujourd'hui Suez, sur la baie de Qolzum qui termine la mer Rouge.*

« Les mers les plus connues sont au nombre de deux : la plus vaste
est la mer de Perse, suivie par la mer Méditerranée. Ce sont deux bras de
mer qui s'opposent et se détachent de l'Océan. La plus étendue en longueur et en largeur est la mer de Perse [...].

« La mer Méditerranée se détache de l'Océan par le canal situé entre le
Maghreb et l'Espagne, et parvient aux villes frontières appelées autrefois
les Confins syriens, sur une distance d'environ quatre mois. Elle est plus
rectiligne et moins inégale que la mer de Perse, car, lorsqu'on part de
l'embouchure de ce canal, on est poussé par un vent unique vers la plupart
des endroits de cette mer. Entre Qulzum, qui forme un isthme de la mer de
Perse, et la mer Méditerranée, à la hauteur de Farama, il y a trois journées
de marche. Interprétant cette parole de Dieu : « Entre elles s'élève une
barrière qu'elles ne dépassent point », certains commentateurs affirment
que ce passage concerne ce lieu, mais d'autres exégètes proposent une
opinion différente. La mer Méditerranée se prolonge au-delà de Farama
sur plus de vingt journées de voyage. Ce fait est donné en détail lorsque
sont mesurées les routes du Maghreb, et il est inutile de le répéter. De l'É-
gypte à l'extrémité du Maghreb, il y a environ cent quatre-vingts journées.
Il y aurait donc environ quatre cents journées de voyage entre l'extrémité
occidentale de la terre et sa dernière limite orientale [...].

« L'Océan entoure la terre comme un collier. La mer de Perse et la
mer Méditerranée se détachent de l'Océan. »

Ibn Hauqal, *Configuration de la terre*,
trad. J. H. Kramers et Gaston Wiet,
Paris, Maisonneuve et Larose, 1964.

DOCUMENT 2

Plan de Fustât-Le Caire (7ᵉ-11ᵉ siècle)

La ville arabe s'est construite au nord de l'antique cité de Babylone d'Égypte, à la jonction entre le fleuve et le delta du Nil, là où la présence d'îles (île de Roda) permet de franchir le fleuve par des ponts de bateaux. Le conquérant arabe de l'Égypte, Amr, établit là vers 641 un camp appelé le Fossé – Al-Fustât –, autour d'un lieu de culte qui deviendra la mosquée d'Amr. Les différentes extensions de la ville vers le nord résument toute l'histoire de l'Égypte du 7ᵉ au 11ᵉ siècle : fondation d'Al-Askar (le Camp) par les Abbassides au 8ᵉ siècle ; d'Al-Qatâi (les Concessions) avec la mosquée d'Ibn Tûlûn par les Tûlûnides au 9ᵉ siècle ; du Caire, c'est-à-dire Al-Qâhira (la Victorieuse), avec les mosquées Al-Azhar et d'Al-Hakim par les Fatimides au 10ᵉ siècle. Au 11ᵉ siècle, de nouveaux quartiers joignent Al-Qâhira à Al-Qatâi. L'ensemble Fustât-Le Caire compterait alors 500 000 habitants.

(D'après Maurice Lombard, *L'Islam dans sa première grandeur (8ᵉ-11ᵉ siècle)*, Paris, Flammarion, 1971.)
                                                                                →

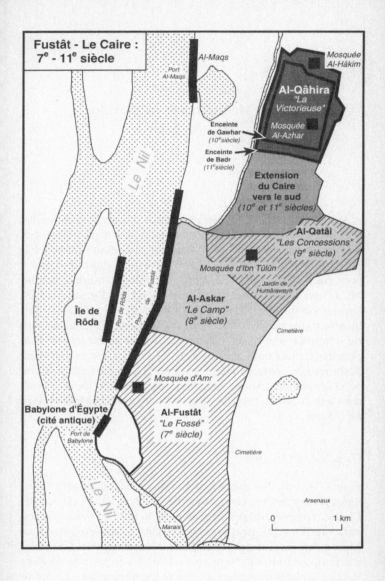

Fustât - Le Caire :
7ᵉ - 11ᵉ siècle

Al-Maqs

Port Al-Maqs

Mosquée Al-Hâkim

Al-Qâhira
"La Victorieuse"

Enceinte de Gawhar
(10ᵉ siècle)

Mosquée Al-Azhar

Enceinte de Badr
(11ᵉ siècle)

Extension du Caire vers le sud
(10ᵉ et 11ᵉ siècles)

Le Nil

Al-Qatâi
"Les Concessions"
(9ᵉ siècle)

Mosquée d'Ibn Tûlûn

Jardin de Humârawayh

Île de Rôda

Port de Rôda

Port de Fustât

Al-Askar
"Le Camp"
(8ᵉ siècle)

Cimetière

Mosquée d'Amr

Babylone d'Égypte
(cité antique)

Port de Babylone

Al-Fustât
"Le Fossé"
(7ᵉ siècle)

Cimetière

Le Nil

Marais

Arsenaux

0   1 km

8. La Méditerranée médiévale
(11ᵉ-13ᵉ siècle)

Aux alentours de l'an mil, l'hégémonie arabo-byzantine est encore intacte en Méditerranée. Aucune des deux puissances rivales n'a pu l'emporter sur l'autre et l'éclat dont brillent l'Espagne omeyyade, la Sicile islamique ou l'Égypte fatimide a pour équivalent la splendeur retrouvée de l'Empire byzantin. Mais, à partir du 11ᵉ siècle, le face-à-face entre Byzance et l'Islam est perturbé par l'éveil de l'Occident latin. Celui-ci fait bientôt figure de troisième force en Méditerranée, au moment où le monde musulman échappe à la suprématie arabe. Non plus deux, mais trois grandes aires de civilisation se partagent désormais le domaine méditerranéen : l'aire de l'islam, l'aire de la chrétienté grecque et celle de la chrétienté latine. C'est dans leur confrontation que se situe l'apogée de la Méditerranée médiévale.

L'éveil de l'Occident

Vers l'an mil, l'Occident latin fait figure de monde sous-développé par rapport aux civilisations très évoluées de Byzance et de l'Islam. Faiblesse du peuplement et de la mise en valeur du sol, rétraction des villes, raréfaction des échanges caractérisent au haut Moyen Âge cet Occident, ébranlé de surcroît aux 9ᵉ et 10ᵉ siècles par la dislocation de l'Empire carolingien et par une dernière vague d'envahisseurs : non seulement les musulmans – les Sarrasins –, mais les Vikings et les Hongrois. Son centre de gravité s'est déplacé vers les plaines et les mers du nord du continent : Charlemagne établit sa capitale à Aix-la-Chapelle et Otton le Grand, fondateur du nouvel empire d'Occident en 962, est un Saxon. La chrétienté latine elle-même s'éloigne de l'Orient. Dès le 4e siècle, l'Église romaine a abandonné l'usage du grec pour celui du latin ; sous la direction du pape, en butte aux prétentions du patriarche de Constantinople, elle développe une liturgie et des pratiques qui lui sont propres. C'est dans ce contexte troublé qu'ont commencé à s'élaborer un nouveau type de développement économique et de nouveaux rapports sociaux fondés sur des liens d'homme à homme qui vont faire l'originalité et la vigueur de la civilisation occidentale à l'époque féodale. Paysans, chevaliers, hommes d'Église et enfin marchands sont les principaux acteurs d'une expansion qui, lente encore au 11e siècle, va conduire l'Europe occidentale vers la domination du monde.

La péninsule italienne se place à l'avant-garde du réveil de l'Occident en Méditerranée. L'Italie de l'an mil n'a aucune unité politique. Le Nord, des Alpes à la Toscane, constitue le royaume d'Italie, lui-même partie intégrante de l'empire fondé par Otton le Grand, à l'exception de Venise qui, protégée par sa lagune, continue à relever de Byzance. Le Centre, avec Rome, appartient au pape. Le Sud, très vulnérable aux attaques des musulmans, se partage en principautés et cités lombardes et byzantines. Ce morcellement n'a pas empêché, il a même favorisé, sur fond de croissance démographique et agricole, les trois types d'entreprises qui ont permis aux Latins de prendre une place prépondérante en Méditerranée.

Les cités maritimes italiennes. Les entreprises navales et commerciales des cités maritimes italiennes ont commencé bien avant l'an mil. Elles sont d'abord le fait des cités d'obédience byzantine, principalement Amalfi et Venise, qui ont su profiter de leur liberté de commerce dans l'Empire byzantin pour édifier, surtout par la diplomatie et la négociation, un réseau commercial qu'elles ont réussi à étendre aux pays musulmans. Les Amalfitains, au 11e siècle, possèdent des colonies marchandes à Durazzo, à Antioche et surtout à Constantinople, où ils disposent d'une église et de deux monastères ; ce qui ne les a pas empêchés de nouer d'habiles relations avec leurs voisins musulmans de Sicile et d'*Ifrîqiya ; après la conquête fatimide de l'Égypte, on les trouve installés à Alexandrie et même au Caire. Mais la prise d'Amalfi par les Normands en 1073 annonce son déclin – qui profite à Venise, désormais assurée, grâce aux privilèges accordés par les empereurs, les *chrysobulles, du monopole du commerce avec Byzance. De leur côté, les cités maritimes du royaume d'Italie, principalement Pise et Gênes, s'enrichissent d'une autre façon. Leur champ d'action naturel étant la Méditerranée occidentale dominée par le commerce et la piraterie des musulmans, elles en adoptent les méthodes. Comme Venise et Amalfi, Pisans et Génois construisent des flottes qui deviennent les plus importantes de la Méditerranée occidentale. Par des opérations navales concertées ou concurrentes, avec ou sans le soutien d'Amalfi ou des Normands, ils chassent les musulmans de Sardaigne et de Corse et lancent des raids sur les côtes du Maghreb et de l'Espagne : sac de Bône en 1034, de Mahdiyya sur la côte tunisienne en 1087, de Valence en 1092… Les premières, les cités maritimes italiennes ont prouvé qu'il était possible de prendre pied en terre byzantine ou en terre d'islam.

Les Normands en Méditerranée. L'entreprise militaire et féodale des Normands commence au début du siècle. De retour d'un pèlerinage en Terre sainte, quelques chevaliers normands s'engagent au service des forces rivales qui se disputent alors l'Italie du Sud. En quelques décennies, ils édifient pour leur propre compte plusieurs principautés, dont la plus importante est celle de Robert Guiscard, qui obtient du pape en 1059 le titre de duc de Pouille et de Calabre et devient vassal direct du Saint-Siège. L'unification de l'Italie du Sud par les Normands aux dépens des Byzantins s'accompagne de la conquête de la Sicile aux dépens des musulmans. En 1072, Palerme est prise par le frère de Robert Guiscard, Roger, qui sera proclamé Grand-Comte de Sicile ; son fils, Roger II, réunira leur double héritage et prendra le titre de roi de Sicile en 1130. Une nouvelle puissance chrétienne, aux visées expansionnistes sur le Maghreb et sur les Balkans, est apparue en Méditerranée. Elle y introduit les principes d'organisation sociale et politique qui fondent alors le dynamisme de l'Europe du Nord-Ouest. Puissance militaire dont la force repose sur la prépondérance de la cavalerie lourde – en 1066, un autre Normand, le duc Guillaume de Normandie, réussit grâce à celle-ci la conquête de l'Angleterre –, elle a prouvé que la conquête des terres musulmanes ou byzantines était possible.

La Réforme grégorienne. Mais la démographie et l'économie, la guerre et le commerce ne sont pas tout. L'éveil de l'Occident est aussi un réveil spirituel. Après l'essor de la vie monastique lié à la fondation de Cluny au 10ᵉ siècle, après les grandes assemblées de la paix de Dieu autour de l'an mil, après le renouveau des pèlerinages vers Compostelle, Rome et Jérusalem, la papauté romaine, au milieu du 11ᵉ siècle, prend la tête de la réforme de la chrétienté latine. Cette réforme, qu'on appelle grégorienne du nom du pape Grégoire VII (1073-1085), va donner à l'Occident chrétien des structures ecclésiastiques fermes, une direction morale et un élan spirituel déterminants. Ambitions maritimes, aventure chevaleresque et renouveau spirituel sont à l'origine de l'expansion latine en Méditerranée.

Les affrontements armés

La crise du monde islamique. Aux luttes nées de la rivalité entre Byzance et l'Islam pour la domination du monde méditerranéen, s'ajoutent donc, à partir du 11ᵉ siècle, les conflits liés à l'expansion latine. Celle-ci a été facilitée par les événements qui secouent alors le monde musulman. À l'ouest, en 1031, le califat de Cordoue éclate en une vingtaine de royaumes, dits *taïfas*, qui, malgré leur richesse et leur vitalité, laissent Al-Andalus divisée face à la volonté de reconquête des chrétiens du nord de la péninsule ; à la même époque, des tribus nomades de bédouins arabes envoyées par les Fatimides, les Hilaliens, se répandent dans les campagnes du Maghreb. À l'est, le phénomène majeur est la première grande poussée des Turcs nomades, celle des Seldjoukides. Leur chef, Tughril, s'empare de Bagdad en 1055. Tout en reconnaissant l'autorité du *calife abbasside, il se pose lui-même en champion du *sunnisme, chasse les Bûyides et prend le double titre d'*émir et de *sultan. Dès lors, les Turcs menacent les positions byzantines en Asie Mineure, où ils écrasent l'armée de l'empereur Romain Diogène à Mantzikert en 1071 et où commencent à se former des sultanats turcs et à se répandre un genre de vie nomade sans cesse alimenté par l'afflux de nouveaux peuples d'Asie. Mais les Turcs convoitent surtout les positions fatimides en Syrie-Palestine où ils s'emparent en 1076 de Damas et de Jérusalem, leur but ultime étant d'anéantir le califat *chiite du Caire. Ces ébranlements du monde islamo-byzantin dessinent les trois grands secteurs de l'expansion armée des Latins dans le monde méditerranéen : l'Espagne, le Proche-Orient et la péninsule balkanique avec Constantinople.

La **Reconquista.** En Espagne, la *Reconquista*, à partir des royaumes du Nord et du comté de Barcelone, est lente et difficile au 11e siècle, malgré quelques coups d'éclat comme le siège de Barbastro (1064), la prise de Valence par le Cid (1095) et surtout la prise de Tolède en 1085. Elle suscite de la part des musulmans deux grandes contre-offensives : à la fin du 11e siècle, celle des Almoravides, des Berbères originaires du nord du Sahara ; au milieu du 12e siècle, celle des Almohades, d'autres Berbères, venus du Haut Atlas. Ces deux entreprises ont en commun, outre leur origine berbère, de prêcher, avec le *jihâd*, le retour à la pureté de l'islam et de s'appuyer sur les richesses nées de l'échange sel-or entre le nord et le sud du Sahara. Elles ont intégré Al-Andalus dans un empire très ouvert sur l'Afrique noire, dont le centre de gravité se situait dans le Sud marocain : les Almoravides ont fondé Marrakech vers 1070 et y ont établi leur capitale. Cet empire s'est étendu à l'ensemble du Maghreb au temps des Almohades. Mais la réaction musulmane n'a pas empêché les chrétiens du Nord, appuyés par les moines de Cluny et par des chevaliers et autres aventuriers venus d'au-delà des Pyrénées – les *Francos* –, de reprendre et de poursuivre la Reconquête. En 1212, leur victoire à Las Navas de Tolosa entraîne la dislocation de l'Empire almohade et ne laisse aux musulmans d'Espagne à la fin du siècle, après la prise de Cordoue et de Séville, que la région de Grenade. Tout le reste de la péninsule est partagé entre les quatre royaumes chrétiens de Castille, Navarre, Aragon et Portugal.

Les croisades. Au Proche-Orient, très fréquenté par les pèlerins d'Occident au 11e siècle, l'avancée des Turcs est à l'origine directe de la première croisade, prêchée par le pape Urbain II à Clermont en 1095. Lancée et animée par l'Église, réalisée par les barons et les chevaliers, soutenue par les marines italiennes, la croisade, dont l'objectif est la délivrance du tombeau du Christ à Jérusalem, incarne toutes les énergies nouvelles du monde occidental. Ce n'est pas, au départ, une aventure maritime, mais un pèlerinage armé dont les participants, venus par la vallée du Danube et par les Balkans, se rassemblent à Constantinople et traversent l'Asie Mineure ; ils atteignent finalement Jérusalem qu'ils prennent d'assaut, le 15 juillet 1099. Forts de ce succès, ils créent en Syrie-Palestine quatre principautés féodales sur le modèle occidental : le royaume de Jérusalem, la principauté d'Antioche et les comtés de Tripoli et d'Édesse. Ils sont épaulés par le royaume chrétien de Petite-Arménie, récemment établi en Cilicie. Par la présence active des Italiens dans les ports, par une colonisation intérieure que soulignent de récentes découvertes archéologiques, par le contact repris avec les chrétiens d'Orient, par la construction d'un réseau de forteresses – tel le Krak des Chevaliers – qui s'inscrit encore dans le paysage, les États latins, malgré leur faible apport démographique et leur courte durée de vie, ont fortement marqué la région. Ils ont contribué à faire de l'ensemble Syrie-Palestine au sens large un des secteurs les plus sensibles du monde au point de vue religieux, où coexistent ou s'affrontent tous les courants, toutes les obédiences et toutes les tendances des trois grandes religions monothéistes.

Pour maintenir ces États très éloignés de leurs bases occidentales, il n'a pas fallu moins de sept croisades officielles qui ont conduit en Méditerranée orientale les plus grands souverains d'Occident – Philippe Auguste et Richard Cœur de Lion, Frédéric Barberousse et Frédéric II, Saint Louis… –, sans compter l'afflux continu de renforts isolés, le soutien des Italiens et la présence permanente d'ordres militaires, tels les Templiers et les Hospitaliers, créés spécialement pour la défense de la Terre sainte. En fait, déconcertés par cette invasion imprévue dont ils discernent mal les mobiles, les musulmans sont lents à réagir. Il faut attendre 1144 pour qu'ils reprennent Édesse et la seconde moitié du siècle pour que se réveille le *jihâd*, en vue de l'élimination des Francs et de la reprise de Jérusalem. Le succès du *jihâd* passe par le réveil des forces sunnites, par l'élimination des Fatimides en 1171 et par la réunification de l'Égypte et de la Syrie sous l'autorité d'un sunnite d'origine *kurde, Salâh al-Dîn, notre Saladin, fondateur de la dynastie ayyûbide qui va gouverner l'Égypte jusqu'au milieu du 13e siècle. Saladin écrase l'armée franque à Hattîn en 1187, reprend Jérusalem et réduit les possessions latines à quelques enclaves côtières. Mais sa flotte est anéantie par celle des croisés qui gardent la maîtrise de la mer. Soutenu par plusieurs croisades, dont certaines sont dirigées contre l'Égypte qui détient les clés de la région, le royaume latin se réorganise autour d'Acre et se maintient encore près d'un siècle, pour être finalement anéanti en 1291 par les nouveaux maîtres de l'Égypte, les *Mamelouks. Ceux-ci, pour prévenir tout retour des Occidentaux, toujours maîtres de la mer, démantèlent l'ensemble des installations portuaires de la côte syro-palestinienne : un handicap lourd d'avenir pour la région.

Constantinople. Plus éphémère encore apparaît l'Empire latin de Constantinople, créé en 1204 après le détournement de la quatrième croisade. L'hostilité n'a cessé de croître tout au long du 12e siècle entre Byzance et l'Occident. Les raisons en sont multiples. La plus fréquemment invoquée est d'ordre religieux. À partir d'une foi commune, celle qui a été définie à Nicée (325) et dans les grands *conciles œcuméniques qui ont suivi, le différend entre l'Église de Rome et celle de Constantinople ne porte pas seulement sur la langue et sur la liturgie, mais sur un ensemble de problèmes dont l'accumulation a conduit à la rupture. Il y a certes un problème dogmatique : au 9e siècle, les Occidentaux ont ajouté au symbole de Nicée le terme de *filioque*, pour dire que la troisième personne de la Trinité, le Saint-Esprit, ne procède pas seulement du Père, mais du Père *et du Fils*, ce que refusent les Byzantins. Il y a surtout un problème d'autorité, entre la primauté reconnue au pape de Rome et les prétentions œcuméniques du patriarche de Constantinople. La rivalité entre les deux pouvoirs a pris de nombreuses formes. Elle s'est traduite, entre autres, par une sorte de compétition pour la conversion des nouveaux peuples païens d'Europe centrale et orientale et par des querelles de juridiction à propos des anciennes communautés chrétiennes du centre de la Méditerranée, en particulier en Italie du Sud, déchirée entre les deux obédiences. On a vu aussi le pape intervenir dans les affaires intérieures du patriarcat, par exemple lorsque se sont affrontés, au 9e siècle, les patriarches Ignace et Photios. Au 11e siècle, une série d'incidents conduit, en 1054, à des excommunications réciproques qui créent un schisme entre les deux Églises. Les contemporains n'y ont vu qu'un épisode de la rivalité séculaire entre Rome et Constantinople. Ce sont les événements des 12e et 13e siècles qui vont faire de cette rupture un schisme durable.

Affaibli par la pénétration des Turcs en Asie Mineure et par le réveil des nationalismes serbe et bulgare dans les Balkans, l'Empire byzantin semble, au 12e siècle, une proie offerte aux ambitions occidentales. Les ambitions militaires sont surtout celles des Normands de Sicile qui, non contents de s'être emparés d'une large part de l'actuelle côte tunisienne et de s'être fait attribuer la principauté d'Antioche, lancent à plusieurs reprises à travers les Balkans des expéditions contre Thessalonique, pillée en 1165, et vers Constantinople. Les ambitions économiques sont celles des cités italiennes et surtout de Venise, qui profite du soutien que sa flotte apporte à Byzance contre les Normands pour arracher des privilèges exorbitants. À quoi s'ajoutent le choc des cultures constaté lors des contacts entre croisés et Byzantins et les incompréhensions accumulées lors des premières croisades. Appuyés par les navires vénitiens, les Latins prennent d'assaut Constantinople le 13 avril 1204, réussissant là où les Arabes avaient échoué depuis le 7e siècle. Un empereur latin, Baudouin de Flandre, et un patriarche vénitien sont désignés ; l'Empire est partagé entre les croisés et Venise. Du coup porté en 1204, Byzance ne s'est jamais relevée, même si les Grecs, repliés sur la côte asiatique autour de Nicée, reprennent Constantinople en 1261 et rétablissent l'Empire byzantin sous la dynastie des Paléologues, avec l'aide des Génois, cette fois.

De ces siècles d'affrontement, les forces politiques qui régissent le monde méditerranéen sortent transformées. À la décadence de l'Empire byzantin et à celle du califat abbasside, définitivement supprimé par les Mongols en 1258, a répondu l'apparition de modèles nouveaux, issus de mondes extérieurs à la Méditerranée : les monarchies féodales venues du nord de l'Europe, les empires berbères venus du monde africain, les sultanats turcs venus des mondes nomades d'Asie centrale. La confrontation entre mondes anciens et mondes nouveaux a stimulé une intense activité commerciale et culturelle.

Le commerce aux mains des Italiens

Les affrontements armés ne semblent avoir en rien entravé le commerce. Dans le monde musulman, les échanges maritimes et caravaniers se poursuivent entre l'est et l'ouest de la Méditerranée, avec leurs prolongements vers l'océan Indien et l'Afrique noire ; et les Turcs implantent jusqu'aux rives de la Méditerranée ces établissements d'échanges du monde nomade que sont les caravansérails. Le monde byzantin reste, jusqu'en 1204, l'intermédiaire obligé du commerce méditerranéen avec la mer Noire et ses prolongements en Russie et en Asie centrale. Mais, à partir de 1204, la mer Noire s'ouvre aux Vénitiens d'abord et ensuite aux Génois. La grande nouveauté est, en effet, la mainmise des Occidentaux, et surtout des Italiens, sur le commerce méditerranéen. Cette mainmise s'explique de différentes façons : parce que l'Occident ne se contente plus d'exporter les matières premières – bois, métaux – et les esclaves qui étaient jusqu'alors la principale contrepartie offerte en échange des soieries et des épices de l'Orient, mais qu'il propose des produits à forte valeur ajoutée, comme les textiles, draps de laine de très haute qualité fabriqués en Flandre et dans le nord-ouest de l'Europe et futaines d'Allemagne du Sud ; parce que l'intensification des traversées vers l'est de la Méditerranée, due aux croisades et à des relations suivies avec les États latins, a poussé les cités italiennes à accroître leurs capacités navales ; parce que les Italiens, forts de leurs contacts anciens avec Byzance et l'Islam, ont su développer des méthodes de commerce et d'implantation qui leur ont permis de s'introduire sur les principaux marchés de la Méditerranée.

Le maniement de l'argent. Leur premier avantage est une très grande souplesse dans le maniement de l'argent. Pour rassembler les capitaux nécessaires au commerce, ils ont d'abord utilisé d'anciens contrats d'origine romaine, bien connus aussi des Byzantins et des Arabes, dont le plus familier est le contrat de commende ou de *colleganza* ; il associe le capital d'un marchand sédentaire et le travail d'un marchand itinérant, avec partage des bénéfices – trois quarts pour le sédentaire, un quart pour l'itinérant – à la fin de l'opération ; dans d'autres cas, le marchand itinérant apporte une partie du capital et garde la moitié des bénéfices. Mais, très vite, les Italiens vont utiliser d'autres moyens pour faire fructifier les capitaux et pour limiter les risques : contrats de change, contrats d'assurance maritime, sociétés de toutes sortes, parts de navires, etc., grâce auxquels s'affirme leur supériorité dans le domaine du change, du crédit, de la banque et de la monnaie. Au milieu du 13e siècle, mettant fin à plusieurs siècles de monométallisme argent en Occident, Gênes et Florence, puis Venise, frappent des monnaies d'or : florin florentin et ducat vénitien vont supplanter les monnaies byzantines et musulmanes dans toute la Méditerranée.

Les implantations commerciales. Leur deuxième avantage est l'habileté avec laquelle ils se sont implantés sur les marchés jugés profitables : marchands isolés, groupes de marchands reconnus par les autorités locales et représentés par un consul, marchands saisonniers ou marchands établis à demeure, possédant ou non des entrepôts permanents ; mais aussi colonies disposant dans les villes étrangères d'un quartier autonome, les exemples les plus connus étant ceux des quartiers italiens de Constantinople et des villes franques de Terre sainte. Les cités italiennes sont allées encore plus loin dans cette voie. En 1204, après la prise de Constantinople, Venise se fait attribuer, en plus de ses quartiers à Constantinople et de l'accès à la mer Noire, « le quart et demi » de l'Empire byzantin : les îles Ioniennes, une partie du Péloponnèse ou Morée avec les ports de Modon et Coron, l'Eubée que les Vénitiens appellent Nègrepont, la Crète et plusieurs îles de l'archipel des Cyclades. Soit une série de places côtières, d'escales, d'îles et de territoires qui constituent – et Venise sera très vite imitée par Gênes – le premier empire colonial de l'Occident. La Crète, par exemple, est à la fois une colonie de peuplement et d'exploitation agricole et la base du commerce vénitien en Méditerranée orientale. Il est à noter qu'au 13e siècle, toutes les grandes îles de la Méditerranée sont aux mains des Latins : la Corse appartient à Gênes, la Sardaigne à Pise, la Sicile et Malte au royaume de Sicile, la Crète à Venise, Chypre à la dynastie française des Lusignan. Dans la mesure où la possession de ces îles, nous l'avons vu pour les Byzantins et ensuite pour les Arabes, assure le contrôle de la navigation en Méditerranée, il n'est pas étonnant de voir les navires italiens y régner en maîtres.

Les navires. En plus des innombrables bateaux de toutes sortes qui assurent les communications locales et régionales, la pêche et les petits transports, la supériorité navale des Italiens repose sur deux types de navires. Le meilleur navire de guerre est alors la galère, un bateau « long » né au 10e siècle dans les arsenaux byzantins, adopté, perfectionné et diffusé par les Italiens à partir de l'an mil ; plus effilée (40 mètres de long sur 5 mètres de large seulement), plus légère, plus basse sur l'eau, donc plus rapide que le *dromôn*, la galère présente 25 bancs de rameurs sur chaque bord ; munie d'un éperon à la proue, elle peut embarquer 200 à 300 combattants. Pour le grand commerce, on utilise les nefs ou naves : des bateaux « ronds » (trois à cinq fois plus longs que larges), à deux ou trois mâts, munis de voiles triangulaires dites voiles latines (le terme « latine » pourrait être une déformation de l'expression *alla trina*, employée pour désigner une voile triangulaire), largement utilisées depuis longtemps par les Arabes en Méditerranée ; hautes sur l'eau, avec deux ou trois ponts, un château arrière et un gaillard d'avant, les nefs jaugent en moyenne 200 tonneaux, mais, au 13e siècle, Venise et Gênes possèdent quelques très grosses nefs atteignant 500 tonneaux… Venise et Gênes ont mis au point, dans le courant du 13e siècle, un système de convois saisonniers grâce auquel les navires de commerce se regroupent sous la protection des galères armées.

De tous ces progrès, Venise et Gênes, au détriment de Pise dont la puissance navale est définitivement anéantie par les Génois en 1284 au large de l'île de la Meloria, sont les principaux acteurs et les principaux bénéficiaires. Dans la seconde moitié du 13e siècle, leurs convois se dirigent, à l'est, non seulement vers Alexandrie, la Syrie et Constantinople, mais vers les comptoirs de Crimée – Caffa pour Gênes, La Tana pour Venise – d'où partent, après la conquête mongole, des voies nouvelles vers le continent asiatique : c'est l'époque du Vénitien Marco Polo. À l'ouest, les convois, surtout génois, ne se contentent plus de leurs destinations traditionnelles vers les Baléares, l'Espagne ou le Maghreb ; déjà actifs dans le commerce terrestre au-delà des Alpes et aux foires de Champagne, les Génois, à partir de 1277, commencent à envoyer des navires au-delà de Gibraltar, vers l'Angleterre et la Flandre, au cœur du grand commerce des mers nordiques. C'est le temps où, rayonnant à partir de la Méditerranée, le champ d'action des Italiens s'étend, selon la formule de R. S. Lopez, « du Groenland à Pékin ».

Apogée culturel et tensions religieuses

La tradition antique. Les échanges à travers la Méditerranée ne sont pas seulement commerciaux. Des apports extérieurs venus d'Asie, d'Afrique ou d'Europe et de l'intensité des contacts dans la mer Intérieure, la vie culturelle et artistique est sortie transformée. On pourrait dire que, jusqu'aux environs de l'an mil, s'était poursuivie la tradition antique. Partout, de nombreux monuments antiques sont toujours debout. Dans le monde chrétien, les principales églises sont des édifices paléochrétiens et les seules langues de culture sont le grec et le latin, qui sont les langues de la liturgie ; l'Église, en Orient comme en Occident, par la copie des manuscrits dans les ateliers monastiques, sauvegarde une partie de l'héritage antique, tout en cherchant à l'adapter au christianisme. Dans les pays sous domination musulmane, malgré l'apport combien novateur de l'islam et de la langue arabe, les choses ne sont guère différentes. Ici aussi, les monuments antiques et paléochrétiens sont toujours debout et de nombreuses églises sont transformées en mosquées. Les grandes mosquées omeyyades, qui ont servi de référence pendant des siècles, ont été construites par des artistes locaux, héritiers de la tradition hellénistique et byzantine ; et l'on y retrouve sans peine les salles basilicales à colonnes et les cours à portiques des monuments civils de l'Empire romain ; ce sont leurs minarets et leur décor non figuratif qui font leur originalité. La langue de culture est l'arabe, qui est la langue de la religion, et nous avons vu l'intérêt que portait l'élite cultivée de l'époque abbasside à l'héritage antique et ses efforts pour le concilier avec l'enseignement du Coran. Cet effort pour concilier la foi et la raison, commun à l'islam et au christianisme, se poursuit après l'an mil avec l'Iranien Ibn Sînâ (Avicenne) au 11e siècle, l'Andalou Ibn Ruchd (Averroès) au 12e siècle et l'Italien Thomas d'Aquin au 13e siècle.

Spécificités. Mais parallèlement se sont affirmées les spécificités de chacune des grandes aires culturelles qui se partagent désormais le monde méditerranéen. Nous pouvons prendre l'exemple de l'architecture religieuse, parce qu'elle marque encore de nos jours les paysages méditerranéens. C'est entre le 9e et le 11e siècle que triomphe le modèle d'église qui restera caractéristique de l'art byzantin : l'église à coupole centrale et en croix grecque inscrite dans un carré ; de la Grèce et la Bulgarie à la Cappadoce, l'Empire se couvre de petites églises de ce type ; à la sobriété des parois extérieures répond l'abondance du décor intérieur de fresques et de mosaïques dont le programme iconographique sans cesse reproduit résume la foi orthodoxe ; à partir du 11e siècle, s'introduit un élément destiné à répartir l'espace intérieur entre le clergé et le peuple : l'iconostase, couverte de peintures représentant la Vierge et les saints. À la même époque, la chrétienté latine, s'éloignant du modèle des basiliques romaines, définit un nouveau type d'église caractéristique de l'art occidental : l'église à nef, chœur et transept, donc en croix latine, voûtée et non plus charpentée, couronnée de tours et de clochers ; de l'art roman à l'art gothique, à l'intérieur comme à l'extérieur de l'église, c'est le décor sculpté qui prend le pas sur le décor peint. En terre d'islam, à côté des mosquées classiques, c'est le temps où se multiplient de petits monuments à plan centré tels que les mausolées et surtout, à partir du 11e siècle, les *medrese* : des collèges ou des mosquées-écoles instituées, dans la perspective du renforcement du sunnisme, par les Turcs Seldjoukides et répandues de proche en proche dans tout le monde musulman ; avec elles se diffuse un élément architectural d'origine iranienne, l'*iwan* ; d'origine iranienne aussi, les minarets de forme circulaire font leur apparition au Proche-Orient et jusqu'en Égypte. D'origine iranienne encore, la céramique devient un art majeur du monde musulman, tant pour le décor architectural que pour la vaisselle domestique. Importé directement de Sâmarrâ à Kairouan, cet art connaît son apogée au Maghreb et en Andalousie, d'où il se transmet à l'Occident chrétien au 13e siècle, avec la production, à Marseille ou en Italie, de poteries à décor vert et brun caractéristique de l'art islamique.

On peut faire des observations similaires dans le domaine de la langue et de la littérature. D'une part, dans chacune des trois grandes aires de civilisation, s'épanouit une grande prose classique : les philosophes que nous avons cités plus haut figurent parmi les meilleurs auteurs de langue arabe ; au 12e siècle, la princesse byzantine Anne Comnène est considérée comme un des plus remarquables auteurs de langue grecque, et saint Bernard de Clairvaux comme un des plus grands écrivains latins. Mais, d'autre part, le grec, le latin et l'arabe ne sont pas les seules langues de culture : le syriaque, le copte, mais aussi le berbère ont survécu aux dominations romaine, byzantine et arabe ; les nouveaux venus dans le monde méditerranéen n'abandonnent pas leur parler d'origine : les Byzantins ont ainsi admis la pratique de la langue slave dans la liturgie et les Seldjoukides introduisent le turc en Asie Mineure. Enfin, en Occident, l'évolution du latin conduit en Italie, en France et en Espagne à l'émergence des langues romanes : des langues vernaculaires, telles que le provençal, le castillan ou l'occitan dont, paradoxalement, les premiers chefs-d'œuvre ne sont pas des œuvres populaires, mais des poésies très raffinées, « trouvées », c'est-à-dire composées, et chantées, à partir du début du 12ᵉ siècle, par les troubadours à l'intention du public aristocratique des cours et des châteaux du Midi. Par ses thèmes de prédilection et par sa composition en strophes, cette poésie courtoise est très proche de la poésie arabe d'Espagne, illustrée au 11ᵉ siècle par le *Collier de la Colombe* de l'Andalou Ibn Hazm.

Lieux-frontières. Car c'est aux marges de ces trois mondes et à leur contact qu'ont lieu les échanges les plus porteurs d'avenir. Ces lieux-frontières jalonnent la Méditerranée. Si Venise, qui reconstruit à partir du 11ᵉ siècle la basilique Saint-Marc sur le modèle de l'église des Saints-Apôtres de Constantinople, est le meilleur exemple de ville-frontière entre Byzance et l'Occident, si l'Asie Mineure devient le champ privilégié de la confrontation islamo-byzantine, c'est peut-être dans l'Occident méditerranéen que la notion de frontière acquiert toute sa dimension. En Espagne, la Reconquête doit prendre en compte les particularités des populations restées chrétiennes sous la domination musulmane, mais fortement arabisées dans leur langue et leurs coutumes – les mozarabes –, tout en laissant en place des communautés de musulmans – les mudéjars – qui vont donner leur nom à l'art de la péninsule. Entre les chrétiens venus du Nord et de rite latin, les mozarabes qui ont conservé les vieux rites wisigothiques, les musulmans convertis et les mudéjars, s'opère une fusion non pas religieuse mais culturelle, enrichie par l'apport de communautés juives particulièrement vivantes. Le cas de Tolède est un des mieux connus. Aux 12ᵉ et 13ᵉ siècles, la population de cette ville de 30 000 habitants est en très grande majorité formée de mozarabes, anciens habitants de la ville ou chrétiens d'Al-Andalus fuyant le pouvoir almohade. Les mudéjars y sont peu nombreux, mais la communauté juive, dans laquelle les rois de Castille n'hésitent pas à recruter médecins et administrateurs, est très florissante ; elle se distingue par la haute tenue de ses études talmudiques et de sa poésie hébraïque. Déjà célèbre par la présence de savants venus de tout le monde musulman et par l'existence de riches bibliothèques, la ville retrouve ses activités intellectuelles après la Reconquête de 1085. Aux 12e et 13e siècles, on y voit à l'œuvre, sous la protection des archevêques de Tolède et des rois de Castille, des équipes de traducteurs qui réunissent, autour des mozarabes et des juifs de la ville, des clercs venus de tout l'Occident. On y traduit en latin les ouvrages grecs autrefois transmis en arabe par l'Orient musulman ; le même effort porte sur le Coran et sur les œuvres majeures de la pensée musulmane, telles celles d'Al-Kindî et d'Avicenne.

En Sicile, au temps des rois normands, puis de leurs successeurs de la dynastie des Hohenstaufen, Henri VI et surtout Frédéric II, la situation est encore plus complexe, puisque la culture gréco-byzantine, antérieure aux apports arabes et occidentaux, y reste vivante, sans oublier une communauté juive qui compte 1 500 membres à Palerme en 1172, lors du voyage d'un coreligionnaire, Benjamin de Tudèle. La puissance royale, établie par conquête et assise sur une féodalité de type occidental, déploie en Sicile les fastes d'une cour de type byzantin et oriental : toutes ces empreintes se retrouvent dans les monuments de Palerme, Monreale et Cefalu. À la cour, se côtoient Grecs, Arabes, Juifs et Normands. C'est dans ce personnel multilingue que se recrutent les traducteurs siciliens. Aussi célèbres que ceux de Tolède ou d'Al-Andalus, ils ne se contentent pas de passer de l'arabe au latin, ils traduisent aussi directement de l'original grec au latin. Le roi normand Roger II encourage aussi bien les auteurs arabes, comme le géographe andalou Idrîsî, que les auteurs grecs. Quant à l'empereur Frédéric II, roi de Sicile de 1197 à 1250 et proclamé roi de Jérusalem en 1229, il sait le latin, le grec, l'italien, le provençal, le français, mais aussi l'arabe et peut-être l'hébreu ; il compose un traité de fauconnerie en latin et des poèmes italiens et provençaux.

Du côté musulman, Al-Andalus, au temps des Almoravides et des Almohades, reste, aux franges de la chrétienté, le foyer intellectuel et artistique le plus vivant de l'islam méditerranéen. Les Almohades construisent à Séville un palais – Alcazar – et une grande mosquée dont le minaret carré – la Giralda – demeure, avec ceux des mosquées de Marrakech – la Kutubîyya – et de

Rabat – la Tour Hasan – un des grands témoins de l'art de ce temps ; ces minarets, qui évoquent par leur forme ceux des mosquées de Médine et de Kairouan, marquent une volonté de retour à la pureté de l'islam primitif. Les ateliers de traducteurs et la vie intellectuelle restent florissants jusqu'à la Reconquête chrétienne. On peut en donner deux exemples illustres. D'une part, le juif Maïmonide (1135-1204), né à Cordoue, est formé dans cette ville à la fois aux études rabbiniques et à la pensée grecque et arabe. Après la conquête almohade, sa famille s'enfuit à Fès où elle doit simuler une conversion à l'islam. De là, Maïmonide se rend à Acre alors chrétienne, puis à Alexandrie et enfin à Fustât, où il remplit la fonction de médecin du vizir et du fils de Saladin. En 1172, il devient responsable des juifs d'Égypte. Il écrit en hébreu et en arabe et cherche à concilier la foi et la raison. D'autre part, le grand philosophe arabe Averroès poursuit le même objectif. Né lui aussi à Cordoue, en 1126, il appartient à une famille de juristes ; il devient *cadi de Séville, puis de Cordoue, et médecin des souverains almohades. Il est le grand commentateur de l'œuvre d'Aristote et il cherche, contre le penseur arabe d'origine iranienne et de tendance *soufi Ghazâlî, qui avait à la fin du 11e siècle dénoncé les excès de la philosophie, à réhabiliter celle-ci et à tenter une explication rationnelle de la religion : une audace qui le fait exiler à Marrakech où il meurt en 1198.

Intolérance. Le cas de la famille de Maïmonide et celui d'Averroès sont révélateurs d'une autre réalité de l'époque, qui est la montée de l'intolérance entre les trois grandes aires de civilisation et à l'intérieur de chacune d'elles. Aux sources de cette intolérance, on trouve évidemment les affrontements armés entre Byzantins, Latins et musulmans et tout particulièrement les guerres saintes qui ont opposé ces derniers au Proche-Orient et en Espagne : l'intolérance des Almohades est liée au *jihâd*. Mais il y a plus. La maturité à laquelle sont parvenues ces civilisations les rend de plus en plus conscientes de leur spécificité, voire de leur supériorité, et de plus en plus soucieuses de maintenir leur unité. Or la base de celle-ci est la religion. Si la notion de guerre sainte est étrangère à la mentalité byzantine, les événements de 1204 et le pillage des églises et des reliques de l'Empire par les Latins ont confirmé chez les Byzantins un sentiment déjà exprimé au lendemain de la première croisade à travers le récit qu'en donne Anne Comnène dans son œuvre, *L'Alexiade*, relatant l'histoire de son père l'empereur Alexis : la conscience profonde de la supériorité de l'orthodoxie sur la chrétienté latine et du monde byzantin sur les « Barbares » ; ce qui rendra les Byzantins réfractaires à toute idée de retour à l'union avec l'Église de Rome. En pays d'islam se produisent deux phénomènes : d'une part, les conversions s'accélérant, les musulmans deviennent partout majoritaires et se montrent de moins en moins tolérants à l'égard des religions minoritaires ; d'autre part, le sunnisme triomphant tend à persécuter les adeptes des autres courants de l'islam.

Des tendances analogues se manifestent dans l'Occident latin, où le dogme et la pratique ont été normalisés sous la direction de l'Église romaine au temps des conciles de Latran et du pape Innocent III (1198-1216). C'est alors que sont édictées des mesures antijuives, qu'apparaît l'Inquisition et que se déclenche, dans le Midi de la France, la lutte armée contre l'hérésie cathare. Cette intolérance est renforcée par la montée des pouvoirs monarchiques, eux aussi soucieux d'unité. Malgré la fascination qu'exerce sur lui l'islam, Frédéric II ordonne, pour des motifs politiques, la déportation des musulmans de Sicile en Italie du Sud, à Lucera. Mais en même temps se fait jour une nouvelle attitude à l'égard des musulmans, avec le désir, non plus de les combattre, mais de les amener à la foi chrétienne : en 1219, saint François d'Assise s'embarque pour l'Égypte, en espérant convertir, par la force de la persuasion et de la charité, le sultan du Caire et son entourage.

DOCUMENT 1

**La traversée de l'Adriatique par la flotte
normande en 1107, décrite par Anne Comnène**

*Fascinés par Byzance, les Normands d'Italie et de Sicile ont lancé à la
fin du 11e et au 12e siècle plusieurs expéditions maritimes et terrestres
en vue de s'emparer de Thessalonique et de Constantinople. En 1107,
une expédition est lancée par le fils de Robert Guiscard, Bohémond,
prince de Tarente et d'Antioche. Elle commence par la traversée de
l'Adriatique, entre Bari et Avlona (l'actuel Vlorë ou Vlora sur la côte
albanaise). Le récit en a été fait par la princesse byzantine Anne Comnène, fille de l'empereur Alexis (1081-1118). Elle met en relief l'opposition traditionnelle entre les navires de combat à rames et les navires de
charge à voiles. Elle souligne aussi la force brutale de cette flotte « barbare » qui terrifie les généraux byzantins. Mais Bohémond ne réussira
pas à prendre Dyrrachium (actuel Durrès, au nord de Vlorë), point de
départ de l'antique via Egnatia qui lui aurait permis d'atteindre Thessalonique en traversant la péninsule balkanique.*

« Bohémond, lui, s'entoura de douze navires corsaires, tous des
birèmes avec un grand nombre de rameurs qui, par le battement ininter-
rompu de leurs rames, faisaient un bruit retentissant : autour de ces vaisseaux, de chaque côté, il disposa les navires de transport comme une
enceinte à l'intérieur de laquelle était enfermée la flotte de combat. À la
voir de loin, si on l'eût examinée de quelque observatoire, on aurait dit
que cette expédition navale s'avançait comme une ville flottante. La fortune semblait favoriser également Bohémond. La mer en effet était sans
vagues, si ce n'est qu'une légère brise du sud en ridait à peine la surface
et gonflait les voiles des navires de transport. Ce qui leur permettait en
effet de naviguer avec le vent, tandis que les navires à rames allaient de
conserve avec les bâtiments à voiles et faisaient un bruit qui, du milieu
même de la mer Adriatique, s'entendait des deux rivages. Ainsi cette
flotte barbare de Bohémond offrait-elle un spectacle capable d'inspirer
l'effroi et, si les guerriers de Kontostéphanos reculèrent d'horreur, je
n'oserais pas les en blâmer ni les taxer de lâcheté. Car même la fameuse
flotte des Argonautes aurait frémi devant cet homme et sa flotte ainsi
disposée : à plus forte raison alors des Kontostéphanos, des Landulfe et
leurs pareils.

« Quand Landulfe vit Bohémond faire la traversée d'une façon si
redoutable avec des transports d'un énorme tonnage comme on vient de

le décrire, parce qu'il n'était pas de taille à lutter contre des ennemis si nombreux, il s'éloigna un peu d'Avlona et laissa le passage libre à Bohémond. Celui-ci, après avoir, grâce à une heureuse fortune, traversé de Bari à Avlona et débarqué sur le rivage opposé l'armée entière qu'il avait convoyée par mer, pilla d'abord toute la côte avec les troupes innombrables […]. Il répartit sur toute la contrée qui longe la mer Adriatique l'ensemble des forces qu'il avait réunies et, après avoir tout pillé systématiquement, il attaqua Épidamne, que nous appelons Dyrrachium, dans l'intention de prendre cette ville et de dévaster ensuite le pays entier jusqu'à Constantinople. »

> Anne Comnène, *L'Alexiade*,
> trad. Bernard Leib,
> Paris, Les Belles Lettres, 1945.

DOCUMENT 2

**Poème occitan du troubadour
Gaucelm Faidit : *Retour en Limousin***

Le principal thème de la poésie des troubadours est l'amour, la fin'amor *du poète pour sa dame. Mais d'autres thèmes s'entrecroisent avec celui de l'amour. Parmi eux, celui de l'exil et du retour a été souvent traité. Le poète Gaucelm Faidit était originaire du Limousin. Il a beaucoup voyagé et s'est rendu en Terre sainte à la fin du 12ᵉ siècle. Il évoque ici les dangers encourus par les croisés lors de la traversée de la Méditerranée. La prose française ne peut rendre le rythme et les rimes de ce très savant poème occitan en quatre strophes de douze vers chacune.*

« Du grand golfe de la mer, des ennuis du port et des dangers du phare je suis sorti, grâce à Dieu : je peux donc dire et compter combien de maux et de tourments j'y ai soufferts. Et puisqu'il plaît à Dieu que je revienne le cœur joyeux en ce Limousin d'où je partis avec tristesse, je le remercie de ce retour et de l'honneur qu'il m'accorde.

« J'ai toutes raisons de rendre grâces à Dieu puisqu'il veut bien me laisser revenir sain et sauf au pays où le moindre jardin vaut mieux que la richesse et l'aisance sur une autre terre. Car le doux accueil de notre dame, ses nobles gestes et ses aimables paroles, les présents qu'elle fait avec tant d'amoureuse grâce, la douceur de son visage valent à eux seuls tous les biens d'une autre terre.

« J'ai maintenant bien sujet de chanter, puisque je vois la joie et les plaisirs, les divertissements et les jeux d'amour, car c'est votre bon plaisir ; et les fontaines et les clairs ruisseaux me réjouissent le cœur, aussi bien que les prés et les vergers, car tout ici m'est aimable. Je ne crains plus ni la mer ni les vents, qu'ils soient du sud, du nord ou bien de l'ouest ; ma nef n'est plus balancée par les flots et je ne redoute plus ni galère ni corsaire rapide.

« Celui qui, pour gagner Dieu et pour sauver son âme, s'engage dans de telles souffrances, celui-ci a raison et fait bien. Mais celui qui, pour voler et à mauvaise intention, se lance sur la mer où l'attendent tant de dangers, celui-là bien souvent ne tarde pas à choir quand il croit s'élever. À tel point que, désespéré, il abandonne et lance tout par-dessus bord : son âme et son corps, son or et son argent. »

Trad. Pierre Bec,
Anthologie des troubadours,
Paris, UGE, 1979.

9. Ombres et lumières
(14e-15e siècle)

Les 14e et 15e siècles sont généralement considérés comme des siècles de crises. Pour le monde méditerranéen, ils annoncent de grands changements. En 1300, la Méditerranée, dominée par les Italiens, reste le lieu central des échanges entre les trois grandes civilisations de Byzance, de l'islam et de la chrétienté latine. En 1500, à l'est, l'Empire byzantin a disparu ; sur ses ruines, et à la faveur du vide créé en Asie Mineure et au Proche-Orient par l'invasion mongole, s'est constitué un nouvel empire musulman, celui des Turcs ottomans : ils menacent à la fois d'implanter l'islam au cœur de l'Europe et de couper le monde méditerranéen du monde asiatique. En même temps, à l'ouest, à partir de la péninsule ibérique, se sont ouvertes de nouvelles voies maritimes vers l'Afrique, les Indes et l'Amérique : une ouverture qui menace, à terme, de réduire la Méditerranée au rôle de lac intérieur, annexe du grand Océan. Ce double risque de la fermeture à l'est et de l'ouverture à l'ouest n'est pas encore perçu au 15e siècle, apogée de la puissance italienne symbolisée par le grand mouvement de la Renaissance qui va gagner l'Europe entière.

Les crises

La crise démographique. Le propre de ces crises est d'avoir frappé l'ensemble du monde méditerranéen. Le phénomène majeur est l'affaissement de la population. Il s'annonce dès la fin du 13e siècle, mais il est dramatiquement accéléré, au milieu du 14e siècle, par l'irruption de la Peste noire. Venue d'Asie centrale, elle atteint la mer Noire par la route mongole. Transmise aux Génois de Caffa en Crimée, elle est portée par leurs navires à Constantinople d'où elle se propage dans toute la Méditerranée orientale, jusqu'en Syrie et en Égypte. De Constantinople, les navires italiens retournent en Occident où la peste contamine l'Europe entière à partir de Messine, Gênes, Venise, Marseille et Barcelone. Au Maghreb, le futur historien Ibn Khaldûn, alors âgé de seize ans, voit mourir à Tunis, en quelques jours, son père, sa mère et la plupart de ses professeurs et de ses amis. Partout, les pertes humaines sont considérables et, pendant près d'un siècle, les récurrences de l'épidémie empêchent tout redressement durable. Les chiffres sont plus précis à l'ouest ; ils sont terriblement éloquents, pour les villes comme pour les campagnes : Barcelone passe de 50 000 habitants en 1340 à 20 000 en 1477, Florence passe de 100 000 habitants au début du 14e siècle à 40 000 au 15e siècle ; la Sicile, qui comptait probablement 850 000 habitants à la fin du 13e siècle, n'en a plus que 350 000 un siècle plus tard. Les chiffres sont plus rares à l'est, mais les témoignages sur la désertion des plateaux d'Anatolie, sur le retour des friches dans le Péloponnèse ou sur la diminution du nombre des paysans du Nil ont les mêmes accents de désolation que les récits occidentaux.

La crise des campagnes. La dépression démographique est accompagnée d'une série de crises dont on ne sait jamais exactement si elles en sont les causes ou les conséquences. La plus évidente est la crise des campagnes. Chute des prix agricoles et de la valeur de la terre, baisse de la production céréalière, abandon des cultures, désertion des villages les plus fragiles : ces phénomènes ont été constatés de la Castille à l'Anatolie. En Égypte, le rendement de l'impôt foncier ou *kharâj* passe de 10 800 000 dinârs en 1298 à 9 428 000 en 1315... et à 1 800 000 en 1520. Les conséquences humaines, économiques et sociales de ce séisme sont les mêmes partout. Dans les terres basses et humides abandonnées se répand la malaria qui va devenir un des fléaux du monde méditerranéen ; souvent, l'élevage, et spécialement l'élevage transhumant, se développe aux dépens des cultures : c'est le cas dans les péninsules ibérique et italienne et dans le Midi de la France. Ailleurs, c'est le nomadisme qui gagne sur la vie sédentaire : en Afrique du Nord, en Turquie ou dans les Balkans. Partout s'étend la grande propriété. Et partout l'exode rural, qui accélère la désertion des campagnes, gonfle les effectifs urbains. Quand vient la reprise, plus ou moins tard dans le 15e siècle suivant les régions, les villes en sont les grandes bénéficiaires.

Cet ébranlement atteint toutes les sociétés, chrétiennes et musulmanes. La juxtaposition des guerres civiles, des guerres entre villes, entre États et entre religions, la multiplication des expéditions terrestres et maritimes, le pullulement des bandes armées sur terre et des pirates sur mer font de ces siècles une période de guerre généralisée. C'est aussi une époque de trouble des consciences. Tandis qu'Ibn Khaldûn s'interroge sur la disparition des empires et que les Byzantins se réfugient dans l'*hésychasme, les chrétiens d'Occident doutent de la papauté repliée à Avignon ou divisée par le Grand Schisme. Mais – et c'est là le grand paradoxe de l'histoire de ces siècles tourmentés – c'est dans ce contexte de crises que sont apparus les changements et les innovations qui vont transformer le monde méditerranéen.

À l'est, un nouvel empire

L'invasion mongole. Les Mongols représentent, après les Turcs, la dernière vague d'envahisseurs qui, venue de haute Asie, ait atteint l'Europe et le Proche-Orient. À la mort de Gengis Khan, en 1227, son empire s'étend de l'océan Pacifique à la mer Caspienne. Ce sont ses successeurs, au milieu du 13e siècle, qui parviennent jusqu'à la Méditerranée. Les uns, ceux du khanat de

Qiptchaq ou Horde d'or, atteignent la mer Noire, annexent une grande partie de la Russie, ravagent la Pologne et la Hongrie. D'autres, ceux du khanat de Perse, s'emparent de Bagdad, de l'Irak et d'une partie de l'Asie Mineure, ravagent la Syrie, mais échouent devant la résistance des *Mamelouks d'Égypte. L'invasion des Mongols, même s'ils se sont rapidement islamisés, a eu de profondes répercussions. D'une part, les massacres et les destructions qui l'ont accompagnée ont anéanti les foyers de haute culture religieuse, philosophique et scientifique d'Iran, d'Irak et de Syrie qui avaient pendant des siècles façonné la pensée arabe et rayonné sur l'ensemble du monde méditerranéen. D'autre part, en supprimant le califat de Bagdad et en annexant la Mésopotamie aux marges d'un grand khanat centré sur la Perse, la conquête mongole a fait de l'Irak, autrefois centre du califat, une simple zone frontière entre deux islams qui s'éloignent l'un de l'autre : un islam d'Asie caractérisé par la renaissance de la langue perse et par l'affirmation de tendances *chiites et un islam arabe et méditerranéen.

L'islam méditerranéen. Les pays musulmans de la Méditerranée se répartissent alors en trois ensembles distincts. À l'extrême ouest, à la place de l'Empire almohade, s'établissent de nouvelles dynasties. L'une, en Andalousie, autour de Grenade, se maintient jusqu'en 1492 face à la Reconquête chrétienne ; elle a porté à l'extrême le raffinement de l'art hispano-mauresque lors de la construction de l'Alhambra de Grenade. Trois autres entités, à dominante berbère, dessinent, autour de Fès, de Tlemcen et de Tunis, la future carte du Maghreb : Maroc, Algérie, Tunisie. Leur faiblesse et leurs rivalités en font des proies faciles pour les ambitions des Italiens, des Espagnols ou des Ottomans, et des bases idéales pour une piraterie récurrente, celle des futurs corsaires « barbaresques ». Mais elles conservent les meilleures traditions intellectuelles des siècles précédents : au 14e siècle, le géographe Ibn Battûta, né au Maroc, et l'historien Ibn Khaldûn, né à Tunis, sont de grands représentants de la culture arabe.

Plus à l'est, c'est une oligarchie militaire issue d'esclaves mercenaires d'origine turque, les *mamelûks*, qui gouverne, à partir du

Caire, l'ensemble formé par l'Égypte, l'Arabie et la Syrie : il constitue, au 14e siècle et pendant la plus grande partie du 15e siècle, la principale puissance musulmane du monde méditerranéen. Cette Égypte mamelouk présente trois traits essentiels. Gardienne du *sunnisme, elle se considère comme l'héritière des *califes abbasides dont elle a recueilli les derniers descendants. Mais elle se considère aussi comme l'héritière de l'Égypte fatimide dont elle veut restaurer la grandeur. Cela est très net sur le plan commercial. D'une expansion musulmane sans précédent dans l'océan Indien, sur les côtes d'Afrique orientale et en Inde, elle tire des bénéfices considérables en dirigeant le flux des produits orientaux vers la mer Rouge, vers Le Caire et vers les ports égyptiens (Alexandrie) et syriens (Beyrouth) où les Occidentaux viennent les chercher : un commerce de transit presque entièrement organisé et contrôlé, mais aussi protégé, par l'État mamelouk. Celui-ci, enfin, en raison de l'effacement de l'Irak et de l'Iran, reste le dépositaire de la culture arabe dont les principaux éléments sont réunis dans des œuvres à caractère encyclopédique. Les œuvres littéraires, les contes et les traditions orales sont aussi collectés : les récits des *Mille et Une Nuits* viennent des Indes, de Perse, d'Irak et d'Égypte où ils sont rassemblés au 14e siècle, pour devenir un des chefs-d'œuvre de la littérature arabe.

Les Turcs ottomans. Mais la puissance musulmane montante, au 14e et surtout au 15e siècle, est celle des Turcs ottomans. L'invasion mongole avait complètement désorganisé les *sultanats turcs apparus en Asie Mineure au temps des Seldjoukides, dont le principal était le sultanat de Rûm. Une fois établi le protectorat mongol dont la pression se relâche peu à peu, des principautés turques se reconstituent. Parmi elles, celle des Ottomans, établis en bordure de la mer de Marmara, avec Brousse pour capitale, entreprend la conquête méthodique et simultanée de l'Asie Mineure et des Balkans. En 1354, ils établissent une tête de pont en Europe en s'emparant de Gallipoli. L'Empire byzantin, miné par les guerres civiles et par la mainmise étrangère sur son économie, est alors en pleine décadence et la situation de la péninsule balkanique est chaotique. Le sud de la Grèce et le Péloponnèse sont partagés en de nombreuses entités de toutes tailles que se disputent les Francs, les Catalans, les Vénitiens et différents dynastes grecs comme les despotes de Mistra. Plus au nord, le Serbe Stepan Dusan s'est proclamé à Skopje en 1346 empereur des Romains et des Serbes, des Bulgares et des Albanais ; il a réussi à contrôler, en plus de la Serbie, la Macédoine, l'Épire, l'Albanie et la Thessalie ; mais à sa mort, en 1355, son empire éclate en plusieurs principautés. Les Turcs profitent de cette anarchie pour soumettre la Thrace et prendre, en 1362, Andrinople, dont ils font leur capitale sous le nom d'Édirne. En l'absence de toute réaction de la part des Byzantins et de tout secours effectif des chrétiens d'Occident, Serbes, Bulgares, Bosniaques, Albanais et Valaques unissent enfin leurs efforts pour stopper l'avance musulmane vers le Danube et vers l'Adriatique. Mais ils sont écrasés par le sultan Murâd Ier à Kosovo en 1389. Il en est de même pour la croisade tardive lancée par la chevalerie d'Occident, taillée en pièces à Nicopolis en 1396. Dès la fin du 14e siècle, la Bulgarie, la Serbie et une grande partie de la Grèce sont soumises à l'Islam.

Un moment interrompus par le raid dévastateur de Tamerlan qui bat sévèrement les Turcs à Ankara en 1402, les progrès des Ottomans reprennent au 15e siècle. Ils aboutissent à l'encerclement complet de Constantinople. Devant cette asphyxie progressive dont l'issue, tout au moins à nos yeux, paraissait prévisible, la vie des Byzantins semble s'être repliée sur les activités intellectuelles et artistiques, et surtout sur la vie religieuse. La vie intellectuelle se caractérise par un retour aux plus pures sources de l'hellénisme : c'est dans cet esprit que l'empereur Manuel II crée, au 14e siècle, l'université de Constantinople, le Musée universel, vers lequel affluent Grecs et Latins. Au même moment, on continue à construire, par exemple à Mistra, des églises dans la tradition byzantine, à la décoration de plus en plus raffinée. Le 15e siècle est aussi celui de l'apogée de la vie érémitique et cénobitique au mont Athos, qui compterait alors environ trente couvents de mille moines chacun. Il s'y est développé une école de spiritualité, l'*hésychasme, qui marque fortement la piété byzantine et qui contribue à l'éloigner encore de l'Église romaine. Tous les efforts des papes et des empereurs byzantins de la dernière période pour réaliser l'union des Églises, théoriquement proclamée au concile de Florence en 1439, afin d'unir les forces chrétiennes contre les musulmans, se sont heurtés à la résistance du clergé et du peuple orthodoxes. Ils ont même contribué à relâcher le lien spécifique qui unissait le *basileus* et l'Église. L'orthodoxie pourra survivre à l'Empire byzantin.

De Constantinople à Istanbul. Dans ces conditions, la chute de Constantinople était inéluctable. Le 20 mai 1453, le sultan Mehmed II le Conquérant (1451-1481) s'empare de la ville qui devient, sous le nom d'Istanbul, la nouvelle capitale de l'Empire ottoman. Celui-ci ne cesse de s'étendre. En Europe, il englobe la Bosnie, l'Albanie longtemps victorieusement défendue par le célèbre Georges Kastrioti (Skanderbeg), progresse vers la Dalmatie et le Frioul presque en vue de Venise ; et, en 1480, les Turcs prennent pied provisoirement en Italie, à Otrante. La conquête ottomane est une conquête terrestre. Mais elle est appuyée par des flottes construites dès le 14ᵉ siècle sur les côtes d'Asie Mineure. Très actives dans la seconde moitié du 15ᵉ siècle, elles permettent aux Turcs, qui ont coupé l'accès de la mer Noire aux Italiens, de s'emparer des principaux points d'appui génois et vénitiens en mer Égée, puis de Rhodes en 1522. Ces flottes ottomanes sont des flottes impériales contre lesquelles les marines italiennes, surtout si elles agissent en ordre dispersé, peuvent difficilement lutter. Mais ce ne sont pas des flottes de commerce. Sur ce point, les progrès sont venus de l'ouest.

Nouveautés techniques

Les progrès de la navigation et du commerce en Occident au tournant des 13ᵉ et 14ᵉ siècles, au moment où les galères génoises puis vénitiennes sortent de la Méditerranée pour affronter l'Atlantique, constituent, aux yeux de beaucoup d'historiens, une véritable révolution. Ces progrès ont bénéficié d'abord aux marins et aux marchands des péninsules italienne et ibérique. Ils portent à la fois sur les conditions de la navigation, sur la construction des navires et sur les méthodes de commerce.

La navigation. La navigation médiévale en Méditerranée était une navigation de cabotage (on ne s'éloigne pas des côtes), diurne (on ne navigue pas la nuit) et saisonnière (on ne navigue pas l'hiver) : autant de contraintes qui ralentissaient la vitesse des navires et le rythme des échanges. Ces contraintes vont être partiellement levées grâce à deux inventions liées au cheminement des techniques et de la pensée mathématique de l'Asie vers la Méditerranée et mises au point par les Italiens au cours du 13e siècle : le portulan et la boussole. Les portulans sont les ancêtres des cartes marines. Dérivés des « livres de ports » qui décrivaient les étapes des voyages en mer, ils figurent le tracé des côtes avec les distances et les principales lignes de direction qui relient les ports entre eux, calculées suivant une méthode mathématique. Si le plus ancien portulan connu, la Carte pisane, est dû à un Génois à la fin du 13e siècle, les plus beaux portulans du 14e siècle ont été réalisés à Majorque et la meilleure école de cartographie du 15e siècle est celle de Venise. Combinés avec l'usage de la boussole – l'idée de placer l'aiguille aimantée dans une petite boîte ou *bossola* serait due à un Amalfitain –, les portulans permettent une navigation à l'estime en haute mer, de nuit comme de jour, hiver comme été. Les habitudes ne se sont modifiées que lentement, mais, au 15e siècle, on voit des navires vénitiens effectuer deux voyages annuels vers l'Orient, au lieu d'un seul voyage d'été.

Ces progrès dans l'art de la navigation s'accompagnent d'améliorations des navires eux-mêmes. Elles concernent surtout les navires gros porteurs de marchandises avec, pourrait-on dire, deux options. La première, qui porte sur les bateaux dits longs, est purement méditerranéenne ; c'est l'option vénitienne, adoptée aussi par Florence quand elle construit une flotte après s'être emparée de Pise au début du 15e siècle : la transformation de la galère de combat en « galère du marché » ; munie de voiles, elle conserve des rameurs qui interviennent si le vent fait défaut et pour toutes les manœuvres ; elle contient presque

autant de fret que les nefs traditionnelles, soit environ 200 tonneaux, mais elle est plus rapide et plus régulière. L'autre option,
et c'est la grande nouveauté, vient de l'Atlantique et se propage
d'ouest en est. Elle concerne les bateaux dits ronds. L'historien
florentin Giovanni Villani signale qu'en 1304 pénètre en Méditerranée un nouveau type de navire venu du golfe de Gascogne,
la coque. Bientôt construite sur les chantiers génois, catalans et
siciliens, elle se caractérise par son mât unique, sa voile carrée
et surtout – c'est la grande innovation – par son gouvernail
axial, dit « timon bayonnais », qui va se substituer aux anciens
gouvernails latéraux. Plus sûres et plus maniables que les nefs,
les coques vont subir dans les chantiers génois des transformations, comme l'adjonction d'un deuxième mât et le perfection-
nement de la voilure, qui leur permettront d'accroître leur capacité jusqu'à 1 000 tonneaux. Cette augmentation constante du
tonnage des navires prouve que l'essentiel du trafic maritime à
longue distance porte désormais sur des produits pondéreux : le
bois, le blé de la mer Noire ou des Pouilles, les vins grecs, le sel
de l'Adriatique ou des Baléares, ou encore l'alun de Phocée que
les bateaux génois transportent directement d'Asie Mineure en
Flandre.

La révolution navale de la fin du Moyen Âge a donné aux
navires méditerranéens plus de vitesse, de capacité, de maniabilité, de régularité, mais aussi de sécurité. Celle-ci est encore
accrue par la généralisation de la pratique des convois. Venise
est ici le meilleur exemple. À la fin du 14e siècle, ses lignes
régulières vont dans quatre directions : vers Constantinople et la
mer Noire ; vers Chypre et la Syrie ; vers Alexandrie ; vers la
Flandre par Lisbonne et l'Angleterre. D'autres lignes apparaissent au 15e siècle : vers Aigues-Mortes et Barcelone ; vers la
Barbarie et Valence ; vers Alexandrie par Tunis. Et Venise n'est
pas seule ; Gênes bien sûr, mais aussi Florence, Barcelone,
Raguse, Marseille ou encore Montpellier, d'où Jacques Cœur se
lance au 15e siècle dans l'aventure méditerranéenne, multiplient
les échanges avec les ports des deux bassins de la Méditerranée.
Parmi les innombrables conséquences de cette intense activité,
il faut observer que, plus encore que par le passé, il se crée entre
les peuples ainsi rapprochés une communauté de vie et de des-

tin : une réalité qui s'impose lors de la diffusion de la Peste noire des années 1347-1352 – elle touche, nous l'avons vu, l'ensemble du bassin méditerranéen. Pourtant, rien ne semble pouvoir entraver le développement de l'activité maritime, ni les guerres, ni les crises, ni la course, ni la piraterie, ni les épidémies : c'est l'heure du primat de l'économie et d'une première forme de capitalisme.

Naissance du capitalisme. Ce premier capitalisme est celui des marchands-banquiers italiens. Aux 14e et 15e siècles, grâce à la multiplication des comptoirs et des colonies et aux progrès des communications, le marchand reste dans sa ville natale. De Gênes ou Venise, Florence ou Milan, il dirige des agents fixés à l'étranger qui agissent, vendent et achètent pour son compte. Les transferts de fonds s'opèrent par lettre de change ou par simple jeu d'écritures sur des registres rendus de plus en plus lisibles grâce à la comptabilité en partie double. Car ces marchands sédentaires sont des banquiers qui prêtent, empruntent et collectent des fonds en vue d'investissements de plus en plus importants : dans le commerce, bien sûr, mais aussi dans l'industrie et l'agriculture, ou encore dans l'affermage des revenus publics et les prêts aux villes, aux rois et aux princes. Deux grands types de « sociétés » caractérisent ce premier capitalisme. D'une part, les « compagnies » rassemblent les capitaux d'associés appartenant souvent à la même famille en vue d'opérations indifférenciées, avec partage des bénéfices au prorata du capital investi ; conclues pour un temps déterminé, les compagnies sont renouvelables et leur activité peut s'étendre sur des dizaines d'années : c'est le cas, à Florence, pour les compagnies des Bardi et des Peruzzi au 14e siècle ou des Médicis au 15e siècle. D'autre part, les sociétés dites « à carats » sont des sociétés anonymes dont le capital est formé de parts égales ou carats ; certaines sont de véritables cartels visant à s'assurer le monopole de la production et de la vente d'un produit : ainsi les sociétés constituées à Gênes pour l'alun d'Asie Mineure, le corail tunisien, le mercure espagnol, le liège portugais ou les fruits du royaume de Grenade… C'est un capitalisme souple dont les fonds se déplacent en fonction de la conjoncture. Freinés en Méditerranée orientale par une suprématie vénitienne dont quatre guerres souvent victorieuses n'ont pu venir à bout, les capitaux génois s'investissent massivement dans la péninsule ibérique, nouveau pôle de développement de la Méditerranée.

À l'ouest, de nouveaux horizons

Les succès de la Reconquête chrétienne dans la péninsule ibérique au 13e siècle ont libéré les forces d'un impérialisme à la fois militaire, économique et missionnaire qui, véritable prolongement de la Reconquête elle-même, constitue une nouvelle donnée de l'histoire de la Méditerranée, désormais associée à celle de l'Atlantique.

Aragonais et Catalans. L'ensemble appelé États de la Couronne d'Aragon – Aragon, Catalogne avec Barcelone, ancien royaume musulman de Valence, Baléares, Roussillon – est le premier à manifester ses ambitions méditerranéennes. La réussite de sa politique tient à la conjonction de deux facteurs : la puissance militaire forgée par les rois d'Aragon au cours de la Reconquête et la puissance maritime et commerciale des Catalans de Barcelone ; présents au Maghreb depuis longtemps, à Alexandrie depuis 1272, à Constantinople en 1296, spécialistes du droit maritime dont ils rassemblent les éléments à la fin du 13e siècle dans le *Livre du consulat de la mer*, les Barcelonais commencent dès lors à se poser en rivaux des Génois. Le premier grand champ de l'expansion aragonaise est la Sicile. Après la mort de Frédéric II (1250), le royaume avait été concédé par le pape au frère de Saint Louis, Charles d'Anjou, qui, déjà comte de Provence, avait repris la politique méditerranéenne de ses prédécesseurs siciliens. Mais il est chassé, en 1282, par la révolte des Vêpres siciliennes, au profit du roi d'Aragon Pierre III. Même si les Angevins conservent le royaume de Naples jusqu'au 15e siècle, ce sont désormais les Aragonais, et avec eux les Catalans, qui portent les ambitions méditerranéennes des anciens rois de Sicile : vers la Corse et la Sardaigne, sur lesquelles le pape leur cède des droits qu'ils rendent effectifs en Sardaigne ; vers le Maghreb, où ils exercent un véritable protectorat sur les côtes tunisiennes ; vers la Grèce, où une bande d'aventuriers catalans, la Compagnie catalane, après avoir aidé Pierre III à conquérir la Sicile puis s'être mise au service de Byzance, fonde en 1311 le duché d'Athènes – soumis au roi de Sicile, il durera jusqu'en 1390. Enfin, au 15e siècle, le roi d'Aragon, Alphonse V le Magnanime, s'empare du royaume de Naples. Cette expansion politique est soutenue par le réseau commercial de Barcelone qui tient maintenant en Méditerranée une place comparable à celle des grandes cités italiennes.

Portugais. Si les destinées catalano-aragonaises sont d'abord méditerranéennes, les destinées portugaises sont atlantiques. Bien que le Portugal ne soit pas une puissance méditerranéenne, son histoire est étroitement liée, spécialement aux 14e et 15e siècles, à celle de la Méditerranée. Il a pesé sur l'avenir de celle-ci par une double action. D'une part, le Portugal a été le principal relais des influences réciproques entre l'Atlantique et la Méditerranée. Très tôt entrés dans la sphère d'influence économique de l'Angleterre et de la Flandre, les Portugais voient arriver vers 1418 des navires hanséatiques à Lisbonne, qui est par ailleurs l'escale privilégiée des navires génois et vénitiens en route vers le nord. D'où un extraordinaire brassage de produits du Nord et du Sud, mais aussi des usages et des traditions maritimes. D'où aussi l'activité exceptionnelle des chantiers navals lusitaniens où sont « inventés » de nouveaux navires, héritiers de la double tradition atlantique et méditerranéenne : telle la caravelle qui, lancée en 1441, se révèle particulièrement adaptée à la navigation atlantique.

Car, d'autre part, sous l'habile direction des rois et des princes de la dynastie d'Avis, tel le célèbre Henri le Navigateur, qui gouvernent le royaume à partir de 1385, les Portugais s'affirment comme les grands découvreurs de la côte atlantique de l'Afrique. D'abord, ils prolongent leur expansion aux dépens des musulmans en s'emparant, en 1415, de Ceuta, principal point d'aboutissement de la route de l'or et des esclaves africains. Plusieurs possibilités s'offraient ensuite. L'une, qui avait les préférences de la noblesse portugaise, était la poursuite de la conquête de la terre marocaine : elle se révèle très difficile. L'autre, qui a les préférences des rois de Portugal, de la bourgeoisie urbaine et des bailleurs de fonds italiens qui soutiennent leur action, est l'aventure maritime. Elle a pris deux formes. La première est la conquête des îles de l'Atlantique, Madère et les Açores, suivie de leur exploitation coloniale à l'aide d'une main-d'œuvre d'esclaves importés d'Afrique : ces îles vont produire non seulement du bois, des produits tinctoriaux et du blé, mais surtout du vin et du sucre susceptibles de concurrencer les productions des colonies italiennes en Méditerranée. La seconde forme de l'action maritime portugaise est la découverte des côtes africaines : dans un premier temps, dans le but de remonter à la source de l'or et des esclaves en contournant l'intermédiaire musulman du Maroc ; plus tard, en vue d'atteindre directement les Indes et la source des épices, au détriment des intermédiaires musulmans et méditerranéens ; toujours en vue de propager la religion chrétienne. En 1488, Bartolomeu Dias double le cap de Bonne-Espérance ; en 1497, Vasco de Gama atteint la côte de l'Inde ; en 1499, la première cargaison portugaise d'épices débarque à Lisbonne ; et, en 1504, les galères vénitiennes reviennent d'Alexandrie sans leur chargement habituel… Mais, entre-temps, le Génois Christophe Colomb, qui cherchait la route des Indes par l'ouest, éconduit par les Portugais, avait découvert l'Amérique, au profit de la Castille.

Castillans. Le Portugal est un petit pays de 90 000 kilomètres carrés, dont la faible population – entre un million et un million et demi d'habitants aux 14e et 15e siècles – soutient difficilement les vastes ambitions de ses dirigeants. Plus étendus, avec 120 000 kilomètres carrés, les États de la Couronne d'Aragon ne sont qu'une confédération dont le manque d'unité politique fragilise le dynamisme économique. Mais, au centre de la péninsule, le grand royaume de Castille, avec ses 350 000 kilomètres carrés et ses 4 à 5 millions d'habitants, constitue une puissance hégémonique destinée à devenir une des grandes monarchies de la chrétienté. Malgré de violentes guerres civiles et d'importantes distorsions sociales nées des conditions mêmes de la

Reconquête, l'économie castillane se développe de façon originale. Au nord, les anciens royaumes de León et de Castille présentent une économie traditionnelle de type occidental, largement ouverte par sa façade basque et cantabrique sur le commerce atlantique avec la France, l'Angleterre et les pays nordiques. Mais au sud, les vastes espaces abandonnés par les musulmans ont constitué, au lendemain de la Reconquête, une sorte de Far West dont les possibilités ont été exploitées dans plusieurs directions.

La première est l'extension de l'élevage transhumant, soit un phénomène bien méditerranéen ; il se développe, sur près de 800 kilomètres, entre les plateaux du nord de l'Espagne et les terres abandonnées d'Estrémadure, de Murcie et d'Andalousie. Le troupeau de moutons de race mérinos, sans doute introduite à partir de l'Afrique du Nord, aurait compté 1 500 000 têtes en 1300, 3 000 000 en 1400 et 5 000 000 en 1500. Il fait de la Castille le premier producteur de laine du continent, au grand bénéfice de la haute aristocratie et des ordres militaires qui, regroupés dans la puissante organisation de la Mesta, en possèdent la plus grande part ; mais aussi au bénéfice des marchands, spécialement ceux de Burgos, qui commercialisent la laine. La deuxième originalité est la constitution, toujours au profit de l'aristocratie et des ordres militaires, d'immenses domaines en Andalousie et en Murcie : ce sont les débuts du système latifundiaire qui va caractériser l'Europe méditerranéenne chrétienne à l'époque moderne. La troisième particularité est l'exploitation, au sud de la péninsule, d'une seconde façade atlantique : celle qui donne à la Castille, du côté européen, le contrôle du détroit entre la Méditerranée et l'Atlantique ; celle qui, par son complexe portuaire qui va de Cadix à Huelva et jusqu'à Séville en remontant le Guadalquivir, a tout de suite attiré les Italiens, et surtout les Génois. Ils y voient à la fois une escale sur la route de l'Atlantique, une porte d'accès aux grandes richesses agricoles et minières de l'Andalousie et enfin la base d'une vocation atlantique et africaine de même nature que celle des Portugais : au début du 15e siècle, nobles et marins castillans entreprennent la conquête des îles Canaries. Mais la monarchie castillane avait alors d'autres priorités.

Longtemps tenue en échec par l'aristocratie, la royauté castillane opère, dans la seconde moitié du 15ᵉ siècle, le redressement qui va faire de l'Espagne une grande puissance. Ce redressement s'est accompli avec l'appui de l'Église, de la petite
noblesse des *hidalgos* et des *caballeros* et d'une nouvelle classe
de lettrés qui assure l'administration du royaume. Il repose sur
l'association avec l'Aragon, grâce au mariage d'Isabelle de Castille et de Ferdinand d'Aragon. L'union réalisée au 15ᵉ siècle
n'est encore qu'une union personnelle entre les deux souverains, mais d'ores et déjà l'association des Rois catholiques présente tous les traits du futur royaume d'Espagne que créera en
1516 leur petit-fils, Charles Quint. Puissance chrétienne et anti-
musulmane, elle achève la Reconquête de la péninsule, en faisant disparaître l'*émirat de Grenade, en 1492. Puissance catholique et unificatrice, elle fait de la foi catholique la base de
l'unité de la nation espagnole : en cette même année 1492, le
décret d'expulsion des juifs non convertis met fin à des siècles
de présence juive en Espagne et provoque une grande diaspora
juive autour de la Méditerranée, tandis que s'organise, avec Tor-
quemada, l'Inquisition chargée de vérifier la sincérité des
conversions des juifs et des maures. Puissance impériale, elle a
hérité des ambitions méditerranéennes des Catalans et des Aragonais, spécialement en Sicile et en Italie, mais elle se lance en
même temps dans l'aventure atlantique : toujours en 1492, c'est
à Palos, près de Huelva, que s'embarque Christophe Colomb.
Car, puissance missionnaire, les États des Rois catholiques ont
vocation non seulement à combattre les Infidèles, mais à
convertir les peuples à découvrir. En cette fin du 15ᵉ siècle,
parce que l'Italie est divisée en entités rivales et parce que le
royaume de France, qui n'est présent à Montpellier que depuis
1349 et à Marseille et en Provence que depuis 1481, va s'enliser
dans la politique italienne, c'est dans la péninsule ibérique que
s'est forgé le principal pôle de résistance à l'avance ottomane
en Méditerranée.

Au centre de la Méditerranée, la Renaissance est d'abord italienne

Tandis qu'à l'est l'Empire ottoman se substitue à l'Empire byzantin, tandis qu'à l'ouest le roi de Portugal et les Rois catholiques se partagent le monde au traité de *Tordesillas (1494), l'Italie, grâce à l'avance prise et aux richesses accumulées, continue à dominer la Méditerranée.

Les villes italiennes. La première richesse de l'Italie, ce sont ses villes. Dès le milieu du 12e siècle, les Allemands de l'entourage de Frédéric Barberousse, ayant franchi les cols des Alpes pour descendre dans la plaine lombarde, étaient frappés d'étonnement à la vue de ces cités « qui dépassent de loin en richesse et en puissance toutes les autres villes du monde » (Othon de Freising). Au début du 14e siècle, si l'on excepte Paris, c'est en Italie que se concentrent les principales villes d'Occident : toutes les villes de 100 000 habitants (Venise, Florence, Milan, Gênes) et la plupart des villes de 50 000 habitants, comme Naples ou Bologne. L'Italie de la fin du Moyen Âge présente la plus forte densité urbaine de l'Occident. À ce phénomène sont liées toutes les autres richesses : la puissance financière née de la mainmise sur le commerce local et lointain, de la pratique quasi exclusive des activités bancaires et de la prépondérance des monnaies italiennes ; les richesses issues du développement d'industries dont les plus remarquables sont les constructions navales et des industries de luxe – draperie de très haute qualité, soieries, verrerie, orfèvrerie – souvent inspirées de l'Orient. Tout cela a conduit à l'émergence d'élites urbaines liées à la pratique des affaires. Détentrices des capitaux ainsi accumulés, elles accèdent, tels les Médicis, au pouvoir politique et aux plus hautes fonctions ecclésiastiques. Elles ont joué aussi, par leur formation propre et par leur aptitude à exercer un mécénat éclairé, un rôle capital dans le développement de la vie intellectuelle et artistique de la péninsule, c'est-à-dire dans l'éclosion de la Renaissance.

Plus qu'aucune autre des villes italiennes, Venise, comme Gênes, doit toute sa fortune à la Méditerranée dont elle continue à tirer l'essentiel de sa puissance. Fille de Byzance, Venise est l'héritière de Constantinople à laquelle elle s'est peu à peu substituée dans son rôle de métropole du commerce méditerranéen et de grand emporium des denrées orientales. Qu'il s'agisse de l'empire colonial, du réseau des lignes maritimes, du commerce des produits de luxe ou de celui des matières pondéreuses, tout doit partir de Venise, aboutir à Venise ou passer par Venise, suivant le principe de la Dominante. Pour accéder aux marchandises de cet immense entrepôt qu'est la cité des doges, les marchands étrangers y séjournent suivant des conditions précises : ainsi les Allemands dans le Fondaco dei Tedeschi, près du Rialto. Venise a brillamment traversé les crises des 14e et 15e siècles. Loin de diminuer, sa population augmente. Les pertes subies en mer Égée du fait de l'avance ottomane, et spécialement la perte de Nègrepont en 1470, sont compensées par l'acquisition de Chypre en 1489. Et surtout le commerce avec l'Égypte reste florissant. Souverains dans l'Adriatique qu'ils considèrent comme le golfe de Venise, maîtres de la Dalmatie, de l'Istrie et du Frioul, les Vénitiens se sont lancés au 15e siècle dans la constitution d'un État de Terre-Ferme en Italie même, en absorbant Trévise, Padoue, Vicence, Vérone… D'où l'extraordinaire accumulation, entre les mains du patriciat vénitien, de ces richesses qui s'étalent dans les palais somptueux qui bordent le Grand Canal ou dans des fêtes splendides comme les épousailles du doge et de la mer. À la fin du 15e siècle, Venise est à l'apogée de sa gloire. Aux yeux du chroniqueur français Philippe de Commines, qui la visite en 1494, c'est « la plus triomphante cité » qu'il ait jamais vue.

Venise représente une réussite exceptionnelle. Mais c'est la multitude de ses villes qui fait la fortune de l'Italie. Face à Venise, figure sa rivale, l'autre grande cité maritime, Gênes. Plus « modernes » que les Vénitiens, les Génois ont su s'adapter aux évolutions de la fin du Moyen Âge, en s'intéressant à tous les nouveaux secteurs d'activité : les gros transports, les monopoles de produits à valeur spéculative, la mise en valeur des richesses offertes dans la péninsule ibérique par le départ des musulmans, les Grandes Découvertes, le service des monarchies d'Occident ; et surtout ils ont su construire un système bancaire qui fera de Gênes au 16e siècle la première puissance financière de l'Europe méditerranéenne. Parmi les villes de l'intérieur, se détachent Florence et Milan. D'abord privée d'accès à la mer, Florence ne s'en distingue pas moins par l'importance du réseau commercial et bancaire de ses grandes compagnies marchandes, ausi étendu que ceux des Vénitiens et des Génois ; au 15e siècle, avec la conquête de Pise, Florence lance ses propres flottes ; elle se lance aussi, comme Milan, par absorption des communes voisines, dans la constitution d'un État territorial. Abandonnant peu à peu le régime communal dont elle avait été le modèle, Florence, comme Milan, devient la capitale d'un État gouverné par un prince ou une dynastie princière. Ces princes et leurs cours – Médicis à Florence, Visconti et Sforza à Milan – ont joué un grand rôle dans la Renaissance italienne. Il en est de même pour les cours princières de villes de moindre importance, comme la cour des Este à Ferrare, et bien sûr pour la cour royale de Naples et la cour pontificale de Rome.

La Renaissance. Les premières générations des humanistes, des artistes et des ingénieurs de la Renaissance ont été formées dans ces cités italiennes et ils ont souvent exercé leurs talents dans plusieurs d'entre elles. Si Dante et Giotto, au début du 14e siècle, appartiennent encore au Moyen Âge, Pétrarque et Boccace, au milieu du siècle, représentent le nouvel esprit humaniste : en 1341, à Rome, Pétrarque est couronné comme poète sur le Capitole ; en 1350-1351, à Florence, Boccace compose le *Décaméron*. Le dernier quart du 14e siècle et les premières années du 15e siècle voient la naissance des grands créateurs qui vont transformer l'architecture, la sculpture et la peinture : Brunelleschi, Ghiberti et Donatello, Masaccio et Piero della Francesca. En 1452 naît Léonard de Vinci et dans la seconde moitié du 15e siècle Machiavel, Michel-Ange, Raphaël et Titien… La coupole ovale érigée par Brunelleschi à la croisée de la cathédrale de Florence s'élève à partir de 1417 et, dans les années 1480, commencent les travaux de la nouvelle basilique de Saint-Pierre à Rome. En même temps, le mouvement artistique et humaniste trouve ses théoriciens et s'institutionnalise. Le Florentin Alberti rédige un traité de peinture, puis un traité d'architecture directe-

ment inspiré de l'œuvre de Vitruve. Des compagnies d'humanistes se constituent, à Rome, à Florence, à Venise, sous le nom
d'académies. Et les papes fondent à Rome, à la fin du 15e siècle,
les premiers musées.

Le terme d'académie évoque le jardin dans lequel Platon
enseignait à Athènes, et celui de musée, la colline des Muses
dans cette même ville. Ainsi se trouve affirmé le caractère premier de la Renaissance : après des siècles « barbares » dominés
par l'art roman et l'art gothique et par la pensée scolastique cultivée, à Paris ou à Oxford, dans les universités du Nord, c'est le
retour aux sources de la civilisation, c'est-à-dire à l'Antiquité,
qui est méditerranéenne. En ce qui concerne l'Antiquité grecque,
la grande nouveauté est le désir de retrouver, passant outre aux
intermédiaires arabes et latins utilisés jusque-là en Occident, les
textes grecs des grands auteurs classiques, à commencer par
ceux de Platon et d'Aristote. Cette quête de l'exactitude de la
langue et ce culte du texte authentique, qui vont marquer l'esprit
occidental, sont favorisés par l'afflux des intellectuels byzantins ;
fuyant l'avance turque, ils se réfugient en Italie, en emportant
avec eux les plus précieux éléments de leurs bibliothèques. Une
véritable chasse aux manuscrits s'organise d'un bout à l'autre de
la Méditerranée, avec des résultats tangibles. La bibliothèque
Vaticane, qui ne possédait que 3 manuscrits grecs en 1447, en
compte 350 dix ans plus tard ; en 1492, un émissaire des Médicis
rapporte plus de 200 manuscrits grecs d'un voyage en Orient.
L'intérêt porté à l'Antiquité romaine n'est pas moins vif, mais
les Italiens ne l'avaient jamais vraiment perdue de vue... Encore
plus remarquable est le renouveau des études hébraïques en
milieu chrétien. Vers 1450, la bibliothèque Vaticane est la plus
riche d'Occident en ouvrages juifs et, peu après, l'érudit Pic
de La Mirandole en possède une centaine à Florence : si la
connaissance du grec est indispensable pour comprendre Platon,
celle de l'hébreu ne l'est pas moins pour approfondir la Bible.

Car la Renaissance n'est pas un retour pur et simple à l'Antiquité. Elle s'épanouit en pays chrétien. Après quatorze siècles
de christianisme, il faut voir aussi « la Renaissance comme
Réformation de l'Église » (Jean Delumeau). On n'a jamais autant
parlé de la réforme de l'Église qu'aux 14e et 15e siècles. On n'a

jamais autant analysé les maux dont elle souffrait « dans sa tête et dans ses membres » qu'à l'époque de la papauté d'Avignon (1310-1377), du Grand Schisme d'Occident (1378-1418) et des conciles de la première moitié du 15e siècle. Face au développement de la piété populaire, à la naissance de l'esprit laïque et aux revendications des Églises nationales dont les souverains vont négocier âprement des concordats avec le Saint-Siège, les papes du 15e siècle ont mené une double action. D'une part, ils ont réussi à triompher des prétentions conciliaires, en affirmant la primauté absolue du pape en matière doctrinale. D'autre part, ils se sont repliés sur Rome et sur l'État pontifical. Les papes de la Renaissance se comportent, à bien des égards, comme les autres princes d'Italie, au grand bénéfice des arts et des lettres, mais au prix d'une italianisation excessive des instances dirigeantes de l'Église d'Occident.

Dans la seconde moitié du 15e siècle, après l'apparition des Turcs sur l'autre rive de l'Adriatique, l'Italie se trouve aux avant-postes de la chrétienté. Face à l'islam, les papes se montrent les défenseurs inlassables du rassemblement des forces chrétiennes, dont l'avenir se jouera en Méditerranée. Mais, dans l'immédiat, le danger pour l'Italie vient d'ailleurs. L'anarchie politique qui règne dans la péninsule et l'appât de ses richesses attirent les convoitises de ses voisins. En 1494, le roi de France Charles VIII franchit les Alpes et marche sur Naples, inaugurant les expéditions d'Italie. Ce rêve méditerranéen coûtera cher aux Français, mais il en fera les meilleurs propagateurs de la Renaissance italienne.

DOCUMENT 1

**La Peste noire à Chypre en 1347-1348
d'après l'historien arabe Maqrîsî**

*Après avoir décrit les ravages de la Peste noire à Damas et à Gaza,
Maqrîsî raconte son arrivée à Chypre, alors aux mains des princes
français de la dynastie de Lusignan. Cette description de seconde main
(Maqrîsî a vécu de 1364 à 1442), très sujette à caution, donne surtout la
mesure de la terreur inspirée par la peste, qui aurait été accompagnée
d'autres catastrophes : massacres, raz-de-marée, tremblements de
terre... Mais elle donne bien la mesure de l'ampleur du fléau propagé
par les navires à travers toute la Méditerranée.*

« L'épidémie s'étendit aux régions des Francs : elle frappa d'abord les
bêtes, puis les petits enfants et les adolescents. Devant le danger de cette
mortalité, les Francs de Chypre rassemblèrent les prisonniers musulmans qui étaient entre leurs mains et consacrèrent tout un après-midi,
jusqu'au coucher du soleil, à les massacrer, de crainte que, les Francs
venant à disparaître, les musulmans ne s'emparassent de Chypre. À la
tombée de la nuit, s'éleva une violente tempête, suivie d'un affreux
tremblement de terre, qui souleva les flots de la mer dans le port, à la
hauteur d'environ une *qasaba* : beaucoup de navires furent coulés ou
brisés, de sorte que les Chypriotes crurent à la fin du monde. Ils sortirent
de leurs demeures, affolés, sans savoir ce qu'ils faisaient. Lorsqu'ils
revinrent en ville, tous ceux qui n'avaient pas bougé étaient morts. Au
cours de cette peste, qui dura une semaine, trois de leurs princes périrent
successivement ; le quatrième prince qu'ils avaient mis sur le trône s'enfuit avec sa suite à bord d'un vaisseau pour gagner une île voisine : au
bout de vingt-quatre heures de navigation, la mort commença à les frapper sur le bâtiment même, et bien peu d'entre eux atteignirent cette île,
où, d'ailleurs, ils moururent jusqu'au dernier. Un navire de négociants
mouilla dans cette île quelque temps plus tard, et ceux-ci périrent tous,
ainsi que presque tous les hommes de l'équipage. Treize d'entre eux
avaient survécu et revinrent à Chypre, où ils n'arrivèrent qu'au nombre
de quatre ; ils n'y trouvèrent absolument plus personne et firent voile
vers Tripoli d'Afrique, où ils racontèrent leur mésaventure : ils ne tardèrent d'ailleurs pas à mourir.

« Les vaisseaux qui abordaient dans les îles des Francs n'y trouvaient
pas âme qui vive, et, lorsqu'ils rencontraient quelqu'un, celui-ci laissait
emporter toutes les marchandises qu'ils voulaient sans exiger un paie-

ment comptant. Les morts y étaient si nombreux qu'on les jetait à la mer. On attribuait cette mortalité à un vent venant du large : quiconque respirait ce vent tombait et se frappait la tête contre terre jusqu'à ce que mort s'ensuive. »

Trad. Gaston Wiet,
« La grande Peste noire en Syrie et en Égypte »,
dans *Études d'orientalisme dédiées à la mémoire
de Lévi-Provençal*,
Paris, Maisonneuve et Larose, 1962.

DOCUMENT 2

**Guerre navale et guerre de course
entre Génois et Vénitiens
au début du 15ᵉ siècle**

En 1403, la flotte vénitienne remporte, au large du Péloponnèse, une victoire navale sur la flotte génoise dont les galères rescapées s'enfuient vers Gênes. Il s'ensuit, de la part des Génois, une série d'actions de représailles dont le compte rendu par le Vénitien Antonio Morosini donne un bon aperçu sur les lignes de navigation de Venise, sur les marchandises transportées et sur les principaux types de navires utilisés : galères, coques et nefs. La pinasse est un grand canot manœuvré à la voile et à la rame.

« Le 7 octobre 1403, les cinq susdites galères génoises, très mal en point, firent route pour leur retour à Gênes ; mais le hasard voulut qu'elles rencontrassent une de nos galères de gros tonnage, avec un chargement de rames et provision de biscuit ; elles la prirent à grand trahison en lui déployant l'enseigne de Saint-Marc si bien que celle-ci, trompée, s'approcha, comme nous l'avons dit plus haut, et les Génois lui enlevèrent rames et biscuit dont, après la grande défaite subie, ils avaient certes un extrême besoin.

« Nous eûmes ensuite la nouvelle que, les Génois croisant avec trois de leurs coques armées en pinasses dans notre Golfe, deux d'entre elles, très bien munies d'arbalètes à tour et de soldats, s'emparèrent d'une coque vénitienne, patron ser Giovanni Obizzo, qui revenait de Majorque avec un chargement de peaux, d'une valeur de 20 à 22 000 ducats d'or.

L'ayant prise, ils l'emmenèrent à Gênes et emprisonnèrent tous les prisonniers.

« Peu de jours après, on reçut encore à Venise la nouvelle qu'une autre de nos coques, patron ser Niccolò Marcoffo, venant de Romanie et de La Tana avec des chargements de cire, de cuirs et de cent têtes d'esclaves, fut prise par les Génois, qui y firent monter leurs gens et l'envoyèrent à Gênes avec les prisonniers ; ce qui représentait une somme de 12 à 15 000 ducats d'or.

« Encore au temps que messer Michele Steno était doge, vint nouvelle à Venise qu'à tort et trahison la coque de ser Niccolò Rosso, qui venait de Flandre ou y allait, avait été prise tandis qu'elle était dans le port de Cadix, la nuit, près d'une autre nef génoise. Elle avait un chargement d'épices et de sucres, d'une valeur de 40 000 ducats d'or, et de coton, d'une valeur de 10 000 ducats d'or. Il advint que le 11 février fondit là une coque génoise, venant de la mer de Flandre ; ils avaient été avisés de la déroute et prise de leurs trois galères, de la défaite que leur avait infligée messer Carlo Zeno en vue de Modon et près de Zionchio. Les Génois mirent notre coque entre les deux leurs et l'attaquèrent de nuit, pendant le sommeil des hommes, montèrent à bord et s'en emparèrent ; puis ils la firent décharger et mirent le butin sous bonne clé et garde, en attendant qu'un accord fût de vrai intervenu entre eux et nous. »

D'après *Archives de l'Occident*,
t. I, *Le Moyen Âge, 5ᵉ-15ᵉ siècle*,
par Olivier Guyotjeannin,
Paris, Librairie Arthème Fayard, 1992.

DOCUMENT 3

**Découverte d'un gisement de corail
au large de Bonifacio (Corse) en 1475**

Les gisements de corail sont une des richesses de la Méditerranée. Les plus importants, situés au large des côtes algérienne et surtout tunisienne, étaient contrôlés par les Italiens – et spécialement par les Génois – à la fin du Moyen Âge. À la suite de la découverte d'un gisement dans les eaux de son ressort, Bonifacio s'adresse à la Commune de Gênes, qui a confié le gouvernement de la Corse à la principale institution financière de la ville, l'Office de Saint-Georges. Bonifacio demande que l'exploitation du nouveau gisement soit réservée aux habitants de Bonifacio et de son territoire, dont les limites septentrionales sont indiquées : un monopole qui sera très vite mis à mal par la concurrence des pêcheurs sardes.

« 1475, le 24 octobre, à Bonifacio

« Requêtes présentées par les ambassadeurs de la très fidèle communauté de Bonifacio Antonio di Campo et Bartolomeo di Ristoro à Sa Seigneurie, le magnifique et très distingué Office de Saint-Georges de l'éminente Commune de Gênes, que Dieu sauve et maintienne en heureuse condition.

« Premièrement, comme il a plu au saint pouvoir de Dieu que dans les limites et la juridiction de Bonifacio on ait découvert un gisement de corail, ils supplient la susdite Seigneurie de daigner accepter, du fait de la grande pauvreté dudit lieu, que ce gisement soit concédé et donné à cette communauté de Bonifacio, très fidèle à ladite Seigneurie et non point à un autre groupe de personnes.

« De même, ils supplient que nulle personne, de quelque qualité et condition, autre que les Bonifaciens, puisse pêcher ce corail et ils demandent cela pour le bien, le salut et la sauvegarde de ladite ville.

« De même, lesdits Bonifaciens seront très contents que, lorsqu'on pêchera ce corail, nos seigneurs génois, s'ils le veulent, l'aient à un prix juste et honnête de préférence à un autre groupe de personnes ; ces prix devront être établis et fixés à Bonifacio par un décret émané par le grand conseil de la ville [...].

« De même, ils demandent le territoire s'étendant de Cilaccia à Sagri, juridiction de Bonifacio, comme il appert d'un décret authentique émané à Gênes, à son an et jour, dans lequel il est contenu que personne d'autre que les Bonifaciens ne puisse en tirer aucun approvisionnement ni y corailler [...].

« De même, comme il n'y a pas présentement à Bonifacio assez d'hommes experts dans le coraillage, qu'il soit licite aux Bonifaciens de pouvoir recruter des professionnels étrangers, cela afin d'expérimenter les Bonifaciens dans ce métier. »

Trad. Jean-André Cancellieri,
Bonifacio au Moyen Âge,
Ajaccio, CRDP de Corse, 1997.

TROISIÈME PARTIE

La Méditerranée
du premier rang aux seconds rôles

(16e-18e siècle)

Vers 1530, l'Empire ottoman et l'Empire espagnol, qui se partageaient la plus grande partie de l'espace méditerranéen, étaient des « superpuissances » aux ambitions planétaires, et la république de Venise, dont la richesse et le patrimoine artistique en constant renouvellement suscitaient une admiration quasi générale, offrait à ses enfants des conditions de vie d'une qualité exceptionnelle pour l'époque. En 1815, l'Empire ottoman et l'Espagne (malgré le sursaut national de 1808 contre Napoléon) étaient des États décadents, tandis que la république de Venise n'existait plus. Paradoxe ! La puissance dominante en Méditerranée était une nation étrangère à cette mer, l'Angleterre, qui s'était installée à Gibraltar et à Malte et dont les navires, de commerce ou de guerre, sillonnaient la mer.

Ce simple constat suffit à résumer les transformations considérables qui avaient affecté la Méditerranée pendant les trois siècles qui venaient de s'écouler. Enjeu stratégique essentiel qui fomenta les affrontements violents entre Ottomans et Espagnols, lieu de trafics intenses, souvent de grande valeur, au 16e siècle et même au début du 17e siècle, la mer Intérieure avait été progressivement négligée au profit des pays du nord de l'Europe et de l'Atlantique. Le courant de métal précieux qui, depuis l'Amérique, irriguait l'Europe la laissait en marge et ne l'atteignait qu'après de nombreux relais. De nouveaux trafics nés des Grandes Découvertes, ceux du sucre, puis du café, du chocolat, du tabac, des bois de teinture, ne lui apportaient que des profits faibles, et le commerce des épices lui-même avait été détourné en grande partie par les Portugais, puis les Hollandais, au bénéfice de la navigation atlantique. Les ports les plus importants n'étaient plus Gênes, Venise ou Istanbul. Après Séville, Lisbonne, Anvers, la primauté était passée à Londres et Amsterdam. L'essor démographique avait été plus considérable et plus régulier au nord de l'Europe.

Cependant, la Méditerranée vivait d'une vie propre, au rythme des travaux saisonniers, des longs déplacements réguliers des troupeaux et des hommes. Des États moyens, comme le grand-duché de Toscane, se développaient à l'ouest, où la France réinventait une politique méditerranéenne, tandis que certaines « provinces » de l'Empire ottoman jouissaient d'une autonomie presque complète, comme l'Égypte des *Mamelouks ou le royaume hafside de Tunis. Des villes nouvelles, comme Sarajevo, et des ports édifiés de toutes pièces apparaissaient, ainsi Livourne, plus tard Sète ; d'autres connaissaient, avec la participation des commerçants des pays atlantiques, un essor brillant : Marseille, Smyrne. Une guerre larvée, la course, véritable industrie de hors-la-loi, faisait la richesse de cités corsaires dont Alger, étrange produit cosmopolite, était le prototype. Tunis, Bizerte, Tripoli, du côté musulman, Livourne, Majorque, la Malte des chevaliers, pour le camp chrétien, participaient aussi à cette traque perpétuelle, sans se soucier toujours de l'appartenance religieuse de leurs victimes. C'était l'une des contributions les plus considérables des hommes eux-mêmes au cortège des tragédies que la nature renouvelait selon un calendrier imprévisible : séismes, éruptions volcaniques, épidémies de peste qui décimèrent les populations des terres et des îles. Le pouvoir, quelle que fût sa forme, la persécution ou la contrainte, la misère, la peur, l'illusion ou l'espoir redistribuaient les hommes et les femmes, à travers tout l'espace méditerranéen. Les îles, miroir de la vie multiforme de la mer, racontaient les croissances et les déclins, les changements de dépendance, les pirates et les naufrages, les malheurs des esclaves offerts en troupes sur leurs marchés, les récoltes heureuses et les disettes, et, malgré les drames, installaient à l'ouest dans leurs églises les formes et l'esthétique baroques après celles de la Renaissance. La Méditerranée conservait à l'évidence son éternelle capacité de création.

10. Du 16e au 18e siècle :
un enjeu politique et stratégique

Au cours du premier siècle de l'époque « moderne », et même jusqu'aux années 1620-1640, la Méditerranée demeure l'un des rares livres où continue à s'écrire, de manière explicite, l'histoire du monde. Car, alors, deux des collectivités humaines qui comptent parmi les acteurs principaux de cette histoire s'affrontent directement en Méditerranée, qui est pour elles un enjeu essentiel, et elles réduisent au statut de simple comparse les acteurs secondaires : la France, fort discrète en Méditerranée, et même totalement absente de 1559 jusqu'au temps de Louis XIII, Gênes, la république de Raguse, le royaume hafside de Tunis, le Maroc… – à l'exception de la Sérénissime République de Venise, dont le rôle reste à la mesure du génie, malgré l'exiguïté de son territoire. Il est bien vrai que, durant cette très longue période qui prolonge et confirme les orientations du 15e siècle, l'Empire ottoman et l'Empire espagnol volent le spectacle.

Au 16e siècle : l'affrontement des empires

À l'aube du 16e siècle, le premier de ces empires était déjà fortement implanté sur deux continents : en Asie, où il dominait l'ensemble de la Turquie et une partie de l'Arménie ; en Europe, où il contrôlait, outre Istanbul, la Grèce et une partie des îles de l'Égée, la Roumélie, l'Albanie, la Serbie jusqu'aux abords de Belgrade, la Valachie et la Moldavie.

L'Empire ottoman. On a vu comment, dès l'avènement de Sélim Ier (1512-1520), la conquête ottomane avait déferlé vers le sud, submergé Syrie, Palestine et une partie de la péninsule arabique. Avec l'occupation de l'Égypte où la résistance *mamelouk fut brisée en 1517, l'Empire était devenu tricontinental. L'avènement en 1520 de Soliman, promis au surnom de Magnifique, donna à la conquête turque une autre direction : l'ouest, aux dépens des « mécréants d'Europe », et la Méditerranée centrale. En 1521, Belgrade fut emportée ; puis l'île de Rhodes, repaire des chevaliers de Saint-Jean, dont la piraterie était devenue l'une des activités principales, fut conquise à son tour en 1522 ; les chevaliers durent quitter l'île pour aller s'installer à Malte où les invitait Charles Quint, déjà grand adversaire de Soliman. En Méditerranée orientale, les chrétiens n'étaient plus tolérés qu'au prix d'un tribut, les Vénitiens pour Chypre, les Génois pour Chio. L'exception effective était la Crète vénitienne.

En 1526, Soliman reprenait l'offensive, écrasait l'armée hongroise à Mohacs : l'artillerie turque avait renvoyé la cavalerie hongroise au grand musée des armées et le roi Louis II était mort avec son royaume. La Hongrie et la Transylvanie étaient absorbées par l'Empire. Soliman n'avait échoué que dans le siège de Vienne, en septembre-octobre 1529 : la capitale autrichienne était sans doute trop éloignée d'Istanbul, « à la limite de l'intendance » pour une armée de 120 000 hommes et les techniques du temps. Mais, au début des années 1540, les Ottomans éliminèrent les derniers foyers de résistance de la Hongrie occidentale, après avoir, à la fin des années 1530, conquis les rivages nord de la mer Noire, jusqu'aux confins de la Géorgie et de l'Arménie. De la sorte, la mer Noire était un lac ottoman. Et, en 1566, année de la mort de Soliman, les Turcs enlevaient la dernière position génoise, Chio, puis, sous Sélim II (1566-1574), expulsaient les Vénitiens de Chypre.

Regardons une carte : l'Empire ottoman, dilaté par les conquêtes successives de Sélim Ier et de Soliman, bénéficiait d'un argument majeur : la continuité territoriale. D'autant que, vers l'est, les campagnes de Soliman avaient permis l'annexion des deux Irak, le *kurde et l'arabe ; au sud, le *sultan avait étendu sa domination sur la Tripolitaine, Alger était sa vassale, car les frères Barberousse lui avaient offert la souveraineté de la ville conquise dans les années 1506-1519, et Tunis devait connaître le même sort en 1574. La Méditerranée orientale était intégralement sous domination ottomane et les positions prises au Maghreb pouvaient laisser espérer au Grand Turc un contrôle ultérieur de la partie occidentale de la mer.

Mais il fallait, pour y parvenir, ruiner le double jeu vénitien, car la Sérénissime, pour survivre, pour conserver les reliques de son empire maritime ou tenter de le faire – Chypre d'abord, la Crète ensuite jusqu'à la « guerre de Candie » (1645-1669), les îles Ioniennes, Corfou surtout, qu'elle parvint à préserver des assauts turcs –, pour maintenir ses relations commerciales, doit combiner la négociation et la guerre, qui suppose l'alliance, au moins circonstancielle, avec l'adversaire principal des Turcs, c'est-à-dire l'Espagne, jusqu'en 1620 au moins.

L'Empire espagnol. Il ne bénéficiait pas de la cohérence territoriale qui facilitait tant la tâche des Ottomans. Certes, les Espagnols contrôlaient directement ou indirectement toutes les îles de la Méditerranée occidentale : depuis longtemps, les Baléares, la Sardaigne et la Sicile dépendaient de la Couronne d'Aragon et la Corse était possession de Gênes, alliée fidèle de l'Espagne dès 1527. L'île d'Elbe avait une forteresse espagnole. Au début du 16e siècle, les Espagnols conquirent le royaume de Naples et ruinèrent les ambitions françaises sur ce royaume, puis ils acquirent des *présides en Toscane. Ils pouvaient donc contrôler les deux rivages de l'Italie du Sud, le tyrrhénien et l'adriatique, protéger la Sicile et, le cas échéant, secourir Malte. Ils avaient aussi établi des têtes de pont en Afrique du Nord : Oran depuis 1509 et jusqu'en 1792, Melilla et Ceuta, le Peñon de Velez pris en 1508, perdu en 1522, repris en 1564, ce qui leur permettait de surveiller le passage du détroit de Gibraltar, voire, épisodiquement, de le bloquer. Ils occupèrent aussi durant des périodes plus ou moins longues Bougie (1508-1555) et Tripoli (1510-1551). Mais la puissance et l'efficacité des corsaires d'Alger, Bizerte, Tunis, Tripoli (après 1556, lorsque Dragut en devint le maître), étaient telles que la Méditerranée occidentale était mal maîtrisée par les Espagnols. À plusieurs reprises, leurs navires, même lorsqu'ils transportaient des troupes, furent interceptés entre Espagne et Italie par de véritables escadres musulmanes : ainsi, en 1569, un convoi d'armes issues des fabriques lombardes, sous le contrôle de l'armurier Filippo Cavalim, destiné aux troupes espagnoles engagées dans la guerre de Grenade contre les morisques révoltés, fut arraisonné et conduit au Maroc ; en 1617, sept navires flamands qui, depuis Carthagène, conduisaient des troupes espagnoles à Naples, furent attaqués par une flotte algéroise forte de dix-sept galères et, après un dur combat, 456 soldats furent emmenés en esclavage à Alger. Exemples parmi d'autres !

Les liaisons entre Málaga, Alicante, Carthagène, Valence, Barcelone, d'une part, Naples, Livourne, Palerme, Gênes, de l'autre, n'étaient donc pas sûres, et les côtes espagnoles de la Méditerranée, celles des Italies demeuraient sous la menace permanente des razzias turques et de leurs alliés barbaresques. Soit l'exemple de la seule côte valencienne : en 1518-1519, Barberousse et d'autres *raïs* attaquent Chilches, Parcent, Denia, Oropesa, Burriana ; en 1528, El Palmar ; en 1529, Oliva ; en 1532, Piles et Cullera sont pillées, puis, à nouveau, Oropesa ; en 1534, encore Parcent ; en 1543, Salah Raïs agresse Guardamar, puis, en 1545, Vinaroz ; en 1547, un débarquement à Sagonte s'accompagne de la mise à sac du monastère de Sancti Espiritu et d'un raid sur Alcala de Chivert ; en 1550, Dragut assaille et ravage Benisa, San Juan, Cullera ; en 1551, c'est le tour d'Alcudia, puis, en 1554, celui de Benicarlo ; en 1556, Denia est à nouveau saccagée, etc.

On pourrait dresser un palmarès aussi calamiteux pour les rivages du royaume de Naples, la Calabre surtout, victime de raids massifs dont les corsaires les plus célèbres – Barberousse, Dragut, Eudj Ali – sont les initiateurs : ainsi en 1550, 1592, 1609, 1623. Que dire alors des îles ! Le petit port d'Andraitx, au sud-ouest de Majorque, est attaqué en 1553, 1555, 1578, 1643… La Corse est razziée systématiquement et périodiquement. En 1543, Barberousse s'en prend à la côte de Calvi, « visite » L'Île-Rousse et Lumio, et c'est après cette expédition que les Turcs, avec l'accord de François Ier, hivernent à Toulon, du 29 septembre au mois de mars 1544 ; en 1559, le village d'Ambieta, à 360 mètres d'altitude et à trois lieues de la côte, est surpris par les Algérois ; en 1561, Dragut et ses hommes escaladent et ravagent le cap Corse ; en 1576, tout le pays de Sartène est occupé, pillé, et des centaines d'habitants sont capturés. Une théorie de désastres !

On conçoit, mieux, alors que les côtes chrétiennes de la Méditerranée occidentale se soient dotées d'un réseau de tours de guet qui permettent de donner l'alerte dès l'apparition au ras de l'eau des voiles suspectes. En Espagne, la Couronne engagea des ingénieurs militaires italiens, Vespasien Gonzague et Jean-Baptiste Antonelli surtout, qui fortifièrent Cullera, Javea, Villajoyosa, sur la côte valencienne, dotée d'un réseau complet de tours munies chacune d'une ou deux bouches à feu ; puis Antonelli prépara un programme de 36 tours pour la côte murcienne, pas entièrement réalisé. En Corse, les Génois ont conçu un premier programme dans les années 1529-1538 mais on n'en sait pas grand-chose, puis créé par une loi du 27 novembre 1571 une institution (le *Magistrat… pour la fabrication des tours*) qui a réalisé un grand nombre d'ouvrages dans le sud de l'île particulièrement exposé (Cinarca et Sartenais), au cours des années 1580-1590. Au début du 17e siècle ont même été réalisées ce que A.-M. Graziani a appelé les « tours difficiles », situées dans des lieux inaccessibles, qui réclamaient des moyens particuliers : celle des îles Sanguinaires, puis celle des Cavi Rossi et de l'îlot Gargano, entre le cap Corse et le golfe d'Ajaccio. Au total, une quinzaine de tours, édifiées de 1600 à 1620, les dernières en 1619-1620 autour de Bonifacio.

Aussitôt après la lourde défaite de La Prevesa en 1538, le vice-roi de Naples, Pierre de Tolède, lança un important programme de tours, de Reggio de Calabre à Barletta et Manfredonia dans les Pouilles, qui protégeait l'ensemble de la botte : 313 *atalayas* déjà en 1567 !

La situation géographique de la Sicile, et notamment de ses côtes méridionales, explique fort bien que la grande île se soit équipée du réseau le plus complet, le mieux entretenu et le plus efficace de tours littorales, dites *torri di avvisi*, situées à une lieue et demie de distance les unes des autres. À partir de 1538, sous l'impulsion du vice-roi Ferrante Gonzague qui obtint les crédits nécessaires du Parlement sicilien, furent édifiées 137 tours : au moyen de signaux optiques (allumage de feux) et sonores (coups de canon), les tours déclenchaient l'alarme : en un peu plus d'une heure, elle faisait le tour de l'île et indiquait l'ampleur de la menace (un feu ou un coup de canon par navire). Le système n'était pas parfait : il fallut réparer, voire reconstruire, les tours de 1583 à 1594, puis les restaurer à nouveau au temps du vice-roi Osuna, à partir de 1611. Mais l'île, qui disposait aussi d'une escadre propre, celle des « galères de Sicile », put ainsi limiter les dégâts.

À l'inverse, la navigation entre Istanbul, Smyrne, les échelles du Levant, Alexandrie ou Corinthe, était beaucoup moins dangereuse malgré l'action des chevaliers de Malte, des pirates grecs ou des raids offensifs lancés par les escadres italiennes ou espagnoles.

Les affrontements. Entre les Ottomans et les Espagnols, le conflit était permanent : il n'y avait nul besoin de déclaration de guerre. Certes, pendant l'hiver, les opérations étaient réduites à des coups de main locaux. Mais, dès le printemps, la guerre s'exacerbait et mobilisait d'énormes moyens : « Au moment de Lépante, il y a en Méditerranée entre 500 et 600 galères, tant chrétiennes que musulmanes, c'est-à-dire [...] de 150 000 à 200 000 hommes, entre rameurs, marins et soldats [...]. La guerre des escadres, ce sont donc de grandes mobilisations d'argent et d'hommes » (Fernand Braudel). Les Turcs peuvent expédier cent galères ou davantage qui, dès le mois de mai, viennent battre les côtes d'Italie du Sud et de Sicile. Et, en cette saison, ils peuvent compter sur le concours puissant des corsaires d'Alger, Tunis, Tripoli, voire Tétouan ou Salé.

Ces galères de guerre sont restées à peu près identiques au cours des 16e et 17e siècles. Une comparaison entre les galères de Venise vers 1550 et celles de France en 1691 révèle que les dimensions ont très peu changé : 42 mètres de long et un peu plus de 5 de large en moyenne en 1550 ; et 46,7 et 5,8 mètres en 1691. Le nombre des bancs est presque toujours de 26, après avoir été porté provisoirement à 30. En revanche, pour accroître la vitesse, on augmente le nombre des rameurs par bancs de 3 à 4, puis à 5, à l'exemple du duc d'Osuna qui, en 1613, « arme » chaque banc des galères de Sicile de 5 rameurs. Les galères de France adoptent cette solution et en 1630 elle est devenue générale. Ce maximum ne sera pas dépassé (Maurice Aymard).

La vitesse d'intervention de la flotte ottomane était impressionnante : en 1560, la flotte de Piali Pacha ne mit que 20 jours pour aller de Constantinople à Djerba – on l'attendait en juin, elle arriva le 11 mai. Cette rapidité pouvait être accrue lorsque l'armada turque partait de Rhodes ou des îles grecques. C'est pour assurer une réplique plus rapide que Messine s'imposa comme place principale des flottes espagnoles et de leurs alliés : « Sa position d'embuscade, sur son couloir d'eau, ses facilités de ravitaillement en blé sicilien et étranger, sa proximité de Naples ont servi sa fortune » (Fernand Braudel). D'autre part, l'Espagne divise ses forces navales pour faire front sur les aires d'agression : galères d'Espagne qui patrouillent entre Carthagène et Cadix, galères de Sicile, galères de Naples. Lors des grandes opérations, ces trois flottes, renforcées le cas échéant par celles de Gênes, du pape et de Venise, se rassemblent à Messine.

Plusieurs auteurs l'ont souligné : les grands affrontements entre Espagnols et Ottomans, éventuellement Vénitiens et Ottomans, se sont produits à la charnière des deux espaces maritimes, entre le golfe de Gabès et les îles Ioniennes, sur la côte occidentale de la Grèce ou à portée des rivages d'Italie du Sud : Djerba en 1512 et 1560, deux lourdes défaites espagnoles ; Coron en 1534, septembre 1538 à La Prevesa, dur revers pour les Vénitiens malgré les renforts de Gênes et du pape ; Tunis, enjeu d'importance, pris et repris. Le souverain hafside, Mouley el-Hafsen, allié de Charles Quint, est délogé en 1534, au nom du sultan, par Khayreddine Barberousse, réinstallé en 1535 par l'empereur qui reprend la ville. En 1570, Eudj Ali parvient à s'emparer de Tunis, mais, l'année suivante, les Espagnols, dans l'euphorie qui suit Lépante, enlèvent la ville. Dernier épisode en 1574 : Sinan Pacha reprend Tunis, met fin à la dynastie hafside et fait du pays une province ottomane au rôle de marche frontalière.

Cette litanie de victoires ottomanes est cependant interrompue par deux grands faits d'armes qui se situent dans la même zone et tournent à l'avantage des chrétiens : de mai à septembre 1565, l'armada turque, pourtant surpuissante, échoue dans sa tentative de conquête de Malte, magnifiquement défendue par les chevaliers et secourue *in extremis* par une flotte espagnole envoyée de Naples, puis par un corps expéditionnaire conduit par le vice-roi de Sicile, Garcia de Tolède. Les Turcs ont perdu dans l'aventure beaucoup d'hommes, victimes des épidémies et des sorties des chevaliers. Mais leur puissance militaire n'était pas altérée : c'est en 1570 qu'ils débarquent à Chypre et pillent la Dalmatie. Affront excessif pour Venise qui, du coup, s'engage dans la « Sainte Ligue » aux côtés de l'Espagne, de Gênes et du pape. La victoire chrétienne sur la flotte ottomane, bloquée dans le golfe de Lépante, au cours d'un affrontement gigantesque puisqu'il mit aux prises 230 vaisseaux ottomans et 208 navires chrétiens, mieux pourvus en artillerie, fut totale (7 octobre 1571) : les Turcs perdirent 200 navires, eurent 30 000 tués, et 3 000 de leurs hommes furent capturés ; les pertes chrétiennes, quoique moins lourdes, étaient considérables en hommes (8 000 morts, 20 000 blessés), mais faibles en matériel (10 galères perdues).

Cette victoire fut appréciée de diverses manières : merveilleux triomphe pour les Espagnols et pour le monde chrétien en général, dont les cathédrales célébrèrent dans la liesse de glorieux *Te Deum*. Certains historiens contemporains assurent que l'effet fut nul, car les Turcs reconstituèrent rapidement leur flotte et furent capables de reprendre Tunis et de conquérir Chypre. Ce n'était pas cependant l'avis de Fernand Braudel et ce n'est pas le nôtre. Comment ne pas remarquer en effet qu'entre 1535 et 1560 les Ottomans avaient paru tout près de faire sauter le barrage filtrant de la Méditerranée centrale et d'établir leur domination sur l'ouest de la mer ? En 1541, Charles Quint avait essuyé un lourd échec devant Alger, et on a déjà évoqué le raid dévastateur de 1543 en Corse, après la Sardaigne, suivi de l'hivernage de Toulon ; en 1551, les Turcs avaient ravagé les côtes de Sicile et pris Tripoli ; en 1554-1555, les Algérois s'étaient emparés des présides espagnols de Bougie et du Peñon de Velez. Ainsi, avant les coups d'arrêt de Malte et Lépante (1565-1571), la poussée turque paraissait impossible à contenir. Or, après ce paroxysme de la guerre, la Méditerranée occidentale cesse d'être pour les Ottomans un objectif prioritaire. Les Ottomans retournent leurs forces vers l'est et l'Iran devient l'ennemi majeur, tandis que l'Espagne, à la faveur de l'affaire de la succession de Portugal (1578-1580), et inquiète des progrès anglais, se retourne vers l'ouest. Mais la course, dont l'activité ne cesse de croître, se substitue à la grande guerre et la Méditerranée demeure le lieu de tous les périls.

Une scène très encombrée : l'intervention active des personnages secondaires

Les difficultés des Ottomans et des Espagnols. « La paix était une nécessité aussi vivement ressentie du côté turc que du côté espagnol. » Fernand Braudel ne se contentait pas de cette affirmation. Il accumulait les informations à propos des négociations engagées entre les deux superpuissances, commencées dès les années 1571-1573. À partir de 1573, les missions des agents de Philippe II à Istanbul s'enchaînent : Juan Curenzi, Antonio de Villau (Vegliano), le Florentin Pulidori, Don Martin de Acuña, trouble personnage, surtout le Milanais Giovanni Margliani, excellent négociateur et honnête de surcroît. Les résultats sont évidents : les deux adversaires concluent des trêves successives, le 18 mars 1577, puis le 7 février 1578, le 21 mars 1580, enfin le 25 janvier 1581 et pour trois ans.

Les deux adversaires avaient en effet le plus grand besoin de souffler, à cause de leurs difficultés financières : banqueroute de Philippe II en 1575, manipulations monétaires du sultan en 1584. On comprend qu'Eudj Ali, le *kapitan pacha, l'homme de la guerre, artisan de la reconstruction de la flotte ottomane après Lépante, ne soit pas entendu. D'ailleurs, il meurt en 1587. De surcroît, une disette affreuse désole l'Orient. Enfin, les crises politiques, démographiques, économiques se multiplient à la fin du 16ᵉ siècle.

À l'ouest, aux confins de l'espace méditerranéen, le Maroc doit faire face à la folle tentative de conquête du roi de Portugal, don Sébastien (1578), puis l'Espagne met la main sur le Portugal, ce qui provoque l'installation pour deux ans de Philippe II à Lisbonne (1580-1582) ; l'Espagne est ravagée par la peste (1589-1590 et 1597-1602) et les révoltes de l'Aragon, celle du comté de Ribagorza, puis celle de Saragosse (1591-1592), mobilisent l'attention du souverain. La France, depuis 1561, est livrée aux délires des guerres de Religion, en proie aux problèmes de succession qui ne sont réglés qu'en 1594.

L'Empire ottoman n'est pas mieux loti. Les armées turques sont engagées dans de difficiles campagnes en Crimée, sur les confins iraniens, et, malgré de grandes victoires, n'obtiennent pas l'écrasement de l'adversaire. Au cœur même de l'Empire, éclatent d'inquiétantes révoltes : à Istanbul en 1589, à Tripoli la même année, à Tunis en 1590. Les spahis se soulèvent à nouveau à Istanbul en janvier 1593, puis les *janissaires en 1598 : ces soldats, démobilisés, n'ont pas été payés. Cette « crise de l'autorité turque » dénonce un malaise.

On sait aujourd'hui que la dernière décennie du 16e siècle a été catastrophique dans toute l'Europe ou presque : famines, épidémies, surmortalités. La Méditerranée n'a pas échappé au sort commun.

Renaissance des seconds rôles. Dans ces conditions, les États moyens, réduits longtemps aux rôles secondaires, découvrent de nouvelles possibilités d'action. *Venise*, qui n'est pas aussi décatie qu'on le dit, fortifie Candie et envoie derechef en 1591 2 000 fantassins pour assurer la défense de la Crète. Le *grand-duché de Toscane* connaît un bel essor, préparé par Côme de Médicis (1537-1574) qui avait organisé l'État, développé l'agriculture en bonifiant le Val di Chiana, fortifié ses frontières, créé une université à Pise et un port sur la Tyrrhénienne, Livourne, bourgade de 600 habitants en 1560, petite ville très active de 5 000 âmes en 1600, disposant d'un arsenal, d'une douane, de silos et magasins, de deux môles neufs terminés en 1598, avec une darse profonde pour accueillir les gros navires. À la fin du 16e siècle, sous la direction du deuxième successeur de Côme, Ferdinand (1587-1609), la Toscane était devenue un personnage actif du théâtre méditerranéen. Livourne avait noué des relations avec les ports normands, anglais, hollandais, et entretenait un gros trafic : elle avait reçu 417 navires, moyenne annuelle, en 1574-1577 ; elle en accueillait 2 266 en 1592-1593. Mais la Toscane avait aussi créé une force navale aux humeurs offensives : les galères de saint Étienne n'hésitèrent pas à prêter main-forte aux chevaliers de Malte pour donner la chasse aux navires ottomans entre Alexandrie et Rhodes ; en 1607, elles attaquèrent et pillèrent Bône.

L'*État pontifical* était lui aussi devenu un interlocuteur notable du dialogue méditerranéen. Beaucoup mieux administré, sous la férule énergique des papes de la Contre-Réforme, tels Grégoire XIII (1572-1585) et Sixte Quint (1585-1590), il s'était enrichi : aux revenus qui affluaient du monde chrétien s'était ajouté l'alun de Tolfa. L'État pontifical avait un quasi-monopole de ce précieux produit en Europe occidentale. L'État s'appuyait sur deux villes puissantes : Rome, qui dépassait 100 000 habitants en fin de 16e siècle et qui avait connu une extraordinaire mutation, et Bologne (67 000 âmes en 1617), sise au cœur d'une riche campagne et administrée par un système dyarchique souple qui associait le Sénat au légat du pape. Le domaine pontifical s'accrut encore lorsque, en 1598, il absorba le duché d'Este et sa capitale Ferrare, après la mort d'Alphonse II. L'application des décrets du concile de Trente, terminé en 1565, donnait au pape des possibilités accrues d'intervention dans tous les États catholiques. Bien entendu, il demeurait un champion de la lutte contre les Turcs, à laquelle il pouvait contribuer avec de l'argent et des navires.

L'essor de la course. Fernand Braudel a qualifié la *course* de « forme supplétive de la grande guerre ». On ne saurait mieux dire. Car, à la disparition provisoire des conflits armés entre les États et des batailles rangées, correspond, de 1580 à 1650, une exaspération de la course. Celle-ci est aussi une forme de l'émancipation, au moins relative, des corsaires à l'égard des pouvoirs dominants, d'Istanbul et de Madrid notamment : les *raïs* d'Alger, Tunis, Bizerte, Tripoli, renforcés par la venue de nombreux renégats nordiques (anglais, flamands, hollandais, bretons ou normands) qui les initient aux techniques de la navigation atlantique, ne se préoccupent plus guère des instructions d'Istanbul et organisent pour leur compte les opérations, d'autant plus que les profits énormes de la course sont devenus la source du pouvoir. L'audace de ces *raïs* ne connaît plus de bornes : ils raflent hommes et navires à quelques encablures des côtes de Catalogne, de Provence, des rivières génoises ou de Toscane, dans l'Adriatique ou l'Égée, sur les côtes, dans l'intérieur des terres, notamment dans les îles. Mais les Barbaresques ne sont pas seuls en cause : les corsaires turcs d'Anatolie, qui croisent entre Istanbul, la Crète, Chypre et Rhodes, se distinguent aussi. De même les *Uscoques, du fond de l'Adriatique, qui ne se réclament d'aucune foi et d'aucune règle. Et les chrétiens ne sont pas en reste : les chevaliers de Malte, dopés par la victoire de 1565, sont très actifs en Méditerranée orientale ; les Toscans, les Majorquins, et même les Savoyards, qui disposent des ports du Niçois, entrent dans la danse ; Pedro Giron, troisième duc d'Osuna, vice-roi de Sicile, puis de Naples, dédaigne les ordres de Madrid et lance, entre 1610 et 1620, ses galères dans des expéditions de course dirigées contre la Tunisie et vers le Levant. Dans l'ordre, la zone du détroit de Gibraltar (où agissent aussi les *Salétins), le complexe sicilien et la Méditerranée orientale sont les plus affectées par ce paroxysme de la course.

Les bâtiments utilisés par les « opérateurs » sont très souvent de plus petite dimension que les galères des grandes escadres : ce sont des navires du même type, rapides et très maniables, avec 10, 12, 14, jusqu'à 20 bancs de rameurs, tels que felouques, frégates, brigantins, qui s'embossent facilement dans les criques afin d'agir par surprise. Il existe ainsi quantité de « petites ou moyennes entreprises » de course, tant chez les musulmans que chez les chrétiens.

Réapparition de la France. Vers 1630-1640, la *France* réapparaît en Méditerranée. Dès la fin du 16e siècle, Toulon avait été pourvue d'une enceinte complète, sous la forme d'une étoile à sept branches. Sous Richelieu, le port fut mis en état et la flotte de guerre reconstituée. En 1636, il y avait à Toulon 59 vaisseaux sur rade, équipés de 400 canons et armés de 6 500 hommes : la centaine de barques ou de petits bateaux de pêche qui sortaient quotidiennement se sentaient mieux protégés désormais ; puis, dans les années 1650, l'arsenal fut considérablement agrandi ; enfin, à partir de 1680, Vauban construisit la citadelle. La France disposait désormais en Méditerranée d'une base d'opérations militaires de premier ordre. À la même époque, les grands travaux de Marseille, voulus par Colbert, et qui portent eux aussi la marque de Vauban, et la création du port de Sète (la première pierre du môle Saint-Louis a été posée en 1666) manifestaient nettement la volonté de présence de la France en Méditerranée. De fait, Louis XIV accéda à la requête du pape Clément IX qui demandait un secours pour la Crète où la résistance des Vénitiens, depuis l'attaque turque de 1645 et la prise de La Canée, forçait l'admiration générale : en janvier 1669, il envoya un corps de 4 000 hommes, commandé par les ducs de Beaufort et de Navailles, puis des renforts, pour secourir Candie assiégée depuis vingt-trois ans ! Mais il était trop tard : Navailles dut rembarquer et les défenseurs vénitiens capitulèrent en septembre 1669, tout en obtenant de quitter l'île avec toutes leurs forces.

La France de Louis XIV n'en maintenait pas moins sa pression dans la mer Intérieure. En 1674, Messine, révoltée contre les Espagnols, fit appel simultanément aux Turcs et à Louis XIV qui accepta : la flotte de Duquesne battit successivement la flotte espagnole près des îles Lipari le 11 février 1675, puis une flotte hispano-hollandaise commandée par Ruyter, qui périt dans la bataille, sur les côtes de Sicile, près d'Agosta (avril 1676) ; déjà, les sénateurs de Messine avaient juré fidélité à Louis XIV et reconnu Vivonne comme vice-roi. Simple péripétie, car, en 1678, Louis XIV qui voulait négocier avec l'Espagne ordonna l'évacuation. Mais, en 1681, Duquesne reçut l'ordre d'attaquer Tripoli dont il poursuivit les corsaires jusqu'à l'île de Chio qu'il bombarda sévèrement, ce qui provoqua une crise grave entre la France et le sultan. Puis, en 1685, le roi de France fit bombarder Gênes qui avait voulu demeurer fidèle à l'Espagne. La France s'était affirmée comme un acteur de premier plan en Méditerranée. D'autant que Malte, où les deux tiers des chevaliers de l'Ordre étaient français, devenait, après 1680, le principal relais du commerce français avec le Levant.

Ces divers épisodes démontrent l'affaiblissement simultané de l'Espagne et de l'Empire ottoman : certes, les Turcs étaient parvenus à conquérir la Crète, mais il leur avait fallu plus de vingt-trois ans pour le faire, alors que, de 1571 à 1574, moins de quatre ans leur avaient suffi pour emporter Chypre, un peu plus vaste que la Crète. À l'inverse, *Venise* avait démontré qu'elle n'était pas épuisée. Les Vénitiens ne s'étaient pas contentés de se défendre. En 1657, ils avaient attaqué les Dardanelles et, en 1684, ils s'engagèrent dans une nouvelle « Sainte Ligue » sous l'égide du pape, avec l'empereur et de nombreux alliés, et ils ne firent pas de la figuration : ils s'emparèrent de Lépante en juillet 1687, puis de la Morée et de Corinthe en août, et bombardèrent Athènes. Ces défaites provoquèrent de graves troubles et une révolution de palais à Istanbul en novembre 1687. Les conquêtes vénitiennes furent confirmées à la paix de Karlowitz (1699).

Le 18e siècle : une nouvelle donne

Les Anglais en Méditerranée. La guerre de la Succession d'Espagne permit aux Anglais de satisfaire rapidement une partie au moins de leurs ambitions méditerranéennes. La flotte britannique commandée par Rooke enleva la place de Gibraltar, non sans difficultés, le 4 août 1704, et une garnison anglaise l'occupa. Les forces franco-espagnoles tentèrent aussitôt de reprendre le rocher, dont l'importance stratégique était évidente, grâce à une action conjointe maritime et terrestre. La bataille de Málaga, le 24 août 1704, fut indécise, mais la flotte française, affaiblie par la tempête, ne parvint pas à bloquer Gibraltar, et le siège, mené par Tessé, ne put réduire la garnison. En 1707, une opération importante, fondée elle aussi sur la conjonction de forces terrestres (Impériaux et Savoyards) et maritimes (Anglais et Hollandais commandés par Showell), dirigée contre Toulon afin d'ouvrir un front au sud-est de la France, échoua, mais, en 1708, James Stanhope s'empara de l'île de Minorque, précieuse en raison de l'intérêt stratégique de la rade de Port-Mahon. Les autres Baléares avaient été occupées par les forces de la « Grande Alliance » en 1706, mais elles furent rendues à l'Espagne au traité d'Utrecht en juillet 1713 ; en revanche, celui-ci stipula la cession à l'Angleterre de Gibraltar et de Minorque. Au cours du 18ᵉ siècle, les Espagnols cherchèrent à plusieurs reprises, notamment en 1727, à reconquérir Gibraltar, vainement. Et ce n'est qu'en 1783, lors du traité de Versailles, que l'Espagne récupéra Minorque, reconquise d'août 1781 à février 1782 par une expédition franco-espagnole. Mais l'Angleterre, dès 1800, remplaça Minorque par Malte, en arrachant l'île à Bonaparte qui l'avait conquise en 1798, à la faveur de l'expédition d'Égypte, et en devançant les ambitions russes.

Reclassement des puissances. La même guerre de la Succession d'Espagne avait aussi modifié profondément l'organisation territoriale de la Méditerranée occidentale dont l'Espagne avait perdu la maîtrise. Les traités d'Utrecht et de Rastatt (1713-1714) avaient certes été contestés rapidement, surtout par le ministre italien de Philippe V et d'Élisabeth Farnèse, Alberoni, et le renouveau militaire de l'Espagne s'affirma par la reconquête de la Sardaigne et de la Sicile, qui avaient été cédées lors des traités de 1713-1714. La pression commune de l'Angleterre et de la France, provisoirement réconciliées, ainsi que les concessions de l'empereur Charles VI, décidèrent Philippe V à signer le traité de Madrid (13 juin 1721). Il ratifiait, avec quelques modifications, la nouvelle carte politique de la Méditerranée occidentale : le royaume de Savoie (ou Piémont) recevait la Sardaigne ; l'empereur Charles VI, déjà roi de Naples, obtenait la Sicile mais reconnaissait Philippe V comme roi d'Espagne et promettait la succession des duchés de Parme, Plaisance et Toscane au fils de Philippe V et d'Élisabeth Farnèse, Don Carlos.

Comme l'Angleterre, l'Empire avait ainsi pris pied en Méditerranée. D'autant qu'à l'est les Autrichiens confirmaient les avantages qu'ils avaient acquis à la paix de Karlowitz. Lorsque, en janvier 1715, les Turcs, qui n'avaient pas accepté la perte de la Morée au profit des Vénitiens, déclarèrent la guerre à la Sérénissime et reconquirent en une centaine de jours ce territoire, les Impériaux volèrent au secours de Venise : grâce à eux, les Turcs durent abandonner le siège de Corfou. L'armée du prince Eugène acheva la reconquête de la Hongrie, puis, après avoir défait l'armée ottomane, mit le siège devant Belgrade qui capitula en août 1717. Le traité de Passarowitz (21 juillet 1718) cédait à l'Autriche la majeure partie de la Serbie, dont Belgrade. Les Turcs gardaient la Morée, mais l'Autriche visait désormais l'accès à la Méditerranée orientale. C'est dans ce but que l'empereur accorda le statut de port franc à Trieste et Fiume, que la monarchie possédait depuis le Moyen Âge, qu'elle avait fortifiés en 1555 mais qui s'étaient longtemps contentés du cabotage. C'est à Trieste que l'empereur installa la « Compagnie de commerce oriental » qui avait été créée à Vienne en 1719. Trieste devint aussi, à partir de 1730, le siège d'un arsenal et le port d'attache de la flotte de guerre impériale. Mais cette politique fut abandonnée en 1739 et ne fut reprise que fort modestement par Marie-Thérèse et Joseph II (Jean Bérenger).

L'abandon d'une véritable politique méditerranéenne par l'Autriche fut peut-être dû à son échec en Italie du Sud. En effet, à l'occasion de la guerre de la Succession de Pologne, la France de Louis XV refit alliance avec l'Espagne de Philippe V (traité de l'Escorial de novembre 1733, dit premier « pacte de famille »). Don Carlos en profita pour se lancer à la conquête du royaume de Naples : dès le 10 mai 1734, il entrait à Naples, puis son armée, commandée par Montemar, taillait en pièces les troupes de Charles VI à Bitonto, près de Bari, et occupait progressivement tout le royaume. Après quoi Montemar débarqua en Sicile et l'île se rallia rapidement à Don Carlos : l'accueil triomphal de Naples et le ralliement sicilien démontraient à l'évidence que les populations préféraient de beaucoup la constitution d'un royaume indépendant (fût-ce sous l'autorité d'un prince espagnol, qui allait se révéler un excellent souverain) à la dépendance politique à l'égard de l'Espagne ou de l'Autriche. Le royaume des Deux-Siciles ainsi créé devait durer jusqu'à la formation de l'unité italienne.

De surcroît, la guerre de la Succession de Pologne, décidément malheureuse pour l'Autriche, avait permis aux Turcs une contre-offensive : ils reconquirent Valachie et Serbie, que l'Autriche dut leur abandonner au traité de Belgrade (1er septembre 1739).

La place que l'Autriche ne put obtenir en Méditerranée était également convoitée par la Russie, qui y voyait le moyen d'apparaître comme la protectrice des Slaves du Sud sous domination ottomane et qui, déjà installée dans la Baltique, souhaitait accéder au rang de puissance maritime. C'est cette double ambition qui explique la grande offensive menée par la Russie de Catherine II contre l'Empire ottoman par terre et par mer en 1769-1770 : les Russes conquirent toutes les terres situées entre Dniestr et Danube, de la Bessarabie à la Valachie, franchirent le Danube après avoir enlevé la citadelle d'Ismaïl et occupèrent la Crimée. Surtout, depuis la Baltique, ils envoyèrent une flotte qui contourna l'Europe par l'ouest, franchit le détroit de Gibraltar et vint défier la flotte turque dans la baie de Tchesmé, près de Chio, en juillet 1770 : Alexis Orlov remporta une victoire totale sur les Turcs. Lorsque ceux-ci se résignèrent à signer le traité de Kutchuk-Kaïnardji (21 juillet 1774), ils durent, pour récupérer les terres perdues (sauf une part de la Crimée), reconnaître la Russie comme protectrice des peuples orthodoxes de l'Empire ottoman (avec accès autorisé aux lieux saints de Palestine) et admettre la libre navigation des Russes sur la mer Noire et le libre passage des Détroits pour leurs navires.

Catherine II envisagea même un partage de l'Empire ottoman : après une rencontre avec Joseph II à Mohilev en 1780, elle envoya à l'empereur la lettre du 10 septembre 1782, baptisée « projet grec » parce qu'il prévoyait la reconstitution d'un petit Empire byzantin pour un petit-fils de la tsarine ; l'Autriche et la Russie se seraient partagé les dépouilles les plus considérables de l'Empire, Venise aurait récupéré Chypre, la Crète et la Morée, et la France aurait été « désintéressée » avec l'Égypte ! La France, soutenue par l'Angleterre, fit échouer le projet, mais la Russie y gagna la Crimée (convention d'Andrinople en janvier 1784).

Au cours du 18e siècle, la France, prenant le relais de l'Espagne, s'était affirmée comme une grande puissance méditerranéenne. Pour contrarier les ambitions autrichiennes en Méditerranée orientale, la diplomatie française, suivant une tradition qui remontait à François Ier, maintint presque constamment son alliance avec l'Empire ottoman, qui n'était plus à craindre. Des ambassadeurs habiles et influents – Villeneuve, Vergennes surtout, puis Saint-Priest – jouèrent ainsi le rôle de conseillers politiques, voire militaires, du sultan. Ils préférèrent renoncer à l'Égypte plutôt que de hâter l'effondrement d'un empire, qui aurait exacerbé les appétits autrichiens et russes. Pendant ce temps, le nationalisme grec renaissait et les « régences » d'Alger, Tunis, Tripoli, reprenaient leur liberté à l'égard d'Istanbul.

La puissance française en Méditerranée s'appuyait sur la base de Toulon, dont l'arsenal devint au 18ᵉ siècle l'entreprise pilote. En 1785, il comptait 2 330 ouvriers : 1 140 pour les constructions, 1 100 pour le port, 90 pour l'artillerie. Cet effectif s'était même élevé à 4 000 en 1783, au moment de la guerre d'Amérique. Il est vrai que les constructions navales, très actives pendant la décennie 1764-1773, ont connu d'importantes fluctuations, au gré des finances royales : en 1748, douze galères seulement étaient en état de prendre la mer, mais les galères furent progressivement remplacées par d'autres vaisseaux ; lorsque les armées de la Convention parviendront à reprendre la ville après la révolte de 1793, elles récupéreront quinze vaisseaux. L'effort fourni pour cette reconquête était à la mesure de l'importance de la place. Toulon était en quelque sorte l'appui logistique du commerce marseillais dont on reparlera.

Il est significatif aussi que le comte de Vergennes ait affecté l'un des trois bureaux des Affaires étrangères au Midi (Méditerranée et Empire ottoman) lorsqu'il réorganisa le service en 1775 : ce bureau fut animé par un collaborateur de grande valeur, Rayneval.

Bien entendu, l'achat à la république de Gênes de ses droits sur la Corse, en 1768, fut un effet de cette nouvelle politique de présence. L'île était pratiquement indépendante depuis 1762 : le champion de l'indépendance, Paoli, n'avait cependant pu imposer partout son autorité et les révoltes étaient fréquentes, ce qui avait provoqué des interventions françaises. Paoli résista un an. Le premier gouverneur, le comte de Marbeuf, mena une politique habile de pacification prudente.

L'impact de la Révolution française (1789-1815) : les progrès de l'Angleterre. Le déclenchement de la Révolution française n'eut pas d'effets immédiats en Méditerranée, sinon, sans doute, de « relancer » en Espagne une Inquisition quasi moribonde, dès lors mobilisée pour intercepter la littérature révolutionnaire. Il en alla différemment quand, à partir de 1792, la France fut en guerre avec la plupart des pays européens.

Tout naturellement, les deux grands ports méditerranéens de la France furent les premières cités touchées par la crise révolutionnaire. Marseille et Toulon, où les oppositions de classe étaient fortes, notamment à Toulon où les salariés de l'arsenal et du port constituaient une proportion élevée de la population, connurent d'abord un destin similaire. « À la pointe de la Révolution » (Michel Vovelle), Toulon fut durant l'« horrible trimestre » de l'été 1792 le lieu d'un des premiers massacres de la Révolution (vingt à trente victimes), effet d'une sorte de « radicalisme jacobin », mais à Marseille les « sections » révolutionnaires furent aussi très actives. Le renversement de situation qui accompagna le mouvement fédéraliste provoqua dans les deux villes la formation de « comités de sûreté générale » aux sympathies royalistes certaines, dirigés par des officiers de marine et des notables à Toulon, alors qu'à Marseille le fédéralisme était un « mouvement à fort encadrement bourgeois à base de masse non négligeable » (Michel Vovelle). Les uns et les autres négocièrent avec les Anglais (l'amiral Hood) et leurs alliés napolitains et espagnols. Une différence importante, cependant : les Anglais et leurs alliés occupèrent Toulon qui fit allégeance à « Monsieur, comte de Provence et régent de France », à partir du 29 août 1793. Tandis qu'à Marseille, l'armée de Carpeaux prit les devants et entra dans la ville le 25 août 1793.

Lorsque l'armée de la Convention, où s'illustra Bonaparte, reconquit Toulon en décembre 1793, beaucoup de Toulonnais émigrèrent, et la population tomba de 28 000 habitants en 1790 à 7 000 ! À Marseille, dès l'arrivée de Carpeaux, quelque 1 200 personnes, dont 36 % de négociants et fabricants, émigrèrent. Dans les deux villes, la Terreur se déchaîna alors et le représentant de la Convention Fréron fut l'un des principaux inspirateurs de la répression, à Toulon comme à Marseille : 600 à 800 morts à Toulon, près de 300 condamnations à mort à Marseille, de sorte que l'interprétation de Michel Vovelle faisant de Fréron un « indulgent maladroit » apparaît contestable. Marseille fut encore victime de l'horrible massacre du 17 prairial (5 juin 1795) où périrent les 107 prisonniers du fort Saint-Jean.

Les similitudes s'arrêtent là. Car Toulon devint « l'arsenal de la République » dès 1794, sous l'impulsion de Jeanbon Saint-André, et le repeuplement fut rapide : 22 000 habitants en 1799, 33 500 en 1812. Le Directoire, puis le Consulat et l'Empire conduisirent en matière navale une politique volontariste malgré la domination anglaise en Méditerranée, malgré Aboukir et Trafalgar. C'est de Toulon que partit le 19 mai 1798 l'expédition d'Égypte. La période 1794-1815 fut une bonne époque pour Toulon.

Mais un triste épisode de l'histoire de Marseille : dès l'automne 1792, la guerre avait provoqué l'arrêt du grand commerce et 1793 fut pour le négoce marseillais une « année terrible », ce qui explique la conversion précoce de la ville au fédéralisme. L'atonie du grand commerce malgré quelques reprises (1795-1797) et la longue crise de l'économie portuaire firent de Marseille une des capitales de la réaction royaliste.

On connaît l'intérêt de Bonaparte pour la Méditerranée. L'armee d'Italie dont, en 1796, il reçut la direction fut le premier instrument de cet intérêt. Les victoires foudroyantes de 1796-1797 sur les armées autrichiennes, la prise de la place forte de Mantoue le 2 février 1797 malgré plusieurs armées de secours parurent annoncer, avec d'importants remaniements territoriaux, un bouleversement de l'équilibre politique de la Méditerranée : dès le 15 mai 1796, le roi de Piémont-Sardaigne avait dû céder à la France la Savoie et le comté de Nice. La paix de Campo-Formio (octobre 1797), que Bonaparte négocia avec l'Autriche sans tenir compte des instructions du Directoire, livra à la France la Lombardie et aussi les îles Ioniennes, tandis que, au grand scandale des patriotes italiens, Bonaparte obligeait le dernier doge de Venise, Ludovico Manin, et le grand conseil à accepter la mort de la république de Saint-Marc (12 mai 1797), dont les territoires étaient attribués à l'Autriche, en guise de compensation, ou incorporés dans la nouvelle République Cisalpine.

La difficile campagne des années 1799-1800 (Marengo) et les

traités qui suivirent transformèrent le Piémont en départements français, les États pontificaux et napolitains en éphémères républiques romaine et parthénopéenne. Plus tard, on le sait, la Méditerranée eut sa part dans la politique familiale de Napoléon : Murat, son beau-frère, devint roi de Naples et Joseph, son frère, roi d'Espagne. Mais, de ces bouleversements, en 1815 il ne restait presque rien.

L'expédition d'Égypte, voulue par Bonaparte, dont on saisit mal les buts, provoqua un affrontement insolite entre la France et l'Empire ottoman, alliés depuis François Iᵉʳ. Elle était fort risquée et la flotte française, qui transportait 40 000 hommes, eut la chance d'échapper à Nelson qui patrouillait dans les parages. Débarquée à Alexandrie le 2 juillet 1798, l'armée élimina l'adversaire mamelouk et entra au Caire le 22 juillet. Le sultan déclara la guerre à la France : ce fut l'occasion pour Bonaparte de battre les Turcs à El-Araich, de s'emparer de Jaffa le 7 mars 1799 (mais pas de Saint-Jean-d'Acre), de vaincre une autre armée turque au mont Thabor le 16 avril. Après le départ clandestin de Bonaparte, Kléber battit une troisième armée turque à Héliopolis le 20 mars 1800. Mais le général Menou, qui succéda à Kléber assassiné, ne put enlever les fortifications anglaises de Canope en mars 1801 et dut capituler le 30 août 1801.

Car, après la destruction de la flotte française à Aboukir par Nelson, le 1ᵉʳ août 1798, les Anglais avaient pris pied en Égypte. Et on découvre que les entreprises de Bonaparte en Méditerranée ont eu pour résultat final l'affermissement des positions anglaises. Déjà installés à Gibraltar, que les Espagnols n'avaient pu reprendre malgré plusieurs sièges, dont le « grand siège » de 1782-1783 pendant la guerre d'Amérique, les Anglais profitèrent de la première coalition de mars 1793 (avec participation de l'Espagne et du royaume de Naples) pour prendre le contrôle de la mer Intérieure en utilisant de multiples possibilités d'escales et de ravitaillement à Barcelone, Port-Mahon, Carthagène, Málaga, Naples, Messine, etc. À l'appel de Paoli, ils débarquèrent en Corse en janvier 1794 et y restèrent pendant près de trois ans. Nelson, qui perdit un œil devant Calvi, participa à ces opérations où il conquit sa réputation. L'invasion de la Catalogne par l'armée de Dugommier et du Pays basque par celle de Moncey conduisirent l'Espagne à signer la paix de Bâle (22 juillet 1795) et, dès lors, les possibilités anglaises se réduisirent, mais Naples, où la flotte anglaise, avec Nelson, participa à la chute de la République parthénopéenne (1799), devint pour quelques années un point d'appui précieux. Quant à Malte, occupée par Bonaparte en route vers l'Égypte (12 juin 1798), elle devait, malgré la brillante défense du gouverneur Vaubois, tomber aux mains de l'Angleterre le 5 septembre 1800, et pour longtemps. Même les îles Ioniennes, d'abord reconquises par les Turcs, devinrent en 1815 un État indépendant sous le protectorat anglais.

En outre, l'expédition d'Égypte et la guerre franco-turque eurent des conséquences désastreuses pour le commerce français du Levant (et donc pour Marseille) : « Consuls et commerçants sont arrêtés, les biens français confisqués » (Robert Mantran). Sur le plan commercial encore, la principale bénéficiaire fut l'Angleterre.

DOCUMENT 1

L'arsenal de Venise vers 1560

On observera d'abord que l'arsenal de Venise, une des plus grandes entreprises du temps, qui employait au début du 17ᵉ siècle plus de 1 800 personnes et qui était une entreprise d'État, fut une création continue (cf. Vieil Arsenal, Novissimo Arsenale), qu'il est à l'évidence une entreprise destinée à la flotte de guerre (artillerie, fonderie de fusils, magasin d'armes…), qu'il est largement pourvu en cales sèches pour construction et réparations. À noter qu'il prévoyait le logement du Bucentaure, *la galère réservée au doge pour les grandes fêtes.*

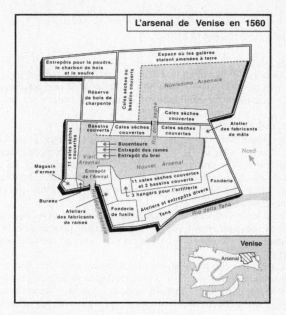

(D'après Frédéric C. Lane, *Navires et Constructions à Venise pendant la Renaissance*, Paris, SEVPEN, 1965.)

DOCUMENT 2

Forme du gouvernement du royaume de Tunis

Dans cette quatrième lettre, Peyssonnel, dont le séjour en Afrique du Nord en 1724 et 1725 ne donna lieu qu'en 1738 à une première relation éditée, résume avec beaucoup de lucidité l'évolution des formes de gouvernement en Tunisie : d'abord soumise directement à la Porte, la régence, contrôlée par des janissaires envoyés d'Istanbul, conquiert progressivement une autonomie de fait, dont le bey, chef de l'armée, est l'expression. On notera que beaucoup de beys furent des renégats (Corses, Génois, Grecs, etc.).

« Tunis, le 20 juillet 1724,

« Monsieur,
« Après avoir été informé de tout ce que j'ai vu dans ce pays, après avoir lu la description des villes où j'ai été, je crois que vous serez bien aise de connaître le gouvernement, l'état présent de ce royaume…

« *Forme et gouvernement du royaume de Tunis.*
« Après que Soliman, empereur ottoman, eut conquis le royaume de Tunis, il laissa subsister le dey, roi du pays, mais changea la forme du gouvernement. Il y mit un pacha qui en était comme le vice-roi pour le grand seigneur, prescrivant au dey les ordres de la Porte. Ce pacha occupait les places les plus considérables avec les janissaires que la Porte Ottomane y envoyait.
« Outre le dey, suivant la coutume du pays, il y avait un bey ou général des troupes, qui restait toujours à la campagne pour exiger les tributs ou *kharâj* des villages et de tout le royaume, et qui rendait compte au dey de sa conduite.
« Le pacha, conjointement avec le divan composé des boloukbachis ou conseillers d'État, élisait le dey et rendait la justice au peuple. Voilà quel était autrefois le gouvernement de ce royaume : tout cela subsiste encore, d'une manière toute différente, quoique avec les mêmes apparences.
« Le bey qui, comme nous l'avons dit, était le lieutenant-général des troupes ou, si vous voulez, le connétable, qui avait soin de tenir soumis les gens de la campagne et de leur faire payer le tribut, gagna insensiblement l'amitié du peuple et, se trouvant avec l'argent et les troupes en état de faire la loi, il s'appropria la suprême autorité. Mais, crainte de s'attirer de fâcheuses affaires avec la Porte, il laissa subsister la forme du gouvernement, se contentant d'avoir toute l'autorité, et laissant au pacha et au dey des titres et des honneurs apparents qui le disculpaient auprès du grand seigneur et qui ne lui portaient aucun préjudice. Ce fut environ l'an 1660 que Mourat-Bey, renégat corse du lieu de Bonifacio, revenant du camp, au lieu d'aller rendre compte de sa conduite au dey suivant l'usage, feignit d'être malade et, le dey ayant été le visiter, il prétendit l'année d'après que cette visite lui était due. Comme il était fin politique, il commença dès lors à diminuer l'autorité du dey et amena insensiblement les choses dans l'état où elles sont aujourd'hui. »

D'après Jean-André Peyssonnel,
Voyage dans les Régences de Tunis et d'Alger,
présentation et notes de Lucette Valensi,
Paris, La Découverte, 1987, p. 70-71.

11. Le poids des hommes
et les nécessités du commerce

Au 16ᵉ siècle, la Méditerranée demeure un carrefour très dense de peuples, une « mer des hommes » si l'on ose cette expression. Qui plus est, au cours de ce siècle, l'essor démographique fut considérable, à tel point que la « peuplade » dépassa les seuils « malthusiens » tolérés par l'économie à prédominance agraire de ce temps : « dès 1560 ou 1580, en France comme en Espagne, en Italie, et probablement dans tout l'Occident, l'homme redevient trop nombreux » (Fernand Braudel). La crise démographique, commencée dans les années 1590 et qui provoqua une chute, puis une stagnation de la population, au moins dans le bassin occidental de la mer, fut suivie, ici dès le premier tiers du 18ᵉ siècle, là un peu plus tard, d'un nouvel élan très puissant du peuplement. Bien évidemment, ces fluctuations eurent des effets économiques notoires : on peut même affirmer que les limites de la production céréalière des pays riverains provoquèrent la pénétration du bassin méditerranéen par les navires et les commerçants du nord de l'Europe.

Les avatars du peuplement et l'urbanisation

Le nombre des hommes : avancées et régressions. Fernand Braudel avait avancé pour l'ensemble du bassin méditerranéen, entendu au sens large (puisque tout l'Empire ottoman, la France entière et même le Portugal étaient inclus dans cet ensemble) le chiffre de 60 millions d'habitants pour la fin du 16e siècle. Le même auteur n'en admettait pas moins : « Les chiffres sont discutables. » Ils offrent des garanties fort inégales selon les espaces considérés : ainsi, les niveaux de population de l'Italie et de l'Espagne et leurs évolutions sont relativement bien connus, même en tenant compte des variations régionales. Grâce aux bons recensements ottomans de la fin du 15e et du début du 16e siècle, Nicoara Baldiceanu peut évaluer la population de l'Empire vers 1500 à 7 825 000, dont les deux tiers environ pour la Roumélie et le tiers pour l'Asie Mineure. Mais il s'agit de l'Empire avant les grandes conquêtes de Sélim Ier et de Soliman, qui exclut par conséquent une partie de la Serbie, la Hongrie, la Transylvanie, le khanat de Crimée, la Syrie, l'Irak, l'Égypte ! Comme on ne dispose plus de recensements ottomans avant 1831, on ignore la population de l'Empire à son apogée. Ainsi, il faut attendre 1798 pour disposer d'une première estimation solide à propos de l'Égypte : 2 400 000 habitants ; mais André Raymond juge aujourd'hui vraisemblable le chiffre de 4 millions. Robert Mantran évalue la population de l'Empire ottoman vers la fin du 16e siècle à 20 millions environ, et Fernand Braudel, pour le milieu du 18e siècle, à 20-25 millions. Évaluation comparable d'André Raymond pour le début du 19e siècle (23 millions), mais l'Empire a perdu alors une partie de ses domaines européens.

Il faut donc nous contenter des évaluations raisonnables et de quelques certitudes ponctuelles. Soit, vers la fin du 16e siècle, environ 60 millions d'hommes en effet : 20 pour l'Empire ottoman, 16 pour la France, 13 pour l'Italie, 8 pour l'Espagne, 3,5 pour l'Afrique du Nord selon J.-C. Russell (Maroc compris). Mais il faut savoir que ce chiffre tient compte de l'essor remarquable enregistré au cours du siècle, dans les cas bien connus.

Il serait tout à fait fastidieux, dans un cadre aussi restreint, de multiplier les analyses régionales. Soit l'exemple de la Sicile : K.-J. Beloch dénombrait 120 864 feux en 1501, 160 981 en 1548, 221 000 en 1575, 223 000 en 1597. La révision des calculs de Beloch par Di Pasquale en 1970 majore encore le nombre des feux de 1548, qui atteint 173 797. Le maximum est atteint en 1636 avec 244 000 et on constate que l'augmentation de population était acquise pour l'essentiel dès 1575. Avec un coefficient de 4,5 par feu, la population de la Sicile, qui était d'environ 604 000 habitants en 1501, aurait ainsi atteint 782 000 en 1548 et 1 100 000 en 1636, soit environ 40 habitants au kilomètre carré. Parallèlement, Palerme double son effectif et Messine le triple pendant le siècle. Or, on le verra, l'essor démographique de la Sicile a eu des effets importants sur les trafics méditerranéens.

Disons seulement que le royaume de Naples, le royaume de Castille ou la Provence connurent pendant le 16ᵉ siècle des évolutions comparables. Alors que la Catalogne, après la Peste noire et la crise sociale du 15ᵉ siècle, ne se repeupla que lentement. Le « royaume » de Valence déclare 64 075 *vecinos en 1565, 96 731 en 1609. Les îles connaissent des destins contrastés : la Sardaigne double sa population, Malte gagne 60 % de 1550 à 1614, mais les Baléares stagnent.

Le déclin net du 17ᵉ siècle en Méditerranée occidentale est une certitude : ainsi, de 5,4 millions d'âmes en 1600 à 4,2 en 1650, soit une chute de 22 %, l'Italie du Nord se retrouve, en 1650, à près de 10 % en dessous de son niveau de 1550. Même chute brutale dans le royaume de Castille où pestes et famines ont conjugué leurs effets. Rude freinage, puis « baisse très marquée » en Languedoc. D'autre part, Gilles Veinstein affirme à propos de l'Empire ottoman : « Il n'est pas douteux qu'après la forte expansion du 16ᵉ siècle, la population des provinces européennes connaît une baisse d'ensemble au 17ᵉ siècle, et encore au 18ᵉ siècle. »

Enfin, la reprise est certaine au 18ᵉ siècle : elle est même très importante dans le bassin occidental de la Méditerranée. Ainsi, la population de la Sicile atteint, selon Tittone, 1 380 000 habitants au recensement de 1770, et, d'après Maurice Aymard, 1 649 921 en 1798. Pour le siècle entier, si l'on conserve les résultats de K.-J. Beloch, les effectifs ont progressé de 27 % en Italie du Nord, 29 % en Italie centrale et 46 % dans le royaume de Naples. La Catalogne témoigne d'une récupération évidente dès les années 1660, dont le cadastre de 1716 et le recensement de 1718 sont des preuves significatives : ils font apparaître une importante population de moins de quatorze ans, signe de l'accroissement de la natalité qui se maintient durant le siècle, de sorte que la Catalogne double sa population (de 400 000 à 800 000) de 1718 à 1787. Croissance encore dépassée par le pays valencien parce que celui-ci, saigné par l'expulsion des morisques de 1609-1614, a bénéficié d'une forte immigration intérieure. Le reste de l'Espagne a connu un essor beaucoup moins fort mais notable, comme le Languedoc. Dans l'Empire ottoman, Gilles Veinstein admet que les provinces européennes aient pu participer à cette croissance, au moins dans la seconde moitié du siècle.

L'urbanisation et ses avatars. Il y a plus important : dans un monde où les paysanneries constituent 80 à 90 % de la population, le bassin méditerranéen se distingue par un taux élevé d'urbanisation. Pendant toute la période, la plus grande ville d'Europe est Istanbul : déjà 22 000 feux en 1488-1489, quelque 80 000 au début du règne de Soliman, dont 58 % de musulmans, environ 31 % de chrétiens et un peu plus de 10 % de juifs. La croissance continue pendant tout le 16e et une partie du 17e siècle. Le recensement des Infidèles soumis à la capitation de 1690-1691 permet de proposer pour cette date un total de plus de 700 000 habitants.

Au-delà de cette capitale, presque monstrueuse aux yeux des contemporains, l'Empire ottoman comptait des villes importantes : Andrinople, Salonique, Brousse, Smyrne et, bien entendu, Alep, Bagdad, Le Caire (qui, selon A. Raymond, avait 263 000 habitants en 1798) et Alexandrie, sans oublier, aux marges de l'Empire, Tunis et Alger. Même si les voyageurs occidentaux décrivent plusieurs de ces villes comme « immenses », la prudence s'impose à l'instant d'une évaluation.

L'Ouest méditerranéen possédait une gamme étendue de grandes villes. Surtout l'Italie : Naples, avec 150 000 habitants en 1505, 275 000 en 1599, 426 616 en 1796, fut longtemps, avant ou après Paris, l'une des deux villes les plus peuplées de l'Europe chrétienne. Venise, qui avait dépassé 150 000 habitants en 1552, plafonna à ce niveau élevé jusqu'en 1802, oscillant entre 130 et 150 000 habitants, mais Rome et Palerme connurent un essor spectaculaire au 16e siècle et avaient dépassé 100 000 habitants en 1600, comme Messine. Plusieurs métropoles du Centre et du

Nord, telles Bologne, Florence, Gênes, ne dépassèrent guère les 70 000 âmes, mais Milan, malgré drames et crises, qui n'avait que 68 000 habitants en 1542 et 96 000 en 1576, atteignit 135 000 habitants en 1800.

Seules Marseille en France méridionale, Barcelone, Valence, Séville et Madrid ont aussi approché ou dépassé le seuil des 100 000 habitants. Pour Barcelone, ce fut seulement à la fin du 18e siècle, après une longue stagnation au 16e siècle (35 à 40 000 habitants seulement). À l'inverse, Séville ne dépassa ce niveau qu'entre 1580 et 1640, tandis que l'essor madrilène, dû au rôle de capitale, ne s'affirma qu'au 17e siècle.

Énumération fastidieuse, on en convient. Mais cette accumulation de grandes villes, exceptionnelle pour l'époque, a comme effet l'intensité du trafic commercial, car il faut nourrir ces foules et leur fournir les matières premières qui leur procurent travail et moyens de vivre. De sorte que nombre de villes, dont beaucoup n'ont pas encore été citées, ont avant tout une fonction portuaire : Beyrouth, Saïda, Tripoli, Raguse, Ancône, Manfredonia, Livourne, Alicante, Palma… Les métiers de la navigation et du commerce étaient essentiels dans tout le bassin méditerranéen.

Trafics : permanences et mutations

La violence et la permanence des affrontements entre chrétiens (Espagnols, Vénitiens, notamment) et Ottomans durant tout le 16e siècle favorisèrent sans doute les trafics qui s'effectuaient à l'intérieur de chacun des deux bassins. Toutefois, les exigences du commerce, l'appât de gains élevés imposèrent les relations commerciales entre nord et sud, est et ouest. Et, lorsque les États méditerranéens perdirent de leur superbe, de nouveaux venus donnèrent aux circuits commerciaux une ampleur nouvelle.

Commerce et ravitaillement d'Istanbul. En Méditerranée orientale, *Istanbul*, qualifiée de « capitale-ventre » par Robert Mantran, a gouverné dès le début du 16e siècle et jusqu'au 19e siècle les liaisons commerciales essentielles qui unissent la capitale aux autres ports de l'Empire, ceux de la mer Noire, de Thrace, de l'Égée, du Levant et d'Égypte, et celles qui appartiennent au trafic international avec les pays de l'Europe de l'Ouest. L'admirable plan en eau profonde de la Corne d'Or (10 kilomètres de long, 400 mètres à 1 kilomètre de large) répartit et distribue les marchandises. Sur la rive d'Istanbul s'alignent les échelles spécialisées dans le ravitaillement de la capitale en denrées alimentaires, matières premières et produits fabriqués, qui disposent de vastes entrepôts : Eminönü (étoffes de prix, métaux, peaux, coton, chanvre, teintures, miel, cire, huiles, épices) ; Zindan Kapisi (cire, café, riz) ; Yémis (fruits frais) ; Odun Kapisi (comestibles périssables tels que légumes verts, œufs, volailles) ; Ayazma Kapisi (huiles, raisins, concombres) ; Un Kapani (ou « Le pesage de la farine »), échelle essentielle qui reçoit le blé et les autres céréales, ainsi que la paille, et autour de laquelle se vendent les équipements pour les moulins. Au fond de la Corne d'Or, Balat Kapisi a en charge le ravitaillement complet de ce quartier pour éviter les transbordements.

Le trafic est parfaitement organisé et contrôlé, sous la surveillance du *muhtesib*, subordonné du *cadi sur le plan juridique mais véritable intendant des corporations, régulateur du marché et fermier des taxes locales.

Pour une telle masse de consommateurs et de producteurs, dont beaucoup avaient un pouvoir d'achat élevé et qui comptaient parmi eux plusieurs milliers de *janissaires qu'il était prudent de bien nourrir, il fallait amener dans la ville et ses annexes (Galata, Péra, Eyub, Üsküdar) d'énormes quantités de marchandises qui voyageaient surtout par mer : ainsi, en 1668-1669, les palais impériaux à eux seuls consommèrent 325 288 moutons, dont 96 000 pour les janissaires ; en 1674, Istanbul absorba près de 4 millions de moutons et près de 2 900 000 agneaux, qui venaient des Balkans et d'Asie Mineure, plus 200 000 bœufs fournis surtout par la Thrace. La capitale était aussi une grosse consommatrice de céréales, surtout de blé, car les Turcs sont gros mangeurs de pain : le blé, véritable denrée stratégique, suscitait un commerce majeur à grand rayon d'action, avec comme fournisseurs, désignés par le pouvoir ottoman selon des quotas variables, la Thrace, l'Asie Mineure, les côtes septentrionales de la mer Noire et l'Égypte où, selon le consul vénitien Tiepolo en 1554, le *sultan disposait d'une énorme réserve de 720 000 quintaux. Les 134 fours de l'agglomération devaient avoir en permanence une réserve de trois mois de grain ou de farine. C'était aussi d'Égypte que venait le riz, cher à cause de la distance, et privilège des catégories aisées.

Le marché au poisson d'Istanbul faisait l'admiration des voyageurs occidentaux (ainsi Thévenot). La richesse halieutique du Bosphore, due au contact des eaux froides et peu salées de la mer Noire et des eaux plus chaudes et salées de la Méditerranée, consistait en une profusion d'espadons, thons, rougets, bars, mulets, etc., dont Grecs et Occidentaux, plus que les Turcs, faisaient leurs délices. Les fruits et légumes de toutes sortes (courgettes, aubergines, artichauts, choux, fèves, oignons, concombres) et les laitages, dont les fromages, jouaient aussi un grand rôle dans l'alimentation populaire.

La rive de Galata était le domaine du commerce international, dont Italiens et Ragusains conservèrent un quasi-monopole au 16e siècle (épices, draps, papiers). Mais au 17e siècle, malgré la résistance des Vénitiens, les Hollandais s'assurèrent le contrôle du marché des épices qu'ils redistribuaient à partir d'Amsterdam, tandis qu'Anglais et Français dépossédaient progressivement les Vénitiens du commerce des draps. Ainsi, en 1715, il y avait à Galata 175 résidents français qui se vouaient au commerce international.

Le commerce maritime était libre à Istanbul : armateurs et capitaines de navires travaillaient en liaison avec les négociants d'Istanbul et des provinces productrices. Ils cherchaient cependant à se constituer en groupes de pression, sous forme de corporations, pour dominer un marché : ainsi la corporation des marins de la mer Noire et celle des capitaines de la Méditerranée, qui ne parvinrent jamais à s'assurer un monopole. À Istanbul, il y avait aussi beaucoup de *raïs (capitaines) qui travaillaient comme les *tramps* actuels : ils étaient à l'affût d'un chargement de n'importe quoi pour n'importe où.

Le trafic à longue distance, avec l'Égypte, le Levant, Chypre, était effectué par des bâtiments de lourde charge, tel le caramousal, grand navire ottoman, à l'arrière surélevé, avec grand mât, beaupré et artimon, assez lent mais de forte capacité, très utilisé dans le transport des céréales, ou la mahone, longue de 35 à 50 mètres, pourvue de deux ponts, avec 26 bancs de double rame et une voile latine, qui transportait aussi les céréales, le bois, les cuirs et les peaux. Pour la liaison avec l'Égypte, à titre exceptionnel, les Ottomans recouraient parfois à des navires vénitiens, anglais ou français. Dans l'Égée et la mer de Marmara, le navire le plus courant était la saïque, long d'une vingtaine de mètres, léger et très maniable. Le cabotage intensif sur la Corne d'Or et le Bosphore, entre Istanbul, Galata et Üsküdar, était assuré par une flottille de quelque 15 000 à 16 000 pérames, conduites par un seul batelier. On ne s'étonnera pas que la corporation des bateliers ait été l'une des plus importantes d'Istanbul.

Les trafics de la Méditerranée occidentale. Aucun trafic n'eut à la fois la pérennité et le volume de celui qu'assurait la présence d'Istanbul à l'est. Mais la diversité des besoins et le grand nombre des centres d'attraction assurèrent du 16e au 18e siècle une grande activité commerciale.

Le blé fut sans aucun doute l'un des personnages principaux de ce commerce. Jusqu'aux années 1590, et sauf exception, il s'agissait d'un commerce intraméditerranéen : les régions excédentaires (Sicile surtout, Pouilles, Afrique du Nord, voire Provence) ravitaillaient en grains les régions déficitaires, soit Gênes et sa « rivière », Venise, la Catalogne, les Baléares, Valence et Murcie, parfois l'Andalousie, bien que Séville reçût aussi, en cas d'urgence, du blé breton. Mais jusqu'en 1565 environ l'Andalousie produisait assez de blé et l'on s'en procurait facilement à Málaga.

Fernand Braudel avait noté que la correspondance entre Philippe II et le vice-roi de Sicile était pleine d'affaires de blé. Et il n'hésite pas à écrire que l'île fut « une sorte de Canada ou d'Argentine pour le 16e siècle ». L'organisation de l'exportation du blé sicilien, 520 000 quintaux en 1532 par exemple (quatre fois les besoins de Gênes), au maximum 1 million de quintaux, était remarquable : les producteurs acheminaient leur blé à vendre jusqu'à l'embarcadère le plus proche de leurs champs où se trouvaient des greniers de stockage *(caricatori)*. On en repère une douzaine qui font le tour de l'île sur la carte de L. Bianchini, avec une prédominance nette de la côte sud (Terranova, Licata, Grigenti, Siculiana, Sciacca, Mazzara), quoique Castellamare au nord-ouest et Catane et Bruca à l'est aient beaucoup compté. Lorsque le producteur déposait son grain, il recevait un récépissé précisant la quantité et la valeur du grain livré. Ce reçu pouvait être utilisé comme un effet de commerce, avant que la marchandise ait été vendue et expédiée. Ce système très souple, proche du *warrantage* moderne, stimula la production céréalière de l'île. Mais la croissance démographique réduisit progressivement les quantités exportables de blé. Sans tuer cette exportation. Fernand Braudel a reconnu lui-même qu'il avait proclamé trop vite « la faillite du blé sicilien » lors de la crise des années 1590. Car, pendant tout le 17e siècle, aux années de mauvaises récoltes près, la Sicile exporta à peu près 300 000 quintaux de blé par an vers l'Adriatique et la Méditerranée occidentale.

Autre fournisseur important : les Pouilles, avec Venise comme destination préférée, outre Raguse et Naples, et selon un système comparable, celui des *tratte*, billets de sortie du blé vendus à l'avance par le fisc royal.

Le déficit conjoncturel du milieu du 16e siècle (1548-1564) fut comblé par le « blé turc », soit avec l'accord du Grand Seigneur, des sultanes et des pachas engagés dans la production céréalière, car les affaires sont les affaires, soit en contrebande, ce qui généra de gros transports. En 1551, année où Venise acheta 180 à 240 000 quintaux de blé au Levant, on vit arriver sur la lagune de grosses naves turques dont celle de Roustem Pacha. Cargos ragusains et naves génoises firent aussi le voyage du Levant en quête de blé. Mais, après 1580, le déficit de la production de blé devient structurel et provoque d'importantes commandes de blé à Hambourg et Dantzig, surtout de la part de Gênes et de la Toscane. Un grand commerce international du blé en résulte, qui unit la Baltique (et le blé polonais, tellement moins cher) à la Méditerranée : 1591 est une année de pointe, suivie en 1592-1593 de grosses arrivées à Livourne, environ 160 000 quintaux ; échange fructueux que les marins du Nord vont élargir en amenant tonneaux de harengs et morues, bois et métaux, et en ramenant l'alun romain de Tolfa, le sel de Trapani ou d'Ibiza, de l'huile d'olive et des vins. D'autant que l'Andalousie, qui, à cause de la demande du marché américain, a choisi l'huile et le vin aux dépens du blé, participe à cet échange. À l'extrême fin du 16e siècle, Anglais, Hollandais et Français se joignent aux Hanséates, mais, après 1620, la production méditerranéenne de grains retrouve l'équilibre. Désormais, il ne s'agit plus seulement de blé et, au-delà de l'Italie, c'est le marché du Levant qui est en cause. Aux 17e et 18e siècles, la Méditerranée est intégrée dans l'économie-monde.

Bien sûr, le commerce intraméditerranéen subsiste et connaît des embellies. Les fromages sardes, le corail de la côte kabyle, le sucre andalou de Motril, le sucre calabre, les soies de Murcie et de Sicile, les laines castillanes à destination de la Toscane et de Gênes (souvent réexportées vers Tunis pour la fabrication des *chechias), les cuirs et peaux de Tunisie pour Gênes et Livourne voyagent toujours. La régence de Tunis, par son comptoir du cap Nègre, contribue à combler les déficits en céréales du Midi français, dès 1630 et au moins jusqu'en 1815 : quelques dizaines de milliers de quintaux par an, mais 140 000 en 1699, année calamiteuse en Languedoc. Un autre pic correspond aux difficiles années 1771-1775, et l'Italie obtient sa part.

Nouveaux partenaires commerciaux dans l'Empire ottoman.
Le fait nouveau dans le commerce méditerranéen est la conquête du marché ottoman par de nouveaux partenaires, aux dépens des Vénitiens. Jusqu'en 1620, Venise, qui avait perdu son monopole des épices, avait gardé sa place au Levant et l'avait même augmentée de 1582 à 1615. L'analyse des cinq douanes vénitiennes montre que les achats de coton de Smyrne, de soie grège de Syrie, les ventes d'huile des Pouilles et de Crète, de laines espagnoles, de marchandises allemandes réexportées (toiles de lin, articles de Nuremberg), ont augmenté. À Alep, en 1599, le commerce vénitien représente trois à quatre fois celui des Marseillais ou des Anglais. Mais, de 1625 à 1675, le trafic vénitien chute de 20 % : il est amplement distancé par celui des autres

nations chrétiennes. Les Anglais, qui ont obtenu leurs premières capitulations en 1580, font avec la *Levant Company* d'excellentes affaires. Les Hollandais, qui jusqu'en 1612 trafiquent dans les ports turcs sous pavillon français, s'emparent du marché des épices à coups de bonnes piastres espagnoles ou… de fausse monnaie.

Le triomphe marseillais est un bel exemple de cette conquête, qui se fait, en la circonstance, au bénéfice d'un port méditerranéen. Marseille, qui n'avait que 45 000 habitants en 1620, 65 000 en 1666, mais en rassemble 120 000 en 1790, fonde son succès sur le commerce maritime. La courbe de la gabelle du port révèle une forte croissance de 1600 au début de la guerre de Trente Ans, avec une multiplication par six, puis une longue dépression au milieu du siècle, un progrès lent du commerce du Levant, dont les draps languedociens sont un article important après 1660, une véritable explosion à partir de la guerre de la Ligue d'Augsbourg. Le port reçoit 447 navires en 1716, 2 120 en 1750, 3 070 en 1781. Marseille compte moins d'une centaine de négociants importants au début du 17e siècle, 200 à 250 au début du 18e siècle, 600 à 700 à la fin de ce siècle. L'énorme correspondance conservée des Roux (4 500 lettres du Levant, de 1759 à 1790) permet de bien connaître les pratiques, les techniques, les relations des négociants français dans les échelles du Levant (Sadok Boubaker).

Le commerce entre Marseille et *Smyrne*, devenu le port le plus important de l'Empire ottoman sur le plan international, est un indicateur de la nouvelle situation du commerce méditerranéen. Smyrne exportait vers l'Europe de l'Ouest des marchandises pour une valeur à peu près double de ce qu'elle en importait (50 millions de livres tournois en moyenne annuelle contre 25 environ, à la fin des années 1780). Mais la structure des échanges plaçait Smyrne (et l'Empire ottoman) en position de dominé : Smyrne importait surtout des draps (et le tiers des quelque 60 à 100 000 pièces de draps de toutes sortes, d'origine languedocienne, expédiées par Marseille allaient à Smyrne), des produits métallurgiques, du café, du sucre, etc., et exportait des matières premières : coton brut ou filé (41 % des importations françaises, 52 % des anglaises, 79 % des italiennes), laines, soies grèges. D'autre part, la France était le premier client de Smyrne, devant l'Angleterre, la Hollande, l'ensemble des Italies. Et Marseille faisait l'essentiel du commerce français avec Smyrne. Comme d'ailleurs l'essentiel du commerce français avec Alexandrie et Le Caire, à qui Marseille envoie même du café, ou avec Tunis, place plus modeste mais en plein essor au cours du 18e siècle et qui exportait un produit à valeur ajoutée notable, la *chechia.

Au début du 16e siècle, en Méditerranée occidentale, on continuait à employer comme bâtiments de charge les grandes galères *di mercato* conçues et réalisées à l'arsenal de Venise : en 1519, il y en avait sept en mer et neuf en construction, mais l'époque de la navigation à rames était révolue, sauf lorsqu'il s'agissait de cabotage à petite distance, et, jusqu'au milieu du 17e siècle, l'arsenal se consacra désormais à la flotte de guerre pour répondre au défi turc. Le commerce méditerranéen usa de plus en plus de caraques, d'origine portugaise, vaisseaux de grande dimension, hauts sur l'eau ; de hourques, d'origine flamande, mauvais marcheurs mais à forte capacité ; de polacres, bâtiments à voiles carrées, très utilisés à Gênes, Marseille, Palma de Majorque ; et d'une foule de navires mixtes, que l'on utilisait indifféremment pour le commerce ou la course, tels que saètes, tartanes ou pataches. L'invasion des voiliers nordiques accrut encore la diversité de la flotte en activité et les documents abondent en définitions incertaines. Le terme de « nave » qualifie ainsi des navires bien différents.

Mais comment s'occuper des trafics de la Méditerranée à l'époque moderne sans citer Alger ou Malte, en faisant semblant d'ignorer les grands marchés d'esclaves d'Istanbul, Alger, Tunis, Tripoli, Málaga, Malte, Messine, Naples ou Venise ?

La marchandise humaine

Un immense marché d'hommes et de femmes. Bernard Vincent et Alessandro Stella ont très justement attiré l'attention sur l'importance du commerce des hommes (et des femmes) jusqu'au début du 19e siècle. Ces auteurs estiment, arguments à l'appui, que ce trafic a concerné environ 2 millions d'individus durant les trois siècles de la période moderne.

Mais leur analyse ne concerne guère que le Portugal, l'Espagne et l'Italie. De la sorte, elle brise l'unité profonde du monde méditerranéen. Le trafic des esclaves fut une activité commune aux chrétiens et aux musulmans, et les marchés n'étaient pas indépendants les uns des autres, d'autant que les trafiquants, pour vendre leurs « pièces », n'hésitaient pas à tricher sur leur appartenance religieuse.

Si, parmi les esclaves vendus en Méditerranée, il y eut bon nombre de Noirs d'Afrique ou d'Amérique introduits par les courtiers portugais ou acheminés vers les ports du Maghreb par la traite transsaharienne, le gisement principal d'esclaves fut la guerre, qui faisait des esclaves avec les prisonniers « ennemis de la foi ». Une guerre qui nourrissait la guerre sur mer. Car, jusqu'au milieu du 18e siècle au moins, les navires de guerre en Méditerranée étaient des galères, galiotes, saètes, brigantins, équipés d'un moteur humain, c'est-à-dire d'une chiourme où les esclaves concurrençaient les forçats. Certes, Venise employait presque uniquement des rameurs volontaires et salariés, qu'elle recrutait jusqu'en Bohême. Les Espagnols aussi recrutaient des *bonavoglia* : en 1571, leur proportion sur seize galères de Sicile atteint 34 %. Il y a toujours un certain nombre de salariés sur les galères de Sicile, Gênes ou Malte, mais ce n'est qu'une minorité. De plus, beaucoup de *bonavoglia* ne l'étaient que de nom : c'étaient des condamnés de droit commun qui pouvaient obtenir l'amnistie dans l'affaire, avec beaucoup de chance ! Maurice Aymard avait observé ainsi un emploi massif de condamnés, dont beaucoup étaient originaires de Naples et Palerme. Les Turcs, de leur côté, n'ont pas de peine à recruter des marins grecs islamisés dont certains feront de grandes carrières (Dragut, les Barberousse). Mais cela ne suffit jamais : il leur faut des esclaves, que leur procurent les chevauchées des Tartares dans la plaine russe et les campagnes ottomanes en Europe centrale. Nous avons retrouvé dans les registres inquisitoriaux de Sardaigne, de Sicile et, plus encore, de Malte bon nombre de ces anciens esclaves aux itinéraires compliqués, voire quasi invraisemblables.

Même chose du côté chrétien. Michel Fontenay, analysant les chiourmes d'une quarantaine de galères, de 1590 à 1682, appartenant aux flottes de Gênes, Sicile, Toscane et Malte, recense plus de 5 700 esclaves qui, selon les cas, représentent un pourcentage de 27 à 70 %, et toujours la majorité sur les galères maltaises.

La guerre, sur terre ou sur mer, pourvoit à ces besoins. Sur terre : les défaites espagnoles à Djerba (1512, 1520) ou près d'Oran, lors de la désastreuse campagne de Don Martin de Alcaudete, portugaises à Alcazarquivir (Ksar el-Kebir, 1578), ont livré des milliers d'esclaves aux musulmans, dont une majorité d'hommes jeunes. La longue guerre de Crète, dite de Candie (1645-1669), a valu aux Turcs des centaines d'autres esclaves, d'origines diverses, car les Vénitiens avaient recruté des mercenaires et reçu l'aide de volontaires. À l'inverse, la guerre de Grenade (1570-1571) permet aux Espagnols de réduire en esclavage quantité de morisques et la prise de Tunis en 1573 augmente le stock. Sans parler des razzias en tous genres, que Turcs et Barbaresques conduisirent avec succès des Pouilles aux Canaries. Mais les chevaliers de Malte, et les capitaines corsaires à qui ils délivraient des autorisations temporaires de course, n'étaient pas en reste. La guerre sur mer, elle, permettait tout à la fois de se procurer des galériens et d'affaiblir l'adversaire. Rappelons que Lépante, en 1571, jeta 3 000 esclaves sur le marché de Messine tout en libérant des milliers de galériens qui trimaient sur la flotte ottomane, tandis que la grande victoire remportée près de Chio en 1613 par Ottavio d'Aragon, sous le proconsulat du duc d'Osuna, libérait 1 200 galériens chrétiens et ramenait 600 esclaves « turcs » à Messine. Quant à la course, qu'elle fût algéroise ou maltaise, majorquine ou turque, elle était une source quasi quotidienne d'esclaves.

L'emploi des esclaves. Il va sans dire que le stock d'esclaves disponibles sur le marché excédait très amplement les besoins des chiourmes, estimés, pour les flottes chrétiennes, à 200-300 000 pour les 16e-18e siècles par Bernard Vincent et Alessandro Stella. D'ailleurs, tous les esclaves n'auraient pu être rameurs dans une *vogue. Les deux auteurs soulignent à juste titre que les esclaves étaient employés à des travaux durs ou avilissants : restauration de l'Alcazar de Séville, édification du port et des fortifications de Cadix, madragues de la côte atlantique, arsenaux de Carthagène ou Cadix, salines d'Ibiza ou Tortosa, savonneries et fabriques de poudre à canon de Séville, construction du palais de Caserta près de Naples, fortifications de Rome, mines d'argent de Guadalcanal et mines meurtrières de mercure d'Almaden, manufactures du bagne de Marseille, évacuation des ordures, portage d'eau, etc. Il en allait de même dans l'Empire ottoman. Ainsi, l'arsenal d'Istanbul employait des milliers d'esclaves qui travaillaient dans des conditions atroces et dont le taux de mortalité était élevé. C'était une géhenne, « une des plus affreuses prisons du monde », selon Tournefort. D'autres esclaves travaillaient pour la production, à la campagne ou dans le bâtiment, par exemple sur les grands chantiers des mosquées, comme bûcherons dans les forêts de l'intérieur, au service des artisans et des boutiquiers d'Alger, de Tunis, du Caire ou d'Istanbul. Les hommes et les femmes de bonne mine, et ceux qui savaient lire, écrire et compter, échappaient aux travaux les plus durs : ils étaient souvent offerts en cadeaux, au sultan ou aux notables. Les hommes étaient alors domestiques de grande maison, jardiniers, cuisiniers, gardiens de harem. Les femmes, selon l'âge, le physique, les talents de société, devenaient nourrices, servantes ou concubines, mais elles étaient aussi employées dans les industries du textile, du cuir et de l'alimentation.

Modalités du commerce des esclaves. Le commerce des esclaves était une des grandes activités économiques de la mer. Ses modalités étaient variées. Les Barbaresques pratiquèrent beaucoup le *rescate*, c'est-à-dire que, dès après la capture, sur la plage ou dans le port, s'ils en avaient le temps, ils hissaient le pavillon approprié et ouvraient les négociations pour le rachat des captifs, surtout des hommes riches. Les chevaliers de Malte, puis les Majorquins et les Toscans au 17e siècle firent de même. En 1613, après sa victoire de Cabo Corvo, Ottavio d'Aragon négocia le *rescate* de soixante prisonniers, dont le commandant de l'escadre turque Sinan Pacha et Mahomet, bey d'Alexandrie, fils d'un amiral turc. Bien entendu, d'autres rachats de captifs avaient lieu plus tard, fruit des missions des ordres rédempteurs en Islam ou des démarches diplomatiques des États musulmans en Europe chrétienne. Dans l'excellent chapitre qu'il a consacré à l'esclavage à Tunis au 17ᵉ siècle, Paul Sebag montre que, de 1591 à 1700, le nombre des esclaves chrétiens ainsi libérés a été de 3 745. Gros trafic, on le voit.

La masse des captifs étaient négociés sur les grands marchés : du côté chrétien, d'abord Messine et Malte, puis Naples, Gênes, Valence, etc. Du côté musulman, Alger, Tunis, Tripoli, Istanbul, ce dernier aux mains des commerçants et courtiers juifs. Mais, en fait, il y avait quantité de petits marchés et les esclaves étaient partout. Un simple exemple : de 1502 à 1641, 500 esclaves furent vendus sur le marché de Cagliari en Sardaigne, hommes, femmes ou enfants, de tout âge, en bonne ou mauvaise santé. Jusqu'en 1603, nous connaissons leur nom, parfois leur provenance, leur prix (en général plus élevé pour les femmes) et leur acheteur. À ces 500, il faut ajouter quelques groupes dont l'effectif n'est pas indiqué. On trouverait une situation comparable à Majorque.

Les trafiquants d'esclaves étaient dépourvus de scrupules. Nous avons découvert à Naples un réseau de courtiers qui importaient des femmes slaves, prétendues musulmanes, en fait d'origine chrétienne. On trouve dans les registres de l'Inquisition maltaise nombre de procès intentés à des capitaines qui avaient enlevé, notamment dans les îles grecques, puis vendu des femmes baptisées. Durant la guerre de Candie, la confusion des événements favorisa impostures et escroqueries. Un missionnaire bosniaque, Donato Jelich, put identifier à Naples, en 1659, une centaine de chrétiens slaves vendus comme « Turcs », puis en 1668-1669, plus de 350 chrétiens de rite catholique ou orthodoxe vendus comme musulmans. Tandis que d'autres trafiquants vendaient en Turquie d'autres chrétiens slaves prétendus vénitiens.

On pourrait développer ce thème à l'infini. Signalons seulement que la documentation maltaise, par exemple, révèle qu'un nombre notable de femmes hongroises, serbes, moldo-valaques, russes ou grecques furent successivement esclaves dans le monde musulman, puis en pays chrétien, victimes de la guerre, de leur ignorance, de leur détresse linguistique et de l'avidité des marchands d'esclaves. Et l'on doit à Salvatore Bono d'intéressants témoignages sur les protestations que purent adresser à leurs familles, à propos de leurs conditions de vie, des esclaves musulmans en chrétienté et des esclaves chrétiens en Islam.

DOCUMENT 1

La population d'Alger en 1612
vue par Diego de Haedo

Diego de Haedo est un bénédictin espagnol qui demeura longtemps captif à Alger. Ses œuvres sont une des principales sources chrétiennes sur Alger dans les années 1580-1600 et sur l'histoire d'Alger au 16ᵉ siècle. Certes, Haedo est partial. Mais il est très bien informé et, quoiqu'il exagère la part des renégats dans la population, son témoignage est passionnant. Ici, il opère une classification parmi les habitants d'Alger, qui souligne le caractère cosmopolite de la ville. On remarquera sa distinction savoureuse entre Turcs « de nature » et Turcs « de profession » et la place qu'il accorde aux morisques venus d'Espagne. À noter qu'il avait déjà quitté Alger au moment de l'expulsion.

« *Des résidents et habitants d'Alger.*

« Les gens qui habitent cette cité se divisent [...] en trois catégories de personnes, à savoir Mores, Turcs et Juifs ; nous ne parlons pas des chrétiens, quoiqu'il y en ait une infinité [...] car les captifs qui arrivent habituellement, en comptant ceux qui rament sur les galères et ceux qui restent à terre, soit plus de 25 000, sont des esclaves et non des habitants d'Alger, et quant aux marchands, il y en a fort peu d'installés car, une fois les affaires expédiées et les marchandises vendues, chacun retourne en son pays. Les Mores sont de quatre sortes : les uns natifs et naturels de cette ville, dont il y a environ 2 500 maisons, que l'on appelle communément les *baldis*. [...] Tous ces *baldis* jouissent d'une franchise de tribut.

« La deuxième catégorie des Mores s'appelle *Cabayles* (Kabyles).

Ce sont ceux qui viennent des montagnes de l'extérieur pour vivre en Alger [...].

« La troisième catégorie des Mores sont les *Alarbes* (Arabes) qui viennent régulièrement de leurs douars, où ils vivent sous leurs tentes [...] à la ville d'Alger et, habituellement, ils ne viennent que pour mendier [...].

« La quatrième catégorie des Mores est faite de ceux qui, depuis les royaumes de Grenade, Valence, Aragon et Catalogne, sont passés dans ce pays et continuent à y passer avec leurs fils et leurs femmes par le port de Marseille et autres lieux de France. [...] Ils exercent de nombreux et très divers métiers car tous connaissent quelque art. Les uns font des arquebuses, les autres de la poudre, d'autres du salpêtre ; d'autres sont forgerons, charpentiers, maçons, tailleurs [...] et beaucoup élèvent la soie et tiennent boutiques de toutes sortes de merceries ; et tous en général sont les plus grands et les plus cruels ennemis des chrétiens en Berbérie ; [...] il y aura de tous ceux-ci à Alger jusqu'à 1 000 maisons.

« *Des Turcs.*

« Les Turcs sont également de deux sortes : les uns le sont par nature et les autres de profession. On appelle Turcs de nature ceux qui sont venus (ou leurs pères) de Turquie, comme il en vient chaque jour sur les galères et d'autres navires, sur la réputation des richesses d'Alger et des vols si considérables et continuels qu'ils perpètrent aux dépens des navires et terres des chrétiens. Tous ces Turcs sont des gens vils, gauches et rustres, mais quelques-uns sont devenus des hommes énergiques et de valeur [...].

« Les Turcs de cette sorte et qualité [...] comptent environ 1 600 maisons [...].

« *Des Renégats.*

« Les Turcs de profession sont tous les renégats qui, de sang et parents chrétiens, se sont faits turcs de leur libre volonté, reniant de manière impie et au mépris de leur Dieu et Créateur. Ceux-ci et leurs enfants, à eux seuls, sont plus nombreux que tous les autres habitants mores et turcs et juifs d'Alger, car il n'y a de nation de chrétiens dans le monde dont il n'y ait de renégats à Alger. En commençant par les provinces les plus éloignées de l'Europe, il y a à Alger des renégats Moscovites, Russes, Valaques, Bulgares, Polonais, Hongrois, Bohêmes, Allemands, Danois, Norvégiens, Écossais, Anglais, Irlandais, Flamands, Bourguignons, Français, Navarrais, Biscayens, Castillans, Galiciens, Portugais, Andalous, Valenciens, Aragonais, Catalans, Majorquins, Sardes, Corses, Siciliens, Calabrais, Napolitains, Romains, Toscans, Génois, Savoyards, Piémontais, Lombards, Vénitiens, Esclavons, Albanais, Bosniaques, Arnauts, Grecs, Candiotes, Chypriotes, Syriens, d'Égypte et même des Abyssins du prêtre Jean et des Indiens des Indes du Portugal, du Brésil et de Nouvelle-Espagne. [...] Ces renégats deviennent tous les principaux ennemis du nom chrétien et ce sont eux qui ont presque tout le pouvoir, la domination, le gouvernement et les richesses d'Alger [...] : il y aura d'eux et de leurs enfants à Alger comme 6 000 maisons... »

Diego de Haedo,
Topografia e Historia general de Argel,
Valladolid, 1612, chap. XI à XIII.
Traduction de Bartolomé Bennassar.

DOCUMENT 2

**Description d'Istanbul en 1655-1656
par Jean Thévenot**

Le texte décrit le plan de la ville (à noter que la mer Blanche est la mer de Marmara), qui est enceinte dans ses murailles, et localise précisément le sérail. Il insiste sur l'habitat en bois et la fréquence des incendies, sur le « Bezestain », c'est-à-dire le Grand Bazar, temple du commerce d'Istanbul. Ce texte n'est qu'un fragment : manquent les développements sur les mosquées, les bains, les échelles, le rôle de la Corne d'Or, etc.

« Quant à la figure, elle est triangulaire, deux de ses côtés sont battus par la mer, l'un étant bordé de la Propontide ou mer Blanche, et l'autre du port, le troisième est en terre, et le plus grand est celui qui est sur la Propontide et prend depuis la pointe du Sérail jusqu'aux Sept-Tours, celui du port est moyen. Le Sérail est bâti sur la pointe du triangle, laquelle avance entre la Propontide et le port, et au-dessous de ce palais, en un lieu plus bas et sur le rivage, sont les jardins dudit Sérail, environ la place où était bâtie autrefois l'ancienne ville de Bisance, ce qui est un fort bel objet pour ceux qui arrivent à Constantinople tant de la mer Blanche que de la mer Noire. À l'autre angle, qui est sur le canal de la mer Blanche, sont les Sept-Tours couvertes de plomb. [...] Au troisième angle, qui est au fond du port du côté de terre, se voient les ruines du palais de Constantin. Cette ville est entourée de bonnes murailles, dont celles du côté de terre sont doubles, bâties en des endroits de pierre de taille et en d'autres seulement de moellons et de briques [...].

« Pour les maisons de Constantinople, elles sont fort chétives et presque toutes de bois, aussi le feu y prend souvent, et y cause d'horribles ravages, principalement quand il fait vent. Il prit trois fois à Constantinople en huit mois que j'y séjournai. La première fois qui fut le jour de mon arrivée, il y eut huit mille maisons brûlées, les deux autres fois il ne fit pas un si grand ravage. Du temps du sultan Murâd, il y fit un si grand désordre durant trois jours et trois nuits, qu'il ne laissa pas la moitié de la ville saine. Il est vrai que la plupart de ces maisons étant petites, et bâties plus de bois que d'autre chose, elles se rebâtissent en fort peu de temps et à peu de frais. Pour remédier à ces incendies et en arrêter le cours, il y a des gens appelés *baltadjis*, c'est-à-dire « gens de hache », qui ont paie continuelle du Grand Seigneur [...].

« Les rues de Constantinople sont fort vilaines pour la plupart, étroites, tortueuses, hautes et basses ; il y a plusieurs places où se tiennent les marchés. Mais il faut voir le grand Bezestain, qui est une fort grande salle ronde, toute bâtie de pierres de taille, et fermée de murailles fort épaisses ; les boutiques sont en dedans à l'entour de la salle [...] et c'est dans ces boutiques que se vendent les plus précieuses marchandises. Il y a quatre portes à cette salle, qui sont bien fortes et qui se ferment toutes les nuits ; personne n'y couche, ayant seulement le soin de bien fermer sa boutique au soir. Il y a un autre bezestain dans la ville, mais plus petit, et où se vendent des marchandises moins précieuses. »

Voyage du Levant, par Jean Thévenot,
Paris, La Découverte, 1980.

12. Lames de fond

Malgré les changements importants des années 1700, la période dite moderne n'a pas donné lieu, on l'a vu, à des bouleversements considérables de la carte politique. Ceux-ci, pour l'essentiel, se sont produits avant 1530 ou après 1815. Mais, pendant les trois siècles qui la constituent, la Méditerranée dans ses profondeurs a été traversée par des courants puissants qui ont parfois transformé les paysages et modifié la vie et la répartition des peuples qui habitent ses rivages.

Les mouvements telluriques

Il ne s'agit pas de prétendre à une spécificité de l'époque moderne en la matière ! L'Antiquité et le Moyen Âge connurent des catastrophes de grande ampleur et nous savons tous que le bassin méditerranéen est une zone de fracture de l'écorce terrestre, propice aux séismes et aux éruptions volcaniques. La nouveauté est que l'on est maintenant beaucoup mieux informé, grâce aux chroniques ou aux sources d'archives, et Bernard Vincent écrit même : « Les Temps modernes constituent l'âge d'or de la séismicité historique. » C'est ainsi que les archives italiennes et françaises ont permis de montrer l'importance du tremblement de terre de juillet 1564 : il transforma les habitants de Nice en sans-abri, détruisit plusieurs châteaux ou églises, dont la forteresse de Vintimille, et fit près d'un millier de morts dans les villages de la vallée de la Vésubie qui sont proches : Roquebillière, La Bollène, Beauvers, Lantosque, Venanson.

C'est ainsi que plusieurs récits des contemporains et les archives autorisent une bonne connaissance du séisme de Málaga en 1680 (70 à 120 morts, des centaines de blessés, 850 maisons totalement détruites, 1 295 très abîmées, 2 035 plus ou moins affectées et 150 seulement intactes). Les archives vénitiennes ont permis de faire le point sur un tremblement de terre moins important, celui d'Ancône en décembre 1690, qui fit seulement huit morts mais des destructions considérables, et complété l'information que l'on avait sur les séismes de 1767 et 1769 qui ravagèrent les îles Ioniennes, notamment Céphalonie et Leucade.

Zones à risques. Les informations collectées permettent d'identifier avec netteté les zones les plus châtiées par les tremblements de terre du 16e au 18e siècle, dans l'état actuel des recherches, en ne tenant compte que des secousses d'une réelle intensité (au moins le degré 7 sur l'échelle de Mercalli). Soit la côte sud-est de l'Espagne avec les séismes de Mojacar et Vera en 1518, Almeria en 1522, Baza en 1531, Alhama de Grenade, Málaga et Ronda en 1581, Oliva en 1598, Almeria en 1658, Lorca en 1674, Málaga en 1680, 1722 et 1787. Rappelons que, sur cette échelle, la catastrophe de Lisbonne en 1755 atteignit le degré 11.

Viennent ensuite l'Italie avec les secousses de Naples (1561, 1688 et 1732), Ancône (1690), Catane, qui perd alors les deux tiers de ses 24 000 habitants dont les 3 000 réfugiés dans la cathédrale, et Syracuse (1693), Mantoue (1694), Livourne (1742), Messine (1783).

Celui-ci, qui laissa un profond souvenir et prit des allures de fin du monde, eut lieu du 5 au 7 février, après une préparation de cinq jours qui accumula les phénomènes déconcertants : une mer déchaînée, des marées perturbées, des bancs de poissons insolites. Le 5 à midi, au cœur d'une journée blême, tandis que les animaux gémissaient, un roulement sourd venu de la côte de Calabre accompagna un violent raz-de-marée et des nuées de poussière. Alors, des secousses fréquentes d'une durée de 4 à 30 secondes détruisent successivement de nombreux édifices, la pluie et la grêle escortent le séisme, puis survient un long incendie. Les secousses du 7 février déterrent de nombreux enterrés vivants mais aussi le charnier de la peste de 1743.

Autre zone à risques : la côte orientale de l'Adriatique, où on signale les séismes de Raguse (1667), Leucade (1684), Céphalonie (1693), auquel on peut adjoindre celui de Malte (1693), Berat en Albanie (1701), séisme de forte amplitude, semble-t-il, et de nouveau Leucade et Céphalonie en 1767 et 1789. Dans le monde égéen, Rhodes en 1609, Smyrne et Istanbul en 1690, Nègrepont et Chio en 1694, Athènes en 1705, Smyrne en 1709, Istanbul en 1766 sont des repères connus, mais beaucoup d'autres séismes sont répertoriés, tel celui de 1702 qui ravagea l'Asie Mineure et aurait fait 12 000 morts ; de plus, il est évident que l'absence de références au 16e siècle pour les secteurs de la Méditerranée orientale signalés correspond aux insuffisances de notre documentation et non à une stabilité exceptionnelle de ces régions. Cette liste provisoire est donc destinée à s'allonger considérablement et nous avons beaucoup à apprendre sur les phénomènes de panique, les ruines, les dysfonctionnements économiques que ces événements provoquèrent, sans oublier leur influence sur les mentalités, la conscience de l'instant, les représentations de la mort, les recours religieux, etc.

Faut-il rappeler que le coût économique était élevé, à cause des destructions de toutes sortes provoquées par les séismes ? Selon Ricardo Lattuada, « en 1688 et 1732, Naples subit des tremblements de terre qui, probablement, donnèrent le coup de grâce à un patrimoine immobilier qui, par manque d'entretien, s'était détérioré au cours des deux siècles précédents » ; Catane fut presque totalement détruite en 1693 et il fallut cinquante ans pour reconstruire la ville, de manière admirable il est vrai, de sorte qu'elle était devenue, au dire de tous les voyageurs étrangers (Roland, Swinburne, Knight, Jacobi, Bartels, etc.) la plus belle ville de Sicile ; des lettres conservées aux archives historiques de Leucade montrent que le tremblement de terre de Céphalonie en 1767 détruisit à peu près totalement les villages de Comilio, Athani, Ayios Petros, Dragano, mais aussi la récolte de vin, car les barils furent défoncés, et la récolte de grains enterrée sous les ruines.

Les éruptions volcaniques. Elles n'ont concerné évidemment que des aires géographiques très limitées tout en produisant, sur place, des effets comparables. On connaît surtout les éruptions de l'Etna en 1635, 1669, 1727, 1787, 1792, 1809, et celles du Vésuve en 1631, qu'illustre la très belle toile de Micco Spadaro, *Procession à Naples pendant l'éruption du Vésuve*, 1661, 1794 et 1822. Mais il n'est guère douteux que l'information reste incomplète à cet égard.

Le temps des dernières pestes

Après la longue rémission de la seconde moitié du 15e siècle, le bassin méditerranéen demeure peu affecté par les épidémies de peste au début du 16e siècle, malgré quelques crises de caractère local ou de peu d'extension qui affectent, par exemple, le Maroc et la Castille ou le Rouergue en 1504-1506, Alger et la Castille encore en 1530. Mais, dans l'Ouest méditerranéen, la situation se modifie au tournant du siècle : les années 1556-1558 témoignent d'un retour en force de la peste bubonique au Maroc et en Algérie, dans plusieurs régions d'Espagne et en Languedoc. En 1566, la peste de Burgos laisse un long sillage de terreur. De 1576 à 1579, la peste ravage l'Italie du Nord (Vénétie, Lombardie, Gênes). Désormais, et jusqu'en 1720, la peste ne se laissera plus oublier. Certains cycles pesteux seront même d'une grande violence et d'une rare efficacité meurtrière. S'il est avéré que l'épidémie des années 1597-1603 fut une « peste atlantique », de sorte qu'elle ne ravagea que l'Espagne atlantique, dont l'Andalousie du Guadalquivir, le Portugal et le Maroc, les côtes méditerranéennes de l'Espagne et le Languedoc avaient été durement touchés en 1582, puis en 1589-1590. Mais c'est de 1628 à 1632, puis de 1647 à 1656, que se produisirent de véritables cataclysmes.

Les catastrophes du 17e siècle en Méditerranée occidentale. De 1628 à 1632, le Languedoc (d'abord le haut Languedoc, jusqu'à Montauban, Albi ou Cordes et jusqu'au Comminges, puis le bas, où Narbonne est frappée en novembre 1628, Montpellier en août 1629), la Provence et surtout l'Italie du Nord connurent une mortalité catastrophique. Venise, par exemple, perdit environ le tiers de sa population : les six sestiers furent à peu près également touchés, sauf le Cannavagio, au nord de la ville, qui fut sensiblement moins affecté, tandis que le Castello, au contraire, perdait 44,4 % de son effectif. Milan fut encore plus durement frappé que Venise puisque la capitale lombarde n'avait plus en 1631 que 64 442 habitants contre 130 000 en 1628 ! Pire à Vérone, avec une perte de 63 %, et à Crémone ou à Mantoue : 38 787 habitants en 1629, 9 000 en 1631, c'est-à-dire 77 % de perte ! Si l'on en croit ces chiffres (ceux de K.-J. Beloch), ils ont le sens d'un glas, celui de la prospérité de l'Italie du Nord pour qui s'ouvrait une ère de décadence.

Peut-être ces chiffres sont-ils exagérés, comme souvent. À Bologne, l'étude approfondie d'un médecin, Antonio Brighetti, qui a utilisé les archives vaticanes, a permis de corriger les « comptes fantastiques » de Masini qui écrivait vingt ans après la peste et qui avait compté 24 445 morts du 1er juin au 12 décembre 1630. Brighetti a retrouvé les comptes de chacune des 54 paroisses de la ville et des 2 lazarets, effectués par Moratti pendant l'épidémie qui a commencé le 6 mai 1630 et s'est terminée le 13 janvier 1631, mais en perdant de sa virulence après le 10 novembre. Soit au total 13 398 morts, environ le quart de la population. On notera au passage que les cinquante sénateurs de Bologne avaient tous survécu à l'épidémie !

La tragédie qui se produisit au milieu du 17e siècle commença, semble-t-il, par un « débarquement » de la peste à Valence en 1647. Le Levant valencien et murcien subit de plein fouet l'assaut des terribles bacilles qui massacrèrent plusieurs dizaines de milliers de personnes en quelques mois. À partir du Levant, la peste envahit l'Andalousie, atteignit Málaga en juin 1648 et, simultanément, Almeria, Antequera, Marbella, Ronda, enfin Grenade. Elle passa au Maghreb où, il est vrai, elle sévissait de manière endémique depuis 1643 au moins, et gagna le bassin du Guadalquivir, où le jeu de massacre s'exaspéra : les victimes de Séville sont évaluées par Antonio Dominguez Ortiz à 60 000 morts, soit 40 à 45 % de la population. Le typhus, la variole, la famine enfin s'étaient mis de la partie.

Mais, du Levant, la peste avait aussi gagné le Nord, remonté l'Èbre jusqu'à Saragosse, escaladé les Pyrénées aragonaises, submergé la Catalogne, pour déferler sur le Languedoc et la Provence. L'épidémie atteignit la Ligurie, s'attarda à Gênes, puis s'en prit à la Toscane, au Latium, enfin au royaume de Naples. Elle n'avait rien perdu de son pouvoir de mort : la capitale, touchée en avril-mai 1656, fut atrocement frappée et perdit environ la moitié de ses habitants. Au rythme de 9 morts par jour, le village voisin de Bonea, atteint en juin, mit au tombeau 738 de ses enfants, soit, calcule Gérard Delille, entre 75 et 85 % de sa population.

Malgré un retour redoutable dans les années 1677-1685 qui exerce ses ravages dans l'Espagne méditerranéenne, en Andalousie et en Afrique du Nord, la peste va déserter progressivement l'ouest du bassin méditerranéen. Les deux derniers accès d'importance concernent la Provence en 1720-1721 et Messine en 1743, et dans les deux cas la peste vient de Smyrne. On sait que la peste de 1720 n'a pas été seulement la « peste de Marseille ». La ville la plus durement frappée, proportionnellement à sa population, fut Toulon (13 283 habitants sur 18 745 !) ; Aix perdit le tiers de ses habitants, Arles davantage (10 000 morts), Avignon 20 % environ. Mais il est vrai que l'ampleur du désastre marseillais (50 000 victimes, la moitié de la population !), la mise au ban de la ville, coupée du reste du monde pendant trente mois, provoquèrent un traumatisme durable et concentrèrent l'attention de la postérité sur Marseille.

Beaucoup d'auteurs ont prétendu diminuer la responsabilité de la peste dans ces hécatombes pour invoquer celle de la famine et d'autres maladies. Non sans raison : en 1651-1652, par exemple, en Andalousie ou en Languedoc, la famine sévit elle aussi. Cependant, les médecins de l'époque savaient parfaitement diagnostiquer et décrire la peste. Emmanuel Labadie, juré en chirurgie de Toulouse, qui a autopsié nombre de cadavres de pestiférés et soigné quantité de patients, décrit ainsi les symptômes : « Premièrement, le patient est endormi, lasche comme sans pouls, sans chaleur, avec changement de couleur au visage, les yeux rouges, esfarouchés, hydeux, brillans et estincelans, avec le mouvement perpétuel, le corps mol [...] [puis] [...] palpitation de cœur extraordinaire, battements manifestes des artères, le pouls inconstant, douleur de teste, nausée, vomissements, appétit dépravé, assoupissement universel, la langue noire et aride, délyre, frénésie, la face cave et plombée, les narines ouvertes, syncopes, sueurs froides et puantes, rigueurs et frissons, bégaiement, les lèvres noirâtres, haleine fétide, les mains convulsives et les ongles noirs, avec carboncles, anthrax, bubons et exanthèmes… » D'autre part, la réticence à désigner la peste par son nom ne fait plus illusion et les décisions de magistrats, de cours de justice ou d'officiers qui annoncent la vacance de l'institution et prennent la fuite, l'établissement de cordons sanitaires stricts sont autant d'indices.

Peste endémique en Orient? On est beaucoup moins bien informé des pestes de l'Orient méditerranéen. Au Maghreb, en collationnant toutes les sources disponibles, Sadok Boubaker a dressé un tableau qui fait apparaître une double connivence. Avec l'Espagne, l'Italie et la France méridionale dans la forte activité pesteuse du 17e siècle, à tel point que, de 1591 à 1706, l'Algérie (Alger surtout) compte 56 années de peste (Tunis 26 seulement). La maladie y sévit à l'état presque endémique, sans une seule année d'interruption de 1620 à 1627, de 1639 à 1644, puis en 1646-1647, 1649-1650, de 1654 à 1657, de 1679 à 1683, de 1689 à 1695… L'autre connivence s'établit avec Smyrne, grand foyer de diffusion de la peste en Méditerranée, comme l'a montré l'étude de Daniel Panzac, mais elle se réduit au 18e siècle, encore qu'Alger ait subi la contagion de Smyrne en 1739-1740 et en 1762-1763. D'autre part, dans les oasis du Sud, aux confins du Sahara, la peste paraît avoir été entretenue en permanence par le passage des caravanes.

Le 18e siècle semble ne marquer aucun répit en Méditerranée orientale : sur 80 années observées, Daniel Panzac compte 60 années de peste à Smyrne avec les désastres démographiques de 1739-1741, 1758-1760, 1762-1763 et 1769-1771. Il ne conclut pas au caractère endémique de la peste à Smyrne mais à la vulnérabilité de cette ville parce qu'elle est le point d'arrivée des caravanes qui viennent de Perse et traversent toutes le Kurdistan, foyer permanent de peste, et parce qu'elle reçoit aussi la peste par voie maritime, notamment d'Alexandrie. On conçoit aisément que les importantes relations commerciales entre Smyrne et les ports de la Méditerranée occidentale (Maghreb compris) aient imposé de considérables précautions.

D'autre part, Gilles Veinstein estime que la peste joua un grand rôle dans le reflux démographique des provinces balkaniques de l'Empire ottoman, à partir de trois foyers de diffusion : la Moldavie-Valachie, l'Épire et l'Albanie, et surtout Istanbul. On sait, ajoute-t-il, qu'au 18e siècle, « le mal est presque constamment présent ».

Nature et effets des pestes modernes. La peste des Temps modernes est presque toujours bubonique. Elle emploie plusieurs semaines, voire plusieurs mois, pour tuer son malade. Comme l'a remarqué Elias Canetti, elle agit par sommations successives, en laissant aux victimes et à ceux qui pourraient l'être le temps de la réflexion, du repentir ou des dernières jouissances, des processions conjuratoires et des prières, le temps de la fuite aussi. Les études concernant la peste révèlent de suggestives concordances entre les attitudes chrétiennes et musulmanes : la plupart des docteurs de la loi musulmans, qui s'appuyaient sur un corpus de *hadiths* et les comportements de quelques compagnons du Prophète, considéraient la peste comme un châtiment divin, qu'il était vain de vouloir éviter et auquel on devait se préparer par la prière et le repentir. Quelques-uns, cependant, tout en conservant l'idée que la peste procédait de la volonté divine, estimaient légitimes la fuite ou les précautions. Mais, observe Sadok Boubaker, « des villes comme Alger, Alep ou Smyrne vivaient quotidiennement avec la peste. Cette situation rendait toute fuite ou enfermement durable impossibles dans la pratique ». Ailleurs, il en allait autrement. Le même auteur précise que dans la régence de Tunis « un grand nombre parmi l'élite sociale » quittait Tunis à chaque épidémie grave ; ainsi, lors de la peste de 1676, « une grande partie de l'aristocratie urbaine déserta la ville ». À Marrakech, en 1627, 7 000 familles abandonnèrent la ville. Néanmoins, cette fuite ne pouvait être que provisoire pour des gens qui exerçaient quotidiennement un pouvoir. Au total, dans l'espace méditerranéen, qu'il soit chrétien ou musulman, les pauvres furent toujours les premiers touchés et ce sont les riches et les puissants qui cherchèrent leur salut dans la fuite, au moins pour un temps.

Par ailleurs, les mêmes mesures prophylactiques étaient d'usage partout. En 1721, lors de la peste de Marseille, Hussayn

Ben Ali imposa à Tunis une quarantaine à tous les navires venant de Provence, du 11 juin 1721 à mai 1722, puis à partir de cette date un délai de vingt jours. Les Vénitiens, instruits par la cruelle expérience de 1631, mirent au point un régime très strict de cordon sanitaire et de quarantaine qui permit à la cité de la lagune d'échapper désormais à toute peste.

Quant aux recours spirituels, ils furent de toutes les catastrophes, sous formes de prières, processions, pèlerinages, neuvaines, etc. Pour en rester à Venise on sait bien que la grande basilique de la *Salute* (la Santé) fut édifiée à la suite d'un vœu, en action de grâces pour la fin de l'épidémie de 1630. Et, comme la ville demeura dès lors à l'abri de la peste, les Vénitiens vouèrent à cette église et à Notre Dame une grande dévotion.

On aurait tort de croire à un rapport simple entre les pestes et l'économie méditerranéenne. Les pestes perturbent les trafics mais ne les diminuent pas. Parfois, au contraire, les exportations, stimulées par la baisse du nombre des consommateurs, augmentent après l'épidémie, ainsi celles de la régence de Tunis en 1784, 1785 et 1787, alors que la peste a durement sévi d'avril à juin 1784 ; de même, à Smyrne, les pestes ne font que décaler les trafics. Mais, en diverses occasions, la peste paralyse l'artisanat, compromet les récoltes, provoque l'effondrement des loyers urbains. Et les désastres démographiques engendrent les migrations.

Mouvements longs : transhumances, pèlerinages

Les maladies voyagent, quoique leurs itinéraires soient souvent étranges, compliqués de retours en arrière, de haltes prolongées ou d'absences mystérieuses. Les voyages des hommes, qui traversent en tous sens l'espace méditerranéen, n'ont pas seulement le commerce pour motif.

Encore que les *transhumances*, qui mêlent éleveurs et bergers à leurs troupeaux, puissent comporter des opérations commerciales. Telle celle de l'Italie du Sud qui, chaque année, expédie en hiver, des Abruzzes vers les plaines des Pouilles, un nombre infini de moutons : environ un million vers 1548, plus de 2 800 000 cinquante ans plus tard ! Cette transhumance « inverse », puisque les propriétaires sont des montagnards, organisée dès le 15e siècle par les souverains aragonais de Naples, acquitte les péages de la *dogana delle peccore*, aubaine pour le fisc. Mais elle permet aussi aux éleveurs de vendre aux agriculteurs le précieux fumier de leurs bêtes, la laine, et nombre de brebis ou d'agneaux.

On retrouve un mouvement semblable, de plus grande ampleur encore et qui occupe toute l'année, dans le royaume de Castille : des hautes terres du León, de Soria, de Ségovie, de Cuenca, des millions de moutons (plus de 3 millions à la charnière des 16e et 17e siècles) descendent à la fin de l'automne, sous la conduite de leurs pasteurs, vers les pâturages d'hiver de la Manche, de la Nouvelle Castille ou d'Estrémadure, pour remonter vers le nord au cours du printemps. Le fisc sanctionne les passages, comme de juste, et ce double voyage suscite un grand volume d'affaires et… d'innombrables conflits. Transhumance « inverse » encore, mais à plus court rayon d'action, entre la haute et la basse Navarre, en Calabre, aux confins de l'Arménie… Mais il existe aussi une autre transhumance : les propriétaires de la plaine envoient dès la fin du printemps leurs bêtes vers les prairies d'altitude, tels ceux du pays d'Arles, de la Camargue et de la Crau vers le Devoluy, l'Oisans, le Vercors ou même la Savoie ; ceux du pays de Vicence vers les Alpes bergamasques ou les Grisons. Mais à l'est, dans les Balkans, en Anatolie ou même en Afrique du Nord, il s'agit bien plus souvent de nomadisme : ce ne sont plus les bergers seuls mais leurs familles tout entières, avec ancêtres et enfants, matériel de ménage et de campement, qui accompagnent les troupeaux – moutons, chèvres, chevaux – sur de très longues distances, tout en contournant les pôles de résistance d'agriculteurs sédentaires et bien armés.

Les réponses de la foi, la force de la croyance jettent aussi des milliers d'hommes sur la route, une fois dans leur vie s'ils le peuvent, voire davantage. Les *pèlerinages* produisent ces vagues périodiques, qui roulent les humains vers des sanctuaires prestigieux, à l'ouest et à l'est.

À l'ouest, la Rome des papes a pris dès le 16ᵉ siècle le relais de ce qui fut au Moyen Âge le « grand pèlerinage d'Occident », Saint-Jacques-de-Compostelle. Transformée, pourvue en abondance d'hôtels, d'auberges (déjà 236 en 1526-1527), d'hospices et de fontaines, Rome draine un nombre croissant de pèlerins et, tous les vingt-cinq ans, à l'occasion du jubilé, ce sont des foules immenses qui investissent la cité de Pierre. L'hospice de la Trinité des Pèlerins, créé en 1549, est doté de capacités considérables : en 1575, il accueille pour un ou plusieurs jours plus de 100 000 pèlerins isolés et quelque 65 000 venus en groupes ; au total, cette année-là, Rome a hébergé plus de 400 000 pèlerins. Mais ce chiffre est largement dépassé en 1600 avec 536 000, dont 210 000 sont passés par la Trinité. Les visites des églises, des reliques, les cérémonies de pénitence et d'actions de grâces occupent facilement plusieurs jours.

À l'est, c'est évidemment la tombe du Prophète qui attire les croyants à La Mecque, sans oublier la voisine Médine et les *medrese* qui se trouvaient sur le parcours. Le *hadjdj* est pour tout musulman une source de joie profonde et, simultanément, de prestige. Les souverains ottomans avaient compris très vite que le pèlerinage servait la cohésion de l'Empire et ils aménagèrent les routes de caravanes (points d'eau, caravansérails, fortifications afin d'assurer la protection des pèlerins), sans lésiner sur les moyens. Peu à peu s'organisèrent deux grandes caravanes : celle de Damas qui rassemblait les pèlerins d'Europe, d'Anatolie et du Levant ; celle d'Égypte, qui regroupait les croyants venus du Maghreb, d'Afrique et d'Égypte même. La caravane d'Égypte mobilisait chaque année une escorte d'un millier de soldats.

Ce très long voyage (une année ou davantage), pénible et parfois dangereux, drainait de très nombreux pèlerins : 20 à 60 000, selon les années, au départ de Damas, 30 à 40 000 au départ du Caire, auxquels il fallait encore ajouter les effectifs de la caravane d'Irak. Les *sultans* organisaient le financement de ces expéditions et confiaient à d'importants personnages la direction du pèlerinage. Ils pouvaient ainsi apparaître à bon droit comme des « serviteurs des lieux saints ».

Migrations : les individus et les peuples

Les Temps modernes ont donné lieu à de très importants transferts de population dont les modalités ont pu être très différentes.

Les migrations diffuses, spontanées ou contraintes. Tout au
long de ces trois siècles, les mouvements migratoires témoignent d'une très grande variété : circonstances, motivations,
destinations sont si hétérogènes qu'elles défient tout effort de
typologie.

On a pu déjà observer que les mouvements des nomades s'apparentent aux migrations. Mais ils sont bien difficiles à définir.
Quelles sont leurs motivations ? Famines, sécheresses, hostilité
des populations voisines, etc. ?

Il est déjà plus facile de comprendre les « descentes » continues
des montagnards vers les plaines, au rythme des travaux agricoles, des offres d'embauche, dans l'espérance de filles à marier,
de possibilités de promotion sociale ou de conquête de la terre :
ainsi les Pyrénéens et les Auvergnats, Rouergats, Cévenols vers la
Catalogne sous-peuplée des 16e et 17e siècles, avec de grands mas
à labourer et planter ; ou vers le bas Languedoc. « C'est le Nord
des montagnes et du Massif central qui expédie au Languedoc les
saisonniers et les migrants : travailleurs de terre, bergers, cordon-
niers, maçons, qui viennent louer leurs bras, implanter leur existence, souvent prendre femme dans le bas pays languedocien. Les
registres de notaires en administrent la preuve statistique »
(Emmanuel Le Roy Ladurie). Un même processus conduit les
montagnards des Alpes italiennes à Milan, Brescia, Crémone ou
Bologne ; ceux de l'Apennin à Gênes, Rome, Florence, etc. Ainsi,
Domenico Sella a pu qualifier la montagne lombarde, surtout certaines vallées bergamasques, de « fabrique d'hommes au service
d'autrui ». Il constate que les recensements de la période 1550-
1650 signalent des centaines d'hommes « absents ». Émigration
provisoire qui prépare des départs définitifs vers Milan et Venise
surtout, mais aussi Vérone, Côme, Crémone…

Ailleurs, les grands chantiers accélèrent le mouvement :
agrandissements de Marseille au 17e siècle, construction de

l'Escorial au 16e siècle, créations continues de l'urbanisme romain… Que dire de la force d'attraction d'Istanbul sur les montagnards d'Anatolie, d'Arménie ou de Macédoine !

Marseille, par exemple, connaît aux 16e et 17e siècles un essor rapide grâce à une migration de proximité venue des vallées alpestres, de Corse (ainsi les Capcorsains, dont les Lenche), de Ligurie et du Piémont. Par la suite, les origines des immigrants à Marseille se diversifient beaucoup. À la fin du 18e siècle, il y a peut-être 5 000 étrangers à Marseille (5 % de la population), dont une majorité d'Italiens (peut-être 70 %) et un nombre notable de Suisses et d'Allemands.

De même, à partir de 1492, un flux continu de « morisques », appelés « andalous » au Maghreb, même s'ils viennent d'Aragon ou de Valence, s'oriente vers le Maroc (vers Fès notamment) ou vers Alger. Pareillement, des juifs espagnols convertis mais objets de vexations quittent l'Espagne à destination de l'Europe du Nord ou de l'Empire ottoman (Sarajevo, Salonique, Istanbul surtout) et du Maroc. À partir de la création de l'Inquisition au Portugal, en 1534, ils sont rejoints par des juifs portugais qui ont souvent fait escale pendant quelques années en Espagne, par les juifs marseillais bannis en 1510, par ceux de Naples, à la suite des expulsions de 1510 et 1541, ceux de Styrie ou de Carinthie. Jusque vers le milieu du 17e siècle, les communautés juives de l'Empire ottoman prospèrent et celle de Salonique atteint 40 000 personnes en 1660, mais elles déclinent ensuite à cause de l'émigration vers l'Europe du Nord, où les juifs bénéficient à la fois d'une plus grande tolérance et de possibilités d'enrichissement supérieures. En 1692, Salonique ne compte plus que 12 000 juifs et une évolution comparable affecte Sarajevo, Belgrade, voire Sofia.

Dans un registre différent, il faut évoquer la *devchirmé*, soit les prélèvements des enfants des provinces chrétiennes de l'Empire ottoman (Roumélie, Bulgarie, Grèce, Arménie, etc.), âgés le plus souvent de quatre à dix ans et conduits à Istanbul afin d'y être – après conversion obligatoire à l'islam – instruits et formés pour constituer le corps des *janissaires, corps d'élite de l'armée turque. Il n'est pas exclu que certains parents chargés d'enfants aient accepté d'un cœur léger cette obligation, mais, en l'occurrence, il faut se garder de généraliser. Il est également certain que la *devchirmé* disparut progressivement pendant la seconde moitié du 17e siècle.

Ces derniers cas introduisent l'idée d'une contrainte, plus ou moins forte. La contrainte peut être évidente : ainsi lors des nombreuses razzias aux dépens de populations musulmanes réduites en esclavage par les chrétiens ou de villages chrétiens assaillis par les corsaires ou les armées ottomanes, cette situation étant plus fréquente que la première. Ainsi, la Calabre subit plusieurs raids massifs, tels que ceux de Barberousse (à Cariati) et de Dragut (à Fiumara), au cours du 16e siècle. Beaucoup de personnes « razziées » n'étaient pas rachetées et migraient sans l'avoir voulu, dont beaucoup d'insulaires (Corses, Sardes, Siciliens, Baléares, Grecs de l'archipel, etc.). Il est vrai que nombre de « renégats » sont des migrants volontaires, qui s'en vont à Salé, Alger, Tunis, Tripoli, Istanbul, à la suite d'une affaire de sang, d'une condamnation pour dettes, d'un chagrin d'amour ou d'un viol, ou pour faire fortune dans la course en reniant leur foi. Ils viennent des Espagnes et des Italies, de Provence, des Flandres ou d'Angleterre, de Hongrie, de Grèce, etc.

Migrations collectives, volontaires ou forcées. Certaines migrations, généralement peu nombreuses, sont des réponses à des entreprises patronnées par le pouvoir, qui concernent l'urbanisme, l'industrie ou le peuplement. À l'ouest, le grand-duc de Toscane fit ainsi construire de toutes pièces le port de Livourne à la fin du 16e siècle, puis recruta pour « bonifier » les maremmes toscanes (par exemple, des travailleurs corses). De telles entreprises se multiplient au siècle des Lumières. La manufacture de draps de Guadalajara, en Castille, fait venir quatre-vingts techniciens hollandais. Pour mettre en valeur les colonies de la Sierra Morena andalouse, le ministre Olavide installe d'abord des Allemands et des Suisses, puis des Catalans : 13 000 au total vers 1775. Les armées des souverains italiens et espagnols recrutent des mercenaires en Allemagne, en Wallonie, en Scandinavie, en Pologne, et, au hasard de procès d'inquisition pour blasphèmes ou affaires de sexe ou de sang, on en rencontre fréquemment à Barcelone, Murcie, Majorque, Sassari ou Palerme.

L'Empire ottoman fut le théâtre de mouvements migratoires de grande ampleur. Aussitôt après la prise de Constantinople, dont ils avaient fait leur capitale, les sultans pour repeupler la ville procédèrent à des transferts autoritaires de populations : Turcs d'Anatolie et de la mer Noire, Arméniens de Sivas et de Kayseri, Grecs de Morée et des îles. Au gré des conquêtes du 16e siècle, ils en organisèrent d'autres : Bajazet installa à Istanbul des Valaques ; Sélim Ier des céramistes du Caucase, puis des artisans de Damas et du Caire ; après la prise de Belgrade, Soliman fit venir dans la capitale des Serbes qui occupèrent l'ouest de la ville, entre le château des Sept-Tours et la porte de Belgrade. Les sultans des 16e et 17e siècles engagèrent des spécialistes étrangers (Allemands, Lombards, etc.) bien rémunérés pour leur arsenal de Top Hane, c'est-à-dire la fabrique de canons, d'armes à feu et d'explosifs. Par la suite, quelques « Égyptiens » (générique pour désigner les Arabes) et Iraniens émigrèrent spontanément vers la capitale, de même que les Arméniens ; en 1635, Mourad IV jugea que ceux-ci étaient devenus trop nombreux et renvoya dans leur pays d'origine les Arméniens de Kayseri et villes voisines. Une autre immigration massive et spontanée vers Istanbul fut celle des Grecs d'Asie Mineure (Smyrne, Trébizonde) ou de l'Archipel.

La capitale n'eut pas le monopole de ces mouvements de masse. À la faveur des guerres du 17e siècle, de nombreux Turcs d'Anatolie vinrent se fixer en Roumélie où les musulmans constituent au début du 19e siècle le tiers de la population. À l'inverse, à la fin du 17e siècle, les Serbes émigrèrent en masse vers l'Empire, afin de fuir la domination musulmane : en 1690, puis en 1694, deux grandes vagues emportèrent ainsi quelque 200 000 personnes. Les Albanais réoccupèrent alors l'espace déserté, notamment le Kosovo, tandis que d'autres Albanais s'installaient en Épire et en Morée.

L'armée des janissaires d'Alger, l'*odjak*, qui comprenait une dizaine de milliers d'hommes, fut, jusqu'au 19e siècle, constamment formée par des Turcs d'Anatolie : « Les autorités d'Alger envoyaient des missions pour lever des volontaires ou utilisaient à cette fin leurs représentants (*wakil*) dans cette région, en parti-

culier à Smyrne » (André Raymond). En Égypte, les *Mamelouks utilisèrent aussi des troupes allogènes, comme le corps de
cavalerie des *tcharakisa*, créé en 1556 et constitué de Circas-
siens. Comme on le voit, l'usage, dans l'Empire ottoman, d'installer presque partout des formations militaires d'origine extérieure avait suscité de nombreuses migrations, mais, dès le
premier tiers du 17e siècle, le recrutement des janissaires devint
de plus en plus local, notamment à Damas.

La migration la plus massive qui ait affecté l'espace méditerranéen à l'époque moderne fut sans doute celle des morisques
espagnols. Cette opération, d'une ampleur extraordinaire pour
l'époque puisqu'elle concerna, selon Henri Lapeyre, au moins
272 140 personnes, dont 117 464 procédèrent du « royaume » de
Valence et 60 818 d'Aragon, fut décidée après bien des hésitations par la monarchie espagnole, parce que les morisques, malgré leur conversion forcée au catholicisme au début du 16e siècle,
étaient considérés comme inassimilables. La monarchie, qui était
alors en paix avec les autres nations chrétiennes, mobilisa toutes
ses forces et notamment tous ses navires pour mener à bien l'expulsion, qui fut presque totalement réalisée en 1609, 1610 et
1611 (avec une dernière vague en 1614). Cependant, une partie
notable des morisques d'Aragon franchit les Pyrénées, traversa
haut et bas Languedoc en évitant Toulouse, pour aller s'embarquer à Agde. Quelques-uns se perdirent en route, mais la majorité de ces morisques allèrent s'établir en Tunisie (50 à 80 000),
où ils furent fort bien accueillis par le *dey Utman et par la
population : ils dynamisèrent l'économie. D'autres se rendirent
à Alger où les avaient précédés une partie des morisques valenciens embarqués à Alicante, Denia ou au Grao de Valence. Beaucoup de morisques, ainsi les « Murciens » partis de Carthagène,
se fixèrent dans d'autres parties de l'Algérie et au Maroc : ainsi,
les morisques d'Andalousie et d'Estrémadure, embarqués à
Séville, constituèrent une puissante communauté à Salé dont
ils firent une république corsaire redoutable. Le sultan Muley
Zidane enrôla aussi quelque 1 500 morisques dans son armée.
Mais en Algérie, et même au Maroc, les « Andalous » ne furent
pas aussi bien accueillis qu'en Tunisie. Quelques groupes, beaucoup moins nombreux, parvinrent à Gênes, à Tripoli et à Istan-

bul. On devine qu'une opération aussi massive et expéditive a provoqué bien des ruines, des souffrances et des morts. Ce qui explique la rancune et la haine que beaucoup de morisques nourrirent envers l'Espagne. Pourtant, quelques milliers d'entre eux, déçus par l'accueil de leurs coreligionnaires ou qui n'avaient pu se résoudre à leur exil, revinrent en Espagne et purent obtenir d'y demeurer.

Avant les morisques, une autre minorité religieuse, réduite il est vrai à quelques milliers de personnes, avait dû choisir dans le drame les chemins de l'exil : il s'agit des Vaudois du Lubéron, dissidents religieux, considérés comme hérétiques depuis la fin du 12e siècle, qui peuplaient des villages tels que Cabrières, Cucuron, Mérindol, Oppède. La dispersion par laquelle les Vaudois avaient tenté d'échapper à la persécution avait provoqué leur installation en divers lieux d'Europe, surtout l'Italie du Sud (Spolète, Pouilles, Calabre) et le Lubéron. Leur genre de vie, la singularité de leurs pasteurs ou *barbes, leur habitude du secret, les contacts noués avec les luthériens, la disparition de Guillaume du Bellay leur protecteur conduisirent François Ier à délivrer des lettres patentes, datées du 31 janvier 1545, qui rendirent exécutoires des arrêts antérieurs du parlement d'Aix afin de « châtier les lieux de Provence maculés d'hérésie ». L'expédition militaire d'avril 1545 contre les villages, qui donna lieu à un horrible massacre et au pillage, jeta les survivants dans les montagnes dauphinoises et piémontaises ou sur le chemin de Genève.

On ne saurait oublier que les persécutions de diverses natures, aggravées dans les années 1670 et 1680, puis la révocation de l'édit de Nantes en 1685, assortie de « dragonnades convertisseuses » conduites par le nouvel intendant Basville, entraînèrent l'émigration de nombreux protestants languedociens : 84 pasteurs, qui refusèrent d'abjurer, donnèrent le signal. Ils furent suivis par des individus ou des groupes, tels ces Nîmois et Montpelliérains qui s'embarquèrent « du côté de Mauguio ou de Bouzigues » pour tenter de gagner un pays protestant par le détour de la Catalogne ou de la Ligurie. La plupart des Languedociens qui émigrèrent alors se rendirent à Genève : certains y restèrent, d'autres s'installèrent en Suisse, en

Allemagne ou même en Caroline (ainsi à Charleston, où quelques maisons avouent sur leur façade ces origines). Des passeurs clandestins conduisirent de petits groupes par des routes détournées : par exemple des Cévennes ou du Castrais vers le Gévaudan, le Velay, Lyon, le Bugey et le Jura ; ou par Marseille, Gênes et Milan.

DOCUMENT

La peste de 1630 à Bologne

La peste de 1630 a été la plus terrible qu'ait connue l'Italie du Nord, à l'exception de la Peste noire. Celle de Bologne a été très bien étudiée à partir de documents comme celui-ci qui se trouvent dans les archives du Vatican, puisque Bologne était la deuxième grande ville de l'État pontifical. Les lazarets mettaient les pestiférés en marge de la ville mais il fallait un personnel d'assistance. On constate que les médecins cherchent à esquiver leurs dangereuses responsabilités (huit de leurs collègues sont déjà morts) en les confiant aux barbiers-chirurgiens. La Congrégation de la Santé, ici présidée par le cardinal co-légat, refuse et exige que les malades soient au moins vus, tout en taxant les médecins.

« Très éminent et révérend Monseigneur.

« Parce que l'expérience démontre que le fait pour les médecins d'entrer dans le service du lazaret équivaut à une mort certaine, le nombre des médecins morts s'élevant à huit dans ce dit lieu et les choses continueront facilement de la sorte car chaque jour la cruauté de ce mal et l'efficacité de la contagion vont en augmentant, pour cela nous supplions Votre Éminence Révérendissime qu'elle daigne que les médecins ne servent pas personnellement dans ce lieu mais qu'ils puissent servir bien, conformément aux usages adoptés en d'autres lieux, c'est-à-dire en donnant aux chirurgiens des instructions générales selon la diversité des personnes, leur âge, sexe, leur état et complexion et les degrés du mal, car, de cette façon, seront secourues les nécessités des malades sans que périssent les médecins, aujourd'hui réduits au nombre de 29, ce qui est bien peu pour les besoins des monastères, œuvres pieuses et de toute la ville, outre le fait qu'en peu de temps la Faculté manquera de professeurs […].

« La congrégation, tenue en présence de l'Excellentissime seigneur cardinal co-légat, déclare que […] les médecins doivent : ou bien entrer dans le lazaret pour donner les soins comme ils l'ont fait dans le passé et comme cela a été pratiqué par leurs prédécesseurs médecins ; ou bien ils peuvent soigner les malades de ce même lazaret en se tenant seulement sur le seuil de la porte […] et en recueillant l'information sur l'état des malades des barbiers qui les soignent, pour ce qui est des malades qui se trouvent à présent dans ledit lazaret ; quant aux malades qui entreront à partir de maintenant dans le lazaret, qu'ils soient vus à la distance convenable par les médecins ; l'un d'eux à cet effet devra assister continuellement les malades, ou bien ils le feront alternativement l'un après l'autre, hors du lazaret, afin de pouvoir faire ladite visite et inscrire le nom et l'état du malade pour qu'ils puissent lui appliquer selon leur art et leur conscience les remèdes appropriés qui le seront beaucoup mieux si la visite a été faite visuellement.

« Et pour jouir de cette grâce et retourner chaque jour dans la ville, ils payeront chacun cinquante écus à l'œuvre dudit lazaret… »

Archives secrètes du Vatican, L. 282, f. 291.
Publié par Antonio Brighetti,
Bologna e la peste del 1630,
Bologne, Aulo Gaggi Editore, 1968, p. 252-253
Traduction de Bartolomé Bennassar.

13. Les îles comme témoins

Parfois acteurs de premier plan, tels Malte ou la Sicile, les îles furent davantage encore les témoins privilégiés de la vie effervescente de la mer, des temps d'expansion ou de crise, des conflits et des jeux de pouvoir, et des situations de dépendance dont l'évolution, au cours des trois siècles de l'âge moderne, est d'une éloquence évidente.

Changements de domination, évolutions et permanences

Pendant ces trois siècles, seule la petite île de Malte constitue une force que l'on peut qualifier d'indépendante, ou presque, de 1530 à 1800. Certes, les chevaliers, obligés de quitter Rhodes sous la direction de leur grand maître, Villiers de l'Isle-Adam, et installés à Malte par Charles Quint, se plaçaient résolument dans le camp chrétien, mais ils gardèrent une grande capacité d'initiative et ne se privèrent guère d'en user, fût-ce parfois aux dépens de populations chrétiennes. Toutes les autres îles, grandes ou petites, étaient placées dans la dépendance d'un État continental qui exerçait sa souveraineté par des moyens variés – forteresses, garnisons, flottes de surveillance, institutions, magistrats pourvus de grands pouvoirs, fiscalité, etc. –, avec une participation plus ou moins importante des insulaires. Or, l'évolution des situations de dépendance est un miroir fidèle de celle des rapports de forces politiques en Méditerranée.

Ainsi, au début du 16e siècle, le statut politique des îles met en évidence les fortes positions de la république de Venise, dont l'empire est surtout insulaire : la Sérénissime est alors maîtresse des deux grandes îles orientales, Chypre et la Crète, mais aussi des îles Ioniennes (Corfou, Céphalonie, Leucade, Ithaque, Zante) qui montent la garde à l'entrée de l'Adriatique. Et les positions tout aussi fortes de l'Espagne, souveraine grâce aux Aragonais et aux Catalans de la Sardaigne et de la Sicile, les îles les plus vastes de la Méditerranée, et aussi de l'archipel des Baléares, sans oublier les *présides de l'île d'Elbe. D'autre part, la république de Gênes contrôlait la Corse tandis que l'Empire ottoman était maître des îles de la mer Égée, et de Rhodes depuis 1522.

Un bilan géopolitique dressé vers 1750 illustre tout à la fois la décadence de Venise et le recul espagnol : Chypre (dès 1570-1573), puis la Crète après la longue guerre de Candie (1644-1669), ont été arrachés à Venise par les Ottomans, tandis que l'Espagne perdait la Sardaigne et la Sicile aux traités d'Utrecht et de Rastatt (1713-1714) et devait même céder Minorque aux Anglais pendant une grande partie du 18ᵉ siècle (1708-1782). Les bénéfices de ces changements étaient allés à l'Empire ottoman, quoique sa force d'expansion se soit éteinte progressivement au cours du 17ᵉ siècle, à l'Autriche qui en profita mal, au duché de Savoie, ainsi qu'à la France et à l'Angleterre dont l'influence et les intérêts marchands avaient beaucoup progressé.

Chypre et la Crète : de l'Empire vénitien à la domination ottomane. La domination vénitienne à *Chypre* fut relativement courte. Car c'est seulement en 1489, on l'a vu, que Venise mit la main sur le « royaume ». Il est vrai que cette prise de possession avait été bien préparée, d'abord par les prêts de la richissime famille des Corner au dernier roi de la dynastie Lusignan, par les investissements des Corner dans la culture de la canne à sucre et l'exploitation du sel, enfin par le mariage de Caterina Corner, proclamée pour l'occasion « fille de la République », avec Jacques II Lusignan. La mort prématurée de celui-ci en 1473, à l'âge de trente-quatre ans, avait fragilisé les espérances de Venise qui parvint cependant à obtenir en 1489 la renonciation de Caterina au bénéfice de la République.

Compte tenu de la menace turque, les Vénitiens développèrent un programme important de fortifications, à Nicosie et surtout à Famagouste, dont on peut encore aujourd'hui voir les restes. Ils dotèrent aussi Chypre d'un petit arsenal et d'une flotte de deux, trois, puis quatre *trirèmes dont les chiourmes, cantonnées à Famagouste pendant la plus grande partie de l'année, provoquèrent de nombreux et graves incidents (pillages, meurtres, etc.).

Certes, Venise tirait des profits intéressants d'une île peuplée de 160 à 200 000 habitants, qui disposait de terres fertiles, productrices de céréales, de vins et de canne à sucre, riche en sel, véritable produit stratégique à cette époque. Mais le coût de l'administration, face à une noblesse turbulente, querelleuse, et à une population grecque opprimée depuis des siècles, prête à troquer un joug pour un autre, était important.

Des rumeurs de toute nature précédèrent l'assaut turc de 1570, dont celle qui faisait de Josef Nassi, un marrane passé par Venise, puis réfugié à Istanbul où il était devenu conseiller de Soliman puis de Sélim II, l'inspirateur de la conquête de Chypre, destinée à servir de refuge aux juifs persécutés de l'Occident. Pourtant, l'assaut de 1570 surprit les Vénitiens qui perdirent rapidement Nicosie, livrée au pillage et aux tueries (plusieurs milliers de victimes). La nomination d'un nouveau capitaine général, Sébastien Venier, accompagné d'un bon amiral, Augustin Barbarigo, permit aux Vénitiens une résistance plus efficace, dont Famagouste fut le meilleur exemple : quelques centaines d'hommes tinrent tête pendant plus d'une année à des dizaines de milliers d'assaillants. La reddition négociée donna lieu à un protocole honorable, mais qui fut violé de manière horrible par le général turc Lâlâ Mustafa Pacha : il fit décapiter 350 Vénitiens et torturer atrocement le gouverneur Bragadin (août 1571). Les horreurs de Famagouste offrirent à la Sainte Ligue un de ses meilleurs thèmes de propagande.

Maîtres de Chypre, les Ottomans reprirent à leur compte l'exploitation économique de l'île : les cultures de chanvre et de coton furent intensifiées et une industrie du coton se développa. La culture de la canne à sucre fut poursuivie, de même que celle de la vigne, les vins de Chypre étant destinés à l'exportation sous le contrôle de Josef Nassi ou d'autres marranes. Les

Turcs cherchèrent à islamiser une partie de l'île en y fixant des populations nomades transplantées et utilisèrent Chypre comme lieu de déportation pour les condamnés, notamment les « politiques ».

L'empreinte vénitienne sur la *Crète* a été, logiquement, beaucoup plus considérable puisque la Sérénissime a exercé le contrôle de l'île de 1204 à 1669. La prise de Constantinople avait conduit nombre de Grecs de la capitale et d'artistes byzantins à chercher refuge en Crète, de sorte que l'île connut à la fin du 15e et pendant le 16e siècle une renaissance byzantine originale, dont témoignent des églises et des icônes, comme Agia Anargiri à La Canée (16e siècle), la façade byzantine de l'église Agios Titos et le musée des icônes d'Agia Ekaterini à Héraklion où s'imposent au regard les œuvres de Damaskinos (qui fut peut-être le maître du Greco) réalisées entre 1571 et 1590, et les fresques de l'église Sotiros Cristou à Temenia ou le monastère d'Agia Triada.

À l'époque moderne, Venise a cherché à consolider son emprise sur l'île, divisée en six provinces qui portaient les noms des six sestiers de Venise, défendue par une ceinture de forteresses : Candie (l'actuelle Héraklion) bénéficia d'un soin particulier et ses remparts, de plus de 5 kilomètres de long, furent renforcés par cinq puissants bastions. D'autres forteresses, comme celle de Spinalonga qui devait tenir jusqu'en 1714, furent bâties au 17e siècle.

La Sérénissime fit de Candie, pourvue d'un arsenal important, sa grande base navale dans le Levant. On arme en Crète quelque vingt galères en 1540, seize en 1541. Mais, au cours des décennies suivantes, la décadence de la Crète s'affirme nettement, d'autant que les corsaires, musulmans ou chrétiens, attaquent avec une fréquence toujours plus grande les côtes méridionales de l'île, pénètrent dans l'intérieur des terres, pillent les villages, emmènent les habitants en esclavage. Les famines se multiplient : « En 1556, écrit l'émissaire florentin à Cosme Ier, 25 000 personnes meurent de faim et plusieurs autres milliers se réfugient volontairement en pays turc pour échapper à ce sort » (Alberto Tenenti). De nombreux Crétois partent pour Rhodes et Istanbul, où ils trouvent à s'employer comme marins et calfats.

Dans l'ouest de la Crète, un vaste secteur, la Sfachia, entre en dissidence, se soustrait à l'autorité vénitienne. Comme le bois et la poix provenaient surtout de cette région de l'île, les constructions navales s'en ressentent. Cristoforo Da Canal parvient à obtenir en 1562 l'institution d'une escadre permanente de quatre trirèmes pour protéger l'île, mais cette mesure ne suffit pas. Les galères armées en Crète sont de plus en plus défectueuses, le recrutement des équipages difficile, de sorte que les nobles qui acceptaient le commandement d'une galère s'esquivent le plus souvent, préférant même payer une forte amende.

Certes, Venise exerçait une influence bienfaisante dans les villes, dont la parure s'enrichissait avec de nouveaux palais aux belles façades, tel le palais Renieri à La Canée, les beaux porches du quartier Topanas dans cette même ville, des fontaines comme les fontaines Bembo et Morosini à Candie, ou la fontaine Arimondi à Retimnon, des églises baroques. Mais la population paysanne subissait de plus en plus mal la domination vénitienne, les montagnes servaient de refuge aux bandits toujours plus hardis. La Crète était prête, au moins dans ses profondeurs, à se donner aux Turcs.

Mais la force militaire ottomane avait perdu de son élan et la conquête fut difficile, d'autant que la cause vénitienne était devenue celle de l'Europe chrétienne et que de nombreux volontaires allèrent se battre à Candie. Aussi les Turcs firent-ils en Crète un effort de bonne administration. La pratique des grands recensements fut remise en honneur et la législation foncière et fiscale appliquée à la Crète, marquée par un retour à la tradition islamique, conserva aux paysans la pleine propriété de leurs biens fonciers, avec tous les droits inhérents. L'État ottoman ne s'arrogea donc pas la propriété éminente du sol. Cependant, la terre crétoise fut réputée infidèle et, dès lors, soumise au *kharâj*, impôt foncier dû par les non-musulmans. Un certain nombre de taxes habituelles de la fiscalité ottomane ne furent pas appliquées à la Crète.

La grande île devint, d'autre part, l'une des zones privilégiées de l'expansion de l'islam. À la fin du 18e siècle, la moitié de la population de l'île était devenue musulmane. Mais la montagne restait une zone de dissidence où devaient se déclencher les nombreuses révoltes du 19e siècle.

Sardaigne et Sicile dans le système espagnol. Les deux grandes îles occidentales étaient tombées dans la mouvance aragonaise dès les années 1323-1324 (Sardaigne) et 1443 (Sicile) et la domination espagnole se prolongea jusqu'en 1713. Mais le rôle de la Sicile, beaucoup plus peuplée, d'une importance économique et stratégique très supérieure, fut toujours plus considérable, et l'administration espagnole se montra plus attentive aux préoccupations des Siciliens qu'à celles des Sardes.

Les instruments de la domination espagnole sur la *Sardaigne* étaient au nombre de trois : le Conseil d'Aragon, créé en 1494, élément de la polysynodie espagnole, qui résidait en Espagne, composé de sept membres et dont l'un des quatre secrétaires était en charge de la Sardaigne, assurait les liaisons entre le gouvernement central et les pouvoirs de l'île, c'est-à-dire le vice-roi et l'Audience royale, tout en élaborant les lois et règlements applicables au royaume sarde. Les Sardes n'avaient que des postes modestes dans le Conseil (par exemple procureur), au moins jusqu'en 1624, lorsque le juriste de Sassari Francesco Angelo de Vico devint l'un des régents du Conseil d'Aragon, et d'ailleurs l'un des fidèles de la politique absolutiste d'Olivares. Les vice-rois furent souvent des Catalans (Gaston de Moncada, Requesens, Juan Vivas, Antonio Folch de Cardona) : ils avaient comme rôle essentiel de « faire passer » en Sardaigne les demandes pressantes du fisc espagnol et d'éviter toute rupture avec les classes dominantes de la société sarde. L'Audience royale, créée en 1564, composée de six magistrats, marque une étape dans le passage à l'État moderne : dotée d'amples attributions politiques et administratives, tribunal d'appel, l'Audience contrôle le vice-roi qui ne peut rien sans ses avis favorables. Comme ses magistrats sont généralement sardes, elle peut apparaître comme un instrument de décentralisation. En fait, au contraire, elle a servi la prééminence de la législation de la Couronne sur les droits particuliers.

Les Sardes étaient cependant représentés par un Parlement qui, à partir du règne de Charles Quint, se réunit à peu près tous les dix ans (1518, 1530, 1543-1544, 1553-1554, 1558, 1573-1574, 1583, 1592…). Il a pour mission de voter le service ordinaire payable en dix ans, par exemple 150 000 ducats pour le Parlement de 1613, somme raisonnable. Mais la Couronne demande des services extraordinaires qui suscitent une résistance souvent efficace du Parlement. En même temps, celui-ci revendique une plus grande autonomie pour l'île, le retour à d'antiques privilèges, la franchise commerciale des villes, etc. Le pouvoir espagnol cherche à diviser les barons de l'île qui dominent le Parlement, voire à s'appuyer sur les villes et les lettrés ou juristes : on notera à cet égard la création des universités de Cagliari (en 1626) et de Sassari (en 1634). La Couronne profita aussi de l'assassinat du vice-roi Camarassa (en 1668) pour décapiter l'ancienne féodalité sarde en confisquant les fiefs des Castelvi, Cervellon, Brondo.

Le tribunal de l'Inquisition, qui dépendait directement du Conseil suprême de l'Inquisition espagnole et qui s'installa à Sassari dans la décennie 1550 (après des « stages » à Cagliari et Alghero), s'il fut bien un agent de contrôle social, qui s'en prit aux sorcières et à la superstition (21 % des cas) et à la bigamie (11 % des cas), et s'il mena une chasse active aux « renégats » (18 % des causes), ne fut pas un instrument efficace de la domination espagnole : car, privé de moyens financiers (après les confiscations des biens de rares *conversos*), il manquait de personnel et dut sans cesse employer des fonctionnaires laïques qui remplissaient d'autres charges pour le compte de l'administration royale. Comme les commissaires du Saint-Office, pièce essentielle de la structure inquisitoriale, étaient recrutés parmi les chanoines des cathédrales, ils entraient souvent en conflit avec leurs évêques. De leur côté, plusieurs des inquisiteurs, qu'ils fussent espagnols ou sardes, se brouillèrent à mort avec les vice-rois (ainsi lors du conflit de 1616-1618 entre le vice-roi et l'inquisiteur Gamiz). La société sarde, dans son ensemble, témoigna d'une opposition constante au Saint-Office – à preuve, plus du quart des délits sont ceux d'« entraves à l'action du Saint-Office ».

À partir du règne de Philippe II, la Sardaigne fut mieux protégée des corsaires grâce au réseau des tours de guet et à la flotte de surveillance. Cette protection favorisa un certain développement démographique : 270 000 habitants, d'après le recensement de 1698. C'est à cette époque que l'on constate une progression de la production de cérales, qui permet une présence continue des grains sardes sur le marché génois de 1551 à 1590, à l'exception des années de disette 1569-1571. Après 1610, la production agricole, essentiellement céréalière, recommence à augmenter, comme le démontrent plusieurs travaux fondés sur l'évolution de la rente, avec des pics notables : 1621, 1630-1631, 1648-1649. En revanche, la conjoncture de la seconde moitié du 17ᵉ siècle est plutôt dépressive, avec quelques années tragiques (1653-1654, 1665, 1680-1681, 1698-1699). D'autre part, la Sardaigne parvient à produire du vin et, naturellement, des fromages pour l'exportation. La paix des Pyrénées en 1659 a stimulé le commerce maritime de l'île.

Il est sûr par ailleurs que la Sardaigne subit avec force l'influence de l'art espagnol, notamment dans l'architecture et la peinture. Après l'empreinte du gothique catalano-aragonais, la grande île suivit les modèles baroques, dont l'église San Michele à Cagliari, les dômes des cathédrales d'Alés, Oristano ou Sassari témoignent. Les œuvres de grande qualité du maître de Castelsardo, avec les retables de Cagliari, Castelsardo, Truili, Sauluri, avouent clairement les influences catalanes.

À l'évidence, la *Sicile* a occupé un rôle de tout premier plan dans l'histoire méditerranéenne au cours du 16ᵉ siècle et au moins jusqu'en 1640. Ne serait-ce qu'en raison de son importance stratégique : Messine, premier port militaire de la Méditerranée chrétienne, fut le lieu de concentration, de rassemblement, de ravitaillement, de réparation des flottes chrétiennes, et un grand marché d'esclaves. L'île était aussi un des grands fournisseurs de blé des régions déficitaires. On comprend donc mieux encore qu'elle ait été pourvue d'un important réseau de tours de guet, d'une escadre de galères, d'un *tercio*, comme on l'a vu.

On comprend aussi que l'Espagne ait pris grand soin de ménager les Siciliens, d'autant plus qu'après avoir chassé les Angevins ils s'étaient donnés eux-mêmes aux Aragonais. Avec succès : l'île ne contesta pas sérieusement la souveraineté espagnole. Les révoltes locales de 1516, 1517, 1523, n'eurent guère d'importance, les troubles de Messine en 1612 restèrent limités. Seule exception : la grande révolte de Messine en 1678, mais la ville était jalouse des avantages de Palerme. La noblesse sicilienne fit preuve d'une fidélité constante à la Couronne d'Espagne : on va voir qu'elle en recueillit le salaire.

Le jeu des institutions siciliennes témoigne du souci évoqué plus haut. Le Parlement sicilien était composé de trois *bras : l'ecclésiastique (mandaté par 60 à 70 prélats), le « militaire » (les représentants des 251 barons) et le « domanial » (communes de juridiction royale). Au 15e siècle, il avait de grands pouvoirs, qui furent quelque peu réduits lors de la création de la vice-royauté mais restèrent considérables : il votait notamment les lois et les impôts. Le pouvoir social des barons et l'autonomie des villes furent respectés. De plus, la Couronne accorda souvent des *mercedes* (grâces), dignités et titres à des particuliers pour les remercier de leur action.

Les vice-rois furent toujours des grands seigneurs, italiens ou espagnols (ducs de Medinaceli, de Feria, d'Escalona, d'Osuna…), qui gouvernaient en liaison avec le Conseil d'État et le Conseil d'Italie. Ils résidaient six mois à Palerme, trois à Messine, le reste du temps à leur gré. Ils étaient commandants en chef des armées et des flottes, convoquaient le Parlement tous les trois ans pour la discussion du *donativo, y compris l'extraordinaire, souvent justifié par la défense du territoire. (Ainsi, le marquis de Villena obtint un énorme *donativo* extraordinaire au début du 17e siècle.) Ils étaient assistés d'un organisme exécutif, le *Consiglio Reale* ou *Sacro Consiglio*, recruté parmi les grands dignitaires du royaume, dont les membres avaient voix consultative. Ils étaient également entourés de trois magistratures suprêmes : la *Reggia Gran Corte*, dont le président était sicilien, qui jugeait en première instance les causes civiles et criminelles, le *Concistoro*, tribunal d'appel du précédent, et le *Tribunale del Reale Patrimonio*, chargé du recouvrement des tributs et taxes destinés au trésor royal.

L'Église sicilienne, grande puissance foncière, très riche, et qui exerçait un encadrement serré des populations, fut souvent un contre-pouvoir – mais, dans les querelles de préséance entre le cardinal-archevêque de Palerme et le vice-roi, Madrid prit toujours le parti du vice-roi. Elle avait un rôle notable au Parlement. Il faut observer que 4 % de la population environ était composée d'ecclésiastiques, séculiers ou surtout réguliers, et certains monastères (tel San Martino près de Palerme, dont les 80 moines appartenaient aux grandes familles) jouissaient d'une grande influence.

D'autre part, le tribunal de l'Inquisition de Sicile, créé en 1512, qui siégeait à Palerme, dont les trois inquisiteurs étaient toujours espagnols, appuyé sur un réseau dense de commissaires et de familiers, eut une action beaucoup plus considérable que celle du tribunal sarde. Il combattit ardemment la sorcellerie et la magie (25 % des causes), les propositions « hérétiques », la sollicitation, le blasphème ; la moitié de sa clientèle, cependant, n'était pas faite de Siciliens mais d'hérétiques étrangers, de passage en Sicile, et de « renégats » de toutes nationalités (plus de 30 % des cas).

Il est réel que la domination espagnole a accru la force de la féodalité sicilienne, d'autant que Philippe III, accordant en 1610 ce que Charles Quint et Philippe II avaient refusé, concéda aux barons siciliens le privilège de *mero e mixto imperio*, c'est-à-dire une délégation de juridiction du roi au seigneur, qui permettait à celui-ci de juger les causes et de châtier les délits de ses vassaux en leur imposant les peines corporelles prévues dans les cas de ces délits. Désormais, le feudataire devenait l'arbitre de la vie et de la mort de ses sujets et il n'y avait aucun appel possible au tribunal royal, pour la perception des péages, gabelles ou impôts seigneuriaux par exemple. La seule limite était l'obligation de transmettre la procédure au *Concistoro* de Palerme dans le cas des peines de mort, qui ne pouvaient être exécutées avant examen.

La Couronne se fondait sur le fait que beaucoup de familles nobles de Sicile étaient d'origine espagnole ou s'étaient unies par le mariage à des lignages espagnols. La dévolution du contrôle social de l'île aux barons ne lui paraissait pas politiquement dangereuse en raison du lien de fidélité qui existait entre les barons et la monarchie. Celle-ci alla donc plus loin encore : les terres domaniales furent aliénées aux barons à qui furent vendues, contre des rentes, les recettes ordinaires de l'État (taxes et tributs, péages, recouvrement des amendes). À la fin du 17e siècle, la grande île était *infeudata* : sur tous les domaines de la Couronne, les barons étaient maîtres des emplois clés (perception des impôts, surveillance des poids et mesures, organisation du ravitaillement…).

L'absentéisme des seigneurs permit le développement d'une classe intermédiaire de fermiers ou gérants, les *massari*, qui sous-louaient les parcelles à de petits paysans qu'ils contrôlaient grâce au système de la *colonna* (prêts de semences, d'animaux d'outillage […] avec usure). Ce système suscitait la misère paysanne, malgré des rendements élevés et le travail des femmes à domicile (filature, tissage).

L'influence espagnole a sans doute développé le goût sicilien de l'ostentation qui éclate lors de fêtes splendides, notamment dans les villes où on dresse des décors oniriques, avec arcs de triomphe, colonnes et pyramides de bois peint, grandes machines ingénieuses, pour des représentations allégoriques, des illuminations féeriques et des feux d'artifice (Sainte-Rosalie à Palerme, Sainte-Agathe à Catane, Sainte-Barbe à Paterno, Sainte-Lucie à Syracuse, etc.). La même ostentation se retrouve dans l'ornementation baroque des églises, qui se déchaîne au 17e siècle.

Sardaigne et Sicile : de nouvelles expériences. Le démantèlement de l'Empire espagnol d'Europe, effet des traités de 1713-1714, brisa le lien multiséculaire entre les deux grandes îles et l'Espagne. Mais les grandes manœuvres diplomatiques et les marchandages firent de ces îles des objets de troc et développèrent une instabilité politique peu favorable à la réussite des expériences qui furent tentées par les nouveaux pouvoirs.

La *Sardaigne* fut d'abord attribuée aux Habsbourg d'Autriche par le traité d'Utrecht (1713), tandis que la Sicile allait à la Maison de Savoie. L'archiduc Charles avait mis la main dès 1708 sur la Sardaigne, mais l'administration habsbourgeoise fut si désordonnée et contradictoire qu'en dépit d'une bonne conjoncture économique (récoltes très satisfaisantes de 1718 et 1719), les Sardes regrettèrent la domination espagnole et le manifestèrent bruyamment en 1716 à l'occasion de « l'heureuse naissance du prince des Asturies ». De sorte qu'ils accueillirent sans déplaisir évident l'échange réalisé entre Charles VI et le duc de Savoie, qui liait désormais leur destin à l'État alpin. Certes, les Sardes craignaient qu'un État dépourvu de flotte ne fût pas capable de les protéger contre les Barbaresques, et une part importante de l'aristocratie (avec près de la moitié des fiefs) restait attachée à l'Espagne, tandis qu'une minorité avait choisi l'Autriche et que certains pensaient à la France. D'autre part, pendant plusieurs décennies encore, la Savoie envisagea d'échanger la Sardaigne. Les réformes de fond en furent retardées, mais elles intervinrent à l'époque de Victor-Amédée II et surtout de Charles-Emmanuel III, dont le Premier ministre, le comte Bogino (de 1759 à 1773), mena une politique véritablement éclairée en s'intéressant à l'île pour elle-même : initiative rendue à l'administration locale, développement de l'agriculture et des mines, simplification de la fiscalité, répression du banditisme, laïcisation des universités et réforme de l'instruction afin de faire de la noblesse sarde une classe dirigeante moderne et efficace. Il est évident que la Sardaigne réalisa de grands progrès durant la période 1750-1790.

L'administration savoyarde avait lancé un train de réformes en *Sicile*, mais le temps des réalisations manqua : en 1720, la Sicile devenait partie intégrante d'un « royaume des Deux-Siciles » soumis à la souveraineté de l'Autriche. Celle-ci opta pour la continuation de la politique espagnole fondée sur l'accord avec les barons. Bientôt, la politique de la deuxième épouse de Philippe V, Élisabeth Farnèse, et le renouveau de l'armée espagnole permirent à Don Carlos, époux d'une fille de Charles VI, de devenir roi des Deux-Siciles par le traité de Vienne (2 mai 1738). Mais Charles, pourtant modèle de souverain éclairé, ne s'intéressa qu'à Naples et le sort de la Sicile resta inchangé, avec à sa tête un vice-roi qui dépendait maintenant de Naples. Le malaise sicilien devenait de plus en plus évident : l'île avait perdu son rôle de grand exportateur de blé et la pression des barons sur la population s'était accrue dangereusement. Une grave émeute à Palerme en 1773 obligea le vice-roi à quitter la capitale. Son successeur, Stigliano, chercha à calmer le jeu, mais les Siciliens conservaient l'impression d'être sacrifiés au bénéfice de Naples, sentiment qu'ils n'éprouvaient pas à l'époque espagnole. Dans cette conjoncture, Caracciolo fut nommé vice-roi en 1781.

Ancien ambassadeur à Paris, ami des philosophes, imbu de l'esprit des Lumières, Caracciolo, en cinq ans, administra à la Sicile un traitement de choc. Il abolit le servage et toutes les formes de *villanagio* qui attachaient les paysans à la terre ; en 1785 il supprima les corvées, les péages. Il abolit la *mano baronale* qui permettait aux seigneurs de confisquer les biens des accusés avant jugement. Il permit aux vassaux de vendre librement les produits de leurs récoltes. Il réforma le tribunal du *Reale Patrimonio* pour en faire un tribunal d'appel des paysans lésés par leurs seigneurs et des villes ou villages dont les biens communaux avaient été spoliés. Il supprima en 1785 le tribunal de l'Inquisition.

Une action aussi profondément réformatrice souleva contre Caracciolo les barons et l'Église. Quand en 1783, après le tremblement de terre de Messine, le vice-roi voulut lever 400 000 écus en fonction de la richesse réelle, et quand il voulut établir un cadastre pour donner une assise logique à l'impôt, le Parlement s'y opposa et Caracciolo ne put mobiliser contre lui une bourgeoisie trop faible. Et quand, en 1786, Caracciolo fut appelé à Naples pour devenir Premier ministre, les barons siciliens se réjouirent. Mais Caracciolo avait démantelé le système féodal et son œuvre fut continuée par le prince de Caramanico, qui supprima les droits « personnels » avec l'aide de Siciliens « éclairés » : Di Blasi, Di Cosmi, Natale. Moins énergique que Caracciolo, il ne put venir à bout du cadastre. Malgré tout, la Sicile avait changé.

Destins singuliers

Pendant l'époque moderne, un certain nombre d'îles ont connu un destin très différent de celui des îles que l'on vient d'étudier parce que leur statut politique n'a pas changé, ou ce ne fut que très tardif. Il vaut la peine de considérer les trois cas les plus remarquables.

Les Baléares : une réaction tardive mais puissante. Durant presque tout le 16e siècle, les Baléares furent abandonnées ou presque par le pouvoir, de sorte qu'elles furent une cible privilégiée de corsaires tels que Barberousse, Dragut, Piali ou Eudj Ali. On évoquera seulement, outre les agressions déjà signalées, le désastre de Mahon, dans l'île de Minorque, en septembre 1535, où, après la trahison des notables de la ville, 800 personnes furent emmenées en servitude jusqu'à Istanbul. L'île d'Ibiza était assaillie presque chaque année. Quant aux populations de Majorque, elles se résignèrent à évacuer les côtes, à l'exception de quelques ports, pour se réfugier dans l'intérieur : c'est dans le centre de Majorque, dans ses plaines orientales et le sud de l'île que la récupération démographique se fit, pendant qu'un nombre non négligeable de Baléares passaient à l'ennemi et se faisaient musulmans, surtout à Alger.

L'insécurité avait aggravé le malaise social, dont la forte participation des artisans et des paysans à la révolte antiseigneuriale et antifiscale des *Germanias* en 1521-1522 fut un symptôme fort. D'autres conflits violents opposèrent les *Espanols* (originaires de la péninsule) aux *Armadens*, puis les quartiers de Palma au début du 17e siècle : *Canamunts* contre *Canavalls*. La criminalité atteignit des niveaux élevés et la justice se révélait impuissante.

Qui plus est, les îles pouvaient se croire abandonnées de Dieu. De 1519 à 1561, les habitants de l'archipel ne virent pas un seul évêque : les prélats se contentaient de percevoir leurs bénéfices sans résider, et beaucoup de curés suivaient leur exemple. Les visites pastorales organisées par l'évêque aragonais Diego de Arnedo, le premier évêque qui ait résidé depuis longtemps, à partir de 1561, révélèrent le mal profond dont souffrait l'Église baléare malgré la force de la foi populaire.

La réaction vint des habitants des îles eux-mêmes bien plus que de la Couronne et de ses représentants. Ce fut d'abord un réflexe d'autodéfense. Les Baléares avaient, depuis le Moyen Âge, une expérience étendue de la navigation en Méditerranée ; de plus, ils disposaient d'un riche arsenal de cartes et de portulans, fruits des travaux d'une école cartographique qui, aux 14e et 15e siècles, était l'une des deux plus remarquables du monde occidental. Ils se firent donc, les Majorquins surtout, corsaires et ne tardèrent pas à acquérir une réputation redoutable. À tel point qu'après 1650 les Barbaresques jugèrent prudent de ne plus s'attaquer à Majorque. La grande Baléare jouit alors d'une sécurité qui favorisa l'essor économique.

La vérité oblige à reconnaître que les corsaires majorquins ne se bornèrent pas à razzier les côtes du Maghreb où ils se procuraient des esclaves mâles pour leurs chiourmes. Ils s'en prirent aussi aux navires chrétiens et notamment aux bâtiments marseillais, qui, de 1653 à 1710, furent les victimes les plus habituelles de la course majorquine.

Ainsi, dès avant le milieu du 17ᵉ siècle, s'est amorcée une croissance agricole dont témoignent par exemple les dîmes du Patrimoine royal et celles de la cathédrale de Palma. Elle concerne notamment la production céréalière, encore déficitaire au 16ᵉ siècle, et aussi les produits déjà excédentaires, tels qu'olives, huile, amandes, fromages, voire le vin. Les fèves continuent à assurer une part de l'alimentation de base et l'élevage du porc se développe. Les agents de la croissance furent les paysans emphytéotes qui avaient passé contrat avec les hommes du roi pour les terres de *realengo* et de riches paysans, bénéficiaires du système d'héritage fondé sur le modèle catalan qui privilégie l'*hereu*. Mais l'aggravation du régime seigneurial, marquée par l'accumulation des taxes sur les paysans et l'aliénation des dîmes aux seigneurs laïques, explique le nombre important des conflits sociaux : les magnats catalans qui avaient bénéficié de *repartiments* lors de la reconquête (ainsi la totalité d'Ibiza) avaient vu se dévaluer leurs rentes en espèces, mais ils avaient pris en emphytéose une partie des terres royales et les avaient sous-louées aux paysans à des conditions plus dures.

La population des îles, au moins celle de Majorque, avait connu une lente croissance au 16ᵉ siècle. La grande île avait retrouvé en 1573 les effectifs de 1329, dépassés en 1585 avec 115 000 habitants. Mais la dernière décennie du siècle, calamiteuse comme ailleurs, et la peste de 1652 qui fit au moins 20 000 victimes, provoquèrent une amputation sensible : 99 000 habitants en 1667. La croissance qui suivit fut incontestable : Majorque avait 137 000 habitants en 1784. En revanche,

Ibiza eut à pâtir de l'établissement par les Bourbons du monopole royal du sel, dont le commerce était jusqu'alors un de ses revenus essentiels.

L'île de Minorque connut au 18e siècle un sort particulier. Pendant la guerre de Succession d'Espagne, la flotte anglo-hollandaise, commandée par Stanhope, s'empara de Mahon, puis de l'île, au nom de l'archiduc Charles, mais les traités de 1714 firent tomber le masque : la Grande-Bretagne venait d'acquérir une base importante en Méditerranée. Elle devait la conserver jusqu'en 1782, à l'exception d'un temps d'occupation française de 1756 à 1763, la récupérer brièvement de 1798 à 1802, avant de la rendre définitivement à l'Espagne à la paix d'Amiens.

L'occupation anglaise valut à la petite île des avantages certains. Le meilleur des gouverneurs britanniques, Kane, fit tracer la *Mane's Road*, qui allait d'un bout à l'autre de l'île, développa le port de Mahon dont les commerçants s'enrichirent, introduisit à Minorque de nouvelles espèces animales et végétales, unifia le système de poids et mesures, créa une université. Aujourd'hui encore, Minorque a gardé une empreinte de la domination anglaise.

La Corse génoise. Depuis 1482, la Corse était détenue par la banque génoise dite Office de saint Georges. Pendant les guerres de Corse des années 1553-1569, dites « guerres des Français » ou « de Sampiero », la classe politique génoise acquit la conviction qu'il fallait garder la Corse. Car, selon le mot de l'ambassadeur espagnol Luis de Zuñiga y Requesens, « qui tient la Corse tient Gênes ». Pour garder la Corse au terme de ces guerres, Gênes avait dû dépenser des hommes, de l'argent, faire preuve de diplomatie et, même en temps de paix, la Corse coûtait plus cher à la République qu'elle ne rapportait. De sorte qu'il y eut toujours à Gênes un parti tout prêt à proposer l'abandon de l'île à une puissance alliée « au nom du réalisme ». Mais la valeur stratégique de l'île était trop grande : car il suffisait d'une nuit pour qu'une flotte partie de Corse abordât les rivages de la République !

Au moins fallait-il limiter au maximum le coût de l'administration de l'île. Celle-ci fut donc réduite à l'essentiel et à deux objectifs : le maintien de l'ordre public et la perception des impôts. Ce fut la politique de l'Office, puis du Sénat quand, à partir de 1562, il prit le relais de la banque. Jusqu'en 1768, le chef de l'administration génoise en Corse fut le gouverneur, qui résidait à Bastia et détenait tous les pouvoirs ; administratif, judiciaire et militaire. Il dépendait lui-même du *Magistrato de Corsica*, composé de cinq puis huit membres, qui, à Gênes, avait la Corse en charge. Le gouverneur emmenait avec lui quatre gentilshommes qui lui servaient de conseillers et il était assisté de trois hauts fonctionnaires : le vicaire, dont le poste fut ensuite dédoublé (un au civil, un au criminel), le chancelier et le *fiscale* ou procureur. Sa bureaucratie se réduisait à une vingtaine de fonctionnaires subalternes (notaires, copistes, agents de chancellerie), à un « capitaine du château » ou chef de la police, à un *sindico della Camera*, investi de responsabilités financières par le *Magistrato*, à une dizaine d'huissiers. Quelques postes nouveaux furent créés au cours du 16e siècle. Enfin, le gouverneur avait droit à l'escorte de quatre gentilshommes génois, mais deux d'entre eux furent remplacés par deux *principali corses.

Les fonctionnaires génois ne restaient en poste que douze à dix-huit mois, ce qui nuisait à la continuité administrative. À cause des luttes de factions au sein de la société corse, et sous la pression des représentants de l'île eux-mêmes, le pouvoir génois élimina les Corses de la fonction publique. Mais A.-M. Graziani juge cette exclusion plus théorique que réelle : il montre que la participation corse s'exerça par le biais de commissions. Quant à la présence militaire génoise en Corse, elle fut très modeste : de 3 à 4 000 soldats, dont 1 800 à Bastia, pendant la « guerre des Français », elle se réduisit à un petit millier au début du 17e siècle.

Pourtant, Gênes manifesta un grand souci statistique dans l'établissement de l'assiette de la *taglia* ou impôt direct, ce qui explique l'abondance des dénombrements fiscaux des villages, qui deviennent même des « états des âmes » à partir de 1616-1617. Mais la multitude des impôts indirects rendit la fiscalité très inégalitaire. En tout cas, l'analyse et la critique de ces documents permettent d'évaluer la population corse à quelque 25 à 30 000 feux du 16e au 18e siècle, ou, plus précisément, à 150 000 âmes dans la seconde moitié du 17e siècle.

Il semble difficile de prétendre que Gênes ait conduit en Corse une « colonisation de pillage » ou, ce qui est différent, une politique de « non-développement », même s'il est vrai que, pendant trois siècles, les fonctionnaires génois eurent pour consigne de « ne pas innover ». Développer la Corse, c'était risquer de la perdre au profit d'une puissance prédatrice. En fait, on peut observer dans l'« île de Beauté » des permanences. Soit d'abord le maintien d'une nation essentiellement rurale, où les villes, même au 18e siècle, ne comptent que pour 10 % environ, où la croissance urbaine reste marginale, avec une nette avance de Bastia qui, selon les textes les plus crédibles, atteindrait 6 à 8 000 habitants dans la première moitié du 18e siècle. Puis l'émigration, à destination de Gênes, de Marseille, de la Toscane, du Maghreb, de l'Espagne, voire de l'Amérique espagnole. La faiblesse du commerce et l'« étroitesse » de l'argent en circulation dans un marché limité, à la seule exception de la péninsule du cap Corse et de Bastia, grâce au vin de la presqu'île vendu sur le continent. Ou encore les stratégies familiales très difficilement régulées par l'Église, les dispenses de mariage en cas de parenté étant considérées comme de simples formalités et les cérémonies religieuses étant reléguées après les accords familiaux. L'inégalité sociale, très marquée, aggravée par l'inégalité d'instruction. Le banditisme, qui est « un choix de vie en marge de la communauté », soit une « extraordinaire prise de risque » mais en partie justifiée aux yeux des insulaires par la décision de Gênes d'attribuer à ses tribunaux la justice locale ; or les lois de Gênes sont des atteintes à la liberté.

Mais on peut aussi observer des changements importants. D'abord, l'effacement progressif du péril « turc » après 1620 et surtout 1650. En cela, l'île que Gênes s'est efforcée de protéger par son réseau de tours témoigne pour l'ensemble de la Méditerranée occidentale. Des tentatives de développement et de peuplement (ou de repeuplement) comme le plan agricole des années 1630-1650 qui combine les plantations d'arbres (châtaigniers, figuiers, oliviers, orangers, citronniers), l'effort pour promouvoir de nouvelles cultures (introduction largement répandue de plants de mûriers), la constitution de baux emphytéotiques et la concession de prêts, la diffusion de manuels d'agriculture, l'appel à une main-d'œuvre étrangère, telle que les *braccianti* lucquois ou les colons grecs de Paomia. Les résultats n'ont pas été nuls : la Balagne et la Castagniccia et la région de Bastia surtout ont bénéficié du mouvement des plantations, et même celle de Bastia a connu un début de « décollage ». Mais les mesures inspirées par Gênes étaient en général inadaptées au milieu et aux pratiques des insulaires en matière culturale.

Reste le changement essentiel du milieu du 18e siècle, l'intervention de Pascal Paoli, né en 1725, émigré à Naples dès l'âge de quatorze ans en compagnie de son père qui avait été l'un des acteurs d'une révolte antigénoise. Autodidacte formé au dialogue effervescent des Lumières napolitaines, imbu de Plutarque, de Machiavel et de Montesquieu, il rentra en Corse en 1755, s'efforça de réaliser l'unité de la patrie corse, chercha à créer un État nouveau modèle en utilisant les principes du despotisme éclairé, parvint à déclencher un soulèvement sinon général du moins très large contre Gênes, battit monnaie, créa une université à Corte et un embryon de flotte. Mais le traité de Versailles du 15 mai 1768, « vente déguisée » de la Corse à la France, devait détruire le rêve de Paoli confronté à une force militaire démesurée. L'expédition de mai 1769, la bataille de Ponte Novo sur les bords du Golo obligèrent le patriote à reprendre la route de l'exil. Rousseau et Boswell exaltèrent la figure d'un « héros » que l'incroyable odyssée d'un autre Corse, Napoléon Bonaparte, allait longtemps occulter, mais qui échappe à l'oubli.

L'exception maltaise. Lorsque, en 1530, Charles Quint attribua aux chevaliers de Saint-Jean de Jérusalem, chassés de Rhodes, l'île de Malte, fief aragonais depuis 1282, pour le prix annuel d'un faucon, le prodigieux destin de l'île au cours des deux siècles suivants était imprévisible. Certes, la stratégie de l'empereur était limpide : il s'agissait de mieux défendre l'île, encore ravagée par les Barbaresques en 1526, de tenir le détroit de Sicile tout en protégeant la place de Tripoli conquise par les Espagnols au début du siècle. Mais l'élan offensif des Turcs qui accumulaient les victoires paraissait irrésistible. D'ailleurs, en

1551, Sinan et Dragut s'emparaient de Gozo et déportaient la population de la petite île, puis enlevaient Tripoli. La menace se précisait.

Sans doute l'ordre avait-il pris un contrôle total de Malte, politique, administratif, économique. Les chevaliers de justice, issus des plus grandes familles de l'Occident chrétien (huit quartiers de noblesse), avaient fait un recrutement judicieux. Quand Villiers de l'Isle-Adam avait quitté Rhodes en 1522, les chevaliers n'étaient guère plus d'une centaine. Or, en 1565, lors de l'assaut turc, ils étaient 512, assistés de 2 ou 3 milliers de « servants » (troisième classe de l'ordre), soit en comptant les Maltais 9 000 combattants. La capitale avait été déplacée de Mdina, dans le centre de l'île, à Birgu (Borgo, devenu plus tard Vittoriosa), afin de faire face à la mer, dans un site de grande valeur défensive. Les fortifications de l'île furent consolidées rapidement et commença la construction des « auberges », qui regroupaient les chevaliers de chaque « nation ».

L'extraordinaire résistance des chevaliers et de leurs troupes, dirigés par le grand maître Jean Parisot de La Valette lors du grand siège de 1565 où, d'emblée, dès le 18 mai, les Turcs jetèrent 30 000 hommes dans la bataille, devait hanter l'imaginaire occidental des siècles durant. Malgré des assauts furieux, l'exécution des prisonniers chrétiens cloués sur des croix (à laquelle La Valette répliqua en bombardant les assiégeants à coups de têtes coupées, celles de leurs soldats), Malte tint jusqu'à l'arrivée des secours espagnols.

La victoire donna à l'ordre un prestige immense et Malte connut alors un siècle et demi de grande prospérité. Les chevaliers affluèrent d'Espagne et de France surtout, mais aussi des Italies, d'Allemagne. D'ailleurs, sur 28 grands maîtres, de 1530 à 1798, 12 furent français et 9 espagnols. L'influence française s'affirma dans le dernier tiers du 17e siècle, sous l'influence de Louis XIV, et, à la veille de la Révolution française, 400 des 600 chevaliers étaient français.

Comme, après 1565, il fallut reconstruire la capitale, en grande partie détruite, et doter l'ensemble de la rade d'un système de fortifications capable de défier tous les assauts, l'Ordre engagea de nombreux travailleurs, surtout siciliens, renforcés par les esclaves que procuraient les expéditions de courses des chevaliers. La Valette décida de bâtir la nouvelle capitale (qui porte son nom) sur le mont Sciberras, en face de Borgo mais plus haut, tout en fortifiant la rive de Borgo où s'élevèrent désormais les trois cités fortes de Vittoriosa, Senglea et Floriana. La Valette était couverte au nord par le fort Saint-Elme reconstruit, au sud par le fort Ricasoli terminé en 1670 par l'ingénieur militaire italien Valperga. Le chantier occupa 8 000 hommes pendant une vingtaine d'années. La construction des « auberges » de France, Auvergne, Provence, Castille, León et Portugal, Aragon, Allemagne, Angleterre, Italie, témoignait à sa manière des origines les plus habituelles des chevaliers. En 1575, avait été achevé le grand hôpital des chevaliers, dont la grande salle abritait 600 lits et, non loin, le palais des grands maîtres. En 1574, au temps du grand maître Jean de La Cassière, s'était installé, à Vittoriosa, un tribunal d'Inquisition qui relevait directement de Rome. Chargé de la répression de l'hérésie, il eut à juger un grand nombre de « renégats », mais il exerça assez souvent un rôle positif en faisant libérer des chrétiens réduits en esclavage par les corsaires maltais (chevaliers compris), prétendus « infidèles ». Les fonds du tribunal, supprimé en 1798, sont un miroir fidèle de l'extraordinaire cosmopolitisme de la population maltaise, où se mêlaient Grecs, Arméniens, Slaves du Sud, Hongrois, Italiens, Ibériques, Français, etc.

Une partie des revenus de l'Ordre procédaient des chevaliers et de leurs pays d'origine, mais c'est la course qui procurait l'essentiel. Les chevaliers armaient en course, de même que les bourgeois maltais, voire des corsaires venus d'ailleurs qui obtenaient licence de l'ordre pour le faire : car le grand maître prélevait 10 % sur les prises et celles-ci étaient presque toujours vendues à Malte, qui devint ainsi un énorme marché de marchandises de toutes sortes, dont les esclaves : il y en eut jusqu'à 10 000 à Malte, où ils furent un élément essentiel de la force de travail. Le pape recommanda de laisser toute latitude aux capitaines des navires flamands, hollandais, anglais, pour faire commerce de toutes marchandises, sauf les livres interdits.

Il ne manqua même pas d'Anglais pour venir pratiquer la

course dans ces conditions, tel cet Édouard qui obtient en 1600 licence de relâcher à Malte, de s'y ravitailler, de s'y réfugier « à condition de ne pas offenser la religion ». Ou cet équipage anglais qui, après avoir armé en course à Livourne, relâche à Malte où les douze hommes de l'équipage se convertissent au catholicisme en 1603 et s'établissent dans l'île pour mener leurs expéditions au Levant. Richard Palmer, William Percy, Matthew Hutchinson, Thomas Meten, Richard Crosle, Richard Hunt, William Smith, George Grave, Robert Row, Jacob Carrar, Thomas Plumer et Jacob Crager sont désormais au service de la « religion de Malte » et d'un intérêt bien compris !

Au 17e siècle, grâce à la richesse de l'Ordre, Malte devint une « *mostra* », une exposition permanente de l'art baroque à son apogée : architecture, sculpture, peinture, décoration. Les églises Notre-Dame-des-Grâces à Zabbar (1641-1675), Saint-Philippe à Senglea (1662), Saint-Laurent à Vittoriosa (1691) et naturellement la cathédrale Saint-Jean de La Valette, création continue, sont ainsi des chefs-d'œuvre du baroque auxquels s'ajouteront, après le terrible séisme de 1693, les édifices reconstruits dans les années suivantes : l'église Sainte-Agathe de Mdina (1694), la cathédrale Saint-Paul (1697-1702) de cette même ville et la cathédrale de Victoria à Gozo (1698-1711). La couleur dorée de la pierre et le rôle dominant du même architecte, Lorenzo Gafa, achèvent de conférer aux ensembles monumentaux de l'île cohérence et unité.

Les monuments funéraires qui ornent les chapelles des cathédrales, de Saint-Jean surtout où ils entretiennent la mémoire des grands maîtres, complètent le triomphe de cette esthétique : plusieurs disciples du Bernin ont travaillé à Malte, comme Domenico Guidi qui éleva dans la chapelle d'Aragon, pour le grand maître espagnol Nicola Cotoner (1663-1680), un tombeau symbolique car il est porté par deux esclaves, un more et un noir. C'est à la même époque que Giuseppe Mazzuoli réalisa le groupe en marbre du *Baptême du Christ* qui se trouve dans le chœur.

La réputation de l'Ordre poussa Le Caravage à venir à Malte en 1607 : au sommet de sa gloire, il espérait être admis parmi les chevaliers et, de fait, le grand maître Alof de Wignacourt le fit recevoir comme « chevalier de grâce ». C'est la raison de son beau portrait (musée du Louvre). Le peintre exécuta alors en quinze mois cinq toiles remarquables, dont la *Décollation de saint Jean-Baptiste*, l'un de ses chefs-d'œuvre. Mais Le Caravage, dont on connaît le tempérament violent, fut bientôt mêlé à des rixes et à des affaires de sang. Dégradé, il dut quitter Malte et rentra en Italie pour y mourir bientôt (1610).

Un maître de la peinture napolitaine a réalisé presque toute son œuvre à Malte où il est omniprésent : Mattia Preti. S'il n'atteignait pas au génie du Caravage, il avait bien du talent : avec Lorenzo Gafa et quelques sculpteurs, il illustre la somptuosité des décors qu'a souhaité imposer l'Ordre : la grande fresque en dix-huit tableaux, réalisée de 1661 à 1666, consacrée à la vie et au martyre de saint Jean-Baptiste qui orne la nef de la cathédrale Saint-Jean, où Preti déploya son génie du trompe-l'œil et sa maîtrise de la couleur, plaide pour la créativité et la force d'expression du baroque méditerranéen.

Les soucis culturels des chevaliers se manifestèrent encore par la création du théâtre Manoel, élevé en 1731 par le grand maître portugais Manoel de Vilhena, et par la réalisation, tardive il est vrai (1786-1796), de la grande bibliothèque dont la collection est très riche.

Quoique l'Ordre fût intelligemment intervenu lors du grand séisme de Messine en 1783, par une participation active et efficace aux secours, sa décadence à la fin du 18e siècle était évidente. Plusieurs révoltes s'étaient produites, qui exprimaient le mécontentement de la population maltaise à qui les chevaliers laissaient peu de liberté et imposaient des prix des denrées trop élevés. Même parmi les chevaliers, il existait un parti des mécontents. Les grandes puissances – la France, la Russie, l'Angleterre – convoitaient l'île. Les débuts de la Révolution française inquiétèrent l'Ordre et son grand maître, Emmanuel de Rohan. La Constituante exempta l'Ordre de Malte de la sécularisation des biens ; après la chute du roi, la Législative décida de les mettre à la disposition de la nation, mais il ne pouvait s'agir que de ceux de la partie française de l'Ordre. Les autres puissances suivaient la situation avec attention. Quand, en 1797, un Allemand fut élu pour succéder à Rohan, il envoya une ambassade à Saint-Pétersbourg pour reconnaître le tsar Paul Ier comme « protecteur de l'Ordre ». Du coup, en 1798, Bonaparte décida la conquête de l'île, qui n'était plus défendue sérieusement. Les maladresses de l'administration française provoquèrent une insurrection des Maltais qui allait favoriser les desseins anglais.

DOCUMENT

La famine de 1582 en Corse

La famine dont il est question concerne l'année 1582, désastreuse dans tout le monde méditerranéen. On voit, à lire le texte, qu'elle a été générale puisqu'elle affecta aussi bien le Deçà-des-Monts (le Nord) que le Delà-des-Monts (le Sud). Dans ce texte apparaissent non seulement les limites de la production agricole mais encore la faiblesse du marché monétaire, puisque c'est le manque de monnaie qui limite la hausse du prix du blé. On constate que Gênes a cherché, préventivement, à limiter la famine et que l'assistance des évêques a été essentielle (il n'est pas question des monastères).

« Cette année, la moisson manque et les autres productions de la terre se trouvèrent en si petite quantité, tant dans le Deçà que dans le Delà-des-Monts, que l'année suivante, 1582, il y eut une disette affreuse. On n'avait jamais vu en temps de paix une famine pareille [...]. Comme on ne trouvait à manger nulle part, le plus grand nombre était obligé de se nourrir d'herbes imparfaitement assaisonnées parce que le sel manquait. Enfin, ils recoururent à toutes sortes d'aliments pour se nourrir. Ils en étaient venus à se voler les ânes, dont ils mangeaient jusqu'aux entrailles. Comme ils n'avaient pas de quoi acheter du blé, ils durent faire du pain avec des plantes de diverse nature, avec de l'orge, du millet, de la *patagine*, espèce de millet, plus noir et moins agréable au goût, des châtaignes, du seigle, des lupins, de la graine de lin, des sarments de vigne, des glands, des noyaux d'olive, des coques de noix, du chiendent, des racines de fougère, de l'herbe appelée chez nous *icaro*, des trognons c'est-à-dire des tiges de choux, des baies ou *armorini*. Néanmoins, malgré la disette, le blé ne coûta jamais plus de quatre écus la *mina*. Car l'île n'avait jamais été plus épuisée d'argent. Je crois que, si l'argent n'avait pas manqué, le prix de la *mina* de blé aurait monté à plus de huit écus. La disette fut si grande que (comme je l'ai dit) plusieurs personnes moururent de faim. Je puis l'assurer puisque j'ai pris à ce sujet des renseignements précis. Sans les nombreuses précautions prises par la Seigneurie, qui, dans la prévision du danger, avait envoyé en Corse des grains et des farines, sans les secours que les évêques distribuèrent dans leurs diocèses, on peut assurer qu'il serait mort de faim une infinité de personnes. L'évêque de Mariana, en particulier, distribua des provisions de toute sorte. Comme les revenus de son évêché étaient insuffisants, il recourut à ses biens patrimoniaux sur lesquels il dépensa, tant en aumônes qu'en secours d'autre nature donnés à ses diocésains, environ un millier d'écus. En outre, il fit venir de Terre Ferme du blé et du millet et n'épargna aucune peine pour subvenir à un besoin aussi pressant. Chaque jour, on employait dans sa maison une demi-*mina* de blé afin de faire du pain pour la multitude de mendiants qui se pressaient à sa porte. »

D'après le chroniqueur Filippini,
cité par Antoine-Marie Graziani,
La Corse génoise,
Ajaccio, Alain Piazzola, 1997.

QUATRIÈME PARTIE

L'Europe réinvente la Méditerranée

(1815-1945)

Les grands bouleversements européens des années de la Révolution et de l'Empire n'ont touché les espaces méditerranéens que de biais. Cependant, l'expédition de Bonaparte en Égypte est, en 1798-1799, un geste précurseur. Elle annonce la grande poussée de l'Europe qui, vapeur, capitaux, libertés et missions chrétiennes aidant, réinvente une Méditerranée, objet de l'impérialisme et aliment de l'imaginaire européen de Chateaubriand à Delacroix, de Flaubert à Cézanne.

En 1934, le tome VII de la *Géographie universelle* dirigée par Vidal de La Blache, rédigé par Max Sorre et Jules Sion, présente en ces termes la Méditerranée, avant d'évoquer les conditions qui lui ont permis de sortir de l'« engourdissement » : « Il y a moins d'un siècle, la Méditerranée ne baignait plus que des États secondaires, sauf la France. Bordée au sud et à l'est par des pays barbares, peu accessibles, elle se terminait en impasse vers l'Égypte et ne se prêtait plus guère qu'à un commerce local. Ses bords montraient plus de ruines et de musées que de cités actives. » Il est vrai qu'en 1815 l'Empire ottoman domine encore la plus grande partie des Balkans et la quasi-totalité des pays arabes du Machrek et du Maghreb : seul le Maroc échappe à la suzeraineté du *sultan d'Istanbul. Existe-t-il une Europe méditerranéenne ? L'Espagne entre dans un siècle de convulsions, l'Italie est toujours divisée, la Grèce est dominée par les Turcs. La France n'a pas les moyens d'être une puissance méditerranéenne. Déjà l'Angleterre, puissance extérieure, contrôle la Méditerranée.

Puis l'Europe met à profit une rupture des équilibres pour s'imposer en Méditerranée. Sa croissance démographique est extraordinairement rapide, alors que la population des territoires musulmans s'accroît peu. La course n'est plus qu'un souvenir, l'Europe peut contrôler la mer et ouvrir des marchés, alors que la vapeur permet, dès le milieu du 19ᵉ siècle, de transporter rapidement et à bon compte toutes sortes de marchandises. L'ouverture du canal de Suez, entreprise française vite contrôlée par les Britanniques, est, en 1869, la date symbole de ce basculement de la Méditerranée dans l'influence européenne. Les Français sont à Alger dès 1830 ; dans le même temps, l'indépendance de la Grèce est parrainée par l'intelligentsia européenne comme par les chancelleries. Français et Anglais, souvent rivaux, finissent par s'entendre pour contenir les appétits russes vers les Détroits et la mer, pour se partager les territoires (les Anglais « occupent » l'Égypte, la France « protège » la Tunisie). L'Empire ottoman s'engage dans les réformes, à l'imitation de l'Europe, mais aussi dans les emprunts qui l'asservissent à elle. Il est désormais trop affaibli pour constituer un quelconque danger. L'Europe peut favoriser la libération des Balkans.

La guerre de 1914 achève le grand travail de l'Europe. De l'Empire ottoman il ne reste plus, à son terme, qu'une Turquie réduite au plateau anatolien. Le Proche-Orient est sous l'influence directe de l'Angleterre et, plus partiellement, de la France. L'Europe a pris le contrôle de l'espace maritime.

Mais cet espace n'est ni central, ni autonome dans l'ensemble mondial. Pour l'Angleterre, qui le domine à sa manière, il n'est qu'un élément de son empire. Le jeu britannique consiste à contrôler des clients plus qu'à dominer des sujets. Comme toute puissance mondiale dominante, c'est la liberté des mers, la libre circulation des hommes et des marchandises qu'elle impose afin d'éviter la concurrence d'autres impérialismes. La France a d'autres conceptions, en apparence plus territoriales ; moins puissante, elle accepte à la fin du 19ᵉ siècle la prépondérance britannique. Mais son influence culturelle est considérable : au tournant des deux siècles, le français est bien la langue de toutes les élites méditerranéennes.

Cette emprise européenne s'appuie, du milieu du 19ᵉ siècle à 1939, sur des villes qui échappent au contrôle des États et où se dessine le visage d'une Méditerranée plurielle, active, bigarrée.

Là, en effet, coexistent les communautés que l'organisation ottomane a tolérées, voire protégées, que l'activité née des échanges
avec l'Europe a développées et enrichies. Ces ports sont peuplés
par les diasporas grecque, italienne, espagnole, arménienne, juive
*séfarade, maltaise ; Alger, Alexandrie, Beyrouth, Smyrne, Salo-
nique, Marseille, Barcelone vivent de la mer ; s'y côtoient chrétiens, juifs et musulmans. Ces cités, pour la plupart d'entre elles,
respirent plus au rythme de la Méditerranée que des pays auxquels officiellement elles ressortissent. Bab el-Oued n'a guère
de liens avec les campagnes algériennes. Alexandrie est toujours,
comme le disaient les sources romaines, non *en* Égypte mais
auprès de l'Égypte ; Marseille elle-même est plus ouverte sur la
mer que sur sa région.

Ces cités-États cosmopolites sont, de la Méditerranée, l'expression même. Mais comment pourraient-elles résister aux affirmations nationales ? La guerre de 1914-1918 leur porte un premier coup. La Turquie nouvelle choisit Ankara comme capitale
aux dépens de la trop plurielle Istanbul. Les mouvements nationaux, souvent nés dans les ports de la confrontation des idées
entre l'Occident et l'Orient, trouvent leurs forces et leurs masses
dans l'intérieur des États, là où l'agitation méditerranéenne n'a
pas atteint ce que Jacques Berque appelle « l'inviolé ». Le
modèle européen de l'État-nation s'impose, souvent dans ses
formes les plus extrêmes. Après la Première Guerre mondiale,
les Grecs doivent quitter l'Asie Mineure et Smyrne. Le fascisme
divise la diaspora italienne. Les Arabes, à l'école des Anglais, se
constituent en nations. La diaspora juive elle-même réinvente un
sol et une patrie en Palestine et suscite, en retour, un surcroît de
nationalisme arabe. Se lit enfin l'ombre d'une nouvelle puissance
dominante extérieure à la mer, comme l'Angleterre : les États-
Unis, dont la Seconde Guerre mondiale accélère l'apparition en
Méditerranée.

Mais, parallèlement à cette histoire où se croisent les capitaux
et les hégémonies et où s'affrontent jeunes nations et vieilles
puissances, la vision de la mer elle-même a changé. La médita-
tion romantique évoquait les empires écroulés et les civilisations
mortes, ou recherchait l'exotisme de cet Orient en déclin que
l'Europe devait régénérer. Puis l'Europe invente l'azur méditer-

ranéen et ses rivages. Les géographes définissent, à la fin du 19ᵉ siècle, l'unité d'un climat, dessinent la limite de l'olivier, décrivent les villages perchés, alors même que les plaines basses sont progressivement assainies. La Méditerranée entre alors dans l'inconscient collectif d'autant mieux que les peintres en fixent les stéréotypes : échine calcaire et pins parasols de la Sainte-Victoire de Cézanne, bleu indigo de la mer et rouge des tuiles à l'Estaque. Le rêve méditerranéen longtemps limité à l'Italie s'élargit aux dimensions de la mer. Les *Cahiers du Sud*, à Marseille, tentent entre les deux guerres d'accorder une éthique à une esthétique, une morale à des images. Le jeune Camus, à Tipasa, chante les noces des corps et d'une nature dont la violence est aussi sérénité, une harmonie de l'homme et du monde, condition première de la pensée.

Le drame – c'est peut-être celui de *L'Étranger* de Camus – est que ce rêve n'est pas un rêve partagé par tous les peuples des rivages méditerranéens.

14. Une Méditerranée romantique ?

La Méditerranée au début du 19ᵉ siècle

L'Empire ottoman. Présenter brièvement l'Empire ottoman risque de donner l'illusion d'une uniformité très éloignée de la réalité. Le plus simple est de partir d'Istanbul ; mais faut-il, comme tous les voyageurs européens de l'époque, dire « Constantinople » et distinguer, de part et d'autre de la Corne d'Or, le « Stanbul » turc des mosquées et du palais de Topkapi de Péra la « franque », la ville des ambassades et des négociants européens ? Déjà le « Grand Seigneur » vit plus volontiers au bord du Bosphore qu'à Topkapi. Où d'ailleurs le pouvoir réside-t-il ? Les jeux subtils d'influence balancent entre l'entourage du *sultan et ce qui ressemble de plus en plus à un gouvernement autour du grand vizir, c'est la Porte, la Sublime Porte.

À Istanbul, le sultan doit composer, au début du 19ᵉ siècle, avec les *oulémas, caste religieuse et juridique qui dans les *medrese forme le personnel politique, mais aussi avec les *janissaires quasi autonomes et toujours au bord de la révolte. Dès la fin du 18ᵉ siècle, les tentatives pour constituer une armée moderne se multiplient, tout particulièrement dans le domaine de la marine et de l'artillerie. Au début du 19ᵉ siècle, tant en Égypte (les *mamelûks) qu'à Istanbul (les janissaires), le pouvoir tente de faire disparaître les castes militaires. Le désir de réforme et l'appel à des techniciens européens sont permanents malgré le poids des milieux conservateurs. L'esprit des Lumières souffle aussi dans l'Empire ottoman. Le décalage n'est pas de l'ordre des idées mais sans doute des structures socio-économiques.

L'Empire ottoman n'est pas organisé de manière centralisée. Les provinces sont pour la plupart d'entre elles quasi autonomes et la référence au sultan est parfois de pure forme. Ainsi dans les territoires arabes : le Maghreb est constitué au début du 19e siècle de trois entités politiques clairement identifiées, parfois en conflit ; la paix entre Alger et Tunis, rétablie en 1821 grâce à la médiation de Constantinople, clôt de longues années d'antagonismes et de heurts frontaliers. À l'ouest, la monarchie marocaine ne reconnaît pas le *calife de Constantinople. Une généalogie bien établie rattache directement les sultans au Prophète. Le souverain marocain est donc chef religieux. Mais la monarchie, héréditaire dans son principe, est élective en fait. Moulay Slimane (1782-1822) affronte des révoltes de villes ou de tribus qui lui opposent d'autres prétendants, choisis dans le même lignage. En Algérie, la situation est différente, le pouvoir est tenu par une caste d'Ottomans renouvelés périodiquement au Levant. À Alger, le *dey est désigné par la milice turque, il nomme les beys (Oran, Titteri, Constantine), chargés de lever l'impôt dans leur province, et fréquemment destitués. Quelques milliers d'hommes doivent assurer la tranquillité du pays. À Tunis, comme à Alger, la milice est recrutée au Levant, mais depuis le 18e siècle une même famille a su s'imposer et fournit les beys. Là, le pouvoir est sans doute, mieux qu'à Alger, articulé avec les structures socio-économiques d'un pays où les sédentaires sont plus nombreux et les villes actives. Hamouda Pacha qui gouverne de 1782 à 1814 se rend indépendant d'Alger, encourage les activités industrielles et aménage le port de Tunis.

Comment se manifeste au Maghreb l'appartenance à l'Empire ottoman ? Le sultan ne joue aucun rôle dans la désignation du souverain, il se contente d'accorder un *firman d'investiture. Ni l'Algérie ni la Tunisie ne paient tribut, et le dey d'Alger comme le bey de Tunis traitent librement avec les puissances étrangères. Cependant, la prière du vendredi est prononcée au nom du sultan de Constantinople. À Tunis, les monnaies sont frappées de son sceau. En 1830, le dey d'Alger en appelle à l'aide armée de la Porte. Mais, surtout, la communauté des croyants se retrouve

pendant le pèlerinage à La Mecque. Chaque année, des caravanes et aussi des bateaux partent vers l'Orient. En Égypte,
l'université d'Al-Azhar, sur la route de La Mecque, est un lieu
de rencontres et d'études pour les Maghrébins.

La situation est différente dans le reste des territoires arabes
de l'Empire ottoman, mais c'est plus une différence de degré que
de nature. L'Égypte de Méhémet-Ali commence à partir de 1805
sa progressive émancipation ; au Levant, ce sont toujours des
membres de la caste des Ottomans qui détiennent le pouvoir :
l'autonomie, plus ou moins grande, dépend de l'éloignement
d'Istanbul et varie selon les circonstances. Alep reste sous le
contrôle direct du sultan, la sécurité de la route du pèlerinage est
assurée. Progressivement, une classe dirigeante mixte composée
d'Ottomans locaux et de notables arabes se constitue. Jusqu'en
1840, le Liban est quasiment autonome, les *émirs Chehab gouvernent *druzes et *maronites. Le dernier d'entre eux, Béchir II
dit « le Grand » (1789-1840), est converti au christianisme. Les
conséquences de la guerre de Syrie (1839) mettent fin au Liban
des émirs et entraînent l'intervention des puissances.

Il n'est pas possible de décrire en détail les Balkans sous domination ottomane. L'évolution la plus marquante est cependant
l'importance grandissante des notables locaux. Les Ottomans
assurent l'ordre, contrôlent la poste. Mais les communautés s'administrent elles-mêmes, l'affermage de l'impôt est très souvent
pris en charge par les notables. Comme tous les groupes religieux, les chrétiens orthodoxes disposent d'une organisation
autonome reconnue, et parfois utilisée, par les Ottomans. À
Constantinople, au Phanar, le patriarche est l'autorité religieuse
suprême. Autour de lui, de grandes familles grecques, les Phanariotes, font partie des classes dirigeantes de l'Empire ottoman.
Enfin, le développement du commerce grec est considérable : en
mer Égée, sur les côtes de l'Anatolie, où Smyrne est devenue un
port très actif, en mer Noire, où ils naviguent souvent sous
pavillon russe, les commerçants grecs sont devenus indispensables et assurent la part la plus importante du commerce ottoman. Certes, la domination ottomane n'est pas douce ; les répressions, les exactions fiscales, les levées brutales de soldats sont
fréquentes, mais les différentes communautés ont leur place dans

l'Empire. Le sultan, faute de moyens, doit souvent tolérer les révoltes. En Épire, Ali reprend par la force le contrôle des possessions de son père et se proclame en 1788 pacha de Janina. Il est toléré par le sultan jusqu'en 1819.

L'Europe méditerranéenne. En 1815, l'Italie, comme l'Espagne, sont sous le contrôle des grandes puissances européennes. L'influence de l'Autriche de Metternich est prépondérante en Italie. Divisée, la péninsule ne peut jouer un rôle autonome en Méditerranée, même si certains ports comme Livourne ou Gênes sont actifs. Mais la population augmente, le territoire compte 18 millions d'habitants en 1800 et 24 millions en 1850. Déjà s'accroît le décalage socio-économique entre le Nord (royaume indépendant de Piémont-Sardaigne, Lombardie et Vénétie occupées par l'Autriche, grand-duché de Toscane) et le Sud (États pontificaux, royaume des Deux-Siciles). L'Autriche réprime les tentatives des sociétés secrètes de carbonari (1820, 1821, 1831) qui rassemblent bourgeois et militaires.

Mazzini, né en 1805 à Gênes dans un milieu francophile, participe à ces insurrections ; il fonde en 1831 la « Jeune Italie » et rêve d'une grande Italie, d'une « troisième Rome » qui, après la Rome antique et celle des papes, réaliserait son unité. Cette troisième Rome serait celle du peuple et s'incarnerait dans une république. Les courants du *Risorgimento* sont divers : Gioberti, prêtre turinois, n'est pas un révolutionnaire, c'est autour du pape qu'il imagine une fédération des États italiens. Comme partout en Europe, le mouvement national italien s'appuie sur l'histoire. Mais l'Italie n'a pas encore les moyens de jouer en Méditerranée un rôle à la dimension de son passé.

La situation espagnole est sur certains points comparable à celle de l'Italie : croissance de la population (de 11 millions en 1808 à 15,5 millions en 1857) ; grande propriété extensive (les latifundia) alors que se multiplient les *braceros* sans terre ; les troubles politiques – ainsi, de 1820 à 1823, l'insurrection qui réclame le retour à la Constitution de 1812 – sont l'expression des mêmes couches sociales (bourgeois, militaires) et réprimés par l'Europe. Dans le cas espagnol, c'est la France des Bourbons qui trouve ainsi l'occasion d'illustrer ses armes. Certes, contrairement à l'Italie, l'Espagne est unie, mais, à l'inverse du mouvement général européen, commencent à s'affirmer des forces régionales centrifuges. L'Espagne conserve, après la perte de ses colonies d'Amérique, quelques restes de son immense empire colonial. Mais la puissance espagnole, qui n'a jamais été orientée vers la Méditerranée (si l'on met à part Ceuta et Melilla sur la côte marocaine), est de l'ordre du passé.

La France, malgré les désastres napoléoniens, a d'autres atouts. Des ports actifs, Marseille et Toulon ; une présence ancienne au Levant où elle joue le rôle de protectrice des chrétiens. Elle bénéficie aussi de son image qui porte les espoirs divers de libération. Depuis le 18ᵉ siècle, la langue française gagne du terrain en Méditerranée. Elle est souvent langue diplomatique, et langue de l'élite éclairée. L'expédition de Bonaparte en Égypte, malgré son échec final, a marqué les esprits. L'orientalisme érudit (songeons à Champollion), mais aussi aliment des images romantiques, devient à la mode. La France, vaincue de 1815, n'est pas alors en mesure d'affirmer sa puissance en Europe : la Méditerranée sert de nouveau champ à ses ambitions.

Cependant, la seule vraie grande puissance en Méditerranée est l'Angleterre. Elle bénéficie d'abord de sa maîtrise de la mer, des points d'appui qu'elle a acquis, mais aussi de son incontestable avance industrielle. Pour l'Angleterre, la Méditerranée est un marché, c'est aussi un axe stratégique vers l'Asie dans une perspective mondiale. Des autres puissances européennes, seule la Russie peut prétendre à un rôle méditerranéen.

Une confrontation inégale. La Méditerranée n'est pas un centre d'intérêt majeur pour le congrès de Vienne qui restaure l'Europe après les grands bouleversements de la Révolution et de l'Empire. Un signe, cependant, qui annonce l'avenir : la Grande-Bretagne s'installe à Malte, où elle succède aux chevaliers de Saint-Jean, et dans les îles Ioniennes. Ces positions permettent le contrôle de la Méditerranée (les Anglais sont déjà à Gibraltar depuis un siècle). En 1816, lord Exmouth promène les canons britanniques devant Alger et Tunis : cette démonstration navale est destinée à libérer les captifs chrétiens et à mettre fin à la course barbaresque. Ainsi, dès le début du 19ᵉ siècle, l'ordre en

Méditerranée est anglais, et cet ordre est conservateur. L'Empire ottoman qui, directement ou nominalement, contrôle la Méditerranée de l'Algérie à l'Égypte, de l'Égypte à la Syrie, tient les Détroits, maintient sous sa suzeraineté les Balkans européens et chrétiens, ne doit pas être démembré. L'Angleterre craint les ambitions russes : l'expansion récente de l'empire des tsars, qui occupe la Crimée depuis la fin du 18e siècle, l'oriente vers la mer libre. Les Détroits et la protection des chrétiens orthodoxes de l'Empire ottoman deviennent un des objectifs majeurs de la Russie. C'est une puissance extraméditerranéenne qui, au début du 19e siècle, s'impose en Méditerranée. Il est vrai que l'Angleterre n'a guère de rivaux. Quelques années encore sont nécessaires pour que la France, très présente au Levant au 18e siècle, puisse envisager une politique méditerranéenne. L'Espagne des Bourbons restaurés s'enfonce dans les troubles. L'Italie est divisée. La Grèce est soumise aux Ottomans.

En ce début du 19e siècle, l'écart entre l'Europe et les territoires ottomans est-il si grand ? En Égypte, Méhémet-Ali (1805-1848) tente d'industrialiser et de réformer en profondeur le pays. Dans l'Empire ottoman lui-même, l'ère des *Tanzimât* (réformes) s'ouvre en 1839. Tunis, grand port méditerranéen, commerce régulièrement avec l'Europe (Marseille et Livourne essentiellement), mais aussi avec le Levant (Alexandrie). La Tunisie exporte du blé et de l'huile, mais elle vend aussi dans toutes les provinces de l'Empire ottoman des *chechias, dont la fabrication exige l'importation de laines fines de Ségovie et, pour la teinture, du vermillon du Portugal. Les échanges commerciaux, cependant, sont déjà, pour l'essentiel, contrôlés par l'Europe. Ainsi, le Maghreb n'a pas de flotte marchande et en Méditerranée orientale la diaspora grecque assure la plus grande partie du trafic maritime. Dans chacun des grands ports musulmans, les négociants européens sont organisés, regroupés en nations sous la protection de leurs consuls, ils jouissent du privilège d'exterritorialité – c'est ce qu'on appelle les *capitulations*. Rien de tel dans les ports européens, où il serait inenvisageable que les négociants de l'Empire ottoman jouissent de semblables privilèges. Dès le début du 19e siècle, c'est la maîtrise de la mer et des échanges qui fonde la suprématie européenne. C'est aussi une dissymétrie démographique : la population européenne s'accroît beaucoup plus vite que la population de l'Empire ottoman. Les courants migratoires au 19ᵉ siècle partent de l'Europe. Les capitaux, les marchandises, les hommes et les navires pour les transporter : tout est prêt pour que la Méditerranée devienne européenne.

La confrontation est enfin spirituelle. Le nouvel essor européen réveille les souvenirs des croisades. Alger, au début du siècle, se proclame « boulevard de l'islam ». Les missions chrétiennes suivent volontiers les courants d'échange. Face à l'offensive européenne, le repli religieux, dans les pays musulmans, est la principale forme de l'affirmation d'identité.

Orientales

La Méditerranée de Chateaubriand. Quand, en juillet 1806, Chateaubriand quitte Paris pour Jérusalem, c'est Joinville et les croisés qu'il invoque d'abord. L'auteur du *Génie du christianisme* parfait sa statue de rénovateur de la religion ; pèlerin, c'est la magie des origines qu'il entend restituer. L'itinéraire méditerranéen est aussi le complément indispensable du voyage en Amérique. On dirait, aujourd'hui, qu'à la nature éprouvée outre-Atlantique François René entend confronter les débris, *membra disjecta*, de la culture. Ce voyage, que raconte l'*Itinéraire de Paris à Jérusalem*, paru en 1811, est encore, dans le goût du 18ᵉ siècle, un voyage d'antiquaire. Chateaubriand restitue des inscriptions, disserte sur les ports de Carthage : il est aussi regard précurseur sur l'Orient et sur la Méditerranée d'avant les grands bouleversements du 19ᵉ siècle.

« La Méditerranée, écrit Chateaubriand, placée au centre des pays civilisés, semée d'îles riantes, baignant des côtes plantées de myrtes, de palmiers et d'oliviers, donne sur le champ l'idée de cette mer où naquirent Apollon, les Néréides et Vénus… » Mais naviguer sur cette mer, qui à chaque instant suscite le souvenir de l'*Odyssée*, est loin alors d'être une partie de plaisir. Chateaubriand s'embarque à Trieste le 1ᵉʳ août 1806, il débarque à Algésiras le 30 mars 1807 (il rentre par l'Espagne où l'attendait Natalie de Noailles) et rejoint Paris le 5 juin. Sur ces huit mois en Méditerranée, près de la moitié se passent en mer. De Trieste jusqu'en Morée, puis des rivages de l'Attique à Smyrne tout d'abord. S'il gagne ensuite Constantinople par terre, il rejoint en bateau Jaffa, puis, après son « pèlerinage » en Terre sainte, reprend la mer vers Alexandrie. Là, il doit ronger son frein plusieurs semaines et le bateau, sur lequel il peut enfin embarquer, met quarante-trois jours pour rallier Tunis. La dernière partie du voyage est plus aisée, mais trois semaines de mer sont nécessaires jusqu'en Espagne. Il faut en effet compter avec les éléments : les orages sont fréquents, les écueils, surtout en Égée, multiples ; on doit attendre les vents favorables. On embarque un peu au hasard : à Trieste sur un navire marchand autrichien, à Galata sur un bateau de pèlerins grecs à destination de Jaffa. C'est un bâtiment autrichien commandé par un capitaine et deux officiers et manœuvré par huit matelots qui, faute de chargement, accepte à Alexandrie Chateaubriand, Julien son domestique et quelques Marocains revenant de La Mecque. À Tunis, c'est un « schooner » américain qui embarque le grand homme. À aucun moment, remarquons-le, Chateaubriand n'emprunte un bateau musulman. L'incompétence des marins semble la règle : Chateaubriand embauche lui-même un pilote pour guider le bateau entre Rhodes et la Palestine. En 1806-1807, il faut aussi éviter les navires britanniques, se garder des pirates. À Tunis, le conflit entre Algériens et Tunisiens retient les bateaux en rade. Très peu de ports disposent d'eau profonde pour accoster : on mouille au large et les caïques permettent de gagner le rivage. En mer Égée, c'est une felouque grecque qui conduit le voyageur à Smyrne. On embarque nourriture et boissons et, si la traversée est longue, on accoste, au hasard, sur une île pour se ravitailler en viande fraîche et en eau. Mais, quand on s'appelle Chateaubriand, le voyage est facilité par l'obligeance des représentants de la France. Dans tous les ports où il débarque, il est accueilli et guidé par les consuls, souvent fort érudits comme Fauvel à Athènes ; à Constantinople, le général Sébastiani, ambassadeur de France, met à son service les moyens dont il dispose. Partout, il est accompagné d'un *drogman et de gardes

du corps. Au début du 19ᵉ siècle, c'est la mer qui est dangereuse ; à terre le voyageur européen est protégé et peut circuler
sans grand péril. Les autorités ottomanes elles-mêmes apparaissent bienveillantes. En Morée, Chateaubriand est reçu par le
pacha de Tripolizza qui lui délivre un « firman de poste » et une
autorisation pour traverser l'isthme de Corinthe. En Anatolie, un
aga tranche un différend entre le voyageur et son guide. En
Palestine, Ali Aga, « gouverneur de Jéricho », assure sa protection avec une garde de « six Arabes bethléémites ». Certes, à
Jérusalem, dans le couvent où il est hébergé, il affronte des
« spahis » ivres de la garde du pacha de Damas et bravement en
saisit un par la barbe.

L'Orient de Chateaubriand est simple. D'un côté, tout pénétré
de culture antique et chrétienne, il tente de ressusciter le passé ; les
moments les plus forts du voyage sont ceux qui suscitent à la fois
émotion et rage érudite, le long de l'Eurotas à la recherche de
Sparte, à la vue depuis la mer des tombeaux d'Achille et de
Patrocle ou aux bords du Jourdain et de la mer Morte. Au regard
de ces retrouvailles d'un intellectuel sensible avec des reliques,
jusque-là approchées exclusivement dans les livres, le constat du
présent ne peut se décliner que sur le mode de la décadence. Et
cette décadence commence tôt : les Byzantins ne sont sous la
plume de Chateaubriand que des « Grecs du Bas-Empire ». Aucun
monument postérieur à Rome ne trouve grâce à ses yeux. Les
Ottomans n'ont pas d'architecture. La coupole, ridicule si elle est
de petite dimension, écrase quand elle est vaste. À Constantinople,
qu'a vu Chateaubriand ? Le nom de Sainte-Sophie n'est même
pas mentionné.

L'observation de la vie quotidienne est souvent précise. En
Palestine, le voyageur note scrupuleusement le prix des denrées.
Mais le regard sur les peuples dépasse-t-il les stéréotypes ? Le
Turc porte turban et barbe. Il fume la pipe à demi allongé sur un
sofa. Il est naturellement cruel. Le pacha de Damas, qui a autorité sur Jérusalem, laisse ses janissaires persécuter les bons
pères des couvents, il organise des expéditions en terre arabe
pour lever l'impôt. Curieusement, Athènes est possession du
chef des eunuques noirs du sérail… « un disdar, ou commandant, représente le monstre protecteur auprès du peuple de

Solon ». Le Turc est à la fois « le tyran des Grecs et l'esclave du Grand Seigneur ; le bourreau d'un peuple sans défense et la servile créature qu'un pacha peut dépouiller de ses biens, enfermer dans un sac de cuir et jeter au fond de la mer… ». Dans un autre passage, Chateaubriand fixe nettement le stéréotype : les Turcs passent leurs jours « à ravager le monde ou à dormir sur des tapis, au milieu des femmes et des parfums ».

Mais les Grecs ne sont pas mieux traités. Sont-ils dignes de leurs ancêtres alors qu'ils ne sont plus capables de parler le grec ancien et qu'ils ne savent rien de leur glorieux passé ? Le pays est désolé, abruti de servitude. « Quelques paysans en tuniques, la tête couverte d'une calotte rouge comme les galériens de Marseille, vous donnent en passant un triste *Kali spéra* (bonsoir) […] Bordez cette terre dévastée d'une mer presque aussi solitaire, placez sur la pente d'un rocher une vedette [italianisme : *observatoire*] délabrée, un couvent abandonné ; qu'un minaret s'élève du sein de la solitude pour annoncer l'esclavage ; qu'un troupeau de chèvres ou de moutons paisse sur un cap parmi des colonnes en ruines, que le turban d'un voyageur turc mette en fuite les chevriers et rende le chemin plus désert ; et vous aurez une idée assez juste du tableau que présente la Grèce. »

La Grèce des îles est plus active et plus industrieuse. Chateaubriand souligne l'activité de Smyrne : « Smyrne où je voyais une multitude de chapeaux m'offrait l'aspect d'une ville maritime d'Italie, dont un quartier serait habité par des Orientaux. » Des chapeaux (l'auteur précise qu'on nomme ainsi les *Francs* pour les distinguer des *turbans*, c'est-à-dire des Turcs), il en rencontre aussi quelques-uns en Égypte où le consul réunit pour lui la « nation » française, c'est-à-dire quelques négociants, et à Tunis. Revenant plus tard, dans les *Mémoires d'outre-tombe*, sur son voyage, Chateaubriand affirme : « Je suis en quelque façon le dernier visiteur de l'Empire turc dans ses vieilles mœurs. » Il y a pourtant vu les premiers signes de la modernité.

De Byron à Victor Hugo et aux saint-simoniens. Lord Byron voyage pour la première fois en Orient en 1810-1811. Il a tout juste vingt et un ans et vient de prendre séance aux Lords. L'itinéraire n'est pas identique à celui de Chateaubriand : il quitte

Londres pour le Portugal, puis gagne Malte à partir de Séville. Le périple ensuite est plus classique : de Malte à Athènes, d'Athènes à Smyrne. Le 3 mai 1810, il traverse l'Hellespont à la nage et réside quelques mois à Constantinople. Après un second séjour à Athènes, il regagne l'Angleterre. À partir de 1816, il vit essentiellement en Italie et participe aux complots des *carbonari*. Son dernier voyage est consacré à l'indépendance de la Grèce ; il meurt en 1824 à Missolonghi. De nombreuses œuvres (*Pèlerinage de Childe Harold*, *Le Giaour*…), mais aussi la vie même du poète, sont une fabrique d'images orientales où puise toute l'Europe romantique.

Les poèmes que Victor Hugo publie, en 1829, sous le titre *Les Orientales* participent de la même veine. Venu de l'ultracisme, Hugo rejoint alors, par la médiation bonapartiste, le libéralisme que, dans la préface d'*Hernani*, en 1830, il assimile au romantisme. L'Espagne, où le général Hugo a servi, fait partie de la sensibilité hugolienne. Mais, quand sont rassemblées *Les Orientales*, Hugo ne connaît guère la Méditerranée. Les images alors atteignent le mythe. « L'Orient, soit comme image, soit comme pensée, est devenu, pour les intelligences autant que pour les imaginations, une sorte de préoccupation générale à laquelle l'auteur de ce livre a obéi peut-être à son insu. Les couleurs orientales sont venues comme d'elles-mêmes empreindre toutes ses pensées, toutes ses rêveries ; et ses rêveries et ses pensées se sont trouvées tour à tour, et presque sans l'avoir voulu, hébraïques, turques, grecques, persanes, arabes, espagnoles même car l'Espagne c'est encore l'Orient… », écrit Victor Hugo dans la préface du recueil. L'Orient, c'est un retour d'enfance espagnole ; ce sont les couleurs de Delacroix – *Les Massacres de Chio* sont exposés en 1824, *La Grèce expirant sur les ruines de Missolonghi* en 1828 – et les images de Byron ; c'est le combat des Grecs pour la liberté. *Les Orientales* sont débarrassées des dissertations sur l'Antiquité qui encombrent l'*Itinéraire* de Chateaubriand, elles sont couleurs, musique et émotions, variations entre la violence et la volupté, la liberté et l'esclavage. L'Orient, c'est l'exacerbation de la cruauté, les têtes coupées du sérail, les dagues dégoulinantes de sang noir, les sultanes « au bain mêlé d'ambre et de nard ».

En 1832, Lamartine embarque à Marseille avec sa femme, sa

fille, des amis et des domestiques sur un brick qu'il a nolisé, manœuvré par quinze matelots. L'itinéraire est classique : la Grèce, Beyrouth, Jérusalem, Smyrne, Constantinople. Le retour, en 1833, se fait par terre. Le voyage de Lamartine appartient encore par certains de ses aspects au voyage romantique : après lui, Théophile Gautier ou Gustave Flaubert embarquent sur des bateaux à vapeur et des lignes régulières. Mais Lamartine aborde l'Orient, et en particulier l'Empire ottoman, avec un regard moins encombré de mythes : en témoignent sa description de Constantinople et son intérêt actif pour les maronites.

Les saint-simoniens suivent le même chemin, d'un Orient mythique à l'Orient réel. « Tu peux m'annoncer à l'Orient et y appeler la Mère… », écrit le Père Enfantin à Barrault son disciple en 1833. « À toi Constantinople ! Salue en passant Rome, Jérusalem et la tombe de Byron ; la mer leur portera ton hommage… » Dans sa prison de Sainte-Pélagie, où il médite l'échec de la communauté de Ménilmontant, Prosper Enfantin rêve « à l'Orient qui s'éveille ». Mais, si Barrault, qui prend les métaphores au pied de la lettre, part, à la tête des « compagnons de la Femme », chercher la Mère à Constantinople, le Père Enfantin traduit concrètement ses propres rêveries. L'Occident a la technique et l'industrie, il doit féconder l'Orient. En septembre 1833, Enfantin embarque à Marseille pour Alexandrie en chantant sous les étoiles les cantiques saint-simoniens. « Je suis venu en Égypte, disait-il, pour faire faire la communication des deux mers. » Méhémet-Ali songe alors davantage à un barrage qu'à un canal. Mais la graine est semée. Le vice-consul de France est alors Ferdinand de Lesseps. La Méditerranée peut devenir le centre de l'union entre l'Occident technicien et l'Orient dont il faut réveiller les réserves de foi.

Les premiers ébranlements

Dans le premier tiers du 19e siècle en Méditerranée, où l'activité commerciale s'accroît et qui voit apparaître les premiers bateaux à vapeur, l'Empire ottoman subit un premier affaiblissement alors même qu'il commence à se réformer. Cet affaiblissement, marqué par l'indépendance de la Grèce en 1829 et la prise d'Alger par la France en 1830, s'explique par l'intervention croissante des puissances européennes : l'Angleterre, la Russie et la France. Mais l'Empire ottoman est aussi menacé de l'intérieur : en Égypte, Méhémet-Ali s'impose, tente de construire un État fort, se mêle au jeu des puissances, affronte Constantinople. L'Égypte devient alors un modèle de modernisation, mais aussi une menace pour l'Empire. Son échec, en 1840, renforce la prépondérance britannique en Méditerranée.

L'indépendance de la Grèce. Il n'est pas certain, malgré les lectures des romantiques philhellènes de France et d'Angleterre, que la libération de la Grèce puisse être analysée comme le résultat d'un soulèvement populaire. Dans le détail des événements complexes qui se déroulent de 1821 à 1833, on distingue deux facteurs premiers : le rôle de la diaspora grecque, le jeu des puissances et au premier chef de la Russie. En Grèce même, les soulèvements sont souvent antagonistes et s'apparentent parfois autant au banditisme qu'à la lutte de libération. Il reste qu'en France et en Angleterre, les philhellènes qui exaltent la figure de « la Grèce expirant sur les ruines de Missolonghi » (Delacroix) et de « l'enfant grec aux yeux bleus » (Victor Hugo) ont pu mobiliser l'opinion publique et agir ainsi sur les gouvernements.

La diaspora grecque, qui assure l'essentiel du commerce en Méditerranée orientale, a plusieurs centres : Smyrne et les îles de l'Égée ; Constantinople, où, dans le quartier du Phanar, résidence du patriarche grec orthodoxe, les Phanariotes constituent une bourgeoisie riche, souvent influente à la cour du sultan ; les Grecs enfin sont très nombreux en mer Noire, à Odessa, dans les provinces danubiennes. D'ailleurs, les premières tentatives de l'Hétairie, organisation secrète dont le chef, Ypsilantis, est aide de camp du tsar, sont en 1821 orientées vers les peuples de Moldavie et de Valachie ; l'expédition, financée par la Russie, y rencontre peu d'écho, mais provoque des soulèvements en Grèce péninsulaire et dans les îles, avec l'appui du clergé orthodoxe local.

Des premiers succès permettent la réunion, en janvier 1822 à Épidaure, d'une « Assemblée de tous les Hellènes » qui proclame l'indépendance, mais la répression ottomane (massacres de Chio en 1822, siège de Missolonghi en 1824) est vite efficace, avec le soutien actif de l'Égypte de Méhémet-Ali dont les ambitions sont grandes en Méditerranée. C'est alors le temps du jeu des puissances.

Les intérêts de la France, de l'Angleterre et de la Russie ne sont pas convergents. Ce sont bien les flottes des trois pays qui, un peu par hasard, détruisent à Navarin, en 1827, au large de la Morée, la flotte égypto-turque. Mais il faut une guerre russo-turque, en 1828-1829, pour que le traité d'Andrinople reconnaisse « l'indépendance grecque dans le cadre d'une vassalité envers l'Empire ottoman ». Les frontières du nouvel État, en dehors de toute consultation des intéressés, ne sont fixées qu'en 1830, et en 1833 les puissances imposent à la Grèce un souverain ; Othon de Bavière est certes philhellène, mais les Grecs attendent 1843 pour obtenir une Constitution. Dès les années 1830, et malgré l'opposition du patriarche, l'Église grecque orthodoxe s'émancipe du Phanar et se constitue en Église autocéphale.

Le nouvel État est loin de correspondre aux ambitions initiales d'une grande Grèce héritière de Byzance : au nord, la Thessalie demeure ottomane ; de nombreuses îles de l'Égée restent sous contrôle turc. L'Angleterre veut éviter que la Russie ne prenne pied dans les Balkans. Elle se méfie aussi des ambitions de la France, qui souhaite retrouver toute sa place dans le concert des nations et laisse voir ses ambitions méditerranéennes.

Les Français en Algérie. La conquête de l'Algérie a sa légende : la France aurait voulu venger une offense impardonnable faite par le dey au consul Deval. Mais le « coup d'éventail », épisode d'une confuse histoire de dette, n'est qu'un prétexte au débarquement à Sidi-Ferruch. L'expédition n'est pas seulement punitive : à un moment où la monarchie de Charles X affronte une opinion publique de plus en plus critique, l'Algérie doit servir de diversion et redorer la gloire vacillante des Bourbons. La conquête est applaudie par les négociants marseillais, déjà solidement implantés à Alger. Mais la France hésite entre l'« occupation restreinte » et la conquête, que, dans les années 1840, Bugeaud veut « absolue ». Abd el-Kader, « sultan des Arabes », n'est vaincu qu'en 1847. L'insurrection de 1871 montre la fragilité persistante de l'implantation française.

Alexis de Tocqueville, député depuis 1839, s'est très tôt intéressé à l'Algérie, il a beaucoup lu et directement enquêté sur place en 1841 et 1846. Tocqueville ne remet pas en cause la légitimité de la conquête. Il a perçu l'importance grandissante de la Méditerranée et la nécessité pour la France, si elle veut rester une grande puissance, de ne pas laisser partout les mains libres à l'Angleterre. Mais son jugement sur les modalités de l'installation française est sans appel : « Autour de nous, les lumières se sont éteintes […] Nous avons rendu la société musulmane beaucoup plus misérable, plus désordonnée, plus ignorante et plus barbare qu'elle n'était avant nous. » La France a dû contraindre non une armée mais une population tout entière. Et Tocqueville indique la voie à suivre : préserver « les interprètes naturels et réguliers de la religion », ne pas forcer les indigènes à venir dans des écoles françaises mais « aidons-les à relever les leurs ». On sait que, malgré quelques tentatives velléitaires, la France a préféré la contrainte, qui se déguisait sous d'impossibles projets d'assimilation, à l'association que souhaitait Tocqueville.

Dès le milieu du 19e siècle, la politique française est, de fait, déjà dessinée : expropriations, « cantonnements » des tribus, exploitation favorable aux négociants français et surtout à Marseille, appel aux immigrants. En 1847, il y a encore 100 000 soldats français en Algérie, et un nombre à peu près équivalent de colons. Sur les 110 000 Européens présents en Algérie en 1847, 42 000 sont français. La colonisation rurale reste encore faible (15 000 colons ruraux), et la présence est essentiellement urbaine. Mais là commence à s'édifier une société méditerranéenne spécifique, où se mêlent Espagnols, Maltais, Italiens et Français, qui construit son identité dans l'ignorance de la population arabe et dans un rapport affectif complexe avec la France, avec laquelle elle ne cesse de proclamer ses liens et sans laquelle elle ne pourrait vivre.

L'Égypte de Méhémet-Ali. D'origine balkanique (sans doute albanais ou turc de Macédoine), Méhémet-Ali (1769-1849) commande un détachement d'Albanais envoyé en Égypte en 1798 pour combattre Bonaparte. Il sait profiter des désordres qui suivent le départ des Français et s'impose à la tête du pays en 1805. Le sultan le reconnaît alors comme pacha d'Égypte. Méhémet-Ali s'appuie sur un groupe d'Ottomans locaux, fait appel à des techniciens européens et tout particulièrement à des Français, le colonel Sèves devenu Soliman Pacha, Jumel qui, à partir de 1820, commence à acclimater en Égypte un coton à longue fibre, les ingénieurs Mongel Bey et Lénant de Belle-fonds Bey, le médecin Clot Bey. Méhémet-Ali affecte même de suivre les traces de Bonaparte en Égypte afin de s'attirer les bonnes grâces de la France.

En 1811, Méhémet-Ali se débarrasse des *mamelûks* soutenus par les Anglais ; il construit une armée moderne fondée sur le principe de la conscription. Les paysans égyptiens sont encadrés par des officiers d'origine européenne. L'innovation est fondamentale puisqu'il rompt ainsi avec la tradition ottomane d'une armée attachée au pouvoir mais sans lien avec le pays. Méhémet-Ali tente aussi de développer l'Égypte. Confiscation et redistribution de terres, construction de barrages, développement encouragé de la culture du coton ; il tente même de créer une industrie textile, mais les résultats sont, dans ce domaine, peu probants. Il est vrai que Méhémet-Ali a besoin de techniciens et de capitaux européens, il maintient donc les privilèges des « nations » européennes regroupées autour des consuls. Éclairé peut-être, porté par une volonté de puissance, le pouvoir de Méhémet-Ali reste despotique.

À l'extérieur, les ambitions de Méhémet-Ali sont grandes et, après un temps de collaboration, elles l'entraînent dans un conflit avec l'Empire ottoman. Son premier objectif est de libérer les lieux saints de l'islam contrôlés, depuis 1806, par la tribu des Séoud, gagnée au rigorisme *wahhâbite*, qui conteste l'autorité religieuse du calife ottoman. C'est à la demande de la Porte qu'entre 1811 et 1818 le fils de Méhémet, Ibrahim, rétablit l'ordre ottoman à La Mecque et à Médine. En 1824, c'est encore la Porte qui appelle à l'aide Méhémet-Ali pour lutter contre l'in-

surrection grecque. Ibrahim Pacha reprend la Morée, mais doit
l'évacuer après la défaite navale de Navarin en 1827. Le souverain égyptien, pour prix de ses services, doit se contenter de la
Crète, qu'il occupe de 1830 à 1840.

Dans une deuxième phase, Méhémet-Ali convoite la Syrie,
qu'il envahit en 1832. Le sultan appelle la Russie à l'aide et
Anglais et Français imposent leur médiation. Les Égyptiens restent en Syrie. Le conflit reprend en 1839 avec de lourds échecs
turcs. L'Angleterre de Palmerston décide alors d'agir, et d'agir
sans la France qui soutient Méhémet-Ali. Malgré Thiers qui
vient d'arriver au pouvoir et qui orchestre un grand branle-bas
patriotique. Sans la France, les puissances européennes signent
à Londres avec la Turquie un accord qui décide du sort de
Méhémet-Ali. L'ultimatum est accompagné de démonstrations
navales : bombardement de Beyrouth, débarquement au Liban,
blocus d'Alexandrie. Méhémet-Ali doit céder. La France doit se
résigner à l'ordre anglais. Guizot, plus conciliant, remplace
Thiers. En 1841, toujours à Londres, mais cette fois avec la
France, un traité rend la Syrie mais aussi la Crète au sultan, et
reconnaît à Méhémet-Ali l'Égypte comme possession héréditaire. D'autre part, la convention des Détroits (juillet 1841)
ferme, en temps de paix, le Bosphore et les Dardanelles à tout
navire de guerre et garantit l'intégrité de l'Empire ottoman.

Seules les puissances, et principalement l'Angleterre, ont pu
sauver l'Empire. Mais dorénavant il ne peut subsister sans leur
appui. La France n'a pu résister à la volonté de Londres, qui
consolide sa position de première puissance méditerranéenne.
L'Égypte a échoué dans ses tentatives pour supplanter le sultan,
mais elle est gouvernée par une dynastie nationale. Quelles que
soient les relectures historiques ultérieures, la tentative de Méhémet-Ali ne doit rien à un rêve arabe que déjà Bonaparte avait
tenté de susciter, elle se situe dans le cadre ottoman ; l'ambition
de Méhémet-Ali était bien de devenir calife à la place du calife.

En 1839, l'Angleterre signe avec la Porte une convention
commerciale qui ouvre les marchés de l'Empire aux produits
européens. Les marchands pourront librement commercer dans
l'Empire. Les droits de douane sur les importations sont abais-
sés à 5 %. Le contrôle de l'État est aboli. En 1841, cet accord est

étendu à l'Égypte. En Méditerranée, la France raisonne d'abord en puissance civilisatrice, l'Angleterre en puissance commerçante. À partir des années 1840, plus rien ne peut freiner l'expansion européenne. Le premier grand texte de réforme de l'Empire ottoman est promulgué en 1839, mais la course à la modernisation entreprise par le monde musulman est perdue d'avance.

DOCUMENT 1

En mer avec Chateaubriand

Naviguer en automne en Méditerranée n'est pas une partie de plaisir. Chateaubriand, pèlerinage accompli, est sur le retour. Il a attendu plusieurs semaines un bateau à Alexandrie et son voyage jusqu'à Tunis, où l'attirent les ruines de Carthage et les souvenirs de ses guerres avec Rome, dure quarante-deux jours (novembre-décembre 1806). Comment, en lisant ce texte, ne pas évoquer la fameuse invocation : « Levez-vous, orages désirés !... » Au début du 19ᵉ siècle, la Méditerranée romantique est encore un milieu hostile.

« M. Drovetti m'avait nolisé un bâtiment autrichien pour Tunis. Ce bâtiment, du port de cent vingt tonneaux, était commandé par un Ragusois ; le second capitaine s'appelait François Dinelli, jeune Vénitien très expérimenté dans son art. Les préparatifs du voyage et les tempêtes nous retinrent au port pendant dix jours. J'employai ces dix jours à voir et à revoir Alexandrie […].

« Le 23 novembre, à midi, le vent étant devenu favorable, je me rendis à bord du vaisseau avec mon domestique français. J'avais, comme je l'ai dit, renvoyé mon domestique grec à Constantinople. J'embrassai M. Drovetti sur le rivage, et nous nous promîmes amitié et souvenance : j'acquitte aujourd'hui ma dette.

« Notre navire était à l'ancre dans le grand port d'Alexandrie, où les vaisseaux francs sont admis aujourd'hui comme les vaisseaux turcs ; révolution due à nos armes. Je trouvai à bord un rabbin de Jérusalem, un Barbaresque, et deux pauvres Maures de Maroc, peut-être descendants des Abencérages, qui revenaient du pèlerinage de La Mecque : ils me demandaient leur passage par charité. Je reçus les enfants de Jacob et de Mahomet au nom de Jésus-Christ : au fond, je n'avais pas grand mérite ; car j'allai me mettre en tête que ces malheureux me porteraient bonheur, et que ma fortune passerait en fraude, cachée parmi leurs misères.

« Nous levâmes l'ancre à deux heures. Un pilote nous mit hors du port. Le vent était faible et de la partie du midi. Nous restâmes trois jours à la vue de la colonne de Pompée, que nous découvrions à l'horizon. Le soir du troisième jour, nous entendîmes le coup de canon de retraite du port d'Alexandrie. Ce fut comme le signal de notre départ définitif ; car le vent du nord se leva, et nous fîmes voile à l'occident.

« Nous essayâmes d'abord de traverser le grand canal de Libye ; mais le vent du nord, qui déjà n'était pas très favorable, passa au nord-ouest le 29 novembre, et nous fûmes obligés de courir des bordées entre la Crète et la côte d'Afrique.

« Le 1er décembre, le vent, se fixant à l'ouest, nous barra absolument le chemin. Peu à peu il descendit au sud-ouest, et se changea en une tempête qui ne cessa qu'à notre arrivée à Tunis. Notre navigation ne fut plus qu'une espèce de continuel naufrage de quarante-deux jours ; ce qui est un peu long. Le 3, nous amenâmes toutes les voiles, et nous commençâmes à fuir devant la lame. Nous fûmes portés ainsi, avec une extrême violence, jusque sur les côtes de la Caramanie. Là, pendant quatre jours entiers, je vis à loisir les tristes et hauts sommets du Cragus, enveloppés de nuages. Nous battions la mer çà et là, tâchant, à la moindre variation du vent, de nous éloigner de la terre. Nous eûmes un moment la pensée d'entrer au port de Château-Rouge ; mais le capitaine, qui était d'une timidité extrême, n'osa risquer le mouillage. La nuit du 8 fut très pénible. Une rafale subite du midi nous chassa vers l'île de Rhodes ; la lame était si courte et si mauvaise qu'elle fatiguait singulièrement le vaisseau. Nous découvrîmes une petite felouque grecque à demi submergée, et à laquelle nous ne pûmes donner aucun secours. Elle passa à une encablure de notre poupe. Les quatre hommes qui la conduisaient étaient à genoux sur le pont ; ils avaient suspendu un fanal à leur mât, et ils poussaient des cris que nous apportaient les vents. Le lendemain matin nous ne revîmes plus cette felouque.

« Le vent ayant sauté au nord, nous mîmes la misaine dehors, et nous tâchâmes de nous soutenir sur la côte méridionale de l'île de Rhodes. Nous avançâmes jusqu'à l'île de Scarpanto. Le 10, le vent retomba à l'ouest, et nous perdîmes tout espoir de continuer notre route. Je désirais que le capitaine renonçât à passer le canal de Libye, et qu'il se jetât dans l'Archipel, où nous avions l'espoir de trouver d'autres vents. Mais il craignait de s'aventurer au milieu des îles. Il y avait déjà dix-sept jours que nous étions en mer. Pour occuper mon temps, je copiais et mettais en ordre les notes de ce voyage et les descriptions des *Martyrs*. La nuit je me promenais sur le pont avec le second capitaine Dinelli. Les nuits passées au milieu des vagues, sur un vaisseau battu de la tempête, ne sont point stériles pour l'âme, car les nobles pensées naissent des grands spectacles. Les étoiles qui se montrent fugitives entre les nuages brisés, les flots étincelants autour de vous, les coups de la lame qui font sortir un bruit sourd des flancs du navire, le gémissement du vent dans les mâts, tout vous annonce que vous êtes hors de la puissance de l'homme, et que vous ne dépendez plus que de la volonté de Dieu. L'incertitude de votre avenir donne aux objets leur véritable prix : et la terre, contemplée du milieu d'une mer orageuse, ressemble à la vie considérée par un homme qui va mourir. »

Chateaubriand,
Itinéraire de Paris à Jérusalem
et de Jérusalem à Paris,
Paris, Le Normant, 1811.

DOCUMENT 2

Le port de Constantinople vu par Lamartine

Lamartine a quitté Marseille en juillet 1832 avec sa femme et sa fille ; le brick qu'il a nolisé est deux fois plus important que le bateau de Chateaubriand (250 tonneaux contre 120). Lamartine a passé l'hiver à Beyrouth, où sa fille Julia est morte. Il est à Constantinople en juin et juillet 1833. Il rentre ensuite en France par la voie terrestre (Belgrade, Vienne et Strasbourg) ; il a été élu député en son absence. Lamartine publie ses notes de voyage en quatre volumes en 1835. En 1849, le sultan lui offre une concession proche de Smyrne. Lamartine visite son domaine en 1850, mais il ne peut rassembler les capitaux nécessaires pour le mettre en valeur.

« Quelques coups de rames nous portèrent en avant et au point précis de la Corne d'Or où l'on jouit à la fois de la vue du Bosphore, de la mer de Marmara, et enfin de la vue entière du port ou plutôt de la mer intérieure de Constantinople : là nous oubliâmes Marmara, la côte d'Asie et le Bosphore pour contempler d'un seul regard le bassin même de la Corne d'Or et les sept villes suspendues sur les sept collines de Constantinople, convergeant toutes vers le bras de mer qui forme la ville unique et incomparable, à la fois ville, campagnes, mer, port, rive de fleuves, jardins, montagnes boisées, vallées profondes, océan de maisons, fourmilière de navires et de rues, lacs tranquilles et solitudes enchantées, vue qu'aucun pinceau ne peut rendre que par détails, et où chaque coup de rame porte l'œil et l'âme à un aspect, à une impression opposés.

« Nous faisons voile vers les collines de Galata et de Péra ; le Sérail s'éloignait de nous, et grandissait en s'éloignant à mesure que l'œil embrassait davantage les vastes contours de ses murailles et la multitude de ses pentes, de ses arbres, de ses kiosques et de ses palais. Il aurait à lui seul de quoi asseoir une grande ville. Le port se creusait de plus en plus devant nous ; il circule comme un canal entre des flancs de montagnes recourbées, et se développe plus on avance. Ce port ne ressemble en rien à un port ; c'est plutôt un large fleuve comme la Tamise, enceint des deux côtés de collines chargées de villes, et couvert sur l'une et l'autre rive d'une flotte interminable de vaisseaux groupés à l'ancre le long des maisons. Nous passions à travers cette multitude innombrable de bâtiments, les uns à l'ancre, les autres déjà à la voile, cinglant vers le Bosphore, vers la mer Noire ou vers la mer de Marmara ; bâtiments de toutes formes, de toutes grandeurs, de tous les pavillons ; depuis la barque arabe, dont la proue s'élance et s'élève comme le bec des galères antiques, jusqu'au vaisseau à trois ponts, avec ses murailles étincelantes de bronze. Des volées de caïques turcs conduits par un ou deux rameurs en manches de soie, petites barques qui servent de voitures dans les rues maritimes de cette ville amphibie, circulaient entre ces grandes masses, se croisant, se heurtant sans se renverser, se coudoyant comme la foule dans les places publiques ; et des nuées d'albatros, pareils à de beaux pigeons blancs, se levaient de la mer à leur approche pour aller se poser plus loin et se faire bercer par la vague. Je n'essaierai pas de compter les vaisseaux, les navires, les bricks et les bâtiments et barques qui dorment ou voguent dans les eaux du port de Constantinople, depuis l'embouchure du Bosphore et la pointe du Sérail, jusqu'au faubourg d'Eyoub et aux délicieux vallons des eaux douces. La Tamise, à Londres, n'offre rien de comparable. Qu'il suffise de dire qu'indépendamment de la flotte turque et des bâtiments de guerre européens à l'ancre dans le milieu du canal, les deux bords de la Corne d'Or en sont couverts sur deux ou trois bâtiments de profondeur, et sur une longueur d'une lieue environ des deux côtés. Nous ne fîmes qu'entrevoir ces files prolongées de proues regardant la mer ; et notre regard alla se perdre, au fond du golfe qui se rétrécissait en s'enfonçant dans les terres, parmi une véritable forêt de mâts. Nous abordâmes au pied de la ville de Péra, non loin d'une superbe caserne de bombardiers, dont les terrasses recouvertes étaient encombrées d'affûts et de canons. Une admirable fontaine moresque, construite en forme de pagode indienne, et dont le marbre ciselé et peint d'éclatantes couleurs se découpait comme la dentelle sur un fond de soie, verse ses eaux sur une petite place. La place était encombrée de ballots, de marchandises, de chevaux, de chiens sans maître, et de Turcs accroupis qui

fumaient à l'ombre ; les bateliers des caïques étaient assis en grand
nombre sur les margelles du quai, attendant leurs maîtres ou sollicitant
les passants : c'est une belle race d'hommes, dont le costume relève
encore la beauté. Ils portent un caleçon blanc, à plis aussi larges que
ceux d'un jupon ; une ceinture de soie cramoisie le retient au milieu du
corps ; ils ont la tête coiffée d'un petit bonnet grec en laine rouge, surmonté d'un long gland de soie qui pend derrière la tête ; le cou et la poi-
trine nus ; une large chemise de soie écrue, à grandes manches pendantes, leur couvre les épaules et les bras. Leurs caïques sont d'étroits
canots de vingt à trente pieds de long sur deux ou trois de large, en bois
de noyer vernissé et luisant comme de l'acajou. La proue de ces barques
est aussi aiguë que le fer d'une lance, et coupe la mer comme un cou-
teau. La forme étroite de ces caïques les rend périlleux et incommodes
pour les Francs, qui n'en ont pas l'habitude ; ils chavirent au moindre
balancement qu'un pied maladroit leur imprime. Il faut être couché
comme les Turcs au fond des caïques, et prendre garde que le poids du
corps soit également partagé entre les deux côtés de la barque. Il y en a
de différentes grandeurs, pouvant contenir depuis un jusqu'à quatre ou
huit passagers ; mais tous ont la même forme. On en compte par milliers dans les ports de Constantinople ; et, indépendamment de ceux qui,
comme les fiacres, sont au service du public à toute heure, chaque particulier aisé de la ville en a un à son usage, dont les rameurs sont ses
domestiques. Tout homme qui circule dans la ville pour ses affaires est
obligé de traverser plusieurs fois la mer dans sa journée. »

Lamartine, *Voyage en Orient*,
Paris, Gosselin, 1835,
cité dans Jean-Claude Berchet,
Le Voyage en Orient,
Paris, Robert Laffont, coll. « Bouquins », 1985.

15. La vapeur, les capitaux, les hommes

Les échanges en Méditerranée

La vapeur. Le 3 novembre 1818, le *Ferdinando Primo*, qui vient de Naples, fait escale à Marseille ; le bateau, qui dispose d'une machinerie anglaise, est le premier navire à vapeur naviguant en Méditerranée. À cette date, il s'agit encore d'une curiosité. Les premiers bateaux à vapeur sont mus par des roues à aubes, la machine est très encombrante, il faut embarquer de grandes quantités de charbon. Jusqu'au milieu du siècle, les bateaux à vapeur ne sont guère utilisés que pour le transport des marchandises de grand prix et de petit volume, ou de passagers. La voile, qui techniquement continue à progresser jusqu'à la fin du siècle, reste un mode de propulsion moins coûteux pour les produits pondéreux.

Quand Flaubert quitte Marseille le 4 novembre 1849 pour son grand voyage en Orient avec son ami Maxime Du Camp, il embarque sur la ligne régulière Marseille-Alexandrie ; le steamer, *Le Nil*, relâche à Malte pour s'approvisionner en charbon et rejoint l'Égypte après une dizaine de jours de voyage. Dorénavant, des compagnies maritimes assurent des horaires presque réguliers. Il reste encore les quarantaines : Flaubert passe quelques jours au lazaret de Rhodes ; le bateau de la compagnie autrichienne Lloyd qui le transporte à Constantinople respecte deux jours de quarantaine aux Dardanelles ; au Pirée, Flaubert est « caserné au lazaret pendant cinq jours ». Depuis le milieu des années 1830, des lignes régulières sillonnent la Méditerranée : Marseille est reliée à Alger dès 1835. À partir de 1840, un service de voyageurs est mis en place par la grande compagnie britannique de navigation Péninsulaire et Orientale (la mythique « malle des Indes ») entre Southampton et Bombay par l'isthme de Suez : les voyageurs gagnent Rosette par un canal depuis Alexandrie, remontent le Nil de Rosette au Caire où ils peuvent se reposer une nuit au tout nouvel hôtel *Shephard* ; du Caire à Suez, ils traversent le désert, avant d'embarquer en mer Rouge en direction de Bombay. Vingt ans plus tard, en 1862, Jules Siegfried, négociant du Havre, qui se rend aux Indes, utilise également les services de la Péninsulaire et Orientale : au départ de Marseille, après six jours de mer et l'escale traditionnelle à Malte, il touche Alexandrie, mais dorénavant le chemin de fer permet de gagner Le Caire puis Suez ; là, il embarque sur « un steamer superbe, l'un des plus beaux de la Compagnie ; il est tout en fer, les cabines sont grandes et confortables ; le navire est d'une très grande tranquillité et a une marche excellente, sa machine à hélices étant de 460 chevaux, pour un tonnage de 1 600 tonnes ». Avant même la percée du canal de Suez, la route des Indes passe par la Méditerranée pour les voyageurs pressés. Vingt jours ont été nécessaires à Jules Siegfried pour aller de Marseille à Bombay ; par la route du Cap, le voyage aurait duré trois mois. Le journal de Jules Siegfried souligne les deux inno-vations majeures qui modernisent les bateaux à vapeur. Les bateaux sont construits en fer et l'hélice remplace les roues à aubes. La capacité des bateaux, leur maniabilité et leur vitesse augmentent régulièrement. Longtemps encore, cependant, la vapeur n'est qu'auxiliaire, les premiers steamers utilisent aussi la voile. Encore à la fin du siècle, les bateaux à voiles sont plus nombreux en Méditerranée que les bateaux à vapeur. Cepen-dant, le succès de la vapeur transforme les conditions de la navi-gation. Le coût de plus en plus grand des bateaux explique la constitution de grandes compagnies qui disposent d'importants capitaux. Ainsi, à Alexandrie, au début des années 1870, les principales compagnies européennes ont leur succursale autour de la place Méhémet-Ali : les Messageries maritimes et Marc Fraissinet et Cie pour la France, la société Rubattino et Cie de Gênes, la Compagnie russe de navigation à vapeur et de commerce d'Odessa, la Compagnie du Lloyd autrichien (Trieste) et, bien entendu, la compagnie Péninsulaire et Orientale qui assure chaque semaine une liaison de Southampton à Alexandrie en 295 heures, non compris les relâches à Gibraltar et à Malte, une liaison de Brindisi à Alexandrie en 82 heures et enfin de Suez à Bombay en 313 heures avec une escale à Aden. La Péninsulaire et Orientale est la grande compagnie spécialisée dans le transport du courrier et des passagers pour les Indes. Les autres compagnies multiplient les lignes méditerranéennes ; les plus nombreuses, au départ d'Alexandrie, desservent la Méditerranée orientale (Jaffa, Beyrouth, Chypre, Rhodes, Smyrne et bien entendu Constantinople).

Le transport des marchandises est encore, jusqu'à la fin du siècle, souvent assuré par des bateaux à voiles. Les marins grecs contrôlent ainsi l'essentiel du commerce du blé russe exporté par la mer Noire. Ils sont présents à Marseille comme dans tous les grands ports méditerranéens. Mais, malgré les progrès de la voile (on construit encore de grands voiliers jusqu'au début du 19ᵉ siècle), sur les longues distances et pour les manœuvres portuaires la vapeur est sans rivale. Les États musulmans tentent de se constituer une flotte de bateaux à vapeur, mais ils doivent faire appel aux capitaux européens. En Égypte, en 1854, le vice-roi Saïd accorde une concession pour exploiter des remorqueurs à vapeur sur le Nil, et il encourage en 1856 la création de la *Medjidieh* pour opérer en mer Rouge et en Méditerranée orientale ; la société naît en 1856 et en 1858 Saïd fait appel pour la diriger à un Français, Dervieu, qui représente alors les Messageries maritimes à Alexandrie et multiplie les affaires en Égypte. Mais cette société ne dure que quelques années et le vice-roi dédommage les hommes d'affaires européens qui avaient participé au capital à son invitation.

Les progrès de la navigation vont de pair avec les aménagements portuaires. À Marseille, le prince-président pose, en septembre 1852, la première pierre de la nouvelle Chambre de commerce, et annonce que Marseille doit devenir le centre d'une Méditerranée « lac français ». Le Vieux-Port, s'il reste actif, n'est plus l'unique centre de la vie maritime ; à la Joliette, dont le port est ouvert dès 1845, s'ajoutent vite les bassins du Lazaret et d'Arenc, puis toujours plus au nord le bassin Napoléon, le bassin National. La voie ferrée Paris-Lyon-Marseille est ouverte en totalité en 1857. En 1860, quand l'empereur, de nouveau à Marseille, préside le grand banquet d'inauguration de la Chambre de commerce, son président Jean-Baptiste Pastré s'écrie : « C'est ici que l'Orient et l'Occident sont conviés par la civilisation à se donner la main ; c'est sur la Méditerranée que doivent s'accomplir les plus grands travaux de la paix. » Jean-Baptiste Pastré préside la Chambre de commerce de 1852 à 1866. Grand négociant, il contrôle de nombreuses sociétés en Égypte. Il est l'exemple même de l'homme d'affaires méditerranéen.

Lignes régulières en Méditerranée, nouveaux quais, voies ferrées, mais aussi télégraphe électrique, dont s'empare vite le commerce, voire l'agiotage : l'infrastructure qui permet de multiplier les échanges mais aussi les grands mouvements d'hommes et de capitaux est en place dès les années 1850. En Tunisie, par exemple, le consul français Léon Roches obtient en 1859 le droit d'établir une ligne entre l'Algérie et Tunis, puis, de haute lutte en 1861, la concession des lignes télégraphiques de l'ensemble du pays. En 1864, le consul d'Italie est le promoteur d'un projet de câble entre Marsala et le cap Bon.

Le canal de Suez. Dès 1840, la voie méditerranéenne des Indes montre sa supériorité sur la route du Cap, malgré la rupture de charge en Égypte, tout au moins pour la poste et les voyageurs, d'autant plus qu'en mer Rouge, zone de calmes, la vapeur offre un avantage décisif.

La possibilité d'un canal avait déjà été étudiée par Le Père, un ingénieur qui accompagnait l'expédition Bonaparte. Un deuxième projet, d'inspiration saint-simonienne, est présenté en 1847 par Paulin Talabot, mais s'enlise dans des débats entre les promoteurs. Le relais, décisif celui-là, est pris par Ferdinand de Lesseps, qui appartient par sa famille et sa propre carrière à la Méditerranée. Son père a été proche de Méhémet-Ali. Ferdinand, né en 1805, est aide-consul à Lisbonne puis auprès de son père à Tunis. En 1832, il est nommé vice-consul à Alexandrie. Il apprend l'arabe, parcourt l'Égypte avec passion. Sa carrière le mène ensuite à Barcelone, puis à Madrid, à Rome enfin, en 1849, son attitude trop favorable à la République provoquant sa disgrâce. En 1832, il s'était lié à un des fils de Méhémet-Ali, Saïd, à qui il donnait des leçons d'équitation et qu'il nourrissait en cachette de macaronis, dit l'anecdote, pour adoucir un régime paternel de lutte contre l'embonpoint. En 1854, Saïd succède à Abbas Pacha. Lesseps, qui de sa retraite a travaillé sur le canal, se précipite en Égypte un projet sous le bras. Saïd accepte le plan. Le *firman de concession est signé le 30 novembre 1854 : « Notre ami, M. Ferdinand de Lesseps, ayant appelé notre attention sur les avantages qui résulteraient pour l'Égypte de la jonction de la mer Méditerranée et de la mer Rouge par une voie navigable pour les grands navires, et nous ayant fait connaître la possibilité de constituer, à cet effet, une compagnie formée de capitalistes de toutes les nations [...] nous lui avons donné, par ces présentes, pouvoir exclusif de constituer et de diriger une compagnie universelle pour le percement de l'isthme de Suez, et l'exploitation du canal entre les deux mers... » La concession est prévue pour quatre-vingt-dix-neuf ans à partir de l'ouverture du canal ; à son terme, l'Égypte en prendra possession. Les terrains nécessaires seront concédés gratuitement par l'Égypte, qui offre les matériaux que la Compagnie souhaitera extraire des carrières et des mines. La Compagnie assurera les travaux, l'Égypte recevra 15 % des bénéfices de l'exploitation. La Compagnie, si elle a son siège à Paris, est universelle, le canal sera ouvert aux navires de toutes les nations.

Le pari de Lesseps peut paraître démesuré. Au milieu des années 1850, la vapeur est loin d'avoir triomphé de la voile. Le chemin de fer lie dorénavant Alexandrie au Caire et Le Caire à la mer Rouge : le canal est-il utile ? Sera-t-il rentable ? Lesseps doit aussi imposer sa vision d'un canal direct d'une mer à l'autre contre les saint-simoniens et de nombreux ingénieurs qui jugent le projet irréalisable. Il doit enfin vaincre les réticences britanniques. Palmerston estime le projet chimérique. L'empereur Napoléon III soutient Lesseps mais ne souhaite pas le faire trop ouvertement pour ménager son allié britannique. Lesseps doit faire la preuve de son audace, utiliser toutes ses relations (sa belle-famille est apparentée à l'impératrice Eugénie). Il contourne les réticences des banquiers : les actions de la Compagnie sont directement proposées aux épargnants. Commis-voyageur du canal, Lesseps parcourt l'Europe. La souscription est ouverte en 1858. Le capital est divisé en 400 000 actions de 500 francs, mais, si l'épargne française est séduite (21 000 souscripteurs pour plus de la moitié du capital), les autres États européens suivent peu ou mal. Lesseps n'hésite pas alors à manipuler Saïd qui se trouve à la tête de 176 000 actions, alors qu'il était initialement prévu que l'Égypte participerait à 16 % du capital (soit 64 000 actions). Dorénavant, l'Égypte s'engage, comme l'ensemble de l'Empire ottoman, dans le cycle infernal des emprunts impossibles à rembourser faute de ressources suffisantes et qui conduisent inéluctablement à la tutelle européenne.

Les travaux du canal commencent en 1858 : des milliers de fellahs sont recrutés, puis, à partir de 1862, réquisitionnés par le vice-roi. Encadrés par des polytechniciens et des centraliens français, les paysans travaillent essentiellement à la main. Les opposants ne désarment pas. Les Anglais dénoncent l'inhumanité des conditions de travail, les châtiments corporels auxquels sont soumis les travailleurs égyptiens. La Compagnie brandit son service médical et ses statistiques qui démontrent que la mortalité est beaucoup plus faible sur le chantier du canal que sur les chantiers ferroviaires des Anglais.

En 1863, Saïd meurt. Son successeur Ismaïl, qui obtient en 1867 du *sultan le titre de *khédive, n'est pas moins francophile. Son voyage à Paris pour l'Exposition universelle de 1867 est un grand succès, un de ses fils fait ses études en France. Il dénonce cependant la corvée. Dorénavant, la Compagnie fait appel à des travailleurs librement embauchés (ils viennent de toute la Méditerranée), mais remplace surtout les hommes par des machines : des dragues énormes mues par la vapeur sont désormais à l'œuvre. Autre révision, la Compagnie doit rétrocéder à l'Égypte les grandes concessions de terres initialement accordées. On perçoit ici la main des Anglais auxquels, dit-on, le Premier ministre Nubar est acquis, et leur crainte de voir les Français coloniser l'Égypte. Mais dorénavant les choses vont vite : dix ans après le début des travaux, le canal est inauguré le 17 novembre 1869 dans un grand luxe de fêtes. L'*Aigle* où a pris place l'impératrice Eugénie ouvre la route à une quarantaine de bateaux, quelques têtes couronnées comme l'empereur François-Joseph et le prince héritier de Prusse sont présents. C'est le triomphe de Lesseps.

Le canal transforme la situation de l'Égypte. Le khédive Ismaïl proclame que son pays abandonne dorénavant l'Afrique et accède au rang des puissances méditerranéennes, mais en réalité seul le grand port d'Alexandrie, cosmopolite et en rapide expansion, est pleinement méditerranéen. Le canal est-il en Égypte ? Ismaïl, pressé par ses créanciers et succombant aux manœuvres secrètes de Disraeli, vend en 1875, pour 100 millions de francs, toutes ses actions de la Compagnie à l'Angleterre. L'Égypte a payé l'essentiel du canal, elle n'en retire guère d'avantages. Certes, la nouvelle voie s'impose peu à peu ; élargi et approfondi, le canal suit l'évolution de la navigation : encore au début du 20e siècle, quelques lentes *dababiehs*, aux immenses mâtures, guettent le moindre souffle de vent, déjà le mazout remplace parfois le charbon et les premiers moteurs à explosion apparaissent.

En 1867, Lesseps évaluait à 11 millions de tonnes le trafic maritime du Cap : « Il ne s'agit, disait-il, que d'en détourner la moitié. » Les résultats ne correspondent pas immédiatement aux attentes. Ce n'est que dans les années 1880 que les 6 millions de tonnes sont atteints. Mais, en 1912, 5 273 navires empruntent le canal pour un volume de marchandises qui dépasse 20 millions de tonnes. De même, le trafic passagers passe de 26 000 en 1870 à 242 000 à la veille de la guerre de 1914. En 1872, le héros de Jules Verne, Philéas Fogg, utilise le canal pour établir son record. Parti de Londres, il réussit à atteindre Bombay en dix-huit jours. Le canal est donc finalement un succès. À son entrée sur le môle de Port-Saïd, la statue de Ferdinand de Lesseps semble dans un large geste d'accueil exprimer l'espoir du promoteur : « *aperire terram gentibus* ». La direction de la Compagnie est française, l'encadrement sur place est européen et majoritairement français. Certes, les Anglais sont plus nombreux au conseil d'administration de la Compagnie, mais ils en laissent le contrôle aux Français, alors qu'ils sont, et de très loin, les premiers utilisateurs de la nouvelle voie maritime. Dès les années 1870, plus des trois quarts des marchandises qui transitent par le canal passent sous pavillon britannique ; la France, avec 8 %, arrive très loin derrière.

En 1882, l'Angleterre « occupe » l'Égypte ; rien n'est changé pour le canal qui, international, reste ouvert à tout navire. L'occupation britannique, nous y reviendrons, alors même que la présence française est plus importante que la présence anglaise, marque l'importance du canal pour la sécurité des routes impériales. L'ouverture de l'isthme de Suez fait de la Méditerranée, qui entre dans un système mondial d'échanges, une zone majeure de transit. Étranger à l'Égypte, ne risque-t-il pas, comme le craignent de nombreuses chancelleries, de constituer un « second Bosphore » ? Il devient en tout cas un symbole de la présence européenne dont Nasser, en 1956, saura exploiter la dimension impérialiste.

La circulation des marchandises. C'est autour de 1840, alors même que s'amorcent les bouleversements des techniques de navigation, que la Méditerranée s'ouvre au grand commerce et que s'intensifient les relations. Des traités de commerce entre les pays européens et l'Empire ottoman prévoient la libéralisation des échanges. Les droits de douane, à l'entrée des produits, ont partout diminué (ils ne doivent pas, par exemple, dépasser 3 % *ad valorem* en Tunisie). Le libéralisme dans les relations commerciales, les privilèges accordés aux négociants européens par le régime des capitulations expliquent que l'essor profite essentiellement aux puissances européennes qui peuvent seules mettre en œuvre les capitaux nécessaires à un commerce qui a changé d'échelle. Marseille, premier port méditerranéen, est un lieu privilégié pour une première analyse des échanges commerciaux. Le port, qui s'étend de plus en plus vers le nord et l'étang de Berre, n'a pas manqué l'élan de la modernisation : en 1880, plus de la moitié de la flotte française de vapeurs est marseillaise. Directement relié à Paris par le PLM achevé en 1857, disposant des chantiers navals de La Ciotat, ayant construit d'imposants docks, le port est, en 1880, le quatrième port du monde et le premier port méditerranéen. Certes, jusqu'au 20e siècle, la voile est encore très présente. De petits bâtiments qui associent voiles et rames assurent le trafic de cabotage avec l'Espagne et l'Italie : ce sont les felouques légères et longues dont les deux mâts inclinés portent une voile triangulaire, ce sont les tartanes et les pinques, et, pour le long cours, ce sont les chébecs, les polacres et surtout les bricks et les goélettes. Mais ces flottes sont artisanales et, dorénavant, les grandes compagnies dominent ; elles seules peuvent rassembler les capitaux suffisants pour armer des bateaux à vapeur. En 1914, Marseille est le point de départ de 70 lignes françaises de navigation et de 32 lignes étrangères (de la célèbre Péninsulaire et Orientale à la compagnie japonaise Nippon Yusen Kaisha). Mais les horizons se sont élargis. Au milieu du 19e siècle, les deux tiers des échanges marseillais étaient méditerranéens : Marseille commerçait prioritairement avec l'Italie (royaume de Naples, Piémont-Sardaigne), avec la Russie (le blé venait d'Odessa et de la mer Noire), avec l'Autriche (Trieste), avec l'Espagne. Progressivement, la place de l'Empire ottoman s'accroît (Alexandrie, Constantinople, Smyrne et Salonique), les échanges avec l'Algérie puis la Tunisie deviennent très importants, mais, malgré cet élargissement à l'ensemble de la Méditerranée, la part des échanges méditerranéens dans l'ensemble du trafic portuaire diminue relativement. À la veille de la Première Guerre mondiale, le bassin méditerranéen n'assure plus que 38 % des échanges du port. Marseille commerce avec l'Angleterre, l'Algérie, la Russie, les Indes britanniques, l'Argentine, mais les grands centres méditerranéen (Empire ottoman, Espagne, Italie) n'arrivent qu'ensuite. Marseille revendique le rang de premier port colonial français (20 % de son trafic), mais aussi sa dimension internationale. La Méditerranée, déjà ouverte par la construction du canal de Suez, est de moins en moins un monde clos d'échanges. D'ailleurs, la nature des marchandises reçues à Marseille reflète également l'élargissement des horizons : la houille, qui n'est guère un produit méditerranéen, représente 40 % des importations ; elle est, en attendant le pétrole, l'indispensable source d'énergie des grandes industries marseillaises qui importent blés, oléagineux, sucre, et exportent farines, ciment, savons, sucres raffinés. En 1914, Marseille est encore un très grand port, mais, à l'échelle mondiale, en passant du quatrième au septième rang, il a perdu quelques places. La Méditerranée n'est pas le centre du monde.

La Méditerranée est donc plus dépendante de l'ensemble des échanges mondiaux quand vient l'ère du charbon et de la

machine à vapeur. Les lieux de naissance de la révolution industrielle ne sont pas méditerranéens ; déjà au début du 19ᵉ siècle, la
puissance dominante, l'Angleterre, est extérieure. Cependant, par
ses matières premières, le bassin méditerranéen participe au
grand élan : que l'on songe au coton égyptien. On sait que le
Français Jumel réussit à cultiver un coton à longues fibres qui
rencontre les besoins de la grande industrie textile européenne et
profite pour s'étendre, dans les années 1860, de la guerre de
Sécession qui paralyse les exportations de coton brut des États-
Unis. C'est alors, à Alexandrie, le grand boom cotonnier : la
matière première part vers l'Europe, gagne Liverpool et alimente
les filatures de Manchester. Les quelques tentatives de construction d'industries textiles de transformation en Égypte et plus
généralement dans l'Empire ottoman sont rapidement des échecs.
Dorénavant, dans les souks, les tissus sont d'origine britannique.

Ainsi de l'Europe vers la Méditerranée orientale et méridionale, le mouvement des échanges traduit les écarts de développement : les produits fabriqués (produits métallurgiques, matériel
de chemin de fer, armes, tissus, vêtements) quittent l'Europe, qui
achète céréales, tabac, coton brut, minerais… Entre 1840 et 1880,
les échanges commerciaux de l'Empire ottoman sont multipliés
par cinq. La construction des voies ferrées élargit l'hinterland
des ports. En 1866 est inaugurée la voie ferrée Smyrne-Cassaba,
qui, construite par une société britannique, permet d'acheminer
les marchandises vers le grand centre portuaire de la mer Égée.
En 1867 est créée la Société des quais de Smyrne, qui joue un
rôle majeur dans la modernisation des ports de l'Empire. Dans les
années 1860, c'est une entreprise française, la Société Callas et
Michel, qui se spécialise dans la construction des phares tout au
long des côtes de l'Empire ottoman. L'Angleterre est le premier
partenaire commercial de l'Empire dont elle assure à la fin des
années 1870 près de la moitié des importations, la France et
l'Autriche venant ensuite, mais loin derrière l'Angleterre, avec
un pourcentage de 12 % des importations. La croissance des
échanges provoque une certaine modernisation de l'agriculture,
sensible, par exemple, en Anatolie (céréaliculture, tabac), mais
les produits importés sont destinés aux usines européennes : l'artisanat traditionnel ne peut résister à l'expansion capitaliste.

Les capitaux. Nécessairement, les capitaux accompagnent les
échanges. Les nouvelles conditions de la navigation exigent des
investissements pour la construction de quais et d'entrepôts. Le
chemin de fer permet l'exploitation des mines, mais aussi l'ache-
minement des produits agricoles vers les ports. Les capitaux
européens sont donc, au service du commerce, essentiellement
consacrés aux infrastructures des transports. Mais les chemins
de fer sont également stratégiques, leur construction attise les
rivalités impérialistes autour de l'Empire ottoman ; à la fin du
19e siècle et au début du 20e, la concession à l'Allemagne du
chemin de fer de Bagdad marque la tentative de l'Empire d'équi-
librer les influences, qui restent prépondérantes, de l'Angleterre
et de la France.

La pénétration capitaliste emprunte d'autres voies. En 1854,
l'Empire ottoman lance son premier emprunt. L'habitude est vite
prise : quatorze emprunts se succèdent de 1855 à 1875. La chronologie de l'endettement est comparable en Égypte et en Tunisie.
Les établissements bancaires européens se multiplient à Istanbul, à Alexandrie, à Tunis, mais prolifèrent aussi toutes sortes
d'intermédiaires douteux, avides de pots-de-vin et d'enrichissement accéléré. Les emprunts servent parfois à alimenter la pro-
digalité ou le goût du luxe des souverains. Les fêtes somptueuses
organisées pour l'inauguration du canal de Suez ont coûté très
cher à l'Égypte. Parfois, les capitaux empruntés ont permis de
financer des acquisitions de marchandises impossibles à écouler
en Europe : ainsi ces canons rayés au-dehors et inutilisables ou
ces bateaux hors d'âge vendus au bey de Tunis. Les capitaux
européens, cependant, ont été aussi au service des réformes, de
l'édification d'armées modernes, de l'ouverture d'écoles.

La pénétration financière, protégée par le régime des capitulations, aboutit rapidement à la mise en tutelle. En Tunisie, en
Égypte et à Constantinople, le processus est identique : quand
les emprunts, à des taux d'intérêt de plus en plus élevés, s'ajoutent aux emprunts et que la banqueroute menace, les puissances
européennes, soucieuses de préserver les intérêts de leurs nationaux, prennent progressivement le contrôle des finances. Cela
aboutit au protectorat français en Tunisie en 1881, à l'occupation militaire de l'Égypte par les Anglais en 1882. Dans l'Em-

pire ottoman, la Banque impériale ottomane, fondée en 1863, joue le rôle de Banque d'État, mais elle est en même temps une banque privée anglo-française. En 1881, face aux risques de banqueroute, est créée l'Administration de la Dette publique, dirigée par un conseil dominé par les représentants des créanciers et présidé alternativement par un Français et un Anglais. Et, si l'Empire échappe au sort de la Tunisie et de l'Égypte, la Dette contrôle progressivement une grande partie de ses finances (un tiers des revenus publics) et de son économie.

En 1914, la France a placé dans l'Empire ottoman 2 milliards de francs en emprunts d'État et 510 millions en investissements dans les entreprises. En Égypte, les chiffres sont respectivement de 1,1 milliard et 1,2 milliard de francs. Si l'on ajoute à ces investissements les placements en Afrique du Nord (emprunts et investissements privés), on atteint un total de 7 milliards environ. La France est bien, en Méditerranée, le premier pays investisseur (la moitié des placements étrangers en Égypte comme dans l'Empire ottoman), l'Angleterre arrivant loin derrière, mais les placements méditerranéens ne représentent cependant qu'un sixième des placements extérieurs français (la Russie absorbe à elle seule 12,4 milliards de francs).

L'exemple marocain, plus tardif, permet de mettre en évidence les liens entre les intérêts privés et les stratégies gouvernementales. Là encore, les emprunts lancés de 1902 à 1910 aboutisse au contrôle de la dette sous l'autorité, non officielle mais effective, de la France. Politiques, comme Delcassé, militaires, comme Lyautey, sont étroitement liés à la banque et à l'industrie, ici, Paribas et Schneider. Le contrôle économico-financier aboutit, au Maroc comme ailleurs, au contrôle politique.

Le mouvement des hommes

Envisagé globalement, le mouvement des hommes en Méditerranée s'accélère dans la seconde moitié du 19e siècle. Le déséquilibre démographique entre les deux rives de la Méditerranée, l'ouverture aux échanges des pays musulmans, la mise en route de grands travaux pour lesquels la population locale, très majoritairement rurale, ne peut constituer une main-d'œuvre aisément mobilisable, expliquent son ampleur.

D'où part-on ? Essentiellement des péninsules méditerranéennes (Grèce, Italie, Espagne) et des îles (Corse, Sicile, Malte…), là où la pression démographique est la plus forte : la disparition progressive des épidémies, les progrès médicaux et sanitaires provoquent une diminution de la mortalité, alors que les taux de natalité restent élevés. Où part-on ? Essentiellement vers les villes-ports du sud et de l'est de la Méditerranée qui deviennent ainsi les points d'appui de l'expansion européenne. Une exception à ce modèle : les villes-ports du rivage français de la Méditerranée, et Marseille en tout premier lieu, accueillent de nombreux immigrants, des Italiens pour l'essentiel. La France accueille aussi dès la fin du siècle de nombreux immigrants espagnols. Cependant, alors même que les départs prennent une ampleur considérable, les émigrants ne se limitent plus au bassin méditerranéen, mais partent de plus en plus nombreux vers l'Amérique. Ces départs au-delà de la Méditerranée traduisent un paradoxe : les États européens qui dominent politiquement la Méditerranée, le Royaume-Uni et la France, ne sont pas d'importants pays de départ ; les Espagnols en Algérie, les Italiens en Tunisie, les Grecs en Anatolie s'installent dans des territoires dominés par d'autres, mais cette émigration rencontre assez vite ses limites, alors que l'Amérique reste, jusqu'à la Première Guerre mondiale, ouverte aux immigrants. Quand l'Amérique se ferme, dans les années 1920, la pression impérialiste (par exemple le fascisme italien) tente alors de s'affirmer à nouveau en Méditerranée.

Il n'est pas possible de décrire le mouvement des hommes dans toute sa diversité. Il faut d'abord différencier les départs des élites des diasporas des pauvres. Les élites (négociants, banquiers, ingénieurs, fonctionnaires…) conservent presque toujours des liens avec les métropoles d'origine : les grandes familles juives originaires de Livourne qui dominent la communauté italienne de Tunisie en se distinguant soigneusement des juifs indigènes, tout au moins jusqu'au protectorat français, mais qui sont aussi présentes à Salonique, fonctionnent comme un réseau méditerranéen. Pour les fonctionnaires, anglais en Égypte, français en Algérie, pour les ingénieurs du canal de

Suez, pour ceux qui construisent les voies ferrées dans l'Empire ottoman, le séjour outre-mer n'est le plus souvent qu'une étape dans une carrière.

Quelques itinéraires individuels. Les origines du protectorat français en Tunisie, étudiées naguère par Jean Ganiage, permettent de voir s'entrecroiser des trajectoires individuelles. Les élites traditionnelles, qui venaient de l'Empire ottoman, laissent la place aux élites européennes qui les infiltrent puis les évincent. Mustapha Khaznadar (Mustapha le Trésorier) a grandi à la cour des beys de Tunis, Ahmed Bey l'élève au rang de khaznadar en 1836, et il reste tout-puissant pendant trente-six ans jusqu'en 1873. Mais Mustapha Khaznadar n'est pas « tunisien » : grec, né en 1817 dans l'île de Chio, il a été capturé pendant les troubles de l'indépendance grecque, vendu à Constantinople puis revendu à Tunis. L'itinéraire de Khérédine Pacha appartient lui aussi au passé : né entre 1825 et 1830, **mamelûk* d'origine circassienne, vendu lui aussi à Constantinople, il arrive à Tunis vers 1840. À la cour du bey Ahmed, il occupe rapidement une place importante : allié d'abord du tout-puissant Khaznadar, qui lui a donné sa fille, il l'évince en 1873 et reste Premier ministre jusqu'en 1877. Il finit sa vie à Constantinople où le sultan le choisit comme grand vizir en 1878-1879. Mustapha Khaznadar, comme Khérédine Pacha, appartiennent aux anciennes élites ottomanes. D'autres migrations individuelles, qui sont elles aussi synonymes d'ascension sociale, ne peuvent s'expliquer que par le poids de la présence européenne.

Rochaïd Dahdah est né au Liban en 1814. Il appartient à une très ancienne famille *maronite. Réfugié en France en 1858, il est naturalisé en 1860. Commis de l'administration beylicale, Dahdah est un des négociateurs du grand emprunt de 1863 qui a conduit les finances de la Tunisie à la catastrophe. Dahdah s'est considérablement enrichi au passage : on le retrouve à Paris disposant d'un hôtel particulier ; devenu le comte Dahdah, il lance Dinard. Un frère de Dahdah est archevêque de Damas, un cousin négociant à Marseille.

Chrétien lui aussi, Elias Musalli (le général Musalli) est grec melchite, né au Caire d'une famille originaire de Syrie. D'abord interprète à la cour des beys de Tunis en 1847, il est en 1860 sous-directeur des Affaires étrangères. Il a épousé la fille d'un négociant génois installé en Tunisie, Luigia Traverso. La très belle « Madame Elias » tient salon à Tunis ; maîtresse attitrée des consuls de France, Léon Roches puis Théodore Roustan, elle est avec son mari au centre des intrigues qui conduisent au protectorat français en 1881.

Roustan lui-même a été méditerranéen pour l'essentiel de sa carrière. Né en 1833 à Aix-en-Provence, son premier poste diplomatique est à Beyrouth, il sert ensuite successivement à Smyrne, au Caire, à Alexandrie et de nouveau à Beyrouth avant d'être nommé consul général à Tunis en 1874. Ministre résident pendant quelques mois en 1881 et 1882, il termine sa carrière comme ambassadeur à Madrid.

En Égypte, comme en Tunisie, les Européens sont nombreux (plus de 1 200 à la veille de l'occupation britannique en 1882) à occuper d'importantes fonctions dans l'administration de l'État. Dès 1876, la Caisse de la dette est contrôlée par les Européens ; en 1878, le khédive doit former un gouvernement où un Anglais, Wilson, occupe le ministère des Finances et un Français, Blignières, le ministère des Travaux publics. D'autres Européens tentent de faire fortune. La carrière d'Édouard Dervieu, étudiée par David S. Landes, est un bon exemple : le père d'Édouard, Robert Dervieu, dirige une maison de négoce à Marseille, puis, après la conquête française, multiplie les affaires en Algérie. Le fils, né en 1824, dirige d'abord l'agence d'Oran d'une ligne de navigation marseillaise, puis s'occupe des mines de plomb que son père contrôle en Algérie. Employé des Messageries Maritimes au début des années 1850, il représente la compagnie de navigation en Grèce, en Syrie et enfin à Alexandrie. Là, Édouard Dervieu vole rapidement de ses propres ailes : en 1860, il crée en Égypte sa société bancaire. Les années 1860 lui sont fastes : il gagne l'amitié d'Ismaïl et ses entrées à la cour du khédive lui permettent de fructueuses affaires, qui, toutes, aggravent l'endettement de l'Égypte. En disgrâce à la fin des années 1860, les bénéfices rapatriés d'Égypte lui permettent de finir confortablement sa vie dans le monde parisien des affaires.

L'itinéraire du Français Auguste Mariette est fort différent.

Petit employé du musée du Louvre, il obtient en 1850 une mission en Égypte dont l'antique civilisation le fascine. Mariette multiplie les fouilles à Saqqara. Au début des années 1850, il expédie en France plusieurs centaines de caisses : 6 000 pièces pour les années 1852 et 1853 enrichissent les collections du Louvre. En 1858, le vice-roi Saïd le nomme *maamour*, directeur, des Antiquités égyptiennes. Mariette conserve alors pour l'Égypte les trésors de son passé et crée le musée du Caire en 1863. La prééminence de la France, malgré une âpre rivalité avec les Anglais, se maintient après la mort de Mariette en 1881. Gaston Maspero lui succède, crée l'École française du Caire et domine l'égyptologie jusqu'à la guerre de 1914. Le destin de Mariette traduit l'emprise culturelle de l'Europe. Les migrations des élites permettent ainsi aux grands États européens de contrôler l'économie, les finances et même les événements culturels de la Méditerranée. Ainsi, le succès des opéras de Verdi dépasse l'Italie où il incarne l'aspiration nationale. En 1870, c'est Auguste Mariette qui, au nom du khédive Ismaïl, signe le contrat d'un opéra commandé à Verdi et dont il a écrit le livret égyptisant : *Aïda* est chanté à l'Opéra du Caire le 24 décembre 1871 (Mariette a dessiné les décors et les costumes), avant de triompher à la Scala de Milan puis à Paris. Les modes européennes – l'opéra italien dans la seconde moitié du 19e siècle en est un bon exemple – se répandent dans toutes les villes méditerranéennes et gagnent même, à Constantinople, la cour du sultan.

Les îles, lieux d'émigration. Grecs de l'Égée vers Smyrne et l'Anatolie, Minorquins des Baléares vers l'Algérie, Corses vers l'Afrique du Nord, Maltais surtout vers tous les ports de la Méditerranée, les îliens essaiment au 19e siècle. Certes, le déterminisme n'est pas absolu (les Sardes sont beaucoup moins nombreux à quitter leur île que les Corses ou les Siciliens), mais des conditions de vie de plus en plus difficiles dans des territoires montagneux, quand augmente la pression démographique, une familiarité plus grande avec la mer, des traditions de pêche ou de cabotage, des contacts anciens avec les populations musulmanes expliquent cette mobilité.

Dans les années 1930, 150 000 Corses, ou leurs descendants,

vivent en Afrique du Nord, les départs ont été encouragés par les clans, des réseaux facilitant l'installation. Sur place, des associations, des amicales, des journaux maintiennent les liens. Les Corses sont très nombreux dans la fonction publique ; en Tunisie, ils contrôlent les organisations de fonctionnaires et jouent un rôle politique prépondérant.

Mais l'exemple le plus significatif est celui de Malte. L'archipel, deux îles et quelques îlots, ne compte que 315 kilomètres carrés, mais Malte, à la charnière de la Méditerranée orientale et de la Méditerranée occidentale, jouit d'une situation exceptionnelle qui explique, jusqu'à la Seconde Guerre mondiale, l'intérêt des grandes puissances. Malte joue en réalité un double rôle. Pour les Anglais, l'archipel est une base militaire navale majeure et un relais sur la route des Indes. Avec le développement de la vapeur, Malte devient une escale où les navires font le plein de charbon. Les Maltais sont trop nombreux sur un espace exigu. Ils parlent une langue qui a emprunté beaucoup de mots à l'arabe et l'Église catholique préserve, tout au long du 19e siècle, leur identité face à l'occupant britannique. Familiers du monde musulman jusqu'à être suspectés d'en être proches, chiourme des chevaliers de Saint-Jean puis employés de la *Navy* de Sa Majesté, paysans, marins, habiles aux petits trafics, ils appartiennent pour les Anglais à « une classe dégénérée d'Italiens » ; pour l'académicien français Louis Bertrand, ils sont souvent méprisés « à cause de leur sang mélangé et de leur ressemblance avec les juifs et les maures ». La croissance démographique est très rapide (120 000 habitants au milieu du 19e siècle, 245 000 dans les années 1930), elle explique l'importance de l'émigration. Dans les années 1860, 20 % de la population, soit 40 000 Maltais environ, vit en dehors de l'archipel. Les Maltais sont partout, et constituent la piétaille de la colonisation européenne. Ils sont 7 000 environ en Tunisie dans les années 1850 ; arrivés sans bagages sur des barques de fortune, ils servent, comme les Italiens, de main-d'œuvre bon marché aux négociants européens ; cochers et voituriers à Tunis, ils vivent de petits trafics dans les ports du Sahel. Le consul britannique Wood obtient du gouvernement tunisien en 1863 qu'ils puissent acquérir des biens immeubles. De nombreux Maltais quittent les

taudis où ils vivaient jusqu'alors et se spécialisent dans un jardi-
nage de banlieue à Sfax, à Sousse ou à Tunis. En 1885, l'émigration maltaise représente plus d'un tiers de la population
totale de l'archipel, soit près de 55 000 personnes. La moitié
d'entre eux se concentrent dans les ports de l'Afrique du Nord,
Bône et Philippeville en Algérie, Tunis et La Goulette, Tripoli.
Les autres colonies maltaises sont dispersées tout autour de la
Méditerranée : ils sont 4 000 à Alexandrie, 1 500 à Smyrne,
3 000 à Constantinople, 500 à Marseille, un millier à Gibraltar.

Naissance d'un peuple ? Les Européens d'Algérie. En 1851,

131 000 Européens vivent en Algérie, dont la moitié environ
sont français d'origine. En 1886, sur un total de 430 000 Européens, la proportion de Français est encore identique. En 1898,
les Français représentent près des deux tiers de l'ensemble de la
population européenne, soit 384 000 sur 621 000. Les naturalisations (109 000 au total, dont 53 000 juifs indigènes qui ont bénéficié du décret Crémieux de 1870 et 56 000 Européens) expliquent cette évolution, mais surtout la loi de 1889 qui octroie la
nationalité française à tous les enfants d'étrangers vivant en
Algérie qui ne la refuseraient pas explicitement.

Dorénavant, l'immigration européenne se ralentit et, à partir
des années 1910, le mouvement migratoire s'inverse avec les
premiers départs de musulmans algériens vers la France ; en
effet, la population musulmane, qui a stagné dans les premiers
temps de l'occupation française, augmente rapidement. Les
Français, malgré la volonté, affichée dès le temps de Bugeaud,
de favoriser la colonisation agricole, n'ont pas massivement
émigré vers l'Algérie. En 1840, il n'y a guère que 10 000 Français et les tentatives pour installer les insurgés de juin 1848 et de
décembre 1851 sont partiellement des échecs. De même, malgré
les incitations officielles, les Alsaciens-Lorrains qui ont accepté
de bénéficier des concessions de terres sont fort peu nombreux.
En fait, la colonisation rurale est un échec. L'implantation européenne en Algérie est essentiellement urbaine. Le contraste est
saisissant avec la population musulmane : dès 1906, les deux
tiers des Européens, mais seulement 8,5 % des musulmans, résident dans les villes. La population est urbaine, la population est

côtière, les grandes villes sont des ports, la population est composite : les Maltais et surtout les Italiens sont nombreux à l'est, les Espagnols sont 3 640 dans le département de Constantine, 48 600 dans celui d'Alger, et plus de 90 000 dans celui d'Oran où, à cette date, les Français ne sont que 65 000. La naturalisation automatique des enfants, les mariages intereuropéens très fréquents, mais aussi l'école et le service militaire contribuent à une progressive fusion des Européens de diverses origines, alors même que cette population métissée se replie sur ses villes, refoule ou ignore la population musulmane et cultive volontiers un rêve autonomiste qui se conjugue, à la fin du 19e siècle, avec un antisémitisme souvent violent. Les juifs d'Algérie sont français depuis 1870, mais ils sont indigènes ; ils ne peuvent donc être intégrés à cette race nouvelle que certains espèrent en Afrique du Nord.

L'émigration italienne. Des trois péninsules méditerranéennes, la Grèce est une terre d'émigration massive dès le deuxième tiers du 19e siècle, les Grecs sont 100 000 en Égypte au début du 20e siècle, colonisent l'Anatolie à partir de Smyrne, sont omniprésents en mer Noire. Moins nombreuses dans le bassin occidental de la Méditerranée, les communautés grecques sont cependant actives dans tous les grands ports. Plus limitée en Méditerranée, l'émigration espagnole peuple l'Afrique du Nord et, déjà, se dirige vers la France. Mais c'est l'Italie qui, jusqu'à la guerre, a fourni les plus importants contingents d'émigrants.

La chronologie de l'émigration italienne est bien connue ; elle prend de l'ampleur à partir des années 1860, atteint plus de 100 000 départs annuels vers 1880, 500 000 vers 1900. Le record, 872 000 départs, date de 1913. D'abord temporaires, les migrations deviennent de plus en plus fréquemment définitives ; elles touchent d'abord le nord de l'Italie, de nombreux Piémontais partent travailler en France ou en Suisse, puis gagnent le Mezzogiorno à partir du dernier tiers du 19e siècle. Comme dans l'Espagne méridionale, l'économie du sud de l'Italie ne peut absorber la croissance démographique ; les structures agraires (les latifundia), l'absence de décollage industriel, mais aussi les encouragements de l'État expliquent alors l'importance des flux.

Où partent les Italiens ? Les plus nombreux, et de loin, traversent l'océan vers l'Amérique : ils sont 4 millions aux États-Unis, 1 million en Argentine en 1914. La deuxième destination est la France, qui accueille des Italiens jusqu'aux années 1930 alors que les lois des quotas de 1921 et de 1924 leur ont fermé l'entrée des États-Unis. Au début des années 1920, on dénombre plus de 400 000 Italiens en France dont près de la moitié résident sur la côte méditerranéenne.

L'émigration italienne est également importante vers tous les rivages de la Méditerranée, même si le nombre des émigrés est loin d'atteindre les chiffres américains : un recensement des débuts du fascisme, en 1924, évalue à 500 000 la diaspora italienne méditerranéenne. Certaines destinations sont privilégiées : les Italiens sont 140 000 en Afrique du Nord française (dont plus de 90 000 en Tunisie), 45 000 en Égypte, près de 20 000 en Yougoslavie, plus de 12 000 en Turquie. Comme les Maltais, mais à une autre échelle, les Italiens sont présents dans l'ensemble de la Méditerranée. L'exemple de la Tunisie est le plus caractéristique : les immigrés italiens, longtemps plus nombreux que les Français, sont encadrés par les juifs de Livourne qui n'ont pu s'opposer au protectorat français, mais restent très influents à Tunis. Cette aristocratie, laïque, gagnée aux idées libérales depuis l'unité italienne, « nationalise » un petit peuple d'Italiens qui viennent majoritairement de Sicile ; journaux, associations et écoles leur apprennent l'italien et les gagnent aux valeurs nationales. Au contraire de l'Algérie voisine, il n'y a pas en Tunisie, qui n'est pas une colonie, un *melting-pot* européen.

Comment conclure ? À la veille de 1914, la Méditerranée est transformée par l'expansion européenne, ses bateaux, son commerce, ses capitaux. Des communautés bigarrées, qui ne se mêlent pas aux « indigènes », cohabitent dans les grands ports. Est-ce l'affirmation, sous le contrôle de l'Europe, d'une civilisation méditerranéenne ?

DOCUMENT 1

Le canal de Suez

La carte permet de comprendre la structure de l'Égypte. Alexandrie à l'ouest du delta se développe avec la croissance des exportations de coton ; c'est un grand port cosmopolite, plus méditerranéen qu'égyptien. À l'est, le canal de Suez, ouvert en 1869, ne joue qu'un faible rôle pour l'économie égyptienne. Port-Saïd et Suez ne sont que des ports de transit. Mais le canal est un enjeu géostratégique majeur auquel le Royaume-Uni s'accroche jusqu'aux lendemains de la Seconde Guerre mondiale. Le Caire enfin, à la tête du delta, est la capitale politique et religieuse de l'Égypte.

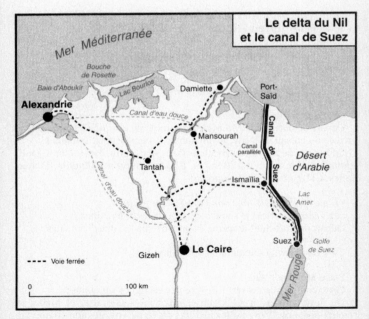

(D'après R. E. Duff, *Cent Ans du canal de Suez*, Paris, EMOM, 1969.)

DOCUMENT 2

**Services maritimes et postaux
au départ d'Alexandrie en 1872**

Cet extrait du Guide annuaire d'Égypte *(1872) énumère les compagnies maritimes présentes à Alexandrie et les lignes qu'elles exploitent. La généralisation du bateau à vapeur, puis l'ouverture de Suez ont permis de multiplier les lignes régulières. L'auteur du guide, François Levernay, est français et réside à Alexandrie.*

SERVICES MARITIMES ET POSTAUX

1 – MESSAGERIES MARITIMES

Agent principal à Alexandrie : J. Frugoli ;
1er Commis : Ernest Frugoli ;
Caissier : P. P. Cavalli ;
Chef du service extérieur : Alfred Thibaud ;
Magasinier : Léon Lardilla.

• *Service entre Marseille et Alexandrie.*

• *Service de Syrie.*
Départ du bateau pour la Syrie, le samedi de chaque deux semaines ; arrivée du bateau de Syrie, le dimanche de chaque deux semaines.
Le bateau de Syrie fait escale à Port-Saïd, Jaffa, Beyrouth, Tripoli, Lattaquié, Alexandrette, Mersina, Rhodes, Smyrne, Metellin, Dardanelles, Gallipoli et Constantinople.

• *Ligne de l'Indo-Chine par Port-Saïd et le canal.*
Arrivée à Port-Saïd le samedi de chaque deux semaines.
Départ de Port-Saïd le même samedi de chaque deux semaines.

2 – COMPAGNIE PÉNINSULAIRE ET ORIENTALE

Place Méhémet-Aly.
Cette compagnie dessert l'Égypte par les lignes suivantes ;
De Southampton à Alexandrie, touchant à Gibraltar et Malte, et retour ; distance, 2 951 milles marins ; durée du voyage, non compris le temps des relâches, 295 heures.

De Brindisi à Alexandrie, sans relâche, et retour ; distance, 825 milles ; durée de la traversée, 82 heures.

De Suez à Bombay, touchant à Aden, distance, 2 972 milles ; durée, 313 heures.

Ces trois lignes sont exécutées une fois par semaine.

• *Ligne de Brindisi.*

• *Ligne de Southampton à Alexandrie.*
Départ de Southampton, chaque samedi.
Arrivée à Alexandrie, chaque vendredi.
Départ d'Alexandrie, chaque dimanche.
PRIX DES PLACES :
Première classe, £ 20 ; deuxième classe, £ 12 ; troisième classe, £ 8.

3 – COMPAGNIE DE LLOYD AUTRICHIEN.

Place Méhémet-Aly.
Agent à Alexandrie : G. de Battisti.

• *Ligne de Trieste à Alexandrie.*

• *Ligne d'Alexandrie à Constantinople par Smyrne.*
Touchant à Smyrne, Metellin, Tenedos, Dardanelles, Gallipoli et Constantinople.
Départs d'Alexandrie, tous les seconds mardis à dater du 1er octobre 1872.

4 – COMPAGNIE RUSSE DE NAVIGATION À VAPEUR ET DE COMMERCE

Place Méhémet-Aly, okelle Abro.
Agent à Alexandrie : G. Yvanoff.

• *Service d'Odessa à Alexandrie.*
Les départs d'Odessa et d'Alexandrie ont lieu deux fois par mois, à 14 jours de distance ; le premier départ d'Alexandrie aura lieu le 26 octobre 1872.

5 – SOCIÉTÉ RUBATTINO ET CIE, DE GÊNES

Service de bateaux entre l'Italie, l'Égypte et Bombay.

• *Service entre Gênes et Alexandrie.*
Départ de Gênes, tous les 5, 15 et 25 de chaque mois, touchant à Livourne, Naples, Messine et Alexandrie.

Départ d'Alexandrie, les 7, 17 et 27 de chaque mois, touchant aux mêmes points. Durée de la traversée, 8 jours.

• *Service de Bombay.*
Départ de Gênes, le 24 de chaque mois.
Arrivée à Port-Saïd, le 1er de chaque mois.

6 – MARC FRAISSINET ET CIE

Place Méhémet-Aly, passage Bismarck.
Agent : Itschner.

• *Service de Marseille à Alexandrie.*

• *Service d'Alexandrie à Port-Saïd.*
Départ d'Alexandrie, le 11 ou 12 et le 24 ou 25 de chaque mois.
Départ de Port-Saïd, 2 jours après l'arrivée à Port-Saïd.

7 – SERVICE DES BATEAUX-POSTE KHÉDIVIÉ

Administration générale : président de l'Administration : F.-M. Federigo-Pacha ; administrateur général : Ternau-Bey ; administrateur : Damian-Bey ; inspecteur général : A. Voisin-Bey ; capitaine d'armement : L. Zarb-Bey ; directeur du bureau du trafic : Jacub-Effendi ; secrétaire : A. Ammiragli.
Lignes desservies : ligne de la Grèce et de l'Asie, ligne de la mer Rouge, ligne de la haute Égypte.

François Levernay, *Guide annuaire d'Égypte*,
Alexandrie, Le Caire, 1872,
cité dans *Alexandrie 1860-1960*,
Paris, Autrement, coll. « Mémoires », 1992.

16. Les villes.
Une civilisation méditerranéenne ?

Quand l'Europe prend le contrôle de la Méditerranée, les ports tiennent naturellement la première place, ils représentent l'unité visible de l'espace méditerranéen. L'essor démographique de ces villes-ports est exceptionnel. Istanbul, Smyrne (Izmir) et sans doute Salonique ont triplé leur population au cours du 19ᵉ siècle, pour atteindre respectivement 1 million, 300 000 et 160 000 habitants à la veille de la guerre de 1914. Dans le même temps, Beyrouth passe de 10 000 à 170 000 habitants. Alexandrie enfin, que Volney puis Vivant-Denon ont vu quasi déserte et que la *Géographie* de Crozat, dans son édition de 1811, ne signale qu'en une ligne (« Alexandrie, autrefois si célèbre, est en ruine »), est une ville de 400 000 habitants au début du 20ᵉ siècle et dépasse 600 000 dans les années 1930. Croissance comparable des ports de l'Algérie devenue française : en un siècle, de 1830 à 1930, Alger est passée de 30 000 à 265 000 habitants et Oran de quelques milliers à 160 000. Les grands ports européens connaissent le même essor : la population de Marseille est multipliée par cinq au 19ᵉ siècle (de 100 000 à 500 000 habitants) ; la grande croissance de Barcelone date de la fin du 19ᵉ siècle et du premier tiers du 20ᵉ siècle, vers 1930 la ville dépasse le million d'habitants ; à la même époque, Gênes compte 600 000 habitants et Naples 800 000.

Si l'on met à part les trois derniers exemples cités (l'Italie et l'Espagne sont des terres de départ, et leurs ports se gonflent d'immigrants nationaux), les croissances urbaines s'expliquent par les migrations interméditerranéennes. Ainsi, dans les grands ports de l'Empire ottoman, à Istanbul, à Smyrne et à Beyrouth, les musulmans représentent moins de la moitié de la population totale, et seulement 25 % à Salonique. À Oran, sur 160 000 habitants, les musulmans ne sont que 32 000. Certes, les proportions sont différentes à Marseille ; cependant, au début du 20e siècle, les étrangers sont plus de 120 000, dont 100 000 Italiens, sur un total de 500 000 habitants.

Cet épanouissement urbain reflète-t-il seulement l'expansion de l'Europe ? Ces villes sont-elles les têtes de pont du capitalisme occidental ? Sont-elles au contraire dans la continuité d'une tradition méditerranéenne tout particulièrement illustrée par l'Empire ottoman ?

Les ports de la Méditerranée orientale

Istanbul. L'Istanbul du début du 20e siècle est mis à la mode par les romans de Pierre Loti. Les 50 000 touristes qui visitent la ville ne sont pas seulement attirés par les traces de Byzance, ils ne sont pas seulement fascinés par les intrigues sanglantes et le harem de Topkapi : dorénavant, les guides conseillent de se perdre dans les ruelles de la ville turque contemporaine, l'exotisme est né, bien différent des imaginaires romantiques du début du 19e siècle. La ville est complexe. L'opposition entre les deux rives de la Corne d'Or, Péra l'européenne vis-à-vis de Stamboul la turque, dominée par les minarets et les coupoles des grandes mosquées, ne suffit pas à la caractériser. Certes, à Péra, sur la colline, se regroupent les ambassades, les grands hôtels, dont le célèbre *Péra Palace* destiné aux voyageurs de l'Orient-Express, les banques ; là sont les lieux de culte des communautés – même si c'est au Phanar, de l'autre côté de la Corne d'Or, qu'est installé le patriarche grec –, une vingtaine d'églises presque toujours liées à des écoles. Barrès, en mission en Orient en 1914, est reçu par les sœurs de Notre-Dame de Sion, institution renommée qui scolarise, quelques années plus tard, les filles de Mustapha Kemal. À Péra, tout proche du palais de France, le lycée impérial de Galatasaray est ouvert en 1868, à la suite d'une visite de Victor Duruy, ministre de l'Instruction publique de Napoléon III. Galatasaray scolarise les enfants des élites ottomanes, mais aussi des différentes communautés. Les élèves sont formés, en français, pour devenir les futurs hauts fonctionnaires de l'Empire.

Péra est la ville de la modernité et de l'ouverture culturelle et économique à l'Europe ; autour de la colline, les quartiers juifs sont sur la pente proche de la tour de Galata, les Grecs ont colonisé le vallon de l'arsenal, les *Levantins sont au pied de Galatasaray, les Turcs le long du Bosphore à proximité du nouveau palais du *sultan de Dolmabahçe. À Stamboul, de l'autre côté de la Corne d'Or, où les Turcs prédominent, il y a aussi des quartiers juifs, arméniens ou grecs. Ces communautés ne sont pas homogènes, elles mêlent les origines et les conditions sociales. Les juifs sont *séfarades d'Espagne ou *ashkénazes de Hongrie, voire *karaïtes de Russie ; parmi eux se côtoient le banquier-mécène Camondo et les familles de fripiers ambulants. Les Grecs, ce sont les Phanariotes, grandes et anciennes familles dans lesquelles se sont succédé les générations de *drogmans au service du sultan, mais aussi, venus de mer Noire, des îles, des côtes de l'Asie Mineure, des pêcheurs et des petits commerçants. Chez les Arméniens, les Balyan qui occupent de génération en génération les fonctions d'architectes impériaux, les Dadian qui ont obtenu le monopole de la frappe de la monnaie impériale cohabitent avec les paysans chassés vers la capitale par les *Kurdes. Les Arméniens orthodoxes ont leur patriarche, les Arméniens catholiques leur archevêque. On rencontre aussi des Bulgares, dont l'église en fonte est arrivée en pièces détachées de Vienne par le Danube, des Albanais, des Bosniaques, des Tchétchènes que le sultan a accueillis quand ils étaient chassés du Caucase par les Russes. Au total, vers la fin du 19ᵉ siècle (1886), un dénombrement recensant les différentes communautés permet d'estimer que les musulmans représentent 44 % de la population de la ville, les Grecs 17,5 %, les Arméniens 17,1 %, les juifs 5,1 %. Les autres communautés ont un effectif inférieur à 5 % de l'ensemble.

La ville s'est progressivement modernisée, sous l'impulsion de la municipalité créée en 1854. L'arrondissement regroupant les quartiers de Galata et de Péra est devenu un district modèle de l'aménagement urbain. Dans la réalité, ce sont les nombreux incendies, en 1856, 1866 et 1870 par exemple, qui, en détruisant parfois plusieurs milliers de maisons, ont permis une reconstruction aux normes européennes. L'expansion de la ville s'est faite essentiellement vers le nord, au-delà de la place de Taksim et le long du Bosphore. La ville s'équipe, des sociétés (dont les capitaux sont européens) obtiennent la concession de la distribution de l'eau, l'aménagement d'une ligne de tramway… En 1875, un deuxième pont (à péage comme le précédent) permet de traverser la Corne d'Or, un métro funiculaire gravit la colline de Péra. En 1888, l'Orient-Express arrive à Constantinople. Edmond About est du voyage *(De Pontoise à Constantinople)*. Le bateau reste un moyen de transport indispensable et les voiles des caïques animent toujours la Corne d'Or. Pierre Loti garde l'habitude de parcourir la ville sur un cheval de location ; il fuit le décor trop européen de Péra et ses plaisirs frelatés pour s'enfoncer dans les ruelles de Stamboul, bordées de maisons en bois.

La ville enfin est un enjeu. La situation est exceptionnelle, au carrefour des ambitions européennes. La visite de Guillaume II à Abdul Hamid en 1898 introduit un nouveau partenaire, et le projet du *Bagdad-Bahn* un nouvel axe ferroviaire d'expansion (Berlin-Istanbul-Bagdad et au-delà vers le golfe Persique) qui croise l'axe russe et place, plus que jamais, la ville au cœur des rivalités européennes.

Alexandrie. La ville renaît de la volonté du vice-roi Méhémet-Ali, qui compte utiliser le port pour servir ses ambitions méditerranéennes : elle est fortifiée, dotée d'un arsenal. Installée entre la Méditerranée au nord et le lac Maréôtis au sud, elle est, dès 1819, reliée au Nil, et donc au Caire, par le canal d'eau douce Mahmoudieh ; située à l'ouest du delta, elle dispose, de part et d'autre de la presqu'île de Pharos, de plusieurs sites portuaires en eau profonde que protègent des jetées progressivement édifiées. C'est encore Méhémet-Ali qui ouvre la ville aux Européens. Alexandrie, avant la percée de l'isthme de Suez, est l'étape inévitable et le point de rupture de charge pour les marchandises et les voyageurs qui empruntent la route des Indes. Ce rôle est renforcé quand des voies ferrées, dans les années 1870, relient le port au Caire et à la mer Rouge. Mais déjà, Alexandrie est bien plus qu'une escale vers l'Asie : fenêtre sur la Méditerranée d'une Égypte devenue exportatrice et qui entre dans les courants mondiaux d'échanges, Alexandrie devient le grand port du coton. Dans les années 1860, la guerre de Sécession, qui prive l'Europe de la production américaine, accroît encore ce rôle. Le coton égyptien est devenu indispensable aux filatures européennes et tout particulièrement britanniques. Quand, en 1869, est inauguré le canal de Suez, Alexandrie ne peut craindre la concurrence de Port-Saïd où les marchandises ne font que passer. La ville est dorénavant un des plus grands ports méditerranéens.

Alexandrie est alors plus méditerranéenne qu'égyptienne. D'abord par son décor urbain. La ville européenne est organisée autour de la place Méhémet-Ali, où se dresse la statue équestre du vice-roi, en bronze fondu à Paris, sur un imposant piédestal en marbre de Toscane. Symboliquement, la statue du fondateur de l'Égypte moderne fait face aux tribunaux mixtes organisés dans les années 1870 pour juger des différends entre Européens et nationaux égyptiens. Autour de la place, des avenues pavées – les dalles viennent d'Italie ou de Grèce –, les grandes compagnies de navigation, les banques, les magasins élégants, les immeubles bourgeois. À l'ouest de la ville européenne, le port : là se trouve la Bourse du coton, édifiée en 1871 par le *khédive Ismaïl, là a été construite la première gare, là sont situées les grandes maisons d'exportation. Autour du port, toute la zone commerciale et industrielle. Au nord de la ville européenne, entre le port de l'ouest et les nouveaux bassins édifiés à l'est, la vieille ville turque, aux rues étroites et sinueuses, où s'entassent, souvent dans d'anciens caravansérails, les immigrants récents, grecs, juifs ou italiens mais aussi fellahs égyptiens du delta. À l'est, au pied de la vieille ville, la corniche, progressivement construite au début du 20ᵉ siècle, puis les plages qui s'étendent de Pharos à Ramleh, et, sur cette langue de terre qui sépare la Méditerranée des marais, l'hippodrome, le Sporting Club, des demeures luxueuses. Pour l'État égyptien, mais aussi pour les Européens des ambassades et des consulats, Alexandrie, grâce à la brise de mer qui rend la chaleur moins étouffante qu'au Caire, est l'obligatoire séjour d'été. Pendant quatre mois chaque année, la ville devient capitale.

Cette ville s'épanouit comme un territoire protégé entre plusieurs mondes ; lors des troubles de 1882, qui ont provoqué l'incendie d'Alexandrie, les résidents européens de la ville ont été évacués par leurs gouvernements, mais l'occupation britannique ramène l'ordre. La présence anglaise ne modifie pas l'organisation de la ville. À l'origine, le système du *millet ottoman permet à des communautés confessionnelles non musulmanes de s'autogérer au sein de l'Empire. Puis des entrepreneurs, qui ont profité de l'essor économique et de la croissance vertigineuse des échanges pour édifier d'immenses fortunes, dont ils usent comme des *évergètes, structurent les communautés. Bâtisseurs, philanthropes, constructeurs d'hôpitaux et d'écoles, ces élites, quelles que soient leurs origines culturelles et confessionnelles, ont en commun d'être passionnées de modernité et de diffuser un même modèle européen. Enfin, le français joue le rôle de langue commune : dans les écoles des communautés, il est presque toujours première langue vivante. La pratique de la *lingua franca* accroît la cohésion des élites, qui, si elle n'efface aucune spécificité, explique le fonctionnement de la ville jusqu'à la Seconde Guerre mondiale et permet de comprendre qu'elle joue le rôle de ville refuge. L'immigrant, grec, maltais, italien, arménien, juif, chassé par la misère ou par les troubles, est accueilli, ses enfants ont accès aux écoles de sa communauté.

La *parikia* (communauté) grecque est organisée depuis 1843 ; dès le milieu du siècle, en effet, les marins et négociants grecs sont nombreux à Alexandrie. La communauté, la plus importante des communautés étrangères de la ville, s'accroît rapidement. Tous les Grecs ne sont pas sujets helléniques : en 1917, 25 400 Grecs sont sujets helléniques, 7 600 sujets locaux, 2 000 ottomans, 1 190 britanniques et 422 italiens. Élevé en Grande-Bretagne, un John Antoniadis, grec d'origine ottomane, a acquis la citoyenneté britannique, et même la pairie, comme fournisseur des armées de Sa Majesté ; il appartient pourtant pleinement à la *parikia* alexandrine. Les obsèques, en 1899, de Georges Averoff, qui présidait la communauté hellénique, mettent en scène la cité : elles rassemblent non seulement la communauté grecque, le clergé orthodoxe, les élèves des écoles helléniques, mais aussi les représentants des autres communautés ; le cortège s'étire sur plusieurs kilomètres du cœur de la ville jusqu'à Ramleh. Averoff, dont l'immense fortune reposait sur le négoce du coton et de grandes propriétés, n'a oublié, dans son testament, ni la communauté grecque alexandrine, à laquelle il lègue une propriété du delta dont les revenus doivent servir à entretenir les écoles, ni sa patrie d'origine, son village natal et Athènes, à laquelle il donne sa collection de tableaux.

La communauté juive a la particularité d'être composée, pour moitié environ, de juifs d'origine égyptienne, qui cohabitent avec les immigrants venus de l'Empire ottoman, d'Italie, de l'Est européen et enfin d'Afrique du Nord. L'aristocratie de la communauté est composée de banquiers, de négociants, mais aussi d'intellectuels, d'avocats et de journalistes. Cependant, il existe aussi un prolétariat juif d'ouvriers, de colporteurs, de tailleurs, de pêcheurs et, entre les deux, une classe moyenne de fonctionnaires, de courtiers, de transitaires en douane… La communauté dispose de revenus, elle administre écoles, synagogues, hôpitaux, les questions religieuses étant gérées par le grand rabbin.

Un grand notable de la communauté arménienne, Boghos Nubar, illustre la complexité des appartenances. Fils et petit-neveu de ministres au service des souverains égyptiens, il est donc profondément enraciné en Égypte ; mais Boghos Nubar est également à la tête de la communauté arménienne d'Alexandrie et, dans la ville, participe pleinement de la sociabilité des grands notables : il préside ainsi le club de San Stephano, qui rassemble les élites urbaines de toutes les communautés – la vice-présidence est assurée par un juif, d'origine autochtone mais de nationalité autrichienne, et par un Grec. Les activités de Boghos Nubar ne se limitent pas à l'Égypte : en 1912, il est à Paris à la tête de la délégation qui coordonne les revendications arméniennes ; en 1919, il dirige la délégation arménienne à la Conférence de la paix.

L'appartenance à une communauté d'Alexandrie n'exclut nullement d'autres appartenances. Tout le jeu alexandrin est dans ce mélange subtil des identités. La création, en 1890, de la municipalité d'Alexandrie, expression des grands notables des communautés, élue au suffrage censitaire, est le signe de la volonté des élites alexandrines de prendre en main le destin de la ville. Entre l'Europe et l'Égypte, l'autonomie méditerranéenne de la ville peut-elle être durable ? La multiplicité des appartenances et les incertitudes identitaires sont possibles en raison du statut, pourtant formel, de l'Égypte au sein de l'Empire ottoman jusqu'à la Première Guerre mondiale, puis par la persistance jusqu'aux années 1930 du régime des capitulations. Mais en 1922 Fouad Ier est souverain d'une Égypte juridiquement indépendante, et en 1937 les capitulations sont abolies alors que se gonfle le nationalisme égyptien qui, même né en grande partie à Alexandrie, peut difficilement tolérer longtemps la persistance de ces enclaves communautaires. Dans le même temps, les tensions qui traversent certaines communautés, et tout particulièrement la communauté italienne, mettent à mal le modèle.

La communauté italienne (25 000 Italiens vivent à Alexandrie vers 1920) est la plus importante communauté étrangère après la *parikia* grecque. Dès la fin des années 1920, les institutions communautaires sont contrôlées par le *fascio*, mais les Italiens d'Alexandrie traînent les pieds ; l'offensive consulaire pour contraindre les parents à envoyer leurs enfants dans les écoles italiennes n'est pas un franc succès. La guerre d'Éthiopie éloigne la communauté italienne des autres communautés et de l'Égypte, qui approuve les sanctions décidées par la SDN. Enfin, en 1937, avec la conférence de Montreux qui abolit les capitulations, puis, en 1938, avec les lois raciales, les Italiens d'Alexandrie sont contraints de choisir leur appartenance ; la situation de la communauté est d'autant plus difficile que, traditionnellement, elle a le plus souvent été encadrée par des notables juifs.

La situation particulière de l'Égypte a préservé le rêve alexandrin, alors que Salonique devenait grecque et Istanbul l'ottomane turque. Jusqu'à la Seconde Guerre mondiale, ce rêve magnifié plus tard par Lawrence Durrell se survit. Déjà, cependant, une autre réalité, plus silencieuse et jusqu'alors occultée par le théâtre des communautés, se fait insistante. Les Alexandrins, ce ne sont pas seulement les protégés des consuls, mais tout un peuple égyptien de fellahs que la pression démographique chasse du delta.

Salonique. Fondée à l'époque hellénistique, Salonique, au fond du golfe Thermaïque, est la grande ville juive de l'Empire ottoman, la Jérusalem ou la Séfarade des Balkans. En 1912, au moment où la ville devient grecque, les juifs représentent plus de la moitié de la population, alors que les Turcs, comme les Grecs, sont 20 % et les Bulgares 5 %. Après la prise de Grenade, en 1492, quelque 20 000 juifs s'établissent dans la ville et lui donnent leur langue, le judéo-espagnol, et leurs rites. Les juifs de Salonique constituent une société complète, qui a ses notables et ses pauvres et s'administre elle-même. Le conseil des rabbins collecte l'impôt. Les juifs habitent au bord de la mer près du port, les Turcs sur les collines, les Grecs à la périphérie, au sud-est. Longtemps prospère et spécialisée dans la production de draps de laine, Salonique fournit les vêtements des *janissaires jusqu'au début du 19e siècle. Ce n'est cependant qu'à la fin du 19e siècle que le port retrouve sa prospérité du 16e siècle. Plusieurs facteurs peuvent l'expliquer : autour de 1880, la ville est rattachée au réseau ferroviaire serbe et par là à l'Europe occidentale. Le Simplon-Orient-Express relie Londres, Paris, Vienne, Belgrade, Salonique et Istanbul. La ville alors se modernise, abat ses murailles et construit de nouveaux quais en profitant de l'élan réformateur des gouverneurs turcs éclairés. Mais l'essentiel n'est pas là : la communauté séfarade choisit l'Occident et la modernité malgré la résistance des autorités religieuses. À la fin du 19e siècle, les élites juives de Salonique ont rejoint par leur mode de vie les élites des autres grands ports de la Méditerranée. Les juifs ont abandonné le costume espagnol traditionnel et adopté les vêtements européens, ils se rasent la barbe et négligent les strictes prescriptions alimentaires. Ils participent dorénavant aux loisirs et à la sociabilité des notables.

Cette transformation n'est pas seulement le produit de l'air du temps ou de l'essor économique. Elle s'explique par l'histoire même des séfarades de la ville. Dans la seconde moitié du 17e siècle, un mystique de Smyrne, Sabbataï, se présente comme le Messie ; sa prédication est très écoutée à Salonique ; cependant, emprisonné par le sultan, Sabbataï se convertit à l'islam en 1666. À sa suite, plusieurs centaines de familles rejoignent l'islam, mais ces *deumnés* (« apostats » en turc), derrière une façade islamique, continuent à vivre le sabbatéisme. Ils représentent, à la fin du 19e siècle, près de la moitié de la population musulmane, c'est-à-dire 15 à 20 000 personnes. Progressivement intégrés dans la minorité turque, habitant un quartier spécifique de la ville, les *deumnés* sont parmi les premiers à s'ouvrir aux idées libérales et laïques de l'Occident. C'est au sein de ce milieu, dans les écoles franco-turques qu'ils ont créées, que s'est formé le groupe – intellectuels et officiers – des Jeunes Turcs à l'origine de la révolution de 1908. Ainsi Mustapha Kemal, né à Salonique, a vécu parmi les *deumnés*. Un autre groupe, celui des Livournais, a joué un rôle majeur dans la diffusion des Lumières. C'est au cours du 18e siècle que des juifs livournais s'installent à Salonique, ils viennent du grand-duché de Toscane, foyer actif des Lumières, acquis à l'influence française. Naturalisés italiens après l'unité de la péninsule, ils ne dépendent pas de l'autorité turque et ils échappent aussi à la tutelle des rabbins séfarades de la ville. Les Livournais, à Salonique comme à Tunis et dans de nombreux ports méditerranéens au 19e siècle, deviennent ainsi comme un poste avancé de l'Occident en terre ottomane. Moïse Allatini (1809-1882) est né à Salonique où son père Lazare est négociant ; d'abord médecin à Florence, il revient à Salonique en 1834 pour reprendre les affaires de son père. Moïse Allatini développe le commerce des céréales et introduit la révolution industrielle à Salonique, créant une minoterie à vapeur, une briqueterie, une manufacture de tabac. Comme tous les grands notables méditerranéens, Allatini est aussi le bienfaiteur de sa ville, fondateur d'écoles, créateur de journaux.

Est-ce un hasard si le premier grand ébranlement de l'Empire ottoman naît à Salonique ? Le Comité ottoman de la liberté est créé en 1906, il regroupe des officiers turcs et quelques intellectuels et s'étend rapidement, principalement par le biais des loges maçonniques, à l'ensemble de la Macédoine. Devenu le Comité Union et Progrès, en liaison avec les groupes d'exilés européens, le mouvement salonicien devient le centre de la révolte, réclamant des réformes et le retour à la Constitution de 1876. Le sultan Abdul Hamid II cède en juillet 1908. La nouvelle provoque quelques jours de liesse et d'euphorie à Salonique où se succèdent les délégations venues saluer la capitale de la liberté. Les communautés fraternisent, et de grands cortèges se retrouvent sur la place Olympos, rebaptisée place de la Liberté, au son de la *Marseillaise* ; en tête, la personnification de la Constitution, une jeune fille aux longs cheveux, en robe blanche et en cape de velours, debout sur un char. Comment ne pas reconnaître une sorte de Marianne ou de Vierge Marie, et l'influence prédominante de la France ? Mais pourquoi Salonique ? Certes, l'essor économique, la multiplication des échanges sont propices à la diffusion des idées nouvelles. Mais surtout, la majorité juive séfarade de Salonique, qui donne le ton, qui tient l'essentiel de l'activité économique, qui a multiplié les écoles et les journaux, peut se retrouver dans la volonté des révoltés turcs de réformer l'Empire ottoman de l'intérieur. Autrement dit, les séfarades de Salonique, comme les Jeunes Turcs, souhaitent le maintien de l'Empire et la coexistence des communautés. Dans l'euphorie de la liberté retrouvée et des embrassades des lendemains de révolution pacifique, l'ensemble de la ville semble communier dans une même ferveur. Cependant, il suffit de l'arrivée dans une délégation bulgare pour que tous les cafés et les restaurants grecs de la ville ferment leurs portes. Les premières tensions entre les communautés annoncent les heurts des nationalismes dans les Balkans.

1912 : les armées des États balkaniques, coalisés contre l'Empire ottoman, entrent à Salonique, les Grecs le 10 novembre, les Bulgares le 11. Le métropolite grec de Salonique salue les vainqueurs : « Béni soit celui qui vient au nom du Seigneur ! Hosannah aux fils glorieux des combattants de Marathon et de Salamine, aux vaillants libérateurs de la patrie. » L'exode des Turcs commence. L'affrontement entre Grecs et Bulgares ne tarde pas. En 1913, la garnison bulgare est expulsée de la ville. Salonique est et restera grecque. Reconstruite après le grand incendie de 1917, transformée par l'afflux des réfugiés grecs quittant l'Asie Mineure, Salonique conserve une importante communauté juive, mais cette communauté n'est plus majoritaire. En 1941 les Allemands occupent la ville, en 1943 la quasi-totalité de la communauté juive (56 000 personnes) est déportée et exterminée à Auschwitz ; c'est une idée de la Méditerranée qui disparaît avec elle.

Les ports de la Méditerranée occidentale

Marseille. Le 19e siècle est la période de plus grande croissance de Marseille, le moment où elle se dessine elle-même, s'invente une forme et un destin. Autour de 1850, se mettent en place les éléments essentiels qui orientent la ville et la font sortir de son espace ancien : la gare Saint-Charles et l'achèvement de la voie ferrée qui relie la ville à Lyon et à Paris, la construction, au nord du Vieux-Port, du bassin de la Joliette, l'arrivée sur le plateau Longchamp des eaux de la Durance. En quelques années, une fièvre de constructions transforme la ville. Symboliquement, lors de son voyage à Marseille en 1852, le prince-président inaugure deux chantiers, celui de la Bourse et celui de la nouvelle cathédrale qui, après de nombreux débats, est édifiée au cœur des nouveaux quartiers, au bord du bassin de la Joliette. La Bourse est inaugurée en 1860, la préfecture en 1867, le palais Longchamp est achevé en 1869, la résidence du Pharo en 1870. La même année, une gigantesque statue de la Vierge, réalisée en cuivre galvanoplastique par la maison Christofle, est hissée au sommet de Notre-Dame de la Garde. La « bonne Mère » protège dorénavant la ville. Lieux de culte, bâtiments officiels, fontaines et statues, en une génération l'ensemble du décor urbain est transformé. Dans le même temps, de grandes percées ouvrent la ville ; la rue Impériale relie la ville ancienne aux nouveaux quartiers. Une géographie sociale se dessine. Les vieux quartiers du centre, autour du Vieux-Port et de l'hôtel de ville, restent populaires, la bourgeoisie s'installe au sud, autour du nouveau palais de justice, ou le long de la nouvelle promenade du Prado. La ville reste dédoublée, les élites dédaignent les nouvelles percées haussmanniennes et s'éloignent des centres de l'échange et de l'activité industrielle. Au nord, les quartiers ouvriers suivent l'extension du port et de l'industrialisation. Au cœur de la ville, du Vieux-Port à la nouvelle église néo-gothique des Réformés, la Canebière, aménagée et prolongée, devient, sous le second Empire, la grande artère du luxe et du paraître, elle fait l'orgueil de la ville. En 1850 s'ouvre le *Café turc* dont les colonnades, les dorures, la salle mauresque et l'exotisme, signalé dès l'entrée par le groom noir en vêtements orientaux, sont très vite imités.

Marseille se donne un décor. Ce décor, médité, a une double fonction : signifier une épaisseur historique et, simultanément, les ambitions contemporaines de la ville. Le style de la nouvelle cathédrale démontre ce volontarisme. Marseille, en effet, s'enorgueillit de son passé, une inscription sur l'hôtel de ville proclame que la ville est « fille de Phocée, sœur de Rome, rivale de Carthage, émule d'Athènes ». Mais, de ce passé, même les ruines ont disparu. L'architecte choisi pour la cathédrale, Vaudoyer, a fréquenté les milieux saint-simoniens, il connaît le « système de la Méditerranée » de Michel Chevalier dont Marseille est un centre majeur, le relais nécessaire entre l'Orient et l'Occident. Vaudoyer conçoit donc la nouvelle *Major* comme le résumé de l'histoire de la ville, mais aussi comme le symbole de son destin de porte ouverte à toutes les influences méditerranéennes. Il associe le clocher et la coupole, car, écrit-il, « le clocher peut être considéré comme la forme symbolique de l'Église d'Occident, de même que la coupole est restée pendant longtemps caractéristique de l'Église d'Orient ». À l'intérieur de l'édifice, la nef rappelle les basiliques et les thermes antiques, les cinq coupoles de la croisée du transept viennent de Byzance, alors que le chœur et son déambulatoire sont imités des grandes églises françaises de pèlerinage. La basilique Notre-Dame de la Garde est construite dans le même style, par Vaudoyer et son élève Espérandieu. C'est Revoil qui achève le décor des deux édifices religieux en multipliant les marbres polychromes et les mosaïques. Le sculpteur marseillais Jules Cantini exploite des carrières de marbre à Carrare et en Algérie, il est le fournisseur de nombreux chantiers urbains.

Comme dans toutes les villes méditerranéennes, l'élite urbaine est culturellement diverse, mais, à Marseille comme ailleurs autour de la Méditerranée, elle se retrouve dans des rites de loisirs et de sociabilité. La fréquentation des cafés, les premiers bains de mer, l'hippodrome Borély, les bastides dans les campagnes autour de la ville, le goût vif pour l'opéra italien rassemblent hommes d'affaires et négociants, quelles que soient leurs origines. Les Grecs sont solidement installés ; ils sont, dit en 1860 un inspecteur de la Banque de France, « les intermédiaires nécessaires entre les nations chrétiennes industrielles et progressives, et ces multitudes mahométanes, denses ou clairsemées, qui peuplent ces régions entrecoupées de déserts où s'étendait l'ancien empire d'Orient des Romains. À l'est et à l'ouest de la Méditerranée, à Constantinople et à Marseille, sont les sièges principaux de leurs affaires ». Les bourgeoisies se distinguent par leur religion. Juifs, catholiques et protestants ont, comme les Grecs, leurs lieux de culte, leurs traditions, et pratiquent très généralement l'endogamie ; il y a bien à Marseille une communauté des élites.

Mais cette ville nouvelle, remodelée, ne se constitue pas comme une capitale régionale. La porte d'Aix n'ouvre pas sur un territoire contrôlé ou animé par Marseille. La bourgeoisie marseillaise, si elle a parfois investi en Méditerranée, si des fortunes comme celle des Fabre ou des Régis se sont construites sur des investissements outre-mer, est encore majoritairement, au 19ᵉ siècle, une bourgeoisie terrienne : elle n'a pas suivi les grandes spéculations immobilières dont l'initiative est le plus souvent parisienne ; elle conserve son goût pour la bastide, le capital familial, l'entreprise de dimension modeste. À la fin du siècle, les ambitions de la ville sont recentrées. Certes, l'escalier monumental de la gare Saint-Charles, édifié dans les années 1920, renoue avec l'orgueil du passé et Paul Doumer inaugure, en 1927, la statue de Marseille « porte de l'Orient » ; mais l'exemple est isolé : déjà Marseille célèbre davantage l'Empire que la Méditerranée. Son Musée colonial date de 1893 ; l'exposition coloniale de 1906 est organisée par Jules Charles-Roux, qui préside alors, à Paris, la Compagnie générale transatlantique. « Que les Marseillais ne perdent pas courage, écrit Paul Masson en 1906, c'est le commerce colonial qui leur a permis jusqu'ici d'éviter la décadence. » Il est vrai que le port, qui occupait la troisième place en Europe dans les années 1830, n'est plus, au tournant du siècle, qu'à la sixième place, et son concurrent, Gênes, se développe plus vite. Peut-on dire que Marseille est encore une grande métropole pleinement méditerranéenne ? La question est d'autant plus pertinente que la ville supporte de plus en plus mal l'immigration étrangère, essentiellement italienne.

Les Italiens, qui représentent environ 8 % de la population totale au milieu du 19e siècle, sont près de 100 000 cinquante ans plus tard. Un Marseillais sur cinq (ou sur quatre, les recensements à Marseille sont toujours problématiques) est originaire d'Italie. Ce sont d'abord des Piémontais, venus travailler sur les grands chantiers urbains ; les migrations sont alors temporaires. À la fin du 19e siècle, au contraire, les immigrants s'installent, ils viennent dorénavant de l'ensemble de la péninsule, plus particulièrement de Toscane et de la région de Naples. Ils occupent le vieux cœur urbain, à proximité de la gare Saint-Charles, à la Belle-de-Mai, au nord, jusqu'à l'Estaque. Les immigrés sont employés sur le port, la moitié des dockers sont italiens, ils représentent près des trois quarts des ouvriers des huileries, plus de la moitié dans l'industrie chimique. Ils sont aussi majoritaires dans la pêche artisanale. Les incidents sont nombreux. En 1881, des soldats français, retour de Tunisie, défilent en ville, ils sont accueillis par quelques sifflets dont la provenance, dit-on, est italienne ; cela suffit à provoquer une véritable émeute. Pendant trois jours, plusieurs milliers de personnes agressent les Italiens et s'en prennent à leurs biens. Ces « vêpres marseillaises » n'ont pas la gravité du véritable pogrom qui provoque à Aigues-Mortes, en 1891, la mort d'une dizaine d'Italiens, mais les incidents violents restent fréquents ; en 1897, sur le port, meetings et cortèges réclament le renvoi des dockers italiens. Les étrangers, en effet – mais ce n'est pas une spécificité marseillaise –, sont constamment accusés de concurrencer les salariés français. Cependant, cet antagonisme ouvrier, permanent tout au long du 19e siècle, s'atténue avec la maturité grandissante du mouvement revendicatif. En 1900, les ouvriers transalpins du port se solidarisent, lors d'une grève, avec les ouvriers français ; les luttes communes deviennent alors un facteur important d'intégration des immigrés.

Les liens de plus en plus étroits avec Paris, l'orientation vers une spécialisation coloniale, l'intégration progressive des communautés et tout particulièrement de la communauté italienne, ce qui n'exclut pas un renouveau de la xénophobie dans le contexte des années 1930, tout indique que Marseille se « nationalise », même si la ville garde quelques traces de ses grandes ambitions méditerranéennes du 19e siècle.

Alger. La vieille ville des Barbaresques, ce triangle fortifié, la Kasbah dont les navigateurs soulignaient la blancheur, reste la ville musulmane ; le lacis de ruelles, les escaliers, les patios secrets, les minuscules échoppes, les écoles coraniques voisinent, dit un guide de la première moitié du 20ᵉ siècle, avec « des mosquées lépreuses et branlantes », « les lamentables tanières d'amour d'une Suburre cosmopolite pour dockers farouches et Sénégalais rieurs » et « les cafés maures où causent à voix basse de crasseux Diogènes musulmans ». Mais, s'ils font sa part à l'exotisme, les guides incitent plutôt à découvrir une ville moderne, pleine de sève et de vie, où s'épanouit « cette race physiquement et moralement jeune [...] ce type très pur, encore qu'issu d'un brassage de sangs latins ». Alger est naturellement vécue comme une ville européenne, comme si les musulmans et les quartiers qu'ils occupent appartenaient au passé alors que la ville coloniale est présentée comme l'avenir de la métropole.

La cité s'allonge à l'horizontale parallèlement à la baie, elle escalade aussi les collines. De la rue d'Isly, les escaliers dévalent vers le front de mer, que le second Empire a édifié. L'extension de la ville suit, vers le sud, celle du port quand sont construits les bassins de l'Agha puis de Mustapha. Si les nouveaux venus se logent à Bab el-Oued ou à Belcourt, c'est vers le sud que s'installe la bourgeoisie locale, à proximité de la grande poste et de l'immeuble de la *Dépêche algérienne* qui rivalisent dans le néo-mauresque, mais aussi des facultés. La rue Michelet, qui se souvenait encore avant 1914 d'avoir été la route de Blida, accueille dorénavant les boutiques de prestige et de luxe. La ville s'équipe pour recevoir les touristes ; elle construit des hôtels, un casino. Le syndicat d'initiative est créé en 1897. Une trouée verticale, le boulevard Laferrière, élimine le rempart de Louis-Philippe ; sur cet axe se concentre entre les deux guerres la vie algéroise, sur le front de mer le palais de l'Agriculture, celui des Délégations financières, la préfecture, la mairie et l'Aletti, palace international, et, plus haut, achevé dans les années 1930, le colossal bâtiment du gouvernement général et le monument aux morts, dont l'esplanade devient le Forum. La ville s'est progressivement décentrée vers le sud. Les faubourgs se constituent en centres de vie et de décision pour les Européens, alors que la population musulmane, en marge, s'entasse pourtant au cœur de la ville. Dans les textes de l'époque, les Arabes sont le décor, ces seconds rôles animent la rue, lui assurent son pittoresque, sa couleur locale. Comme l'écrit Jacques Berque, l'Arabe apparaît comme « un comparse folklorique ». Quand l'*Encyclopédie de l'Empire français*, dont l'édition de 1947 a été rédigée avant 1939, évoque « ce peuple nouveau, plus vif, plus audacieux, plus élastique, vigoureux, intelligent et que caractérise une pleine confiance en soi et dans les destinées de l'Algérie », c'est de la population européenne qu'il s'agit. Certes, à Alger, les quartiers gardent encore leurs spécificités : au nord, Bab el-Oued est toujours majoritairement espagnol ; le quartier de la Marine, au pied de la Kasbah, est italien ; les juifs sont nombreux dans les rues de la Lyre, Randon et Marengo ; les Algérois français d'origine résident plus volontiers vers le sud, autour de l'axe rue d'Isly-rue Michelet.

La ville d'Alger a triplé sa population au 19e siècle (de 30 000 à 100 000 habitants) et atteint plus de 260 000 habitants en 1936, et même 370 000 pour l'agglomération, en incluant Saint-Eugène au nord, El-Biar à l'ouest, Kouba au sud. L'Alger des années 1930, qui célèbre le centenaire de sa conquête, affiche fièrement son rang de quatrième ville de l'Empire français après Paris, Lyon et Marseille. Cette ville est encore composite, le « brassage de sangs latins » mêle alors les Français d'origine (24 % de l'ensemble), les Français naturalisés par l'effet de la loi de 1889 (21 %), les Européens de nationalité étrangère (16 %). Les habitants d'origine européenne représentent donc 61 % de la population, les juifs, autochtones et français depuis la loi Crémieux de 1870, 7 %. Les Algérois d'origine ou de nationalité étrangère sont plus nombreux que les Algérois français d'origine. Ils sont venus pour la majorité d'entre eux d'Espagne, et secondairement d'Italie et de Malte. Si l'on élargit l'analyse à l'ensemble des ports méditerranéens algériens, on constate qu'environ la moitié de la population européenne d'Algérie (soit près de 450 000 personnes) réside dans ces ports. Les « Français d'Algérie » constituent donc une population essentiellement méditerranéenne tant par ses origines que par ses lieux et modes de vie. Cependant, l'évolution d'Alger ne reproduit nullement le modèle d'Alexandrie. Si, au 19e siècle, les différentes communautés, Français d'origine, Espagnols, Italiens, Maltais, restent individualisées, les Européens d'Alger, quelles que soient leurs origines, ont vis-à-vis de la communauté juive une attitude fort différente.

Les juifs, en effet, n'ont pas à Alger la situation qui est la leur dans les autres grands ports de la Méditerranée. Non que la composition sociologique de la communauté soit différente : à Alger comme ailleurs, elle n'est pas socialement homogène – banquiers et commerçants côtoient employés, fonctionnaires, artisans et ouvriers. Une partie importante d'entre eux émerge au budget de bienfaisance de la communauté. Mais les juifs d'Alger sont « indigènes », français depuis le décret Crémieux de 1870, ils parlent arabe et sont, malgré tous les vieux antagonismes, plus proches des indigènes musulmans que ne le sont les Européens. Depuis 1870, un antisémitisme spécifique s'est développé en Algérie ; il a sans doute été aggravé à la fin du siècle par la crise du crédit, et il devient, comme l'a montré Charles-Robert Ageron, « le dénominateur commun de la gauche algérienne ». À son retour d'Alger, en 1895, Jaurès souhaite dans un article que « les Algériens abattent ces politiques funestes qui, avec l'appui de la juiverie, suppriment ici toute équité ». L'antisémitisme pour les radicaux et les socialistes devient synonyme d'anticapitalisme. Ce mouvement atteint son paroxysme en 1897 et 1898, attisé par Maximilien-Régis Milano, président de la Ligue antijuive et bientôt, pour quelques mois, maire d'Alger. Le *J'accuse* de Zola est, en janvier 1898, l'étincelle qui provoque l'émeute : pendant cinq jours, la foule dévaste et parfois incendie les magasins israélites, quelques juifs sont lynchés.

Mais cette crise n'est pas seulement antisémite, les violences sont aussi dirigées contre le gouvernement et plus largement la métropole. Les Français d'Algérie ont longtemps vécu dans l'inquiétude d'être submergés par les autres communautés européennes. À la fin du siècle, tout un courant d'opinion tente d'affirmer une nouvelle algérianité. Louis Bertrand, professeur à Alger, bientôt académicien, prédit, dans *Le Sang des races*, l'avènement d'une nouvelle latinité. Espagnols, Maltais, Italiens ou Français sont tous les enfants de Rome et de saint Augustin. Un professeur de droit, Frédéric Dessoliers, rêve lui aussi à une

« Algérie latine » où s'épanouirait par fusion des races européennes une « race nouvelle supérieure par l'intelligence et l'énergie [à la race française] ». Dans son livre paru en 1895, *L'Algérie libre*, Dessoliers affirme son souhait de voir l'Algérie se gouverner elle-même en se débarrassant des fonctionnaires métropolitains. Cette revendication d'autonomie est étroitement liée à la crise antijuive ; la communauté des Européens d'Algérie se soude, se construit dans un double rejet : rejet de la métropole, toujours suspecte d'indigénophilie, rejet des juifs.

On peut donc analyser ce moment comme l'acte de naissance des *Français d'Algérie*. La crise en effet s'apaise assez vite. Les réformes accordent l'autonomie financière et une assemblée délibérante élue, les Délégations financières. D'autre part, la révolte indigène de Marguerittes en 1901 rappelle que le vrai péril est le « péril arabe », elle refait l'union sacrée. Elle démontre aussi que l'Algérie ne peut se passer de la métropole. Dorénavant, les Européens d'Alger se constituent progressivement en communauté. Certes, quelques spécificités culturelles sont visibles dans la ville même et dénoncent les origines ; mais la loi de 1889, qui permet la naturalisation automatique des enfants d'étrangers nés en Algérie, territorialise les Européens. Cette population qui revendique sa différence et affiche un dynamisme plus grand que celui de la métropole, elle sait qu'elle est liée à la France. L'activité même du port le démontre : les vins et les céréales partent vers Sète ou Marseille. En dehors de ses échanges avec la France, le port ne joue plus guère de rôle méditerranéen.

Une constante cependant, tout au long de cette histoire : les musulmans sont les étrangers dans la ville. Il est vrai qu'à l'inverse des Européens ils sont très majoritairement ruraux : sur un total de 5 millions d'Algériens musulmans, 12 % en 1930 résident dans les villes ; en 1886, la proportion était de 7 %. En 1926, la statistique industrielle compte, pour l'ensemble de l'Algérie, 37 000 ouvriers musulmans, ils étaient 20 000 environ au début du siècle. L'Algérie compte peu d'entreprises industrielles ; à Alger, quelques minoteries (les moulins Duroux à Maison Carrée), une usine de ciment et quelques entreprises de matériaux de construction. L'activité de la ville est surtout liée au port et aux fonctions administratives et de services. « L'ouvrier arabe est assez maladroit, aussi lui confie-t-on généralement des travaux simples – notamment des travaux de terrassement », peut-on lire dans l'*Encyclopédie de l'Empire français*. La prétendue maladresse permet de justifier un état de fait. À Alger, les musulmans sont terrassiers, maçons – le plus souvent aide-maçons –, gardiens, portefaix, débardeurs du port. Les premières grèves d'ouvriers musulmans en 1900 puis en 1907 naissent d'ailleurs sur le port, et ce mouvement justifie l'interdiction de la grève pour les non-citoyens. Des vieilles familles de *beldiyya* (citadins), qui revendiquent parfois leurs origines andalouses, il ne reste que quelques débris ; ces *Vieux-Turbans*, comme les nomment les Européens, représentent la tradition, ils sont lettrés, et très attachés à l'islam. Mais ces quelques familles comptent-elles encore ? Quelques autres musulmans ont réussi comme hommes d'affaires, courtiers, commerçants en gros. Enfin, mais elle ne représente à Alger que quelques dizaines d'individus, une mince élite intellectuelle, avocats, journalistes ou médecins, apparaît au début du 20e siècle. Cette poignée de diplômés, ceux qu'on nomme les « Jeunes Algériens », profondément francisés et laïcisés et qui en appellent à la France démocratique et libérale des droits de l'homme, sont, à Alger, obstinément présentés comme les fourriers du nationalisme.

Les classes moyennes musulmanes sont ainsi numériquement très faibles. Comment pourrait-il en être autrement alors que les Européens d'Alger confisquent l'essentiel des emplois ? La ville européenne, en effet – et c'est une caractéristique commune à la plupart des ports méditerranéens –, abrite une société complète, stratifiée, qui repose sur une base importante de petits Blancs, fonctionnaires, employés, ouvriers, travailleurs du port : les Européens se suffisent à eux-mêmes. Ils peuvent ignorer les indigènes.

Une civilisation méditerranéenne ?

Des cités sans État. Sur ces rivages, dit la *Géographie universelle* de Vidal de La Blache, la cité a toujours plus compté que l'État. De ces cités, les pages qui précèdent ont tenté de montrer la flamboyance bigarrée. Au tournant des deux siècles, Salonique, Beyrouth, Alexandrie et même Alger ou Marseille dépendent-elles d'un État ? Elles vivent de la mer et des échanges ; les édifices qu'elles construisent, quais, docks, Bourses, gares, hôtels de luxe, casinos, opéras, églises, sont cosmopolites, mais portent la marque européenne, même quand ils sacrifient à la mode néo-mauresque. Les opéras de Verdi sont représentés tout autour de la Méditerranée ; on se retrouve autour de l'ouzo ou de l'anisette. La cuisine joue de l'huile d'olive, de la tomate et du piment ; d'une ville à l'autre se répondent toutes les formes des sociabilités méditerranéennes.

Ces cités ont donc leur couleur particulière. Elles empruntent à l'Europe toutes ses technologies et même sa culture, elles accueillent volontiers ses capitaux souvent prédateurs, elles parasitent parfois les territoires au bord desquels elles sont situées. Le ressort européen qui les anime est ambivalent. Têtes de pont de l'impérialisme européen, elles le sont de manière certaine, elles abritent volontiers les aventuriers affairistes ; la faune interlope qu'elles accueillent n'est pas seulement folklorique. Mais, dans un moment propice de l'histoire, quand se croisent la désagrégation de l'Empire ottoman, les migrations méditerranéennes et la pression coloniale, elles sont aussi villes refuges des bannis, villes espoir des déshérités qui peuvent s'y fondre dans la chaleur d'une communauté. Elles sont aussi les lieux de l'émancipation intellectuelle.

À partir de la seconde moitié du 19ᵉ siècle, sous l'impulsion des missions catholiques ou protestantes, de l'Alliance israélite universelle, fondée en France en 1860 pour « la régénération des juifs orientaux », et de l'Alliance française au début du 20ᵉ siècle, se multiplient les écoles et les universités. À Istanbul, à Beyrouth, à Alexandrie, à Salonique, chaque communauté dispose de ses écoles. La prépondérance des missionnaires français, la très ancienne tradition de protection des chrétiens d'Orient que la République assume après les rois très chrétiens, l'image émancipatrice des Lumières et des révolutions de 1789 et de 1848, mais aussi les loges maçonniques, expliquent que la langue française devienne la langue commune qui n'est absente d'aucune école. Les séfarades de Salonique apprennent à lire dans les manuels

de l'école primaire de Jules Ferry, et Moïse Allatini est, en 1873,
à l'origine de la première école de l'Alliance israélite universelle.
En 1908, l'Alliance contrôle sept établissements, dont certains
enseignants ont été formés à Paris à l'École normale orientale de
la rue La Bruyère. Le français à Salonique distance vite l'italien.
En 1900, la ville compte quatre journaux en français. En Syrie, la
concurrence est rude : les missions protestantes, majoritairement
américaines, tentent de rivaliser avec le réseau français qui s'appuie sur les uniates. En mai-juin 1914, Maurice Barrès, député de
Paris, entreprend une enquête en Orient pour constater les conséquences sur les missions de la dispersion des congrégations. Son
premier souci, à peine débarqué à Beyrouth, est d'apercevoir
l'université Saint-Joseph des jésuites, « cette maison fameuse qui
s'épanouit au sommet de l'édifice scolaire de toutes nos missions
d'Orient, et qui peuple de ses élèves, lettrés, médecins, juristes,
formés intégralement à la française, l'Asie Mineure, la Perse, l'É-
gypte et jusqu'au Soudan égyptien ». Barrès se rend aussi à Beyrouth « chez les Frères de la Doctrine chrétienne, chez les Filles de
la Charité, chez les Dames de Nazareth, chez les Sœurs de Saint-
Joseph, et puis à la mission laïque et chez les israélites, c'est-à-
dire dans tous les milieux soustraits au souffle ennemi des protestants américains ». En Égypte, au début du 20e siècle, les écoles
françaises catholiques (les Frères, les jésuites, les franciscains…),
les trois lycées français ouverts en 1909, les écoles de l'Alliance
israélite tentent de maintenir, face à l'anglais, l'ancienne prépondérance du français. On estime qu'elles regroupent alors 25 000
élèves. Il est vrai que les tribunaux mixtes rendent la justice en
français qui est aussi la langue de la Bourse et du canal de Suez.

Dans l'Empire ottoman et en Égypte, le français est la langue
que pratiquent volontiers les élites des différentes communautés. En Turquie et en Égypte, l'influence française atteint aussi
quelques familles musulmanes ; en Syrie, les missions catholiques sont fortement implantées dans les milieux arabes chrétiens. La concurrence est rude cependant. L'expansion culturelle
française rencontre non seulement les Britanniques qui, faute de
pouvoir s'appuyer sur une communauté protestante forte au sein
de l'Empire ottoman, tentent d'imposer, au Liban, leur protection sur les *druzes alors que les *maronites sont sous influence

française. La Russie utilise la religion et prétend protéger les chrétiens orthodoxes de l'Empire ottoman, mais ses tentatives se heurtent au clergé grec lui-même divisé. Les Églises autocéphales contestent la primauté du patriarcat orthodoxe de Constantinople.

Les non-musulmans, plus nombreux dans les ports, sont directement en contact avec l'Europe. Pour complaire aux grandes puissances, mais aussi dans un souci réformateur et pour éviter les affrontements nationaux, l'Empire ottoman reconnaît les communautés confessionnelles. Au lendemain de la guerre de Crimée, en 1856, le sultan réaffirme la liberté religieuse : « Tous les privilèges ou immunités spirituels accordés *ab antiquo* [...] à toutes les communautés chrétiennes ou à d'autres rites non musulmans, établis dans mon Empire sous mon égide protectrice, seront confirmés et maintenus. » Dans les années qui suivent, les *millet (communautés de non-musulmans) bénéficient de « constitutions » qui répartissent les pouvoirs entre les autorités religieuses et les laïques. Les non-musulmans ont accès à toutes les charges de l'État ; la seule discrimination concerne la conscription : l'armée reste musulmane, les non-musulmans versent une taxe de remplacement qui se substitue aux anciens impôts.

Ainsi sur les rivages méditerranéens se développent des communautés émancipées qui secouent parfois les tutelles religieuses (c'est l'exemple des communautés juives). Ces communautés fonctionnent comme des îles entre deux mondes : elles respirent aux rythmes de la Méditerranée, elles vivent des échanges qui l'animent et lui donnent une façade culturelle ; de l'autre côté, elles touchent des territoires qu'elles exploitent sans véritablement les pénétrer. Ainsi d'Alexandrie vivant du coton cultivé par les fellahs du delta, ainsi d'Alger dont la prospérité repose sur les vignobles et les céréales de l'intérieur.

La Méditerranée de Cézanne à Camus. De la fin du 19ᵉ siècle aux années 1930 s'organise une nouvelle vision de la Méditerranée dont on ne peut évoquer que quelques repères disjoints. Dans les années 1870, de la montagne Sainte-Victoire à l'Estaque, Cézanne invente une Méditerranée architecturée : les pins torturés, la blanche aridité du calcaire, le bleu dur et serein de la mer et du ciel. Dans les premières années du 20e siècle, Braque et Derain à l'Estaque, Matisse à Collioure, Bonnard à Saint-Tropez et à Cannes, et bien d'autres, de Signac à Picasso ou à Klee, achèvent cette création d'un paysage. On est loin alors d'un Delacroix découvrant l'Orient. Les peintres rejettent l'anecdote et l'histoire, ils inventent une idée de la Méditerranée dont s'emparent tour à tour les romanciers et les poètes. La Méditerranée n'est plus seulement un décor, elle est sujet autonome. Le bleu de Cézanne qui, repris par tous jusqu'à Nicolas de Staël, devient le symbole même de la Méditerranée, l'air qui palpite et tremble entre le ciel et l'eau, la rigueur blanche des rivages tourmentés, le tronc immémorial de l'olivier, les tuiles rouges d'un toit, les odeurs sèches, toutes ces images sont création de peintres et de poètes. Bientôt la réalité, déclinée sur toutes les *côtes d'azur* par les tourismes, imite l'art.

La Méditerranée, comme la France de Michelet, devient alors une personne. Ses caractéristiques naturelles sont mises en évidence par les géographes. Mais Élisée Reclus dans sa *Nouvelle Géographie universelle*, parue en 1876, ne se contente pas de définir les caractéristiques du climat méditerranéen ; en croisant l'histoire et la géographie, il reconstitue une unité : la donnée climatique permet de délimiter un territoire qui rassemble l'étendue marine et les rivages qu'elle borde, l'histoire lui donne épaisseur et destin. Cette fécondité du lien entre l'histoire et la géographie, le Lorrain Fernand Braudel la découvre à son tour quand, dans les années 1920, il place la Méditerranée au centre de la grande thèse qu'il met en chantier.

Le territoire reconnu et balisé n'est pas un décor. Il pénètre et modèle l'homme. Songeant à la Méditerranée, Nietzsche écrivait déjà dans *Ecce Homo* que « le génie dépend d'un air sec, d'un ciel pur ». L'inspiration méditerranéenne de Valéry n'est pas très différente. Le poète du *Cimetière marin*, publié en 1920 par la NRF, se rappelle, à l'occasion d'une conférence prononcée en 1933, sa jeunesse sétoise, *Midi le juste* et *Ce toit tranquille où picoraient des focs*. L'évocation classique de la mer, du ciel et du soleil n'est pas seulement contemplation ; la nage permet au corps d'éprouver les éléments, de s'y fondre ; l'homme face à la mer, au ciel et au soleil redevient « la mesure de toute chose ». L'esprit est libéré : la Méditerranée « apprend à penser juste ».

Cette redécouverte du corps, éprouvée par Gide en Afrique du Nord au début du 20e siècle, Albert Camus, enfant pauvre de Belcourt, l'exalte à son tour dans ses premiers écrits de la fin des années 1930, *Noces* ou *L'Été*, « la course des jeunes gens sur les plages de la Méditerranée rejoint les gestes magnifiques des athlètes de Délos », écrit-il. La mer est purificatrice, elle rend l'innocence. La Méditerranée devient une patrie charnelle et spirituelle. Les Dix Mille dont Xénophon raconte la retraite, redécouvrant la Méditerranée, « se mirent à danser devant les vagues éclatantes où souriaient leurs dieux ». Chacun peut éprouver cette soudaine reconnaissance d'une patrie perdue et retrouvée.

Alors le voyage vers la Méditerranée change de sens. Goethe était essentiellement attiré par l'Italie, ce pays « où fleurit l'oranger » ; les voyageurs du 19e siècle partaient à la découverte de l'Orient. Dans la première moitié du 20e siècle, l'unité, parfois fantasmée, de la Méditerranée est réinventée. Les plages sont désormais animées par les jeux des corps ; toute une élite, de la fortune et de l'esprit, investit la Côte d'Azur ou les îles grecques.

Quand Camus tente de redéfinir un humanisme méditerranéen, n'est-ce pas tenter une médiation cathartique alors que l'Italie affirme bruyamment un néo-impérialisme latin et que l'Espagne est déchirée par la guerre civile ? Les rivalités des puissances, la montée des nationalismes qui transforment en antagonismes la coexistence des communautés bouleversent l'ensemble méditerranéen. Des formes de refus de l'Europe et de ses modèles s'affirment désormais. De la Méditerranée rêvée et vécue tout à la fois, il est temps de passer à la Méditerranée des États et des peuples. Les « îles » que nous avons tenté d'évoquer sont doublement assiégées. Convoitées par les puissances, elles commencent à être investies par les populations de l'intérieur qui aspirent à secouer ces symboles de leur refoulement.

DOCUMENT 1

Une famille juive séfarade de Salonique

Le sociologue Edgar Morin a reconstitué la vie de Vidal Nahum, son père. L'extrait proposé évoque David Nahum, père de Vidal, dans une Salonique où les juifs séfarades basculent dans la modernité. Vidal Nahum est né à Salonique en 1894 ; comme l'ensemble de sa famille, il s'installe en France pendant la guerre de 1914, à Marseille, puis à Paris. Commerçant du Sentier, il est naturalisé français en 1931.

« Après la mort de David S. Nahum, son fils aîné Salomon prend sa succession dans la maison Allatini. David D. (1851-1920) est encore enfant alors que son frère aîné se marie et va engendrer, en deux mariages, onze filles, aux prénoms italiens ou français (Alegra, Sol, Lucia, Élise, Marie, etc.).

« De quelle façon le caractère de David D. Nahum fut-il marqué par le fait de n'avoir jamais connu son père ? En tout cas, il bénéficia de l'amour d'une mère extrêmement tendre qui dut se concentrer sur ce dernier-né orphelin. Il va sans doute (puisque l'école de l'Alliance israélite universelle n'est installée qu'en 1875) à l'école française créée par Allatini, et il apprend aussi l'italien, le turc, le grec. Il travaille d'abord aux moulins Allatini, comme son frère aîné, puis entreprend de façon autonome le commerce des blés durs de Macédoine. Il entre en relation avec le consul de France à Salonique qui exporte des céréales et du tabac en direction de la France, et lui facilite les démarches auprès des notables turcs. Ainsi est-il, pendant quatre ou cinq ans, vers 1875-1880, *drogman au consulat de France, interprète et intermédiaire entre celui-ci et le pouvoir turc. C'est l'époque où les familles évoluées, surtout les hommes, commencent à s'habiller à la *franka*, et David D. Nahum, l'un des premiers à promouvoir les nouvelles coutumes avec les nouveaux costumes, s'enthousiasme de la France, de ses idées, de ses mœurs. On continue à parler le *djidio* en famille et en familiarité, mais pour toutes conversations d'idées, échanges, etc., le français l'emporte de plus en plus ; David D. Nahum est de façon inséparable résolument moderne et éperdument francophile. A-t-il pris prétexte d'affaires, puisqu'il est lié au consul de France, Dumonteil La Grèze, qui, lui-même commerçant, exporte du tabac et des céréales pour la France ? Il se rend à l'Exposition universelle de 1878, et il rentre émerveillé de ce voyage, racontant encore dans les années 1900 Paris et l'Exposition à ses enfants : *Oui, il nous racontait… Il nous chantait : "Allons au Tro, Tro, Tro, Trocadéro. À l'omnibus, bus, bus, bus de Chaillot"*.

« Cette année 1878 est celle de la guerre russo-turque. David est indifférent à cette guerre, jusqu'à ce que la victoire russe ait apporté à tous les non-Turcs de l'Empire "un grand bienfait" : *Les Russes ont imposé alors au gouvernement turc de ne pas avoir sous son contrôle les habitants de la Turquie d'Europe qui n'étaient pas musulmans… Alors ceux qui étaient français, anglais, italiens, allemands, américains, relevaient de leurs consulats… donc pour nous c'était le rêve, il n'y avait pas d'impôts, il n'y avait pas de service militaire.*

« Effectivement, David Nahum, qui était déjà sans doute un *beratli* sous protection consulaire française, a profité du traité russo-turc pour acquérir la plénitude des avantages de la nationalité italienne. Il a su faire valoir au consulat ses ascendances livournaises, et la nationalité italienne fut accordée à tous ses enfants. Bien qu'elle ne fût pas arbitraire pour une famille qui était encore en Toscane au 18e siècle, la nationalité italienne n'était pas vécue de façon patriotique. Il faut dire aussi que David D. Nahum s'était sélaniklisé, avait pris l'espagnol comme langage propre, et qu'à la génération de ses enfants l'italianité n'était plus qu'un souvenir transmis par les parents.

« Beaucoup de familles originaires d'Italie demandent et obtiennent la nationalité italienne. D'autres familles réacquièrent après quelques siècles la nationalité espagnole ; certaines obtiennent ou achètent par bakchichs différentes nationalités, qui toutes les protègent des impôts, du service militaire et de la police turcs.

« La nationalité italienne apporte à David Nahum à la fois droit, dignité, privilège. Ceux qui, d'ascendance livournaise, ont pu acquérir comme lui la nationalité italienne ainsi que ceux qui peuvent obtenir auprès d'un consul, soit par leurs relations commerciales, soit par tout autre moyen, une nationalité occidentale sont véritablement privilégiés. Tout en demeurant au sein de l'Empire ottoman, ils n'en sont plus les sujets, dans le sens où ce terme signifie politiquement "objets". Ils jouissent d'un *habeas corpus* de fait dont sont privés les Ottomans eux-mêmes […].

« En 1879, après son retour de Paris où il a "enterré sa vie de garçon", David a épousé, à vingt-huit ans (c'est-à-dire l'âge des mariages modernes), une jeune fille de dix-sept ans, également de "très bonne famille" d'origine livournaise, Dona Helena Frances, née en 1862 de Jacob Frances (né en 1816), négociant de tissus en gros, et de Sara Bitti (née en 1846). […]

« Dona Helena avait fréquenté l'école italienne Dante Alighieri, ce qui témoigne non seulement de l'ascendance livournaise toute proche mais aussi du modernisme des Frances, donnant, fait rare à l'époque, une éducation scolaire à leurs filles [...].

« Dona Helena met au monde six enfants de 1881 à 1897 : Henriette, Léon, Jakob devenu Jacques, Haïm devenu Henri, Vidal, Mathilde. En 1882, David D. Nahum, âgé de trente ans, adjoint la métallurgie à ses activités d'import-export. Il représente de grosses entreprises belges et devient aussi le *drogman officiel du consul de Belgique, dont il assure même la permanence en 1901 en l'absence du titulaire du poste. La qualité de *drogman remplit David et les siens d'une immense fierté. »

Edgar Morin, *Vidal et les Siens*,
Paris, Éd. du Seuil, 1989.

DOCUMENT 2

L'été à Alger

Albert Camus, né en 1913, a grandi à Belcourt, quartier ouvrier d'Alger. Son père, français d'origine, est mort pendant la guerre ; sa mère est d'origine espagnole. Pendant les années 1930, Camus est étudiant, journaliste, homme de théâtre, animateur de la Maison de la culture dont le bulletin s'appelle Jeune Méditerranée. *Avec l'éditeur Charlot, Claude de Fréminville, Gabriel Audisio... il crée, en 1938, une revue littéraire,* Rivages : « *Des hommes jeunes, sur une terre jeune, proclament leur attachement à ces quelques biens périssables et essentiels qui donnent un sens à notre vie : mer, soleil et femmes dans la lumière », écrit Camus dans la présentation de la revue. C'est alors que Camus écrit les textes rassemblés dans* Noces.

« À Alger, on ne dit pas "prendre un bain", mais "se taper un bain". N'insistons pas. On se baigne dans le port et l'on va se reposer sur des bouées. Quand on passe près d'une bouée où se trouve déjà une jolie fille, on crie aux camarades : "Je te dis que c'est une mouette." Ce sont là des joies saines. Il faut bien croire qu'elles constituent l'idéal de ces jeunes gens puisque la plupart continuent cette vie pendant l'hiver et, tous les jours à midi, se mettent nus au soleil pour un

déjeuner frugal. Non qu'ils aient lu les prêches ennuyeux des natu-
ristes, ces protestants de la chair (il y a une systématique du corps qui
est aussi exaspérante que celle de l'esprit). Mais c'est qu'ils sont
"bien au soleil". On ne mesurera jamais assez haut l'importance de
cette coutume pour notre époque. Pour la première fois depuis deux
mille ans, le corps a été mis nu sur des plages. Depuis vingt siècles,
les hommes se sont attachés à rendre décentes l'insolence et la naï-
veté grecques, à diminuer la chair et compliquer l'habit. Aujourd'hui
et par-dessus cette histoire, la course des jeunes gens sur les plages de
la Méditerranée rejoint les gestes magnifiques des athlètes de Délos.
Et à vivre ainsi près des corps et par le corps, on s'aperçoit qu'il a
ses nuances, sa vie et, pour hasarder un non-sens, une psychologie,
qui lui est propre. L'évolution du corps comme celle de l'esprit a son
histoire, ses retours, ses progrès et son déficit. Cette nuance seulement : la couleur. Quand on va pendant l'été aux bains du port, on
prend conscience d'un passage simultané de toutes les peaux du blanc
au doré, puis au brun, et pour finir à une couleur tabac qui est à la
limite extrême de l'effort de transformation dont le corps est capable.
Le port est dominé par le jeu de cubes blancs de la Kasbah. Quand on
est au niveau de l'eau, sur le fond blanc cru de la ville arabe, les corps
déroulent une frise cuivrée. Et, à mesure qu'on avance dans le mois
d'août et que le soleil grandit, le blanc des maisons se fait plus aveu-
glant et les peaux prennent une chaleur plus sombre. Comment alors
ne pas s'identifier à ce dialogue de la pierre et de la chair à la mesure
du soleil et des saisons ? Toute la matinée s'est passée en plongeons,
en floraisons de rires parmi des gerbes d'eau, en longs coups de
pagaie autour des cargos rouges et noirs (ceux qui viennent de Nor-
vège et qui ont tous les parfums du bois ; ceux qui arrivent d'Allemagne pleins de l'odeur des huiles ; ceux qui font la côte et sentent le
vin et le vieux tonneau). À l'heure où le soleil déborde de tous les
coins du ciel, le canoë orange chargé de corps bruns nous ramène
dans une course folle. Et lorsque, le battement cadencé de la double
pagaie aux ailes couleur de fruit suspendu brusquement, nous glis-
sons longuement dans l'eau calme de la darse, comment n'être pas
sûr que je mène à travers les eaux lisses une fauve cargaison de dieux
où je reconnais mes frères ?

« Mais, à l'autre bout de la ville, l'été nous tend déjà en contraste ses
autres richesses : je veux dire ses silences et son ennui. Ces silences
n'ont pas tous la même qualité, selon qu'ils naissent de l'ombre ou du
soleil. Il y a le silence de midi sur la place du Gouvernement. À l'ombre
des arbres qui la bordent, des Arabes vendent pour cinq sous des verres
de citronnade glacée, parfumée à la fleur d'oranger. Leur appel :
"Fraîche, fraîche", traverse la place déserte. Après leur cri, le silence
retombe sous le soleil : dans la cruche du marchand, la glace se retourne
et j'entends son petit bruit. Il y a le silence de la sieste. Dans les rues de

la Marine, devant les boutiques crasseuses des coiffeurs, on peut le mesurer au mélodieux bourdonnement des mouches derrière les rideaux de roseaux creux. Ailleurs, dans les cafés maures de la Kasbah, c'est le corps qui est silencieux, qui ne peut s'arracher à ces lieux, quitter le verre de thé et retrouver le temps avec les bruits de son sang. Mais il y a surtout le silence des soirs d'été. »

Albert Camus, « L'Été à Alger »,
dans *Noces*,
Paris, Gallimard, 1965.

17. Impérialismes et nationalismes en Méditerranée
(1850-1945)

Les enjeux méditerranéens dans la seconde moitié du 19ᵉ siècle

Dans la seconde moitié du 19ᵉ siècle, les capitaux et les civilisations européennes s'imposent en Méditerranée, les courants migratoires peuplent d'Européens les grands ports, instruments de la souveraineté maritime. Les puissances qui dominent la mer et ses rivages, l'Angleterre et la France essentiellement, ou qui, comme la Russie, en font un des enjeux majeurs de leur présence au monde, ont encore les moyens de leurs ambitions ; elles poursuivent leur emprise. De nouveaux venus, la Grèce et l'Italie, mais aussi l'Allemagne, rendent cependant plus complexes les équilibres dont le Royaume-Uni a la spécialité. L'Empire ottoman subit les effets de toutes ces ambitions.

Les grandes puissances en Méditerranée. Depuis la convention des Détroits, que la Russie a dû accepter en 1841, la pression du tsar Nicolas Iᵉʳ sur l'Empire ottoman n'a pas cessé. Il y va du prestige de la grande nation orthodoxe qui entend protéger les populations chrétiennes des Balkans et qui souhaite s'ouvrir l'accès de la Méditerranée. Conseillé par les représentants de la France et de la Grande-Bretagne, le *sultan repousse, en mai 1853, l'ultimatum des Russes. Nicolas Iᵉʳ décide alors l'invasion des principautés roumaines (octobre 1853). Mais quand, le

30 novembre, la flotte turque est détruite à Sinope, la France et l'Angleterre décident de soutenir l'Empire ottoman. La France de Napoléon III souhaite faire son retour sur la scène internationale, l'Angleterre ne peut tolérer que la route des Indes soit menacée. En mars 1854, les deux États déclarent la guerre à la Russie. Les Russes évacuent les principautés roumaines, mais, pour éliminer leur puissance navale, Français et Anglais décident d'attaquer Sébastopol en Crimée. Le siège, fort difficile, dure un an, de septembre 1854 à septembre 1855.

Par le traité de Paris, conclu en 1856, les puissances garantissent l'intégrité territoriale de l'Empire ottoman ; en échange, le sultan proclame que ses sujets chrétiens seront traités à égalité avec ses sujets musulmans. La mer Noire et le bas Danube sont ouverts librement à la navigation et au commerce. Napoléon III laisse la presse cocardière proclamer que les traités de 1815 sont effacés. La guerre a consacré le rapprochement avec l'Angleterre, puissance libérale ; on feint de croire que l'Empire ottoman, qui est dans l'ère des *Tanzimât*, est un partenaire acceptable dans le concert européen ; on affirme que combattre la Russie, c'est combattre le conservatisme et la barbarie, d'autant plus que la politique italienne oppose la France à l'autre grande puissance conservatrice : l'Empire d'Autriche. La participation d'un contingent venu du Piémont a permis de poser, devant le congrès, la question italienne. Dorénavant, la France aide l'Italie à construire son unité. Cependant, en Méditerranée, la politique de Napoléon III manque de constance et de cohérence. Après avoir aidé l'Italie, en 1859-1860, contre l'Autriche et permis la proclamation du royaume en janvier 1861, puis facilité, en 1866, l'annexion de la Vénétie, le problème de Rome, où la souveraineté temporelle du pape est garantie par un corps expéditionnaire français, fait de la France le principal obstacle à l'achèvement de l'unité. Certes, les Italiens profitent de la défaite française de 1870 pour entrer dans Rome, mais les deux pays sont désormais durablement éloignés l'un de l'autre. De même, la politique algérienne de Napoléon est velléitaire, la conquête se poursuit vers le sud, mais l'empereur oscille entre un projet de colonisation européenne renforcée et un « royaume arabe » qui ne sacrifierait pas les indigènes aux intérêts du colon. Au Levant, la France exploite les résultats de la guerre de Crimée. En 1860, une expédition militaire débarque à Beyrouth afin de soutenir les chrétiens *maronites contre les *druzes. Mais l'Angleterre freine les ardeurs françaises au Levant comme elle le fait en Égypte, même si elle ne peut empêcher la réussite du percement de l'isthme de Suez (1869). La défaite de 1870 rend la France moins entreprenante. C'est le temps du « recueillement ».

Les origines de la seconde grande crise, de 1875 au début des années 1880, sont classiques : des révoltes de populations chrétiennes de l'Empire ottoman entraînent la répression turque, puis la réaction des grandes puissances. Les troubles commencent en Bosnie en 1875 et s'étendent l'année suivante à la Bulgarie. Les violences ottomanes émeuvent les opinions publiques, alors qu'à Istanbul se multiplient les actes hostiles aux Européens. Portée par un fort courant slavophile, la Russie décide d'intervenir quand la Serbie, autonome, qui tente de secourir les chrétiens révoltés, est menacée d'être écrasée par les Turcs. La guerre est déclarée en avril 1877, et dès janvier 1878 les Russes s'approchent de Constantinople. « Il faut que la Corne d'Or et Constantinople soient nôtres [...], écrit en 1877 Dostoïevski *(Journal d'un écrivain)*, car la Russie ce formidable géant doit enfin s'évader de la chambre close où il a grandi [...] pour remplir ses poumons de l'air libre des mers et des océans [...]. Nous autres, Russes, sommes vraiment indispensables à toute la chrétienté orientale et à l'avenir de l'orthodoxie sur terre. »

Le traité de San Stefano (mars 1878) consacre la victoire russe. Mais ses résultats (indépendance complète de la Serbie, du Monténégro et de la Roumanie, création d'une grande Bulgarie) ne peuvent convenir aux autres puissances. La Russie, sous la pression de l'Autriche et de l'Angleterre (qui au passage se fait céder Chypre par le sultan), doit accepter la réunion d'un congrès international à Berlin. Présidé par Bismarck, le congrès divise la grande Bulgarie, afin de réduire l'influence russe : la Thrace et la Macédoine restent contrôlées par le sultan. On promet à la Grèce une extension vers le nord (Épire et Thessalie), l'Autriche, enfin, occupe la Bosnie-Herzégovine et l'administre provisoirement.

Le congrès de Berlin marque l'intérêt grandissant de l'Allemagne et de l'Autriche pour les Balkans. Pour l'Angleterre, dans la logique de l'acquisition de Chypre, après le rachat des actions de la Compagnie de Suez au *khédive en 1875, l'Égypte devient une position clé. En 1876, deux contrôleurs généraux, un Français et un Anglais, prennent en main les finances égyptiennes. La révolte d'Arabi Pacha, officier égyptien, est le prétexte de l'intervention. La France s'abstient et laisse l'Angleterre occuper l'Égypte en 1882. Ferdinand de Lesseps, sur l'*Orion*, en habit, toutes décorations pendantes, tente, face à l'amiral Haskins, de préserver la neutralité du canal. Cela n'empêche pas les Anglais de débarquer à Ismaïlia. Dorénavant, malgré les protestations françaises, l'Angleterre contrôle l'Égypte. Avec le simple titre d'« agent diplomatique et consul général d'Angleterre », sir Evelyn Baring (lord Cromer) est tout-puissant de 1883 à 1907.

Il est vrai que la France a eu la compensation tunisienne : l'expédition de 1881, qui aboutit au traité du Bardo, prend comme prétexte des raids d'une tribu tunisienne, les Kroumirs, sur le territoire algérien. En 1883, le traité de La Marsa maintient le bey, mais un résident général – le premier est Paul Cambon – exerce la réalité du pouvoir. Des contrôleurs français doublent toutes les autorités beylicales. Le choix du protectorat – le territoire dépend du ministère des Affaires étrangères – s'explique par la relative faiblesse de la présence française en Tunisie. Les 16 000 résidents français ne pèsent pas lourd face aux 55 000 Italiens. Le mécontentement de l'Italie vis-à-vis de la France favorise son rapprochement avec l'Allemagne et l'Autriche-Hongrie. La Triple Alliance, conclue en 1882, est une alliance défensive contre la France dont Bismarck maintient l'isolement. La Triple Alliance est renouvelée en 1887. Parallèlement, un accord méditerranéen, auquel adhèrent l'Autriche et l'Espagne, est conclu entre l'Angleterre et l'Italie afin de garantir le maintien du statu quo en Méditerranée. Si, au début des années 1890, la France se rapproche de la Russie et accueille à Toulon, en 1893, la flotte russe, son isolement en Méditerranée est durable. Ses relations avec l'Angleterre restent difficiles jusqu'aux lendemains de Fachoda (1898).

Cet isolement cesse au début du 20ᵉ siècle. La France, où Delcassé est ministre des Affaires étrangères, se rapproche de l'Italie par deux accords, en 1900 et 1902, qui précisent que la

France laissera les mains libres à l'Italie en Tripolitaine alors que l'Italie ne s'opposera pas à l'installation de la France au Maroc. En 1904, l'*Entente cordiale* entre la France et le Royaume-Uni comporte, elle aussi, des clauses méditerranéennes : la France ne conteste plus le contrôle anglais de l'Égypte, l'Angleterre accepte l'éventualité d'un protectorat français sur le Maroc, à condition que la côte face à Gibraltar ne soit pas fortifiée. L'Espagne, enfin, adhère aux accords franco-britanniques. Une zone d'expansion lui est réservée dans le Rif.

Comment analyser cette évolution ? La Méditerranée est-elle seulement un enjeu secondaire, un simple élément dans des rivalités européennes dont les nœuds majeurs sont extra-méditerranéens ? Dans la seconde moitié du 19e siècle, les équilibres européens se font et se défont sans qu'on puisse toujours en percevoir les cohérences spécifiquement méditerranéennes. Il est vrai que les partenaires sont nombreux et que leurs motivations sont multiples. En Égypte comme en Tunisie, le contrôle économique des territoires conduit à l'occupation militaire ou au protectorat. L'Europe protège ses intérêts, elle entend garantir capitaux et investissements. Mais les objectifs économiques ne sont pas les seuls en cause. La France de Napoléon III utilise la Méditerranée pour accroître le prestige de la dynastie ; mais, quand, après 1870, la défaite face à l'Allemagne impose le « recueillement », le protectorat tunisien est, pour la République, un moyen d'exister à nouveau sur la scène internationale, avec l'accord tacite de Bismarck, et donc sans affronter l'ennemi majeur, l'Allemagne. L'extension en Méditerranée résulte aussi parfois du simple troc (la Tunisie contre l'Égypte) ou de la crainte d'être précédé par une autre puissance. L'intérêt pour la Méditerranée n'est d'ailleurs pas toujours constant ; la Russie songe moins aux Détroits et aux chrétiens orthodoxes des Balkans quand, à la fin du 19e siècle et au début du 20e siècle, elle regarde vers l'Orient et que le Transsibérien représente l'axe de ses nouvelles ambitions. La défaite face au Japon relance l'intérêt de la Russie pour la Méditerranée ; ce sont alors les derniers conflits balkaniques d'avant 1914.

La politique anglaise en Méditerranée pourrait apparaître plus méditée et plus cohérente ; elle n'est cependant qu'une partie d'un plus vaste ensemble. Le Royaume-Uni est la seule puissance qui mette en œuvre une politique mondiale. La Méditerranée est d'abord pour elle une route stratégique. La *Royal Navy* s'appuie sur Gibraltar, Malte, plaque tournante essentielle, Chypre et, au-delà de Suez, Aden. Garantir l'intégrité de l'Empire ottoman est longtemps un dogme dont l'autorité s'effrite après l'ouverture du canal ; pour tenir la route des Indes, Le Caire et Suez comptent alors plus qu'Istanbul. Il est vrai que l'image publique du sultan Abdul Hamid le rend peu fréquentable. En Méditerranée, le Royaume-Uni, parce qu'il domine la mer et les échanges, n'éprouve pas le besoin, comme la France, d'assises territoriales. Ses points d'appui et ses clients lui assurent une hégémonie, préservée grâce à de subtils jeux d'équilibre. Mais la multiplication des impérialismes rend ces jeux de plus en plus complexes, d'autant plus que se rétrécissent les possibilités d'expansion.

L'entrée en lice de la Grèce, de l'Italie et de l'Allemagne. Les jeunes États européens nés au 19e siècle souhaitent affirmer leur présence en Méditerranée. C'est le cas de la Grèce et de l'Italie qui, au contraire de la France, de l'Angleterre ou de la Russie, ont des ambitions essentiellement méditerranéennes. De même, la défaite de l'Espagne à Cuba, en 1898, face aux États-Unis met fin à son rayonnement mondial et réoriente le pays vers la Méditerranée. Enfin, l'Allemagne, jusque-là quasi absente du théâtre méditerranéen, entend s'y manifester : ses ambitions ne sont plus seulement continentales mais mondiales.

Dès les années 1830, le tout jeune Royaume grec revendique les territoires peuplés par les Grecs. La *Mégalè Idéa* (la grande idée) est définie par Jean Kolettis, lié au parti français et premier chef de gouvernement après l'adoption de la Constitution de 1844. Les Grecs souhaitent rattacher au royaume non seulement les territoires du Nord (Thessalie, Épire, Macédoine et Thrace), mais aussi les îles Ioniennes, la Crète, la côte occidentale de l'Anatolie (avec Smyrne) et les îles adjacentes. L'Angleterre cède les îles Ioniennes en 1863. Dans les Balkans, les guerres de 1876-1877 puis de 1912-1913 permettent la réalisation presque complète de la *Mégalè Idéa*. La lutte est plus longue pour la Crète : une première révolte crétoise en 1866 réclame l'*Énôsis* (union avec la Grèce), qui n'est réalisée qu'en 1908 grâce à l'arrivée au pouvoir en Crète de Vénizélos. Cependant, la Grèce, si elle affirme avec constance ses ambitions, est moins certaine des alliances dont elle a besoin pour les réaliser. Elle craint la Russie, elle se méfie de ses voisins balkaniques qui lui contestent souvent les territoires qu'elle convoite. L'Italie est trop proche pour être une alliée. Vénizélos incarne jusqu'aux années 1930 les ambitions nationales grecques.

En froid avec la France, le jeune royaume d'Italie choisit de mettre temporairement entre parenthèses le problème des terres *irrédentes, qui l'oppose à l'Autriche. L'Italie se rapproche de l'Allemagne, la gauche nationaliste admire le IIe Reich et l'affaire tunisienne permet la conclusion de la Triplice. Francesco Crispi, qui gouverne de 1887 à 1896, renforce cette orientation. L'Italie souhaite donc, comme toute grande puissance, rayonner. Ainsi se forge peu à peu le mythe de la Grande Italie qui prend sa source idéologique dans le *Risorgimento*, chez Mazzini et le nationalisme jacobin ; le mouvement est porté ensuite par Crispi, puis par les écrivains, les artistes et les intellectuels du début du 20e siècle, de D'Annunzio au futuriste Marinetti et à Corradini qui évoque alors la « Grande Prolétaire ». Il est vrai que l'Italie a eu quelques difficultés à réaliser ses rêves méditerranéens. L'impérialisme doit permettre non seulement de retrouver l'ancienne puissance, mais aussi d'offrir un débouché à l'émigration. Les débuts sont difficiles. Le territoire de la baie d'Assab, en Érythrée, a été acquis par la compagnie de navigation Rubattino en 1869. Assab est racheté par l'État en 1882. Puis, en 1885, un corps expéditionnaire occupe le port de Massaoua. « Les clés de la Méditerranée se trouvent dans la mer Rouge », dit au Parlement le ministre des Affaires étrangères. En 1887, l'Éthiopie semble contrôlée, mais en 1896 les Italiens subissent, face à l'armée du négus Ménélik, la très lourde défaite d'Adoua, qui provoque la chute de Crispi. Le choc est rude : dorénavant, l'impérialisme italien se construit, en Méditerranée, comme un nationalisme de frustration.

L'irruption allemande est de nature différente. Les nationalismes grec et italien sont des nationalismes d'existence ; le nationalisme allemand est un nationalisme de puissance. L'Allemagne est partie plus tard que l'Angleterre et la France dans la course impérialiste ; avec Guillaume II, elle entend bien rattraper ce retard : la politique mondiale qu'il définit suppose un gigantesque effort naval. L'Allemagne se pose alors en rivale de l'Angleterre, la Méditerranée est un élément d'une politique plus globale d'expansion. Certes, la présence allemande dans l'Empire ottoman n'est pas nouvelle. Au temps de Bismarck, Krupp vendait déjà des canons à l'armée turque, la *Deutsche Bank* était très solidement implantée. Mais la pénétration s'accélère avec Guillaume II. L'Allemagne profite de l'éloignement temporaire de la Russie, qui, depuis le congrès de Berlin, oriente vers l'Extrême-Orient son expansion, et aussi de la relative abstention anglaise. Guillaume II en personne se rend à Istanbul en 1890 puis en 1898 à Damas et à Jérusalem, où il proclame l'amitié des Allemands à l'égard de tous les musulmans, et de nouveau à Istanbul. Abdul Hamid, qui ne peut guère manifester sa souveraineté qu'en jouant des rivalités des puissances, accueille volontiers les Allemands. Les relations commerciales entre les deux pays progressent, Krupp concurrence souvent victorieusement Schneider dans l'équipement de l'armée ottomane. Mais la grande affaire, la plus symbolique, concerne les chemins de fer. En 1899, la concession du chemin de fer de Bagdad, qui doit prolonger le réseau d'Anatolie vers la Mésopotamie et le golfe Persique, est attribuée à l'Allemagne. Le *Bagdad-Berlin* devient le symbole de l'expansion allemande et inquiète le Royaume-Uni.

À l'autre extrémité de la Méditerranée, le Maroc, encore indépendant, intéresse aussi les hommes d'affaires et les industriels allemands. Face à la France, Guillaume II se pose en protecteur de l'intégrité du Maroc. Au début du 20ᵉ siècle, l'Allemagne, qui, partie plus tard, a du mal à trouver des territoires où déployer son expansion, inquiète, en Méditerranée, et l'Angleterre et la France.

L'Empire ottoman. Face aux puissances européennes, l'Empire ottoman n'est pas un partenaire comme les autres. En 1856, après la guerre de Crimée, il semblait introduit dans le concert européen. La crise de 1875-1878, et le congrès de Berlin qui la clôt, représente une secousse grave. L'Empire ne conserve en Europe que la bande macédonienne, et il a dû céder Chypre aux

Anglais. Au début des années 1880, le protectorat français en Tunisie et l'occupation anglaise de l'Égypte sont un nouveau choc, même si ces deux territoires n'appartenaient que de manière formelle à l'Empire. La capitale même a été menacée, les troupes russes sont parvenues aux portes d'Istanbul. À l'optimisme de l'époque des *Tanzimât* (réformes) succèdent l'inquiétude et le sentiment d'être assiégé par un monde hostile. Abdul Hamid II (1876-1909) est arrivé au pouvoir en pleine crise. La Constitution est suspendue, les libéraux inquiétés. Ce retour à l'absolutisme s'accompagne d'une révision des orientations de la politique extérieure : peut-on encore compter sur l'Angleterre, et subsidiairement sur la France, pour maintenir l'intégrité de l'Empire ? L'Angleterre ne soutient-elle pas les Arméniens ? Ne commence-t-elle pas à s'intéresser aux Arabes ? Abdul Hamid, le « sultan rouge » de l'opinion européenne, obsédé par les complots et les risques d'attentat, concentre tous les pouvoirs ; sous son règne, la véritable autorité passe du grand vizir, c'est-à-dire de la Sublime Porte, au sultan lui-même. Il développe l'administration de l'Empire, et tout particulièrement son appareil policier, et tente, en renforçant la censure, de freiner la pénétration des idées libérales. Mais Abdul Hamid est aussi un réformateur : il ouvre de très nombreuses écoles primaires, des écoles supérieures, et même une université à Istanbul en 1900. L'ambition du sultan est de concurrencer les écoles européennes et d'offrir une alternative aux idées qu'elles diffusent.

Ce repli est donc aussi recherche d'identité. L'Empire est menacé ; la politique d'ouverture à l'Occident est un échec, elle affaiblit l'Empire ; il n'est plus question de construire un État où chacun, quelle que soit sa religion, aurait sa place : l'ottomanisme n'est plus à l'ordre du jour. L'Empire, qui a perdu la plus grande partie de ses territoires européens, est dorénavant musulman pour les trois quarts de sa population. Abdul Hamid, *calife, entend, contrairement à la tradition, exercer son pouvoir spirituel sur l'ensemble des musulmans dans l'Empire ottoman et au-delà. Ce panislamisme n'est pas seulement une politique de prestige et de puissance ; c'est aussi un moyen de maintenir l'unité de l'Empire face aux tendances séparatistes des provinces arabes que le sultan soupçonne le Royaume-Uni de sus-

citer, en particulier chez les Arabes chrétiens du Liban. Pour les
mêmes raisons, Abdul Hamid encourage le développement des
provinces arabes. La construction du chemin de fer du Hedjaz,
au début du 20ᵉ siècle, pour relier Damas aux villes saintes de
Médine et de La Mecque, doit faciliter le pèlerinage et permettre
de mieux contrôler les lieux saints de l'islam. Cette politique
islamique est comprise, en Europe, comme un retour en arrière.
Le vieil Hugo tonne contre tous les cléricalismes, qu'ils soient
incarnés par le pape de Rome ou le calife d'Istanbul. Face à la
civilisation qui progresse en Méditerranée, « on en est à la résurrection des spectres ; après le *Syllabus*, voici le Koran ; d'une
Bible à l'autre on fraternise ; *jungamus dextras* ; derrière le
Saint-Siège se dresse la Sublime Porte ; on nous donne le choix
des ténèbres ; et, voyant que Rome nous offrait son moyen-âge,
la Turquie a cru pouvoir nous offrir le sien ».

Cependant, alors même que l'Empire tente de se ressaisir et
d'affirmer une nouvelle identité, l'emprise européenne reste
considérable. En 1881, au lendemain de la grande crise, la dette
ottomane est consolidée, des revenus lui sont affectés (bénéfices
du monopole du sel, droits de timbre, revenus du tabac…).
Dorénavant, la Dette publique est administrée par un conseil de
sept membres, qui représente les intérêts des puissances européennes et qui est présidé, à tour de rôle, par le délégué anglais
et le délégué français. Au début du 20ᵉ siècle, la Dette publique
emploie plus de 5 000 personnes et perçoit près d'un tiers des
revenus de l'Empire. De même, des capitaux européens (français essentiellement) contrôlent la Régie des tabacs qui utilise
9 000 agents. L'équipement ferroviaire, en Anatolie et dans les
provinces arabes, accroît encore, à partir des années 1880, l'emprise des investissements européens. Malgré les tentatives de
l'État ottoman pour recouvrer sa souveraineté, les capitulations
continuent à assurer aux Européens le maintien de leurs privilèges. L'autonomie ottomane n'est en réalité préservée que par
l'entrecroisement des intérêts des puissances européennes.
Abdul Hamid ne peut conserver une marge de manœuvre qu'en
jouant les puissances les unes contre les autres. Mais la crédibilité de la nouvelle politique est faible, alors que, autour de l'Empire et dans l'Empire, se gonflent tous les nationalismes.

Le grand ébranlement (1905-1918)

La guerre est-elle née en Méditerranée ? Une manière paresseuse d'écrire l'histoire pourrait le faire croire. L'embrasement des Balkans, le choc des impérialismes au Maroc ne sont-ils pas des préludes à la guerre ? La Serbie est à l'origine des enchaînements de la grande crise balkanique de 1912-1913 : après l'assassinat du roi Alexandre Ier Obrinovic en 1903, le nouveau souverain Pierre Karageorgevitch transforme la Serbie en pôle d'attraction pour les Slaves du Sud. La Serbie veut devenir le Piémont d'une possible Yougoslavie. Pour éviter la contagion nationaliste, l'Autriche-Hongrie décide en 1908 l'annexion de la Bosnie-Herzégovine, malgré la Russie dont l'Italie, mécontente, se rapproche alors (accord secret de 1909). Tout est en place pour poursuivre le dépècement de l'Empire ottoman. Les circonstances sont d'autant plus favorables que le pouvoir vacille à Istanbul. La révolte des Jeunes Turcs (1908) contraint Abdul Hamid à restaurer la Constitution puis à organiser des élections. En 1909, le sultan est détrôné et remplacé par son frère Mehmed.

L'Italie de Giolitti est la première à profiter de l'affaiblissement de l'Empire, elle déclare la guerre à la Turquie en septembre 1911 et envahit la Tripolitaine (dernière possession africaine de l'Empire ottoman). La guerre atteint même la mer Égée où les Italiens occupent Rhodes et le Dodécanèse. Aux prises avec la première guerre balkanique, l'Empire cède et signe le traité de Lausanne en 1912. Dans les Balkans, en effet, Serbes, Grecs et Bulgares coalisés entrent en guerre contre l'Empire. Les États vainqueurs se disputent bientôt les dépouilles, et un nouveau conflit oppose les Bulgares aux Serbes et aux Grecs. Le traité de Bucarest (août 1913) ne laisse à la Turquie, en Europe, que la Thrace orientale et Andrinople. La Serbie s'étend vers le sud, la Bulgarie obtient l'est de la Macédoine et un port sur la mer Égée. La Grèce annexe Salonique et la Thrace orientale. Enfin, une Albanie, indépendante mais conjointement « protégée » par l'Autriche-Hongrie et l'Italie, est créée.

Parallèlement, les crises marocaines opposent la France et l'Allemagne. Par deux fois, Guillaume II tente d'arrêter l'expansion française : en 1905, il proclame lui-même à Tanger que le Maroc doit rester « libre » et « ouvert à la concurrence de toutes les nations sans monopole et sans annexions », puis, en 1911, alors que la France occupe Fès et Meknès, à l'appel du sultan assiégé par des tribus rebelles, la canonnière *Panther* vient mouiller devant Agadir. Cependant, la France, soutenue par l'Angleterre, parvient à s'entendre avec l'Allemagne et troque quelques morceaux de colonies africaines contre le protectorat français sur le Maroc. L'accord avec le sultan Moulay Hafid est signé en 1912. Le général Lyautey est le premier résident général, qui contresigne et promulgue toutes les décisions du souverain. Comme convenu, les Espagnols contrôlent le Rif.

Ainsi, en 1914, les rivalités coloniales en Méditerranée pouvaient sembler dorénavant sans objet. La situation était d'autant plus stabilisée que, de Suez au Maroc, l'Europe contrôlait désormais la totalité des territoires musulmans. Certes, les Balkans n'ont retrouvé qu'un équilibre précaire, mais la lutte pluriséculaire de l'Europe pour expulser l'Empire ottoman est achevée. Les problèmes des Balkans, dorénavant, concernent moins la Méditerranée que l'Europe centrale. C'est la stabilité de l'Autriche-Hongrie qui, en 1914, est menacée par l'assassinat de l'archiduc à Sarajevo. La guerre qui s'annonce est continentale et européenne ; elle ne touche la Méditerranée que de biais.

Les nationalismes méditerranéens avant 1914. Alors même que s'épanouit le cosmopolitisme des grandes cités, les nationalismes s'expriment déjà, sous des formes très différentes, autour de la Méditerranée d'avant 1914. La guerre accélère ensuite les prises de conscience. En Europe, les passions nationales sont descendues des élites vers les peuples ; un même mouvement commence à gagner d'autres rivages, en Asie et en Afrique. Certes, l'Europe est encore solidement installée ; les contestations de son emprise sont soit sporadiques, sous la forme de flambées d'émotions populaires vite châtiées, soit intellectuelles, quand, nourries par ses idées et utilisant les mots mêmes qu'elle leur a transmis, elles réclament, au nom des grands principes, l'égalité des droits et l'émancipation des peuples.

On peut ainsi esquisser une description des nationalismes

méditerranéens d'avant 1914. Ne revenons pas sur les puissances européennes ; leur nationalisme est le moyen, pour les grandes, de tenir leur rang et, pour les petites, de manifester leur existence. La Méditerranée islamique affirme, elle aussi, ses nationalismes ; ils s'accompagnent d'une difficile recherche d'identité.

Déjà, une élite, formée par les écoles européennes, se situe dans un cadre national. L'évolution des Jeunes Turcs du Comité Union et Progrès est significative. La révolution de 1908 doit sauver l'unité de l'Empire ; dans une conception centralisatrice, marquée par le jacobinisme, ils veulent en finir avec les *millet, communautés ethnico-religieuses et semi-autonomes, pour ne considérer que des citoyens ottomans. Mais l'Assemblée, élue en 1908, s'organise cependant en groupes ethniques : 60 Arabes, 27 Albanais, 26 Grecs, 14 Arméniens, 10 Slaves, 4 Juifs coexistent avec les 147 députés turcs. Progressivement, et sous l'effet des défaites des années 1911-1913, les nationalistes s'éloignent de l'ottomanisme initial pour exalter la nation turque. Certes, les Jeunes Turcs multiplient les avances et les promesses aux populations arabes de l'Empire, mais, alors que l'*osmanli*, langue du pouvoir, est un mélange de turc, de persan et d'arabe qui utilise, à l'écrit, les caractères arabes, les journaux nationalistes mettent en forme un turc moderne et réhabilitent la culture anatolienne, jusque-là suspecte de rusticité aux yeux des élites de l'Empire. À la veille de la guerre, les Arabes ne peuvent oublier le programme de turquisation.

La situation des territoires arabes de l'Empire ottoman est complexe. Autour d'Ibn Séoud, qui reprend Riyad en 1901, il y a des bédouins, combattants réunis par la foi *wahhâbite, dont les *oulémas* prêchent un retour à un islam intransigeant, hostile à toute innovation, exclusivement fondé sur une lecture littérale du Coran. Ibn Séoud doit compter avec l'*émir du Hedjaz, Hussein, de la famille des *Hachémites, gardien des lieux saints de l'islam. En Mésopotamie, les trois provinces de Mossoul, Bagdad et Basra sont pauvres et peu alphabétisées. Ici, la modernité arrive avec le chemin de fer (le *Bagdadbahn*), mais aussi le pétrole. La Turkish Petroleum Company, dont les capitaux sont majoritairement britanniques, recherche des gisements autour de Mossoul.

La Syrie, côtière, contraste avec ce monde de l'intérieur. Les Anglais, qui, autour du Golfe, ont l'habitude de traiter avec les tribus, opposent parfois ces nomades du désert aux *Levantins, Arabes chrétiens ou musulmans de la côte très marqués par l'influence française. Mais, qu'elle soit religieuse et fondamentaliste ou très pénétrée par les influences occidentales, l'identité ici s'affirme en opposition au monde ottoman. En 1913, se tient à Paris un *congrès arabe* dont les débats sont significativement abrités par la Société de géographie où règne le parti colonial français. Les revendications portent essentiellement sur la langue : « La langue arabe doit être reconnue au Parlement ottoman et considérée comme officielle dans les pays syriens et arabes. » Dans ces régions, il n'y a pas de territoire national identifié : un orateur distingue « simplement les Arabes riverains de la Méditerranée et ceux de l'intérieur qui sont peut-être restés étrangers à toute notion de civilisation ». L'identité passe par la langue, ce qui permet d'intégrer les Arabes chrétiens. Quelques membres de l'intelligentsia appartiennent à des sociétés secrètes comme la Société Jeune-Arabe *(Al-Fatat)* fondée à Paris en 1911, ou le groupe *Al-Ahd* qui rassemble des officiers arabes de l'armée ottomane.

Parallèlement, une première vague d'immigrants juifs s'installe en Palestine à la fin du 19e siècle. Au congrès de Bâle, en 1897, Herzl fonde l'Organisation sioniste mondiale ; une deuxième *alya* permet l'entrée en Palestine de 40 000 Juifs environ entre 1903 et 1914. Ces Juifs viennent pour l'essentiel de l'Europe de l'Est. Les communautés juives *séfarades des grands ports méditerranéens sont en majorité hostiles au sionisme. Les premiers *kibboutz sont organisés à la veille de la guerre : leur mise en place consacre la séparation totale des Juifs et des Arabes de Palestine. Dans le cadre de l'Empire ottoman, les colons sionistes conservent en général leur nationalité d'origine et sont ainsi protégés par le système des capitulations. Le chrétien Negib Azoury analyse, en 1905, en termes d'affrontements nationaux l'antagonisme qui se dessine en Palestine : « Deux phénomènes importants [...] se manifestent en ce moment en Turquie d'Asie : ce sont le réveil de la nation arabe et l'effort latent des Juifs pour reconstituer sur une très large échelle l'ancienne monarchie d'Israël. Ces deux mouvements sont destinés à se combattre continuellement… » *(Réveil de la nation arabe).* Le gouverneur turc de la région de Jérusalem doit préciser, en 1911, que les Juifs doivent abandonner l'utopie d'une « domination politique » et donner « la preuve de l'otto-manisme ».

La situation est différente en Égypte, où l'arabité est secon-daire tout au long du 19ᵉ siècle, alors que la patrie *(watan)* égyp-tienne s'affirme face à l'Empire ottoman. Dès le milieu du 19ᵉ siècle, les fouilles archéologiques sont utilisées comme la preuve de la continuité historique du peuple égyptien depuis les temps des pharaons, la langue ottomane recule et le français devient le vecteur du projet civilisateur. L'avocat nationaliste Mustafa Kamil (1874-1908) rappelle l'attachement à la Turquie – l'Empire ottoman peut être une aide contre les Anglais – et, jusqu'en 1904, compte face à l'Angleterre sur l'aide de la France, mais il proclame d'abord l'existence d'une nationalité égyptienne : « Les musulmans d'Égypte sont égyptiens et des-cendent des pharaons. L'islamisme n'a pu changer le sang égyp-tien et la nationalité égyptienne. » Et il en appelle à la solidarité des *coptes. Le journaliste Lufti al-Sayyid (1872-1963) refuse même tout panislamisme : « Il est essentiel et utile de faire une distinction entre la religion et la patrie », écrit-il. Enfin, Saad Zaghloul, leader incontesté de l'opposition nationale à la veille de la guerre, se situe, lui aussi, dans le cadre d'une nation égyp-tienne, dans laquelle les coptes auraient, aux côtés des musul-mans, toute leur place.

L'évolution est moins avancée dans l'Afrique du Nord domi-née par la France. En 1912, Lyautey affronte la dissidence de nombreuses tribus. La résistance est ici traditionnelle. Tradition-nel aussi l'*exode* de Tlemcen quand, en 1911, quelques cen-taines de notables de cette ville de l'Est algérien tentent de fuir vers la Syrie alors que circule le bruit que la conscription va atteindre les musulmans. L'*Hijra*, cette émigration vers le *Dâr el-Islam*, le pays de la Foi, est une obligation pour le croyant qui ne peut demeurer sous la domination des Infidèles. Ces départs, qui ont surpris les autorités, sont analysés par William Marçais, alors jeune professeur d'arabe à la *medersa* de Tlemcen,

« comme l'explosion finale d'une douleur longtemps contenue ». Ils ne sont pas une nouveauté : dès les débuts de la
conquête, des croyants sont partis « pour vivre et mourir sous
un gouvernement musulman ». On peut penser que beaucoup
d'autres, sans aller jusqu'au départ, ont choisi la permanence du
refus et l'exil intérieur. À l'inverse, dans les grandes villes de
l'Algérie, comme à Tunis, se forme une élite, encore très minoritaire, le plus souvent laïcisée, qui demande à la France consi-
dération et égalité. À partir de 1907, un journal rédigé en langue
française, *Le Tunisien*, réclame que la Tunisie soit dotée d'une
Constitution *(destour)*. Jeunes Tunisiens et Jeunes Algériens se
situent dans un cadre national, sans référence explicite à l'islam
ni à une quelconque arabité.

La guerre en Méditerranée. En août 1914, les puissances de
l'Entente pouvaient espérer la neutralité turque, mais un inci-
dent révèle les intentions ottomanes. Deux croiseurs allemands,
le *Goeben* et le *Breslau*, bombardent Bône et Philippeville en
Algérie le 3 août. Ils sont chargés de gêner les communications
entre l'Algérie et la France et de se joindre éventuellement à la
flotte autrichienne. Ils échappent à la flotte britannique qui qua-
drille la Méditerranée et, le 10 août, pénètrent dans les Dardanelles. Loin de les refouler, le gouvernement les achète et les
débaptise ; l'amiral Souchon qui les commande est désigné
comme chef de la marine impériale en mer Noire et devient
Souchon Pacha. Le 8 septembre, le grand vizir annonce l'abolition des capitulations ; le 27, les Détroits sont fermés. La diplomatie allemande, et les caisses d'or qui l'accompagnent, achèvent de faire basculer la Turquie. Fin octobre, l'amiral Souchon
bombarde Odessa en mer Noire ; début novembre, la guerre est
officiellement déclarée. Une proclamation du sultan Mehmed V
incite tout musulman à se soumettre au « plus impérieux des
devoirs religieux », la participation au *jihâd.

L'Empire ottoman pouvait-il prendre une autre décision ?
Depuis la fin du 19e siècle, l'Allemagne offre une alternative à
la pression économique, financière et politique de l'Angleterre
et de la France. La Russie reste l'ennemi séculaire intime. Enfin,
les premiers combats en Europe semblent donner l'avantage aux

puissances centrales ; n'est-ce pas l'occasion, après les revers des années précédentes, d'inverser le processus de démembrement ? L'Angleterre et la France étant occupées ailleurs, la Turquie espère récupérer quelques positions perdues.

La décision du gouvernement d'Istanbul est grave pour l'Entente. Les Détroits fermés, la route la plus aisée pour ravitailler l'allié russe devient impraticable ; le canal de Suez, vital pour recevoir troupes et approvisionnements de l'Empire britannique, risque désormais d'être menacé. La guerre atteint donc la Méditerranée orientale, mais l'espace maritime, tout au long du conflit, reste contrôlé par la France et l'Angleterre. Les sous-marins et les cuirassés allemands ne passent pas Gibraltar. Quand l'Atlantique n'est pas sûr, les routes de la Méditerranée sont essentielles pour les États de l'Entente.

La guerre en Méditerranée tourne ainsi autour de l'Empire ottoman. Le jeu majeur est diplomatique : comment gagner à la cause de l'Entente les États encore neutres en août 1914 ? Qu'il s'agisse de l'Italie, de la Grèce ou des petits États des Balkans, leur adhésion suppose quelques compensations qui ne peuvent être que méditerranéennes. Quand l'Empire ottoman a choisi son camp, son « intégrité » est désormais du domaine du passé : comment, en cas de victoire, envisager son démembrement en préservant les intérêts européens ? Enfin, si la Turquie contrôle des populations arabes (musulmanes ou chrétiennes), ne peut-on les détacher de la suzeraineté ottomane ? La situation explique l'entrecroisement des promesses et l'élaboration de projets parfaitement contradictoires. Ils pèseront lourdement sur l'après-guerre. Militairement, l'Angleterre et la France ont trois possibilités : tenter de déverrouiller les Détroits ; affronter l'Empire dans ses territoires arabes, en Mésopotamie à partir du golfe Persique, ou en Palestine à partir de l'Égypte ; ouvrir dans les Balkans un front en direction de l'Autriche-Hongrie et de l'Europe centrale, afin d'alléger la pression allemande sur le front russe comme sur le front occidental.

Il s'agit d'abord de convaincre les neutres. L'Italie choisit, en mai 1915, d'entrer en guerre aux côtés de l'Angleterre et de la France. L'Entente a promis plus que les empires centraux : les terres *irrédentes, mais aussi la côte dalmate et un morceau d'Asie Mineure autour d'Adalia. La pression de l'opinion nationaliste a fait le reste. Cependant, les promesses faites à l'Italie inquiètent, autour de l'Adriatique, l'allié serbe et, en Anatolie, les Grecs.

La Grèce, quant à elle, tarde à sortir de la neutralité. Tout au long de la guerre, le roi, dont les liens de parenté avec Guillaume II expliquent l'inclination vers les empires centraux, s'oppose à Vénizélos qui pousse à l'entrée en guerre. La Bulgarie est prise entre son hostilité à la Serbie et les promesses russes. Elle bascule du côté des puissances centrales quand la Russie semble en difficulté en octobre 1915. Inversement, la Roumanie croit au succès russe au moment de l'offensive Broussilov en 1916, et entre en guerre à ses côtés.

Si l'on met à part le cas roumain, la répartition des États entre les deux camps est faite en 1915. Militairement, les options stratégiques sont prises cette même année. Winston Churchill, premier lord de l'Amirauté, a fait adopter le principe d'une offensive sur les Détroits, la flotte britannique en février tente de franchir les Dardanelles, mais le détroit est miné, les côtes fortifiées par les Turcs. C'est un échec et, contrairement à ce qui était prévu, un corps expéditionnaire est débarqué dans des conditions très difficiles sur la presqu'île de Gallipoli ; il ne peut se maintenir qu'avec l'aide de renforts successifs, et en particulier de contingents australiens et néo-zélandais. En décembre, l'évacuation est décidée ; l'expédition a nécessité 450 000 hommes, 145 000 sont morts ou ont été blessés, les pertes turques sont comparables. Churchill est démis de son poste de premier lord de l'Amirauté. L'Angleterre promet cependant à la Russie inquiète les Détroits et Constantinople. Sur le front est de l'Empire ottoman, Enver Pacha affronte les Russes durant l'hiver 1914-1915 ; l'offensive turque aboutit à un désastre, dont les Arméniens, suspectés de sympathie pour les Russes, font les frais. À partir du printemps 1915, ils sont déportés et massacrés en masse. Les élites arméniennes d'Istanbul, qui sont pourtant parfaitement intégrées au monde ottoman, sont arrêtées au mois d'avril. Le drame arménien signe la fin de l'ottomanisme. « Purification ethnique », il confirme la montée d'un nationalisme spécifiquement turc.

Cette même année 1915, la France et l'Angleterre décident de débarquer à Salonique. Le but de l'opération est de tenter de sauver l'armée serbe. Le débarquement a lieu, malgré les hésitations grecques (la ville a été annexée au royaume en 1912), à la fin du mois d'octobre. Là encore, c'est un échec : les troupes du général Sarrail arrivent trop tard et doivent se replier à Salonique. La Serbie est occupée. Les débris de son armée fuient vers l'ouest et, par l'Albanie, parviennent à gagner l'Adriatique. La France et l'Angleterre décident cependant de maintenir des troupes à Salonique. Sous le commandement du général Franchet d'Esperey, et avec des contingents serbes, italiens mais aussi grecs, puisque Vénizélos, qui a déposé le roi Constantin, a permis à son pays d'entrer dans le conflit en juin 1917. Cette armée multinationale participera, en 1918, aux dernières offensives contre les empires centraux en s'ouvrant la route du Danube. Plus tard, au bord de la Méditerranée, sur la corniche de Marseille, un monument célébrera le sacrifice des « poilus d'Orient ».

En Asie ottomane, l'Angleterre mène le jeu. Dès 1914, elle impose son protectorat à l'Égypte. Les Anglais débarquent à Basra pour contrôler le Golfe ; en Palestine, ils refoulent les offensives turques vers le Sinaï et Suez. En Syrie, les Turcs, qui craignent des défections arabes, arrêtent et font exécuter des autonomistes suspects de trahison. Les Anglais, qui veulent utiliser les Arabes contre les Ottomans, s'appuient sur le chérif Hussein du Hedjaz, de la famille des Hachémites gardienne des lieux saints de l'islam. Mac-Mahon, haut-commissaire en Égypte, lui promet en 1915 « l'indépendance des Arabes ». L'interprétation de la correspondance entre Mac-Mahon et Hussein est complexe : indépendance totale ou autonomie sous protectorat britannique ? Mac-Mahon semble exclure les zones côtières, Syrie et Palestine : est-ce ainsi que Hussein a compris les promesses britanniques ? Parallèlement, et sans en avertir Hussein, Marc Sykes pour l'Angleterre et Georges-Picot pour la France dessinent, sur la carte, le futur État arabe : dans sa partie nord (Damas, Alep, Mossoul), la France fournira « des conseillers ou des fonctionnaires étrangers » ; dans sa partie sud, l'Angleterre jouera un rôle similaire. Une « zone rouge » de Beyrouth au sud de l'Anatolie, une « zone bleue » de Bagdad au golfe Persique seront à la discrétion, respectivement, de la France et de l'Angleterre. Enfin, une « administration internationale » est prévue en Palestine (1916). Déjà, Constantinople et les Détroits ont été promis à la Russie. En avril 1917, la France et l'Angleterre accordent une zone d'influence à l'Italie en Anatolie. Enfin, le 2 décembre de la même année, dans une lettre à lord Rothschild, le Premier ministre britannique Arthur Balfour précise que « le gouvernement de Sa Majesté envisage favorablement l'établissement d'un Foyer _(Home)_ national pour le peuple juif ». Hussein appelle à la révolte, en 1916, et se proclame « roi des pays arabes ». Le colonel Lawrence, archéologue, agent secret, aventurier du désert, dont l'épopée soigneusement mise en scène est comme un écho, près d'un siècle plus tard, des voyages méditerranéens de lord Byron, fait partie de ces officiers britanniques du Bureau arabe du Caire qui vont accompagner, conseiller et aider financièrement Fayçal, fils de Hussein, qui conduit la révolte du désert. En décembre, Jérusalem est prise ; le 1er octobre 1918, les forces anglo-chérifiennes entrent à Damas. La guerre est gagnée. L'allié russe, qui s'est retiré du conflit, ne peut prétendre au partage des dépouilles. L'Angleterre, et secondairement la France, ont joué les principaux rôles ; mais l'Italie et la Grèce entendent bien ne pas être oubliées. La paix revenue, les vainqueurs doivent faire face à l'entrecroisement des promesses et à des nationalismes qu'ils ont parfois encouragés.

La Méditerranée d'une guerre à l'autre (1918-1935)

Istanbul occupé et déchu. La guerre a transformé Istanbul. Les chrétiens, dont les écoles ont été fermées, se cachent, les Arméniens tremblent, les familles musulmanes apprennent, chaque jour, qu'un des leurs a disparu. Au moment même où, en 1918, les Turcs espèrent leur revanche sur la Russie, en proie à la révolution, et atteignent Bakou, l'armée d'Allenby au sud et celle de Franchet d'Esperey au nord contraignent la Turquie à demander l'armistice, qui est signé le 30 octobre sur l'*Agamem-non*, en rade de Moudros (île de Lemnos). Le 13 novembre 1918, 54 navires de guerre anglais, français et italiens, et même un cuirassé grec, entrent dans le port d'Istanbul. Le 18 février 1919, comme une revanche des croisés et une réponse à l'entrée identique de Mehmed II qui, en 1453, signifiait la fin de Byzance, Franchet d'Esperey pénètre solennellement dans la ville sur son cheval blanc et avec lui une armée d'occupation multinationale : les minorités chrétiennes reprennent possession de Constantinople. En 1920, les Russes blancs, avec les débris de l'armée de Wrangel, submergent la ville par dizaines de milliers : 130 à 150 000 ont transité par Istanbul, 30 à 40 000 tentent de s'y installer. Parmi eux l'inévitable chauffeur de taxi ancien officier du tsar, l'ex-comtesse devenue serveuse de cabaret, comme celle que rencontre Paul Morand, en mission pour les Affaires étrangères. Les lieux de plaisirs russes, comme *La Rose noire*, *Le Parisiana* ou *L'Oiseau bleu*, prolifèrent alors pour répondre aux besoins des troupes d'occupation. Jacques Prévert y est soldat en 1921 ; John Dos Passos, la même année, et Ernest Hemingway, l'année suivante, y apprennent le journalisme. La petite-fille de Karl Marx, Magdeleine, est l'envoyée spéciale de *L'Humanité*.

Sur la Turquie, c'est la curée. Les vainqueurs débattent du futur statut d'Istanbul : faut-il neutraliser la ville ? créer un État des Détroits sous le contrôle de la SDN ? Ils autorisent les Italiens à débarquer à Adalia en mars 1919, les Grecs à Izmir (Smyrne) en mai 1919. La France tient à garder la Cilicie. Les Arméniens réclament une grande Arménie. C'est alors que se structure la résistance turque. C'est le rôle du général Mustapha Kemal. Il a combattu sur tous les champs de bataille où était engagée l'armée turque depuis la guerre de Tripolitaine en 1911. Il a fui, en 1912, sa ville natale, Salonique, devenue grecque. Il était à Istanbul quand la flotte d'occupation alliée est entrée dans le port. C'est à Ankara, au cœur de l'Anatolie turque, qu'il réunit une « Grande Assemblée nationale ». Ignorant le traité de Sèvres (1920), il lutte contre les Français en Cilicie, et affronte les Grecs pendant une longue guerre, de juin 1920 à septembre 1922. Smyrne prise par les Turcs, les Grecs doivent évacuer l'Asie Mineure. Mustapha Kemal a su profiter des dissensions entre l'Angleterre et la France, en se rapprochant de cette dernière, mais aussi de la conjoncture russe. C'est avec les Soviets que la Turquie négocie sur l'Arménie et signe un traité en mars 1921. Ce rapprochement incite les puissances à écouter la Turquie nouvelle. Le traité de Sèvres est révisé à Lausanne (juillet 1923). Plus d'un million de Grecs quittent l'Asie Mineure, 400 000 Turcs qui vivaient en Thrace rallient la Turquie. L'ottomanisme est bien mort. La Turquie devient une république (le dernier sultan ottoman s'est déjà réfugié à Malte) et, après l'abolition du califat, un modèle d'État laïque en terre musulmane. L'islam est contrôlé et « turquifié » : comme Combes interdisant aux curés de Bretagne de prêcher en breton, Mustapha Kemal impose le turc dans les mosquées. Ankara est la nouvelle capitale. Istanbul est déchue. La vieille métropole est trop cosmopolite et bigarrée pour incarner la Turquie. Les grandes puissances, qui souhaitent un État solide sur les Détroits face à la Russie des Soviets, ont sacrifié les Arméniens et les *Kurdes.

Au Proche-Orient : Français et Anglais, Juifs et Arabes, le pétrole. Au Proche-Orient, l'Angleterre n'a les moyens ni de faire face à tous les engagements pris pendant le conflit, ni d'assumer seule le contrôle de la région. Au terme de négociations complexes, la France obtient le contrôle de la Syrie, l'Angleterre celui de l'Irak et de la Palestine : la SDN a donné *mandat* aux deux puissances afin qu'elles conduisent ces territoires vers l'indépendance.

En Syrie, Fayçal, protégé des Anglais, et toujours conseillé par Lawrence, est chassé de Damas par les Français ; l'Angleterre laisse faire et installe son protégé hachémite sur le trône d'Irak, qui devient formellement indépendant en 1930. De la Syrie, et sous la pression de ses clients chrétiens maronites, la France détache un « Grand Liban ». Au contraire des Britanniques, volontiers « arabophiles », la France, au Proche-Orient, s'appuie sur les minorités et s'oppose au nationalisme arabe des *sunnites qui pourrait, par contagion, toucher ses possessions d'Afrique du Nord. Le Grand Liban, créé en 1921, est pourtant musulman pour près de la moitié de sa population. En Syrie, la

France divise le territoire et cherche à s'appuyer sur les minorités *alaouites et druzes. En 1925, une révolte, née en 1923 chez les druzes, embrase la Syrie, Damas doit être évacuée et reprise au canon. Le Liban obtient, en 1926, une Constitution qui tente de préserver un équilibre entre les différentes communautés. Le président de la République libanaise est un grec orthodoxe, le chef du gouvernement un maronite, le président de la Chambre un sunnite.

Les Anglais ont obtenu le mandat sur la Palestine. Ils inventent une improbable Transjordanie et ils y installent, comme émir puis comme roi, un Hachémite, Abdallah, frère de Fayçal. Le territoire est fermé à l'immigration juive ; les Anglais y organisent une Légion arabe encadrée par des officiers britanniques. En Palestine, le premier haut-commissaire britannique Herbert Samuel affronte une situation difficile. Tout l'effort anglais consiste à freiner l'immigration juive et à s'interposer entre les deux communautés. Les Arabes refusent de reconnaître la déclaration Balfour, les Juifs rejettent toute collaboration avec les Arabes. Toutes les tentatives du haut-commissaire pour mettre en place des institutions représentatives des deux communautés sont un échec. Les Juifs tiennent à leur organisation spécifique : un conseil national élu, une milice armée clandestine, la *Haganah*. Les affrontements ne cessent guère – ainsi, en 1929, autour du Mur des lamentations à Jérusalem. La situation s'aggrave, dans les années 1930, avec la croissance de l'immigration. Le nombre annuel d'immigrants juifs, qui, de 1927 à 1932, a varié entre 2 000 et 10 000 personnes, se gonfle après l'arrivée de Hitler au pouvoir en Allemagne : en 1935, plus de 60 000 Juifs entrent en Palestine. De répressions des révoltes en commissions d'enquête, de conférences en Livres blancs, les Britanniques tentent d'élaborer des solutions acceptables par tous. Le problème palestinien contribue à l'affirmation de l'arabisme qui peut d'autant plus se déployer que la disparition du califat et l'orientation laïcisante de la Turquie lui laissent tout l'espace qu'occupait autrefois l'Empire ottoman. Ainsi, Chakib Arslan, depuis Genève, est le principal rédacteur du journal *La Nation arabe*, édité en français dans les années 1930 et qui influence les nationalistes du Maghreb ; ainsi, Sati al-Husri, né à

Alep, fonctionnaire ottoman avant 1914, puis au service de Fayçal en Irak, distingue la patrie *(watan)* de la nation *(umma)* et fait de la langue arabe le facteur majeur de l'unité. Le chrétien syrien Michel Aflak est à l'origine du parti *Ba'th dans les années 1930 ; il définit l'islam comme la culture nationale des Arabes, qu'ils soient musulmans ou chrétiens. Les souverains, Fayçal puis Abdallah, tentent de fédérer le mouvement, mais ils rencontrent l'opposition d'Ibn Séoud. Le souverain d'Arabie a conquis le Hedjaz en 1924, il tient les lieux saints de l'islam. Reconnu sur le plan international en 1927, il unifie en 1932 ses possessions sous le nom d'Arabie Saoudite. Le royaume est une synthèse originale d'un islam rigoriste et d'une volonté de puissance qui entraîne quelques compromis avec la civilisation occidentale.

Le développement de l'arabisme est un des phénomènes majeurs de la période, mais les difficultés face aux mouvements nationaux n'empêchent pas les puissances européennes de veiller à leurs intérêts économiques. Les grandes manœuvres diplomatiques ont de plus en plus, au Proche-Orient, une odeur de pétrole. Dès avant la guerre, l'Amirauté britannique achète les parts de l'Anglo-Persian, elle dispose de concessions en Perse, d'un pipe-line jusqu'à Abadan sur le golfe Persique où une raffinerie est construite entre 1910 et 1913. Le pétrole d'Abadan ravitaille, pendant la guerre, la flotte et l'armée britanniques. L'histoire des gisements de Mossoul, en Mésopotamie, est complexe : avant 1912, la Turkish Petroleum Company représentait les intérêts croisés de Gulbenkian – Arménien, sujet ottoman bien en cour, ingénieur diplômé du King's College de Londres et au cœur des milieux d'affaires liés au pétrole –, de la Deutsche Bank, de la Banque nationale de Turquie, et de la Royal Dutch-Shell. En 1920, l'accord de San Remo officialise l'entrée des intérêts français ; en 1924, la Compagnie française des pétroles devient au sein de la Turkish le partenaire des Britanniques. Mais les Américains soutiennent les revendications de leurs sociétés pétrolières et demandent à bénéficier des mêmes privilèges que la France. Le pétrole jaillit en grande abondance en 1927. En 1928, les sociétés américaines entrent dans la Turkish Petroleum Company. En 1935, un pipe-line (on ne dit pas encore oléoduc) est construit pour acheminer vers la Méditerranée le pétrole de l'Irak ; une de ses branches aboutit à Tripoli, port du Liban contrôlé par la France, l'autre à Haïfa, en Palestine sous mandat britannique. Par ailleurs, les découvertes pétrolières se multiplient autour du Golfe, que les Anglais contrôlent étroitement.

De l'Égypte au Maroc : l'éclosion des nationalismes. L'Égypte a souffert de la guerre. Malgré les promesses britanniques, des soldats égyptiens sont engagés pour défendre le canal ; les travailleurs de l'Egyptian Labour Corps, recrutés par corvée, sont utilisés par centaines de milliers, en Palestine, en Mésopotamie et même en France. En 1919, les Égyptiens attendent que l'Angleterre leur accorde cette indépendance qu'elle promet par ailleurs aux Arabes. Saad Zaghloul, qui, en 1914, était vice-président d'une Assemblée de notables élue au suffrage indirect et porte-parole de l'opposition nationale, est à la tête d'une délégation *(wafd)* dont le haut-commissaire accueille les revendications avec un paternel mépris. Un grand mouvement populaire élargit le mandat de Saad Zaghloul. Les nationalistes en appellent à Wilson et à la Conférence de la paix. Les Britanniques choisissent la répression. Zaghloul est déporté à Malte, la révolution est écrasée (un millier de morts). Les Britanniques alternent alors tentatives de négociation et répression. En 1922, ils proclament unilatéralement l'indépendance de l'Égypte en se réservant la sécurité des communications impériales, la défense de l'Égypte, la protection des intérêts étrangers (c'est le maintien des capitulations) et le contrôle du Soudan. Le sultan Fouad devient le premier roi d'Égypte. L'Égypte est dorénavant une monarchie constitutionnelle, la Chambre des députés est élue au suffrage universel, l'islam est religion de l'État mais la liberté de conscience est reconnue. Saad Zaghloul rentre d'exil et son parti, le Wafd, obtient une écrasante majorité aux élections de 1924. Cependant, le Wafd, qui survit à la disparition de Zaghloul en 1927, continue à lutter contre les Anglais. Le grand parti nationaliste est encadré par l'élite des professions libérales, il est capable de mobiliser les populations urbaines.

La maturation du mouvement national est moins avancée en

Afrique du Nord. La révolte du Rif provoque au Maroc espagnol, puis au Maroc français, une véritable guerre. Lyautey évincé, c'est le maréchal Pétain qui achève en 1925 la pacification. L'incarnation du soulèvement, Abd el-Krim, appartient à l'ancien Maroc, celui des tribus ; les aspirations nationales neuves proviennent au contraire de ceux que le colonisateur appelle les « évolués ». L'avocat Habib Bourguiba en Tunisie, qui, dans les années 1930, donne une nouvelle jeunesse au vieux Destour (Constitution), ou Ahmed Balafrej au Maroc appartiennent à ces élites formées dans les écoles françaises et qui souhaitent l'évolution des protectorats vers l'autonomie et l'indépendance. La lutte nationale égyptienne est un modèle ; cependant, ni en Tunisie, ni au Maroc n'existe un grand parti national comme le Wafd égyptien.

En Algérie, le calme des populations au moment de l'entrée en guerre étonne les responsables français, qui craignent les échos de la propagande des Ottomans et de leur allié Guillaume II, volontiers présenté, en pays musulman, comme *Hadj Guioum* ; ne s'est-il pas proclamé, en 1898, « l'ami pour toujours des 300 millions de croyants qui vénèrent le calife » ? Au total, l'Algérie musulmane fournit, de 1914 à 1918, 170 000 soldats, appelés ou engagés volontaires, attirés par les primes. Elle est aussi un réservoir de main-d'œuvre. Dès l'été 1915, des travailleurs algériens participent aux moissons en Beauce. Au total, 75 000 ouvriers ont été envoyés en métropole pour remplacer les travailleurs français mobilisés. À un moment où se tarit progressivement l'immigration européenne, ces départs de l'Afrique du Nord vers la métropole annoncent les grandes migrations du 20e siècle. La guerre multiplie les échanges entre l'Algérie et la France ; elle consolide et accroît le vignoble algérien grâce aux généreuses distributions de vin aux soldats. Les réformes de 1919, voulues par Clemenceau qui souhaite récompenser la participation des Algériens musulmans à la guerre, sont très timides : la porte de la citoyenneté française est entrebâillée, seuls ceux qui savent lire et écrire, ou qui sont anciens combattants, pourront devenir citoyens français, s'ils abandonnent leur statut musulman. Très peu d'Algériens profitent de l'offre. Ce refus de toute assimilation, sous la pression des Français d'Algérie, ouvre la voie à la revendication d'une citoyenneté algérienne. Au début des années 1930, trois courants incarnent le nationalisme algérien. Avec Ferhat Abbas, le pharmacien de Sétif, la Fédération des élus musulmans se situe dans le cadre français et réclame l'émancipation de ceux qui sont toujours des « indigènes ». Autour du cheikh Abd el-Hamid Ben Bâdis, au contraire, l'association des oulémas appuie, sur l'islam et sur la langue arabe, la certitude de l'existence nationale algérienne. Enfin, d'abord implanté en métropole chez les immigrés, un mouvement plus radical, animé par Messali Hadj, réclame l'indépendance.

Les groupes de pression coloniaux parviennent à bloquer toute tentative de réforme. Il est vrai que la France est plus soucieuse de célébrer le déploiement de son génie civilisateur en Méditerranée que de prévoir les évolutions nécessaires. « Honneur et gloire à toi, ô France bien-aimée [...] Tu viens avec le flambeau de la civilisation éclairer un peuple plongé dans les ténèbres depuis des siècles... », se fait-elle dire par un grand notable musulman, lors de la fastueuse célébration du centenaire de la conquête de 1930. La même année, à Boufarik, le président de la République inaugure un monument dédié « au génie colonisateur français ». En 1931, l'Exposition coloniale de Vincennes, organisée par le maréchal Lyautey, attire 6 millions de visiteurs. Elle est aussi une autocélébration. En Afrique du Nord, comme au Levant, la France n'a pas renoncé à diviser pour mieux régner. Au Maroc, le « dahir berbère », qui soustrait les Berbères de l'Atlas à la justice musulmane traditionnelle des *cadis, suscite une grande émotion. Les parades religieuses sont tout aussi mal reçues ; déjà la France avait jugé bon d'édifier en 1925, face à la *médina de Tunis, une statue du cardinal Lavigerie brandissant la croix ; l'organisation d'un congrès eucharistique à Carthage, en 1930, apparaît également comme une provocation.

Progressivement, de Damas à Jérusalem, de Jérusalem au Caire, du Caire à Tunis, à Alger et à Fès, la voix des Arabes commence à résonner en Méditerranée. Les mouvements nationaux, qui ont entendu les propos émancipateurs du président Wilson, tentent de toucher l'opinion internationale. Les revendications sont diverses, mais l'affirmation de l'identité passe par la langue, l'arabe, et l'islam qui est à la fois religion et mode de vie.

Affrontements autour de l'Adriatique. La Grèce appartient au groupe des nations déçues par l'issue de la guerre. Son dramatique échec à Smyrne, au début des années 1920, est une des explications de son instabilité politique. Vénizélos, tantôt exilé, tantôt au pouvoir, reste, jusqu'aux années 1930, la figure dominante. Déçue par l'échec de son expansion en Asie, qui aurait permis de réaliser la mythique *Mégalè Idéa*, définie un siècle plus tôt, la Grèce convoite l'Épire et la Macédoine. Cette réorientation vers les Balkans explique la politique de rapprochement avec la Turquie et l'Italie qui sont, elles aussi, deux puissances révisionnistes. L'Albanie, indépendante depuis 1912, a du mal à trouver son équilibre, d'autant plus qu'elle est convoitée par ses voisins et d'abord par l'Italie. Un grand féodal se fait proclamer roi des Albanais sous le nom de Zog Ier en 1928, mais les luttes civiles ne cessent pas. Le nouveau royaume des Serbes, Croates et Slovènes, proclamé en décembre 1918, n'est guère plus solide. La volonté d'hégémonie des Serbes, dont le roi Alexandre Ier règne de manière autoritaire sur le nouvel État, et la création en 1930 de la Yougoslavie, renforcent le séparatisme croate.

Le problème de Fiume oppose l'Italie au nouvel État. Fiume est un petit port de l'Istrie dont la population est en majorité italienne, dans un territoire slovène. Wilson, le président des États-Unis, a refusé d'accorder Fiume aux Italiens, la ville doit revenir au nouvel État yougoslave. En septembre 1919, Gabriele D'Annunzio, à la tête de 25 000 « légionnaires » en chemise noire, s'empare de la ville où il parade jusqu'en janvier 1921, date à laquelle il est chassé par l'armée régulière italienne. D'Annunzio (1863-1938) est alors le Grand Poète national, chantre de l'Italie éternelle. Son exaspération nationaliste se nourrit du thème de la « victoire mutilée ». Les sacrifices consentis par l'Italie de 1915 à 1920, présentés comme un accomplissement national permettant de parachever l'unité, n'ont pas été récompensés. Certes, l'Italie a obtenu l'essentiel des *terres irrédentes, le Trentin, la presque totalité de l'Istrie, avec le port, jusque-là autrichien, de Trieste, mais elle revendiquait la côte dalmate afin de régner, comme Venise autrefois, sur l'Adriatique. En Méditerranée orientale, elle a dû abandonner la part d'Anatolie qu'elle convoitait et se contenter de l'archipel de Dodécanèse qu'elle occupe depuis 1912. Cette frustration s'ajoute aux frustrations coloniales de l'avant-guerre ; l'Italie a collectionné les déserts. L'entreprise de D'Annunzio entend se situer dans la geste héroïque de la construction de la nation, un écho à l'expédition des Mille de Garibaldi. La grande aventure du Poète est construite sur tout un légendaire héroïque. La guerre est exaltée comme puissance de libération et de création, comme la première grande expérience nationale de l'ensemble du peuple italien. À Fiume sont inventés une gestuelle, des rituels et une rhétorique populiste et héroïque dont s'empare Mussolini, militant socialiste puis propagandiste en 1915 de l'entrée en guerre de l'Italie. Les premiers faisceaux sont créés en 1919, le Parti national fasciste en 1921 ; en octobre 1922, Mussolini organise la marche sur Rome des *squadristes du PNF. Le peuple en marche doit faire pression sur les politiciens dont la corruption a privé l'Italie des fruits de la victoire et qui sont incapables d'assurer l'ordre dans le pays. Le nationalisme expansionniste est alors, dans un moment de grandes difficultés économiques et sociales, un moyen de mobilisation populaire. Mais il s'agit d'un volontarisme : la guerre n'a pas été le rassemblement enthousiaste de l'Italie héroïque que décrivent ses thuriféraires. Mussolini, au pouvoir, souhaite effacer le libéralisme, incapable d'assumer la grandeur. Seul un État fort appuyé sur le peuple uni et militarisé peut assurer le destin historique de l'Italie en Méditerranée.

Dix ans de guerre en Méditerranée (1935-1945)

Fascisme et dictatures en Méditerranée. Le milieu des années 1930 représente un moment décisif de l'histoire de la Méditerranée. Alors que la France et l'Angleterre, aux prises avec le nationalisme arabe, tentent de maintenir leur influence sur le nord de l'Afrique et au Proche-Orient, le régime fasciste italien se durcit. Le *Duce* affirme sa volonté d'expansion et bascule du côté de l'Allemagne nazie. En Espagne, au terme d'une longue guerre civile de 1936 à 1939, le général Franco, le *Caudillo*, établit sa dictature. En Grèce, c'est aussi un général, Metaxas, qui le 4 août 1936 devient *Archigos*, le conducteur de la nation. La Yougoslavie du roi Alexandre Ier, assassiné à Marseille en 1934 par un terroriste croate, n'est pas un modèle de démocratie, pas plus que la Turquie que Mustapha Kemal, devenu Atatürk, le « père des Turcs », tient d'une poigne de fer.

Chaque État a ses problèmes spécifiques. Ils ont cependant tous en commun les problèmes d'une unité nationale imparfaite, inachevée ou – c'est le cas de l'Espagne – problématique. Face au retard de leur développement économique par rapport au reste de l'Europe, ils accroissent le rôle de l'État et, dans un cadre souvent autarcique, tentent une modernisation à marche forcée, ponctuée de réalisations spectaculaires. Les effets de la Crise mondiale des années 1930 et les contestations sociales, l'exemple, depuis 1933, du modèle nazi, concourent également à durcir et à militariser les dictatures.

À la fin des années 1920, Mussolini affirme progressivement ses ambitions. L'Italie exerce depuis 1926-1927 un quasi-protectorat sur l'Albanie, elle reste en très mauvais termes avec la Yougoslavie et soutient les terroristes croates, mais l'expansion en Adriatique et dans les Balkans se heurte à la Petite Entente organisée par la France. L'axe africain d'expansion semble plus ouvert. La France de Pierre Laval tente d'éloigner l'Italie de l'Allemagne (l'Italie en 1934 s'est opposée à l'*Anschluss*), mais la conférence de Stresa, en 1935, n'est qu'une réponse symbolique de l'Angleterre, de la France et de l'Italie au rétablissement du service militaire en Allemagne. En échange, Laval a laissé les mains libres à Mussolini en Afrique. Le 3 octobre 1935, du balcon du palais de Venise à Rome, celui-ci proclame à grand fracas la décision de conquérir l'Éthiopie et de laver l'orgueil national de l'affront d'Adoua. L'Éthiopie étant membre de la SDN, la France et l'Angleterre ne peuvent que s'associer à la condamnation de l'Italie ; mais les sanctions, qui n'empêchent pas l'armée italienne de se ravitailler en produits stratégiques, restent symboliques. Les Italiens utilisent la route de Suez, alors que le canal est contrôlé par l'armée britannique. Le 9 mai 1936, le roi d'Italie devient « empereur d'Éthiopie » ; en juillet, la SDN lève les sanctions. La guerre a traversé la Méditerranée, les événements espagnols vont en faire un théâtre d'affrontements.

Depuis les années 1920, l'Espagne, en proie à de multiples problèmes – difficultés économiques et troubles sociaux, volonté d'autonomie des régions –, vit dans une totale instabilité politique : dictature du général Primo de Rivera de 1923 à 1930, république proclamée en 1931. En février 1936, les élections donnent la majorité au *Frente Popular*. L'Espagne « noire » alors se soulève. En juillet 1936, depuis le Maroc espagnol et grâce à l'appui logistique de l'Italie, le général Franco entame la « reconquête » de l'Espagne. En octobre, il installe son gouvernement insurrectionnel à Burgos. Mais l'Espagne républicaine résiste, les forces populaires, surtout dans les grands centres, à Madrid, Valence et Barcelone, se mobilisent. La solidarité des dictatures est immédiate ; l'Italie, qui a déjà permis aux insurgés de franchir le détroit de Gibraltar, mobilise des milliers de « volontaires » fascistes. La légion *Kondor* apporte à Franco le soutien, essentiellement dans le domaine aérien, de l'Allemagne nazie. L'URSS, quant à elle, aide le Front populaire. Le grand affrontement idéologique du 20e siècle commence ainsi en Méditerranée. Léon Blum, qui vient de former un gouvernement de Front populaire, est déchiré entre sa sympathie pour les républicains espagnols et la peur de provoquer une guerre civile en France ; l'Angleterre prêche la prudence. Les deux puissances proposent la non-intervention. Vingt-six États européens en acceptent le principe, ce qui ne modifie en rien le soutien des dictatures au général Franco. Certes, des volontaires s'engagent aux côtés des républicains dans les Brigades internationales ; ils ne peuvent empêcher la victoire des nationalistes. En 1939, les derniers combattants républicains espagnols, pourchassés en Catalogne par les franquistes, franchissent la frontière. Ils sont parqués, par la France, dans des camps. Le maréchal Pétain devient le premier ambassadeur de la République auprès de Franco.

Dorénavant, si l'Espagne, exsangue après trois ans d'une effroyable guerre civile, est contrainte au repli, l'Italie, liée à l'Allemagne depuis 1936, clame ses revendications méditerranéennes, réclame la Savoie, Nice, la Corse mais aussi la Tunisie.

En 1939, Mussolini met la main sur l'Albanie. Les deux grandes puissances méditerranéennes, la France et l'Angleterre, sont ouvertement bafouées.

Les difficultés de la France et de l'Angleterre en Méditerranée. La France et l'Angleterre ont-elles, en Méditerranée, les moyens qui correspondent à leur apparente domination ? La disparition de l'Empire ottoman a considérablement accru leur emprise, elles dominent dorénavant le Proche-Orient, elles sont, après l'abstention des États-Unis, les deux puissances dominantes de la SDN. Des puissances rivales ont disparu, comme la Russie et l'Empire austro-hongrois, ou n'ont pas encore les moyens de jouer un rôle en Méditerranée, comme l'Allemagne. Mais les deux pays, s'ils en sont sortis vainqueurs, ont été épuisés par la guerre. Les générations désormais au pouvoir ont été traumatisées par l'horreur du conflit, elles sont profondément pacifistes. Cela explique qu'elles laissent se renforcer les dictatures. Le conflit, enfin, a permis l'émergence de l'URSS et consacré la puissance des États-Unis.

Ainsi les deux puissances sont-elles enclines, en Méditerranée, à conserver plutôt qu'à entreprendre. Au Proche-Orient, ont-elles réellement pris conscience de la montée de l'arabisme ? En Syrie et au Liban que la France devait conduire à l'indépendance, il faut attendre 1936 pour que soient négociés, par Pierre Viénot, deux traités qui prévoient l'indépendance des territoires sous mandat après une période probatoire de trois ans, mais cet accord n'est pas ratifié par le Parlement. En 1939, aucune solution n'est en vue. En Palestine, en 1937, la commission Peel propose le partage du territoire entre Juifs et Arabes ; puis, le Livre blanc de 1939 revient à la solution d'un État palestinien « dans lequel les Arabes et les Juifs participeront au gouvernement de manière à assurer la protection des intérêts essentiels des deux communautés ». Cet État serait mis en place « dans les dix ans ». Le texte prévoit, d'autre part, le contrôle des achats de terre et une sévère limitation de l'immigration juive. Le projet est repoussé par les Juifs comme par les Arabes. En 1939, la lutte contre le sionisme devient la cause commune du monde arabe, animée par le grand *mufti de Jérusalem qui, bientôt, se jette dans les bras de Hitler. En Égypte, l'Angleterre maîtrise plus aisément les évolutions : en 1936, l'Égypte retrouve sa souveraineté sur les domaines réservés définis en 1922, les Britanniques ne conservent que le contrôle militaire du canal de Suez. En 1937, à Montreux, les capitulations sont abolies. Le Wafd a eu finalement gain de cause. Cependant, à la veille de la guerre, l'Égypte est progressivement gagnée à l'arabisme ; l'écho du conflit de Palestine contribue à cette prise de conscience.

Au Proche-Orient se dessine déjà la relève, tout au moins dans le domaine économique. Les États-Unis, fidèles à leur idéologie, réclament le principe de la « porte ouverte ». Ils participent déjà à l'exploitation du pétrole de Mossoul ; en 1933, ils obtiennent des concessions de grande étendue en Arabie Saoudite. La Standard Oil crée la Californian Arabian Standard Oil ; en 1938, des forages très profonds révèlent la présence d'importantes réserves de pétrole. Mais la traduction de la présence américaine en Méditerranée n'est pas seulement économique ; l'écho des discours de Wilson sur la liberté des peuples a été entendu, les populations sont prêtes à écouter Roosevelt.

En Afrique du Nord, le Front populaire est, en 1936, animé d'intentions neuves. Mais le projet Blum-Viollette pour l'Algérie est timide, il n'est même pas discuté au Parlement. Les Français d'Algérie, comme les « prépondérants » des protectorats marocain et tunisien, savent parfaitement paralyser toutes les tentatives de réforme qui risqueraient de remettre en cause leurs privilèges. Ce conservatisme des métropoles est aggravé par les conséquences de la crise économique des années 1930. La Grande Dépression rétracte le commerce mondial. La France et l'Angleterre utilisent alors leurs possessions coloniales comme un marché réservé. En 1929, l'Empire colonial français fournissait 37,5 % des matières premières agricoles importées ; le pourcentage atteint plus de 70 % en 1938. L'évolution est comparable pour le Royaume-Uni. Cette situation aurait pu être considérée comme conjoncturelle, d'autant plus que le repli sur l'Empire est beaucoup moins sensible pour d'autres secteurs de l'économie, mais elle rencontre le besoin de sécurité de l'opinion.

N'exagérons pas, cependant, les signes de sclérose et de déclin. Les marines anglaise, au premier chef, et française sont sans véritables rivales en Méditerranée, malgré les efforts italiens. La Grande-Bretagne renforce encore sa flotte à la fin des années 1930. Elle sait que la Méditerranée risque d'être un enjeu central dans le conflit qui s'annonce.

La Seconde Guerre mondiale en Méditerranée. La Méditerranée est d'abord épargnée par la guerre, qui touche la Pologne, puis l'Europe du Nord. Les forces françaises d'Afrique du Nord, anglaises et françaises du Proche-Orient ne sont pas encore engagées dans le conflit. La donne change en juin 1940 avec l'entrée en guerre de l'Italie et la défaite de la France. Le gouvernement français du maréchal Pétain accepte de cesser le combat ; l'idée, un instant envisagée, de poursuivre la lutte en Afrique du Nord est finalement abandonnée. La France est hors jeu et l'Italie en guerre : cela impose à la Grande-Bretagne une vigilance accrue en Méditerranée qu'elle est désormais seule à défendre. Sa première inquiétude concerne la flotte française, dont elle craint que, malgré les conventions d'armistice, elle puisse être utilisée par l'Allemagne. Cela explique les opérations du 3 juillet 1940. À Alexandrie, les Britanniques parviennent à un accord avec les Français : les bâtiments resteront à Alexandrie mais ils seront partiellement désarmés. À Mers el-Kébir, près d'Oran, au contraire, l'opération tourne au drame ; l'amiral Gensoul rejette l'ultimatum des Anglais qui détruisent la flotte française, provoquant la mort de 1 300 marins. Seuls un cuirassé et trois contre-torpilleurs parviennent à s'échapper et à gagner Toulon. La flotte britannique, de l'été à l'automne 1940, démontre sa supériorité sur la flotte italienne ; elle bombarde même en toute impunité Gênes et Livourne en février 1941. L'Angleterre garde donc la maîtrise de la Méditerranée occidentale. Les Italiens en sont réduits à transporter armes et munitions par sous-marins vers la Libye. En Afrique, l'offensive italienne, déclenchée le 12 septembre 1940 par le maréchal Graziani vers l'Égypte, rencontre une résistance britannique très vite victorieuse. Le général Wavell attaque le 9 décembre, il atteint Benghazi le 7 février. 130 000 soldats italiens sont prisonniers. L'Italie n'est pas plus heureuse dans son offensive contre la Grèce, qui, engagée en octobre 1940, piétine, alors que l'Angleterre donne son appui à la résistance grecque. En quelques mois, le rêve italien s'est fracassé, la Méditerranée ne sera pas soumise à l'*imperium* du *Duce*.

L'Angleterre tient la Méditerranée. À l'ouest, le général Franco, qui rencontre Hitler à Hendaye en octobre 1940, maintient l'Espagne à l'écart du conflit. Malgré les promesses nazies (Gibraltar, le Maroc…), l'Espagne se contente d'une adhésion au pacte d'Acier et de quelques gestes symboliques comme l'envoi de la division Bleue sur le front soviétique jusqu'en 1943. À cette date, en effet, Franco se rapproche des Américains, probables vainqueurs. À l'autre extrémité de la Méditerranée, l'attitude de la Turquie kémaliste est comparable. Ismet Inönü, qui a succédé à Atatürk, louvoie entre les deux camps tant que l'issue de la guerre est encore incertaine. Les territoires français sont dorénavant hors de la guerre, ils restent contrôlés, malgré les efforts du général de Gaulle, par des fidèles de Vichy. Cependant, la situation change quand les Allemands interviennent en Méditerranée pour pallier les insuffisances italiennes et, surtout, pour protéger sur son flanc sud l'offensive qu'ils préparent contre l'Union soviétique. En mars 1941, ils envahissent la Yougoslavie, ils sont en Grèce en avril. Au même moment, l'*Afrika Korps* de Rommel se porte en Libye. En mai, profitant de leur supériorité aérienne, ils lancent une audacieuse opération aéroportée sur la Crète, que les Anglais doivent évacuer. Dorénavant, le canal de Suez est à la portée des bombardiers nazis. La liberté des communications impériales est menacée. Ce printemps 1941 est d'autant plus critique en Méditerranée orientale que les populations arabes sont sensibles à la propagande de l'Axe. En Irak, où s'est réfugié le grand mufti de Jérusalem, les Britanniques chassent un gouvernement pro-allemand (avril-mai 1941), leur intervention provoque de violentes émeutes à Bagdad, dont la communauté juive est la première victime. En Égypte, le gouvernement d'Ali Maher proclame la neutralité du pays ; les Anglais obtiennent sa démission en juin 1940. En février 1942, alors que l'offensive de Rommel menace Alexandrie, les troupes britanniques encerclent le palais du roi

Farouk, sommé de choisir un gouvernement docile aux Anglais.
Le roi cède, mais cette humiliation est douloureusement ressentie par les nationalistes, tout particulièrement les jeunes officiers
de l'armée égyptienne, dont quelques-uns, comme Anouar el-
Sadate, sont accusés de collusion avec l'Allemagne nazie. Les
affrontements de Palestine aggravent la situation. Les Juifs radi-
calisent leurs revendications, Ben Gourion réclame la constitution d'un État et s'indigne de l'interdiction de toute immigration, alors même que Hitler commence à mettre en œuvre la
solution finale. À partir de 1942, le groupe Stern multiplie les
actions terroristes contre les Anglais. La protestation palestinienne s'adresse, elle aussi, aux Anglais, elle s'étend et gagne
les pays arabes voisins, en particulier l'Irak. Enfin, les mandats
français doivent être reconquis ; en effet, afin d'aider les Irakiens pro-allemands, l'Allemagne obtient du gouvernement de
Vichy la possibilité d'utiliser les aérodromes de Syrie. Cela
justifie une intervention britannique, à laquelle se joint le général de Gaulle ; ainsi la France libre rentre-t-elle dans la guerre.
La résistance des forces vichystes est vive, mais elles sont
contraintes à la reddition en juin 1941. Le général de Gaulle
peut alors réaffirmer en Syrie et au Liban la présence de la
France, dont il soupçonne les Anglais de vouloir l'éviction.

Au début de l'été 1941, les Anglais ont donc stabilisé la situation, d'autant plus que l'entrée en guerre de l'Allemagne contre
l'URSS, en juin 1941, allège sa pression sur la Méditerranée. En
1942, la nouvelle offensive de Rommel vers l'Égypte est stop-
pée à El-Alamein (octobre-novembre). Au même moment, les
Américains débarquent en Afrique du Nord. Les Allemands
répondent au débarquement allié par l'occupation de la Tunisie
et la jonction avec l'*Afrika Korps* ; en six mois (décembre 1942-
mai 1943), ils sont vaincus et éliminés d'Afrique. En juillet
1943, le débarquement en Sicile provoque la chute de Mussolini, l'Italie capitule en septembre puis rentre dans la guerre aux
côtés des Alliés. La reconquête de l'Italie est longue, il faut
attendre juin 1944 pour que Rome soit libérée. Ce succès permet, le 15 août 1944, le débarquement en Provence. Dorénavant, la Méditerranée tout entière est délivrée des Allemands.

La guerre a accéléré les prises de conscience nationalistes. En

Afrique du Nord, la présence américaine catalyse les espoirs d'indépendance. En janvier 1943, Roosevelt reçoit le sultan du Maroc, en l'absence de tout représentant de la France. Mohammed V encourage la formation de l'Istiqlal ; le parti nationaliste organise, en janvier 1944, de grandes manifestations pour l'indépendance, violemment réprimées par les autorités françaises. En Algérie, l'évolution est comparable : Ferhat Abbas, s'adressant à la France mais aussi aux Alliés, rassemble dans *Le Manifeste du Peuple algérien*, en 1943, les revendications des Algériens modérés. En mai 1945, le drapeau vert et blanc de l'Algérie indépendante fait son apparition dans les manifestations ; une insurrection éclate dans le Constantinois, autour de Sétif. La répression fait plusieurs milliers de morts. La France du général de Gaulle, vaincue en 1940, s'accroche en 1945 à toutes les formes de sa souveraineté passée. Ce n'est plus possible au Levant, où elle accepte l'indépendance politique de la Syrie et du Liban. La guerre relance les projets d'unité arabe. À l'initiative du chef du gouvernement égyptien Nahas Pacha, un comité préparatoire, réuni à Alexandrie en octobre 1944, décide la création de la Ligue des États arabes ; l'Angleterre n'est pas tout à fait étrangère à cette création. La Ligue, antisioniste avant tout, rassemble des États, tous jaloux de leur souveraineté. Le modèle national européen, inconnu au Proche-Orient avant 1914, a réussi à s'affirmer.

Le contrecoup de deux guerres mondiales, mais aussi l'incapacité des deux puissances dominantes, l'Angleterre et la France, à échanger sans asservir ou humilier, ont tué une certaine idée de la Méditerranée. La coexistence des communautés a laissé la place à l'agressivité des nations. L'Europe avait réinventé une Méditerranée, en 1945 elle n'en est plus maîtresse que nominalement. Les États-Unis sont là ; de Wilson à Roosevelt, ils tiennent aux peuples le langage de la liberté. Le discours anti-impérialiste de l'autre grande puissance victorieuse du nazisme, l'URSS, est aussi entendu comme une promesse de libération.

DOCUMENT 1

Un troc impérialiste en Méditerranée (1904)

En marge de l'Entente cordiale, conclue en 1904 après plusieurs années de méfiance réciproque, les Anglais et les Français règlent leurs problèmes méditerranéens. La France laisse l'Angleterre libre en Égypte, qu'elle occupe depuis 1882. Mais elle entend préserver dans ce pays ses intérêts économiques. Réciproquement, l'Angleterre laissera la France agir au Maroc. Le protectorat est établi en 1912 après quelques crises internationales. Entre la France et l'Angleterre, l'accord est possible puisque chacun des deux pays dispose d'une monnaie d'échange. C'est plus difficile avec l'Allemagne, tard venue dans la compétition coloniale et qui ne dispose pas de territoires en Méditerranée.

« ARTICLE PREMIER :

« Le gouvernement de Sa Majesté britannique déclare qu'il n'a pas l'intention de changer l'état politique de l'Égypte.

« De son côté, le gouvernement de la République française déclare qu'il n'entravera pas l'action de l'Angleterre dans ce pays en demandant qu'un terme soit fixé à l'occupation britannique ou de tout autre manière […].

« ARTICLE 2 :

« Le gouvernement de la République française déclare qu'il n'a pas l'intention de changer l'état politique du Maroc. De son côté, le gouvernement de Sa Majesté britannique reconnaît qu'il appartient à la France, notamment comme puissance limitrophe du Maroc sur une vaste étendue, de veiller à la tranquillité dans ce pays et de lui prêter son assistance pour toutes les réformes administratives, économiques, financières et militaires dont il a besoin.

« Il déclare qu'il n'entravera pas l'action de la France à cet effet, sous réserve que cette action laissera intacts les droits dont, en vertu des traités, conventions et usages, la Grande-Bretagne jouit au Maroc, y compris le droit de cabotage entre les ports marocains dont bénéficient les navires anglais depuis 1901.

« ARTICLE 3 :

« Le gouvernement de Sa Majesté britannique, de son côté, respectera les droits dont, en vertu des traités, conventions et usages, la France jouit en Égypte, y compris le droit de cabotage accordé aux navires français entre les ports égyptiens.

« ARTICLE 4 :

« Les deux gouvernements, également attachés au Principe de la liberté commerciale tant en Égypte qu'au Maroc, déclarent qu'ils ne s'y prêteront à aucune inégalité, pas plus dans l'établissement des droits de douane ou autres taxes que dans l'établissement des tarifs de transport par chemin de fer.

« [...] Le gouvernement de la République française au Maroc et le gouvernement de Sa Majesté britannique en Égypte se réservent de veiller à ce que les concessions de routes, chemins de fer, ports, etc., soient données dans des conditions telles que l'autorité de l'État sur ces grandes entreprises d'intérêt général demeure entière.

« ARTICLE 5 :

« Le gouvernement de Sa Majesté britannique déclare qu'il usera de son influence pour que les fonctionnaires français actuellement au service égyptien ne soient pas mis dans des conditions moins avantageuses que celles appliquées aux fonctionnaires anglais du même service.

« Le gouvernement de la République française, de son côté, n'aurait pas d'objection à ce que les conditions analogues fussent consenties aux fonctionnaires britanniques actuellement au service marocain.

« ARTICLE 6 :

« Afin d'assurer le libre passage du canal de Suez, le gouvernement de Sa Majesté britannique déclare adhérer aux stipulations du traité conclu le 29 octobre 1888 et à leur mise en vigueur... »

Accord de l'Entente cordiale entre la France
et le Royaume-Uni,
texte cité dans Henry Laurens,
*L'Orient arabe. Arabisme et islamisme
de 1798 à 1945,*
Paris, Armand Colin, 1993.

DOCUMENT 2

**Appel des Arabes de Palestine
à tous les musulmans (20 juillet 1937)**

Cette proclamation est une réponse aux propositions de la commission Peel (7 juillet 1937). Le rapport proposait un partage de la Palestine. Le littoral et, au nord, la Galilée constitueraient la partie juive, le reste fusionnerait avec la Transjordanie et constituerait la partie arabe, les Anglais se réservant le contrôle d'un corridor de la mer à Jérusalem. Enfin, des transferts de population sont envisagés. Les Arabes comme les Juifs rejetèrent le projet. L'appel s'adresse à tous les musulmans. Le conflit palestinien commence à cristalliser les prises de conscience arabes.

« Au nom de Dieu miséricordieux.

« Frères,

« Vous savez, sans nul doute, déjà, que la Grande-Bretagne, qui a abaissé et humilié les musulmans et qui s'est comportée avec la Palestine d'une manière encore pire, a publié tout dernièrement le rapport de la Commission royale d'enquête, qui conclut au partage de la Palestine entre les Britanniques et les Juifs, et à l'institution d'un État juif englobant la meilleure partie du territoire palestinien où reposent nos Pères et nos Ancêtres, où s'élèvent trois cent cinquante mosquées, où se trouvent nos *waqfs*, etc.

« La Grande-Bretagne a cédé aux Juifs, en vertu du rapport de la Commission royale d'enquête, des biens appartenant aux musulmans et aussi aux chrétiens arabes, qui valent sept fois plus que tout ce que les Juifs ont acquis en l'espace de cinquante ans.

« *L'Andalousie.*

« Tout cela appartiendra aux Juifs dans quelques mois.

« Et les musulmans et les chrétiens arabes sont expulsés de leurs maisons, de leurs villes, de leurs villages, par la force des armes, et parqués sur des montagnes inhabitables et dans des régions incultes.

« À l'exemple de ce qui eut lieu en Andalousie, il y a plusieurs siècles, et pire.

« La Commission royale d'enquête a agi, à notre endroit, en véritable tribunal d'Inquisition de l'Espagne du Moyen Âge. Que dis-je ? Elle a été plus inique que l'Inquisition.

« *L'Inquisition espagnole.*

« Car les juridictions inquisitoriales sévissaient contre les musulmans parce qu'elles les considéraient comme étrangers à l'Espagne, comme une race intruse.

« Quant à la Commission royale d'enquête, elle nous a persécutés sans raison, nous qui vivons sur la terre de nos aïeux et qui ne faisons de mal à personne.

« Notre crime, c'est de vouloir conserver cette terre où Dieu nous a fait naître.

« Notre second crime, c'est de nous trouver sur la route des Indes dont la Grande-Bretagne veut sauvegarder la sécurité.

« Mais avons-nous jamais porté atteinte à cette sécurité, nous Arabes ?

« Sur quoi se fonde la Grande-Bretagne pour présumer que nous sommes ou que nous deviendrons ses ennemis, nous qui avons été, jusqu'ici, avec tous nos frères arabes, ses amis ?

« La Grande-Bretagne veut nous exterminer, au lieu de s'entendre avec nous au sujet de la route des Indes. Ô dureté ! Ô injustice !

« *L'émir Abdallah et l'islam.*

« En second lieu, l'émir Abdallah de Transjordanie appuie cette politique britannique dirigée contre nous. Et cela, pour qu'il devienne roi.

« Nous et tous nos frères de Transjordanie, nous sommes les victimes des ambitions de cet homme qui ne veut plus se souvenir des enseignements de notre Seigneur Mahomet (les bénédictions de Dieu soient sur lui), dont il se dit être l'un des petits-neveux. Si bien que l'émir Abdallah s'est engagé vis-à-vis des Anglais, moyennant l'expulsion de Palestine du grand mufti (l'homme vénéré et écouté de tout le pays), à amener les Arabes à consentir au partage.

« L'émir Abdallah ne sait-il pas que toutes les *fatwas* ont qualifié d'impies tous ceux qui approuveraient le rapport de la Commission royale d'enquête ?

« L'émir Abdallah peut-il traiter aussi cavalièrement les prescriptions de l'islam et se moquer des peines éternelles réservées à tout impie ?

« Ô Arabes du monde entier, vengez-nous de lui !

« Délivrez-nous !

« Nous nous trouvons, frères, dans une grande détresse. Délivrez-nous en élevant contre nos oppresseurs des voix justicières.

« Protestez pour nous dans la presse ; manifestez pour nous, dans les rues, dans les mosquées.

« Dites que l'islam n'est pas mort.

« Dieu, un jour, vous demandera compte de ce que vous aurez fait pour vos frères malheureux et pour votre sainte Patrie ! »

Cité dans Henry Laurens,
L'Orient arabe. Arabisme et islamisme de 1798 à 1945,
Paris, Armand Colin, 1993.

DOCUMENT 3

L'évolution de Ferhat Abbas de 1936 à 1943

En 1936, Ferhat Abbas, pharmacien à Sétif et nationaliste modéré, situe sa revendication dans un cadre exclusivement français : « la France, c'est moi », s'exclame-t-il. Dans un autre passage de ce même article, il conteste même l'existence d'une nation algérienne. Le ton, mais aussi le contexte, est fort différent en 1943. Ne pouvant être accepté dans la « Cité française », c'est une citoyenneté algérienne que Ferhat Abbas revendique désormais. Entre-temps, il y a eu la déception face à l'échec du projet Blum-Viollette, la défaite de la France en 1940 et le débarquement américain en Algérie de novembre 1942. L'incapacité de la France à écouter les Algériens modérés a progressivement radicalisé leurs positions.

1. Dans L'Entente *du 23 février 1936 :*

« Six millions de musulmans vivent sur cette terre devenue, depuis cent ans, française, logés dans des taudis, pieds nus, sans vêtements et souvent sans pain. De cette multitude d'affamés, nous voulons faire une société moderne par l'école, la défense du paysannat, l'assistance sociale. Nous voulons l'élever à la dignité d'homme pour qu'elle soit digne d'être française.

« Est-il d'autre politique coloniale plus féconde ? Ne l'oublions pas. Sans l'émancipation des indigènes, il n'y a pas d'Algérie française durable. La France, c'est moi parce que je suis le nombre, je suis le soldat, je suis l'ouvrier, je suis l'artisan, je suis le consommateur. Écarter ma collaboration, mon bien-être et mon tribut à l'œuvre commune est une hérésie grossière. Les intérêts de la France sont les nôtres dès l'instant où nos intérêts deviennent ceux de la France.

« Cette sérénité de l'action et de la pensée fait obstacle à nos contradicteurs. Leurs provocations se multiplient. Ils nous font grief d'avoir pris au sérieux nos manuels scolaires. Ils voudraient peut-être revenir en arrière. Il est trop tard. Nous sommes les fils d'un monde nouveau, né de l'esprit et l'effort français. Notre devise est : en avant. »

2. *Dans* Le Manifeste du Peuple algérien musulman, *10 février 1943 :*

« Voilà le drame profond et brutal, auquel la colonisation a donné naissance. L'identification et la formation d'un seul peuple sous le "même gouvernement paternel" a fait faillite [...].

« Le bloc européen et le bloc musulman restent distincts l'un de l'autre, sans âme commune. L'un fort de ses privilèges et de sa position sociale, l'autre menaçant par le problème démographique qu'il crée et par la place au soleil qu'il revendique et qui lui est refusée.

« Il nous faut donc chercher, en dehors des erreurs du passé et des formules usées, la solution rationnelle qui mettra fin à ce conflit séculaire.

« Nous sommes en Afrique du Nord, aux portes de l'Europe, et le monde civilisé assiste à ce spectacle anachronique : une colonisation s'exerçant sur une race blanche au passé de civilisation prestigieux, apparentée aux races méditerranéennes, perfectible et ayant manifesté un sincère désir de progrès.

« Politiquement et moralement, cette colonisation ne peut avoir d'autre concept que celui de deux sociétés étrangères l'une à l'autre. Son refus systématique ou déguisé de donner accès dans la Cité française aux Algériens musulmans a découragé tous les partisans de la politique d'assimilation étendue aux autochtones. Cette politique apparaît aujourd'hui aux yeux de tous comme une réalité inaccessible, une machine dangereuse mise au service de la colonisation.

« L'heure est passée où un musulman algérien demandera autre chose que d'être un Algérien musulman. Depuis l'abrogation du décret Crémieux surtout, la *Nationalité* et la *Citoyenneté* algériennes lui offrent plus de sécurité et donnent une plus claire et plus logique solution au problème de son évolution et de son émancipation. »

Textes reproduits dans
Notes documentaires et Études,
n° 333, 22 juin 1946,
Paris, La Documentation française.

CINQUIÈME PARTIE

Du mare nostrum
à la dérive des continents

(De 1945 à nos jours)

Pour la Méditerranée, le demi-siècle qui suit la Seconde Guerre mondiale a été celui d'une extrême instabilité après la longue période de domination européenne ouverte par l'expédition d'Égypte. Installation et effondrement du communisme dans les Balkans, écroulement des empires coloniaux, fête des indépendances arabes, puis rapide désenchantement et délégitimation des États…

Les rivalités géopolitiques, les heurts d'intérêts, les conflits identitaires ont multiplié les foyers de guerre.

À travers cette histoire heurtée, ce sont trois Méditerranées, très contrastées, qui apparaissent. La rive catholique, à laquelle s'est ajoutée la Grèce, est partie prenante de l'Europe des quinze. Elle semble désormais entrée dans l'ère du calme, de la société libérale et individualiste. La précarité due à la crise n'a rien de comparable avec la déréliction subie par les sociétés des Balkans, où le vide laissé par la fin du tout-État communiste a suscité des régressions claniques et mafieuses, où l'économie de marché apparaît comme un paradis inaccessible. Comment prévoir le devenir de ce bateau ivre ? C'est la même imprévisibilité qui caractérise la rive musulmane, où l'hypothèque du *sous-développement pèse sur l'avenir de populations parmi les plus jeunes de la planète, où l'impossibilité jusqu'ici d'une paix arabo-israélienne, la violence politique, la gravité de la crise culturelle avivent la protestation islamiste.

L'avenir est-il à l'accentuation d'une dérive des continents, où l'Europe préservée choisirait dans un repli frileux de se détourner des zones de tempêtes voisines ? Va-t-on vers une guerre des cultures, entre des cultures antagonistes ? Ou bien les sociétés qui bordent la Méditerranée, chargées d'histoire, parfois écrasées par elle et hantées par la mort des civilisations, parviendront-elles à assumer la modernité comme leur destin commun ? Réinventeront-elles un devenir leur permettant de s'intégrer dans des conditions favorables à un système mondial dont les pôles de puissance l'ont désormais quittée ?

18. La fin de la Méditerranée
européenne

Quand la guerre s'achève, la Méditerranée n'est plus le *mare nostrum* de l'Europe comme elle l'avait été depuis l'expédition de Bonaparte. La dérive des continents qui se produit alors donne naissance à trois ensembles géopolitiques : une Méditerranée occidentale – l'arc latin constitué par l'Espagne, la France et l'Italie, auquel il faut ajouter la Grèce et la Turquie intégrées à l'Alliance atlantique –, une Méditerranée orientale, celle des Balkans – qui bascule vers le communisme, entraînée, comme l'Europe de l'Est, dans l'orbite soviétique –, une Méditerranée arabe – qui se libère de la domination française et britannique, mais ne parvient ni à empêcher la naissance d'Israël ni à coexister avec lui.

Cette division n'est pas sans rapports avec celle qui partage la Méditerranée entre les trois civilisations latine et catholique, slave et orthodoxe, arabe et musulmane.

Le communisme en Méditerranée

La partie orientale, ce « monde sans père », disait Braudel – situation redoutable dans un univers patriarcal ! –, reste la plus fragile de la région. Cet espace morcelé à l'extrême, frontière entre Rome, Byzance, les Habsbourg, les Ottomans et la Russie, à la fois marche et voie de passage, demeure écartelé entre des pôles opposés – les deux chrétientés séparées, l'islam *chiite et l'islam *sunnite – ou entre des fidélités successives. L'URSS parvient en 1945 à y poser quelques jalons.

La Yougoslavie. Les Balkans, entraînés dans le conflit mondial par le jeu des alliances et par les ambitions italiennes sur l'Albanie, ont été un espace idéal pour les guérillas de partisans. Avec elles naît la légende de Josip Broz – dit Tito –, qui a été aidé, il est vrai, par l'avancée vers le sud de l'Armée rouge. Car, plus que les dynamiques et les rapports de forces internes des sociétés, c'est la répartition des zones d'influence décidée par les vainqueurs qui a été déterminante pour l'avenir de la région. Ainsi, la Grèce demeure dans l'orbite de la Grande-Bretagne selon les accords passés avec Staline en octobre 1944, puis à *Yalta. Outre ce partage entre les blocs, la péninsule reste soumise aux heurts de nationalismes, à des conflits régionaux, au problème des délimitations territoriales qui avaient déclenché la Première Guerre mondiale et qui ont été exacerbés par les massacres de la Seconde et les interventions de l'Axe.

Aussi la république populaire fédérative de Yougoslavie – créée en novembre 1945 – est-elle apparue comme une tentative de solution positive à cet imbroglio. Pendant un demi-siècle, elle a maintenu la paix entre six peuples (Slovènes, Slovaques, Croates, Monténégrins, Macédoniens et Serbes), auxquels il faut ajouter des Hongrois et les Albanais du Kosovo, 23 millions d'habitants à la mort de Tito en 1980. Ce système, à la fois fédéral et très centralisé par le parti et par les forces armées, a fait une place à la population musulmane, la république de Bosnie-Herzégovine étant reconnue comme nation. La Constitution adoptée en 1974 – prévue pour l'après-Tito – a institué une direction collégiale et une présidence rotative annuelle, qui devait échoir à tour de rôle aux représentants des diverses nationalités, poussant ainsi jusqu'à ses limites le fédéralisme.

Mais l'image de la Yougoslavie dans les années 1950 tenait surtout à la rupture avec Staline, à l'originalité de son *socialisme autogestionnaire, selon la formule consacrée, où l'on a voulu voir une alternative démocratique au modèle de l'URSS et à l'étatisation, une troisième voie entre les deux camps. En réalité, la Yougoslavie est demeurée, pour reprendre une autre formule de l'époque, un pays sous-développé, et les progrès de l'industrialisation n'ont pas suffi à y endiguer dans les années 1960 les grandes vagues d'émigration – un million de personnes vivant à l'étranger en 1970 – qui caractérisent les régions industriellement « attardées » de la Méditerranée. Le renversement de tendance de 1974 montre les limites de cette croissance.

Avec le recul, il reste bien peu du mythe d'un modèle yougoslave, dont la part de vérité comme la part d'imaginaire tenaient beaucoup à la personnalité de Tito (1892-1980). Né d'un père croate et d'une mère slovène, paysans pauvres, dans la partie hongroise de l'Empire austro-hongrois, sa vie mouvementée est jalonnée de guerres et de prisons. Il a été l'âme de la résistance à l'invasion allemande d'avril 1941. Plus encore : alors que ses voisins bulgares, roumains, hongrois ont fait montre d'une soumission sans faille, Tito a été le symbole de la résistance à Staline à partir de 1948 et, avec d'autres Méditerranéens, tels Mgr Makarios et Nasser, l'un des apôtres du *non-alignement où il voyait une possibilité d'alliance entre les pays faibles, de troisième force. C'est lui qui réunit, à la suite de Bandoeng en 1955, la première conférence des non-alignés.

L'Albanie. La minuscule Albanie affirme également sa singularité, mais en restant fidèle à Staline après sa mort, puis en se rangeant aux côtés de la lointaine et immense Chine. Ici aussi, la légitimité originelle du communisme est due à la lutte nationale anti-italienne et anti-allemande et à la direction qu'en a assurée Enver Hodja. De fait, les Albanais ont pu tenir les armées de l'Axe en échec sans l'aide de troupes étrangères. L'œuvre d'Ismaïl Kadaré, nourrie de l'âpre violence de cette terre et de ses habitants, d'une culture de la résistance, en fournit les clés. Depuis l'effondrement du régime et l'exode massif de milliers d'Albanais, attirés par les lumières de Bari, on retient surtout le caractère totalitaire et le naufrage économique du pays. L'interdiction des cultes en 1967, l'étatisation totale de l'agriculture, le culte de la personnalité, par exemple, apparaissent aujourd'hui comme le volontarisme d'une bureaucratie refusant toute autonomie à sa société.

Ce qui l'a emporté cependant dans les représentations des contemporains, avec le partage de l'Europe, c'est l'avancée du système soviétique vers les côtes méditerranéennes, l'importance que prennent celles-ci dans la nouvelle situation géopolitique.

L'Europe occidentale et ses annexes

Aussi, le déclenchement de la *guerre froide, dès 1947, incite-t-il les deux blocs à renforcer leur organisation. À l'Ouest, outre le *plan Marshall (juin 1947) et l'Alliance atlantique (1949), l'une des réponses a été la constitution d'un ensemble européen, jalonné par la mise sur pied de l'*OECE (Organisation européenne de coopération économique) en 1948, puis de la Communauté européenne du charbon et de l'acier (*CECA) en 1951. L'aboutissement en sera le traité de Rome en 1957, que signent alors six pays, dont deux seulement sont méditerranéens, la France et l'Italie. D'autres États, Grèce, Turquie, Espagne et Portugal, composent une périphérie de la *CEE.

La Grèce. Le désistement anglais dans les Balkans a fragilisé le front anticommuniste grec qui l'emporte au prix de deux violentes guerres civiles en 1944-1945 et 1946-1949, grâce au soutien du président américain Truman désireux de maintenir cet appui du camp occidental. La démocratie sera mise à l'écart pour un quart de siècle. Z, le film de Costa-Gavras (1969), a stigmatisé cette Grèce des colonels et le coup d'État par lequel ils ont fait tomber, en 1967, une monarchie parlementaire en trompe-l'œil, minée par les pouvoirs parallèles. Mais, en 1974, l'échec des militaires dans la tentative de s'emparer de Chypre, devenue indépendante de la Grande-Bretagne depuis 1960, et d'évincer Mgr Makarios, l'humiliation de la reculade devant les Turcs, qui débarquent sur l'île et en occupent la partie nord, entraînent la chute du régime et l'installation d'une république parlementaire.

La Turquie. En dépit de son contentieux avec la Grèce, la Turquie est, elle aussi, un élément clé du dispositif stratégique de l'*OTAN, solidement arrimé aux États-Unis et verrouillant l'accès soviétique en Méditerranée. Après la disparition de Mustapha Kemal (Atatürk, le « père des Turcs ») en 1938, l'élan de la refondation culturelle qu'il avait engagée retombe et la République perd sa stabilité. Si les réformes promouvant une culture laïque et nationale ne sont pas remises en cause, si certains éléments d'une bourgeoisie économique se développent depuis les années 1920, l'émergence d'une société civile, à partir de la « *révolution blanche » imposée d'en haut par Mustapha Kemal, ne s'est pas produite. Le multipartisme, instauré en 1945, s'enlise dans les jeux politiciens et la corruption, et la classe politique se coupe du pays réel, à l'image des milieux d'affaires qui la contrôlent. L'alternance entre civils et militaires ne change rien à la nature antidémocratique du pouvoir. À trois reprises, en 1960, en 1971, en 1980 encore, l'armée – garante de l'unité et de l'indépendance nationales, élément déterminant de la modernisation du pays et instrument majeur de la socialisation des jeunes – intervient pour rétablir l'autorité de l'État. Cependant, face aux mouvements revendicatifs et aux courants démocratiques qui s'affirment dans le monde ouvrier et chez les intellectuels, en particulier les étudiants, elle choisit la répression en 1971-1973, puis en 1980 – où 25 000 personnes sont condamnées. Cette crise a fait voler en éclats le mythe kémaliste de l'armée au-dessus des factions et des partis et l'a fait apparaître comme un instrument de maintien de l'ordre au service des nantis. Engagée dans l'OTAN, qui lui assure une bonne part de sa puissance et de son autonomie, l'armée a pour action majeure aujourd'hui la lutte contre les forces *kurdes, ce qui l'éloigne encore des perspectives de libéralisation.

Franco et Salazar. À l'autre extrémité de la Méditerranée, l'Espagne franquiste et le Portugal de Salazar donnent aussi une allure carcérale au bloc occidental. Le régime franquiste prend tardivement ses distances avec l'Axe, et il est condamné par l'ONU qui appelle les États membres à retirer leurs ambassadeurs en 1946. Mais en 1951 il est reconnu par la Grande-Bretagne et les États-Unis, auxquels il apparaît moins comme la dernière dictature fasciste que comme un appui stratégique anticommuniste. Il accueille en effet sur son territoire des bases militaires en 1953. En récompense, il intégrera l'ONU en décembre 1955.

Le soutien occidental a contribué à une transformation des structures de l'Espagne, que les antifranquistes, en raison de l'inertie de leur vision, n'ont pas toujours perçue dans toute son ampleur. L'immobilisme politique et la dictature personnelle de Franco n'ont pas été incompatibles avec une croissance économique accélérée, surtout depuis l'arrivée au pouvoir des technocrates de l'*Opus Dei, à la fin des années 1950. Ils sacrifient délibérément les agriculteurs – dont le pouvoir d'achat diminue de plus du tiers entre 1957 et 1964 et dont la part dans la population active passe de 50 % en 1950 à 28 % en 1968 – à l'industrialisation et aux intérêts des entrepreneurs. Les travailleurs sont incités à émigrer massivement vers les nouveaux pôles économiques du pays, ainsi que vers la France et l'Europe. Les capitaux étrangers affluent, de même que l'or bleu du tourisme. La valeur de la production industrielle double dans la décennie 1960 et le revenu par tête triple entre 1953 et 1973. La société espagnole tend à devenir une société de classes moyennes, comme ses voisines, et ces mutations posent inéluctablement la question d'un *aggiornamento* politique qui se fera dans les années 1970. Comme le dit le film de Resnais, *La guerre est finie* (1966).

Le « miracle » italien. Mais c'est le « miracle » italien qui apparaît comme la plus remarquable réussite de l'Europe méditerranéenne. La fin du fascisme et le référendum du 2 juin 1946 en faveur de la république placent l'Italie parmi les pays libéraux. La rivalité entre la Démocratie chrétienne et le Parti communiste, très âpre, est cependant suffisamment maîtrisée pour éviter les débordements. Don Camillo et Peppone, dans une série de romans et de films à succès contant la lutte des deux ennemis intimes, déminent par le comique les tensions sociales et politiques. Au lendemain de la guerre, la création de partis d'obédience catholique, le MRP en France et la CDU en RFA, a transformé le paysage politique et consolidé l'Europe libérale en lui ralliant l'Église. Nulle part, cependant, la démocratie chrétienne, portée sur les fonts baptismaux par le Vatican, n'a atteint l'importance qu'elle a eue en Italie dans le dernier demi-siècle.

L'exemple italien – qui sera suivi par d'autres pays méditerranéens dans les années 1970 – montre que la démocratisation politique est indissociable d'une transformation profonde des rapports sociaux, d'une amélioration des conditions de vie populaires. Ce succès a donc été étroitement lié à la période de croissance économique des *Trente Glorieuses. Fait sans précédent dans l'histoire du pays, les capitaines d'industrie entrent eux aussi, après les héros du *Risorgimento* et les créateurs des arts et des lettres, dans la mythologie nationale. Giuseppe Mattei a fait de l'Ente Nazionale Idrocarburi (ENI) un empire financier qui a été à même de soutenir ses grands projets méditerranéens. À travers son appui aux nationalistes algériens et une politique de rapprochement avec le monde arabe, il visait à rendre son pays et l'Europe indépendants du Cartel du pétrole. Sa fin – due à un attentat, on le sait aujourd'hui – a ajouté à la légende. Mattei a été aussi, il est vrai, l'un des grands corrupteurs de la classe politique italienne dont une bonne partie est sous influence. La mafia, qui a joué contre le fascisme la carte américaine et l'alliance avec les notables de la Démocratie chrétienne, rétablit et augmente sa puissance. D'autres ombres du miracle italien tiennent à l'absence de solution à la question méridionale. Les *terroni* du Sud sont condamnés à émigrer à l'étranger ou chez Fiat, ou à demeurer prisonniers du *sous-développement. Les attentats du terrorisme noir, à Milan en 1969, et rouge, avec la création des *Brigate Rosse* et du *Gruppo d'Azione Partigiana* à compter de 1970, font de la violence une donnée du jeu politique.

Quant à la IVe République française, elle subit dans les années 1950 les crises des décolonisations, indochinoise puis marocaine, tunisienne et surtout algérienne, dont elle meurt le 13 mai 1958. La France qui entre dans l'âge de la consommation et de la modernité, celui des autoroutes et des grandes surfaces, est comme rattrapée par les archaïsmes de son versant sud. Le contentieux entre pieds-noirs et métropolitains, entre une conception dépassée de la colonisation – celle « du temps de la marine à voile et de la lampe à huile », selon le mot de

De Gaulle – et le capitalisme moderne qui s'investit dans les technologies de pointe, dans l'économie-monde, traduit l'opposition entre le dynamisme de l'ensemble euratlantique et un Sud attardé dans des activités et des sources de profits anciennes.

Le repli de l'Europe
et le triomphe des nationalismes arabes

En l'espace de deux décennies, les pays européens perdent à peu près entièrement les empires qu'ils avaient constitués à travers un long duel méditerranéen avec les Ottomans depuis le 16e siècle. La Grande-Bretagne doit concéder une indépendance – certes formelle – à l'Irak en 1932 et à l'Égypte en 1936. La France, qui n'avait pas donné suite aux accords passés en 1936 avec les nationalistes libanais et syriens, est contrainte de quitter les deux mandats après l'insurrection dirigée contre elle en 1945. Elle perd en 1956 les protectorats tunisien et marocain, et l'Espagne abandonne le Rif et le Rio de Oro, ne conservant que quelques *présides, Ceuta, Melilla, hérités des suites de la *Reconquista*. Signe de la transformation des rapports de forces et du déclin dû à la guerre, l'Europe n'a plus les mains libres. Deux dossiers – celui de la Libye et celui de la Palestine – qui, hier, auraient été tranchés par Londres ou Paris, vont être gérés par l'Organisation des Nations unies.

La Libye – sans pétrole, c'est-à-dire sans grand intérêt économique, il est vrai, avant 1965 – est, à la suite de la défaite de Rome, placée sous la tutelle de l'ONU. Elle s'achemine vers une indépendance tranquille en 1951, le pouvoir étant confié à un descendant du fondateur de la confrérie *sanusiyya*, qui avait été l'âme de la résistance à l'Italie. Quant à l'autre problème, la Palestine et le foyer national juif, c'est le Royaume-Uni qui s'en démet, en le confiant aux Nations unies en 1947.

La crise de Suez. La même ONU allait condamner, en 1956, le dernier coup d'éclat européen en Méditerranée, l'expédition de Suez. Pour l'Égypte, dont l'indépendance ne pouvait être qu'incomplète tant que cette cicatrice demeurerait sur son sol, tant que Suez serait soumis au contrôle des intérêts étrangers, le canal représente une valeur matérielle non négligeable, et plus encore un enjeu symbolique. Ce problème est lié à celui du barrage d'Assouan, grand projet pharaonique au pays du Nil, où la question agraire et la question sociale, la faim de terre des fellahs et la faim des humbles, sont elles aussi des enjeux considérables. Or, les États-Unis refusent une aide financière indispensable à l'édification du barrage pour des raisons politiques autant qu'économiques, les prétentions d'un jeune colonel, arrivé au pouvoir avec quelques-uns de ses pairs grâce à un coup d'État en 1952, leur paraissant inquiétantes. Gamal Abdel Nasser, qui a acquis la prééminence sur les autres *officiers libres, annonce la nationalisation du canal dans un grand discours radiodiffusé et prononcé devant une marée humaine dont les cris font écho à son éclat de rire. Il choisit de le faire à Alexandrie : autre lieu chargé de symboles que ce port, conçu par Méhémet-Ali, mais devenu le havre du cosmopolitisme *levantin, monde hors sol, vivant dans l'orbite de l'Occident, « paquebot amarré à la côte de l'Afrique » et tournant le dos à l'Égypte profonde, où Lawrence Durrell a placé son *Quatuor*.

La décision égyptienne suscite une riposte militaire. Mais l'offensive, menée par la France et la Grande-Bretagne de concert avec Israël, tourne court sous la pression des États-Unis et de l'URSS. La concession établie pour quatre-vingt-dix-neuf ans en faveur de la Compagnie universelle du canal de Suez est donc annulée, quatre ans après l'échec de la tentative de nationalisation du pétrole iranien par Mossadegh et deux ans après Diên Biên Phu.

Des hommes nouveaux. Nasser devient le *Raïs – ce qu'on peut traduire par *Caudillo*, *Duce*, *Conducator* –, le chef dont l'opinion arabe fait son héros. La radio – qui devient à l'époque le principal média pour des sociétés où l'écrit n'est pas accessible à la majorité – fait connaître sa voix d'un bout à l'autre du monde arabe, tout comme celle de la chanteuse Oum Kalsoum. Ce destin signale l'accession au pouvoir d'une génération d'hommes nouveaux, colonels et généraux ou, comme en Tunisie et au Maroc, avocats et diplômés de la Sorbonne, tels Bourguiba et Ben Barka, souvent sortis de la petite bourgeoisie. Ils prennent la relève des derniers survivants de l'aristocratie ottomane – le bey de Tunis, le roi Farouk… – ou des vieilles notabilités bourgeoises et citadines de Damas, Alep… Ces leaders paraissent assez proches du peuple – bien qu'ils n'en soient pas, contrairement à leur légende – pour faire aboutir l'immense aspiration à la justice des *fellahs*, de la plèbe urbaine et des sous-prolétaires peuplant les bidonvilles (le mot a été inventé à Tunis en 1932 et non au Maroc comme on le croit souvent). Ils s'assignent comme objectif de construire l'« État des masses », selon la formule de Nasser, et ils empruntent au communisme et aux fascismes certains éléments sociaux et populistes de leurs discours, des accents anti-impérialistes et des méthodes de pouvoir. À ce « socialisme », ils ajoutent une synthèse identitaire, celle du nationalisme arabe. L'élaboration de ce corpus idéologique doit beaucoup au travail de renaissance culturelle développé depuis la *Nahda* – la Renaissance du 19e siècle –, et, dans un registre plus directement politique, aux théoriciens du parti *Ba'th, Michel Aflak et Salaheddine Bitar, un chrétien et un musulman.

C'est cet assemblage qui colore l'idéologie du FLN algérien. Les sept ans de la guerre, qui débute le 1er novembre 1954, vont eux aussi creuser le fossé entre les deux rives, faire disparaître – dans des affrontements qui prendront parfois une allure de purification ethnique de part et d'autre – le *melting-pot* de la Méditerranée européenne qu'était la communauté des « pieds-noirs ». De fait, l'indépendance en 1962 s'accompagne, comme en Égypte en 1956, d'un exode des Européens et des juifs, et elle apparaît comme la reconquête du Maghreb de l'intérieur sur les étrangers de la côte, de la masse des ruraux sur les citadins venus d'ailleurs. Cet aspect des décolonisations, leur dimension anthropologique, a peut-être été trop négligé par une histoire focalisée sur leurs dimensions politiques et idéologiques.

Limites de l'arabisme. En 1963, deux coups d'État militaires en Irak et en Syrie, d'inspiration ba'thiste, et en 1969 l'arrivée au pouvoir en Libye du colonel Kadhafi élargissent le camp appelé progressiste. Dans les années 1950 et 1960, le vent paraît donc souffler en faveur du nationalisme arabe. Mais il a atteint ses limites. Le rêve de l'unification d'une nation arabe autour de l'État égyptien achoppe sur les autres patriotismes. La République arabe unie, proclamée en 1958 avec la Syrie, ne dure pas au-delà de 1961, et Nasser doit abandonner le Yémen en 1967. Les sociétés bédouines, *a fortiori* quand elles disposent d'une manne pétrolière et d'une idéologie dure (comme le *wahhâbisme d'Arabie, ce courant intégriste de l'islam), ou du soutien des grands (comme la monarchie koweïtienne), résistent au *panarabisme populiste des États pauvres. Le Liban, lui, est né d'un compromis entre *maronites et sunnites, qui a pour objectif d'éviter et sa réduction à une enclave occidentale et la création d'un grand État arabe dont le pôle dominant serait syrien. Les deux communautés alors majoritaires se partagent la présidence de la République et le poste de Premier ministre, ainsi que la majorité des sièges de députés. Mais le Pacte national de 1943 révèle bientôt ses fragilités, et la prospérité de la Suisse proche-orientale n'y survivra pas. Une guerre civile, en 1958, préfigure l'implosion du pays, qui sera de plus en plus impliqué dans la zone des tempêtes arabes et dans le conflit israélo-palestinien à partir de 1975.

La Ligue des États arabes, créée en 1945, d'abord proche de la Grande-Bretagne, s'en éloigne et se radicalise sous l'influence de Nasser, mais elle ne parvient pas non plus à résoudre les problèmes des tensions interarabes ni à proposer un mode d'unité viable. Les lézardes des constructions politiques apparaissent de plus en plus nettement dans les années 1970, même si les contemporains n'ont guère vu, en leur temps, la résistance et les résurgences des courants liés à l'islam, d'où surgiront bientôt les contestations à venir. Sans doute Nasser, au prix d'une répression impitoyable, a-t-il évincé les *Frères musulmans, qui avaient participé à la chute de la monarchie et qui lui disputaient le pouvoir, mais il n'a pas éradiqué leur mouvement.

Surtout, le conflit israélo-arabe est un facteur d'usure des systèmes politiques.

Israël et les Arabes

Huit heures avant l'expiration du mandat britannique, David Ben Gourion proclamait à Tel-Aviv, le 14 mai 1948, l'établissement en Palestine de l'État juif, Israël, et appelait à la solidarité les juifs du monde entier. Il concrétisait ainsi le rêve sioniste et l'espoir des victimes de l'antisémitisme européen, du génocide nazi.

Naissance d'Israël. Cette naissance était l'aboutissement logique de la création du foyer national juif en 1917, puis de la Seconde Guerre. La Grande-Bretagne, empêtrée dans des alliances contradictoires, incapable de tenir la balance entre Arabes et sionistes, enferrée dans une politique de répression de l'immigration juive, mais contrainte à certaines limites, cible des groupes armés, transmet le fardeau à l'ONU. L'Organisation des Nations unies décide en assemblée générale, le 29 novembre 1947, par 33 voix contre 13 et 10 abstentions, la création de deux États, l'un arabe et l'autre juif, et d'une zone internationale placée sous son contrôle à Jérusalem, ces trois ensembles constituant une union économique. Mais l'ONU va se révéler impuissante à faire appliquer ses décisions. La guerre déclenchée en mai 1948 par cinq États arabes est la première d'une succession de conflits, qui se répéteront à l'occasion de la crise de Suez en 1956, puis du 5 au 11 juin 1967 – guerre des Six-Jours –, en octobre 1973 – guerre du Kippour –, à quoi s'ajoutent l'intervention israélienne au Liban en 1982 et les incursions qui ont suivi. En fonction des rapports de forces, les frontières ont connu des fluctuations, Israël ayant occupé la Cisjordanie, le plateau du Golan et la bande de Gaza.

Dans cet espace restreint et constamment menacé, s'est formée une société originale, dont les pères fondateurs ont été les *ashkénazes venus d'Europe, mais qui ont été rejoints par les *séfarades du monde arabe – étymologiquement, les juifs d'Espagne –, puis par les derniers arrivants de l'Est communiste, de la Russie en particulier. La fusion de ces éléments, auxquels il faut ajouter les Falashas d'Éthiopie, est loin d'être achevée, et

les tensions entre les diverses immigrations, entre l'élite ashkénaze et la plèbe orientale, entre anciens et nouveaux Israéliens,
sont réelles. Mais la conscience d'appartenance commune l'emporte. La culture nationale, la définition de l'identité israélienne
se fondent sur la renaissance de l'hébreu et sur le culte de la
Terre promise, sur une mémoire collective sans équivalent par
son intensité et par ses caractères originaux. Deux grands
musées de Tel-Aviv, celui de la Shoah et celui de la Diaspora,
concrétisent ce destin exceptionnel où tout conduit vers Éretz
Israël. L'État hébreu a des rapports privilégiés avec l'Organisation sioniste mondiale, qui en est comme un prolongement extérieur, et la loi du retour du 16 mai 1949 affirme que « tout Juif a
le droit d'immigrer en Israël », qu'il devient de ce fait citoyen
israélien.

Cependant, un garde-fou à ce qui risquerait de devenir la plus
grande pente vers une conception ethnique de la pureté nationale a été posé par la reconnaissance des droits civils et politiques aux Arabes vivant en Israël lors de la création de l'État.
Ces Arabes israéliens peuvent participer aux élections et former
des partis. Mais, hors cette exception, ce qui soude la société,
c'est l'héritage de la tradition hébraïque. La religion, la Bible y
ont une place centrale, qui a même tendance à augmenter. Israël,
dont les origines doivent tant aux sionistes travaillistes, n'est
pas en effet un État laïque. L'armée de conscription, *Tsahal*, est
un autre élément fondamental d'unification nationale par la
socialisation des jeunes, hommes et femmes, qu'elle assure.
Bouclier contre les États arabes à l'origine, elle est aussi de plus
en plus instrument de répression engagé contre la population
palestinienne.

Les Palestiniens. Tandis que le mythe du socialisme du *kibboutz s'effritait, et que la foi des pionniers, issus de la guerre et
survivants du génocide, le cédait à d'autres déterminations, s'est
imposée l'âpreté des luttes pour la terre entre les deux peuples.
En effet, la création d'Éretz Israël et son expansion ont été
accompagnées du refoulement et du déplacement, de la dépossession des Palestiniens. Le nombre de réfugiés atteint aujour-
d'hui 2,5 à 3 millions, dont 800 000 vivent dans les camps gérés

par un organisme spécial du Haut-Commissariat pour les réfugiés. Parmi les données de la question palestinienne, on retrouve donc une caractéristique de la Méditerranée orientale, le conflit entre ethnies, entre communautés : Israël a adopté une politique de développement systématique de l'immigration juive. On comptait en 1914 85 000 Juifs, et en 1948 650 000 contre 156 000 Arabes musulmans et chrétiens ; on en compte en 1991 respectivement 3,7 millions et 1 million, la population juive ayant doublé entre 1948 et 1951. Dans les territoires occupés, en dépit des condamnations internationales, une colonisation de peuplement a été pratiquée par les gouvernements de tendance *Likoud surtout. Elle porte sur la moitié des terres de Cisjordanie et le tiers de celles de Gaza.

En face, une nation arabe nouvelle, qui ne se confond pas avec la monarchie jordanienne – qu'on pense par exemple au massacre de « Septembre noir » en 1970 –, s'est incontestablement constituée au feu des luttes. Avec la création de l'Organisation de libération de la Palestine en 1964, l'émigration se dote d'un programme politique, qui est alors fondé sur la disparition d'Israël, et constitue un embryon d'État. L'*OLP choisit comme une des formes de sa lutte les attentats frappant Israël et ses intérêts dans le monde, et fait du terrorisme une méthode systématique.

Aucune des sociétés engagées dans cette spirale de la violence ne peut demeurer indemne. Même à l'échelle d'un monde qui a connu en un tiers de siècle les avancées du communisme en Europe et en Asie, l'émergence des trois continents, où des millions d'hommes ont été entraînés dans les guerres civiles, les révolutions et contre-révolutions, la Méditerranée apparaît comme l'une des zones les plus fragiles, une des plus instables aussi.

**Discours de Nasser annonçant
la nationalisation du canal de Suez
à Alexandrie le 25 juillet 1956**

*Prononcé devant une marée humaine enthousiaste, dans la ville sym-
bole de la puissance européenne, ce discours a été retransmis dans l'ensemble du monde arabe. Il montre l'importance matérielle mais aussi,
et peut-être plus encore, symbolique de Suez pour les Égyptiens. Le
talent de l'orateur rencontre ici, dans un des moments les plus forts des
années Bandoeng, la sensibilité des masses du tiers-monde. Le monde
change de bases.*

« La pauvreté n'est pas une honte, mais c'est l'exploitation des
peuples qui l'est.

« Nous reprendrons tous nos droits, car tous ces fonds sont les nôtres,
et ce canal est la propriété de l'Égypte. La compagnie est une société
anonyme égyptienne, et le canal a été creusé par 120 000 Égyptiens, qui
ont trouvé la mort durant l'exécution des travaux. La société du canal de
Suez à Paris ne cache qu'une pure exploitation […]. Nous construirons
le haut barrage et nous obtiendrons tous les droits que nous avons per-
dus. Nous maintiendrons nos aspirations et nos désirs. Les 35 millions
de livres que la Compagnie encaisse, nous les prendrons nous, pour l'intérêt de l'Égypte.

« Je vous le dis donc aujourd'hui, mes chers citoyens, qu'en construi-
sant le haut barrage, nous construisons une forteresse d'honneur et de
gloire et nous démolissons l'humilité. Nous déclarons que l'Égypte en
entier est un seul front, uni, et un bloc national inséparable. L'Égypte
en entier luttera jusqu'à la dernière goutte de son sang, pour la construction du pays […].

« Nous irons de l'avant pour détruire une fois pour toutes les traces de
l'occupation et de l'exploitation. […] Nous construisons notre édifice
en démolissant un État qui vivait à l'intérieur de notre État ; le canal de
Suez pour l'intérêt de l'Égypte et non pour l'exploitation. Nous veille-
rons aux droits de chacun. La nationalisation du canal de Suez est devenue un fait accompli ; nos fonds nous reviennent et nous avons 35 millions de livres en actions. Nous n'allons donc pas nous occuper
maintenant de 70 millions de dollars.

« Nous devons donc tous travailler et produire malgré tous les complots ourdis contre nous. Je leur dirai de mourir de dépit, nous construirons l'industrie égyptienne […].

« Aucune souveraineté n'existera en Égypte à part celle du peuple d'Égypte, un seul peuple qui avance dans la voie de la construction et de l'industrialisation, en un bloc contre tout agresseur et contre les complots des impérialistes. Nous réaliserons, en outre, une grande partie de nos aspirations, et construirons effectivement ce pays car il n'existe plus pour nous quelqu'un qui se mêle de nos affaires. Nous sommes aujourd'hui libres et indépendants.

« Aujourd'hui, ce seront des Égyptiens comme vous qui dirigeront la Compagnie du canal, qui prendront consignation de ses différentes installations, et dirigeront la navigation dans le canal, c'est-à-dire dans la terre d'Égypte. »

L'Économiste égyptien,
Alexandrie, dimanche 29 juillet 1956.

19. La dérive des continents

Dans les années 1970, les trois Méditerranées qui s'étaient constituées lors de l'après-guerre et des décolonisations connaissent des devenirs très contrastés. Le Portugal, l'Espagne et la Grèce se rallient au modèle libéral et adhèrent à la Communauté européenne, alors que l'écroulement du système communiste est suivi d'un chaos social et politique, de l'implosion des Balkans. Dans le même temps, le problème israélo-palestinien, les chocs pétroliers et l'instabilité des pouvoirs ébranlent les systèmes politiques arabes.

Désunions arabes

Fin du leadership *égyptien*. En 1970, Anouar el-Sadate succède à Nasser, mort à cinquante-deux ans, brisé par la défaite de 1967. Une relève de la garde s'effectue parallèlement dans plusieurs pays avec l'arrivée au pouvoir de Kadhafi en Libye, Numeyri au Soudan, Hafez el-Assad en Syrie, Saddam Hussein en Irak. Tous paraissent se situer, par leur parcours et leurs références idéologiques, dans la lignée du **Raïs*, mais aucun ne dispose de son charisme et ne sera en mesure d'assumer son héritage.

L'année 1973 voit pourtant une tentative d'affirmation de la puissance arabe contre Israël et à l'échelle mondiale. Une double offensive égyptienne et syrienne parvient – pour la première fois – à franchir le canal de Suez et à reprendre une partie

du Golan. Certes, le rapport de forces militaires est trop dispro-
portionné, et Israël a rapidement le dessus, mais l'honneur est
sauf, les deux grands intervenant pour empêcher l'écrasement
d'un des camps. Surtout, pour la première fois aussi, l'arme
pétrolière est utilisée. Un embargo total frappe les États-Unis et
les autres alliés d'Israël et les prix quadruplent à l'initiative de
l'*Organisation des pays arabes exportateurs de pétrole.

Mais, en novembre 1977, rebondissement qui a surpris beaucoup d'observateurs, même dans une région qui a inspiré *Le
Prince* de Machiavel, le président égyptien rencontre Menahem
Begin, le Premier ministre israélien, à Jérusalem. L'année suivante, les accords de paix de Camp David ouvrent une brèche
dans le front arabe contre Israël. Le 6 octobre 1981, les islamistes
frappent leur premier grand coup sur la scène politique arabe,
après la révolution iranienne de 1978, en assassinant Anouar el-
Sadate. Celui-ci est remplacé par Hosni Moubarak, sans que
le système soit déstabilisé. Après Camp David, l'expulsion de
l'Égypte de la Ligue arabe, dont le siège est déplacé à Tunis, et la
mise à l'index du pays n'ont également guère de conséquences
internes, le nationalisme égyptien prenant le pas sur le nationalisme arabe. Au demeurant, si Nasser a été le champion de
l'arabisme, c'est qu'il le concevait comme un élargissement de
l'Égypte. Première à s'engager sur la voie de la modernisation,
dès Méhémet-Ali dans les années 1830, dotée de la plus presti-
gieuse université islamique – Al-Azhar –, elle peut se prévaloir
tout autant de son éminente supériorité et de sa singularité – car
elle se pose aussi comme héritière des pharaons, comme née,
donc, bien avant l'islam – que de son rôle de leader panarabe.

Rivalités interarabes. Le colonel Kadhafi va faire de la rente
pétrolière un instrument de ses grands desseins. Il s'assure
grâce à elle un contrôle étroit de sa société en majorité rurale et
bédouine, paupérisée et affaiblie par les conséquences de la
conquête italienne et de la guerre, et la place sous le signe du
*Livre vert. Dans cette réplique du Livre rouge de Mao
Zedong, il prétend marier socialisme et islam. Reprenant le drapeau de la Nation arabe, il propose l'unification à ses voisins
tunisien et égyptien, se fait le champion de la lutte contre Israël

et campe un personnage de dirigeant tiers-mondiste antioccidental et, en premier lieu, antiaméricain. Le bombardement de Tripoli et Benghazi en avril 1986 par les États-Unis est un des épisodes de la guerre entre la CIA et le terrorisme d'État libyen. Le conflit de frontière qui l'oppose au Tchad – et à travers lui à la France – rappelle l'existence d'un espace saharien entre deux Afriques, l'Afrique méditerranéenne, que certains géographes ont appelée blanche, et l'Afrique dite noire. Il rappelle aussi la complexité de cette vieille zone de tensions entre nomades et sédentaires, bédouins esclavagistes et Noirs victimes de l'esclavage, allant de la mer Rouge à l'Atlantique, des confins du Soudan à la Mauritanie. Au total, cependant, avec les autres États arabes, de coups d'éclat en coups de force, l'unité n'a pas avancé.

Il est certain aussi que les monarchies de la péninsule pétrolière ont joué un rôle important dans l'usure du nationalisme arabe. Pour contrebalancer son influence, les Saoudiens créent une Ligue islamique en 1969 et soutiennent les mouvements se réclamant d'un retour à l'islam.

Trois guerres entre Arabes en vingt ans prouvent la profondeur des antagonismes. Le Maroc est engagé, surtout depuis la « Marche verte » de 1975, dans un interminable conflit avec les Sahraouis, soutenus par l'Algérie. Le Liban implose à partir de 1975 sous le choc des oppositions entre communautés, auxquelles s'ajoutent la présence de l'*OLP depuis 1970 et les interventions des puissances régionales – Syrie et Israël –, soit par *Hezbollah ou *Phalanges interposés, soit directement. Une chronique de ces crises libanaises est impossible ici. Elles sont jalonnées par les assassinats de présidents de la République – Béchir Gemayel en 1982, René Moawad en 1989 –, l'invasion israélienne, les massacres des camps de Sabra et Chatila (1982) et le départ de l'OLP, les attentats contre les Américains (1983), les prises d'otages (dont Michel Seurat meurt en mars 1986), des exodes massifs, les combats pour Beyrouth, ceux de la zone bordant Israël, la *pax syriana*… Quant à la longue guerre entre l'Irak et l'Iran (1980-1988), elle a fait émerger un État guerrier et prédateur, qui se pose en bouclier anti-islamiste avant de se retourner en 1990 contre le Koweït.

Guerre et paix. Crises de légitimité dans le monde arabe

La guerre du Golfe, où l'Irak est écrasé en janvier-février 1991, n'a pas encore produit tous ses effets, et certains d'entre eux risquent d'accentuer la déstabilisation des pouvoirs arabes dans les années qui viennent. Dans l'immédiat, elle aura confirmé le *leadership* américain et montré la nécessité d'un règlement d'ensemble des problèmes de la région, en tout premier lieu du conflit israélo-arabe. L'*intifada* (la révolte des pierres) a donné à ce conflit une nouvelle dimension à partir de 1988, en mobilisant la société palestinienne, et les jeunes en particulier, contre l'armée israélienne : ce qui était jusque-là surtout un affrontement avec les forces militaires de l'OLP a pris une acuité sans précédent. Mais les accords de Washington le 13 septembre 1993 ont marqué une étape déterminante, l'OLP reconnaissant l'existence de l'État d'Israël, Israël l'existence de l'OLP et acceptant, sinon un État palestinien, du moins le principe d'un « règlement permanent ».

Oslo et l'impossible paix. La poignée de mains entre Yasser Arafat et Itzhak Rabin n'a cependant pas scellé une paix définitive ni garanti une transition tranquille vers elle. Cinquante ans après la décision de l'ONU de créer deux États, seul Israël a pu fêter son demi-siècle. Dans quelle mesure une nation palestinienne émiettée, constituée d'îlots encerclés, sera-t-elle viable ? La normalisation des relations arabo-israéliennes entraînera-t-elle une dynamique économique fondée sur des complémentarités et sur une intégration régionale ? Encore faudrait-il pour que ces questions se posent le processus engagé aboutisse. C'est du côté israélien que les oppositions les plus fortes se sont manifestées, comme le montrent l'assassinat de Rabin par un intégriste juif et la victoire électorale du *Likoud en 1996. Le poids de la colonisation en territoire palestinien et celui des partisans d'un Grand Israël, le refus d'admettre la réalité d'une nation palestinienne et de faire de Jérusalem la ville des trois religions risquent de favoriser les extrémistes des deux camps. Hébron, où 400 colons intégristes ont tenu longtemps le haut du pavé contre plus de 100 000 Palestiniens, où a été perpétré un massacre de musulmans en prière, prend valeur de symbole. Les violences survenues à Jérusalem autour des lieux sacrés juifs et musulmans en septembre 1996 sont un signal d'alarme parmi beaucoup d'autres. La culture de guerre qui est la rançon d'un demi-siècle d'affrontements et l'allure de conflit interethnique que prend l'opposition entre Israéliens et Palestiniens favorisent des racismes réciproques. « Pourquoi des menottes ? Je ne suis pas un Arabe ! » s'étonnait le meurtrier de Rabin lors de son arrestation. On sait que la torture a été institutionnellement reconnue par les autorités juridiques israéliennes en invoquant, comme la France pendant la guerre d'Algérie, sa nécessité contre les attentats. La société est traversée par de profondes contradictions entre la logique de paix et celle de la lutte contre les Palestiniens, de la spirale sécuritaire, qui conduit à multiplier les contentieux territoriaux avec les États voisins et à instituer une politique de « développement séparé » des deux populations. Une escalade faite d'attentats islamistes, de bouclage des territoires palestiniens, du maintien de la politique de colonisation a abouti à annihiler à la fin 1997 la dynamique d'Oslo.

Or, il apparaît à l'évidence que la stabilité des systèmes politiques et l'avenir de la démocratie dépendent d'une solution de ces problèmes. Le mélange d'intransigeance et d'impuissance des États arabes face à Israël a entamé leur capital de crédibilité dans leur société et entraîné une crise de légitimité. On sait que ce type de situation menace le plus souvent, et dans cette région peut-être plus encore qu'ailleurs, de porter au pouvoir des démagogues populistes.

Des pouvoirs fragilisés. Les nationalismes n'ont pas tenu les deux grandes promesses faites à leurs peuples : le développement et l'indépendance. La mise sous tutelle de la plupart des États arabes par le FMI dans les années 1980 pour cause de dette, outre l'aggravation des conditions de vie populaires qu'elle entraîne, est perçue comme une humiliation. En réaction aux politiques de « régulation » des déficits publics, aux flambées des prix et au désengagement social des pouvoirs, se

sont multipliées les émeutes répétées dites « du pain », au
Maroc, en Algérie, Tunisie, Jordanie, Syrie, Égypte, Soudan…
La contestation de l'État est d'autant plus violente que lui-
même s'est posé comme absolu. Dans le rapport qui s'est établi entre le *Raïs* et son peuple, ou le monarque et ses sujets, il
n'y a pas eu de place pour le citoyen. Le contrôle étroit auquel
sont soumis les sociétés et les expressions de la vie collective,
les syndicats, les associations, l'enseignement… vise à suppri-
mer toute autonomie. Cette tendance à l'étatisation de la
société s'est accompagnée d'une appropriation de l'État et de
ses ressources par une caste dirigeante très réduite, souvent
constituée sur la base d'*açabiyyat* – de solidarités d'origines
familiales, tribales et ethniques. Ainsi, cas extrême, avec la
dictature de Hafez el-Assad, s'est effectuée une sorte de colonisation de la Syrie par les *alaouites. Cette minorité – 12 %
de la population – qui adhère à une dérivation du *chiisme
suspecte d'hérésie en pays *sunnite, composée au départ de
paysans pauvres et méprisés par les citadins, s'est élevée, par
le canal des fonctions militaires délaissées par les bourgeois,
jusqu'au pouvoir. En Irak, c'est le clan des Takriti – des originaires de Takrit – qui dirige le pays et, avec la crise du régime,
un cercle de frères et cousins de plus en plus restreint. Cercle
qui n'échappe pas aux trahisons et vengeances, et que les services étrangers cherchent à subvertir. Au Maroc, les grandes
familles de Fès ont longtemps fourni le personnel politique et
peuplé les ministères, comme les originaires du Sahel, Sousse
et Monastir en particulier, à l'époque bourguibienne en Tunisie. Il y a dans cette appropriation du pouvoir et de ses bénéfices un facteur hypothéquant l'établissement d'un consensus
politique, un facteur de fragilité. Mais il faut y ajouter peut-
être une hostilité particulière des communautés rurales et des
cités méditerranéennes à l'État, qui est perçu comme une force
extérieure, menaçante. Étranger en effet, et exploiteur, l'État
l'a été souvent, s'agissant des nomades conquérants, de l'Empire ottoman ou, en Europe, des Habsbourg et des tsars russes.
Il est vrai que l'on pourrait démontrer, en sens contraire, le
besoin d'État qui émane des sociétés, la part que prend le pouvoir dans la restructuration des groupes sociaux, la dépen-

dance de ceux-ci envers les redistributions des ressources qu'il assure. C'est ce qui explique l'âpreté des affrontements dont l'État est l'enjeu.

La contestation islamiste. Surtout, depuis la révolution islamiste de 1978 en Iran et les ébranlements qu'elle a suscités dans le monde arabe, un autre dossier est ouvert, celui des spécificités qui, pour certains spécialistes, rendraient compte de la pente religieuse que prend la contestation du politique. Comment définir ce phénomène et cerner sa portée ? L'islamisme apparaît comme le plus puissant mythe mobilisateur actuel. Il s'inscrit dans une lignée de prédications condamnant l'affaiblissement des observances musulmanes et l'aliénation à l'Occident, dans une succession de mouvements. Il peut se référer à un modèle, celui de l'État créé par Mahomet, rechercher dans un retour aux origines le destin de la Communauté. Le travail de réarmement moral et spirituel entrepris à partir de Muhammad Abduh et d'Al-Afghânî à la fin du 19e siècle, des *Frères musulmans depuis 1928, est la matrice des organisations actuelles.

Cette « revanche de Dieu » serait-elle dans la nature même du monde musulman ? Les mouvements populaires, qu'ils soient d'origine économique, de protestation contre la vie chère, comme les « émeutes du pain », ou qu'il s'agisse d'oppositions politiques, glissent-ils immanquablement de ces terrains vers un registre identitaire, une révolution religieuse ? La convergence vers l'islamisme supplanterait donc la revendication sociale parce qu'elle est autrement puissante et profonde. Il n'y aurait pas, selon une telle interprétation, de possibilité d'accès pour les sociétés musulmanes à une modernité analogue à celle que l'Europe, chrétienne puis laïque, a élaborée, en rendant à César ce qui lui appartient, pas d'espace autonome séparé du religieux, pas de légitimité en dehors du discours coranique. Dans quelle mesure, cependant, ce qui est ainsi imputé à l'essence de l'islam ne tient-il pas à une utilisation instrumentale du religieux à des fins très politiques, à une réaction de fermeture contre une occidentalisation irréversible ?

La réduction si fréquente de l'islamisme à un Moyen Âge, à

la réactivation archaïque de forces traditionnelles néglige le fait qu'il est un produit de notre époque. La révolution iranienne apparaît aussi comme un avatar du tiers-mondisme, et les isla-mistes utilisent de nombreux éléments empruntés au discours populiste nassérien ou algérien et à ce marxisme du *sous-développement qu'est le léninisme – anti-impérialisme, aspiration à la justice, exaltation des *mostazzafin*, des humbles –, comme le levain de la révolution à l'image des prolétaires damnés de la terre. L'islamisme prendrait donc ainsi la suite de courants usés par l'exercice du pouvoir. Sa modernité apparaît également dans l'origine de ses militants et leaders, qui, en pays sunnite, sinon dans l'exemple chiite iranien où les clercs ont eu le premier rang, se recrutent souvent chez les intellectuels formés à l'occidentale (ainsi les dirigeants du FIS, le Front isla-mique du salut algérien). On a même pu souligner que la récep-tivité des étudiants en sciences était particulièrement impor-tante. Il n'y a là aucun paradoxe, la tentation de l'islamisme étant d'autant plus forte que la distance entre le savoir universi-taire et la culture du milieu dont sont issus les étudiants, entre le modèle étranger et les référents de base, est grande. En Égypte, dans les années 1980, les principales professions libérales, hier nassériennes, ont rallié l'islamisme, ainsi les ingénieurs, avo-cats et médecins. Mais toute tentative de sociologie simpliste du phénomène achoppe sur sa complexité. En effet, l'islamisme influence aussi bien la monarchie rentière saoudienne que les « gardiens de murs » d'Alger, ces adolescents sans emploi et sans perspectives, les sous-prolétaires que les jeunes diplômés chômeurs, les partisans d'un ordre des nantis que les contes-tataires.

C'est bien la dialectique des rapports entre la mondialisation et l'intérieur des sociétés qui en rend compte. Sa géographie le montre aussi. Ses ancrages se situent non pas dans les cam-pagnes mais dans les villes, non pas dans les vieilles villes tra-ditionnelles mais surtout dans les métropoles et les mégapoles, Téhéran en 1978, Istanbul en 1996, Alger... En clair, il faut chercher les assises de l'islamisme dans les hauts lieux de la modernité, là où elle est à la fois la plus présente et la plus étrangère, la plus destructrice des valeurs et des liens anciens et la plus inaccessible, là où le déficit de sens est le plus grand. L'islamisme progresse quand les sociétés n'ont pas été à même d'intégrer dans une nouvelle synthèse culturelle les différents domaines de leur existence, l'économique, le social, le politique, le public et le privé, qu'elles vivent comme dissociés.

Dans son horreur même, le crescendo de la violence que connaît l'Algérie renvoie moins à une caractéristique de l'islam qu'à ce qu'il y a de pire dans l'histoire d'un pays où les luttes politiques ont été, jusqu'ici, tranchées par le fer et le feu. Que la révolution iranienne ou le régime soudanais se soient révélés incapables de proposer un modèle de développement et d'organisation sociale supérieur aux précédents n'enlève rien à la portée de cette force d'attraction, en l'absence d'alternative. L'exemple turc où l'islamisme a reparu au premier plan soixante-dix ans après la révolution kémaliste, et celui de l'Algérie où l'éradication de l'islamisme paraît impossible, rappellent qu'il est sans doute pour notre époque une réalité dominante, parce qu'une partie des musulmans y cherchent et y chercheront des solutions à leurs problèmes majeurs. C'est dire que la question qu'il pose est avant tout culturelle, qu'elle est celle des chances et des malheurs d'une culture démocratique dans le monde arabe et musulman.

Le sud de l'Europe et l'attraction occidentale

C'est une évolution bien différente que celle de l'Europe méditerranéenne. Le Portugal, la Grèce et l'Espagne ont rejoint le groupe des pays libéraux à la fin des années 1970.

La nouvelle Espagne. Outre sa portée symbolique dans une Europe marquée par le souvenir de la guerre civile, le processus de transition espagnol est particulièrement intéressant. Il l'est de par les initiatives de Franco lui-même, qui choisit comme successeur le jeune prince héritier de la Couronne, Juan Carlos. Celui-ci, qui prête serment devant le *Caudillo* et les *Cortes* en juillet 1969, jouera prudemment mais fermement le jeu de la démocratisation après la mort du dictateur en novembre 1975. Mais, s'il a pu le faire sans trop de chocs en retour, c'est parce que les bases du franquisme étaient passablement érodées. Rome avait pris ses distances, Pie XII lui-même invitant l'Espagne en 1956 à s'insérer dans « l'harmonie générale des peuples ». Ses successeurs agiront de même en nommant des évêques libéraux contre le vœu de Franco. Pour eux, la croisade de 1936 est finie. La loi reconnaissant la liberté des cultes autres que le catholicisme en juillet 1967 met fin à un anachronisme à l'heure de Vatican II. Si l'Espagne n'a pas vu se développer une démocratie chrétienne aussi puissante qu'en Italie, ce courant a ses tenants, qui ont impulsé une évolution libérale et qui ont été souvent poussés par les mouvements sociaux, les étudiants, le milieu ouvrier et les minorités. En 1974, l'évêque de Bilbao, qui condamne l'exécution d'un anarchiste basque et réclame une « juste liberté » pour ce peuple, est soutenu par le clergé et par le pape. Quant à l'armée et à la vieille aristocratie aux assises terriennes, leur poids social diminue face aux couches nouvelles. Le temps des **pronunciamientos* n'est plus. De même, celui des insurrections paysannes et des grèves révolutionnaires, du romantisme républicain. En avril 1977, le Parti communiste est légalisé, et en 1979 les syndicats bénéficient d'une nouvelle législation, tandis que le Parti socialiste abandonne la référence marxiste. L'année précédente, une Constitution, qui fait de l'Espagne un État de droit, reconnaît la pluralité et prévoit la création de 17 Communautés autonomes. Ce choix a permis une gestion pacifique du problème des nationalités et des régions, à l'exception du Pays basque où l'*ETA, créée en 1959, maintient une action armée.

L'Espagne devient membre de la *CEE en même temps que le Portugal le 1er janvier 1986. Elle est définitivement sortie de son 19e siècle et de quarante ans de franquisme et d'antifranquisme. Les nostalgiques du *Caudillo* et le Parti communiste ont été mis sur la touche par les élections de 1977 et 1982. Ce recentrage conduit au pouvoir un Parti socialiste très éloigné du marxisme, qui sera battu en 1996 par la droite. Là encore, le temps du bipartisme et de l'alternance par le verdict des urnes dans le cadre de l'adhésion à l'économie de marché est venu. Ni l'âpreté des conflits sociaux, ni la rupture entre un PS déterminé à gérer la crise et les syndicats, ni la gravité des affrontements entre l'ETA et le pouvoir, ni la corruption de la classe politique n'ont remis en cause l'adhésion au libéralisme. Avec elle, s'est éteinte la passion politique que l'Espagne avait portée au sommet de l'horrible et du sublime.

C'est à peu près dans la même période que le Portugal, lui aussi, entre dans l'âge libéral après Salazar et la « révolution des œillets » de 1974, où certains ont cru voir, un moment, un mouvement libertaire et contestataire, bref, un nouveau modèle pour l'introuvable révolution en Europe occidentale. En Grèce, les colonels, qui ne suivent pas le chemin des officiers portugais, doivent quitter le pouvoir la même année, après leur échec face à la Turquie sur la question chypriote et laisser la place, là aussi, à un parti social-démocrate.

Laïcité musclée contre islamisme en Turquie. La Turquie, elle, ne parvient pas à élaborer une alternative à la modernisation autoritaire, à s'engager dans un processus de démocratisation. Les élections ont conduit au pouvoir les islamistes du Parti de la prospérité (Refah Partisi), qui ont obtenu 21 % des voix en 1995 et le tiers à des élections partielles en 1996. Les grandes villes telles Ankara et Istanbul ont élu des municipalités de la même tendance. Cependant, les compromis de gouvernement, inévitables compte tenu des rapports de forces électoraux, n'ont pas remis en question la laïcité ni les alliances internationales, et l'armée pèse de tout son poids contre les islamistes. Ce sont les militaires qui ont imposé la chute du ministère dirigé par le Refah en 1997. La Turquie reste le seul pays à majorité musulmane dont la religion du chef de l'État et celle de la société ne sont pas spécifiées dans la Constitution. Ce qui demeure constant aussi, c'est la politique répressive envers les oppositions intellectuelles – le grand écrivain Yachar Kemal et les *alevis en ayant fait les frais en 1995 et 1996 –, c'est la violence dont sont victimes les détenus politiques, c'est la gravité du conflit *kurde, toujours sans solution. Largement européanisée, la Turquie n'est pas à part entière de l'Europe, son adhésion étant soumise de la part de Bruxelles à des manifestations tangibles de libéralisation, ou repoussée parce que le pays apparaît par trop différent de l'Occident, bref, pour certains – dont nombre de dirigeants de l'Union européenne –, trop asiatique ou musulman. Si l'on ajoute que les affirmations autonomes de la société face au monopole de la modernité que s'arroge l'État s'effectuent parfois sur des enjeux rétrogrades, le devenir de la Turquie paraît opaque.

Mort de la Yougoslavie. La dernière décennie du 20e siècle, enfin, aura vu s'écrouler l'empire soviétique. Le Parti communiste perd le pouvoir en Russie en 1991, alors que l'Europe de l'Est est déjà engagée dans la transition. En novembre 1989, le mur de Berlin est démantelé ; un mois après, le 25 décembre, en Roumanie, Ceausescu est exécuté, le régime bulgare tombe en 1990, et le pacte de Varsovie est supprimé dans l'année qui suit. Si les communistes albanais tiennent plus longtemps, c'est le pays réel qui leur échappe lors de l'exode vers les côtes italiennes de l'été 1992. Au début de 1997, dans le vide laissé par la disparition du totalitarisme, les clans et la mafia ont fait imploser société et État.

À cette date, l'ancienne Yougoslavie implose aussi sous l'effet de la guerre civile. À partir de la mort de Tito, dont aucun des successeurs n'a bénéficié d'un tel pouvoir charismatique, le pays entre dans une phase de difficultés économiques et de dislocation politique. La crise est d'autant plus grave que, pour rester au pouvoir, une partie des dirigeants communistes choisissent la carte du nationalisme serbe, de la Grande Serbie, et tout particulièrement Milosevic qui s'oppose aux Croates, aux Albanais du Kosovo et aux musulmans bosniaques. En mars 1991, la Constitution très décentralisée héritée de Tito, qui ne pouvait fonctionner que par le consensus de toutes les nations constitutives, achoppe sur le refus de respecter le principe de la présidence tournante. La Yougoslavie n'est plus, et les Balkans redeviennent la poudrière qu'ils étaient depuis la désagrégation des Empires ottoman et austro-hongrois. Le conflit de Bosnie-Herzégovine s'engage en avril 1992, et il n'aboutit qu'à une paix boiteuse et fragile en décembre 1995. Le seul espoir possible est-il que se détache de cette terre une île utopique, comme le montrent les dernières images du chef-d'œuvre d'Emir Kusturica, *Underground*?

Un demi-siècle après le partage de *Yalta, la carte géopolitique de la Méditerranée est une fois de plus bouleversée.

DOCUMENT

Sayyid Qotb :
le projet des Frères musulmans

Leader des Frères musulmans après l'assassinat de leur fondateur Hassan al-Bannâ en 1949, Sayyid Qotb, qui sera pendu en 1966 pour complot, reste l'un des grands penseurs de l'islamisme. Il développe ici une conception intransigeante de la société idéale selon Dieu.

« La société de l'ignorance anté-islamique [*jâhiliyya*], c'est toute société autre que la société islamique. Si nous voulons la définir de manière objective, elle est, dirons-nous, toute société qui n'est pas au service de Dieu et de Dieu seul, ce service étant représenté par les croyances, les rites cultuels, les lois. Par cette définition objective, nous faisons entrer dans la catégorie de société d'ignorance anté-islamique *toutes* les sociétés qui existent de nos jours sur la terre : les sociétés communistes en premier lieu, [...] les sociétés polythéistes (comme celles de l'Inde, du Japon, des Philippines, de l'Afrique), [...] les sociétés juives et chrétiennes de par le monde également [...]. Finalement, entrent aussi dans cette catégorie de société d'ignorance anté-islamique les sociétés qui prétendent être musulmanes par leur croyance en la divinité de Dieu l'unique, et leur observance du culte à Dieu l'unique. Mais elles ne sont pas au service de Dieu l'unique dans l'organisation de la vie [...].

« Il s'agit que ce soit la Loi sacrée qui gouverne et que le recours se fasse à Dieu en conformité avec les lois claires qu'Il a édictées. [...] Or cette société n'existera pas avant que ne se forme une communauté d'hommes décidés à servir Dieu et Dieu seul de tout leur cœur, et qui ne servira nul autre que Dieu dans l'ordonnance et les lois de la vie. Cette communauté se vouera effectivement, dans l'ordonnancement de sa vie entière, au service sincère de Dieu seul. Ils purifieront leur conscience de toute croyance à la divinité d'un autre que Dieu – à côté de Lui ou à

Sa place –, ils purifieront leur culte de toute autre orientation que Dieu et Dieu seul – à côté de Lui ou à Sa place –, ils purifieront leurs lois de tout mélange avec autre que Dieu – à côté de Lui ou à Sa place. Alors, et alors seulement, cette communauté sera musulmane, et la société instaurée par cette communauté sera, à son tour, musulmane. Mais avant que des hommes ne décident de se soumettre de tout leur cœur à la souveraineté unique de Dieu de la manière que nous avons dite, ils ne seront pas musulmans. »

Extrait de *Ma' alim fî al-tarîq*,
par Sayyid Qotb, trad. par Olivier Carré,
recueillie dans Olivier Carré et Gérard Michaud,
Les Frères musulmans,
Paris, Gallimard-Julliard, coll. « Archives », 1977.

20. Crises, sécurité,
stratégies

Son nom, mer du milieu des terres, dit l'importance géopolitique de la Méditerranée, même si, à l'heure des missiles et de la guerre électronique, les détroits, les forteresses naturelles, les « îles porte-avions » comme Malte n'ont plus l'importance d'hier. De 1945 jusqu'à l'effondrement du communisme, la Méditerranée a été l'un des principaux espaces disputés entre l'Occident libéral et le bloc de l'Est, mais elle a été aussi un des hauts lieux du neutralisme. Avec la création d'Israël en 1948, s'ajoute le chapitre – encore loin d'être clos – des conflits entre le nouvel État et les Arabes. Les enjeux pétroliers, le contrôle des routes maritimes et la course aux armements font que la région a ressemblé à un champ de manœuvres pour les blocs. Plus récemment, l'islamisme radical y a rajouté une nouvelle donne.

Sans doute, comme la guerre du Golfe l'a rappelé – et avec quelle dureté envers l'Irak, contre qui l'on a voulu faire un exemple –, les rapports de forces sont tels que l'on ne peut croire à une menace militaire sérieuse des États du Sud. Avec la fin de la *guerre froide, leur intérêt stratégique et leur capacité de nuisance ont considérablement diminué. Il n'empêche que la région aura été, en moins d'un demi-siècle, la cause de deux graves crises mondiales, en 1956 et en 1991, et qu'elle reste grosse de facteurs d'instabilité, en raison du terrorisme, des risques de prolifération du nucléaire, de la rivalité entre États candidats à une suprématie régionale et des affrontements interethniques.

Minorités et nations

La question des frontières et des minorités. Elle court tout au long des deux rives, comme le montre une énumération même rapide et incomplète. En Méditerranée occidentale, parmi les populations affirmant leurs aspirations identitaires, il faut citer au moins Catalans, Basques, Corses, Lombards et Siciliens, Berbères du Maghreb… En Méditerranée orientale se pose le problème des minorités religieuses – chrétiens d'Égypte, Syrie, Irak, Palestine, du Liban surtout, *chiites, *alaouites, *alevis, *druzes en pays *sunnite – et des minorités ethniques. Certes, toutes les situations n'ont pas la même gravité, et les revendications n'ont pas la même acuité partout ; mais, contrairement à une vision naïvement évolutionniste qui a souvent prévalu, les problèmes identitaires ne s'effacent pas. Une dialectique, mal connue et moins encore maîtrisée, entre les tendances unificatrices portées par la mondialisation et la redéfinition des différences, entre l'usure des territoires et des racines sous l'effet de cette mondialisation et l'appropriation de sanctuaires identitaires, contribue à l'incessant renouvellement des chocs de cultures.

Ceux-ci sont à l'origine de conflits répétitifs le long d'un arc allant des Balkans au Croissant fertile, sur les décombres des empires pluriethniques austro-hongrois, ottoman, russe, et du bloc communiste. Si le Proche-Orient a pu être défini comme une mosaïque d'ethnies et de religions, hérésies et schismes, on ne saurait oublier cependant, en analysant les points chauds actuels, que les relations entre communautés ont été, des siècles durant, régulées par des systèmes de gouvernement qui laissaient leur espace aux minorités.

Cette longue coexistence, qui a donné naissance à une culture judéo-arabe originale, explique aussi la permanence de treize Églises chrétiennes d'Orient comptant 7 millions de fidèles. Chiffre approximatif, les recensements syriens étant silencieux sur ce point et le Liban ayant préféré ne pas dénombrer ses diverses communautés. C'est que la tradition musulmane de la *dhimmâ* avait défini en faveur des gens du Livre un statut de protégés, soumis à certains interdits et à un impôt de capitation, mais bénéficiant de la liberté de culte et d'une longue autonomie. Les sociétés arabes ont su utiliser ce capital soit dans l'effort de Renaissance culturelle, la *Nahda*, qui doit beaucoup aux chrétiens syro-libanais, soit dans la lutte nationale. Le personnel politique irakien actuel compte des chrétiens, en position subordonnée certes, mais pas seulement symbolique. Le million d'assyro-chaldéens vivant en Irak (sur 16,5 millions d'habitants) voit sa langue, l'araméen ou le syriaque, reconnue, et la Constitution de 1968 interdit toute discrimination religieuse. Aujourd'hui, les chrétiens palestiniens, soit le dixième de la population, n'ont pas de conflit majeur avec la majorité musulmane.

Il est vrai que ce n'est pas le cas en Iran ni en Turquie, où les chrétiens, qui représentaient le cinquième de la population voici un siècle, ne sont plus qu'une dizaine de milliers. L'islam est le seul culte autorisé en Arabie Saoudite. La situation des 3 millions de *coptes d'Égypte s'est dégradée dans la période récente, et ils sont parfois victimes d'attentats islamistes. À l'approche de la commémoration du deuxième millénaire de la naissance du Christ, l'avenir des premières Églises héritières de son message est donc dominé par l'incertitude.

Entre les diverses obédiences musulmanes elles-mêmes, les affrontements sont une réalité grandissante. C'est le cas entre chiites et sunnites, entre Iraniens et Saoudiens, autour des lieux saints, mais aussi au Liban. La minorité alaouite, qui contrôle l'État syrien, traite la majorité sunnite en population conquise, et la répression des mouvements islamistes a pris l'allure d'une destruction des villes d'Alep et Hama, bastions sunnites. Mais là, il ne s'agit plus du seul problème de relations entre religions. Elles ont été, à l'époque contemporaine, étroitement imbriquées avec les tensions identitaires liées aux mutations sociales et aux rivalités politiques.

Rivalités communautaires. Ce qui risque de prédominer, dans le Proche-Orient et les Balkans actuels, c'est une logique de rivalités communautaires. La relève des empires pluriethniques par le système des États-nations s'est faite et continue à se faire dans les conflits, les massacres et les déplacements de populations.

Avec les découpages coloniaux et ceux des États contemporains, les frontières – celles qui sont imposées par les rapports de forces entre populations, la géopolitique et les intérêts pétroliers – tranchent dans des épaisseurs historiques redoutables, disloquent des entités séculaires ou millénaires, ou juxtaposent des communautés antagonistes. C'est le sens des guerres où le Liban a été entraîné depuis 1981 jusqu'à la *pax syriana*. Les États imposent la culture des groupes dominants comme une tunique de Nessus à des sociétés plurielles, pratiquent une politique, ouverte ou honteuse, d'uniformisation et d'éradication des particularismes. Tout cela, qui a enrichi la langue française du mot « balkanisation », s'est cristallisé dans certaines crises toujours actuelles.

Il ne fait pas bon pour les peuples – comme la question *kurde le rappelle – vivre sans État. Les Kurdes, entre 12 et 25 millions selon les estimations, sont divisés entre cinq États, principalement entre l'Irak, la Turquie et l'Iran. Ils sont les oubliés, systématiquement, des traités de paix et des définitions des zones d'influence depuis 1919. En Turquie, la langue kurde est demeurée interdite de 1924 à avril 1991, et la moitié de l'armée turque est employée à occuper le Kurdistan. Seul l'Irak a reconnu aux Kurdes le droit à l'autonomie en 1970 dans un territoire où leur langue est officielle avec l'arabe, mais les nationalistes contestent ce découpage qui contourne les champs pétroliers de Kirkouk. Après la guerre du Golfe, les Américains ont imposé un corridor humanitaire échappant au contrôle de Bagdad, mais reculé devant les risques d'un démembrement de l'Irak. Le pouvoir sait remarquablement jouer des faiblesses des mouvements kurdes, de leurs archaïsmes, de leurs rivalités. Usant de la violence, y compris avec des armes chimiques en 1988, ou utilisant les divisions kurdes, Saddam Hussein a réussi, à l'automne 1996, à s'assurer l'appui d'une faction et à reprendre le contrôle du corridor humanitaire protégé par les États-Unis.

À n'en pas douter, tout atlas politique de la Méditerranée orientale est condamné à être une œuvre éphémère, tant le modèle de l'État-nation est plaqué sur une réalité qui lui résiste.

Affrontements balkaniques. Les conflits de l'ancienne Yougo-slavie, où l'édifice construit par Tito ne lui a guère survécu plus d'une décennie, en fournissent une démonstration. Pourtant, dans les années 1980, près du quart des mariages se célébraient entre conjoints de communautés différentes, entre Serbes, Croates et musulmans bosniaques. La surenchère nationaliste pratiquée par les anciens communistes serbes, le mythe de la Grande Serbie qu'ils ont agité afin de rester au pouvoir ne suffi-sent pas à expliquer que les sociétés se soient mobilisées en pro-fondeur dans ces affrontements, y aient largement adhéré et par-ticipé. Certes, les facteurs économiques, l'échec du socialisme et les difficultés résultant de son effondrement ont fait que la guerre, tout comme au Liban, rapporte des profits, par le pillage, par la dépossession des vaincus. Les meilleures places dans le partage des dépouilles sont celles des miliciens. Mais l'âpreté de ces guerres tient aussi à des remontées de l'histoire, au fait qu'il s'agit de guerres de mémoires, de revanches séculaires, de querelles de bornage paysannes. Aussi, la volonté de purifica-tion ethnique est allée en Bosnie jusqu'au bout de sa logique dans les massacres, et le viol même y a assuré une fonction de destruction de la population ennemie, dont les femmes sont contraintes de porter les germes du vainqueur ! En 1995, les déplacements de populations dans les Balkans touchaient 2,5 millions de personnes dont 2 sur l'ancien territoire yougo-slave, et l'on évalue à 150 000 le nombre de victimes sur une population de 4 350 000 personnes. Le massacre de plusieurs milliers d'hommes à Srebrenica en juillet 1995 restera l'un des crimes contre l'humanité les plus graves de la fin du siècle. Avec la Tchétchénie, la Bosnie est l'une des poches musul-manes en Europe qui ont été soumises au déchaînement de la violence dans l'indifférence quasi générale. Sans doute l'inter-vention des puissances européennes et des États-Unis a-t-elle mis fin à ces débordements. Mais la paix signée sur la base des accords de Dayton en décembre de la même année a entériné la constitution de territoires ethniques, sans assurer la coexistence de la Fédération croato-musulmane (elle-même soumise à des forces centrifuges) et de la République serbe, ni la viabilité des organismes communs.

Prévoir l'avenir, alors même que le passé demeure si difficile à expliquer, serait par trop aléatoire. On sait que les acclamations montant vers Slobodan Milosevic, le leader serbe, le 28 juin 1989, quand il promettait la revanche de la bataille perdue voilà six siècles contre les Turcs, venaient de ceux-là mêmes qui le contestent au nom de la démocratisation, de ces étudiants qui nettoyaient symboliquement, le 25 décembre 1996, les rues de Belgrade de la souillure de la répression par les hommes de main du dictateur, et qui, hier encore, adhéraient à un nationalisme meurtrier. En Croatie, c'est la réconciliation entre la mémoire des **Oustachis* et celle des résistants antifascistes, rassemblés dans un même monument, que prône le pouvoir, et les œuvres d'Ante Pavelitch figurent au premier rang des vitrines des librairies. À Sarajevo, où les Serbes ont brûlé un million et demi de livres en 1992, dont des incunables religieux musulmans détruits avec la bibliothèque, le pouvoir islamique fait la chasse au Père Noël, supposé agent de l'Occident… Force est de constater que le nationalisme est bien la chose la mieux partagée.

Rivalités entre États et ambitions régionales

Les affrontements des États alimentent aussi les chroniques des annuaires géopolitiques.

Points chauds. Sans établir un inventaire des points chauds qui serait fastidieux, il faut au moins citer les plus connus : les frontières des pays pétroliers du Golfe, le Chott el-Arab – qui a été le prétexte de la guerre entre l'Irak et l'Iran –, le golfe dit Arabe ou Persique, ou encore le Liban, dont l'existence est toujours refusée par la Syrie. Sur la terre africaine, s'ajoutent à cette liste les contentieux concernant le Sahara entre Marocains et Algériens, entre Marocains et Sahraouis, entre Libyens et Tchadiens…

Les désaccords sur la délimitation du plateau continental et la question de Chypre sont la reproduction des heurts interminables entre les nationalismes grec et turc. Trois siècles de présence ottomane sur l'île – achevés en 1878 par l'installation de la Grande-Bretagne, pour laquelle Chypre offrait l'intérêt de barrer la route à la Russie – expliquent la présence d'une population musulmane atteignant 20 % du total. L'indépendance, obtenue en 1960, a posé le problème des relations entre les deux communautés et des rapports entre l'île, la Grèce et la Turquie. L'essai de constituer un État bicommunautaire n'a pas duré, et la tentative des colonels grecs de s'emparer en 1974 de l'île leur a coûté le pouvoir et a permis à l'armée turque de s'installer dans la partie nord. L'arrivée au gouvernement des islamistes en Turquie a entraîné le durcissement d'un conflit cantonné jusqu'ici par la pression de l'*OTAN et de l'Europe.

Si, bien sûr, la poudrière principale, la bombe à retardement reste le conflit israélo-arabe, il ne doit pas masquer d'autres risques. Certains spécialistes annoncent de prochaines guerres de l'eau, dans une région où le climat irrégulier et aride rend l'irrigation vitale, où l'urbanisation, le tourisme et l'industrialisation décuplent les besoins et dépassent de plus en plus les ressources renouvelables. Le Tigre et l'Euphrate, les nappes phréatiques de Cisjordanie, le Jourdain sont d'ores et déjà des enjeux opposant Turquie, Syrie et Irak, Israéliens et Palestiniens.

***Candidats au* leadership.** La guerre du Golfe a mis en lumière un autre facteur de crises. La configuration géopolitique du Proche-Orient favorise, en effet, l'émergence de puissances régionales, désireuses d'imposer une hégémonie dont elles ont les moyens, soit parce qu'elles sont en charge de fonctions de gendarme, comme hier l'Iran du shah, ou de bouclier contre l'islamisme, tel l'Irak ; soit parce qu'elles ont su tirer parti des rivalités des grands, telle l'Égypte de Nasser ; soit encore parce que les pétrodollars leur confèrent un poids considérable, telles l'Arabie ou la Libye ; ou enfin parce qu'elles constituent une pièce maîtresse du dispositif stratégique américain, comme Israël. L'aide des États-Unis à ce pays représente 3 milliards de dollars, soit 3,7 % de son PIB ou 18 % de sa dette. En outre, Washington a garanti un prêt de 10 milliards de dollars pour les cinq années 1992-1997.

Les revenus de l'or noir, qui sont passés entre 1973 et 1978 de

4,35 à 36 milliards de dollars en Arabie, de 1,7 à 9,2 au Koweït et de 1,8 à 23,6 en Irak, donnent la mesure du potentiel qui a été ainsi disponible à l'époque des plus hauts cours. Ces ressources expliquent l'intensité de la course aux armements, les pays méditerranéens concentrant le quart du total mondial des achats d'armes. Les dépenses militaires des pays arabes ont augmenté trois fois plus vite que celles des pays industrialisés entre 1960 et 1987 et n'ont ralenti que très peu depuis. Avec 50 milliards de dollars en 1990, soit le quart du PNB des pays concernés, elles représentaient le tiers du total des dépenses militaires de l'ensemble des pays en voie de développement. Par ailleurs, la dissémination des technologies nucléaires brise le monopole des grandes puissances et entraîne une course entre Israël – déjà doté de cette arme – et ses voisins arabes. On sait l'importance stratégique et symbolique qu'ont prise les fameux *skuds* irakiens. La capacité de nuisance de certains États, surtout quand ils touchent au pétrole, peut atteindre un seuil au-delà duquel elle représente une menace pour l'ordre mondial.

Pétrole, communications : un demi-siècle de jeux de go planétaires

L'or noir. En 1995, les États arabes du Proche-Orient cumulaient 72 % de la production de l'*OPEP. Ce sont eux, avec l'Iran et le Venezuela, qui ont été à l'origine, à Bagdad en 1960, de la création de ce gigantesque lobby interétatique qu'est l'Organisation des pays exportateurs de pétrole au lendemain de la crise de Suez. Ils ont bénéficié de la croissance accélérée de l'économie mondiale, qui a exigé toujours plus d'énergie, de l'assouplissement des « majors » (les grandes compagnies) et de la concurrence internationale, l'ENI (Ente Nazionale Idrocarburi) et la France cherchant à échapper à la tutelle américaine au cours des *Trente Glorieuses et négociant directement avec les pays fournisseurs – Algérie, Irak, voire Libye… Ce sont aussi les producteurs du Proche-Orient qui, à deux reprises, ont augmenté brusquement les prix du pétrole en octobre 1973, lors du conflit israélo-arabe, et en 1979. En 1980, le baril de brut valait 36 dollars contre 2,5 en 1973. Sans doute, le contre-choc pétrolier, la baisse des cours et la longue dépression mondiale ont-ils par la suite considérablement affaibli l'OPEP, victime également de ses propres divisions. Les États arabes sont précisément ceux qui s'opposent le plus sur les prix et le volume de production de l'or noir. Le Proche-Orient demeure cependant la plus grande réserve mondiale de pétrole et de gaz, dont il possède les deux tiers. Les onze pays de l'OPEP, qui assuraient 54 % de la production en 1973, en assurent encore 41 % en 1995 et le Proche-Orient à lui seul plus de 20 %. L'Arabie est au premier rang, l'Iran au quatrième, les Émirats arabes unis au dixième. Si, lors des trente dernières années, le pétrole a été remplacé dans certains secteurs par le nucléaire, si les pays consommateurs se sont efforcés de rechercher des gisements sur leurs propres territoires, les besoins des transports représentent encore, pour les années qui viennent, une demande considérable, dépassant le milliard de tonnes. Les pays émergents accroissent ces besoins. Selon les études prospectives, la consommation mondiale d'énergie passera de 8,8 milliards de tonnes-équivalent-pétrole (TEP) en 1990 à 13,4 en 2020.

Ces données expliquent la nécessité pour les pays occidentaux de se doter d'alliés parmi les producteurs. À deux reprises, en un quart de siècle, l'Iran a montré la fragilité de ces alliances. La décision prise par Mossadegh de nationaliser les compagnies pétrolières étrangères a entraîné une intervention de la CIA qui a soutenu, voire organisé, un coup d'État en août 1953. La chute du shah en 1978 a été une alerte encore plus dure, car elle a privé en outre les États-Unis de leur « gendarme » du Golfe. C'est en raison de l'inscription de l'Arabie et du Koweït dans la sphère des intérêts occidentaux que les conséquences de la révolution iranienne et des raidissements de la Libye, de l'Algérie et de l'Irak ont été conjurées, que le deuxième choc pétrolier de 1979-1980 n'a pas eu l'impact du premier et que les effets économiques de la guerre du Golfe ont été limités. Mais les faiblesses de ces deux États, le caractère artificiel de sociétés où la population productive est dans sa grande majorité étrangère ne garantissent pas la pérennité de la situation actuelle.

Outre le problème des réserves et des exploitations d'hydro-carbures se pose celui de leur transport, et donc de la Méditerranée comme espace de navigation maritime. Le canal de Suez n'a plus l'importance qu'il a eue. Depuis un demi-siècle, il n'est plus la seule grande voie de passage vers les Indes et vers le pétrole du Golfe, et ses deux fermetures, en 1956 et 1967, les transformations techniques de la construction navale, l'apparition des supertankers surtout, ont amoindri son rôle. Mais des travaux importants vont augmenter sa capacité et le rendre accessible aux pétroliers les plus courants. Quant aux oléoducs et gazoducs, ils sont très vulnérables, en raison des mauvaises relations entre les pays qu'ils traversent et des risques d'attentats. Mais il reste que, en cette fin de siècle, la Méditerranée est toujours la grande artère entre Europe, Proche-Orient et Asie.

Cette mer est donc trop importante pour qu'on puisse la confier aux quinze États qui la bordent, auxquels s'ajoutent ceux qui sont nés de l'ancienne Yougoslavie. Aussi les grandes puissances, depuis 1945, n'ont-elles cessé de s'y intéresser.

La Méditerranée sous influence. Cependant, la distribution des rôles a changé. Ni l'Angleterre ni la France ne sont parvenues à relancer une réelle politique méditerranéenne. Le pacte de Bagdad, signé à l'initiative du Royaume-Uni en 1955 avec les États-Unis, l'Iran, l'Irak, la Turquie et le Pakistan contre la menace communiste n'a pas réussi à s'imposer aux États arabes, en raison de l'opposition de Nasser, et la crise de Suez clôt l'âge des expéditions européennes par un échec lamentable. Les tentatives de rapprochement avec les Arabes, qui ont été une caractéristique de la politique de De Gaulle après la guerre d'Algérie et qui suscitent des imitations chez certains de ses successeurs, n'ont que des effets limités.

À la période d'hégémonie française et britannique a donc succédé celle des États-Unis, un moment contrebalancée par Moscou et ses satellites et appuis régionaux. L'URSS a exploité habilement, surtout à partir de 1956, les décolonisations, les aspirations nassériennes et le conflit israélo-arabe pour se rapprocher des pays dits progressistes – Égypte, Irak, Syrie, Libye, Algérie et Yémen du Sud. Ce faisant, elle a imposé aux partis communistes des contorsions idéologiques suicidaires pour légitimer leur soumission à cette stratégie, ou les a abandonnés à la répression des États. Mais les résultats obtenus ont été fragiles, les dirigeants arabes ayant cultivé l'art d'utiliser les contradictions des deux blocs et de jouer de leurs rivalités. Quelques hommes politiques se sont efforcés de promouvoir un ensemble neutraliste, et on n'a pas assez remarqué que la Méditerranée avait compté des artisans du *non-alignement, Mgr Makarios et les grandes figures, avec Nehru et Soekarno, de Tito et de Nasser. Les moyens assurés par le pétrole ont permis aussi à certains États, telles l'Algérie et la Libye, de jouer – au moins un certain temps – un rôle dans le *leadership* tiers-mondiste. Mais le poids américain l'a emporté jusqu'ici.

Dès 1946, la VIᵉ flotte s'installe et domine militairement la Méditerranée. L'OTAN, élargi depuis 1982 à l'Espagne et comptant six pays méditerranéens sur un total de seize, verrouille les détroits turcs. Depuis l'effondrement de l'empire soviétique, Washington règne sans partage et a pu déployer une armada sans précédent contre l'Irak.

Un limes *entre Nord et Sud* ? Mais cette démonstration disproportionnée au regard de la réalité du péril masque mal certaines faiblesses. À la fin de l'année 1997, la toute-puissante Amérique n'a pu lever les obstacles au processus de paix israélo-palestinien et a perdu beaucoup de son crédit auprès des pays arabes. Si aucun État, aucune coalition du Sud ne peut mettre en danger l'ordre mondial, les attentats contre les forces américaines, au Liban en 1983 et en Arabie en 1996, manifestent la réalité de la menace. Peu de régions au monde accumulent autant de facteurs de risques. Certes, les organisations gauchistes et les connexions entre groupes palestiniens, européens et japonais n'ont plus la même portée qu'à l'époque des jeux Olympiques de Munich en 1972 ou de l'attentat de 1968 contre El Al, et le terroriste Carlos a été abandonné par les États qui le couvraient. Cependant, si le terrorisme est bien une façon de faire de la politique par d'autres moyens, nul doute que ses racines soient profondes. Aujourd'hui, ce sont les mouvements islamistes qui apparaissent comme le danger principal, parce qu'ils ont l'appui de certains pouvoirs – iranien et soudanais, mais aussi saoudien, a-t-on dit, pour le Front islamique du salut (FIS). Surtout, ils s'ancrent dans des réseaux transnationaux, « afghan » hier, « bosniaque » aujourd'hui, dont on sait qu'ils disposent de relais, y compris en Europe, comme l'ont révélé une série d'actions : les attentats des commandos venus de France au Maroc dans l'été 1995, la découverte et la destruction d'un groupe dans le nord de la France, l'affaire Khaled Kelkal en 1996, et d'autres attentats depuis. Les transformations technologiques, la sophistication, la miniaturisation des engins, qui suscitent une escalade de cette guerre de l'ombre, nourrissent les phantasmes de l'arme secrète, du terrorisme chimique ou atomique. Un roman à succès de Lapierre et Collins, *Le Cinquième Cavalier*, a mis en scène un commando libyen qui s'attaquait à New York. « Le terrorisme sera l'une des menaces les plus significatives dirigées contre notre sécurité au cours du 21e siècle », déclarait, à l'occasion d'une réunion du G7 en juillet 1996, le président des États-Unis Bill Clinton. Visant en particulier l'Irak, l'Iran, la Libye et le Soudan, outre Cuba, il appelait à un embargo contre les suspects. Il est vrai que les désaccords sur ce point entre les principales puissances concernées, le refus des pays européens de s'aligner sur les positions américaines rappellent l'importance des relations économiques et des marchés d'armement avec le monde arabe.

Ce n'est pas seulement de rapports de forces militaires, ni de l'efficacité des services de renseignements ou de boycotts que dépend la lutte contre le terrorisme, mais d'une transformation profonde des sociétés, des États et des relations internationales qui sont à l'origine de ce type de violence. Ce panorama géopolitique appelle une organisation moins incohérente des relations entre les deux rives. Une telle constatation pose le problème d'une politique de sécurité commune entre États riverains, assortie d'une coopération économique et, au-delà, de la constitution d'un ensemble euro-méditerranéen dans les domaines clés du développement et de l'environnement. À ce jour, le seul regroupement existant entre États demeure l'Union européenne. Encore son intégration militaire n'a-t-elle que faiblement avancé. La preuve en est l'impuissance de l'Europe dans les conflits des

Balkans, ou son absence sur la scène proche-orientale, et ce même si une force d'intervention réunissant les trois pays de l'arc latin a été constituée en avril 1995. Il n'y a rien qui se rapproche de ces modestes avancées au Sud : la Ligue des États arabes n'a jamais surmonté les divisions de ses adhérents et la création de l'Union du Maghreb arabe n'a pas eu de suite précise.

Or, l'absence d'intégration économique et politique, l'instabilité des États arabes et le conflit avec Israël pèsent sur les chances de développement du Sud et accentuent le contraste avec le nord de la Méditerranée.

Au début du troisième millénaire, ce tableau demeure toujours aussi complexe et les perspectives non moins incertaines.

Un point chaud succédant à un point chaud, les conflits se déplacent dans le paysage éclaté des Balkans. Quelles sont les chances de survie de la Bosnie et du Kosovo, quel est l'avenir des tensions entre Albanais et Macédoniens ? L'éviction de Milosevic sous la pression de la rue et par un processus électoral, l'attraction du modèle consumériste occidental et l'attrait de l'Union européenne annoncent-ils des chances pour les sociétés civiles ? C'est l'une des possibilités, fragile, en raison du poids des tensions identitaires ; les autres étant l'installation dans un état de guerre.

Autre poudrière, le Proche-Orient, où le processus de paix est bloqué. L'élection de Ariel Sharon, la seconde *intifada*, le durcissement des caractères coloniaux dans les rapports entre les deux peuples, l'isolement croissant de Yasser Arafat et de la bureaucratie politique dans la société palestinienne créent une situation inextricable qui ne peut que profiter aux ultras des deux camps.

DOCUMENTS

Les deux Alexandrie

Deux textes, deux conceptions de la cité. Celle, cosmopolite et en définitive européenne, de Durrell, et celle d'un Égyptien qui revendique une ville authentique. C'est la même incompréhension qui oppose l'Algérie de Camus, creuset méditerranéen mais côtier et à dominante pied-noir, et celle des nationalistes algériens, qui se réclament de l'intérieur, de l'arabité et de l'islam.

« Cinq races, cinq langues, une douzaine de religions, cinq flottes croisant dans les eaux grasses de son port. Mais il y a plus de cinq sexes et il n'y a que le grec démotique, la langue populaire, qui semble pouvoir les distinguer [...]

« Tous les courants dérivent vers La Mecque ou vers le désert indéchiffrable et la seule empreinte humaine de ce côté-ci de la Méditerranée est celle que nous habitons et haïssons, que nous empoisonnons de tous nos mépris pour nous-mêmes [...]

« Elle était encore l'Europe, la capitale de l'Europe asiatique si un tel État est concevable [...]

« Un grand paquebot amarré à la Corne de l'Afrique [...] la ville moderne, la capitale des banquiers et des visionnaires, du coton, tous ces commis voyageurs de l'Europe ont redonné sang et flamme au rêve de conquête d'Alexandre après quatre siècles de poussière et de silence qu'Amr leur avait imposés. »

Lawrence Durrell, *Le Quatuor d'Alexandrie*,
Paris, Buchet-Chastel, 1957.

« La gloire d'Alexandrie, dans la littérature moderne, vient du *Quatuor* de Lawrence Durrell. Récit plein de bizarreries dans lequel l'auteur s'efforce de donner à cette ville le charme de l'étrange jusqu'à rendre parfois l'atmosphère pénible. [...] L'Alexandrie de Durrell est le fruit d'un délire, composé, semble-t-il, pour satisfaire son désir, et celui de ses lecteurs occidentaux. C'est une sorte de légende soigneusement élaborée autour d'un "Orient" où fourmillent des figures incompréhensibles, dont on a peine à savoir si elles appartiennent à l'humanité.

« Durrell n'aura connu d'Alexandrie que les apparences : les demeures et les bureaux des diplomates, des employés consulaires, des grands propriétaires [...], toute cette classe supérieure qui se laisse porter par les vagues d'une cité palpitante et surnage comme l'écume ; ces rues et ces demeures étaient interdites aux indigènes, si bien que l'Alexandrie de Durrell se réduit à des lieux, à des états psychologiques réservés aux étrangers et aux pseudo-Égyptiens. »

E. Al-Kharrat,
auteur d'*Alexandrie terre de Safran*,
Paris, Julliard, 1990.

21. Frontières du développement et interdépendances

Devenirs contrastés des rives méditerranéennes

Les États européens, qui ont bénéficié des *Trente Glorieuses et se sont associés à la *CEE, ont connu jusqu'à la crise des taux de croissance de 6 à 7 % et sont entrés dans le cercle vertueux du développement. Aujourd'hui, le revenu d'un Espagnol – qui atteint 14 216 dollars contre 20 000 pour un Français – est quatre fois supérieur à celui d'un Marocain. En 1992, les États méditerranéens membres de la Communauté totalisent près de 88 % du PIB de la région.

Rattrapages économiques. Comment expliquer la réduction des disparités entre les pays du sud et du nord de l'Europe, alors que les premiers avaient accumulé, depuis le 16e siècle, un retard grandissant envers le pôle de puissance euratlantique ? C'est la reconversion de leur économie qui en rend compte. Mal préparés à affronter l'âge du capitalisme conquérant et mal partis au 19e siècle, les pays méditerranéens ont tiré avantage de conditions meilleures au 20e siècle.

Les bases rurales anciennes – céréales, olivier, vigne, élevage – ont été profondément modifiées. L'agriculture a bénéficié du marché européen et de l'accroissement de la consommation des fruits et légumes. Le remembrement, la modernisation des grandes propriétés, l'irrigation, l'usage des engins mécaniques, l'allure de plus en plus industrielle du travail l'ont transformée. Il est vrai que les coûts de production, la fragilité des produits, les conditions de la commercialisation, la concurrence entre les pays producteurs d'une Europe autosuffisante suscitent des difficultés cycliques. Ces difficultés expliquent l'opposition des viticulteurs et producteurs de fruits à une ouverture de l'Union européenne aux agricultures maghrébines.

On sait aussi que les ressources minières et énergétiques, les capitaux, la classe d'entrepreneurs nécessaires à la première révolution industrielle ont manqué au Sud. Ces handicaps se corrigent aujourd'hui, comme l'ont montré le « miracle italien » et le développement de l'Espagne. Les progrès technologiques, le pétrole et l'électricité ont été plus favorables aux pays méditerranéens, dont la main-d'œuvre qualifiée et les bas salaires se sont imposés dans les industries de transformation.

Parmi les exemples de réussites récentes, on peut citer Fiat, créée en 1899, qui, après une longue stagnation, a absorbé Lancia ainsi que, partiellement, Ferrari, et qui est désormais une entreprise multinationale, un des principaux producteurs automobiles en Europe. Le succès mondial de Benetton dit assez le talent et l'esprit d'entreprise du patronat italien. Mais ce tableau brillant ne saurait cacher les ombres. La grande industrie a fait peser sur l'État une partie des coûts sociaux de la gestion économique ; si l'équipe de football de la Juventus doit beaucoup à Fiat, la ville de Turin, elle, a souffert de sa croissance accélérée et d'une insuffisance de l'aménagement urbain. Par ailleurs, le développement est dû aussi aux petites entreprises. Espagne et Italie ont su utiliser les avantages de leur tradition artisanale et la souplesse des petites et moyennes entreprises (PME) dans les conditions de concurrence accrue liées à la crise. Elles ont tiré parti de la diminution de l'émigration et des taux de chômage importants (20 % en Espagne) pour jouer de la flexibilité du marché du travail. Le secteur informel, ou immergé, représente le tiers de l'économie espagnole et emploie en Italie de très nombreux travailleurs – 16 % des hommes et 37 % des femmes actives dans les Marches, par exemple.

De même que pour la Grèce (et les pays de la rive sud dans une moindre mesure), l'essor du tourisme a donné un coup de fouet aux économies espagnole et italienne. L'Espagne, qui accueillait 4 millions de vacanciers en 1960, en accueille aujourd'hui plus que sa population. La richesse du patrimoine historique, qui fait de la Méditerranée un conservatoire des racines grecques, romaines et catholiques de la civilisation européenne, les trésors de la Renaissance et du Siglo de Oro, l'or bleu aujourd'hui font de la région une des plus touristiques du monde. La Côte d'Azur doit à son climat d'être devenue, après la période des Anglais, la terre d'élection d'un troisième âge dont l'espérance de vie va grandissant.

Fin de la Méditerranée biblique ? En revanche, dans cet inventaire des atouts méditerranéens, la mer compte finalement peu au niveau commercial, hors quelques cas particuliers, comme la flotte grecque, la quatrième du monde, et, si l'on ajoute les armateurs battant pavillon chypriote ou libérien, sans doute la première. Mais c'est là moins un héritage d'Ulysse que le fruit d'une législation fiscale et sociale complaisante.

La Méditerranée moderniste est donc intégrée à l'économie-monde. La *Géographie universelle* de R. Brunet annonce « la fin d'une Méditerranée biblique dont tous les décalages encombraient la réalité » et dont il ne resterait que « le discours à l'ancienne et quelque peu virgilien ». Ces transformations expliquent que les géographes considèrent qu'il n'y a plus une Europe du Sud, mais plusieurs. Ils n'entendent pas par là rappeler le compartimentage dû au relief, ni la vieille diversité régionale, mais une diversification grandissante en fonction de l'insertion dans le système dominant. Avec la mise en place du réseau autoroutier, le Mezzogiorno italien a été désenclavé, et il a pu bénéficier de grands travaux et des capitaux de la Caisse du Midi. Mais, si les disparités avec le Nord ont été atténuées, les différences internes se sont accusées, disparités entre l'intérieur montagneux, archaïque, abandonné, désertifié, et les côtes, entre pôles de développement et poches de pauvreté.

Cet essor de l'Europe méditerranéenne contraste avec l'effondrement des économies collectivistes, les aléas du retour au marché entrepris par les pays hier communistes et le *sous-développement de la rive sud.

Chances et échecs du développement au Sud

Bilans négatifs. Selon les dictionnaires, le mot « sous-développement » est entré dans la langue française, venant de l'américain, en 1956. Il rend compte, d'un point de vue évidemment occidentalocentriste, d'un ensemble de déséquilibres auxquels le monde arabe paraît encore largement soumis.

La dépendance alimentaire de pays dont certains étaient exportateurs de produits agricoles est devenue structurelle et s'accroît depuis un demi-siècle. Une calorie sur deux en Égypte comme en Albanie est importée, et l'Algérie et l'Irak – où la production de denrées alimentaires a baissé de 37 % depuis 1980 – ne produisent que 30 % de la nourriture de leur population ! L'agriculture a été sacrifiée au profit des activités secondaires et tertiaires, et l'insuffisance des investissements, la croissance de la population ont accentué ces déséquilibres.

Mais le bilan de l'industrialisation, là même où elle avait été présentée comme l'objectif prioritaire d'une indépendance nationale effective, est aussi un échec. En Algérie, la productivité des entreprises est très faible, et c'est la rente pétrolière et gazière qui a permis de rémunérer un salariat pléthorique dans la fonction publique et dans le secteur économique étatisé. Aucun pays arabe ne dispose d'un marché intérieur suffisant pour développer des industries de transformation. Quant aux activités d'exportation liées à la délocalisation des entreprises des grands pays industriels ou à la sous-traitance, elles ne portent guère que sur la confection et ne permettent pas de faire pièce aux dragons asiatiques. L'industrie ne représente que 15 % du PNB en Afrique du Nord, où 40 % des activités économiques relèvent de ce que l'on appelle le secteur informel. La ressource majeure du Rif marocain est désormais le kif, dont la production, le traitement et le commerce s'inscrivent dans un circuit parfaitement intégré à l'économie-monde, et qui, en s'élargissant aux autres drogues, est connecté avec la mafia. Sa contrebande dépasse aujourd'hui les revenus dus aux transferts des migrants ! La dette et le déficit du commerce extérieur des pays arabes sont parmi les plus forts du monde. En 1995, le poids de la dette représentait 56 % du PNB égyptien, 130 % de celui de la Syrie, 106 % de celui de la Jordanie, 21 % de celui d'Israël.

Facteurs de blocage. Ce bilan négatif appelle des explications. Rappelons que le dossier du sous-développement, ouvert au moment des décolonisations, a été très influencé par les débats idéologiques. Le sous-développement est-il dû d'abord à l'impérialisme colonial, au pillage et à la déstructuration des économies et des sociétés traditionnelles, ou bien les facteurs internes de blocage ont-ils été les plus importants ? Comment expliquer l'absence dans les sociétés arabes d'un groupe d'entrepreneurs de type européen, alors que la situation privilégiée de l'Orient entre Asie et Europe a permis le développement précoce du grand commerce ? À ces questions posées dans les années 1960 s'en sont ajoutées d'autres plus récemment.

Certains auteurs pensent que le contraste entre la surabondance des moyens fournis par le pétrole et l'insuffisance des ressources humaines a stérilisé les perspectives de développement au profit du consumérisme. Peut-être d'autres facteurs, culturels, ont-ils également joué. Les États arabes, en dépit de leur discours industrialiste, sont moins des agents du développement suppléant à l'absence d'entrepreneurs que des États rentiers et redistributeurs. Cette fonction redistributrice correspond à une stratégie de contrôle social. Quand les réserves de pétrole ou quand les rentes de situation, comme dans le cas de l'Égypte, le permettent, l'État institue donc un clientélisme dont bénéficie une partie de la société, mais qui la réduit à un statut dépendant. On évalue ainsi environ au tiers des revenus d'un Cairote la part des subventions affectées aux produits alimentaires de base. À une échelle plus ou moins grande, tous les pays arabes ont pratiqué cette politique du *welfare state*, de l'État providence, qui est remise en cause depuis deux décennies. En effet, les politiques d'ajustement, la réduction des dépenses publiques imposée par le FMI et l'instauration du jeu du marché, de l'*infitah* (l'ouverture), dont l'Égypte a été l'initiatrice pour le monde arabe, tendent à réduire la protection sociale assurée par l'État. Cette protection, cependant, ne saurait être supprimée purement et simplement, car elle ne s'explique pas seulement par la prudence des pouvoirs, mais aussi par référence à des valeurs qui ne sont pas sans analogie avec l'ancienne « économie morale » des sociétés chrétiennes imposant au prince – comme un devoir sacré – de protéger la communauté des croyants. Sans chercher donc à établir des relations forcées entre religions – que ce soit l'islam ou le protestantisme – et économie comme on l'a fait parfois, il est évident que certaines caractéristiques musulmanes ne sont pas sans influence. Les théories islamistes proposent même un modèle, en prônant la *zakat* – part du dixième réservée au pauvre dans les revenus du riche en application d'un précepte du Coran – et en interdisant le prêt à intérêt. Mais les bilans iranien ou soudanien ne sont pas convaincants.

Aucun des grands mythes mobilisateurs des sociétés arabes contemporaines n'aura eu d'effet d'entraînement économique. Le Sud méditerranéen paraît donc en panne de modèle : ni le dirigisme étatique, abandonné en Égypte et en Algérie, dans les pays où il avait été le plus accentué, ni l'**infitah*, ni l'économie islamique n'ont assuré un « décollage ». Le siècle risque de s'achever sur des désillusions. La moindre n'est pas celle du pétrole. Les nationalistes y avaient vu la possibilité de constituer une unité économique forte de plus de 200 millions d'âmes, où énergie, capitaux et main-d'œuvre seraient complémentaires. On en est loin.

Désillusions de l'or noir. L'or noir n'a pas été le facteur d'une intégration économique du monde arabe. Les migrations des pays pauvres vers les régions productrices ont d'abord connu une croissance rapide. Les Arabes fournissaient 1,3 million de travailleurs en 1975 sur un total de 1,7, et 4 sur 5,5 millions en 1986. Ce flux faisait vivre alors un Égyptien sur dix et il représentait quatre emplois sur dix pour les Jordaniens et les Palestiniens. Mais les États pétroliers ont aussi recruté très tôt leur main-d'œuvre en Asie, et la proportion des Arabes est descendue à moins de la moitié du total des étrangers dont le nombre atteint 10 millions aujourd'hui. Avec les risques liés à l'islamisme radical, puis avec la guerre du Golfe et ses suites, cette tendance s'est donc encore accentuée, pour des raisons de sécurité et dans le souci d'obtenir les profits les plus élevés possibles, la qualité d'Arabe ou de musulman rendant plus difficiles certaines formes d'exploitation. Les pétrodollars non plus ne se sont pas dirigés vers les pays frères, et, sauf l'aide contre Israël ou le soutien de la prédication intégriste, ils s'orientent massivement dans la sphère spéculative occidentale. On évaluait à moins de 2 milliards de dollars les capitaux privés arabes investis au Maghreb entre 1975 et 1990 contre 250 à 300 en Occident.

Cette faible intégration apparaît aussi dans les flux commerciaux. Ceux du Maghreb se font pour l'essentiel avec l'Union européenne et non avec les pays arabes. Les États du Proche-Orient montrent la même dominante : l'Égypte assure 54 % de ses échanges avec les pays occidentaux, dont 39 % avec l'Europe, contre 24 % avec le monde arabe.

L'économie de marché, qui s'impose tout autour du bassin méditerranéen, ne semble donc pas en passe de résoudre les besoins de croissance de la production et de l'emploi, ni dans l'ancien système communiste ni dans les pays arabes. Cette situation, conjuguée avec la croissance démographique, explique l'importance de ce que certains appellent – d'une expression quelque peu ambiguë – la pression migratoire.

La Méditerranée : frontière démographique et migrations

La Méditerranée, espace de migration. Comment comprendre l'histoire de ses ports si l'on oublie les flux humains séculaires, en provenance de la montagne ou des horizons marins, qui les ont peuplés. Le cosmopolitisme a modelé Alexandrie, où Lawrence Durrell compte cinq races et cinq religions, mais aussi Phocée-Marseille ou Livourne et Gênes. Sans répéter que la constitution même des populations riveraines est liée aux convergences humaines d'Asie, d'Europe et d'Afrique, et pour en rester à la seule époque contemporaine, c'est par dizaines de millions qu'il faut évaluer les migrants. Quinze pour la seule Italie en un siècle.

Ces caractères expliquent la place des sociétés méditerra-néennes parmi les grandes régions migratoires mondiales lors des Trente Glorieuses. Les besoins en main-d'œuvre de l'Europe industrielle ont été satisfaits pour l'essentiel par les vieux pays d'émigration, Italie et Espagne, auxquels se sont ajoutés le Portugal, puis la Yougoslavie en Europe, ainsi que le Maghreb et la Turquie. Les migrants originaires de ces pays représentent entre 75 % et 85 % de la population étrangère de la France, l'Allemagne, le Benelux et la Suisse. Nul doute que l'essor économique de l'Union européenne ait reposé en partie sur la force de travail fournie par sa ceinture de pauvreté méditerranéenne.

Mais l'Italie, ainsi que l'Espagne et la Grèce, voire le Portugal, sont devenus des pays d'immigration plus que de départ, les cinquante dernières années ayant vu se produire un renversement des flux migratoires entre Nord et Sud. Ce renversement reflète celui des dynamiques démographiques. Autour de 1950, les deux tiers de la population méditerranéenne se trouvaient sur la rive chrétienne, aujourd'hui elle se répartit à peu près également entre les deux rives et vers 2025 les deux tiers devraient se trouver du côté musulman. C'est que la transition démographique a suivi des rythmes décalés, qu'elle est achevée en Europe mais en cours au Sud. Au Nord, l'indice de fécondité permet à peine le renouvellement des générations, ou se situe parfois en deçà, en France mais aussi dans une Italie symbolisée hier encore par la *mamma*. En 1995, en Tunisie, il est de 3,1, en Égypte et en Algérie de 3,9. S'il baisse dans le monde arabe où la scolarisation, l'urbanisation, la salarisation des femmes jouent dans ce sens, les effets de la décélération ne se feront sentir que progressivement sur la croissance de la population.

Lignes de fracture. Aussi les migrations constituent-elles l'une des grandes questions des relations euro-méditerranéennes. Les migrations anciennes, après avoir subi de violentes poussées xénophobes dans les pays d'arrivée à la fin du 19e siècle et dans les années 1930-1945, outre qu'elles ralentissent, ont bénéficié d'un processus d'intégration fait d'une longue présence et d'une acclimatation réciproque. En témoignent les mariages dits mixtes, les naturalisations et l'amnésie occultant aujourd'hui la stigmatisation et l'ostracisme qui ont été pourtant si forts. « Rital » n'est plus vraiment une insulte. On ne peut en dire autant du vocabulaire raciste visant les Maghrébins. Les derniers venus, paysans des Kabylies ou du Rif, le plus souvent analphabètes, étaient aussi les plus mal préparés, et ils ont rempli les rangs des manœuvres, des ouvriers spécialisés (OS) de l'automobile, des secteurs les plus pénibles de la chimie, de la sidérurgie, des grands travaux… La crise les a relégués dans les industries et les régions sinistrées, dans les banlieues à chômeurs. Mais, contrairement au mythe du retour, une partie d'entre eux se sont enracinés et ont fait souche en Europe, le sous-emploi dans les pays d'origine demeurant massif et le cycle migratoire conduisant, de manière classique, à ce choix.

Assurément, la Méditerranée est, pour plusieurs décennies encore, une des grandes zones de tension migratoire, comme la frontière entre Mexique et États-Unis, surtout si l'on tient compte des déplacements de populations massifs dus à l'instabilité de la région et aux changements géopolitiques. C'est le cas pour des millions de Palestiniens et d'Israéliens. 1,5 million d'Européens ont quitté le Maghreb dans les années 1960, quelque 400 000 Libanais ont fui la guerre civile et 5 millions de personnes ont été déplacées dans l'ancienne Yougoslavie. La fragilité de certains États risque d'allonger cette liste et ces chiffres.

Confrontée à ces pressions, l'Europe a, depuis 1974, fermé ses frontières, ou essayé de le faire, sans y parvenir, et les pays méditerranéens de l'Union européenne compteraient 1,8 million d'étrangers entrés irrégulièrement, dont près de la moitié en Italie. Il y avait plus de 2,5 millions de Maghrébins et autant de Turcs installés en Europe au début de la décennie 1990. Mais cette présence suscite des réactions de rejet dans une partie de l'opinion. La chronique politique, française surtout, voit régulièrement resurgir les débats sur les clandestins, les « sans-papiers » et le spectre d'une dangerosité particulière de l'immigration. Sans pouvoir consacrer ici à ce problème les analyses qu'il mérite, on peut au moins rappeler que cette part de l'Europe qu'est l'apport humain de la Méditerranée n'y a jamais trouvé sa place légitime.

Enjeux d'une coopération euro-méditerranéenne

Si les migrations sont devenues une réalité structurelle du monde arabe et de la Turquie, c'est parce que ces pays sont intégrés au système mondial. Dans le même sens, il ne devrait pas être paradoxal de dire que Marseille est le premier port d'Afrique du Nord. L'Europe est à l'évidence l'horizon économique et migratoire de l'Algérie, de la Tunisie et du Maroc. La géographie du Maghreb a effectué au 20ᵉ siècle un basculement de l'intérieur vers la côte. C'est là que s'accumule la population, se développe une urbanisation massive, se concentrent les activités économiques et culturelles, le tourisme, les échanges de biens, d'idées et – sauf quand les contraintes les en empêchent – d'hommes. Les vieilles capitales de l'intérieur sont supplantées par les villes neuves portuaires. Ainsi Fès par Casablanca, création de Lyautey, dont le nom – qui a évincé celui de *Dar el-Beida* – dit l'origine étrangère.

Fragilités écologiques. Cette importance des côtes pose de graves problèmes d'équilibre écologique. La nature méditerranéenne est fragile – fragilité de l'écorce terrestre, fragilité des sols, irrégularité du climat – et elle résiste mal à la surcharge littorale. Aux 150 millions de citadins, il faut ajouter 110 millions de touristes, chiffres qui passeront peut-être à 350 et à 200 millions en 2025. La mer aussi est fragile. Avec moins de 1 % de la surface maritime du globe, la Méditerranée concentre entre 13 % et 25 % de la pollution par les seuls pétroliers, à quoi s'ajoutent la pollution urbaine – 70 % des eaux d'égouts ne sont pas traitées – et celle liée au nucléaire – 55 centrales en activité et 24 en construction dans les années 1980 sans compter le nucléaire militaire. Pour définir ces réalités et l'importance de la recherche de solutions, on a avancé la notion de « développement durable », prenant en compte à la fois les besoins des pays méditerranéens, la croissance économique nécessaire pour y faire face et la préservation de l'écosystème. Ces enjeux exigent une action concertée à l'échelle du bassin. Le plan d'action pour la Méditerranée, adopté à l'initiative de l'ONU en 1975 par dix-sept pays riverains, est un exemple de coopération internationale allant dans ce sens. Mais il est le seul de quelque ampleur.

Une aire de co-développement ? Aussi l'élaboration d'un projet qui soit à l'échelle de l'ensemble des problèmes de la région, d'une sorte d'*ALENA sous l'égide de l'Europe, est-elle régulièrement envisagée. Elle l'est, à la vérité, surtout en proportion des inquiétudes que suscite le Sud. La paix et la stabilité de la région sont une des priorités, rappelait le Conseil de l'Europe en 1995, en présentant ses propositions pour un renforcement de la politique méditerranéenne. Une conférence tenue à Barcelone en novembre 1995, avec la participation des quinze États membres et de douze pays du Sud, a permis la signature d'une déclaration commune marquant un accord sur un partenariat. L'effort de Bruxelles n'est pas négligeable : il représentera 4,7 milliards d'écus pour les années 1995-1999. Mais l'Europe est-elle en mesure de faire face et aux besoins du Sud et à ceux de l'Est ? Les anciens pays communistes du continent perçoivent le triple des pays arabes *per capita*. Quant aux capitaux privés, ils désertent la rive sud : 0,3 % seulement des investissements directs français dans le monde vont au Maghreb. Pour le Sud, les accords commerciaux avec l'Europe sont vitaux : les trois quarts des échanges tunisiens et près de 70 % de ceux du Maroc et de l'Algérie se font avec l'Union européenne. Mais la part de ces pays a diminué par comparaison avec celle des nouveaux pays industrialisés (NPI) d'Asie. Ils ne pèsent que 5,4 % des importations des Quinze ! En outre, ni les produits agricoles ni la circulation des hommes ne sont intégrés dans les accords préparant une zone de libre-échange.

Les économies nord-africaines sont-elles à même de supporter le passage à la libéralisation, qui aurait des implications difficiles à prévoir ? En bref, l'ouverture économique n'est concevable qu'accompagnée par une transformation en profondeur des rapports sociaux et des relations entre Nord et Sud : c'est un pari. Un pari qui déterminera l'avenir des sociétés.

DOCUMENT 1

Répartition de la population entre Nord et Sud
(en millions d'habitants)

	1910	1950	1996
Espagne	25	28,5	39,7
France	40	42	58,2
Italie	35	47	57,2
Yougoslavie	–	16,3	Croatie 4,5 Bosnie-Herz. 3,5 Serbie-Monténégro 10,9 Slovénie 1,9
Grèce	3	7,6	10,5
Bulgarie	4,5	7,3	8,7
Albanie			3,5
Algérie	5,3	8,8	29,8
Maroc	5,2	9,6	28
Tunisie	1,5	3,3	9,3
Libye	0,7	1,2	5,6
Égypte	11	19,5	64,8
Israël	–	0,6	5,8
Liban		1,25	3,9
Turquie		21	63,7

Source : Claude Liauzu, *Banque de données bibliographiques*, « Migrations méditerra-néennes », université Denis-Diderot Paris-VII, 1995.

En 1910, l'Europe méditerranéenne atteignait 130 millions d'habitants, la partie sud 45 millions.
Aujourd'hui, le Sud et l'Est méditerranéens comptent 240 millions d'habitants, l'Europe méditerranéenne 220. Les études prospectives (hautes) prévoient 380 millions d'habitants sur la rive musulmane en 2025.
Ce renversement des proportions démographiques est souvent posé comme menaçant pour un Sud surpeuplé et une Europe qui perdrait sa substance.

DOCUMENT 2

Croissance de la population

	Taux de croissance annuel (1990-1995)(%)	Indice de fécondité (1990-1995)
Algérie	2,3	3,8
Égypte	2,2	3,9
Libye	3,5	6,4
Maroc	2,1	3,8
Tunisie	1,9	3,1
Israël	3,8	2,9
Jordanie	4,9	5,6
Liban	3,3	3,1
Syrie	3,4	5,9
Espagne	0,2	1,2
France	0,4	1,7
Grèce	0,4	1,4
Italie	0,1	1,3
Portugal	- 0,1	1,5
Slovénie	0,3	1,5
Serbie-Monténégro	1,3	2
Turquie	2	3,3

Source : Claude Liauzu, *Banque de données bibliographiques*, « Migrations méditerranéennes », université Denis-Diderot Paris-VII, 1995.

L'indice synthétique de fécondité (ISF) indique le nombre d'enfants qu'une femme en âge de procréer mettrait au monde en supposant que prévalent les taux de fécondité observés pendant la période indiquée.
Pour la période 1990-1995, le taux de croissance annuel mondial est de 1,6 % et l'ISF est de 3,1.

22. Les sociétés
entre tradition et modernité

Ces sociétés se perçoivent-elles comme engagées dans un devenir commun, s'attribuent-elles des ressemblances, voire une parenté ? C'est le plus souvent leurs différences qu'elles mettent en avant.

Une société méditerranéenne. Dans *L'Âme des peuples* (1950), André Siegfried distingue les Ibères, « blancs, dolichocéphales », des Arabes, qui « ont ruiné l'ancienne unité de la civilisation méditerranéenne ». Pour lui comme pour Paul Valéry, Lawrence Durrell et nombre d'auteurs, selon une tradition instituée par Pétrarque et qui s'est amplifiée au 19e siècle, l'islam est associé à l'Asie. En géographe, il y voit la marque de contraintes naturelles : « En somme, la vie du désert et des grands espaces terriens n'a pu s'occidentaliser. » En revanche, la côte, elle, est du domaine de l'Europe. Quant aux historiens, à l'instar d'Henri Pirenne dans *Mahomet et Charlemagne*, beaucoup soulignent les antinomies des deux mondes. Fernand Braudel résume : l'Islam, c'est « la contre-Méditerranée prolongée par le désert ».

En sens contraire, certains anthropologues se sont efforcés de rechercher les points communs et de souligner l'unité des sociétés riveraines. Curieusement, ce sont des chercheurs anglais et américains surtout, et non des Français, qui s'y sont attachés, et dans les années 1960, alors que tout semblait aller dans le sens d'une dérive des continents. Pour eux, les similitudes des conditions naturelles, des productions agricoles et des techniques, l'importance du problème de l'eau ont contribué à l'élaboration de cultures matérielles présentant beaucoup d'analogies. Ils ont montré aussi les ressemblances des structures familiales et celles des communautés, dont la cohésion est fondée sur une généalogie, réelle ou mythique, et sur l'endogamie. L'importance des rapports de patronage et de clientélisme, celle de valeurs comme l'honneur sont considérées aussi comme caractéristiques de cette unité. De même le statut de la femme. Germaine Tillion, dans *Le Harem et les Cousins*, a montré qu'au Nord comme au Sud, dans les sociétés chrétiennes comme dans les sociétés musulmanes et juives, où l'espace public appartient à l'homme, la femme a été voilée, ou l'est encore, et est soumise à l'ordre masculin.

Ces sociétés semblent donc parfois très proches, mais il faudrait pouvoir l'expliquer. S'agit-il de similitudes originelles ? Cette proximité a-t-elle au contraire été construite par des échanges, des emprunts réciproques, des « métissages culturels » ? Mais, surtout, quelle en est la portée actuelle ? La principale critique que l'on peut adresser à l'anthropologie méditerranéenne est d'être centrée sur des aspects souvent archaïques, d'étudier des situations figées, un passé révolu. Or, la modernisation a disloqué les structures traditionnelles.

Ruraux et citadins

Fellahs et terroni. Le *Guépard* du prince de Lampedusa (1958) et de Visconti (1963) savait que l'avenir était aux coqs de village, ou aux « chacals » comme il dit, bref aux hommes d'argent. Tout autour de la Méditerranée, l'exode rural a purgé les campagnes, érodé les communautés et entraîné, certes à des rythmes inégaux, la fin des paysans. La France compte 4,6 % d'agriculteurs dans sa population active, l'Espagne 9,2 %, l'Irak 36 % contre 59 % en 1957, et le monde arabe dans son ensemble 32 % contre 53 % en 1970. Le processus est plus lent dans quelques régions, par exemple dans les Balkans, où les Ottomans, en empêchant le développement d'une aristocratie de grands propriétaires chrétiens, ont favorisé l'enracinement des petits cultivateurs, mais il est irréversible.

Ce qui apparaît en revanche comme une permanence, de l'Espagne de Franco à l'Égypte de Nasser, c'est l'exploitation des campagnes par les États, par les classes dirigeantes, non plus pour l'entretien des palais napolitains ou *fassis, mais pour financer les grands projets industriels ou pour les besoins des populations urbaines. Maîtres de fixer les prix payés aux producteurs, les États arabes l'ont fait à un niveau qui décourage les paysans, afin de s'assurer une rente à l'exportation ou de ravitailler au moindre coût les citadins. Les investissements agricoles, même dans les pays pétroliers, ont été faibles. Les sociétés rurales sont donc en crise : 44 % des fellahs égyptiens vivent en dessous du seuil de pauvreté, et la superficie cultivée par habitant diminue inéluctablement. Le film *La Terre* (1969) de Youssef Chahine n'a rien perdu de son actualité. La tendance à la dégradation du patrimoine foncier est générale au Sud.

Des phénomènes d'involution se produisent quand la frontière de la modernité n'a pu être franchie. L'intérieur de la Corse, la Kabylie, les montagnes en général sont désertifiés ou subissent le poids d'une surcharge démographique aux dépens des équilibres écologiques. L'ultime ruse paysanne pour échapper à la paupérisation, l'émigration des *terroni* ou des fellahs alimentant les usines du Nord en force de travail, se retourne contre le vieux monde, en imposant les modèles de consommation du nouveau. Et, contrairement au mythe, l'émigré revient rarement dans son village natal.

La réalité contemporaine majeure est en effet l'urbanisation : notre planète est devenue celle des villes. Il est vrai que la Méditerranée paraît avoir toujours été l'univers de la cité. L'étymologie de certains mots clés de la culture européenne – politique, civilisation, citoyenneté – rappelle ainsi la *polis* des Grecs et la *civitas* des Romains, comme le nom de *médina rappelle la ville sainte qui a accueilli le Prophète après l'*Hégire, l'exil marquant l'acte de naissance de l'ère musulmane. En pays d'islam et en Occident, à la hiérarchie distinguant *beldi* et *fellahs*, *bourgeois* et *terroni*, s'ajoute aujourd'hui celle de la modernité. On la retrouve dans la Charte nationale algérienne de 1976, qui se donne pour objectif de « détruire toutes les structures archaïques de pensée, d'action et de vision du monde » dans la paysannerie. Si la Méditerranée, comme le disait Paul Valéry, a été une « machine à faire de la civilisation », c'est le fait des villes, c'est le fait d'un réseau de villes rivales, parfois férocement guerrières, mais cosmopolites, toujours ouvertes au commerce et aux échanges et productrices d'innovations. Cet héritage est inscrit dans le site des grandes métropoles, Beyrouth, Ankara, Damas, Alep, Tunis (Carthage) qui sont préhelléniques, et Constantinople-Istanbul, Alexandrie, Marseille qui datent de l'époque hellénique… Mais, ce qui caractérise l'époque contemporaine, c'est le développement des fonctions urbaines et un changement d'échelle, puisque les trois quarts de la population européenne et plus de la moitié de celle du monde arabe sont urbanisés.

Le devenir des villes est donc étroitement lié aux transformations des sociétés et aux changements des relations méditerranéennes. Quelques destins contrastés le montrent.

Marseille. Marseille, qui est depuis 2 600 ans l'un des grands ports de la Méditerranée, est aujourd'hui, et de très loin, le premier en France, le troisième en Europe après Rotterdam et Anvers. L'horloge de sa Chambre de commerce donne, avec l'heure de Greenwich, les heures de Singapour et de New York. Mais l'ancienne porte de l'Empire français a mal pris le tournant de la crise des années 1930 et des décolonisations, et elle n'a plus le rayonnement qui était le sien. Le volume de son trafic ne doit pas faire illusion : les hydrocarbures y entrent pour les trois quarts et les tonnages échangés avec la Corse sont aussi importants qu'avec les États-Unis. Les industries des corps gras et alimentaires, celles de la première révolution industrielle, sont concurrencées par les pays africains, et les constructions navales subissent une crise profonde. Quant à la pétrochimie de l'étang de Berre – le plus important complexe français – et à la sidérurgie, elles sont des créations de capitaux et de trusts venus du nord et étrangers à la ville. Mais le problème qui se pose à Marseille est peut-être au premier chef un problème d'identité. Le capitalisme marseillais n'a pu redéfinir une vocation mondiale ni régionale, et la ville n'assume pas sa part maghrébine. Le quartier de Belsunce, entre la gare et le port, qui voit passer plus d'un million de clients par an et constitue le pôle d'un réseau commercial transméditerranéen considérable, est perçu comme une verrue dans le tissu urbain, promise de manière répétée à une démolition-purification. Certes, la comparaison avec l'incendie du quartier du Panier par les troupes nazies serait excessive. Et pourtant... Ville d'immigration s'il en est, Marseille, qui a compté jusqu'à un tiers d'étrangers dans sa population, a surmonté dans le passé des poussées de fièvre anti-italienne, mais elle a du mal à juguler des réactions anti-arabes qui, de Perpignan à Nice, travaillent le sud de la France. Ces comportements ne s'expliquent ni par une proportion d'immigrés plus forte que dans d'autres régions, ni par la présence de rapatriés animés de rancœurs. Capitale déchue, la cité phocéenne ne retrouverait-elle pas ses repères en s'assumant comme méditerranéenne ? Les animateurs d'une intéressante vie culturelle s'efforcent de promouvoir ce projet.

D'autres villes subissent aussi le poids d'accidents historiques qu'elles vivent mal. Naples, à la charnière des Méditerranées, capitale déchue elle aussi et métropole d'un Mezzogiorno sous-développé, en porte les stigmates dans son sous-prolétariat, dans son centre dégradé, son urbanisation chaotique, qui voisinent avec des secteurs en essor rapide, des sites enchanteurs. Au contraire, l'expansion de Barcelone, capitale de la Catalogne, siège des jeux Olympiques en 1992, technopole moderniste, relais entre Nord et Sud, dit la capacité de renouvellement des villes européennes. En effet, si graves que soient leurs difficultés, elles ne subissent pas une crise de l'ampleur de celle des villes arabes. Beaucoup ont gardé une mesure humaine, en particulier les villes moyennes, et conservé les liens avec leur région, ce qui leur a permis de bénéficier de la modernisation tout en préservant une riche sociabilité.

Médinas en crise. Au Sud, les problèmes sont d'une tout autre nature en raison de la rapidité et de l'importance de l'explosion urbaine depuis un demi-siècle surtout. Casablanca, passée de 20 000 habitants en 1912 à près de 3 millions, ne fait pas figure d'exception, si l'on pense aux métropoles, aux villes champignons du pétrole, ou au Caire (800 000 habitants en 1917, près de 11 millions aujourd'hui)... De tels chiffres montrent que le lent travail d'assimilation nécessaire pour constituer une société

citadine ne peut plus s'effectuer dans les conditions qui préva-
laient autrefois.

La médina, définie par l'association des fonctions commerciales, artisanales, cultuelles et intellectuelles, espace chargé de
significations où la mosquée occupe une place centrale, a été
supplantée par les villes nouvelles, taillées sur un patron occidental. Les activités modernes et la majorité des citadins se sont
installés hors de ses murs, tandis que la « ville ancienne »,
comme disent nos dictionnaires, se dégrade et sombre dans la
vétusté et l'insalubrité. La Kasbah d'Alger est perçue par l'Algérie des beaux quartiers, aujourd'hui comme à l'époque coloniale, comme un univers dangereux, incontrôlable, un territoire
quasi hors-la-loi : cette image de ce qui avait été un lieu symbolique de la guerre de libération en dit plus long que bien des descriptions. Fès, elle, surchargée d'habitants, fourmillant d'activités, mais dans un cadre informel, subit une usure accélérée. Au
mieux, les médinas font l'objet d'une sauvegarde qui tend à les
muséifier, qui les enclôt dans leur passé.

Subissant une poussée humaine sans précédent, la ville nouvelle, elle non plus, ne parvient pas à reconstituer un tissu
social. À la fin de l'époque coloniale, l'afflux des ruraux a pris
l'allure d'une conquête par le pays profond, et l'exode des Européens et des *Levantins suit les indépendances. Avec leur éviction, c'est un long chapitre d'histoire, celui du cosmopolitisme
des ports méditerranéens, que les œuvres de Durrell et Robert
Solé ont bien rendu, qui s'achève. Les villes sont-elles devenues
pour autant des organismes à même d'assurer des fonctions
d'intégration nationale de leur société ? On peut douter de leur
capacité à susciter une dynamique de développement économique en raison des surcoûts urbains – dus aux privilèges des
citadins, aux fastes mégalomaniaques des pouvoirs –, du gas-
pillage des réserves d'eau, voire de la terre arable, comme en
Égypte, bref de tout ce qui accompagne leur gigantisme. En
outre, l'accès à un mode de vie urbain est hors de portée de la
majorité des candidats. Le terme de « bidonville » rend compte
de l'expansion de zones d'habitat précaire, en principe illégal,
des *gecekondu* en turc (« construits en une nuit », pour échapper
aux démolisseurs), des périphéries dites aussi « spontanées ».

84 % des constructions réalisées au Caire durant ces vingt dernières années sont illégales, et, selon les experts, c'est la moitié de la ville qu'il faudrait détruire pour assurer une véritable rénovation urbaine. Contournement de la puissance publique, ou défaillance de celle-ci ? Les services urbains élémentaires, la distribution d'eau, le ramassage des ordures, les secours après le tremblement de terre d'Annaba ont été, dans les années 1980 en Algérie, assurés par des réseaux de solidarité islamistes, qui ont assis à cette occasion l'influence du mouvement. La ville est leur terre de mission privilégiée, où ils effectuent, lors des grandes prières sur les places publiques et quand les mosquées débordent, une reconquête symbolique, restaurant *El-Madina al-fadhla* (la Cité vertueuse) conformément à l'islam originel.

Les sociétés du Sud restent-elles, à la différence de celles du Nord, prisonnières d'une précarité et d'une crise d'identité si graves qu'elles induisent des phénomènes de retraditionalisation ?

Individu et communauté

Libération de l'individu. Le rétablissement de l'ordre ancien est irréalisable. L'émancipation de l'individu à partir de l'érosion de la communauté méditerranéenne, de ce mode d'organisation fondé sur les appartenances d'origine et collectives, est un processus irréversible.

Avec les migrations, le brassage des populations a distendu les liens anciens, et les comportements se sont homogénéisés. Cette homogénéisation a été d'abord le résultat de la nationalisation des sociétés par l'école, par l'établissement d'une langue hégémonique, qui a fait reculer les patois et l'arabe dialectal, par l'instauration du service militaire, par la généralisation des moyens de transport. Aujourd'hui, les vecteurs de la mondialisation jouent plus fortement encore, et les sociétés s'alignent sur le modèle euratlantique de la société de consommation. Un exemple de l'impact de ce modèle est la libéralisation des mœurs dans l'Espagne sortie du franquisme, celle des films d'Almodovar et de la légalisation de la consommation des drogues douces. Dans les Balkans, la contestation des pouvoirs qui se développe depuis l'arrêt des combats est un réveil de la société civile après les déchaînements ultranationalistes. Et avec ce réveil, s'affirment les aspirations des jeunes, des étudiants – les plus sensibles à l'appel de l'Occident –, à la liberté, au bien-être.

Partout les prisons de la tradition sont fracturées, partout le jean, le burger – halal ou cacher, certes –, le Coca-Cola ou le Pepsi sont des produits de consommation de masse. Partout l'individu se libère de la famille patriarcale, de la tribu, du groupe villageois, fondés sur les ancêtres communs, sur l'endogamie, sur l'enracinement dans un territoire. Mais la mise en place des nouveaux groupes et des solidarités nouvelles qui lui sont nécessaires ne s'effectue pas *ex nihilo*, elle utilise les références dites traditionnelles, elle épouse les appartenances anciennes et en réactive les valeurs.

Poids de la communauté. L'éthique du lignage n'a pas disparu et la primauté des liens parentaux s'oppose de manière efficiente à celle de la *res publica*. C'est ainsi que s'élaborent des sous-cultures et des contre-sociétés, ou des groupes parallèles. Il y a là une explication de la puissance de la mafia, qui tient à sa capacité à intégrer dans un réseau de solidarités des individus atomisés par l'urbanisation, à faire partager ses normes, l'honneur, la fidélité exclusive au *padrone* et à sa « famille », et le refus de se soumettre aux règles de la société dominante étrangère, l'*omerta. Quand l'État s'effondre, et avec lui tout organisme d'allocations et d'arbitrage, comme on l'a vu dans les guerres du Liban et des Balkans, les milices prennent en charge une partie de ses fonctions et assurent la subsistance de leurs membres et alliés, en mettant en coupe réglée le pays ou en pillant le territoire ennemi. Elles réactivent dans les villes arabes les *açabiyyat et réemploient un type social traditionnel – le *kabada* – qui est un peu le champion du quartier, le chef d'une bande de jeunes ou de certaines corporations combatives chargées de défendre la petite communauté. Le patronage et le clientélisme, qui sont consubstantiels aux sociétés et à la culture méditerranéennes, trouvent ainsi de nouvelles raisons d'être avec la dissolution des liens anciens. Si la tutelle qu'assuraient autrefois les grandes familles sur leur quartier supposait une stabilité, une homogénéité de la population aujourd'hui révolues, l'explosion urbaine, le caractère souvent illégal des quartiers d'habitat précaire, à Naples comme au Caire, appellent une protection des puissants, de notables intercédant auprès du pouvoir.

Au-delà de ces ressemblances, cependant, il est évident que les adhérences communautaires sont particulièrement prégnantes au Sud. Faut-il y voir une spécificité du monde arabo-musulman ? On peut aussi expliquer ce poids de la communauté par certains caractères contemporains des sociétés, démographiques en particulier. La part des adultes ayant entre vingt et vingt-neuf ans représente plus du tiers de la population. Une telle proportion, qui n'a pas de précédent, et qui ne perdurera pas au-delà de cette génération, a de lourdes conséquences.

L'un des problèmes cruciaux du monde arabe tient aux difficultés d'insertion des nouveaux arrivés sur le marché du travail – où les besoins d'emploi augmentent de 3 % par an – et dans la ville, où la question du logement est insoluble, voire sur le marché matrimonial, où le coût du mariage, de la dot, dépasse les possibilités de la majorité. Il en résulte une concurrence aiguë entre jeunes adultes, entre ceux-ci et leurs parents, entre hommes et femmes. Cette réalité rend compte de certains aspects de la crise de la socialisation dans le Maghreb et l'Orient des pères, des pères fondateurs de la patrie, des chefs de la famille patriarcale, qui ont le pouvoir sur une population née dans son immense majorité après l'âge des décolonisations.

Ces blocages, ces impasses hypothèquent l'affirmation du sujet, du citoyen. Ils expliquent une hésitation entre la soumission et la révolte, entre la fascination envers le modèle occidental et sa condamnation, qui puise dans l'éthique de l'islam, ou encore ces variations entre le registre de l'individualisme et celui de la communauté holiste.

L'apparition des femmes sur la scène publique ajoute une autre donnée à ces mutations.

Femmes

S'il est un trait commun aux sociétés méditerranéennes, c'est bien le statut de la femme, *mamma*, pleureuse, vestale ou chair à phantasmes. Mais, là encore, les évolutions récentes sont allées plus vite au Nord.

Femme et islam. Alors que la condition féminine s'est transformée dans l'Europe méditerranéenne, les facteurs d'infériorité – légitimés par une conception littérale de la religion – demeurent puissants au Sud. La femme, dans la culture musulmane classique, n'a pas d'existence sociale hors de ses fonctions d'épouse et de mère, et l'inégalité commence d'abord dans la cellule de base qu'est la famille. Seule la Tunisie a aboli la polygamie, l'Égypte ayant abandonné après l'assassinat d'Anouar el-Sadate les mesures qui visaient à la limiter, et qui avaient été prises à l'initiative de l'épouse du président. Le Code algérien de la famille, adopté en juin 1984, a institutionnalisé la polygamie et la répudiation, l'inégalité de l'héritage, le statut de mineure légale de la femme et le caractère patriarcal de la famille. *Noces en Galilée*, le film du Palestinien Michel Khleifi (1987), a été interdit dans plusieurs pays arabes pour avoir dénoncé, aussi vigoureusement que l'oppression israélienne, le conservatisme, le pouvoir de l'homme sur la femme et le culte de l'honneur masculin prévalant dans sa société.

Si l'endogamie entendue au sens strict, l'union entre cousins germains, recule, elle demeure le modèle idéal du mariage arabe. *A fortiori*, un tabou demeure : si un musulman peut épouser une femme d'une autre religion, les enfants relèvent de son autorité. L'article 31 du Code algérien de la famille, à l'instar des codes de la plupart des pays arabes, rappelle que « la musulmane ne peut épouser un non-musulman ». Certes, cet interdit n'a pas toujours été intégralement appliqué, par exemple dans les Balkans, mais la situation qui est apparue avec l'enracinement de l'immigration en Europe occidentale, où les jeunes filles constituent de plus en plus souvent des couples mixtes, est à peu près sans précédent. Dans le Maghreb colonial, le double refus du colonisé et du colon avait réduit ces couples à la marginalité. En France, le tabou n'a pas eu la même portée. Mais la nouveauté tient au grand nombre des unions mixtes et au fait qu'elles engagent désormais aussi les musulmanes. Aujourd'hui, le quart des mariages de femmes étrangères avec des Français – quelque 10 000 par an – intéresse des Algériennes, Tunisiennes ou Marocaines.

À l'occasion de la rencontre mondiale des femmes à Pékin en 1995, les associations féministes du Maghreb les plus radicales ont explicitement inclus dans leurs revendications celle de la liberté du mariage, sans espérer être entendues prochainement… Le système familial est donc l'enjeu de tensions aiguës. À n'en pas douter, l'avenir des sociétés arabes sera fonction de celui des femmes, de leur accès à l'espace public.

Émancipation des femmes. Aussi le salariat est-il un indicateur intéressant. Les femmes y ont accédé à la fin de l'époque coloniale au Maghreb par la domesticité, où elles demeuraient dans l'espace privé, dans une relation entre femmes. Le travail féminin a progressé d'abord chez les veuves et les femmes répudiées, puis s'est étendu aux jeunes filles célibataires, qui épargnent pour préparer leur trousseau. C'est encore cette répartition qui domine. Le salariat reste, sinon illégitime, du moins mal considéré, l'idéal demeurant le statut d'épouse. Pourtant, non sans à-coups, la tendance à son augmentation s'affirme. Le taux d'activité féminin serait passé de 5,6 % en 1966 à 12 % en Tunisie en 1984 et à 15 % au Maroc, de 1,9 % en 1960 à 10 % en 1977 en Algérie, où il chute cependant à 7 % en 1989. Les entreprises ont su tirer parti de l'infériorité du statut des femmes pour leur imposer des rémunérations très basses, des emplois précaires et, avec le travail à domicile, un système d'exploitation particulièrement lourd. En réaction, les années 1980 auront vu apparaître les premiers mouvements revendicatifs féminins, même si les organisations syndicales négligent cette composante nouvelle du mouvement ouvrier.

Un autre vecteur du changement social est la scolarisation. C'est là que les inégalités ont le plus diminué entre hommes et femmes, progrès qui est à mettre au crédit des États indépendants. Les diplômes de haut niveau, ouvrant l'accès à des emplois socialement reconnus, légitiment le travail féminin. Celui-ci devient aussi une nécessité pour les classes moyennes, l'existence de deux revenus par foyer étant une condition nécessaire pour accéder au modèle de consommation et au statut citadins. D'autres facteurs vont dans le sens d'une émancipation, et, malgré le discours dénonçant la contraception comme une arme de l'Occident ou comme contraire à l'islam, les États musulmans, Iran compris – à l'exception des ploutocraties pétrolières sous-peuplées –, assurent l'organisation d'une limitation des naissances. En une génération, l'indice de fécondité a diminué de moitié, aussi rapidement qu'en Italie, en Espagne, en Grèce ou dans l'Asie des Dragons.

Malgré les difficultés, la pénétration des femmes dans l'univers moderne paraît donc inéluctable. Leur condition, beaucoup plus vite que leur statut légal, a changé. Ces transformations, qui ne sont pas à l'abri de régressions, ont été inégales. Elles sont plus importantes là où se conjuguent la scolarisation, le travail salarié et une baisse de la fécondité, en particulier au Liban, en Tunisie et en Égypte. Mais la conquête de l'espace public a été souvent accompagnée d'une réislamisation de cet espace que symbolise le port du voile. Si certains musulmans et certains orientalistes voient là un compromis allant dans le sens de la modernité parce qu'il permet la mixité, à l'encontre de cette vision, les courants féministes les plus radicaux n'ont d'espoir que dans la laïcisation de leur société.

De ces analyses se dégage au moins une évidence : l'importance des questions culturelles.

DOCUMENT

Le recours au viol comme arme de guerre

Ce rapport international résume les aspects les plus importants des conflits des Balkans, conflits communautaires allant jusqu'au génocide. Il met aussi, et surtout, en relief le sort des femmes, à la fois souillées et utilisées pour porter la semence des vainqueurs.

« Il est clair que des violences ont été commises par des combattants appartenant à toutes les parties du conflit, y compris viols et sévices sexuels, mais les conclusions des observateurs et en particulier des experts dépêchés sur place par les Nations unies sont claires : ce sont les Serbes de Bosnie, appuyés par leurs coreligionnaires, qui ont utilisé la terreur de façon systématique afin de chasser les populations non serbes des territoires dans ce qu'ils appelleront eux-mêmes l'épuration ethnique...

« Selon les experts des Nations unies, *"il semble qu'on se trouve devant un schéma à répétition qui n'est pas le fait du hasard [...] les incidents coïncident avec d'autres violations du droit international humanitaire, des offensives militaires et des opérations visant à chasser les populations civiles, les viols s'accompagnant toujours de circonstances analogues avec pour but précis de causer, non seulement à la victime mais aussi à sa communauté, le plus de honte et d'humiliation possible, les crimes se situant à des moments bien déterminés en fonction des autres événements. [...] Tout incite donc à conclure que le viol a été systématiquement encouragé [...] qu'il a fallu un certain degré d'organisation et d'action collective pour commettre une grande partie de ces abus [...] et qu'il faut ainsi considérer les sévices sexuels dans la perspective du 'nettoyage ethnique'"* [...].

« Par bien des aspects, la violence qui s'est déchaînée dans l'ancienne Yougoslavie a eu pour but d'effacer l'identité de "l'autre". À cet égard, la destruction systématique – sur tous les fronts – des biens culturels et des édifices culturels a été emblématique. C'est le symbole de la présence d'autrui qui était ainsi visé. Les violences sexuelles auxquelles se sont livrés les Serbes en Bosnie dans le cadre de la politique d'épuration ethnique ont cependant représenté un degré de plus dans la négation d'autrui et n'apparaissent ainsi nullement comme un inévitable malheur de la guerre mais comme une arme psychologique destinée à faire le vide devant l'envahisseur aussi sûrement, et peut-être plus efficacement, que les armes à feu. Ce sont les "identités" des victimes et de la communauté qui étaient visées et que l'on voulait détruire. »

Extrait du rapport de l'Unesco,
juin 1994.

23. Entre guerre des cultures et chances de la pluralité

Plus encore que d'autres domaines, celui des cultures méditerranéennes se prête aux discours contradictoires. Il y a un mirage des Andalousies, de la symphonie, de l'harmonie des civilisations, aussi trompeur que la théorie de la guerre des cultures. Cette notion vient d'être mise à la mode par Samuel Huntington dans *The Clash of Civilizations* (1993), qui la présente comme une clé de notre avenir : avec la mort des idéologies, les sociétés retournent à leurs références identitaires primordiales, se définissent par les fondements de leurs civilisations. Réfractaires aux mélanges, opposées aux partages, elles seront, plus que les enjeux économiques, les principaux facteurs de conflits et tout particulièrement entre l'Islam et l'Occident. Dans une telle perspective, la Méditerranée des trois religions serait un des premiers fronts de cette guerre des cultures.

Les religions du Livre

Elles justifieraient des études comparées qui sont rares, trop rares.

Sécularisation. Le contraste entre la revanche de Dieu au Sud et son déclin au Nord résume-t-il le sort des religions du Livre ? Dans une Europe qui voit l'influence de l'Église diminuer depuis deux siècles, le Portugal, l'Espagne et l'Italie ne sont plus les bastions de Rome qu'ils étaient, à côté d'une France depuis longtemps très laïque.

L'évolution a été lente. Le Sacré Collège est demeuré majoritairement d'origine transalpine jusque sous Pie XII, et, en Italie, le noir peut encore fonder un *cursus honorum*. C'est en Italie aussi que la démocratie chrétienne a obtenu les succès les plus importants. Quant à l'Espagne, si elle a été le symbole de l'alliance entre l'armée et l'Église pour la croisade contre la menace de subversion communiste de l'Occident chrétien, elle a été aussi un haut lieu de l'anticléricalisme lors de la guerre civile, dont les scènes sacrilèges n'ont eu d'égal que la violence du franquisme. Sur un mode comique mais ravageur, le cinéma italien, avec *La Dolce Vita* ou *Roma*, rappelle la vigueur des passions. Le terrain où se joue désormais, en effet, le devenir de la religion est moins celui de la politique que celui des mœurs. Un référendum a légalisé le divorce en juin 1974, après que des « affaires » très médiatisées – Fausto Coppi, Sophia Loren et Carlo Ponti – et le film *Divorce à l'italienne* ont sensibilisé l'opinion. En 1978, le droit à l'avortement a été reconnu par la loi. La baisse de l'influence du catholicisme s'accompagne d'une diminution de la pratique religieuse et d'une crise des vocations sacerdotales.

Vatican II. Confronté à ce déclin, le concile Vatican II, ouvert en 1962 par Jean XXIII et achevé par Paul VI en décembre 1965, s'est efforcé de procéder à un *aggiornamento*, de penser « les relations que l'Église doit établir avec le monde qui l'entoure, avec lequel elle vit et travaille ». De fait, l'encyclique *Populorum progressio* en 1962 réagit contre le *sous-développement, et le nombre d'évêques et cardinaux d'Afrique et d'Amérique latine a augmenté. Mais Rome, après Paul VI, prend ses distances par rapport aux courants révolutionnaires se réclamant du christianisme et condamne la théologie de la libération. Il est vrai que ces enjeux intéressent moins directement la Méditerranée que les relations avec l'islam et le judaïsme, ainsi qu'avec les multiples rameaux chrétiens issus de la Bible.

Vatican II a reconnu l'importance des Églises orientales, « qui ont été créées par les apôtres », et a estimé que la diversité théologique, les différences de rites et d'institutions sont des éléments positifs, une richesse. Jean-Paul II déclarait, lors de sa rencontre avec le patriarche orthodoxe à Constantinople-Istanbul : « Pourquoi demeurons-nous séparés ? Il nous faut apprendre de nouveau à respirer avec deux poumons, l'Occident et l'Orient. » Mais la religion orthodoxe sort meurtrie et affaiblie de la période communiste. Son absence d'unité, sa division en huit patriarcats, auxquels il faut ajouter les Églises de Grèce et de Chypre, contribuent à cet affaiblissement.

C'est surtout avec l'islam que le dialogue œcuménique a été le plus nouveau, à partir de la reconnaissance de la filiation commune d'Abraham et d'un effort de concordisme des partisans du rapprochement. Mais on peut s'interroger sur l'impact de ces avancées en dehors des cercles de militants et des intellectuels, surtout si on les compare à la fragilité de la chrétienté orientale.

Quant aux relations entre catholicité et judaïsme, elles héritent d'un passif considérable. Le concile Vatican II a rappelé que le Christ et les apôtres sont du peuple juif et que celui-ci est « resté cher à Dieu » malgré son refus de l'Évangile. Soulignant que la mort du Christ « ne peut être imputée ni à tous les juifs vivant alors, ni aux juifs de notre temps », il a condamné l'antisémitisme. Cependant, les racines d'une tradition antijudaïque sont profondes dans la culture chrétienne. Avec l'État d'Israël, si un ambassadeur du Vatican a été installé en 1994, les contentieux hérités des relations de la papauté avec le nazisme et les régimes qui ont pratiqué une politique antisémite réapparaissent périodiquement. L'accord fondamental du 30 décembre 1993 a permis l'établissement de relations diplomatiques, mais la question des lieux saints, du statut de Jérusalem surtout, paraît toujours sans solution. Certains dérapages récurrents, par exemple les réactions suscitées dans l'opinion israélienne par le séjour de l'archevêque de Paris, le cardinal Lustiger, à qui l'on a reproché de s'être converti au catholicisme, ou les déclarations de l'abbé Pierre en avril 1996 à propos des génocides, rappellent le poids de deux millénaires d'histoire. Il est vrai que les évêques de France et la papauté elle-même se sont engagés dans la reconnaissance des responsabilités de l'Église envers les victimes de l'antisémitisme.

Le judaïsme. Le devenir du judaïsme dans les cinquante dernières années est indissociable de celui d'Israël. En diaspora durant des siècles, il a désormais retrouvé Éretz Israël. L'État hébreu, en fondant sa légitimité sur le droit du « peuple de la Bible » à récupérer sa terre, s'est inscrit dans une culture religieuse, et le discours politique est imprégné de références au Dieu du Livre et à l'esprit des prophètes.

La laïcité ou l'athéisme d'une partie de la société et des élites achoppent sur cette identité, posée dans la Déclaration d'indépendance de mai 1948 comme à la fois de « caractère spirituel, religieux et national ». La religion suit l'Israélien tout au long de sa vie. Elle est très présente dans le droit positif, en raison de l'importance de la tradition juridique hébraïque et du rôle historique des rabbins dans le maintien d'une identité juive. Ce sont, en vertu de la loi du 28 juillet 1953, les tribunaux religieux qui jugent en matière de statut personnel, mariages, divorces et successions. Certes, les aspects les plus conservateurs de la tradition ont été dépoussiérés : le mariage des femmes, qui était autorisé selon le droit hébraïque à treize ans, ne l'est pas avant dix-sept ans, et la répudiation et la polygamie sont interdites. Mais le mariage civil n'a aucune légalité, et le mariage avec un non-juif ou une non-juive est impossible, la conversion du conjoint étant un préalable obligatoire.

Il en résulte des situations inhumaines pour les enfants de couples mixtes. Si la jurisprudence et la réglementation votée par la *Knesset ont admis qu'ils étaient ethniquement juifs (ce qui leur évite d'être classés comme arabes ou *druzes), ils ne le sont pas religieusement. Ils ne peuvent donc pas se marier avec un juif ou être inhumés en terre sacrée. Ces situations sont révélatrices des tensions internes de la culture israélienne, de la prégnance du religieux et de la difficulté de distinguer le spirituel du temporel. Les orthodoxes, dont les plus intégristes refusent d'accepter un État non théocratique et ne reconnaissent donc pas de légitimité à l'actuel Israël, contrôlent le système éducatif religieux, qui intéresse le tiers des enfants, et l'état civil. Les extrémistes s'efforcent, par la violence souvent, d'imposer leur conception, et l'application stricte des interdits du shabbat est devenue un enjeu de société. C'est dans ce milieu qu'a été fomenté le meurtre d'Itzhak Rabin et que s'affirment les opposants à la paix, que l'exégèse biblique légitime les ambitions d'un Grand Israël incluant la Cisjordanie et fonde une culture de guerre sainte comme l'a montré le massacre d'Hébron en février 1994. Jérusalem, prise par David il y a 3 000 ans, où il déposa les Tables de la Loi, lieu de la crucifixion du Christ et d'une ascension miraculeuse de Mahomet, ville trois fois sainte, est l'enjeu d'affrontements conjuguant les exclusions religieuses et nationalistes auxquelles il n'y a, pour l'heure, aucune solution.

On a parfois le sentiment que croisades et *jihâds* ne sont pas terminés autour de la Méditerranée.

L'islam et ses spécificités

Revanche de l'islam. Il suscite aujourd'hui, plus que jamais, fascination et répulsion chez les Européens, et dans tous les cas il demeure pour eux une énigme. Tout d'abord parce qu'il apparaît comme la seule grande religion conquérante, dont la volonté missionnaire demeure affirmée. Les conversions dont il bénéficie montrent son potentiel d'attraction. Il est vrai que, à l'époque contemporaine, elles ne concernent plus les peuples, les sociétés, mais les individus, ce qui tend à enfermer les religions dans leur espace historique. Mais, précisément, c'est pour l'islam que ces limites sont les moins rigides. Il progresse partout et, désormais, avec les migrations, s'est enraciné en Europe même, où il est – selon la formule consacrée – la deuxième religion.

Dans son territoire propre, la sécularisation, le cantonnement du religieux à la sphère cultuelle, que l'on avait pu penser engagés dans les années 1960, au moins dans certains pays, paraissent remis en cause. La reconquête islamique de la société se manifeste par de nombreux signes. En effet, elle participe d'une guerre des symboles, d'une volonté d'affichage à travers le vêtement, l'apparence physique, l'occupation de l'espace – des centres-villes modernes, comme on l'a déjà souligné –, qui prennent un caractère ostentatoire. L'augmentation considérable des statistiques du pèlerinage à La Mecque va dans le même sens.

Si elle est indiscutable donc au plan quantitatif, comment interpréter cette réislamisation ? Annonce-t-elle que le 15e siècle de l'*Hégire sera religieux ? Ne faut-il pas considérer, au contraire, qu'il s'agit d'un effort pour maintenir une islamité minimale face à la réalité, inéluctable ici aussi, que serait « le désenchantement » du monde, la fin de la religion comme Loi émanant d'une autorité supérieure à la société et s'imposant à la totalité de la vie humaine ? Dans une telle perspective, peut-on essayer de cerner les domaines réservés que l'islam est à même de garder ou de reconquérir ? Selon les circonstances et les secteurs concernés – le privé, le public, le technique, les mœurs, les rapports entre hommes et femmes –, les musulmans usent soit du registre séculier soit du registre du sacré.

Cette dichotomie des références est accentuée par l'insuffisante conceptualisation des rapports entre l'islam et la modernité. Alors que l'Occident doute de la notion de progrès à laquelle il s'est identifié, les blocages qui pèsent sur les transformations du monde arabe, la difficulté de redonner un sens, une cohérence au devenir des sociétés expliquent le retour de l'islam, à la fois culte et culture, théologie et conception du monde.

Le vendredi est jour de congé officiel en Algérie depuis 1976, l'étude du Coran est réintroduite dans l'enseignement primaire et secondaire en Turquie depuis 1972. Un peu partout, dans un domaine aussi important que le droit, la réislamisation est évidente : l'article 2 de la Constitution égyptienne de 1971 précise que la *charî'a* est la source principale de la législation. Les *ulamâ* d'Al-Azhar, dont l'autorité avait été amoindrie à l'époque de Nasser, dont le prestige avait été supplanté par celui des intellectuels modernes, ont retrouvé l'oreille du pouvoir qui a besoin de leur caution contre les islamistes radicaux. Ce rapprochement leur a permis de reprendre une partie du terrain social en utilisant la fonction de ceux qui savent le *ilm* – le vrai de la Révélation –, qui sont les garants des valeurs centrales de la société.

Duels idéologiques. La reconquête a été facilitée par le fait que les intellectuels occidentalisés – soit qu'ils aient cru que le sacré se rétrécirait inéluctablement et spontanément, soit par peur des anathèmes – ont longtemps évité une critique de l'islam. Or, la crise du développement met en question leur légitimité sociale. La réislamisation s'effectue en effet à travers un duel d'intellectuels. La liste des mises à l'index d'œuvres d'écrivains laïques, des interdits, est longue. Naguib Mahfouz, seul prix Nobel arabe de littérature, a été victime d'une tentative d'assassinat en 1994, et son livre *Les Enfants de notre quartier* censuré. Un chercheur de l'université du Caire, condamné pour apostasie en raison d'une recherche d'esprit « moderniste », c'est-à-dire de l'application des méthodes scientifiques profanes aux Textes sacrés, a dû s'exiler. Raffinement pervers dans la persécution, les autorités religieuses ont exigé de sa femme qu'elle divorce, sous peine d'être considérée comme mariée à un non-musulman ! Cent ans après la première projection d'un film au Caire (en 1896), alors que l'Égypte avait conquis une place remarquable dans le cinéma du tiers-monde, le septième art est la cible d'excommunications. C'est le cas de Youssef Chahine, auteur de *L'Émigré* (1994), fable biblique. La palme d'or qu'il a obtenue au Festival du cinéma de Cannes en 1997 à l'occasion de la projection d'une biographie d'Averroès, *Le Destin*, lui a rendu un hommage mérité. La résistance opposée à cette inquisition et à la violence a suscité des réactions terroristes en Turquie où un hôtel accueillant un congrès d'intellectuels laïques a été incendié, et en Algérie où les morts se comptent par milliers. L'État égyptien, en décidant de publier lui-même *Les Mille et Une Nuits*, met fin à un comble du ridicule, car en 1985 cette œuvre avait été retirée de la vente, et l'éditeur et l'imprimeur emprisonnés, faute de pouvoir poursuivre les principaux coupables, les auteurs.

Jusqu'ici, donc, les revanches de l'islam ont été contradictoires avec l'effort d'**ijtihâd*, d'innovation, d'adaptation au monde et d'ouverture, qui est lui aussi une constante de cette religion. Elles sont allées dans le sens d'un étroit contrôle des mœurs, d'une précarisation du sort des minorités.

La grande question qui se pose est de savoir si la remontée des références religieuses – qui apparaît comme une tendance durable – est désespérément synonyme de clôture et de conservatisme, ou si des alternatives progressistes à la crise de la modernisation des sociétés musulmanes pourront s'affirmer.

Réinventer les métissages méditerranéens ?

En clair, y a-t-il, comme le pensaient Renan ou Volney, et comme beaucoup le pensent aujourd'hui, une fatalité pesant sur l'islam et le condamnant à l'inaptitude au changement ? Ou bien un *aggiornamento* dégagera-t-il un espace de libre examen, une laïcité islamique, comme il y a des laïcités (pas forcément coulées dans le moule français) des sociétés chrétiennes ? Ces interrogations, contrairement à la vision dominante, ne concernent pas la seule religion musulmane, ne visent pas quelque *homo islamicus*, type culturel d'une essence autre que celle de l'*homo occidentalis* ou *universalis*, et qui n'a jamais existé. Elles renvoient aux relations entre les sociétés riveraines de la Méditerranée, au jeu de miroirs dans lequel les sociétés s'opposent, s'imitent et se définissent. Céderont-elles à une de leurs tendances profondes, la fermeture, le rejet de la différence ?

La fermeture : une tentation. Une fois de plus s'impose la question de savoir si la Méditerranée fait fonction de trait d'union, si elle est perçue comme un espace commun. De ce côté, la réaction à la fin du *mare nostrum*, aux crises des décolonisations, où se mêlent une sensibilité exacerbée et un désistement, n'a pas été surmontée, loin de là, surtout dans une France qui n'a pas achevé le travail de deuil des événements traumatiques de Suez et de la guerre d'Algérie.

La construction européenne est apparue alors comme un recours contre la décadence, ou, dans un esprit cartiériste, comme un retour à la vocation naturelle du continent enfin débarrassé du fardeau colonial. Il s'en est suivi un long désengagement culturel et scientifique autant que politique et économique à l'égard de la Méditerranée. En face, les Arabes, que notre tradition historiographique présente comme des intrus dans la mer latine, voient dans Bahr ar-Rûm (la mer des Romains) l'horizon par où sont arrivés croisés, conquérants et les chevaux de Troie d'une modernité-monde étrangère. Les indépendances n'ont été une reconquête de la côte par le pays profond qu'en apparence. Elles ont accentué l'extraversion des sociétés musulmanes. Cette extraversion est d'autant plus redoutable qu'elle est l'objet d'un refoulement culturel. Il est remarquable que la Méditerranée, ses rivages, ses types sociaux, son cosmopolitisme, soient si peu présents dans la création esthétique et dans la pensée arabo-musulmanes contemporaines.

Certes, les États ont élaboré des politiques de coopération, celles de leur raison, et l'Union européenne s'est engagée dans un effort économique non négligeable pour aller vers la création d'une zone de libre-échange, mais les sociétés ne partagent pas les éléments d'une conscience méditerranéenne.

Métissages. Toutes ont, de tous temps, pratiqué les métissages, mais sans jamais les reconnaître comme une part de leur substance. En Occident, le *Levantin a été l'objet d'une répudiation pour abâtardissement, au point que le terme a pris une signification raciste. Au Sud – et l'actualité algérienne, avec les assassinats de chrétiens et d'étrangers, rappelle cruellement cette chance gâchée –, les libérations nationales se sont faites autour d'une affirmation identitaire monolithique, excluant la pluralité. Un Taha Hussein, qui mettait en lumière la part grecque, latine et chrétienne de l'Égypte, fait exception, de même que le cinéaste Michel Khleifi affirmant qu'être arabe « c'est revendiquer sa part d'Occident ». Ce qui l'a emporté, lorsque se sont constitués les nouveaux États, c'est le constat d'impossibilité que dressait Jean Amrouche peu avant sa mort : « Les hybrides culturels sont des monstres [...]. Des monstres sans avenir... »

Cette lucidité désespérée du grand écrivain, qui ne voyait pas de possibilité d'être tout à la fois berbère et chrétien, algérien et français, et se considérait comme « condamné par l'Histoire », reste-t-elle le seul jugement possible aujourd'hui ? De nouvelles réalités s'imposent. L'enracinement en Europe d'une population de culture musulmane issue des migrations, la constitution de réseaux de diaspora multiplient les situations intermédiaires et les hybridations sur les deux rives. La création littéraire, la musique, le cinéma en montrent la fécondité. Dans quelle mesure les minorités feront-elles médiation et pourront-elles contribuer à des confluences ? Peut-être la situation minoritaire – sans précédent historique – qui est celle de l'islam en Europe, l'insertion dans des cultures où les religions se sont accommodées d'une longue laïcisation fourniront-elles les conditions – non réunies jusqu'ici dans le *Dâr el-Islam* – d'un *aggiornamento* ? Le projet de création d'une Faculté musulmane à Strasbourg, permettant d'assurer une formation moderne d'imâms et théologiens, y contribuerait. En effet, l'Europe aussi doit apprendre à élargir sa pluralité. L'Espagne a enfin réussi à « fermer à double tour le tombeau du Cid » et à reconnaître l'apport d'Al-Andalus à son patrimoine, le Portugal vient de déplorer officiellement les persécutions engagées par le décret d'expulsion des juifs de décembre 1496, et à Cordoue une statue de Maïmonide rappelle la richesse des échanges d'hier. Mais le risque est que ces reconnaissances soient plus archéologiques et commémoratives que porteuses d'avenir. Les sociétés méditerranéennes sont-elles condamnées à subir une mondialisation dominée par les flux de la modernité transatlantique et transpacifique ?

Auront-elles la capacité d'inventer de nouvelles synthèses, en redéfinissant un espace commun, en reconnaissant et leurs similitudes et leur diversité ?

Interrogations en guise de conclusion

Les voyages du pape en Terre sainte, en Grèce et en Europe de l'Est fournissent un témoignage positif. Les repentances qu'il a exprimées pour le sac de Constantinople par les croisés et pour l'intolérance envers les orthodoxes – après la repentance pour les persécutions subies par les juifs – sont des ouvertures.

Dans le même sens, l'Algérie du printemps 2001 ne vient-elle pas de reconnaître en saint Augustin une part d'elle-même ? C'est dans tous les cas ce que déclarait le président Bouteflika lors d'un colloque consacré au théologien berbère en avril 2001. L'islamisme, s'il se nourrit toujours des colères populaires contre l'injustice de l'ordre interne et de l'ordre international, ne paraît plus un modèle et un mythe capables de soulever les espoirs comme c'était le cas il y a vingt ans.

Peut-être le problème principal est-il plus désormais l'absence d'alternatives à des systèmes bloqués que le potentiel subversif des idéologies. Les chances de démocratisation des sociétés arabes ne sont toujours pas évidentes. Le mouvement qui s'est affirmé en Kabylie et qui se poursuit en juin 2001 amènera-t-il un nouveau « printemps berbère » et un dégel en Algérie ?

Une seule chose est certaine : toutes les sociétés qui bordent la mer intérieure sont plus que jamais partagées entre la tentation de la fermeture et la nécessité d'assumer la pluralité que porte la mondialisation.

Au Nord, la grande peur de la submersion par les hordes faméliques du tiers-monde et par l'étrangeté venue d'ailleurs ne saurait masquer la nécessité d'une relance de l'émigration pour des raisons économiques mais aussi démographiques.

Au Sud, où l'Occident traverse et ébranle les identités arabes, c'est la possibilité d'élaborer une nouvelle cohérence qui demeure l'inconnue depuis deux siècles.

N'est-ce pas un Méditerranéen, Paul Valéry, qui constatait que les civilisations sont mortelles ?

DOCUMENT

Jérusalem, Al-Qods, trois fois sainte

Jérusalem, Al-Qods, trois fois sainte : quelques centaines de mètres séparent le Saint-Sépulcre du Mur des lamentations, qui est mitoyen du Haram esh-Sherif et de la mosquée du Rocher.
(D'après le *Guide bleu*, Hachette.)
(Voir page suivante.)

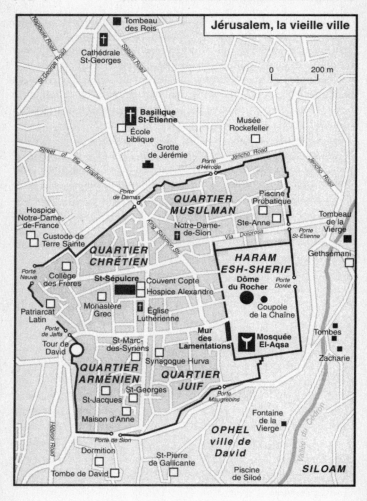

Jérusalem, la vieille ville

ANNEXES

La Méditerranée :
fiche signalétique

Position sur le globe

7° 40' Longitude E - 39° 25' Longitude E
30° 16' Latitude N - 47° 18' Latitude N

Principales mesures

Superficie
2 990 000 kilomètres carrés,
dont mer Noire 480 000 kilomètres carrés (Atlantique : 106 millions de kilomètres carrés).

Plus grandes profondeurs
5 150 mètres (sud Péloponnèse) ;
4 600 mètres (entre Sardaigne et Calabre).

Plus grande longueur
3 750 kilomètres (Gibraltar-Beyrouth)

Quelques largeurs
Marseille-Alger 740 km
Marsala (Sicile)-cap Bon (Tunisie) 155 km
Kalamata (Péloponnèse)-Darna (Cyrénaïque) 485 km

Détroits

Gibraltar 14,3 km
Messine 3 km
Dardanelles 1,27 km
Bosphore 0,75 km

Principaux volcans

Etna (Sicile, Italie)	3 340 m
Vésuve (Campanie, Italie)	1 281 m
Stromboli (îles Éoliennes, Italie)	926 m
Pantelleria (canal de Sicile, Italie)	836 m
Santorin (mer Égée, Grèce)	566 m

Quelques sommets

Mulhacen (Sierra Nevada, Espagne)	3 478 m
Gran Sasso (Abruzzes, Italie)	2 914 m
Olympe (Grèce du Nord)	2 911 m
Parnasse (Grèce centrale)	2 457 m

Principales îles

Sicile	25 427 km ^{2}
Sardaigne	23 813 km ^{2}
Chypre	9 251 km ^{2}
Corse	8 681 km ^{2}
Crète	8 259 km ^{2}
Eubée	3 654 km ^{2}
Majorque	3 411 km ^{2}
Rhodes	1 398 km ^{2}
Malte	246 km ^{2}

Caractères climatiques

ATHÈNES

Températures (T°)

J	F	M	A	M	J	J	A	S	O	N	D
9, 3	9,9	11,3	15,3	20	24,6	27,6	27,4	23,5	19	14,7	11

Précipitations (mm)

62	36	38	23	23	14	6	7	15	51	56	71

	Températures moyennes		Précipitations annuelles
	janvier	juillet	
NICE	9,3	22,3	576 mm
TRIPOLI	12,9	30,7	186 mm
TEL-AVIV	13,9	25,3	419 mm

Vents : principaux caractères

• VENTS PÉRIODIQUES
Vents étésiens, soufflant du nord de mai à août/septembre (particulièrement en mer Égée).
• VENTS NON PÉRIODIQUES
Vents du nord (froids et violents) :
- Mistral (golfe du Lion) ;
- Bora (côtes dalmates).
Vents du sud (chauds et desséchants) :
- Chamsin (Égypte et Sud-Est méditerranéen) :
- Sirocco (venant des zones désertiques du sud de la Méditerranée).

Pays méditerranéens
Population (estimation 1993)

Espagne	39 952 000 hab.
France	57 690 500 hab.
Italie	57 590 000 hab.
Slovénie	1 997 000 hab.
Croatie	4 820 000 hab.
Bosnie-Herzégovine	4 422 000 hab.
Serbie (Yougoslavie)	10 561 000 hab.
Albanie	3 420 000 hab.
Grèce	10 310 000 hab.
Turquie	58 870 000 hab.
Syrie	13 400 000 hab.
Chypre	764 000 hab.
Malte	363 000 hab.
Liban	2 909 000 hab.
Israël	5 440 000 hab.
Égypte	57 110 000 hab.
Libye	4 580 000 hab.
Tunisie	8 530 000 hab.
Algérie	27 030 000 hab.
Maroc	26 500 000 hab.
Total	396 258 500 hab.

Tableaux et statistiques

Les entrées de navires dans le port de Marseille (1710-1820)

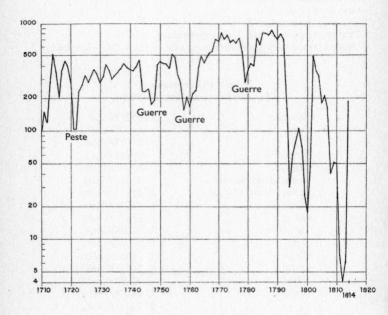

Les esclaves en Méditerranée à l'époque moderne (1571-1682)

Bonavoglia (B), forçats(F) et esclaves(E) dans les chiourmes chrétiennes

Flottes	Effectifs			Pourcentages		
	B	F	E	B	F	E
16 galères de Sicile (1571)	1140	1838	395	34	55	12
8 galères de Sicile (1612)	262	1193	529	13	60	27
9 galères de Tosčane (1604)	0	1302	1235	0	51	49
6 galères de Malte (1590)	404	218	785	29	15	56
6 galères de Malte (1632)	387	175	1284	21	9	70
7 galères de Malte (1668)	400	340	1450	18	16	66
6 galères de Gênes (1682)	539	657	489	32	39	29

Origine de 420 esclaves rachetés à Tunis (1681-1700)

Allemands	4
Flamands	5
Néerlandais	27
Suédois	1
	soit 37 esclaves du Nord (9 %)
Espagnols	6
Portugais	4
	soit 10 Ibériques (2 %)
Provençaux	2
	soit (0,5 %)
Italiens indéterminés	2
Corses	45
Génois	104
Milanais	1
Napolitains	104
Niçois	1
Sardes	11
Siciliens	38
Sujets du pape	18
Sujets vénitiens	8
Toscans	7
	soit 339 Italiens (81 %)
Maltais	29
	soit (7 %)
Grecs	3
	soit (0,5 %)

Documents communiqués par Michel Fontenay au colloque de Marseille, « Méditerranée, mer ouverte », 21-23 septembre 1995.

On observera d'abord que les esclaves constituent toujours une part notable des chiourmes : ils sont toujours majoritaires sur les galères maltaises, ce qui contribue à expliquer la chasse aux esclaves permanente des chevaliers de Malte. Ils forment une partie importante des équipages de Gênes et de Toscane. Sur les galères de Sicile, la difficulté croissante du recrutement des mercenaires (*bonavoglia* : volontaires) conduit à l'augmentation du nombre des forçats et des esclaves.
La très forte majorité d'esclaves d'origine italienne sur le marché de Tunis à la fin du 17e siècle ne doit pas tromper : à Alger et Salé, les Ibériques sont aussi ou plus nombreux que les Italiens ; à Istanbul, Grecs et Slaves l'emportent largement.

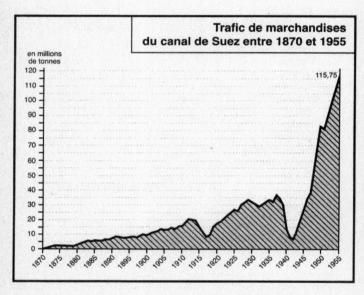

In Farnie, *East and West of Suez – The Suez Canal History (1854-1956)*,
Clarendon Press, 1969

L'émigration italienne de 1869 à 1975

1869-1920

Année	Nombre	Année	Nombre	Année	Nombre
1869	134 865	1886	167 829	1903	507 976
1870	107 214	1887	215 665	1904	471 191
1871	122 479	1888	290 736	1905	726 331
1872	146 265	1889	218 412	1906	787 977
1873	151 781	1890	215 854	1907	704 675
1874	108 228	1891	293 631	1908	486 674
1875	103 221	1892	223 667	1909	625 637
1876	108 771	1893	246 751	1910	651 475
1877	99 213	1894	225 323	1911	533 844
1878	96 268	1895	293 181	1912	711 446
1879	119 831	1896	307 482	1913	872 598
1880	119 901	1897	299 855	1914	479 152
1881	135 833	1898	283 715	1915	146 019
1882	161 562	1899	308 339	1916	142 364
1883	169 101	1900	352 782	1917	46 496
1884	147 017	1901	533 245	1918	28 311
1885	157 193	1902	531 509	1919	253 224
				1920	614 611

Source : ISTAT, *Annuario statistico demografiche,* in F. Assunta,
Il movimento migratorio italiano dall' Unità nazionale ai giorni nostri, t. II.

1921-1975

Départs	Retours		Départs	Retours
		1950	200 306	72 034
		1951	239 057	91 904
		1952	277 537	96 900
		1953	224 671	103 038
		1954	250 925	107 200
		1955	296 826	118 583
		1956	344 802	155 293
		1957	341 733	163 277
		1958	255 459	139 038
		1959	268 490	156 121
		1960	363 908	192 235
		1961	387 123	210 196
		1962	367 611	220 088
		1963	277 611	221 150
		1964	258 482	190 168
		1965	282 643	196 376
1921	201 291	123 999 *1966*	296 494	206 486
1922	281 270	110 786 *1967*	229 264	169 328
1923	389 957	119 738 *1968*	215 713	150 027
1924	364 614	172 811 *1969*	182 199	153 298
1925	280 081	189 071 *1970*	151 854	142 503
1926	262 396	177 617 *1971*	167 721	128 572
1927	218 934	140 428 *1972*	141 852	138 246
1928	140 856	98 752 *1973*	123 802	125 168
1929	174 802	115 918 *1974*	112 020	116 708
1930	236 438	129 023 *1975*	96 666	122 774
1931	165 860	107 730		
1932	83 348	73 175		
1933	83 064	65 836		
1934	68 461	49 827		
1935	57 408	39 470		
1936	41 710	32 760		
1937	59 945	35 741		
1938	61 548	36 892		
1939	29 489	87 279		
1940	51 817	61 147		
1941	8 809	46 066		
1942	8 242	20 535		
1946	110 286	4 558		
1947	254 144	65 529		
1948	308 515	119 261		
1949	254 469	118 626		

Source : ISTAT, *Annuario statistico demografiche*, in F. Assunta.
Il movimento migratorio italiano dall'Unità nazionale ai giorni nostri, t. II.

Les statistiques de l'émigration italienne sont parmi les moins imprécises
et elles couvrent une longue durée exceptionnelle. Le tableau montre bien les rythmes

Origine par nationalité de la population étrangère en France (1901-1990)

(en milliers et %)

Pays d'origine	1901	1911	1921	1926	1931	1936	1946	1954	1962	1968	1975	1982	1990
Total étrangers	1074 2,6 %	1160 2,9 %	1582 3,9 %	2409 6 %	2715 6,6 %	2198 5,3 %	1744 4,4 %	1765 4,1 %	2170 4,7 %	2644 5,3 %	3442 6,5 %	3680 6,8 %	3607 6,4 %
Espagne	80,4 7,5 %	105,8 9,1 %	255 16,1 %	323 13,4 %	351,9 13 %	253,6 11,5 %	302,2 17,3 %	288,9 16,4 %	441,7 20,35 %	607,2 23 %	494,4 4,4 %	321,4 8,7 %	216 6 %
Italie	330,5 30,8 %	419,2 36,1 %	451 28,5 %	760 31,5 %	808 29,8 %	720 32,75 %	450,8 25,8 %	507 28,7 %	629 29 %	571,7 21,6 %	462,9 13,4 %	333,7 9,1 %	253,7 7 %
Portugal	7 0,6 %	1,3 0,7 %	10,8 0,8 %	29 1,2 %	49 1,8 %	28,3 1,3 %	22,3 1,1 %	20,1 1,1 %	50 2,3 %	296,5 11,2 %	758,9 22 %	764,8 20,8 %	645,5 17,9 %
Yougoslavie	—	—	—	—	—	—	20,8 1,2 %	17,1 1 %	21,3 1 %	47,5 1,8 %	70,2 2 %	64,4 1,75 %	51,7 1,4 %
Algérie	—	—	—	—	—	—	22,1 1,3 %	211,7 12 %	350,5 16,15 %	473,8 17,9 %	710,6 20,6 %	795,9 21,6 %	619,9 17,2 %
Maroc	—	—	—	—	—	—	16,5 0,9 %	10,7 0,6 %	33,3 1,5 %	84,2 3,2 %	260 7,5 %	431,1 11,7 %	584,7 16,2 %
Tunisie	—	—	—	—	—	—	1,9 0,2 %	4,8 0,3 %	26,6 1,2 %	61 2,3 %	139,7 4 %	184,4 5,15 %	207,5 5,75 %
Turquie	—	—	—	—	—	—	7,7 0,4 %	5,2 0,3 %	—	7,6 0,3 %	50,8 1,5 %	123,5 3,3 %	201,4 5,6 %
Total population originaire de Méditerranée	38,9 %	45,3 %	45,3 %	46,1 %	44,6 %	45,5 %	48,5 %	60,4 %	71,5 %	81,3 %	85,4 %	82,1 %	77,1 %
Total population originaire de Méditerranée occidentale	38,3 %	45,2 %	44,6 %	44,9 %	42,8 %	44,2 %	45,5 %	59 %	68,2 %	68 %	59,9 %	56,25 %	52,2 %

Source : Recensements INSEE.

L'importance constante et croissante du bassin méditerranéen dès le début du siècle et la relève de l'Espagne et de l'Italie, à partir des années 1950-1960, par le Portugal et le Maghreb apparaissent nettement.

Émigration à partir des pays méditerranéens vers quelques pays d'Europe

Pays d'émigration	Population (en milliers) 1971	Pays d'immigration									Ensemble	(*)
		Allem. 1971	France 1971	Belg. 1971	Lux. 1971	P.-Bas 1971	Suisse 1969	Autriche 1971	Suède 1971	R.-Uni 1966		
Méditer. europ.												
Espagne	33 290	270 000	598 925	51 485	1 700	19 810	97 860	270		34 510	1 065 560	3,2
Grèce	8 892	395 000	10 125	14 050		1 905	8 000	550	14 000	8 520	452 150	5,1
Italie	53 667	590 000	588 740	188 430	11 000		531 500	1 510	8 000	96 660	2 015 840	3,7
Portugal	9 630	55 214	694 550	4 280	6 300	1 366	2 000			5 420	769 130	7,9
Turquie	35 232	653 000	18 325	12 250	400	21 746	9 651	22 415	37 000	4 310	741 697	2,1
Yougoslavie	20 527	594 000	65 220	2 930		7 454	20 800	131 835		12 290	871 929	4,2
Afrique du Nord												
Algérie	14 012	1 985	754 462	3 740							760 187	5,4
Maroc	15 525	10 921	194 296	24 560		20 582					250 359	1,5
Tunisie	5 137	9 918	106 845	1 640		339					118 742	2,3
Population d'origine méditer.	195 912	2 580 038	3 022 488	303 365	19 400	73 202	669 811	156 580	59 000	161 710	7 045 594	3,6
Population étrangère totale		61 281 000	51 004 300	9 690 991	337 500	12 878 000	6 184 000	7 391 000	8 081 000	52 303 720		
Part des étrangers dans la population totale (en %)		5,55	6,87	7,39	10,81	0,72	15,71	2,3	5	3,4		
Pop. étrang. d'orig. méditer./ Pop. étrangère totale (en %)		76	86	42	53	78	69	90	14	9	63	

Source : OCDE.

(*) $\dfrac{\text{immigration en Europe}}{\text{population totale}} \times 100$

À la veille du choc pétrolier de 1974 et de la fermeture des frontières, les sociétés méditerranéennes fournissent la plus grande partie de l'immigration des pays de l'Union européenne. Elles ont contribué à l'expansion des Trente Glorieuses dans une situation de dépendance par rapport au Nord en l'alimentant en travailleurs. Le tableau montre bien aussi l'importance récente de l'Afrique du Nord, de la Turquie et de la Yougoslavie qui prennent

Principales dynasties musulmanes

Abbassides, *749-1258. Califes, revendiquant l'autorité universelle ; principale capitale : Bagdad.*

Aghlabides, *800-909. Tunisie, est de l'Algérie, Sicile.*

Alaouites, *1631 à nos jours. Maroc.*

Almohades (Al-Muwahhidun), *1130-1269. Maghreb, Espagne.*

Almoravides (Al-Murabitun), *1056-1147. Maghreb, Espagne.*

Ayyûbides, *1169-1260. Égypte, Syrie, une partie de l'Arabie occidentale.*

Bûyides (Buwayhides), *932-1062. Iran, Irak.*

Fatimides, *909-1171. Maghreb, Égypte, Syrie. Se sont proclamés califes.*

Hachémites d'Irak, *1921-1958. Irak.*

Hachémites de Jordanie, *1923 à nos jours. Transjordanie, une partie de la Palestine.*

Hafsides, *1228-1574. Tunisie, est de l'Algérie.*

Idrisides, *789-926. Maroc.*

Ilkhanides, *1256-1336. Iran, Irak.*

Mamelouks, *1250-1517. Égypte, Syrie.*

Marinides, *1196-1464. Maroc.*

Méhémet-Ali et successeurs, *1805-1953. Égypte.*

Moghols, *1526-1858. Inde.*

Muluk al-tawa'if *(« rois de parti »), 11ᵉ siècle. Espagne.*

Nasrides, *1230-1492. Espagne du Sud.*

Omeyyades, *661-750. Califes, revendiquant l'autorité universelle ; capitale : Damas.*

Omeyyades d'Espagne, *756-1031. Se sont proclamés califes.*

Ottomans, *1281-1922. Turquie, Syrie, Irak, Égypte, Chypre, Tunisie, Algérie, Arabie occidentale.*

Rassides, *9ᵉ-13ᵉ siècle, fin du 16ᵉ siècle-1962. Imâms zaydites du Yémen.*

Rassoulides, *1229-1454. Yémen.*

Rustémides, *779-909. Algérie occidentale.*

Sa'dides, *1511-1628. Maroc.*

Safavides, *1501-1732. Iran.*

Saffarides, *867-fin du 15ᵉ siècle. Est de l'Iran.*
Samanides, *819-1005. Nord-est de l'Iran, Asie centrale.*
Saoudites (Sa'udis), *1746 à nos jours. Arabie centrale, puis occidentale.*
Seldjoukides, *1038-1194. Iran, Irak.*
Seldjoukides de Rûm, *1077-1307. Turquie centrale et orientale.*
Timurides, *1370-1506. Asie centrale, Iran.*
Tûlûnides, *868-905. Égypte, Syrie.*

Note : Certaines de ces dates sont approximatives, car il n'est pas toujours facile de savoir quand une dynastie a commencé ou a cessé de régner. Les noms de pays indiquent les principaux centres de pouvoir des dynasties ; ils sont pris ici au sens large, sauf pour les dynasties modernes.

D'après T. Mostyn (éd.), *The Cambridge Encyclopedia of the Middle East and North Africa*, Cambridge, 1988, et Albert Hourani, *Histoire des peuples arabes*, Paris, Éd. du Seuil, 1993.

Chronologie

Fin 3e - début 2e millénaire	Arrivée des Indo-européens.
Vers − 2700	Grandes pyramides d'Égypte.
Vers − 1700	Arrivée des Hyksos en Égypte.
Vers − 1600	Apogée du monde minoen en Crète.
2e moitié du 2e millénaire	Culture des *nuraghi* en Sardaigne, des *torri* en Corse, des *talayots* aux Baléares ; civilisation mycénienne en Grèce.
− 1290 à − 1224	Ramsès II.
Vers − 1250	Moïse et les Hébreux vers la Palestine.
Fin 12e s.	Chute de Troie.
− 1010 à − 970	Règne de David.
Vers − 1100	Fondation de Gadès et d'Utique.
− 814	Fondation de Carthage.
− 776	Premiers jeux Olympiques.
Vers − 760	Poèmes homériques.
− 753	Fondation de Rome.
2e moitié du 8e s.	Fondation de la majorité des colonies grecques d'Italie du Sud et de Sicile.
− 721	Prise de Samarie par Sargon II.
− 677	Prise de Sidon par les Assyriens.
− 671	Siège de Tyr par les Assyriens.
− 600	Fondation de Marseille.
− 587	Prise de Jérusalem par les Babyloniens. Exil des Hébreux.
− 559	Cyrus, roi de Perse.
− 540	Bataille d'Alalia entre les Phocéens, les Étrusques et les Carthaginois.
− 509	Traité entre Rome et Carthage ; naissance de la République romaine.
− 490	Victoire des Grecs sur les Perses à Marathon.

– 480	Bataille des Thermopyles ; victoire grecque sur les Perses à Salamine et sur les Carthaginois à Himère.
– 474	Défaite étrusque à Cumes.
– 472	Représentation de la pièce d'Eschyle *Les Perses*.
– 462 à – 429	Périclès à Athènes.
– 431 à – 404	Guerre du Péloponnèse.
– 405 à – 367	Denys, tyran de Syracuse.
– 399	Mort de Socrate.
– 359 à – 336	Règne de Philippe de Macédoine.
– 338	Rome contrôle le Latium.
– 336 à – 323	Règne d'Alexandre le Grand.
– 331	Fondation d'Alexandrie.
– 272	Tarente prise par Rome.
– 264 à – 241	Première Guerre punique.
– 227	Création des provinces romaines de Sicile et de Sardaigne-Corse.
– 218 à – 201	Deuxième Guerre punique.
– 216	*2 août*, bataille de Cannes.
– 197	Création des provinces hispaniques.
– 167	Délos, port franc.
– 149 à – 146	Troisième Guerre punique.
– 146	Destruction de Carthage et de Corinthe.
– 133	Rome hérite du royaume de Pergame ; création de la province d'Asie ; tribunat et mort de Tiberius Sempronius Gracchus.
– 123 à – 121	Tribunat de Caius Sempronius Gracchus.
– 122	Fondation d'Aix-en-Provence.
– 118	Fondation de Narbonne.
– 91 à – 88	Guerre sociale en Italie.
– 88 à – 78	Sylla.
– 63	Prise de Jérusalem par Pompée.
– 58 à – 51	César en Gaule.
– 49 à – 44	César, maître de Rome.
– 31	*2 septembre*, Actium.
– 30	Création de la province d'Égypte.
– 27	*16 janvier*, Octave reçoit le titre d'Auguste.
14	Mort d'Auguste.
Vers 30	Mort de Jésus.
44	La Judée est annexée à la province de Syrie.
70	Prise et sac de Jérusalem par les Romains.
69-96	Règne des Flaviens.
96-192	Règne des Antonins.
177	Martyrs de Lyon.
193-235	Règne des Sévères.
212	Édit de Caracalla.
238	Prise d'Olbia par les Goths.

251	Mort de l'empereur Dèce, tué par les Goths.
260	Capture et mort de l'empereur Valérien, pris par les Sassanides.
284-305	Règne de Dioclétien.
303-304	Édits de persécution.
312	Victoire de Constantin au pont Milvius ; conversion de Constantin.
306-337	Règne de Constantin.
325	Concile œcuménique de Nicée.
330	Dédicace de Constantinople.
378	Défaite de l'empereur Valens à Andrinople.
379-395	Règne de Théodose.
391	Interdiction du culte païen.
393	Derniers jeux Olympiques.
395	Partage de la Méditerranée entre Orient et Occident.
397	Mort de saint Ambroise.
404	Fin des combats de gladiateurs.
407	Mort de saint Jean Chrysostome.
408-450	Règne de Théodose II.
410	Prise et pillage de Rome par les Wisigoths d'Alaric.
420	Mort de saint Jérôme.
429	Passage de Genséric et des Vandales en Afrique du Nord.
430	Mort de saint Augustin.
431	Concile d'Éphèse.
439	Prise de Carthage par Genséric.
451	Concile de Chalcédoine.
455	Pillage de Rome par Genséric.
476	Fin de l'Empire romain d'Occident.
493	Les Ostrogoths en Italie.
493-526	Règne de Théodoric le Grand.
527-565	Règne de Justinien Ier.
533	Reconquête de l'Afrique vandale par les Byzantins.
535-563	Reconquête de l'Italie ostrogothique par les Byzantins.
568	Entrée des Lombards en Italie.
580	Entrée des Slaves au sud du Danube.
590-604	Pontificat de Grégoire Ier le Grand.
610-641	Règne d'Héraclius Ier.
610	Début de la prédication de Mahomet à La Mecque.
622	L'Hégire.
626	Siège de Constantinople par les Avars et les Perses.
632	Mort de Mahomet.
632-661	Califat de Médine.
634	Conquête arabe de l'Irak et de la Syrie.

636	Conquête arabe de la Perse.
641-642	Conquête arabe de l'Égypte ; fondation de Fustât.
655	Bataille navale des Mâts.
661-750	Califat omeyyade de Damas.
668-669	Premier siège arabe de Constantinople.
670	Fondation de Kairouan.
673-678	Deuxième siège arabe de Constantinople.
685-705	Califat d'Abd al-Malik.
711-713	Conquête de l'Espagne par les Arabes.
717-718	Troisième siège de Constantinople par les Arabes.
717-741	Règne de Léon III l'Isaurien.
726-843	Querelle des images.
750-1258	Califat abbasside de Bagdad.
762	Fondation de Bagdad.
786-809	Califat de Haroun al-Rachid.
Vers 800	Les Aghlabides en Tunisie ; les Idrisides au Maroc, fondation de Fès.
800	Charlemagne couronné empereur à Rome.
813-833	Califat d'Al-Mamûn.
824	Conquête arabe de la Crète.
827-902	Conquête arabe de la Sicile.
843	« Rétablissement de l'Orthodoxie » à Byzance.
864	Baptême du prince bulgare Boris.
866	Mort d'Al-Kindî.
904	Sac de Thessalonique par les Arabes.
910	Califat fatimide à Kairouan.
929	Califat omeyyade à Cordoue.
961	Reconquête de la Crète par les Byzantins.
962	Couronnement d'Otton Ier à Rome.
969	Reconquête d'Antioche et de Chypre par les Byzantins.
970-973	Conquête de l'Égypte par les Fatimides.
973-1171	Califat fatimide du Caire.
989	Baptême du prince russe Vladimir.
1031	Fin du califat de Cordoue.
1037	Mort d'Avicenne.
1052-1055	Invasions hilaliennes au Maghreb.
1054	Schisme entre les Églises de Rome et de Constantinople.
1055	Prise de Bagdad par les Turcs Seldjoukides.
1059	Le Normand Robert Guiscard duc de Pouille et de Calabre.
1063-1082	Expansion almoravide au Maroc ; fondation de Marrakech.
1071	Bataille de Mantzikert.
1072	Prise de Palerme par les Normands.
1073-1085	Pontificat de Grégoire VII.

1076	Prise de Jérusalem par les Turcs.
1081-1118	Règne d'Alexis Ier Comnène.
1082	Chrysobulle d'Alexis Comnène en faveur de Venise.
1085	Prise de Tolède par Alphonse VI de Castille.
1095	Appel de Clermont pour la croisade.
1096-1099	Première croisade.
1099	Prise de Jérusalem par les croisés.
1130	Roger II roi de Sicile.
1144	Reprise d'Édesse par les musulmans.
1147-1149	Deuxième croisade.
1165	Sac de Thessalonique par les Normands.
1171	Saladin fonde la dynastie ayyûbide en Égypte.
1187	Bataille de Hattîn ; prise de Jérusalem par Saladin.
1189-1193	Troisième croisade.
1197-1250	Frédéric II roi de Sicile.
1198-1216	Pontificat d'Innocent III.
1198	Mort d'Averroès.
1204	Mort de Maïmonide ; quatrième croisade, prise de Constantinople par les croisés.
1204-1261	Empire latin de Constantinople.
1210-1218	Croisade contre les Albigeois.
1212	Bataille de Las Navas de Tolosa.
1215	Quatrième concile du Latran.
1217-1219	Cinquième croisade.
1219	Saint François d'Assise en Égypte.
1227	Mort de Gengis Khan.
1228-1229	Sixième croisade.
1229	Frédéric II roi de Jérusalem.
1248-1249	Septième croisade ; Saint Louis prisonnier à Damiette.
1249-1254	Saint Louis en Terre sainte.
1250	Mort de Frédéric II.
1258	Prise de Bagdad par les Mongols.
1270	Huitième croisade ; mort de Saint Louis à Tunis.
1271-1295	Voyage de Marco Polo.
1274	Mort de saint Thomas d'Aquin.
1282	Vêpres siciliennes.
1284	Bataille navale de la Meloria.
1310-1377	Papauté d'Avignon.
1321	Mort de Dante.
1337	Mort de Giotto.
1341	Pétrarque au Capitole.
1346-1355	Stepan Dusan empereur des Romains et des Serbes.
1347-1350	Peste noire.
1349	Montpellier acquis au royaume de France.

1354	Les Turcs ottomans en Europe (Gallipoli).
1362	Prise d'Andrinople par les Turcs.
1378-1418	Grand Schisme d'Occident.
1389	Bataille de Kosovo.
1396	Bataille de Nicopolis.
1402	Tamerlan bat les Turcs à Ankara.
1415	Prise de Ceuta par les Portugais.
1439	Concile de Florence.
1444	Bataille de Varna.
1451-1481	Règne de Mehmed II le Conquérant.
1452	Naissance de Léonard de Vinci.
1453	Prise de Constantinople par les Turcs.
1470	Prise de Nègrepont par les Turcs.
1475	Naissance de Michel-Ange.
1481	Rattachement de la Provence au royaume de France.
1488	Bartolomeu Dias franchit le cap de Bonne-Espérance.
1489	Venise acquiert l'île de Chypre.
1492	Christophe Colomb découvre l'Amérique ; prise de Grenade par les Rois catholiques ; expulsion des juifs d'Espagne.
1494	Charles VIII en Italie ; traité de Tordesillas.
1497	Vasco de Gama en Inde.
1499	Révolte de l'Albaicin de Grenade ; guerre turco-vénitienne (jusqu'en 1502).
1509	Prise d'Oran par les Espagnols.
1512	Création du tribunal de l'Inquisition de Sicile qui s'installe à Palerme ; avènement du sultan Sélim Ier ; défaite espagnole à Djerba.
1516	Avènement de Charles Ier, roi de Castille et d'Aragon ; il deviendra l'empereur Charles Quint en 1519 ; les Barberousse s'installent à Alger.
1517	Conquête de la Syrie et de l'Égypte par les Turcs.
1520	Avènement du sultan Soliman (le Magnifique) ; révolution des *Comunidades* de Castille et des *Germanias* de Valence et Majorque (jusqu'à 1522).
1522	Conquête de Rhodes par les Turcs.
1526	Victoire des Turcs à Mohacs ; la Hongrie envahie.
1527	Gênes devient pour un siècle l'alliée de l'Espagne.
1530	Charles Quint installe à Malte les chevaliers de Saint-Jean.
1535	Prise de Tunis par Charles Quint.
1536	Capitulations entre la France et l'Empire ottoman.
1538	Grande victoire navale des Turcs sur les Vénitiens à La Prevesa.
1541	Charles Quint échoue devant Alger.

1543	Les Turcs hivernent à Toulon après avoir ravagé la Corse et le Niçois.
1548	Début de la construction des grandes mosquées d'Istanbul et Édirne (Andrinople) par Sinan.
1556	Abdication de Charles Quint ; avènement de Philippe II.
1560	Défaite espagnole à Djerba.
1565	Grand siège de Malte ; grave échec ottoman.
1566	Mort de Soliman ; avènement de Sélim II.
1569-1570	Guerre de Grenade, suivie de la déportation des morisques dans le royaume de Castille.
1570-1571	Conquête de Chypre par les Turcs.
1571	*7 octobre*, grande victoire navale de la Sainte Ligue sur les Turcs à Lépante.
1574	Prise de Tunis par les Turcs.
1575-1576	Grave peste en Italie.
1578	Le roi de Portugal, Don Sebastien, est vaincu et tué lors de sa tentative de conquête du Maroc (Alcazarquivir, Ksar el-Kebir).
1589-1590	Peste en Catalogne et dans les îles de la Méditerranée.
1598	Mort de Philippe II ; avènement de Philippe III.
1607-1610	Le Caravage peint à Malte.
1609-1610	Expulsion des morisques d'Espagne ; la plupart s'installent au Maghreb.
1612	Capitulations accordées par les Turcs aux Hollandais.
1613	Victoire d'Ottavio d'Aragon et de la flotte sicilienne sur les Turcs à Chio.
1620-1627	Peste endémique en Afrique du Nord.
1630	Terrible peste en Italie du Nord et du Centre.
1640	Révolte de la Catalogne.
1644	Les Turcs entreprennent la conquête de la Crète.
1647	Révolte de Naples contre les Espagnols.
1647-1654	Terrible épidémie de peste en Méditerranée occidentale.
1669	Capitulation de Candie (Héraklion).
1674	Révolte de Messine contre les Espagnols.
1680	Tremblement de terre de Málaga.
1686-1687	Venise reprend l'offensive en Orient et conquiert la Morée.
1690 et 1694	Grandes migrations des Serbes vers le nord.
1693	Séisme qui détruit Catane, ravage Syracuse, Céphalonie, Malte.
1699	Traité de Karlowitz.
1704	Occupation de Gibraltar par les Anglais.
1708	Occupation de Minorque par les Anglais.

1713-1714	Traités d'Utrecht et de Rastatt.
1718	Traité de Passarowitz.
1720	Peste de Marseille et Provence ; échange de la Sardaigne et de la Sicile entre le duché de Savoie et l'Empire.
1727-1729	Première imprimerie turque en caractères arabes.
1738	Le royaume des Deux-Siciles devient indépendant.
1739-1741	Très grave peste à Smyrne (puis 1758-1760, 1769-1771).
1755	Pascal Paoli débarque en Corse et prépare la révolte contre Gênes.
1768	La France achète la Corse et envoie une expédition qui force Paoli à l'exil.
1770	Victoire navale des Russes sur les Turcs à Tchesmé.
1774	Traité de Kutchuk-Kaïnardji.
1782	L'Espagne récupère Minorque.
1793	Siège de Toulon par Bonaparte.
1796-1797	Campagne de Bonaparte en Italie.
1797-1798	Fin de la république de Venise.
1798-1799	Républiques romaine, parthénopéenne, toscane.
1798-1801	Expédition de Bonaparte en Égypte ; *21 juillet 1798*, victoire des Pyramides ; *1er août 1798*, défaite navale d'Aboukir ; prise de Malte par Bonaparte ; insurrection antifrançaise à Malte.
1803	Occupation des villes saintes par les wahhâbites.
1803-1812	Soulèvement de la Serbie.
1803-1822	Révolte d'Ali, pacha de Janina (Épire).
1805	Méhémet-Ali devient pacha d'Égypte ; *21 octobre*, défaite française de Trafalgar.
1808-1813	Joseph Bonaparte roi d'Espagne.
1808-1815	Murat roi de Naples.
1809-1814	Gouvernement français des « provinces illyriennes ».
1812	Traité de Bucarest avec la Russie ; l'Empire ottoman reconnaît l'autonomie de la Serbie.
1812-1820	Victoire de Méhémet-Ali, gouverneur d'Égypte, sur les wahhâbites.
1815	Congrès de Vienne.
1821-1829	Guerre d'indépendance de la Grèce.
1827	Défaite navale des Ottomans à Navarin.
1829-1830	Traité d'Andrinople ; conférence de Londres.
1830	La France en Algérie.
1830-1839	Premières grandes réformes de l'Empire ottoman.
1832-1837	Occupation de la Syrie et du sud de l'Anatolie par Méhémet-Ali.

1835	Première liaison régulière Marseille-Alger.
1838	Première liaison régulière Londres-Gibraltar-Alexandrie.
1839	Prise d'Aden par les Anglais ; l'édit réformateur de Gülhane ouvre l'ère des *Tanzimât* (réorganisation) dans l'Empire ottoman.
1841	Convention des Détroits.
1849	Mort de Méhémet-Ali.
1853-1855	Guerre de Crimée.
1854-1863	Règne de Saïd en Égypte.
1856	Congrès et traité de Paris.
1859-1860	Guerre d'Italie.
1860	Insurrection au Liban, intervention française (1864, autonomie de la Montagne libanaise avec un gouverneur catholique).
1863	Fondation de la Banque ottomane.
1869	Inauguration du canal de Suez.
1870	Les Italiens entrent dans Rome ; achèvement de l'unité italienne.
1875	Disraeli rachète (prêt Rothschild) les actions de la Compagnie de Suez détenues par l'Égypte.
1876	Banqueroute égyptienne, condominium franco-britannique ; Empire ottoman, Constitution (suspendue en 1878).
1876-1878	Conflit entre l'Empire ottoman, la Serbie et la Russie.
1876-1909	Empire ottoman : règne d'Abdul Hamid II.
1878	Traité de San Stefano ; Chypre cédée à l'Angleterre ; congrès de Berlin : indépendance de la Serbie, de la Bulgarie, de la Roumanie, Bosnie-Herzégovine occupée par l'Autriche, Anatolie orientale par la Russie.
1881	Protectorat français sur la Tunisie.
1881-1882	Révolte du colonel Arabi ; l'Angleterre occupe l'Égypte.
1893	La flotte russe à Toulon.
1894-1895	Empire ottoman : création du Comité Union et Progrès.
1896	désastre italien d'Adoua en Éthiopie.
1896-1898	Kitchener, reconquête du Soudan.
1898	Fachoda.
1897	Guerre entre l'Empire ottoman et la Grèce : autonomie de la Crète.
1899-1903	Projet de chemin de fer Berlin-Bagdad.
1901-1902	Accords franco-italiens.
1904	Accord franco-britannique sur l'Égypte et le Maroc.
1905	Guillaume II à Tanger.

1908	*Énôsis* : union de la Crète à la Grèce ; annexion de la Bosnie-Herzégovine par l'Autriche-Hongrie ; révolution des Jeunes Turcs.
1911-1912	Conquête de la Tripolitaine par les Italiens.
1912	Protectorat français sur le Maroc.
1912-1913	Guerres balkaniques.
1914	*5 novembre*, l'Empire ottoman déclare la guerre aux Alliés ; protectorat anglais sur l'Égypte.
1914-1915	Invasion russe en Anatolie orientale (Arménie).
1915	Reconquête turque, massacres et déportations d'Arméniens ; entrée en guerre de l'Italie ; bataille des Dardanelles ; débarquement à Salonique.
1916	Accords Sykes-Picot qui prévoient le partage de l'Empire ottoman entre la France et la Grande-Bretagne ; « Révolte arabe » (chérif Hussein de La Mecque) contre les Turcs.
1917	Déclaration Balfour : promesse d'un *home* national juif en Palestine ; les Anglais à Jérusalem.
1918	Retraite des Ottomans de Palestine et de Syrie ; Égypte : Saad Zaghoul, le Wafd.
1918-1922	Mehmed VI dernier sultan ottoman.
1919	Débarquement des Grecs à Smyrne ; conférence de la paix : interventions de l'émir Fayçal, du Libanais Daoud Ammoun, des Arméniens, des Grecs.
1920	La conférence de San Remo reconnaît le mandat français sur la Syrie et le mandat anglais sur la Mésopotamie et la Palestine ; affrontements gréco-turcs en Anatolie ; traité de Sèvres ; naissance du « Grand Liban ».
1921	Abdallah gouverneur de Transjordanie ; Fayçal roi d'Irak ; début de la révolte d'Abd el-Krim au Maroc espagnol.
1922	Égypte, souveraineté formelle ; armistice gréco-turc, abolition du sultanat ; Italie, « marche sur Rome », Mussolini au pouvoir. Égypte, le sultan Fouad prend le titre de roi.
1923	Traité de Lausanne. Proclamation de la République turque. Mustapha Kemal président.
1924	Abolition du califat.
1924-1926	Guerre du Rif.
1925	Révolte, à Damas, contre l'occupation française.
1927	Algérie, Messali Hadj : *L'Étoile nord-africaine*.
1931	Algérie : Association des oulémas réformateurs.
1935	Agression de l'Italie contre l'Éthiopie.
1936	Égypte : traité avec la Grande-Bretagne ; Farouk roi.
1937	Montreux : abolition des capitulations (Égypte).

1936-1939	Guerre civile espagnole.
1939	L'Italie annexe l'Albanie.
1940	*Juillet*, les Anglais détruisent la flotte française à Mers el-Kébir.
1941	Les Allemands à Athènes ; prise de la Crète ; *Afrika Korps* de Rommel en Libye ; les Anglais en Syrie.
1942	Victoires de Montgomery en Libye ; sabordage de la flotte française à Toulon. *Novembre*, débarquement allié en Afrique du Nord.
1943	Ferhat Abbas, *Le Manifeste du Peuple algérien* ; fondation du parti Ba'th à Damas. *Mars*, débarquement allié en Italie.
1945	Guerre civile en Grèce qui s'achève en 1949 par la défaite communiste. *19 mars*, création de la Ligue des États arabes au Caire. *Mai*, émeutes de Sétif en Algérie ; répression. *Novembre*, en Yougoslavie, triomphe du Front national de Tito suivi de la création d'une république fédérale populaire ; en Albanie, Enver Hodja constitue un gouvernement de Front populaire.
1946	*10 mars*, accord avec la France sur l'évacuation de la Syrie et du Liban. *2 juin*, proclamation de la République italienne.
1947	*Février*, traité de Paris : l'Italie perd ses colonies. *5 juin*, plan Marshall qui propose un programme de reconstruction économique pour l'Europe. *29 novembre*, résolution 181 de l'ONU : partage de la Palestine en un État arabe et un État juif associés.
1948	Rupture Tito/Staline. *17 mai*, proclamation de l'État d'Israël et première guerre israélo-arabe.
1949	*4 avril*, signature par douze pays de l'Alliance atlantique qui donne naissance à l'OTAN ; la Grèce et la Turquie y seront intégrées en 1952.
1951	*24 décembre*, indépendance de la Libye ; Mohamed Idriss al-Sanûsi devient roi.
1952	*22 juillet*, en Égypte, putsch par des « officiers libres » ; abdication du roi Farouk. *14 août*, Alfred Sauvy invente le terme « tiers-monde » dans un article de *L'Observateur*.
1954	*1er novembre*, début de la guerre d'Algérie.
1955	*24 février*, pacte de Bagdad (Iran, Irak, Turquie, Pakistan, Grande-Bretagne, États-Unis). *18-24 avril*, conférence de Bandoeng.
1956	En Égypte, Nasser est élu président. *20 mars*, indépendance du Maroc. *1er juin*, indépendance de la Tunisie. *26 juillet*, nationalisation du canal de Suez,

suivie, du 29 octobre au 5 novembre, d'une offensive israélienne au Sinaï et d'une opération militaire franco-britannique à Suez ; après l'intervention des États-Unis et de l'URSS, le cessez-le-feu du 6 novembre prévoit l'installation d'une force de l'ONU le long de la frontière.

1957   *25 mars*, traité de Rome instituant la Communauté économique européenne.

1958   *10 février*, création de la République arabe unie (RAU) entre l'Égypte et la Syrie, accord dénoncé en 1961. *13 mai*, putsch à Alger et appel à de Gaulle. *1ᵉʳ juin*, formation du nouveau gouvernement français préparant la Vᵉ République.

1959   *19 février*, Chypre devient une république, Mgr Makarios président.

1960   Création de l'OPEP.

1962   Début du concile Vatican II ouvert par Jean XXIII. *18 mars*, accords d'Évian et référendum d'autodétermination en Algérie. *3 juillet*, proclamation de l'indépendance.

1964   *Mai-juin*, création de l'OLP (Organisation de libération de la Palestine).

1965   *19 juin*, Ben Bella est emprisonné ; Boumediène prend le pouvoir en Algérie.

1966   *29 août*, Égypte : exécution de Frères musulmans.

1967   *21 avril*, coup d'État des colonels en Grèce. *6-10 juin*, guerre israélo-égyptienne des « Six-Jours » ; Israël conquiert Gaza, Jérusalem-Est, la Cisjordanie, le Sinaï, le Golan. *22 novembre*, résolution 242 de l'ONU demandant le retrait d'Israël des territoires occupés.

1969   *1ᵉʳ septembre*, le colonel Kadhafi proclame la République arabe libyenne.

1970   Naissance du terrorisme rouge en Italie. Septembre noir en Jordanie. *28 septembre*, mort de Nasser. *15 octobre*, Anouar el-Sadate est élu président.

1973   *6-23 octobre*, guerre du Kippour suivie d'une hausse du prix du pétrole par l'OPEAP et d'un embargo sur certains pays occidentaux.

1974   Coup d'État grec à Chypre ; intervention de l'armée turque ; partition. *25 avril*, coup d'État au Portugal, « révolution des œillets ». *Juin*, référendum autorisant le divorce en Italie. *Juillet*, chute du régime militaire en Grèce. *13 novembre*, résolution de l'ONU sur le droit palestinien à l'autodétermination.

1975   *Avril*, début de la guerre civile au Liban. *20 novembre*, mort de Franco, Juan Carlos Ier roi d'Espagne.

1978   L'Espagne se dote d'une Constitution démocratique respectant les autonomismes. *17 septembre*, accords de Camp David (Égypte-Israël); prix Nobel de la paix à Begin et Sadate.

1979   *26 mars*, traité de paix de Washington entre Israël et l'Égypte.

1980   *4 avril*, mort de Tito. *Septembre*, en Turquie, l'armée prend le pouvoir.

1981   *1er janvier*, entrée de la Grèce dans la CEE. *6 octobre*, assassinat du président Sadate, Hosni Moubarak lui succède.

1982   *6 mars*, embargo américain contre la Libye. *Août*, l'OLP s'installe à Tunis après l'invasion israélienne au Liban en juin. *16 septembre*, massacres de Sabra et Chatila par les Phalanges libanaises alliées à Israël. *28 octobre*, en Espagne, les socialistes sont vainqueurs aux élections législatives.

1983   Attaques des armées turque et irakienne contre les Kurdes en Irak. En France, marche des « beurs » pour l'Égalité : première victoire du Front national aux municipales de Dreux. *15 novembre*, création d'une République turque au nord de Chypre.

1984   *Janvier-février*, émeutes, dites « du pain », en Tunisie et dans de nombreuses villes du Maroc.

1985   *Avril*, mort d'Enver Hodja. *Octobre*, raid israélien contre l'OLP à Tunis. *Décembre*, attentats (libyens?) à Rome et à Vienne contre les États-Unis.

1986   *1er janvier*, entrée de l'Espagne et du Portugal dans la CEE. *15 avril*, raid américain contre la résidence de Kadhafi, à Tripoli et Benghazi.

1987   *9 décembre*, début de la « guerre des pierres », l'*intifada*, dans les territoires occupés.

1988   Prix Nobel de littérature à l'Égyptien Naguib Mahfouz.

1989   *23-26 mai*, réintégration de l'Égypte, exclue en 1979, dans la Ligue arabe.

1990   Instauration du multipartisme en Albanie. *2 août*, invasion du Koweït par l'Irak.

1991   *17 janvier-28 février*, guerre du Golfe. *Juillet*, début de la guerre entre Croates et Serbes. *30 octobre*, séance d'inauguration à Madrid de la conférence de paix au Proche-Orient. *21 novembre*, l'Égyptien Boutros Boutros-Ghali est élu secrétaire général de l'ONU. *26 décembre*, premières élections pluralistes en Algérie ; succès du FIS.

1992   Exposition universelle à Séville et jeux Olym-
              piques à Barcelone. *Janvier*, la CEE reconnaît la
              Croatie et la Slovénie. *11 janvier*, le président
              Chadli Bendjedid démissionne ; dissolution du FIS
              le 5 mars. *Avril*, début de la guerre en Bosnie-Her-
              zégovine. *15 avril*, entrée en vigueur de l'embargo
              militaire et aérien décidé par la résolution 748 de
              l'ONU contre la Libye. *29 juin*, Mohamed Boudiaf
              est assassiné en Algérie.

1993   *13 septembre*, accord de Washington entre Israël et
              l'OLP qui ouvre un processus de paix.

1994   *25 février*, massacre d'Hébron en Cisjordanie par
              un colon israélien. *18 mars*, accord croato-musul-
              man sur le partage d'une partie de la Bosnie.
              28 mars, en Italie, Silvio Berlusconi, vainqueur des
              élections, forme un gouvernement en alliance avec
              la Ligue du Nord et les néo-fascistes. *4 mai*, signa-
              ture au Caire d'un accord sur l'évacuation des terri-
              toires occupés.

1995   *Juillet*, Srebrenica prise par les forces serbes de Bos-
              nie, massacres. *4 novembre*, Itzhak Rabin est assas-
              siné ; Benyamin Netanyahou devient Premier
              ministre en mai 1996. *21 novembre*, accords de Day-
              ton : Bosnie, Croatie, Serbie acceptent un accord de
              paix en Bosnie-Herzégovine. *27-28 novembre*,
              conférence Union européenne/pays méditerranéens
              à Barcelone ; projet d'une zone de libre-échange en
              2010. *Décembre*, le Parti de la prospérité (islamiste)
              devient la première force politique en Turquie.

1996   *Mars*, le Parti populaire espagnol (droite) vain-
              queur des élections législatives. *21 avril*, la coali-
              tion de centre gauche obtient la majorité aux légis-
              latives en Italie. *Juillet*, en Turquie, constitution
              d'un gouvernement présidé par un islamiste.

1997   Blocage du processus de paix, affrontements
              israélo-palestiniens. *Novembre*, massacre de tou-
              ristes par un groupe islamiste en Égypte.

1998   *21 juin*, l'assassinat du chanteur militant berbère
              Lounes Matoub suscite une vague de protestations
              en Kabylie. *17 juillet*, création de la Cour pénale
              internationale à la Haye, qui a pour compétence de
              juger de génocide, crimes contre l'humanité, crimes
              de guerre et agressions. *13 octobre*, un accord signé
              entre le président yougoslave Milosevic et Richard
              Holbrooke, émissaire des États-Unis, prévoit un ces-
              sez-le-feu au Kosovo, le déploiement d'observateurs

internationaux et des élections. *23 octobre*, Yasser Arafat et Benyamin Netanyahou signent à Washington l'accord de Wye River (retrait limité de Cisjordanie de l'armée israélienne en échange de mesures de sécurité antiterroristes et d'un amendement de la charte de l'OLP).

1999
24 mars-10 juin, l'OTAN bombarde la Yougoslavie pour contraindre son gouvernement à accepter le plan de paix du Kosovo. Crise avec la Russie. *15 avril*, Abdelaziz Bouteflika remporte les élections présidentielles en Algérie. Il annonce une politique de « réconciliation nationale ». *6 mai*, le G8 élabore un nouveau plan de paix pour le Kosovo accepté par la Yougoslavie. *23 juillet*, au Maroc, mort de Hassan II ; son fils lui succède sous le nom de Mohamed VI. *4 septembre*, Israéliens et Palestiniens signent l'accord de Charm-el-Cheikh : un passage sécurisé est ouvert entre Gaza et la Cisjordanie et des négociations sur le statut final des « territoires » sont entamées. Le 10, Israël remet aux Palestiniens le contrôle administratif de 7 % de leurs territoires. *16 septembre*, en Algérie, la loi sur la « concorde civile » est adoptée par référendum par 98,63 % des voix (amnistie partielle ou totale pour les groupes islamistes acceptant de se rendre et projet d'un plan de redressement national).

2000
3 janvier, violents affrontements entre musulmans et coptes en Haute-Égypte (40 morts). *5-8 février*, en Andalousie, une émeute raciste frappe la communauté marocaine. *25 février*, Jean-Paul II en visite en Égypte lance un appel au dialogue des religions et à la paix. Du 20 au 26 mars, il se rend en Jordanie, en Israël et dans les territoires palestiniens. *3 avril*, Algérie et Maroc renouent leurs relations interrompues depuis 1994. *21-24 mai*, retrait des troupes israéliennes de la zone du Sud Liban occupée depuis 1978. *10 juin*, mort du président Hafez el-Assad en Syrie. Son fils Bachar est désigné comme candidat unique au plébiscite qui fait de lui le chef de l'État le 10 juillet. *14-17 juin*, visite en France du chef de l'État algérien, 17 ans après celle de Chadli Benjedid.

Cartes et plans

Les pages qui suivent ont été réalisées à Poitiers par les techniciens de l'Institut atlantique d'aménagement du territoire, et particulièrement M. Jean-Michel Vergnaud. Qu'ils soient ici remerciés de leur concours et de leur compétence.

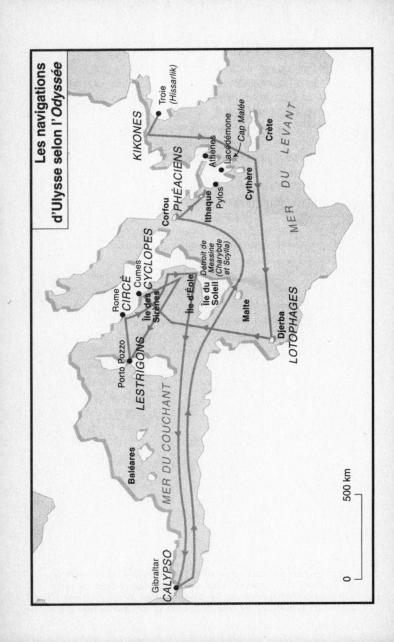

Les navigations d'Ulysse selon l'*Odyssée*

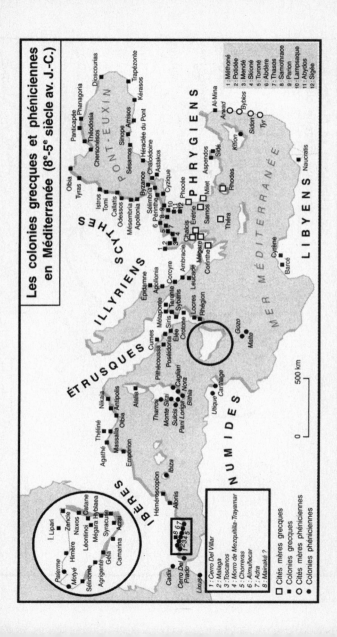

Les colonies grecques et phéniciennes en Méditerranée (8e-5e siècle av. J.-C.)

1 : Méthoné
2 : Potidée
3 : Mendé
4 : Skioné
5 : Toroné
6 : Abdère
7 : Thasos
8 : Samothrace
9 : Parion
10 : Lampsaque
11 : Abydos
12 : Sigée

1 : Cerro Del Villar
2 : Malaga
3 : Toscanos
4 : Morro de Mezquitilla-Trayamar
5 : Chorreras
6 : Almuñecar
7 : Adra
8 : Mainaké ?

□ Cités mères grecques
■ Colonies grecques
○ Cités mères phéniciennes
● Colonies phéniciennes

PONT-EUXIN

Dioscourias
Trapézonte
Kérasos
Phanagoria
Panticapée
Théodosia
Amisos
Chersonésos
Sésamos
Sinope
Héraclée du Pont
Chalcédoine
Astakos
Al-Mina
Olbia
Tyras
Istros
Tomi
Byzance
Sélimbria
Cyzique
Kitíon
Odessos
Périnthe
Arwad
Byblos
Mésembria
Phocée
Sidon
Tyr
Apollonia
Milet
PHRYGIENS
Samos
Rhodes
Sidé
Aspendos
Chalcis
Érétrie
Théra
Ambracie
Mégare
Naucratis
Corinthe
Leucade
Cyrène
Corcyre
Apollonia
Barcé
LIBYENS
Épidamne
Tarante
Locres
Sybaris
Rhégion
Crotone
Métaponte
Siris
Élée
Poseidonia
Gozo
Malte
Cumes
Pithécoussai
MER MÉDITERRANÉE
ÉTRUSQUES
Nikaia
Alalia
Antipolis
Tharros
Monte Sirai
Cagliari
Théliné
Olbia
Sulcis
Bithia
Massalia
Pani Loriga
Nora
Utique
Carthage
Agathé
Emporion
Ibiza
NUMIDES
Héméroscopion
Adonis
IBÈRES
Cadix
Cerro Del
Prado
Lixus
ILLYRIENS
SCYTHES

i. Lipari
Palerme
Zancle
Léontinoi
Catane
Naxos
Motyé
Himère
Mégara Hyblaea
Sélinonte
Agrigente
Syracuse
Géla
Acrai
Camarina

500 km
0

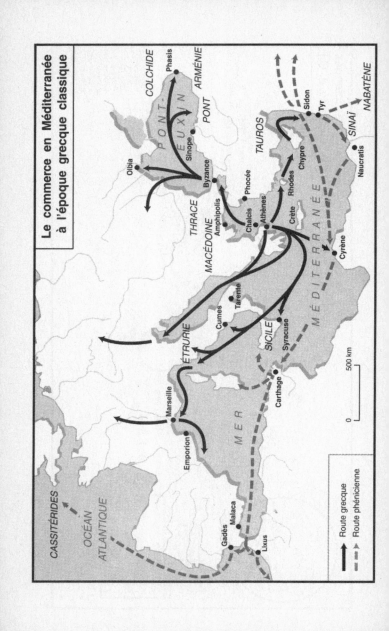

Le commerce en Méditerranée
à l'époque grecque classique

Le monde habité selon Strabon

OCÉAN ATLANTIQUE OU MER EXTÉRIEURE

OCÉAN ATLANTIQUE OU MER EXTÉRIEURE

IERNE

Îles Cassitérides

BRETAGNE

IBÉRIE

Cap Sacré

Gadès

Colonnes d'Hercule

Marseille

Rome

ITALIE

Sicile

Carthage

CELTIQUE GERMANIE

E U R O P E

ILLYRIE

Byzance

Pont-Euxin

Lac Méotis

Borysthène

Tanaïs

Ister

Rhodes

Issos

Mer Intérieure

Alexandrie

Cyrène

L I B Y E

ÉTHIOPIENS DE L'OUEST

SYRIE

Péluse

ÉGYPTE

Syène

Bérénice

Golfe Arabique

Méroé

Ptolémaïs

ÉTHIOPIE

Pays producteur de cannelle

MÉSOPOTAMIE

Euphrate

Tigre

PARTHIE

SUSIANE

Suse

PERSE

Golfe Persique

CARMANIE

ARABIE

HEUREUSE

Mer Érythrée

T a u r u s

A S I E

Mer Caspienne ou Hycanienne

Oxus

Iaxarte

SCYTHES D'ORIENT

SOGDIANE

MARGIANE

BACTRIANE

Bactres

ARIANE

GÉDROSIE

ICHTHYOPHAGES

Érythrée

IMÉE

Gange

INDE

Indus

Taprobane

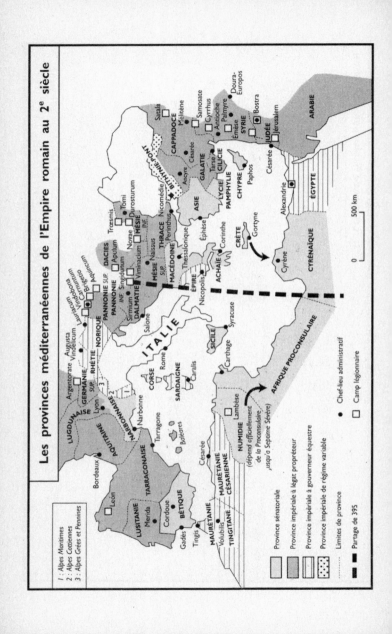

Les provinces méditerranéennes de l'Empire romain au 2e siècle

1 : Alpes Maritimes
2 : Alpes Cottiennes
3 : Alpes Grées et Pennines

Province sénatoriale
Province impériale à légat propréteur
Province impériale à gouverneur équestre
Province impériale de régime variable
Limites de province
Partage de 395

● Chef-lieu administratif
□ Camp légionnaire

0   500 km

GERMANIE SUP.
LUGDUNAISE
AQUITAINE
NARBONNAISE
TARRACONAISE
LUSITANIE
BÉTIQUE
MAURÉTANIE TINGITANE
MAURÉTANIE CÉSARIENNE
NUMIDIE
AFRIQUE PROCONSULAIRE (dépend officiellement de la Proconsulaire jusqu'à Septime Sévère)
CYRÉNAÏQUE
ÉGYPTE
ITALIE
CORSE
SARDAIGNE
SICILE
RHÉTIE
NORIQUE
PANNONIE SUP.
PANNONIE INF.
DALMATIE
DACIES
MÉSIE SUP.
MÉSIE INF.
MACÉDOINE
ÉPIRE
ACHAÏE
THRACE
CRÈTE
BITHYNIE-PONT
ASIE
GALATIE
CAPPADOCE
CILICIE
LYCIE
PAMPHYLIE
CHYPRE
SYRIE
JUDÉE
ARABIE

Argentorate
Augusta Vindelicum
Lauriacum
Vindobona
Brigetio
Aquincum
Singidunum
Viminacium
Apulum
Sirmium
Salone
Lyon
Bordeaux
León
Mérida
Tarragone
Gadès
Cordoue
Tingis
Volubilis
Césarée
Lambèse
Narbonne
Rome
Carthage
Caralis
Baléares
Syracuse
Naissus
Novae
Durosturum
Tomi
Troesmis
Thessalonique
Nicopolis
Corinthe
Éphèse
Nicomédie
Perinthus
Ancyre
Tavium
Césarée
Satala
Mélitène
Samosate
Cyrrhus
Antioche
Émèse
Palmyre
Doura-Europos
Bostra
Jérusalem
Césarée
Paphos
Gortyne
Cyrène
Alexandrie

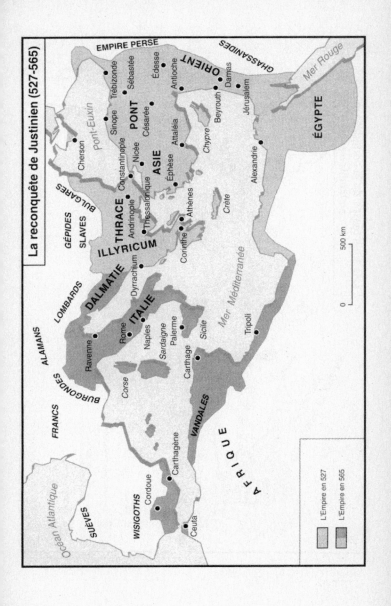

La reconquête de Justinien (527-565)

EMPIRE PERSE
GHASSANIDES
Mer Rouge
ÉGYPTE

ORIENT
Édesse
Sébastée
Trébizonde
Antioche
Damas
Jérusalem
Beyrouth
Chypre
Alexandrie

PONT
Sinope
Césarée
Attaléia
Pont-Euxin
Cherson

ASIE
Constantinople
Nicée
Éphèse
Crète

THRACE
Andrinople
Thessalonique
Athènes
Corinthe

ILLYRICUM
BULGARES
GÉPIDES
SLAVES

DALMATIE
Dyrrachium

ITALIE
Ravenne
Rome
Naples
Sardaigne
Palerme
Sicile
Tripoli

Mer Méditerranée

LOMBARDS
ALAMANS
BURGONDES
FRANCS
SUÈVES

Corse

VANDALES
Carthage
Carthagène

WISIGOTHS
Cordoue
Ceuta

AFRIQUE

Océan Atlantique

0   500 km

L'Empire en 527
L'Empire en 565

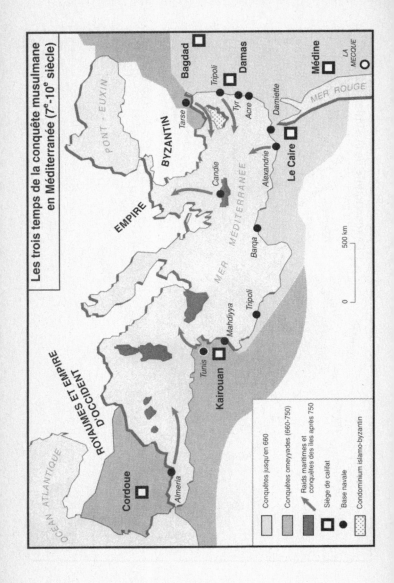

Les trois temps de la conquête musulmane en Méditerranée (7ᵉ-10ᵉ siècle)

OCÉAN ATLANTIQUE

ROYAUMES ET EMPIRE D'OCCIDENT

Cordoue

Almeria

MER MÉDITERRANÉE

Tunis
Kairouan
Mahdiyya
Tripoli

Barqa

EMPIRE
BYZANTIN

PONT - EUXIN

Candie

Tarse
Tripoli
Tyr
Acre
Damiette
Alexandrie
Le Caire

Bagdad
Damas

MER ROUGE

Médine
LA MECQUE

0   500 km

Conquêtes jusqu'en 660

Conquêtes omeyyades (660-750)

Raids maritimes et conquêtes des îles après 750

Siège de califat

Base navale

Condominium islamo-byzantin

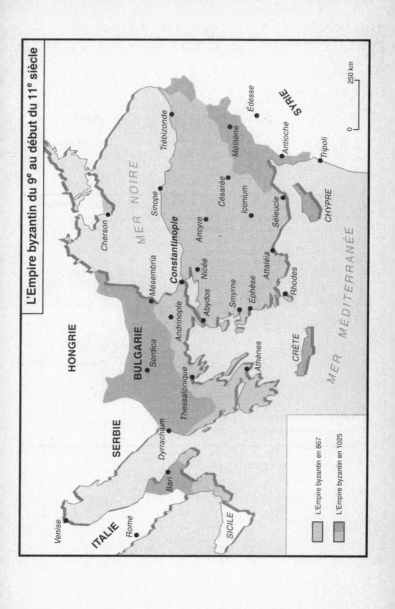

L'Empire byzantin du 9e au début du 11e siècle

HONGRIE

SERBIE

BULGARIE

ITALIE

SICILE

SYRIE

CHYPRE

CRÈTE

MER NOIRE

MER MÉDITERRANÉE

Venise
Rome
Bari
Dyrrachium
Thessalonique
Serdica
Andrinople
Athènes
Mésembria
Cherson
Sinope
Trébizonde
Constantinople
Nicée
Abydos
Smyrne
Éphèse
Ancyre
Césarée
Iconium
Mélitène
Édesse
Antioche
Tripoli
Séleucie
Attaléia
Rhodes

0   250 km

L'Empire byzantin en 867

L'Empire byzantin en 1025

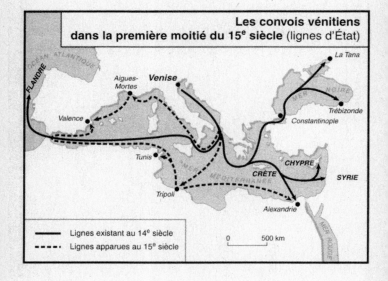

Les convois vénitiens dans la première moitié du 15e siècle (lignes d'État)

OCÉAN ATLANTIQUE

FLANDRE

Aigues-Mortes

Venise

La Tana

MER NOIRE

Trébizonde

Constantinople

Valence

Tunis

MER MÉDITERRANÉE

CHYPRE

CRÈTE

SYRIE

Tripoli

Alexandrie

MER ROUGE

Lignes existant au 14e siècle

Lignes apparues au 15e siècle

0   500 km

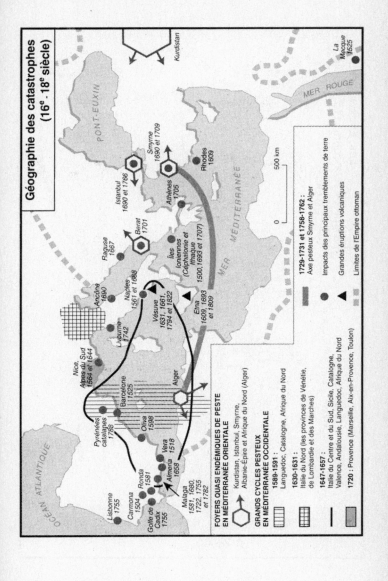

Géographie des catastrophes (16ᵉ - 18ᵉ siècle)

MER ROUGE

La Mecque 1525

PONT-EUXIN

Kurdistan

Smyrne 1690 et 1709

Istanbul 1690 et 1766

Athènes 1705

Berat 1701

Raguse 1667

Rhodes 1609

MER MÉDITERRANÉE

Ancône 1690

Îles Ioniennes (Céphalonie et Ithaque) 1500, 1693 et 1707)

Naples 1561 et 1688

Vésuve 1631, 1661, 1794 et 1822

Etna 1609, 1693 et 1809

Livourne 1742

Nice, Alpes du Sud 1564 et 1644

Alger

Barcelone 1525

Pyrénées catalanes 1755

Oliva 1598

Vera 1518

Almería 1658

OCÉAN ATLANTIQUE

Lisbonne 1755

Carmona 1504

Ronda 1581

Golfe de Cadix 1755

Malaga 1581, 1680, 1722, 1755 et 1782

FOYERS QUASI ENDÉMIQUES DE PESTE EN MÉDITERRANÉE ORIENTALE

1589-1591 :
Kurdistan, Istanbul, Smyrne, Albanie-Épire et Afrique du Nord (Alger)

GRANDS CYCLES PESTEUX EN MÉDITERRANÉE OCCIDENTALE

1589-1591 :
Languedoc, Catalogne, Afrique du Nord

1630-1631 :
Italie du Nord (îles provinces de Vénétie, de Lombardie et des Marches)

1647-1657 :
Italie du Centre et du Sud, Sicile, Catalogne, Valence, Andalousie, Languedoc, Afrique du Nord

1720 : Provence (Marseille, Aix-en-Provence, Toulon)

1729-1731 et 1758-1762 :
Axe pesteux Smyrne et Alger

Impacts des principaux tremblements de terre

Grandes éruptions volcaniques

Limites de l'Empire ottoman

0   500 km

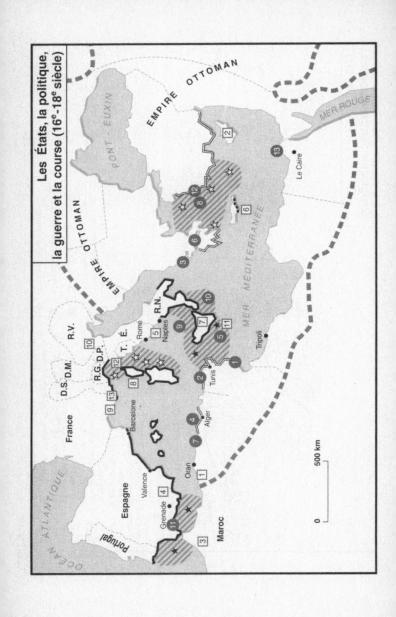

Les États, la politique,
la guerre et la course (16ᵉ-18ᵉ siècle)

ÉTATS ET PROVINCES

D.S.	Duché de Savoie	**R.V.**	République de Venise
D.M.	Duché de Milan	**T.**	Grand-Duché de Toscane
R.G.	République de Gênes	**É.**	États de l'Église
D.P.	Duché de Parme	**R.N.**	Royaume de Naples

■■■ Frontières de l'Empire ottoman à l'apogée (vers 1560-1620)

---- Frontières des États et des provinces

LES ZONES ROUGES DE LA COURSE

★ Péril majeur

☆ Péril notable

LES ZONES EXPOSÉES AUX RAZZIAS

▨ Régions de chrétienté

— les plus exposées aux raids musulmans

— Pays musulmans les plus exposés aux raids chrétiens

LES GRANDES BATAILLES DE LA MER
(batailles où l'action navale a été prépondérante)

① Djerba, 1510-1560

② Tunis-La Goulette, 1535, 1573-1574, 1612

③ La Prevesa, 1538

④ Alger, 1541

⑤ Malte, 1565

⑥ Lépante, 1571

⑦ Cherchell, 1613 (juillet)

⑧ Chio (Cabo Corvo), 1613 (août)

⑨ Îles Stromboli, 1675

⑩ Agosta, 1676

⑪ Gibraltar, 1704

⑫ Tchesmé, 1770

⑬ Aboukir, 1798

AUTRES ÉVÉNEMENTS IMPORTANTS

1 **1558.** Déroute du comte Don Martin de Alcaudete, gouverneur d'Oran, près de Mostaganem, face aux Algérois

2 **1570-1573.** Conquête de Chypre par les Turcs

3 **4 août 1578.** Victoire écrasante de l'armée marocaine sur les Portugais à Ksar el-Kebir ; mort des trois rois

4 **1570-1571.** Guerre de Grenade après la révolte des morisques

5 **1647.** Révolte de Naples contre les Espagnols

6 **1645-1669.** Conquête de la Crète par les Turcs

7 **1674.** Révolte de Messine contre les Espagnols

8 **1768-1769.** Conquête de la Corse par les Français après l'achat à Gênes

9 **1793.** Insurrection de Toulon

10 **1798.** Fin de la république de Venise

11 **1800.** Les Anglais à Malte
Capitulation de Masséna à Gênes

12 **1814.** Napoléon à l'île d'Elbe

13 **1815.** Débarquement de Napoléon à Golfe-Juan

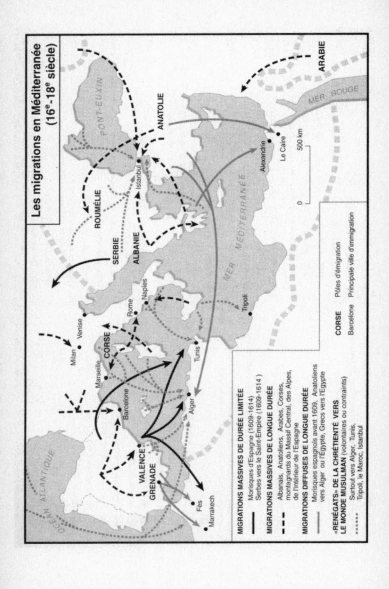

Les migrations en Méditerranée (16e-18e siècle)

MIGRATIONS MASSIVES DE DURÉE LIMITÉE

— — Morisques d'Espagne (1609-1614)
——— Serbes vers le Saint-Empire (1609-1614)

MIGRATIONS MASSIVES DE LONGUE DURÉE

– – – Albanais, Anatoliens, Arabes, Corses, montagnards du Massif Central, des Alpes, de l'intérieur de l'Espagne

MIGRATIONS DIFFUSES DE LONGUE DURÉE

—— Morisques espagnols avant 1609, Anatoliens vers Alger ou l'Égypte, Grecs vers l'Égypte

« RENÉGATS » DE LA CHRÉTIENTÉ VERS LE MONDE MUSULMAN (volontaires ou contraints)

······· Surtout vers Alger, Tunis, Tripoli, le Maroc, Istanbul

CORSE Pôles d'émigration
Barcelone Principale ville d'immigration

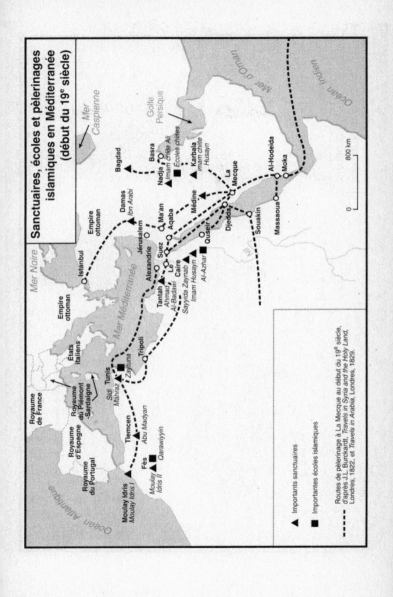

Sanctuaires, écoles et pèlerinages islamiques en Méditerranée (début du 19e siècle)

Routes de pèlerinage à La Mecque au début du 19e siècle, d'après J.L. Burckardt, *Travels in Syria and the Holy Land*, Londres, 1822, et *Travels in Arabia*, Londres, 1829.

▲ Importants sanctuaires

■ Importantes écoles islamiques

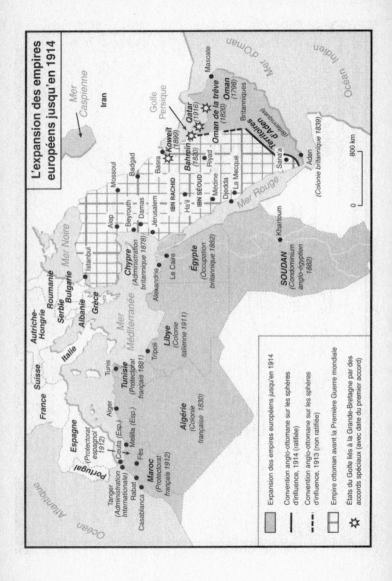

L'expansion des empires européens jusqu'en 1914

Mer Caspienne

Iran

Golfe Persique

Mer d'Oman

Océan Indien

Mascate

Qatar (1916)

Oman de la trêve (1820)

Oman (1798)

Territoires d'Aden (protectorat)

Britanniques

Koweit (1899)

Bahrein (1820)

Riyad

IBN SÉOUD

Haïl

IBN RACHID

Mer Rouge

Médine

La Mecque

Djedda

Sanâa

Aden *(Colonie britannique 1839)*

Mer Noire

Mer Caspienne

Istanbul

Roumanie

Bulgarie

Serbie

Albanie

Grèce

Autriche-Hongrie

Suisse

Italie

Mossoul

Badgad

Basra

Alep

Beyrouth

Damas

Jérusalem

Chypre *(Administration britannique 1878)*

Égypte *(Occupation britannique 1882)*

Le Caire

Alexandrie

Khartoum

SOUDAN *(Condominium anglo-égyptien 1882)*

Mer Méditerranée

Libye *(Colonie italienne 1911)*

Tripoli

France

Espagne *(Protectorat espagnol 1912)*

Portugal

Tanger *(Administration internationale)*

Rabat

Casablanca

Fès

Ceuta (Esp.)

Melilla (Esp.)

Maroc *(Protectorat français 1912)*

Alger

Tunis

Tunisie *(Protectorat français 1881)*

Algérie *(Colonie française 1830)*

Océan Atlantique

0   800 km

Expansion des empires européens jusqu'en 1914

Convention anglo-ottomane sur les sphères d'influence, 1914 (ratifiée)

Convention anglo-ottomane sur les sphères d'influence, 1913 (non ratifiée)

Empire ottoman avant la Première Guerre mondiale

☆   États du Golfe liés à la Grande-Bretagne par des accords spéciaux (avec date du premier accord)

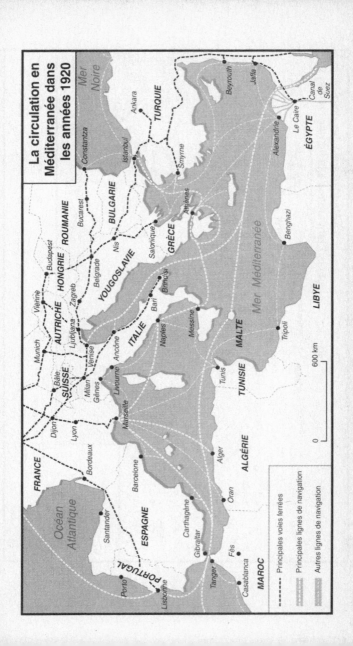

La circulation en Méditerranée dans les années 1920

Principales voies ferrées
Principales lignes de navigation
Autres lignes de navigation

0   600 km

Océan Atlantique

Mer Noire
Mer Méditerranée

FRANCE
ESPAGNE
PORTUGAL
MAROC
ALGÉRIE
TUNISIE
MALTE
LIBYE
ÉGYPTE
ITALIE
SUISSE
AUTRICHE
HONGRIE
ROUMANIE
YOUGOSLAVIE
BULGARIE
GRÈCE
TURQUIE

Lisbonne
Porto
Santander
Casablanca
Fès
Tanger
Gibraltar
Carthagène
Oran
Alger
Barcelone
Bordeaux
Lyon
Dijon
Marseille
Bâle
Munich
Vienne
Budapest
Milan
Gênes
Livourne
Venise
Ancône
Naples
Bari
Brindisi
Messine
Tunis
Tripoli
Benghazi
Ljubljana
Zagreb
Belgrade
Niš
Salonique
Athènes
Bucarest
Constantza
Istanbul
Ankara
Smyrne
Beyrouth
Jaffa
Alexandrie
Le Caire
Canal de Suez

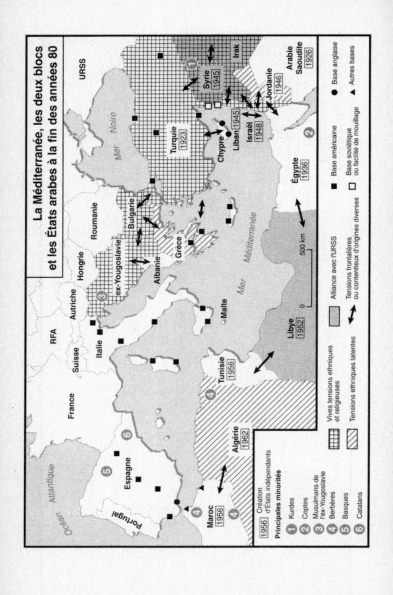

La Méditerranée, les deux blocs et les États arabes à la fin des années 80

Principales minorités

1 Kurdes
2 Coptes
3 Musulmans de l'ex-Yougoslavie
4 Berbères
5 Basques
6 Catalans

Création d'États indépendants : 1956

- Alliance avec l'URSS
- Tensions frontalières ou contentieux d'origines diverses

- Vives tensions ethniques et religieuses
- Tensions ethniques latentes

- Base américaine
- Base soviétique
- Base anglaise
- Autres bases
- Base soviétique ou facilité de mouillage

500 km

Pays / dates :
URSS · Irak · Syrie [1945] · Jordanie [1946] · Arabie Saoudite [1926] · Turquie [1923] · Chypre · Liban [1945] · Israël [1948] · Égypte [1936] · Roumanie · Hongrie · Bulgarie · ex-Yougoslavie · Grèce · Albanie · Autriche · Suisse · RFA · France · Italie · Malte · Libye [1952] · Tunisie [1956] · Algérie [1962] · Maroc [1956] · Espagne · Portugal

Mer Noire · Mer Méditerranée · Océan Atlantique

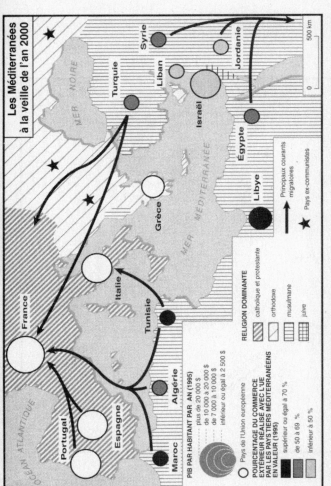

Les Méditerranées à la veille de l'an 2000

MER NOIRE

MER MÉDITERRANÉE

OCÉAN ATLANTIQUE

Portugal
Espagne
France
Italie
Grèce
Maroc
Algérie
Tunisie
Libye
Égypte
Israël
Liban
Jordanie
Syrie
Turquie

0   500 km

PIB PAR HABITANT PAR AN (1995)
plus de 20 000 $
de 10 000 à 20 000 $
de 7 000 à 10 000 $
inférieur ou égal à 2 500 $

○ Pays de l'Union européenne

POURCENTAGE DU COMMERCE EXTÉRIEUR RÉALISÉ AVEC L'UE PAR LES PAYS TIERS MÉDITERRANÉENS EN VALEUR (1995)
supérieur ou égal à 70 %
de 50 à 69 %
inférieur à 50 %

RELIGION DOMINANTE
catholique et protestante
orthodoxe
musulmane
juive

→ Principaux courants migratoires
★ Pays ex-communistes

Cette carte, en juxtaposant données économiques et civisationnelles, fait ressortir trois Méditerranées culturelles (latine et catholique ; grecque, slave et orthodoxe, un temps intégrée au bloc communiste ou disputée avec l'Occident comme la Grèce ; arabe et musulmane). Mais aussi une frontière du développement (montrée par l'inégalité du PIB et les flux migratoires) et les faiblesses de l'intégration économique interarabe, contrastant avec les liens (mal assortis) entre Maghreb et Union européenne.

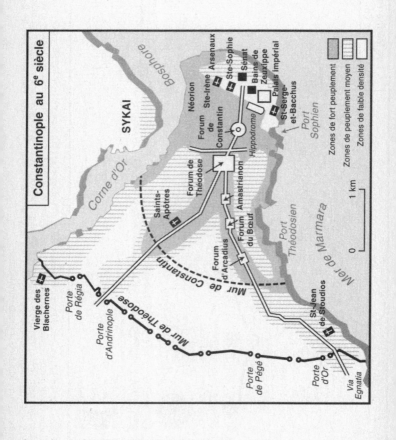

Constantinople au 6e siècle

SYKAI

Bosphore

Corne d'Or

Néorion

Ste-Irène · Arsenaux

Forum de Constantin · Ste-Sophie · Sénat · Bains de Zeuxippe

Hippodrome

Palais Impérial

St-Serge-et-Bacchus

Port Sophien

Saints-Apôtres

Forum de Théodose

Forum Amastrianon

Mur de Constantin

Forum du Bœuf

Forum d'Arcadius

Port Théodosien

Vierge des Blachernes

Porte de Régia

Porte d'Andrinople

Mur de Théodose

Saint-Jean de Studios

Mer de Marmara

Porte de Pégé

Porte d'Or

Via Egnatia

Zones de fort peuplement
Zones de peuplement moyen
Zones de faible densité

0   1 km

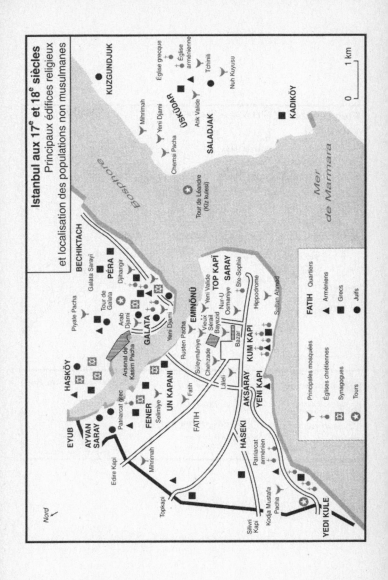

Istanbul aux 17e et 18e siècles
Principaux édifices religieux
et localisation des populations non musulmanes

Nord

EYUB

AYVAN SARAY

HASKÖY

BECHIKTACH

KUZGUNDJUK

Bosphore

Edire Kapi

Mihrimah

Patriarcat grec

FENER

Soliménye

UN KAPANI

Piyale Pacha

Arsenal de Kasim Pacha

Tour de Galata

Arab Djami

Galata Sarayi

Djitangir

PÉRA

Topkapi

FATIH

Fatih

Rusten Pacha

Süleymâniye

Chehzade

GALATA

Yeni Djami

EMINÖNÜ

Mihrimah

Silivri Kapi

HASEKI

Lâleli

AKSARAY

Vieux Sérail

Bayezid

Nur-U Osmaniye

Bazar

Yeni Valide

TOP KAPI

SARAY

Mer
de Marmara

Kodja Mustafa Pacha

Patriarcat arménien

YENI KAPI

KUM KAPI

Sultan Ahmed

Ste-Sophie

Hippodrome

YEDI KULE

Mihrimah

Yeni Djami

Chems Pacha

Atik Valide

ÜSKÜDAR

SALADJAK

Tour de Léandre
(Kiz kulesi)

Tchinili

Église grecque

Église arménienne

Nuh Kuyusu

KADIKÖY

FATIH	Quartiers
▲	Arméniens
■	Grecs
●	Juifs

Principales mosquées

Églises chrétiennes

Synagogues

Tours

0   1 km

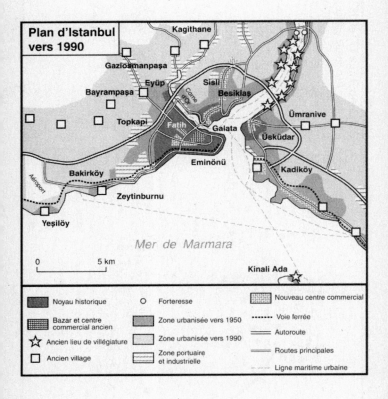

Plan d'Istanbul vers 1990

Kagithane

Gaziosmanpaşa

Eyüp

Bayrampaşa

Şişli

Beşiktaş

Corne d'Or

Ümranive

Topkapi

Fatih

Galata

Üsküdar

Eminönü

Bakirköy

Kadiköy

Aéroport

Zeytinburnu

Yeşilöy

Mer de Marmara

0   5 km

Kinali Ada

Noyau historique

Forteresse

Nouveau centre commercial

Bazar et centre commercial ancien

Zone urbanisée vers 1950

Voie ferrée

Ancien lieu de villégiature

Zone urbanisée vers 1990

Autoroute

Ancien village

Zone portuaire et industrielle

Routes principales

Ligne maritime urbaine

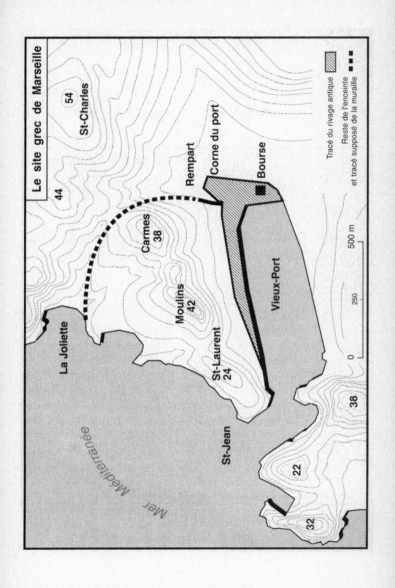

Le site grec de Marseille

St-Charles 54

44

Carmes 38

Moulins 42

St-Laurent 24

St-Jean

La Joliette

Mer Méditerranée

Rempart

Corne du port

Bourse

Vieux-Port

38

22

32

0   250   500 m

Tracé du rivage antique

Reste de l'enceinte
et tracé supposé de la muraille

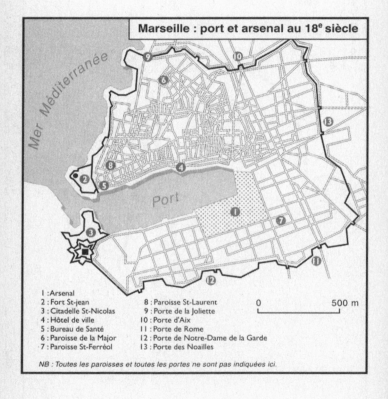

Marseille : port et arsenal au 18e siècle

Mer Méditerranée

Port

1 : Arsenal
2 : Fort St-jean
3 : Citadelle St-Nicolas
4 : Hôtel de ville
5 : Bureau de Santé
6 : Paroisse de la Major
7 : Paroisse St-Ferréol

8 : Paroisse St-Laurent
9 : Porte de la Joliette
10 : Porte d'Aix
11 : Porte de Rome
12 : Porte de Notre-Dame de la Garde
13 : Porte des Noailles

0   500 m

NB : Toutes les paroisses et toutes les portes ne sont pas indiquées ici.

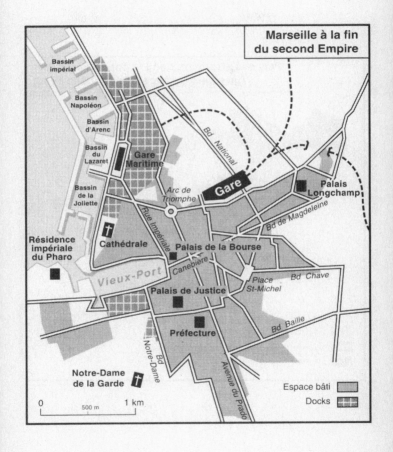

Marseille à la fin du second Empire

Bassin impérial
Bassin Napoléon
Bassin d'Arenc
Bassin du Lazaret
Bassin de la Joliette

Gare Maritime

Bd National

Gare

Palais Longchamp

Arc de Triomphe

Bd de Magdeleine

Rue impériale

Résidence impériale du Pharo

Cathédrale

Palais de la Bourse

Vieux-Port

Canebière

Place St-Michel

Bd Chave

Palais de Justice

Préfecture

Bd Baille

Bd Notre-Dame

Notre-Dame de la Garde

Avenue du Prado

Espace bâti
Docks

0   500 m   1 km

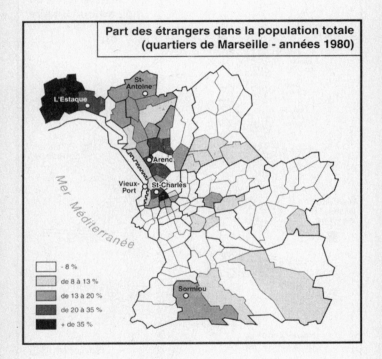

**Part des étrangers dans la population totale
(quartiers de Marseille - années 1980)**

St-Antoine

L'Estaque

Arenc

Vieux-Port

St-Charles

Mer Méditerranée

Sormiou

- 8 %
de 8 à 13 %
de 13 à 20 %
de 20 à 35 %
+ de 35 %

Glossaire

Açabiyya (pluriel : *açabiyyat*). Dans le monde musulman, l'esprit de corps, de clan, qui anime les groupes en lutte pour le pouvoir.

Académie. Dans la Grèce ancienne, ce lieu était à l'origine un sanctuaire dédié au héros Académos, dans un bois d'oliviers près d'Athènes. Il y avait aussi à l'époque classique un gymnase entouré de jardins. Platon y établit son école dans les années 380 av. J.-C.

Ager publicus. Dans l'Antiquité, l'ensemble du territoire de Rome correspond à l'*ager romanus*. Dans ce territoire, une partie constitue le domaine public du peuple romain, *ager publicus*, résultat des conquêtes ou des confiscations. Ce patrimoine appartient à l'État et est géré par le Sénat qui peut allouer ou assigner des parcelles ; les occupants n'en ont que le droit de jouissance ou *possessio*.

Alaouites. Tenants d'une secte issue du chiisme. Le pouvoir leur appartient dans la Syrie actuelle avec le président Hafez el-Assad.

ALENA. Accord de libre-échange nord-américain *(North-American Free Trade Agreement, NAFTA)*, entré en vigueur le 1er janvier 1994 entre les États-Unis, le Canada et le Mexique.

Alevi(s). Minorité musulmane issue du chiisme, importante en Turquie. Elle y représente aujourd'hui un courant laïque contre l'islamisme sunnite.

Alya ou alyah. Du mot hébreu signifiant « montée » ; désigne le retour des Juifs en Palestine à partir de la fin du 19e siècle.

Anabase. Récit composé par Xénophon qui décrit l'expédition de Cyrus le Jeune contre son frère, Artaxerxès II, roi des Perses, en 401-400 av. J.-C. Dix mille Grecs avec Xénophon furent recrutés par Cyrus. Sa défaite près de Babylone entraîna la déroute de l'armée. Les Grecs, conduits par Xénophon, firent retraite à travers l'Arménie jusqu'à la mer Noire.

Annone. Dans l'Antiquité, service de l'administration romaine qui assure le ravitaillement en blé de Rome et de l'Italie.

Arianisme, ariens. La première grande hérésie chrétienne, affirmant l'inégalité des personnes divines dans la Trinité : Dieu le Père est supérieur au Fils qu'il a engendré. Condamnée au concile de Nicée en 325, cette hérésie a alimenté les querelles religieuses du 4e siècle. Elle a été adoptée par plusieurs peuples barbares, comme les Wisigoths et les Ostrogoths.

Ashkénaze. Le mot désigne la population juive originaire de l'Europe de l'Est. (Voir *Séfarade*.)

Barbe. Nom donné par les Vaudois à leurs ministres du culte. Presque toujours itinérants, ils vivaient généralement dans la clandestinité.

Basileus. Titre officiel du souverain byzantin, adopté pour la première fois par Héraclius, en 632 ; cet ancien titre royal grec, d'usage courant mais non officiel, remplace alors les titres romains.

Bateaux. On trouvera ci-dessous l'index des noms de bateaux cités et décrits dans l'ouvrage et qui ont navigué en Méditerranée jusqu'au 19e siècle.

Brick, 318, 326, 327, 337.
Brigantin, 224, 249.
Caïque, 314, 327, 328, 356.
Caramousal, 243.
Caraque, 248.
Caravelle, 196.
Chébec, 337.
Coque, 56, 193, 206-207.
Dababieh, 335.
Dromôn, 135, 148, 174.
Felouque, 224, 314, 325, 336.
Frégate, 224.
Galère, 134, 174, 175, 184, 191-192, 197, 206, 216, 218-220, 223-224, 230, 234, 248-250, 253-254, 279-280, 283, 327, 518.
Galiote, 249.
Gaulos, 47.
Goélette, 337.
Héxère, 66.
Hourque, 248.
Liburne, 94, 148.
Mahone, 244.
Markab, 152.
Nave, nef, 56, 174, 245, 248.
Patache, 248.

Pentécontère, 47.
Pentékaidékère, 66.
Pentère, quinquérème, 66, 69-70, 91, 94.
Pérame, 244.
Pinque, 337.
Polacre, 248, 337.
Qârib, 152.
Qâtaï, 152.
Saète, 248-249.
Saïque, 244.
Steamer, 329-330.
Tartane, 248, 336.
Tettarakontère, 66.
Trière, trirème, 47, 69, 94, 278, 280.
Ustûl, 152.

Bateaux phéniciens, 32-33, 37.
Navires grecs, 47, 53.
Flotte carthaginoise, 69.
Navires de commerce romains, 102, 120.
Flotte byzantine (sous Justinien), 135.
Flotte de guerre byzantine, 148, 182-183.
Flotte russe (médiévale), 147.
Flotte arabe, 152.
Flotte italienne, 174-175, 192-193, 206-207.

Ba'th. « Résurrection » dans le Coran. Nom du parti nationaliste arabe et socialiste fondé en 1953, important en particulier en Syrie et en Irak.

Bonavoglia. Littéralement : « de bonne volonté ». Désigne les rameurs de galères volontaires (contre salaire).

Bordé. Ensemble de virures (planches) qui forment le revêtement de la carène d'un bateau.

Bras. Le mot désigne en Sardaigne et en Sicile les différents ordres de la société comme en Aragon.

Cadi ou kadi. Juge institué dans le monde musulman pour juger selon la loi coranique.

Calife. De *khalifa*, « successeur » ; chef de la communauté musulmane. Le premier calife est Abu Bakr, gendre du Prophète.

Cassitérides (îles). Nom générique utilisé par les Grecs pour désigner les terres inconnues du nord-ouest de l'Europe produisant de l'étain (Cornouailles, îles Scilly, mais aussi sud de la Bretagne et Galice espagnole). Ces « îles » furent le but du voyage de Pythéas, navigateur marseillais du 4ᵉ siècle av. J.-C.

CECA. Communauté européenne du charbon et de l'acier, créée en 1951 par six États (Belgique, France, Italie, Luxembourg, Pays-Bas, RFA). Ses institutions ont fusionné en 1967 avec celles de la CEE.

CEE. Communauté économique européenne créée par le traité de Rome, le 25 mars 1957. D'abord Europe des Six, elle devient l'Europe des Neuf en 1972 avec l'adhésion de la Grande-Bretagne, du Danemark, de l'Irlande ; puis des Dix avec l'arrivée de la Grèce en 1981. 1986 voit l'entrée de l'Espagne et du Portugal dans la Communauté européenne. En 1995, la Communauté s'est élargie à l'Autriche, à la Finlande et à la Suède et est devenue l'Union européenne.

Charî'a. La loi idéale, canonique, de l'islam. Le terme est posé comme l'application intégrale, littérale, du message coranique par les islamistes. Dans les représentations occidentales, la *charî'a* est vue comme traditionalisme et archaïsme.

Chechia. Coiffure cylindrique ou tronconique en drap généralement de couleur rouge, qui a donné lieu à une véritable industrie à Tunis.

Chiisme. Islam qui représente à peu près 9 % des musulmans et regroupe ceux qui, dans l'islam, considèrent l'imâmat (imâm : littéralement, « celui qui est devant » ; désigne le croyant qui dirige la prière communautaire, le chef de la communauté) d'Ali (gendre de Mahomet, quatrième calife de 656 à 658, qui fut vaincu puis assassiné en 661) comme le seul légitime. (Voir *Sunnisme*.)

Chrysobulle ou bulle d'or. Acte officiel et solennel de la chancellerie impériale byzantine, daté et souscrit de la main même de l'empereur et scellé de la bulle d'or à son effigie.

Clérouque. Dans l'Antiquité, citoyen athénien qui recevait un lot de terre *(klèros)* dans un territoire étranger ou allié. Un ensemble de clérouques forme une clérouquie, communauté où chaque membre conservait la citoyenneté athénienne. On trouve des clérouques à Chalcis, Naxos, Lemnos, Égine...

Colonnes d'Hercule. Héraclès (Hercule) voyagea jusqu'aux extrémités de l'Occident pour capturer les bœufs de Géryon. À la fin de ce voyage, il érigea de chaque côté du détroit de Gibraltar deux colonnes, Calpée et Abyla, les Colonnes d'Hercule.

Concile œcuménique. Réunion des évêques de toute la chrétienté. L'autorité des sept premiers conciles œcuméniques de l'histoire de l'Église, du premier concile de Nicée (325) au second concile de Nicée (787), est reconnue par l'ensemble des Églises chrétiennes.

Copte. La plus importante communauté chrétienne d'Orient, forte aujourd'hui de plus de 3 millions d'âmes (6 à 7 % de la population égyptienne). Les Européens, pour désigner l'Égypte, n'emploient pas son nom arabe, *misr*, mais *aiguptios*, mot grec qui est la racine de « copte ».

Curule (siège). Dans l'Antiquité romaine, siège pliant en forme de X, utilisé par le roi, puis par les sénateurs et les principaux magistrats de Rome.

Dey. À Alger, au temps de l'Empire ottoman, chef de la milice ottomane (l'*odjak*).

Dhimmâ. Dans le monde arabe, statut de sujet protégé, ou *dhimmî*, adepte d'une religion révélée – juif ou chrétien – et bénéficiant d'une tolérance religieuse de la part du pouvoir musulman.

Donativo. « Service » ou impôt payé par la Sicile à la Couronne d'Espagne. Le nom de cet impôt, qui pouvait être ordinaire ou extraordinaire, maintient la fiction du don volontaire.

Drogman. Du turc *torcümar*, *dragomano* en italien. Interprète dans le monde ottoman.

Druses, druzes. Population de la montagne libanaise appartenant à une secte islamique hérétique.

Émir. Dans le monde arabe, gouverneur, prince. Du mot arabe *amr*, « autorité ». Le mot s'emploie surtout pour désigner un commandant militaire ou un gouverneur de province.

ETA. *Euskadi ta Askatasuna*, le Pays basque et sa liberté. Mouvement nationaliste basque qui commence à se former au cours des années

1953-1955 dans les milieux étudiants de Bilbao, en réaction contre l'affaiblissement de l'ancien Parti nationaliste basque, mais son sigle n'apparaît qu'en 1959. Dans les années 1960, il s'oriente vers l'action violente.

Évergétisme. Dans le monde grec et hellénistique, pratique sociale qui consiste à mettre une partie de sa fortune au profit de la collectivité en favorisant des travaux d'urbanisme, en permettant l'approvisionnement de la cité ou du pays, en aidant à honorer les dieux par des temples et des fêtes, en participant à la promotion de la cité. L'évergète espère, en retour, la reconnaissance de ses concitoyens et le souvenir de ses actes dans la mémoire collective. Par définition, le souverain hellénistique se doit d'être le modèle de l'évergète.

Fassis. Habitants de Fès.

Fatwa. En terre musulmane, consultation religieuse ou jugement rendu par un dignitaire religieux.

Feu grégeois. Matière incendiaire à base de naphte utilisée anciennement par les Perses et les Byzantins. Le feu grégeois a assuré pendant un temps la supériorité navale des Byzantins sur les musulmans, jusqu'à ce que ceux-ci l'utilisent à leur tour.

Firman. En pays musulman, édit du souverain.

Frères musulmans. Mouvement fondé en 1928 en Égypte par Hassan al-Bannâ, ancien élève de Muhammad Abduh. Son objectif est une réislamisation de la société, une réforme morale et religieuse de chaque croyant. Le mouvement, qui se radicalise dans les années 1950, a été férocement réprimé par Nasser dans les années 1960. Il demeure la matrice de tous les courants dits islamistes contemporains.

Gaulos. Dans l'Antiquité, navire rond utilisé par les Phéniciens pour le commerce.

Genius. Dans l'ancienne Rome, le mot qui désigne la puissance de création d'une divinité. Pour l'empereur romain, il définit sa personnalité et sa force dans le cadre du culte impérial.

Guerre froide. L'expression apparaît aux États-Unis au début de 1947 pour désigner un nouveau type d'affrontement entre le bloc occidental et le bloc communiste. Les deux blocs s'opposent dans les domaines politique, économique, idéologique, tout en évitant le conflit armé direct. Les limites chronologiques de la guerre froide font l'objet de nombreux débats, mais beaucoup de spécialistes considèrent aujourd'hui qu'elle n'a vraiment pris fin qu'en 1991, avec la disparition du bloc soviétique et de l'URSS.

Hachémites. Famille du Hedjaz, qui, depuis le 11e siècle, a fourni les chérifs de La Mecque, gardiens héréditaires des lieux saints de l'islam.

Hégire. Voir *Hijra.*

Hereu. En catalan, nom donné à l'héritier de la succession, générale-ment l'aîné.

Hésychasme. Mystique chrétienne d'Orient qui veut donner à l'homme la « paix intérieure » en établissant le contact direct de l'homme avec Dieu. C'est la doctrine officielle de l'Église orthodoxe depuis 1351.

Hezbollah. « Parti de Dieu ». Mouvement chiite fondé en 1982, appuyé par Téhéran, qui fédère plusieurs groupes et se bat aujourd'hui pour imposer une république islamique au Liban.

Hijra. L'Hégire. L'exil du Prophète à Médine qui marque le début de l'ère musulmane (622 de l'ère chrétienne).

Ifrîqiya. Nom donné par les Arabes à la partie orientale de l'Afrique du Nord : Tunisie et est de l'ancien Constantinois.

Ijtihâd. L'« effort » d'interprétation personnelle de la loi musulmane et d'innovation, opposé à la soumission sans réserve à la tradition *(taqlîd).*

Indo-européens. Ensemble de populations venant des steppes eurasia-tiques et porteur d'une langue commune, l'indo-européen. Cette langue est à l'origine des langues parlées et écrites depuis l'Inde jusqu'à la Méditerranée et l'Europe : langue grecque, latine, celtique, germanique, baltique, etc.

Infitah. Ouverture à l'Occident de l'Égypte, après Nasser, dans le domaine économique et celui des relations internationales.

Irrédentes (terres). De l'italien *irredento,* non libre, parce que non racheté. Le mot, né en 1877, s'applique aux terres restées possessions autrichiennes après 1866 (le Trentin, Trieste, l'Istrie) et revendiquées par l'Italie.

Iwan. Élément d'architecture d'origine iranienne, grande salle s'ouvrant par un arc sur la cour d'une maison, d'un palais, d'une mosquée.

Janissaire. Dans l'Empire ottoman, soldat turc, membre de l'infanterie d'élite. Il était recruté encore enfant parmi les populations chrétiennes de l'empire et recevait une formation militaire très soignée. Le système se dégrada au cours du 17e siècle.

Jihâd. Littéralement : « effort ». Ascèse sur soi-même, en vue du per-fectionnement moral et religieux, ou collectivement, pour étendre, notamment par les armes, le règne de l'islam. Parfois considéré dans l'islam classique, avec la profession de foi, la prière, le jeûne, l'aumône et le pèlerinage, comme un des piliers *(arkâm)* de la foi.

Kapitan pacha. En quelque sorte, le grand amiral de la flotte otto-mane.

Karaïte. Membre d'une communauté juive installée en Crimée au Moyen Âge. Les karaïtes mettent l'accent sur la supériorité de la loi écrite (Torah) sur la la loi orale (Talmud).

Kharidjites. « Ceux qui sont sortis » du camp d'Ali, quatrième calife, cousin et gendre de Mahomet. Rigoristes et égalitaristes, ils récusent le monopole de la famille du Prophète sur le califat.

Khédive. Titre accordé au 19e siècle par le sultan aux souverains d'Égypte.

Kibboutz. Communauté agricole collectiviste en Israël. La première fut fondée en 1909 à Dégania. À partir de 1945, ces communautés sont à la fois agricoles et militaires.

Knesset. Chambre unique du Parlement israélien, créée en 1948. Ses membres sont élus pour quatre ans et à la proportionnelle. C'est elle qui élit, à la majorité simple, le chef de l'État.

Kurdes. Constituent la plus importante nation sans État du monde, estimée à 22 millions de personnes. Environ 17 millions d'entre eux vivent au Kurdistan, écartelé entre la Turquie, l'Iran, l'Irak et la Syrie.

Levantin. De « Levant ». Le terme a pris une connotation péjorative pour désigner les identités incertaines, changeantes, floues au regard de la nationalité, des populations cosmopolites des ports méditerranéens. Couramment utilisé au 19e siècle et jusque dans les années 1940, il s'efface ensuite.

Liburne. Dans l'Antiquité, bateau utilisé à l'origine par les pirates illyriens et dalmates. C'étaient des navires légers et rapides, équipés de deux rangs de rameurs. Ils comportaient aussi des éperons à l'avant.

Licteur. Dans l'Antiquité, le mot désigne à l'origine l'appariteur du roi dans la Rome royale, puis l'officier public qui escorte les magistrats et certains personnages religieux (prêtre de Jupiter, vestales). Il porte sur l'épaule des verges liées ensemble par des courroies rouges, symbolisant le pouvoir des magistrats.

Likoud. Droite nationaliste en Israël. Parti au gouvernement depuis le 29 mai 1996, date de l'arrivée au pouvoir de son leader Benyamin Netanyahou.

Linéaire (écriture). Au deuxième millénaire se développe en Crète une forme d'écriture, sur des sceaux ou des tablettes d'argile, avec des dessins, dite écriture pictographique. Cette écriture évolue vers une écriture simplifiée connue sous le nom de « linéaire A », non déchiffrée. Le « linéaire B » de Mycènes est déjà une forme ancienne du grec, composée d'environ 90 signes dont chacun représente une syllabe. Cette écriture convenait bien aux inventaires et à la comptabilité qui constituent l'essentiel de la documentation retrouvée sur les tablettes d'argile cuites lors d'incendies en Grèce et en Crète.

Livre vert. Recueil de pensées du président Muhammad al-Kadhafi proposant une synthèse entre islam et socialisme pour orienter la révolution libyenne proclamée en 1977.

Mamelouk, mamelûk. Dans le monde arabe, esclave d'origine blanche. En Égypte, les soldats *mamelûks* ont formé une caste militaire et fourni une dynastie qui a gouverné l'Égypte et la Syrie de 1250 à 1517 (sultans mamelouks). Dans l'Égypte ottomane, ils continuent à former une milice très puissante. Les derniers *mamelûks* sont éliminés par Méhémet-Ali au début du 19ᵉ siècle.

Maronite. Du patriarche saint Maron (vers 350-443). Catholique oriental de rite syrien. On compte aujourd'hui environ 1,5 million de maronites dont la moitié vit au Liban.

Medersa (pluriel : **medrese**). En pays musulman, établissement d'enseignement juridico-religieux.

Médina. En arabe, « la ville ». Sous l'influence de la colonisation, le terme désigne en français la « partie ancienne » de la ville par opposition à la ville moderne européenne ou bâtie selon le modèle occidental.

Millet. Dans l'Empire ottoman, désigne une communauté ethnique ou religieuse grecque, arménienne ou juive.

Mithra. Dieu indo-iranien de la lumière, introduit à Rome à la fin de la République. Son culte fait partie des religions à mystères, réservées à une minorité d'initiés en quête du salut au-delà de la mort. Les cérémonies d'initiation avaient lieu dans un sanctuaire souterrain, *Mithraeum*, reconstituant une grotte au fond de laquelle était représenté Mithra tuant un taureau.

Mostazzafin. Les « déshérités » qui, dans le discours de la révolution iranienne, sont à la fois les prolétaires et les aimés de Dieu, à la différence des nantis, aliénés à l'Occident.

Mufti. Jurisconsulte et haut dignitaire religieux musulman.

Non-alignement. Politique des pays refusant d'être intégrés dans les deux grands blocs dirigés par les États-Unis et l'URSS. Dans le prolongement de la conférence de Bandoeng en 1955, le mouvement des non-alignés naît à Belgrade en 1961 à l'initiative de Tito, Nehru et Nasser – de deux chefs d'État méditerranéens, donc. Dès la fin des années 1970, le mouvement souffre de divisions et ne parvient plus à tenir une « ligne neutraliste ».

Numen. Dans l'ancienne Rome, force agissante de la divinité, ou de l'empereur dans le cas du culte impérial. Il désigne la manifestation divine de l'empereur.

OECE. Organisation européenne de coopération économique, fondée en 1948 par les pays bénéficiaires du plan Marshall pour coordonner leurs activités économiques. Elle est remplacée en 1961 par l'OCDE, Organisation de coopération et de développement économique, qui rassemble les États développés non socialistes.

Officiers libres. Terme qui désigne la société secrète des jeunes officiers, dont Nasser, Sadate et Néguib, qui renversent le roi Farouk le 23 février 1952 et qui instituent la république en Égypte.

OLP. Organisation de libération de la Palestine fondée en 1964 et dirigée depuis 1969 par Yasser Arafat.

Omerta. En Italie, notamment en Sicile, dans les milieux soumis à la mafia, c'est la loi du silence, opposée au monde extérieur.

OPEP/OPEAP. Organisation des pays exportateurs de pétrole, fondée à Bagdad en 1960. Elle comprend aujourd'hui l'Algérie, l'Arabie Saoudite, le Gabon, l'Indonésie, l'Irak, l'Iran, le Qatar, le Koweït, la Libye, le Nigeria, les Émirats arabes unis, le Venezuela. L'Équateur a quitté l'organisation en 1992. L'OPEAP, au sein de l'OPEP, regroupe les pays arabes exportateurs de pétrole.

Opus Dei. Institut séculier de droit pontifical fondé en Espagne en 1928 et approuvé par Pie XII en 1947. Groupe de pression clérical influençant les technocrates d'extrême droite dans l'Espagne de Franco.

Orthonormé (plan). Dans la Grèce ancienne, ce plan, conçu par l'architecte Hippodamos de Milet au 5ᵉ siècle av. J.-C., repose sur un système de larges rues qui se croisent à angle droit et qui remplacent les rues sinueuses et étroites des anciennes villes. L'aménagement du port du Pirée en est un bon exemple.

Ostracisme. Institution athénienne qui permettait à l'assemblée *(ecclèsia)* de bannir un citoyen. Elle en décidait d'abord le principe, puis le vote avait lieu en inscrivant sur un tesson de céramique *(ostrakon)* le nom du citoyen à exclure. La personne dont le nom rassemblait le plus de votants était bannie pour dix ans. Parmi les bannis célèbres, on peut citer Thémistocle, le vainqueur de Salamine.

OTAN. Organisation du traité de l'Atlantique Nord, fondée en 1949 contre le bloc communiste. Au départ, l'OTAN comptait douze membres, puis seize en 1996.

Oulémas. Voir *Ulamâ.*

Oustachis. Nationalistes croates qui dirigèrent un État vassal de l'Allemagne durant la Seconde Guerre mondiale et qui commirent de nombreuses exactions contre les Serbes.

Panarabisme. Le terme définit le courant partisan de l'unité des pays de langue et civilisation arabes à partir des années 1930. Il a été abondamment utilisé contre Nasser et les aspects anti-occidentaux des politiques des nationalistes arabes.

Panathénées. Fêtes religieuses athéniennes en l'honneur de la naissance d'Athéna, au mois de juillet. En plus des jeux et des concours, l'événement majeur de ces fêtes était la grande procession qui montait au Parthénon. Des jeunes filles y apportaient la nouvelle robe d'Athéna, le *péplos*, pour en orner la statue de la déesse. Les Panathénées étaient l'occasion d'exprimer la force de l'esprit civique à Athènes et la frise retrace le déroulement de la procession.

Pentécontère. Navire à 50 rameurs avec 25 rangs de bancs simples de chaque côté.

Pentère ou quinquérème. Bateau plus important que la trière, dont le mode d'utilisation reste problématique. La superposition des rameurs n'a jamais dépassé trois rangs. La pentère pouvait alors être une galère à un rang de 5 rameurs par rame ou une galère à deux rangs, le premier à 2 rameurs par rame et le second à 3 rameurs par rame. Dans ce cas, une héxère (6) aurait deux rangs de 3 rameurs par rame ou un rang avec 6 rameurs par rame ; la pentékaidékère (15) pourrait avoir 15 rameurs par rame sur un rang ou 8 et 7 rameurs sur deux rangs. Que dire alors de la « quarante », tettarakontère, à double proue et double poupe, de 120 mètres de long et 15 mètres de large avec 4 000 rameurs !

Phalanges (ou kataëb). Formation paramilitaire née au Liban en 1936. Au début des années 1950, devient le parti de la droite chrétienne, tout en gardant son organisation milicienne. Composé essentiellement de chrétiens maronites, il vise à conserver à cette communauté la prépondérance au Liban. Pendant la guerre, les milices phalangistes ont, avec l'accord des Israéliens, perpétré les massacres des camps de Sabra et Chatila en septembre 1982.

Plan Marshall. Plan présenté en juin 1947 par le secrétaire d'État américain Marshall. Il offrait aux nations sortant de la guerre une aide économique de 13 milliards de dollars.

Présides. Nom donné aux postes fortifiés espagnols de la côte septentrionale du Maroc (Ceuta, Peñon de Velez, Alhucemas, Melilla) et de Toscane.

Principali. Désigne les notables en Corse et en Sardaigne.

Pronunciamiento. Terme espagnol équivalent de l'allemand *putsch*, coup d'État militaire.

Raïs. De l'arabe *ras*, « tête ». Chef, maître d'embarcation, capitaine corsaire dans le monde musulman. Titre donné aux leaders populistes (Nasser, Bourguiba).

Realengo. De juridiction royale.

Repartiment. Dans les pays catalans, désigne les distributions de terres faites aux nobles qui avaient aidé le souverain lors de la Reconquête (en castillan, *repartimiento*).

Révolution blanche. Terme qui désigne la politique de changement menée par le shah d'Iran dans les années 1960 et qui visait à assurer une élévation du niveau de vie et d'éducation. Utilisé ici, par extension, dans le cas de la Turquie, pour désigner une politique de transformation autoritaire, imposée à la société par le pouvoir.

Salétins. Habitants de Salé, ville du Maroc sur l'Atlantique, devenue une puissance corsaire à partir de 1610 (arrivée des morisques).

Sanusiyya. Confrérie musulmane réformatrice et missionnaire née au milieu du 19e siècle et fondée par l'Algérien Mohammad al-Sanûsi (mort en 1859). Elle joue un rôle important de résistance contre la pénétration coloniale, en particulier dans le Sahara et en Libye.

Séfarade. Qualifie la population juive originaire des pays bordant la Méditerranée. L'étymologie renvoie au nom hébreu de l'Espagne. (Voir *Ashkénaze*.)

Sémites. Ensemble de peuples du Proche-Orient utilisant une langue de même origine dite sémitique, nommés ainsi au 19e siècle en référence à Sem, le fils de Noé dans les textes bibliques. En font partie les langues akkadiennes de Mésopotamie, amorite, araméenne et arabe.

Sirènes. Créatures féminines de la mythologie grecque. Leur chant attire les marins et les conduit sur les écueils. Dans l'*Odyssée* d'Homère, elles occupent une île près de Charybde et de Scylla dans le détroit de Messine. Pour franchir ce passage, Ulysse boucha les oreilles de ses compagnons et se fit attacher lui-même au mât du navire.

Socialisme autogestionnaire. Alternative posée en Yougoslavie par Tito au modèle stalinien. La formule a été reprise par une partie de la gauche européenne dans les années 1960.

Soufisme. Doctrine ésotérique de l'islam qui s'appuie presque uniquement sur l'expérience mystique des soufis résultant de la pratique de l'ascèse.

Sous-développement. Emprunté, dans les années 1950, au vocabulaire américain, le mot désigne la situation des pays non industriels, avec une forte charge d'occidentalocentrisme.

Squadriste. En Italie, au lendemain de la Première Guerre mondiale, membre des *squadre*, escouades de militants fascistes en chemise noire.

Sultan. Mot arabe signifiant « le pouvoir », « l'autorité », puis celui qui l'exerce. Au temps des califes de Bagdad, titre porté par les princes Seldjoukides exerçant un pouvoir distinct de celui du calife. Le titre a ensuite désigné les souverains mamelouks et ottomans.

Sunnisme. Islam majoritaire qui entend se définir par la *sunna* (la coutume, la tradition, avant tout celles du Prophète) et la *jamâ'a* (la communauté musulmane entendue surtout au sens religieux). (Voir *Chiisme*.)

Terrone. Terme péjoratif désignant le paysan de l'Italie du Sud.

Tordesillas (traité de). Traité signé en 1494 entre les Rois catholiques (Isabelle de Castille et Ferdinand d'Aragon) et le roi du Portugal Jean II, et confirmé par le pape Jules II. À la suite des Grandes Découvertes du 15e siècle, ce traité fixait à 370 lieues à l'ouest des Canaries la ligne de partage entre les possessions portugaises (à l'est) et les possessions espagnoles (à l'ouest), soit un véritable partage du monde qui revenait à attribuer à l'Espagne les Amériques moins le Brésil et au Portugal l'Afrique et les Indes.

Trente Glorieuses. Désigne les années de croissance exceptionnelle qui suivent la Seconde Guerre mondiale. Cette expression, qui en souligne à la fois la durée et la réussite, a été inventée par l'économiste Jean Fourastié.

Trière ou trirème. Navire d'une longueur moyenne de 36 mètres sur 5 mètres de large pour un tirant d'eau qui ne dépasse pas 1 mètre. La trière avait une proue en pointe, renforcée de bronze, utilisée pour l'éperonnage du bateau ennemi. Les rameurs étaient disposés sur trois rangs. Les 170 rameurs devaient lancer avec force la trière dans le flanc du navire adverse, puis, en reculant, laisser l'eau entrer dans la brèche ouverte. En dehors des combats, la trière pouvait utiliser des voiles.

Triomphe. Dans la Rome antique, cortège réservé au général victorieux qui, couronné de lauriers, monte sur un char vers le Capitole pour offrir un sacrifice à Jupiter.

Ulamâ. Pluriel de l'arabe *âlim*. Le mot désigne les détenteurs de la connaissance religieuse *(ilm)* ; ils sont les gardiens de la tradition, les représentants du *consensus omnium* de la communauté. Ils jouissent à ce titre, dans l'histoire de l'islam classique, d'une autorité considérable.

Uscoques. Redoutables pirates d'origine slave, installés au fond de l'Adriatique, qui s'en prenaient indifféremment aux chrétiens ou aux musulmans.

Vecinos. Manière de désigner en Castille les feux ou familles. Le quotient, toujours controversé, est de quatre à cinq personnes pour un *vecino*.

Vogue. C'est le maniement des rames, mais entendu collectivement, dirigé par le maître de la chiourme ou *comite*.

Wahhâbisme. Doctrine d'Abd al-Wahhâb (1703-1792), fondamentaliste musulman, prêchée en Arabie et prônant le rejet de toutes les innovations, notamment les confréries et le culte des saints. Elle influence tout particulièrement le royaume saoudien depuis la fin du 18e siècle.

Waqf. En pays musulman, bien ou revenu affecté perpétuellement à des œuvres charitables (entretien de mosquées, d'écoles, d'hôpitaux…).

Yalta. Ville de Crimée où se tint la conférence qui réunit Churchill, Roosevelt et Staline en février 1945. S'il n'y a pas eu là « partage du monde », Yalta jette cependant les bases de l'immédiat après-guerre, notamment en ce qui concerne le sort de l'Allemagne, de la Pologne et la mise en place de la future ONU.

Orientation bibliographique

L'histoire de la Méditerranée, telle qu'elle est proposée dans ce livre, n'a donné lieu jusqu'ici à aucun ouvrage comparable. Il existe toutefois sur le sujet quelques grands livres généraux cités ci-dessous. Viennent ensuite des bibliographies par grandes périodes. Les auteurs s'en sont tenus volontairement aux livres les plus importants et les plus accessibles. Mais il va de soi qu'ils sont redevables, dans la rédaction de leurs chapitres, à de nombreux travaux – ouvrages et articles – très spécialisés, trop pour avoir été retenus ici, mais sans lesquels ce livre n'aurait pu être écrit.

BIBLIOGRAPHIE GÉNÉRALE

BRAUDEL Fernand, *Les Mémoires de la Méditerranée*, Paris, De Fallois, 1998.
– (sous la dir. de), *La Méditerranée*, t. I, *L'Espace et l'Histoire*; t. II, *Les Hommes et l'Héritage*, Paris, Arts et Métiers Graphiques, 1977 et 1978.
BRUNET P. (sous la dir. de), *Géographie universelle*, t. VIII, *Afrique du Nord, Moyen-Orient, monde indien*, Paris, Belin-Reclus, 1995.
CHALIAND Gérard et RAGEAU Jean-Pierre, *Atlas historique du monde méditerranéen*, Paris, Payot, 1995.
GUILAINE Jean, *La Mer partagée. La Méditerranée avant l'écriture*, Paris, Hachette, 1994.
HOURANI Albert, *Histoire des peuples arabes*, Paris, Éd. du Seuil, 1993.
LE BRIS Michel et IZZO Jean-Claude (éd.), *Méditerranée* (anthologie), Paris, Librio, 1998.
MANTRAN Robert (sous la dir. de), *Histoire de l'Empire ottoman*, Paris, Fayard, 1989.
MATVEJEVITCH Predrag, *Bréviaire méditerranéen*, éd. originale, 1987; trad. fr., Paris, Fayard, 1992; éd. poche, Paris, Payot, coll. « Petite Bibliothèque Payot », 1995.
VIDAL DE LA BLACHE Paul et GALLOIS Louis (sous la dir. de), *Géographie universelle*, t. VII, Max Sorre et Jules Sion, *Méditerranée. Péninsules méditerranéennes*, Paris, Armand Colin, 1934.

Ire PARTIE
La Méditerranée antique
ou la quête de l'unité

AMOURETTI Marie-Claire et COMET Georges, *Hommes et Techniques de l'Antiquité à la Renaissance*, Paris, Armand Colin, coll. « Cursus », 1993.

BAURAIN Claude, *Les Grecs et la Méditerranée orientale. Des « siècles obscurs » à la fin de l'époque archaïque*, Paris, PUF, coll. « Nouvelle Clio », 1997.

BAURAIN Claude et BONNET Corinne, *Les Phéniciens, marins des trois continents*, Paris, Armand Colin, 1992.

BOARDMAN John, *Les Grecs outre-mer. Colonisation et commerce archaïque*, Naples, Centre Jean Bérard, 1995.

BRIANT Pierre et LEVÊQUE Pierre (sous la dir. de), *Le Monde grec aux temps classiques*, Paris, PUF, coll. « Nouvelle Clio », 1995.

GRAS Michel, *La Méditerranée archaïque*, Paris, Armand Colin, coll. « Cursus », 1995.

GRAS Michel, ROUILLARD Pierre et TEIXIDOR Javier, *L'Univers phénicien*, Paris, Arthaud, 1995.

HEURGON Jacques, *Rome et la Méditerranée occidentale jusqu'aux guerres puniques*, Paris, PUF, coll. « Nouvelle Clio », rééd., 1993.

JACQUES François et SCHEID John, *Rome et l'Intégration de l'empire, 44 av. J.-C.-260 ap. J.-C.*, t. I, *Les Structures de l'Empire romain*, Paris, PUF, coll. « Nouvelle Clio », 1990.

LAMBOLEY Jean-Luc, *Les Grecs d'Occident. La période archaïque*, Paris, Sedes, 1996.

LE BOHEC Yann, *Histoire militaire des guerres puniques*, Paris, Éd. du Rocher, coll. « L'Art de la guerre », 1996.

LEPELLEY Claude (sous la dir. de), *Rome et l'Intégration de l'empire, 44 av. J.-C.-260 ap. J.-C.*, t. II, *Études régionales*, Paris, PUF, coll. « Nouvelle Clio », 1997.

NICOLET Claude, *Rome et la Conquête du monde méditerranéen (264-27 av. J.-C.)*, Paris, PUF, coll. « Nouvelle Clio », 2 vol., 1977 et 1978.

POMEY Patrice (sous la dir. de), *La Navigation dans l'Antiquité*, Aix-en-Provence, Edisud, 1997.

REDDÉ Michel, *Mare nostrum. Les infrastructures, le dispositif et l'histoire de la marine militaire sous l'Empire romain*, Paris, De Boccard, coll. « BEFAR », 1986.

ROUGÉ Jean, *Recherches sur l'organisation du commerce maritime en Méditerranée sous l'Empire romain*, Paris, De Boccard, coll. « BEFAR », 1966.

– *La Marine dans l'Antiquité*, Paris, PUF, coll. « Sup », 1975.

SARTRE Maurice, *D'Alexandre à Zénobie. Histoire du Levant antique, IVe siècle avant Jésus-Christ – IIIe siècle après Jésus-Christ*, Paris, Fayard, 2001.

SARTRE Maurice et TRANOY Alain, *La Méditerranée antique, IIIᵉ siècle av. J.-C./IIIᵉ siècle ap. J.-C.*, Paris, Armand Colin, coll. « Cursus », rééd., 1997.

IIᵉ PARTIE
De l'unité à la diversité.
Les grandes fractures (5ᵉ-15ᵉ siècle)

AHRWEILER Hélène, *Byzance et la Mer. La marine de guerre, la politique et les institutions maritimes de Byzance aux VIIᵉ-XVᵉ siècles*, Paris, PUF, 1966.

BALARD Michel, *La Romanie génoise (XIIᵉ-début XVᵉ siècle)*, 2 vol., Rome-Gênes, École française de Rome, 1978.

BALARD Michel et DUCELLIER Alain (sous la dir. de), *Le Partage du monde. Échanges et colonisation dans la Méditerranée médiévale*, Paris, Publications de la Sorbonne, 1998.

CARIOU Didier, *La Méditerranée au XIIᵉ siècle*, Paris, PUF, coll. « Que sais-je ? », n° 3299, 1997.

CASSANELLI Roberto, *La Méditerranée des croisades*, Paris, Citadelles-Mazenod, 2000.

FAHMY Aly Mohamed, *Muslim Naval Organization in the Eastern Mediterranean from the VIᵗʰ to the Xᵗʰ Century*, Le Caire, National Publication and Printing House, 2ᵉ éd., 1966.

GARCIN Jean-Claude (sous la dir. de), *Grandes Villes méditerranéennes du monde musulman médiéval*, Rome-Paris, École française de Rome, 2000.

GOITEN S. D., *A Mediterranean Society. The Jewish Communities of the Arab World as Portrayed in the Documents of the Cairo Geniza*, 3 vol., Berkeley-Los Angeles-Londres, 1967-1978.

JEHEL Georges, *La Méditerranée médiévale de 350 à 1450*, Paris, Armand Colin, coll. « Cursus », 1992.

LANE F. C., *Navires et Constructeurs à Venise pendant la Renaissance*, Paris, SEVPEN, 1965.

LEROY Béatrice, *Le Monde méditerranéen du VIIᵉ siècle au XIIIᵉ siècle*, Paris-Gap, Ophrys, 2000.

LEWIS A. R., *Naval Power and Trade in the Mediterranean, A. D. 500-1500*, Princeton, Princeton University Press 1951.

LOMBARD Maurice, *L'Islam dans sa première grandeur (VIIIᵉ-XIᵉ siècle)*, Paris, Flammarion, 1971.

MALAMUT Élisabeth, *Les Îles de l'Empire byzantin, VIIIᵉ-XIIᵉ siècle*, 2 vol., Paris, Publications de la Sorbonne, 1988.

La Navigazione mediterranea nell'Alto Medio Evo. XXV Settimana di Studio del Centro italiano sull'Alto Medio Evo, 2 vol., Spolète, Centro Italiano sull' Alto Medio Evo, 1978.

PIRENNE Henri, *Mahomet et Charlemagne*, 1ʳᵉ éd., Bruxelles 1937.

THIRIET Freddy, *La Romanie vénitienne au Moyen Âge. Le développement et l'exploitation du domaine colonial vénitien (XIIᵉ-XVᵉ siècle)*, Paris, De Boccard, coll. « BEFAR », 1959.

IIIe PARTIE
La Méditerranée du premier rang
aux seconds rôles (16e-18e siècle)

AGULHON Maurice (sous la dir. de), *Histoire de Toulon*, Toulouse, Privat, 1988.

BARATIER Édouard (sous la dir. de), *Histoire de Marseille*, Toulouse, Privat, nouvelle éd., 1990.

BENNASSAR Bartolomé et Lucile, *Les Chrétiens d'Allah. L'histoire extraordinaire des renégats, XVIe-XVIIe siècle*, Paris, Perrin, 1989.

BONO Salvatore, *Corsari nel Mediterraneo*, Milan, Mondadori, 1993.

—, *Il Mediterraneo. Da Lepante a Barcellona*, Perugia, Morlacchi, 2000.

BRAUDEL Fernand, *La Méditerranée et le Monde méditerranéen à l'époque de Philippe II*, 2 vol., Paris, Armand Colin, 2e éd., 1966.

—, *Civilisation matérielle et Capitalisme*, 3 vol., Paris, Armand Colin, 1979.

DOUMERC Bernard, *Venise et l'émirat hafside de Tunis (1231-1535)*, Paris, L'Harmattan, 1999.

GODECHOT Jacques, *Histoire de Malte*, Paris, PUF, coll. « Que sais-je ? », 3e éd., 1981.

GRAZIANI Antoine-Marie, *La Corse génoise*, Ajaccio, Alain Piazzola, 1997.

LE ROY LADURIE Emmanuel, *Les Paysans de Languedoc*, 2 vol., Paris, SEVPEN, 1966.

MACK SMITH Denis, *Storia della Sicilia medievale e moderna*, Rome et Bari, Laterza, 1983.

Méditerranée, mer ouverte, XVIe-XXe siècle, Actes du colloque de Marseille, 21-23 septembre 1995, La Fondation internationale de Malte, avec le concours des universités d'Aix-Marseille I, de Montpellier III, et de la Commission française d'histoire maritime, 1997.

PETIET Claude, *L'Ordre de Malte face aux Turcs. Politique et stratégie en Méditerranée au XVIe siècle*, Paris, Herault, 1996.

STUCHI Massimiliano (sous la dir. de), *Historical Investigations of European Earthquakes*, t. I, Milan, Istituto di Ricerca sul Rischio Sismico, 1993.

TENENTI Alberto, *Cristoforo Da Canal. La marine vénitienne avant Lépante*, Paris, SEVPEN, 1962.

VATIN Nicolas, *Rhodes et l'ordre de Saint-Jean de Jérusalem*, Paris, CNRS, 2000.

IVe PARTIE
L'Europe réinvente la Méditerranée
(1815-1945)

Alexandrie 1860-1960, Paris, Autrement, coll. « Mémoires », 1992.

BERCHET Jean-Claude, *Le Voyage en Orient. Anthologie des voyageurs français dans le Levant au XIXe siècle*, Paris, Robert Laffont, coll. « Bouquins », 1985.

BERQUE Jacques, *Le Maghreb entre deux guerres*, Paris, Éd. du Seuil, 1962.
CAMUS Albert, *Essais*, Paris, Gallimard, coll. « Bibliothèque de la Pléiade », 1965 (pour les textes « algériens » de Camus).
GANIAGE Jean, *Les Origines du protectorat français en Tunisie*, Paris, PUF, 1959.
ILBERT Robert, *Alexandrie 1830-1930*, Institut français d'archéologie orientale, 1996.
Istanbul 1914-1923, Paris, Autrement, coll. « Mémoires », 1992.
LANDES David S., *Banquiers et Pachas. Finance internationale et impérialisme économique en Égypte*, Paris, Albin Michel, 1993.
LAURENS Henry, *L'Orient arabe. Arabisme et islamisme de 1798 à 1945*, Paris, Armand Colin, 1993.
LIAUZU Claude, *L'Europe et l'Afrique méditerranéenne. De Suez (1869) à nos jours*, Bruxelles, Complexe, 1994.
Marseille au XIXᵉ siècle. Rêves et triomphes, Musées de Marseille, Réunion des Musées nationaux, s.l.s.d.
La Méditerranée, affrontements et dialogues, numéro spécial de *Vingtième Siècle*, revue d'histoire, octobre-décembre 1991.
MORIN Edgar, *Vidal et les Siens*, Paris, Éd. du Seuil, 1989.
PICAUDOU Nadine, *La Décennie qui ébranle le Moyen-Orient, 1914-1923*, Bruxelles, Complexe, 1992.
Salonique 1850-1918, Paris, Autrement, coll. « Mémoires », 1993.
SIEGFRIED André, *Suez, Panama et les Routes maritimes mondiales*, Paris, Armand Colin, 1940.

Vᵉ PARTIE

Du *mare nostrum* à la dérive des continents
(de 1945 à nos jours)

Annuaire de l'Afrique du Nord, Paris, Éd. du CNRS, depuis 1962.
BERQUE Jacques, *Mémoire des deux rives*, Paris, Éd. du Seuil, 1993.
CASSANO Franco, *Il pensiero meridiano*, Rome et Bari, Laterza, 1996.
Confluences Méditerranée, n° 1, 1991.
Contre la guerre des cultures, Paris, Esprit et Les Cahiers de l'Orient, juin 1991.
Dédale, 1997, « Jérusalem ».
HORDEN P. et PURCELL N., *The Corrupting Sea. A Study of Mediterranean History*, Oxford, Blackwell Publishers limited, 2000.
LIAUZU Claude, *Passeurs de rives. Changements d'identité dans le Maghreb colonial*, L'Harmattan, 2000.
Mediterranean Historical Review, n° 1, Tel-Aviv, 1986.
Méditerranéens, Méditerranéennes, n° 1, Paris, 1991.
Monde arabe, Maghreb Machrek, Paris, La Documentation française, depuis 1962.
Peuples méditerranéens, n° 1, Paris, 1978.
Le Plan bleu. Avenirs du bassin méditerranéen, Programme des Nations unies pour l'environnement, plan d'action pour la Méditerranée, 1988.
SOLÉ Robert, *L'Égypte, passion française*, Paris, Éd. du Seuil, 1998.
TILLION Germaine, *Le Harem et les Cousins*, Paris, Éd. du Seuil, 1966.

Index des noms propres

A

S

*Index des noms d'îles,
villes et localités*

Tables

Table
des cartes et plans

Table

PREMIÈRE PARTIE

La Méditerranée antique
ou la quête de l'unité
par Alain Tranoy

DEUXIÈME PARTIE

De l'unité à la diversité :
les grandes fractures
(5ᵉ-15ᵉ siècle)
par Élisabeth Carpentier

TROISIÈME PARTIE

La Méditerranée
du premier rang aux seconds rôles
(16ᵉ-18ᵉ siècle)
par Bartolomé Bennassar

QUATRIÈME PARTIE

L'Europe réinvente la Méditerranée
(1815-1945)
par Dominique Borne

RÉALISATION : PAO ÉDITIONS DU SEUIL
IMPRESSION : NORMANDIE ROTO IMPRESSION S.A.S.-61250 LONRAI
DÉPÔT LÉGAL : NOVEMBRE 2001. N° 51913-4 (092374)
IMPRIMÉ EN FRANCE